KB123505

한국시가 연구사의 성과와 전망

고가연구총서 5

한국시가 연구사의 성과와 전망

고가연구회

보고사

서문

한국시가 연구사가 백주 년에 다가가는 즈음에 아직도 뚜렷한 방향을 지닌 시가사를 지니고 있지 못한 것을 시가연구자들은 누구나 아쉬워할 것입니다. 그동안 각 양식별로 개론적인 개별사는 있어 왔으나 이들을 총합하는 시가사에 이르지 못함은 시대구분에서부터 견해가 집약되지 못하는 시가 학계의 연구 단계에 기인합니다. 이제, 통일문학사를 예비해야 하는 지점에서 시가사의 정립을 위해 시가 학계가 연구 역량을 모아야 할 때입니다.

고가연구회 성원들은 이미, 1997년도에 『한국고전시가사』(집문당)를 상재하는 데에 주역을 담당한 바 있습니다. 이때에는 일민 최철 선생님 화갑 기념으로 산·운문을 가리지 않고 지도받은 분들이 모두 가담하였으니, 한국 고전문학 연구자의 일반적인 시각으로 바라본, 통섭적인 방향의 저술이었습니다. 실제로, 시대 양식별로 여러 개의 항목을 미리 나누어 저술을 의뢰한 결과, 통섭의 의미는 실현되었으나 통일된 시가사의 전망이 뚜렷이 서는 데에는 이르지 못한 것이 사실입니다.

이후, 고가연구회 성원들은 각기 맡은 분야에서 활동하면서도 월례발표를 시행하고 그 결과를 묶어내어 향가 관련 2책, 고려가요 관련 2책을 출간할 수 있었습니다. 이번 저서는 지난 10여 년 간의 활동을 정리하면서 앞으로 공부해 나가야 할 방향을 스스로 점검하기 위하여 기획되었습니다. 각기 최종적 관심사가 될 만한 주제를 택하여, 그동안의 연구 성과를 정리하면서 자기가 학계에 기여한 바를 반성하고, 후학들이 계승해야 할 점을 계도한다는 의도로 집필이 이루어졌습니다.

제1부 〈장르론〉에는 시가의 양식적 본질에 대해 접근한 논문들이 실려 있습니다. 상고시가-향가-고려가요-시조·가사-잡가-민요의 통서가 뚜렷하게 잡힌 가운데에 각 양식별로 가장 긴요한 연구 방향을 제시하고자 하였습니다. 제2부 〈방법론〉은 시가의 응용 방식을 모색하는 부분입니다. 텍스트와 현장의 관계, 해외의 향가 연구, 현대적 계승과 변용, 타 매체에의 활용 방안, DB 시스템 개발, 물명 관련 등 다양하게 이루어진 접근 방향은 미래의 시가사를 예비하는 생각에서 이루어졌다고 할 수 있습니다.

이번 저술을 계기로 한국시가사 수립의 필요성이 환기되고, 나아가 이 책을 대하는 연구자들이 한국시가사의 통서를 파악하는 데에 일조가 있기를 기대해 봅니다. 위대한 금자탑을 쌓았으면서도 늘 한 걸음 물러나셔서 눈 밝은 선비가 열어주는 새 길을 예비하셨던 선사들의 뜻에 백에 하나만치라도 부응할 수 있다면 더 이상 바랄 것이 없습니다. 우리들도 선사들을 따라 후학들에게 사표가 될 수 있도록 노력하리라는 서약의 문서로서 이 책을 세상에 내어 놓습니다. 그동안, 고가연구총서 발간을 지원해 준 보고사에 감사드리며 더 나은 단계의 본격적인 시가사가 우리들의 역할에 의하여 출간될 수 있을 때를 기약합니다.

2016년 11월

고가연구회

차례

가사집의 계통과 가사의 향유 양상 — 【윤덕진】

전통과 근대 그리고 잡가 — 【박애경】

민요와 시가의 소통과 불통 — 【손종흠】

방법론

조(朝)·중(中)·일(日) 유서류(類書類)의 특성 비교 연구 – 【김형태】

–'물명고(物名考)'류, 『본초강목(本草綱目)』, 『왜한삼재도회(倭漢三才圖會)』를 중심으로–

장르론

상고시가의 연구

–공무도하가(公無渡河歌)·황조가(黃鳥歌)·도솔가(兜率歌)·
귀복가(龜卜歌)를 중심으로–

◉

金榮洙

1. 문제 제기

고대인들이 현실에서 부딪치는 난제를 해결하는 방법은 '해몽'(解夢 : 꿈의 예시적 기능에 대한 풀이)과 '점복(占卜)'(길흉을 점침)이다. 인간의 길흉화복(吉凶禍福)을 이 두 가지 방편으로 해결해 나가는 모습은 구비담이나 문헌에서 자주 살펴볼 수 있다. 고대인들은 길몽(吉夢)을 간직한다든지, 꿈을 사고 파는 행위에 있어서도 매우 신중하게 대처하고 있음을 보게 된다. 김유신(金庾信)의 여동생 문희(文姬)가 언니인 보희(寶姬)에게 꿈을 사는 이야기는[1] 이와 같은 고대인들의 사고방식을 이해하는 데 좋은 보기가 된다. 뿐 아니라 지금도 이같은 풍습은 우리 주변에 면면히 전해오고

---

1 『三國遺事』 권1 紀異 上, 太宗春秋公條, "初文姬之姊寶姬 夢登西岳捨溺 瀰滿京城 旦與妹說夢 文姬聞之謂曰 我買此夢 姊曰 與何物乎 曰 鬻錦裙可乎 姊曰 諾 妹開襟受之 姊曰 疇昔之夢 傳付於汝 妹以錦裙酬之."

있다. 점복을 행하기 전의 자세는 흔히 '진인사대천명(盡人事待天命)'의 마음가짐으로 임하고 있음을 볼 수 있다. 이것은 꿈의 예시적 기능이나 점복이 천기(天機)와 직결된다고 믿는 사고에서 기인한다.

동양사상의 핵심은 십단사상(十端思想 : 兩儀〈陰陽〉·三才〈天地人〉·五行〈金木水火土〉)이다. 천지인(天地人) 삼재(三才)의 원리와 음양(陰陽)의 원리, 그리고 오행(五行)의 원리가 바로 십단(十端)이다. 천지인·음양·오행 사상은 동양에서 이룩된 고대의 철학체계였다. 십단사상은 우리의 일상생활뿐만 아니라 종교적인 차원으로 발전하는 양상을 보여주기도 하였다. 이 십단사상은 동양문화의 원리뿐만 아니라 동양문학의 배경원리로 작용하고 있다.

상고시가(上古詩歌)를 연구함에 있어 어려움은 크게 세 가지를 들 수 있다. 첫째는 현전하는 고대문헌이 영성한 관계로 기록의 태부족이 그 하나이고, 둘째는 연구자의 한문에 대한 소양 부족이며, 셋째는 신비하고 황당하기까지 한 문헌기록에 대한 종합적 해석능력을 갖추기가 쉽지 않다는 것이다. 이 세 가지 장애요소를 극복하는 일은 결코 쉬운 일이 아니다.

첫째의 경우는 대부분 중국의 문헌을 원용하는 것으로 그 해결책을 찾고 있다. 우리의 고대 문헌은 『삼국사기(三國史記)』(1145년)와 『삼국유사(三國遺事)』(1281년?) 정도인데 각각 12-13세기의 산물이어서 고대의 습속을 기록함에 있어서 전승과정의 와전이나 편찬자의 지나친 목적의식, 신비한 기록태도 등 문제점을 안고 있는 것이 사실이다.

둘째의 경우는 연구자의 한문 해독능력에 관한 것으로, 한문 원전이나 경전류, 제자백가서 등을 해독할 수 있는 능력을 의미한다. 능력이 미치지 못하는 경우, 차선책이지만 중국이나 우리 측의 번역본을 참고

할 수 있다.

셋째의 경우는 고대의 제도나 예악(禮樂), 제사, 천문지리, 전쟁 등과 같은 사회문화적 현상에 대한 지식을 바탕으로 기록을 종합적으로 해석하고 판단하는 능력을 의미한다. 비단 문사철(文史哲)의 영역뿐만 아니라, 전반적인 문화현상을 종합적으로 판단할 수 있는 능력이 요구된다. 그런 면에서 신화(神話)는 현재의 우리에게 상징(象徵)과 은유(隱喩)로 남아 그 본원적인 의미해석을 요구하고 있는 것이다.[2]

고대가요 연구는 이같은 점을 전제하되, 중요한 것은 전승 기록에 대해 일차적으로 논리적으로 가능한가 하는 의문을 제기하는 것이 중요하다고 본다. 현전 고대가요에 대한 기록은 대개가 수백 수천 년의 누적된 시공간적 거리를 한데 뭉뚱그린 형태로 전하는 것이기 때문에 논리적인 인과관계가 결여된 채 생략되거나 비약되어 시작과 끝만 기록되어 있는 특징을 지니고 있다. 그리고 그 이면에는 기록자의 의도만이 어렴풋이 배경으로 숨겨져 있을 뿐이다.

2. 연구사 검토

1) 〈공무도하가〉(공후인)

〈공무도하가(公無渡河歌)〉(공후인(箜篌引))는 현전하는 상고시가 가운데 서정시가로서, 순애보적(殉愛譜的)인 애절한 배경설화로서, 그리고 강(江)과 이별과 재생(再生)의 이미지를 지닌 작품성으로 인해 일찍부터 주목받아온 작품이다. 더욱이 우리 문학사의 첫 장을 장식하고 있는

2 金烈圭 외, 『민담학개론』, 일조각, 1983, 66쪽.

시가(詩歌)의 남상(濫觴)이라는 측면과 이후 우리 시가의 전통에 많은 영향을 미친 작품으로서도 중요하다. 그간 〈공무도하가〉에 대한 연구는 고대시가와의 관련성을 포함해 약 70여 편의 논문이 축적되어 있다. 그 가운데 연구사적인 시각으로 접근한 논문은 대략 4편 정도[3]가 있다. 이 작품에 대한 박사학위논문도 1편이 제출되어 있으며,[4] 〈공무도하가〉에 관한 기록을 모은 작품집(번역본)이 단행본으로 간행되었고,[5] 작품의 국적에 대한 논쟁도 끊임없이 제기되어 온 상고시가이기도 하다.[6]

현전하는 상고시가는 대개 단순하며, 반복적이고, 주술적인 특징을 지닌다. 이같은 상고시가를 다루는 데 있어 어려운 점은 그 내용보다도 배경설화를 해석하는 방법론에 있다. 고대인의 사물인식이 단순,

---

3 金聖基, 「公無渡河歌의 해석」, 『한국문학사의 쟁점』, 집문당, 1986; 鄭夏英, 「공무도하가의 성격과 의미」, 『한국고전시가작품론 1』, 집문당, 1992; 최우영, 「공무도하가의 발생과 그 의미」, 『한국고전시가사』, 집문당, 1997; 조기영, 「공무도하가 연구에 있어서 열 가지 쟁점」, 『목원어문학』 14, 목원대 국어교육과, 1996; 「공무도하가의 주요쟁점과 관련기록의 검토」, 『강원인문논총』 12, 강원대 인문과학연구소, 2004. 조기영은 이 논문에서 10가지 항목의 쟁점에 대한 자세한 소개를 하면서 "원작자→전성자→사성자→수용자1→수용자2→제명자"라는 복합적인 전승 과정이 있었던 노래라고 보았다(183쪽).

4 成基玉, 「公無渡河歌 硏究」, 서울대 박사학위논문, 1988. 학위논문은 현재 약 7편 정도가 보고되어 있다. 최근 고대가요 3개를 묶어 연구한 박사논문도 제출되어 있다. 하경숙, 「고대가요의 후대적 전승과 변용 연구」-공무도하가·황조가·구지가를 중심으로-, 선문대 박사학위논문, 2011.

5 尹浩鎭 編譯, 『임이여! 하수를 건너지 마오』, 보고사, 2005. 윤호진은 이 책에서 중국과 우리나라에 전하는 〈공무도하가〉에 대한 기록을 찾아 원문을 수록하고 번역을 하였다.

6 〈공무도하가〉를 우리 작품이 아닌 중국인의 작이라고 보는 대표적인 사람은 崔信浩, 지준모, 이종출 등이 있다. 崔信浩, 「箜篌引 異考」, 『東亞文化』 10, 서울대 동아문화연구소, 1971; 池浚模, 「公無渡河 考正」, 『국어국문학』 62-63합집, 국어국문학회, 1973; 李鐘出, 「상대가요의 시가적 양상」, 『한국고시가 연구』, 태학사, 1989.

소박, 주술적인 특징을 지니고 있음에도 불구하고 연구자들이 상고시가를 연구함에 있어 지나치게 현학적(衒學的)으로 접근하는 이유를 필자는 두 가지로 본다.

첫째는 연구자들이 전문화, 세분화된 안목으로 무장되어 있다는 점이다. 고대인의 단순하고, 기원적(祈願的)이며, 유감주술적인 세계인식을 지나치게 전문적이고 세분화된 지식을 바탕으로 접근하는 것이다. 고대인의 단순하고 현실적인 필요에 의해 이루어진 결과물에 대해 전문화된 지식으로 접근하는 데서 빚어지는 한계라고 할 수 있다.

둘째는 고대인의 사유체계나 작품을 지나치게 신비화, 신격화하고 있다는 점이다. 바꿔 말하면 고대인의 단순한 사고체계를 현대인의 전문적인 지식으로도 이해하기 어렵다거나, 지나치게 현학적으로 설명함으로써 빚어지는 한계를 들 수 있다.

이 같은 한계를 극복하기 위한 방안의 하나는 동양의 전통적인 학문자세인 문사철(文史哲)의 통합적인 안목을 들 수 있다. 고전문학, 특히 상고시가의 경우는 당대의 제도나 역사, 생활상이나 사유방식에 대한 지식이 없이는 그들의 사유체계를 온전히 이해하기는 힘들다. 따라서 시가 자체보다도 배경설화나 세계관이 더 중시되는 이유가 여기에 있다. 그러므로 십단(十端)[7]으로 표현되는 동양문화의 배경원리는 문학에서도 매우 중요한 원리로 작용하는 것이다.

〈공무도하가〉의 연구사를 검토해 보면 가장 큰 특징의 하나가 신화 또는 무당(巫堂)의 이야기로 접근하고 있다는 점이다. 노래 자체는 사

7 十端 : 兩儀(陰·陽), 三才(天·地·人), 五行(金·木·水·火·土의 相生과 相剋의 원리).

언사구(四言四句)의 시경시(詩經詩) 형식으로 되어 있지만 노래 자체의 단순하고 소박한 기원의 의미보다는 배경설화의 애절하고 극적이며, 낭만적인 사연 때문에 다양한 해석이 가능하다. 배경설화에는 신화적, 혹은 무속적인 요소가 없는 바는 아니지만 그렇게 몰고 감으로 인해서 이후 연구자들의 시각이 거의 그런 방향으로 고정된 듯한 감을 지울 수 없는 것이다.

〈공무도하가〉에 대한 기록이 전하는 문헌을 이른 시기의 것부터 살피면 ①『금조(琴操)』(蔡邕, 後漢末, 133-192, 九引 가운데 箜篌引이 있음), ②『태악가사(太樂歌詞)』(荀勖, 西晋 武帝時, 265-289, 相和六引 가운데 箜篌引이 있음), ③『고금주(古今注)』(崔豹, 西晋 惠帝時, 290-306 : 箜篌引의 유래 설명, 詩歌는 없음), ④『금조(琴操)』(孔衍, 東晋 元帝時, 317-322) 등의 기록이 전하는 것으로 되어 있다.[8]

채옹의 최초기록이 최표에 와서 달라진 점은 작자문제(채옹=곽리자고 / 최표=곽리자고 처 여옥)와, 『고금주』에는 『금조』에 없는 곽리자고의 아내 여옥과 이웃집 여인인 여용이 등장한다는 점이다. 그리고 전반적으로 채옹의 『금조』보다는 『고금주』의 기록이 보다 논리적이며 문장이 자연스럽고 〈공후인〉의 악곡화 과정과 전파 과정이 비교적 자세하다고 할 수 있다. 즉 『금조』의 '涉河而渡'라는 표현이 『고금주』에는 '亂流而渡'로 변이되어 보다 사실에 가까운 묘사를 함으로써 백수광부의 죽음을 예견된 것으로 그리고 있다는 점이다.[9]

---

8 池浚模, 「公無渡河 考正」, 『국어국문학』 62-63합집, 국어국문학회, 1973.

9 민긍기, 「원시가요 연구(3)」, 『열상고전연구』 4, 열상고전연구회, 1991, 35쪽. 민긍기는 이 논문에서 〈공무도하가〉는 입사식의 절차 중 축원의 방식을 공수로 받기 위한 별도의 축원으로 불려진 노래로 보았다(58쪽).

정병욱은 백수광부(白首狂夫)를 글자 그대로 미친 사람으로 보았고, 생(生)과 사(死)를 초월한 인물, 즉 신(神)으로 보았다. 백수광부 처(妻)의 행동에 대해 정병욱은 이야기의 무대가 강변이라는 데에 주목하고, 그녀는 강물의 요정인 님프에 해당한다고 보았다. 그렇기 때문에 남편의 죽음을 당하여 그 슬픈 마음을 노래로 표현하였으며, 또한 주신(酒神)인 남편이 언제나 술병을 끼고 다니는 것처럼, 악신(樂神)인 그녀는 언제나 공후(箜篌)를 끼고 다녔다고 했다.[10]

이같은 견해는 백수광부를 주신에다 비유하고 상대적인 신격(神格)으로 그의 아내를 숲이나 강가의 요정인 님프에다 비유한 것이어서, 서구 신화에 대입한 결과를 초래했다.

〈공무도하가〉에 대한 그간의 남북한의 연구사를 일별하면 대조적인 특징이 드러난다. 남한 쪽의 연구는 신화적인 해석[11]이나, 무격적(巫覡的)인 해석,[12] 민요적 성격의 서정시(抒情詩)[13] 등을 통하여 미학적인 특질을 밝힌 경우가 이에 해당된다. 반면에 북한 쪽의 견해는 현실에 입각하면서도 하층민에 대한 착취와 현실고에 시달리는 민중의 아픔 등, 계급간의 투쟁으로 해석하는 경향이 지배적이다.

현종호는 〈공후인〉을 고대 노예소유자 사회에서 가난한 인민들의 곡절 많고 비참한 생활처지를 반영한 것이며, 가난하고 천대받는 사람

10 鄭炳昱, 「한국시가문학사」 上, 『한국문화사대계 Ⅴ-언어·문학사(下)』, 고려대 민족문화연구소, 1967, 781~782쪽. 張德順도 백수광부와 그의 아내를 酒神과 樂神으로 보았다. 『한국고전문학의 이해』, 일지사, 1973, 17쪽.

11 鄭炳昱, 위의 책, 776~785쪽.

12 金學成, 「공후인의 신고찰」, 『한국고전시가의 연구』, 원광대출판국, 1980, 285~297쪽; 趙東一, 『한국문학통사』 1, 지식산업사, 1982, 83쪽.

13 成基玉, 「공무도하가 연구」, 서울대 박사학위논문, 1988.

들이 당하는 고통과 불행에 대한 창작자의 동정과 슬픔이라고 했다. 특이한 것은 공후악기가 활모양을 본떠 만든 고조선 고유의 악기로서 중국으로 들어간 것이라는 견해를 피력한 점이다.[14] 현종호의 논의에서 눈에 띄는 것은 배경설화를 인용하면서, '머리가 허옇게 센 사나이는… 머리를 풀어헤친 채 병을 들고 사품치는 강물 속에 뛰어들어 그만 죽고 말았다'고 함으로써 '미쳤다'든지 '술병을 들고'라는 표현은 하지 않은 것으로 보아 그들의 어려운 처지와 생활고를 강조한 것으로 보인다. 특히, 작품분석에서 '세 번 반복된 〈가람〉과 〈님아〉에는 풍파 사나운 당대 현실생활에 대한 원한의 감정과 남편에 대한 사랑의 세계가 상징적으로 반영되어 있다'고 함으로써 짧은 시가이면서도 우수한 작품임을 강조한 것이다.

박충록은 이 노래가 대화체로 된 것이라고 하면서, 투신자살의 동기에 대해 '이 늙은 사나이가 술병을 들고 강을 건너려고 한 것을 보아서 이 사나이는 노예주의 강요에 의하여 강을 건너지 않으면 안 될 기막힌 사연이 있었을 것이다'라고 추정하고 있다.[15]

정홍교는 '머리를 풀어헤친 백발의 한 로인이 한 손에 호로병을 들고 물결 사나운 강물에 뛰어 들어 강을 건느려 하였다'고 하면서, '밝혀지지 않은 깊은 원한'이라고 했는데, 대개 하층민들의 참상을 강조한 것이다. 이어서, '나루가의 배를 보고도 탈 엄두를 내지 못하고'라고 한 것은 보다 현실생활에 접근하는 언급이기도 하다.[16]

허문섭도 창작배경에 대해, '당시 노예사회 현실에서 모진 생활난에

14 현종호, 『조선국어고전시가사 연구』, 1984, 34~44쪽.

15 박충록, 『한국민중문학사』, 도서출판 열사람, 1988, 28쪽.

16 정홍교, 『조선문학사 : 원시-9세기』, 한국문화사, 1991, 68~73쪽.

모대기다가, 또는 그 어떤 생활상의 의외의 불행으로 하여 더는 참을 수 없어, 끝내 죽음의 길을 택하지 않으면 안되게 된 부부 한 가정의 비극적 운명이 반영되어 있다.'고 한 바 있는데 이 경우도 죽음의 원인에 대해서는 추론에 그치고 있다.[17]

최근 조규익은 북한의 고전시가 연구 동향을 책으로 낸 바 있다. 〈구지가〉를 원시신앙과 결합된 집단노동가요의 성격, 혹은 그 내용과 형식의 단순 소박성을 들어 〈구지가〉를 원시가요로 분류했다. 〈공후인〉은 고대 노예소유자 사회의 서정가요로, 〈황조가〉는 이 땅에서 처음으로 봉건사회가 출현한 삼국시대 고구려의 서정가요로, 작품은 전해지지 않으나 주술적인 기능이 청산된 독립적인 가요인 〈두솔가〉로 규정했다. 북한의 관점에서 고대사회는 지배계급에 복무하는 반동적 문화와 착취, 억압에 신음하는 하층민들의 요구를 구현한 진보적인 문화로 이분화하고 있다.[18] 남한 쪽의 작품분석이 다분히 미학적인 측면에 치중하는 것과 북한 쪽의 시각이 현실을 바탕으로 하면서도 계급간의 투쟁의 산물로 몰아가는 경향과 무관하지 않다고 본다.

그러나 고대시가에 대한 기록과 배경설화를 살펴보면, 그 근저에는 백성을 다스리기 위한 교화의 수단으로 시가, 특히 배경설화를 강조하는 것을 살필 수 있다. 이 배경설화에서도 남편의 죽음을 따르는 열부(烈婦)의 행위를 뭇사람들의 감동적인 시선으로 서술하는 목격담의 형식을 취하고 있다는 점이 그같은 의도를 보여주고 있다.

〈공후인〉이 중국에 전해진 것은 한자로 쓰여진 것과 한악부(漢樂府)

17 허문섭, 『조선고전문학사』, 1985, 17~20쪽.
18 조규익, 『북한문학사와 고전시가』, 보고사, 2015, 30~40쪽.

처럼 곡에 가사를 달아 부르게 된 것도 원인이지만 가요에 담긴 비참한 운명에 대한 절절한 감정이 담겨 있었기 때문이라고 했다.[19] 이해산은 〈공후인〉의 제작연대를 기원전 1세기 전반으로 보고, 한인(韓人)의 작(作)이라면 한문학(漢文學)에서는 취급하지 말아야 한다고 언급했다.[20]

서수생은 〈공후인〉이 우리의 최고(最古) 가요(歌謠)로 한 서민의 민가(民歌)를 한문자(漢文字)로 정착, 표현한 것이고, 여옥(麗玉)은 진리부(津吏婦)며 이주한 한인(漢人)이 아닐까 추측했으며, 조선진(朝鮮津)을 당시(漢代)의 열수(列水)이며, 지금의 대동강(大同江)으로 비정했다. 특히, 노래의 내용이 한대(漢代) 악부(樂府)인 해로(薤露), 호리(蒿里)와 비슷하며 백수광부 처의 애절한 목소리로 동양적 여필종부관(女必從夫觀)이 서렸다고 했다.[21]

윤영옥은 송(宋) 이방(李昉)의 『태평어람(太平御覽)』에서, '漢時 霍里子高朝鮮人也'라고 밝혔음을 근거로 조선의 노래일시 분명하나, 국적으로 따진다면 한족(漢族)의 통치하에 들었기 때문에 중국 측의 것인지도 모른다고 했다.[22]

김학성은 피발(被髮)의 의미를 광란적인 가무(歌舞)와 엑스터시 상태에서 머리를 흩드림(被髮)은 자연스런 모습이라고 보았다.[23] 광부(狂夫)의 의미를 축자적으로 해석하지 않았지만, 신들린 상태의 수련무로 본

---

19 서일권·정판룡, 「중국에서의 조선 고전문학의 전파와 영향」, 『명지어문학』 19, 1990, 340쪽.

20 이해산, 「早期의 문헌자료로부터 본 공후인」, 『목원어문학』 13집, 1995, 37~38쪽.

21 徐首生, 『한국시가연구』, 형설출판사, 1970, 51~52쪽.

22 尹榮玉, 『한국고시가의 연구』, 형설출판사, 1995, 180쪽.

23 金學成, 「공후인의 신고찰」, 『한국고전시가의 연구』, 원광대출판국, 1980, 290~292쪽.

것이다. 다만, 제호(提壺)를 술병이 아닌 보통의 항아리의 경우라도 무의식(巫儀式)에 사용되는 도구라는 점을 언급하고 있다. 따라서 '백수광부가 죽음의 신비체험, 혹은 입무적 고행을 수행하다가 실패로 돌아가자 익사(溺死)한 사건이 민중들에게 흥미소를 작동시켜 설화했을 것'이라고 보았다.

조동일은 '머리를 풀어헤치고, 술병을 들고, 미치광이 짓을 하면서 강물에 뛰어들기도 한 것은 황홀경에 든 무당의 모습이라야 이해가 된다'고 하면서 백수광부를 일단 무당으로 본 견해에 동조했다. 다만 그가 익사함으로 인해 실패한 원인을 고조선이 국가적인 체제를 확립하면서 나라무당으로서의 지위를 차지하지 못한 민간무당은 불신되거나 배격된 사태가 벌어졌으며, 그의 아내 또한 무당인 것 같으며, 굿노래가락에 얹어 넋두리를 한 것이라고 보았다.[24] 이 같은 견해는 애초에 정병욱이 신화로 해석한 것을 김학성이 보다 현실적인 문맥의 무당으로 제시했고, 이어서 조동일이 무당의 실패담을 역사적인 맥락에다 비정한 것이라고 할 수 있다.

이영태는 〈공후인〉 배경설화를 '역사의 설화화'로 보고, 한(漢)의 지배에 대한 토착민들의 저항 상황에서 반란에 적극 가담했던 고조선인이 모반의 발각으로 인해 부부가 대동강에 투신한 것으로 보고, 남편의 죽음 후 광부의 처가 지은 곡(曲)은 곡(哭)으로 이해할 수 있고, 목격자인 곽리자고가 곡(哭)을 곡(曲)으로 바꿨다(以象其聲)고 보았다.[25]

김성수는 『사기(史記)』를 중심으로 〈공무도하가〉의 작품 배경 위치

---

24 조동일, 『한국문학통사 1』, 지식산업사, 1982, 83쪽.

25 李永泰, 『한국 고시가의 새로운 인식』, 경인문화사, 2003, 30~32쪽.

를 논하는 가운데 조선진(朝鮮津)을 요하유역으로 비정하고, 우리의 작품임을 언급했다.[26]

조규익은 〈공무도하가〉를 초혼굿을 주재하던 무당이 재연한 백수광부 아내의 슬픈 넋두리이며, 곽리자고는 굿판의 관객으로 보았다. 즉, 원초적 발화로서의 넋두리가 예술적으로 형상화한 첫 단계의 노래로 보았다.[27]

남재철은 〈공무도하가〉의 국적을 논하는 가운데, '조선진'은 고유명사가 아니라, '조선 국적의 진졸인 곽리자고'로 풀이하는 것이 맞다고 보았다. 『만성통보(萬姓統譜)』와 『흠정속통지(欽定續通志)』에 모두 곽리자고를 한대(漢代)의 인물로 소개하며, 국적을 조선인으로 명기했고, 공후(箜篌)가 우리 민족의 전래악기인 점을 들어 〈공무도하가〉가 우리 민족의 노래일 가능성은 매우 높다고 보았다.[28]

구사회는 〈공무도하가〉를 나라의 멸망과 함께 삶의 터전을 잃고 유랑했던 고조선 유민의 애환이 담긴 노래로 보고, 디아스포라의 문학적 성격을 지닌 작품으로 보았다.[29]

배경설화의 호(壺)는 일반적으로 예기(禮器), 주기(酒器), 용기(容器 : 음료를 담는 그릇), 예의(禮儀), 물시계, 악기(樂器) 등의 용도로 두루 쓰였는데, 대개는 호리병, 또는 항아리의 뜻으로 쓰였다. 때문에 술을 담으면 술병이 되고, 장류를 담으면 간장병이 되는 것이다. 즉, 다양한

26 金星洙, 「史記를 통해 본 공무도하가의 작품배경 위치고」, 『대동문화연구』 60, 2007, 147쪽.

27 조규익, 『풀어읽는 우리 노래문학』, 논형, 2007, 17~18쪽.

28 남재철, 「공무도하가의 國籍」, 『한국시가연구』 24, 한국시가학회, 2008, 196~197쪽.

29 구사회, 「공무도하가의 가요적 성격과 디아스포라」, 『한민족문화연구』 31, 2009, 22쪽.

쓰임에 대비한 빈 용기에 불과한 것이다. 『한어대사전(漢語大詞典)』에는 이 같은 의미 외에 '壺 : - ⑥ 通 "瓠". 葫蘆(박〈표주박〉과 통한다. 호리병박이다)'라고 한 후, 《詩·豳風 七月》: "七月食瓜 八月斷壺."(칠월에는 참외를 따 먹고, 팔월에는 박을 따네)의 시를 인용하고 주(注)에 毛傳 : "壺, 瓠也"라 하여 호(壺)를 '박(바가지)'의 뜻으로 풀이하고 있다. 필자가 주장하는 핵심도 바로 여기에 있다.[30] 호(壺)는 포(匏)와 통하는데, 『시경(詩經)』에도 이미 강을 건너는 보조기구로 사용된 바 있다.

『시경집전(詩經集傳)』 권2, 패풍(邶風) 〈포유고엽(匏有苦葉)〉에 보면, "匏有苦葉 濟有深涉 深則厲 淺則揭"(박에 쓴 잎이 있거늘, 건너는 곳에 깊은 물턱이 있도다. 깊으면 옷을 벗고 건너고, 얕으면 옷을 걷고 건너야 하네)라고 했고, 주해(註解)에 보면, "比이다. 匏는 박이니, 박이 쓴 것은 먹을 수가 없고, 다만, 허리에 차고서 물을 건널 뿐이다. 그러나 아직 잎이 달려 있다면, 또한 사용할 수 없는 때이다. 濟는 물을 건너는 곳이다. 걸어서 물을 건너는 것을 涉이라 한다. 옷을 벗어 가지고 건너는 것을 厲라 하고, 옷을 걷고 건너는 것을 揭라 한다."[31]라고 하여 포(匏 : 바가지)로도 강을 건넜던 것을 알 수 있다.

정병욱이 "물을 媒介로 하여 사랑과 죽음이 結合된 이 노래의 主題는 사랑과 죽음은 서로 바꿀 수 있다는 강렬한 愛情至上主義를 나타낸 것"이라고 본 견해나, "끝 句節인 '當奈公何'와 같은 感歎과 哀傷과 諦觀과 懷疑가 한데 엉긴 이 表現樣式이 하나의 스타일로 固定되

30 金榮洙, 「公無渡河歌 新解釋」, 『한국시가연구』 3, 한국시가학회, 1998, 21쪽.

31 『詩經集傳』 권2, 邶風, '匏有苦葉' 比也 匏 瓠也 匏之苦者 不可食 特可佩以渡水而已 然 今尙有葉 則亦未可用之時也 濟 渡處也 行渡水曰涉 以衣而涉曰厲 褰衣而涉曰揭.

기까지는 실로 오랜 역사가 흘렀다는 事實을 우리는 이 노래의 끝 구절에서 찾아볼 수 있으리라고 본다"라고 한 표현, 그리고, "따라서 이 노래는 우리의 문학이 敍事文學에서 抒情文學으로 옮아가는 시기에 이루어졌다고 보는 견해가 옳다"[32]고 본 관점은 중요하다고 본다.

이 같은 견해는 배경설화가 노래보다 더 중시된 우리의 고대시가의 전통에서 볼 때, 배경설화의 의미는 그 자체가 바로 교화론적인 의미의 연장선상에 있음을 보여주는 것이다.

장덕순이 이 작품을 '이는 한국의 여심(女心)을 노래한 첫 번째의 작품이다. 오직 하나만의 님을 따르는 그런 정렬(貞烈)의 여심을 말이다. 유교적인 실천윤리에서 말하는 열녀(烈女)의 교훈이 들어오기 전에도, 우리의 여성은 선천적으로 정렬의 지조는 갖고 있었다. 사랑하는 남편이 죽으면 자기도 따라서 죽어야 한다는 이 여심은 그 후 면면히 우리의 노래속에 침잠되어 왔다'[33]고 파악한 것도 노래의 내용보다는 전승의 비결이 한국인의 사랑과 이별의 원형으로 보는 관점에서 비롯한 것이다.

2) 황조가(黃鳥歌)

〈황조가〉는 우리의 고대가요 가운데 가장 세련된 서정가요(서사시)로 전해지고 있다.[34] 〈공무도하가〉에서의 남편을 향한 아내의 단순 소박한

32 鄭炳昱, 「한국시가문학사」상, 『한국문화사대계 V-언어·문학사(下)』, 고려대 민족문화연구소, 1967, 784~785쪽.

33 張德順, 『한국고전문학의 이해』, 일지사, 1973, 18쪽.

34 〈황조가〉에 대한 연구사 검토는 李庚秀, 「황조가의 해석」, 『한국문학사의 쟁점』, 집문당, 1986; 金學成, 「황조가의 작품성격」, 『한국고전시가작품론』 1, 집문당, 1992; 田寬秀, 「제의적 측면에서 본 황조가의 성격」, 『한국고전시가사』, 집문당, 1997; 강명

절규나, 〈귀복가(龜卜歌)〉(龜旨歌)가 드러내고 있는 점복(占卜 : 거북점)이나 제의적(祭儀的)인 상관성(迎神君歌)과는 그 성격이 다르다. 특히 유리왕(琉璃王)의 실연(失戀)과 관련된 배경설화의 낭만적인 모습만큼이나, 서정시 혹은 서사시적인 특징으로 인해 그동안 다양한 시각으로 연구되어 온 작품이기도 하다. 현재 〈황조가〉에 대한 논문은 약 70여 편이 축적되어 있다.[35]

그간의 〈황조가〉 연구는 유리왕의 작자 여부,[36] 서사시의 여부[37]를

혜, 「황조가의 의미 및 기능 – 구지가, 공무도하가와의 연계성을 중심으로」, 『온지논총』, 온지학회, 2004; 임주탁·주문경, 「황조가의 새로운 해석 – 관련서사의 서술의도와 관련하여」, 『관악어문연구』 29, 서울대 국어국문학과, 2004; 허남춘, 「황조가 연구 현황 검토」, 『황조가에서 청산별곡 너머』, 보고사, 2010 등이 있다.

35 학위논문이 20여 편이지만, 〈황조가〉 단독 논문이 아니라 〈공후인〉이나 〈구지가〉를 포함하거나, 배경이나 주변적인 상황을 포괄하는 경우이다.

36 琉璃王이 작자라고 보는 견해는 梁柱東, 『증정 고가연구』; 李家源, 『한국한문학사』; 文璇奎, 『한국한문학사』; 柳鍾國, 『고시가양식론』 등이고, 鄭炳昱은 작자불명의 고대가요가 한역되어 유리왕 설화에 삽입된 것으로(『한국시가문학사』 상), 任東權은 민요에서 한역된 것으로(『한국민요사』) 보았고, 金承璨은 유리왕 시대의 한 부족장에 의해 창작되어 후대에 채록된 것으로 (「황조가의 신연구」), 高晶玉은 후인의 위작이라고 보았다(『조선민요연구』). 金昌龍은 시경시의 영향 아래 유리왕의 상실과 고독이라는 이미지를 보여주는 한역된 노래로 보았다(『우리 옛문학론』). 또한, 鄭武龍은 고구려 초기의 한문화와의 빈번한 접촉의 영향으로 유리왕이 한자로 직접 창작한 것으로 보았다(「황조가 연구」 1, 『강용권박사송수기념논총』, 1986; 「황조가 연구 2」, 『국어국문학』 7, 동아대, 1986). 이외에 본래는 우리의 고유한 노래였으나, 후대에 와서 한역된 것으로 보는 절충적 견해는 趙潤濟(『한국문학사』), 李明善(『조선문학사』), 權相老(『조선문학사』), 李秉岐(『국문학전사』), 孫洛範(『국문학개론』), 張德順(『국문학통론』), 李鐘出(『한국고시가연구』), 權寧徹(「황조가 신연구」, 『국문학연구』 1) 등의 논고가 있다.

37 〈황조가〉를 서사시로 보는 대표적인 견해는 李家源과 李明善의 견해가 있다. 이명선은 화희와 치희로 대표되는 종족 간의 대립으로 보고 종족 간의 相爭을 和解시키려다가 실패한 酋長의 嘆聲으로 보았고(『조선문학사』, 범우사, 1990, 33쪽), 李家源은 유리왕이 성격이 豪華롭고 隣國과의 평화를 도모하였으며, 한문화에 도취

비롯해서 중국 시경시의 영향설[38]까지 다양하게 연구되어 왔고, 제의와 관련해서 다루어지기도 하였고,[39] 〈황조가〉의 미적(美的) 표현원리를 규명하기도 하였다.[40] 뿐만 아니라 배경설화의 어구와 관련하여 연모의 대상이 죽은 왕비인 송씨로 보거나, 혹은 막연한 연모의 대상이라고 추정하기도 하였다.[41]

하여 漢女를 우대하였더라도 결국에는 고유문화를 保守하여 한족을 배격하는 鶻川人의 총의에 따르지 않을 수 없었다고 말한 바 있다(『한국한문학사』, 21쪽). 현승환은 〈황조가〉를 서사무가 중에 삽입된 삽입가요로 보고, 유리왕은 어떤 실존인물이 신격화되어 신화 속의 주인공으로 남아 있다고 보았다(「황조가 배경설화의 문화배경적 의미」, 『인하어문연구』 4, 인하대 인하어문연구회, 1999, 420쪽).

38 金昌龍, 『우리 옛문학론』, 새문사, 1991, 181쪽. 김창룡은 이 논문에서 〈황조가〉가 구사하고 있는 수사적 원류를 『詩經』과 관련하여 면밀히 검토한 결과, 16자 가운데 '相依'의 造語만이 〈황조가〉 고유의 어휘라고 주장한 바 있다.

39 祭儀와 관련한 연구로는 鄭炳昱이 계절적 제례의식에서 배우자를 선정하는 기회에 불려진 사랑의 노래로서 거절당한 남자의 애절한 求愛曲(「한국시가문학사」 상, 『한국문화사대계』 5, 고려대, 1967, 775쪽)이라는 견해와, 性的 제의에서 구애의 대상을 찾으면서 불리워진 것(金承璨, 『한국상고문학론』, 새문사, 1987, 19쪽)이라는 견해, 그리고 燔祭에서 呪歌로 사용된 노래(閔肯基, 「원시가요연구」 2, 『사림어문연구』 8, 창원대, 1991)라는 견해가 있다. 또한, 허남춘은 왕비 송씨의 죽음을 모의적인 죽음으로, 두 계비를 동시에 맞는 문맥은 설화적인 문맥으로 보았다. 동시에 유리왕을 신화적 주인공으로 보았으며, 화희 치희설화는 계절제의를 상징하고, 〈황조가〉는 성적 의례를 포괄하는 짝짓기의 노래라고 보았다(「황조가 신고찰」, 『한국시가연구』 5, 한국시가학회, 1999, 31~32쪽).

40 金學成, 『한국고전시가의 연구』, 원광대출판국, 1980, 274~277쪽. 김학성은 유리왕이 짝을 잃은 고독한 처지인 '현실적인 것'과 꾀꼴새처럼 정답게 살아야 하는 부부관계의 '이상적인 것' 사이의 갈등에서 이상적인 것에의 추구가 좌절된 '비극미'가 표현된 작품, 즉 신화적 숭고의 붕괴가 근본적인 동인이었음을 주장한 바 있다.

41 張鴻在는 연모의 대상을 죽은 왕비 송씨로 보았고(「황조가의 연모대상」, 『국어국문학연구논문집』, 청구대학, 1963), 李鐘出은 연모대상을 치희로 보았다. 그리고 원작자는 유리왕이며, 현존 노래는 후세인의 한역으로, 시가적 성격은 '사랑을 잃은 고독의 하소연인 개인적 서정요'이며, 제작연대는 유리왕 5년 봄(B.C. 15년)으로 보았다(『한국고시가 연구』, 태학사, 1989, 63쪽). 민영대는 작자는 유리왕, 연모대상

정병욱은 〈황조가〉를 작자 미상의 순수한 서정시로 보고, 남녀가 배우자를 선정하는 기회에 불려진 사랑 노래의 한 토막이며, 후에 한문으로 번역되어 유리왕의 설화속에 끼어들었다고 보았다.[42]

강명혜는 〈황조가〉가 '사랑을 갈구하거나 원하는 시적 화자의 사랑의 노래'이며 유리왕과 관련된 노래로서 이전부터 있었던 求愛의 노래를 유리왕이 부른 것으로 보았고, 〈황조가〉를 유리왕이 불렀다는 것은 결국은 '왕실의 번영이나 풍요를 기원한다는 의미'라고 했다.[43]

임주탁·주문경은 '誰其與歸'를 '그 누가 붙좇으랴?'라고 해석하고, 〈황조가〉 관련 서사를 유리왕 3년조에 포함시킨 데는 덕(德)을 갖추지 못함으로써 토착 세력들의 지지를 이끌어내지 못하였던, 그리하여 고독할 수밖에 없었던 유리왕의 처지를 드러냄으로써 후왕(後王)들의 거울로 삼도록 하고자 하는 의도가 강하게 작용했다고 보았다. 따라서 〈황조가〉는 유리왕의 됨됨이를 간명하게 드러내는 데 매우 적절한 노래로 보았다.[44]

고구려의 건국 초기는 북방 이민족과의 끊임없는 투쟁과 갈등 속에서 국가의 문물제도를 정비해 가면서 정복국가로서의 면모를 갖추어

은 雉姬로 보았다(「황조가 연구」, 『숭전어문학』 5, 숭전대, 1976, 128쪽). 權寧徹은 연모의 대상이 구체적인 여인이 아니라 다만 漠然한 한 사람, 즉 配匹감이 될 만한 理想的 女人型을 憧憬했을 따름이라고 말한 바 있다(「황조가 신연구」, 『국문학연구』 1, 효성여대, 1968, 110쪽).

42 鄭炳昱, 「한국시가문학사」 상, 『한국문화사대계 V-언어·문학사(下)』, 고려대 민족문화연구소, 1967, 772~775쪽.

43 강명혜, 「황조가의 의미 및 기능 – 구지가·공무도하가와의 연계성을 중심으로」, 『온지논총』 11, 온지학회, 2004, 38쪽.

44 임주탁·주문경, 「황조가의 새로운 해석 – 관련서사의 서술의도와 관련하여」, 『관악어문연구』 29, 서울대 국문학과, 2004, 462~463쪽.

가던 시기였다. A.D. 1세기 초에 왕호(王號)를 칭할 정도로 발전한 고구려는 요하(遼河) 유역, 또는 대동강(大同江) 유역, 아니면 송화강(松花江) 유역이나 동해안의 평야 지역 등 사방으로 진출하려고 하였는데, 이 지역은 모두 당시 중국의 직속령이거나, 그 영향 밑에 있었으므로 고구려와 한족(漢族)과의 투쟁은 필연적인 일이었다.[45] 이 같은 시기에는 연애와 같은 낭만적인 설화보다는 국가를 보존하고 강성하게 유지하는 전쟁영웅담이 널리 유포되고 장려되던 시기였다. 따라서 연애와 같은 남녀의 연정은 그 자체가 가지고 있는 보편적이고 낭만적인 성격과는 달리, 제사(祭祀)와 전쟁이라는 절박한 국가 중대사에 가려 기록의 전면에 드러나지는 못하던 시기였다. 대신, 이 같은 시대적인 환경을 배경으로 충(忠)·효(孝)·열(烈)이라는 집단적이고 효용론적인 가치관이 시대의 전면에 나타나는 것이 특징이다. 다시 말해 그 같은 아름다운 사랑의 이야기가 없었다는 것이 아니라, 역사의 이면에 자리할 수밖에 없었다는 것이고, 개인보다는 집단의 운명이 중시되던 시기였다는 말이다. 이 같은 남녀 간의 애정이 변형된 형태로 나타난 것이 혼인동맹과 같은 정략적인 결혼이었다고 보인다.

고대시가의 배경에 자리한 기록자의 태도는 철저히 '충효열(忠孝烈)'의 덕목을 구현하는 입장을 견지하고 있음을 확인할 수 있다. 『삼국사기(三國史記)』의 기록태도는 이같은 관점을 잘 보여주고 있는 역사서이다. 호동왕자(好童王子)와 낙랑공주(樂浪公主), 김유신(金庾信)과 천관녀(天官女), 가실(嘉實)과 설씨녀(薛氏女) 등의 남녀의 아름다운 사랑의 이야기가 결국 충효열의 덕목으로 옭아매어진 채 희미하게나마 기록에

45 李基白, 『한국사신론 : 개정판』, 일조각, 1976, 37쪽.

전하고 있다. 부전가요(不傳歌謠)의 상당 부분이 이 같은 기준에 의해 그나마 배경설화가 남아 있음을 우리는 기록을 통해 확인할 수 있다.

필자가 〈황조가〉에 대해서 의문을 가졌던 것은 유리왕의 실연담(失戀談)이었다. 도대체 군주에게 실연이 가당한 이야기인가? 요즘의 관점에서 보면 매우 낭만적인 이야기 같지만 이 배경설화는 분명히 고구려 2대 왕인 유리왕에 대한 이야기임을 간과해서는 안 된다. 필자는 유리왕이야말로 태자 수업의 과정이 없이 부왕(父王)의 권위에 힘입어 등극한 왕이며, 삼륜(三倫)을 저버린 고독한 군주였고, 이 같은 유리왕에 대한 경계지사(警戒之詞)가 바로 〈황조가〉라는 점을 밝히고자 했다. 필자는 〈황조가〉가 국가의 기틀을 다지는 과정에서 이민족과의 갈등을 드러낸, 유리왕의 통치능력에 대한 비판적인 배경설화로 보고 〈황조가〉를 유리왕 자신의 자탄가(自嘆歌)로 새롭게 조명하고자 했다.[46]

안정복(安鼎福)은 『동사강목(東史綱目)』에서 유리왕을 삼륜(三倫)을 저버린 왕으로 비판하고 있다.[47] 비판의 핵심은 유리왕을 삼륜(三倫 : 夫婦·父子·君臣간의 윤리)을 저버린 임금으로 지목하고 있다는 점이다. 이뿐 아니라, 이 같은 임금에게 어떻게 '명왕(明王)'이라는 시호를 주게 되었는지 의문시하고 있다. 혹독한 비판이 아닐 수 없다. 태자 도절(都切)이

46 金榮洙, 「황조가 연구재고 – 악부시 황조가의 해석을 원용하여」, 『한국시가연구』 6, 한국시가학회, 2000.

47 『東史綱目』 第一上, 癸亥年(고구려 유리왕 22년 11월) : "按高句麗開國 至此終四十餘年 又遷都屬耳 正宜修明政教 務農休民 鞏固新基之業 而乃反逐獸原野 五日不返 其失多矣 陜父之諫 可謂深切 而愎諫不從 貶薄賢臣 使先王勳舊 不能自存何哉 考王平生 失德甚多 二姬不和而夫婦道壞 陜父出奔而君臣義虧 解明伏劍而父子恩絶 諡號明王 遵何德哉 自昔所謂明王 於此三倫 所全者少 奚獨責於夷裔之小君乎."

부여와의 볼모교환이 두려워 가지 않으려고 하다가 죽은 것이나, 해명(解明)이 위나암성으로의 천도(遷都)를 반대하고 부왕의 명령을 따르지 않은 것이 부자 간 갈등의 화근으로 보인다. 대무신왕이 상무적(尙武的)인 태도와 용맹으로 왕위에 오른 것을 감안하면 대조적이다.

일찌기 김영기(金永琪)는 〈황조가〉를 "개인으로도, 絶對性을 뜻하는 王位로도 漢民族과의 투쟁에서 타락한 시가 우리들 앞에 제시된 遺産"[48]이라고 했다.

권영철(權寧徹)은 유리왕의 처복(妻福)에 대하여 정략결혼의 희생자라고 지적한 바 있다. 첫 번째의 송씨도 그랬고, 화희와 치희의 경우도 그랬다는 것이다. 다시 말해 상투상쟁(相妬相爭)하는 두 계비를 가차 없이 죽이질 못하고 오히려 동서 이궁(離宮)을 지어 거주케 한 것은 이비(二妃)가 저마다 등지고 있는 친가부족의 세력 때문이었다고 언급한 것이다.[49] 한편, 김학성(金學成)은 화희와 치희의 대립 갈등은 고구려의 토착세력과 이민족인 한군현(漢郡縣)의 세력충돌을 의미한다고 하면서 한군현의 세력을 격퇴하려는 토착세력과 그것이 빌미가 되어 한나라의 막강한 군사력에 의한 침략을 두려워하여 한군현에 화해와 회유책을 쓰려는 나약한 유리왕의 모습이 우의적(寓意的)인 형태로 설화화된 것이라고 한 바 있다.[50] 화희가 치희를 나무랄 때의 '無禮하다'는 표현에서 그들 종족이 무력은 강하지만 문물제도를 갖춘 문화민족은 아니라는 점을 은연중 비판한 것으로 보인다. 이 같은 화희의 꾸짖음 속에는 민족

48 金永琪, 「한국고대시가의 주제 – 教化 戀君 自然의 사상」, 『현대문학』 142호, 현대문학사, 1966, 27~28쪽.

49 權寧徹, 「황조가 신연구」, 『국문학연구』 1, 효성여대, 1968, 106~107쪽.

50 金學成, 『한국고시가의 거시적 탐구』, 집문당, 1997, 31쪽.

차별적인 내용을 이면에 깔고 있어서 이민족에 대한 저항의식을 엿볼 수 있다. 만일 그렇다면 유리왕은 애초부터 두 계비를 다스리기에는 역부족이었을지 모른다. 그 이유는 각기 자기 종족을 대변하는 입장에서 전개되는 주도권 다툼의 성격을 지니고 있기 때문이다. 반면에 화희의 치희에 대한 꾸짖음은 유리왕의 입장을 대변하는 의미를 지니기도 한다. 결국, 화희의 입에서 나온 이 꾸짖음은 중간에서 확고한 태도를 취하지 못하는 유리왕의 줏대 없음을 비판하는 양면성을 지니고 있다.

권영철은 〈황조가〉의 기록에 나타난 '嘗' 자의 의미를 '일찍이'의 뜻으로 보아 유리명왕 3년 이전 사실의 것을 『삼국사기』의 기록자가 참고로 이를 기록한 것으로 보았다. 따라서 〈황조가〉의 제작연대는 유리왕 원년(B.C. 19년)에서 동 2년(B.C. 18년) 사이에 되었을 것이고, 더 축약이 가능하다면 B.C. 19년 9월(유리왕 즉위년월)부터 翌 B.C. 18년 7월(송씨를 왕비로 맞이한 연월)이전의 작으로 추정했다. 또한 '歸' 자의 의미 역시 '嫁 : 얼다'의 뜻으로 해석하여 "쌍쌍이 맞잡고 얼(結婚)하겠는가?"라고 보았다.[51] 윤영옥은 '인간 類利의 삶과 결부될 때 그러한 고독은 곧 인간 本源的(實存的)인 것이 되며, 이럴 때 '誰其與歸'(나와 함께 해줄 자)는 아무도 없는 것으로 보고, 유리의 〈황조가〉는 인간의 본원적인 위화(違和)의 문제를 제기한 것으로 보았다.[52]

필자 또한 이 '嘗' 자에 관심을 갖고 있다. 결론부터 말한다면 통상적으로 이해하듯이 '일찍이'의 뜻으로 보아 무방하다는 것이다. 왜냐하면, 〈황조가〉는 유리왕이 즉위한 이후, 국정을 수행하는 과정에서 통치자

---

51 權寧徹, 「황조가 신연구」, 『국문학연구』 1, 효성여대, 1968, 95~111쪽.

52 윤영옥, 『한국 고시가의 연구』, 형설출판사, 1995, 205쪽.

로서의 능력의 한계를 절감할 때마다 자탄가(自嘆歌)로 불린 노래이며, 특히, 두 계비를 맞이하면서부터, 그리고 두 계비가 쟁총하면서부터는 더욱 절실하게 읊어진 유리왕의 탄식요(歎息謠)로 여겨지기 때문이다.

만백성의 어머니가 되어 화합을 이루어 천하를 다스려야 할 계비들이 미물인 황조의 다정함에도 미치지 못하는 안타까운 현실을 탄식처럼 노래한 것이 〈황조가〉인 셈이다. 따라서 〈황조가〉는 치희가 친정으로 도망가는 사건 이전에도 둘 사이가 갈등을 빚을 때는 언제나 탄식처럼 되뇌던 노래였다. 그 같은 유리왕의 심정이 결정적으로 표면화된 것이 치희의 환국이었고, 황조는 두 계비의 불화를 깨우치게 하기 위해 등장시킨 소재에 불과한 것이다. 결국 〈황조가〉는 두 계비를 다스리지 못한 유리왕의 탄식요이며, 이는 결국 자신의 통치능력의 한계를 드러낸 노래이기도 하다. 이 같은 유리왕의 총체적인 난맥상(계비들과의 불화, 자식들과의 갈등, 신하들과의 갈등)을 史官은 유리왕의 〈황조가〉에 빗대어서 후대의 왕들에게 경계를 삼게 하기 위해 기록한 것이다.

조용호는 〈황조가〉를 '독신자가 배우자를 구하는 구애민요의 성격'을 지녔다고 하고, 화희와 치희의 설화와 무관하며, 〈황조가〉는 유리왕 3년 여름 이전의 어느 시점에 단지 유리왕의 입을 통해 나온 것일 뿐이며, 고구려의 노래가 아니라 부여에서 젊은 독신자들이 이성을 그리며 불렀을 가능성이 높은 노래로 보았다.[53]

이영태는 '誰'을 중심으로 전반은 유리왕의 애정문제와 관련된 것이며, 후반은 왕이 되기 이전 부여에서조차 전반의 경우와 유사하게 애

53 조용호, 「황조가의 구애민요적 성격」, 『고전문학연구』 32, 고전문학연구회, 2007, 30~31쪽.

정문제의 실패와 관련된 노래를 부른 적이 있다는 점을 『삼국사기』 담당자가 철저한 시경투(詩經套)로 기록했던 게 유리왕 관련 텍스트라고 했다. 즉, '염아지독(念我之獨)'은 타인들은 모두 조화로운 '여귀(與歸)'를 하고 있지만 나만 그러지 못하고 있는 처지에서 진술될 만한 것이라고 했다.[54]

이 〈황조가〉에는 유리왕의 고독한 처지가 배경으로 작용하고 있음을 부인할 수 없다. 이는 유리왕에게서 두드러지게 암시되는바 상실과 고독이라는 이미지가 노래의 배경으로 자리한다는 견해와 궤를 같이 한다.[55]

3) 도솔가(兜率歌)

〈도솔가〉는 현재 두 가지가 전해지고 있다. 가사 부전(不傳)의 유리왕대(儒理王代) 〈도솔가〉(28년)와 월명사(月明師)의 향가 〈도솔가〉(760년)가 그것이다.[56] 약 7백여 년의 시차를 두고 같은 이름으로 존재하는 이 두 가지 형태의 노래에 대하여 그간 많은 논의가 있어 왔다. 유리왕대의 〈도솔가〉는 배경설화만 전해지고 있어 그 가사 내용은 알 수 없다. 다만 배경설화를 통해 어렴풋이 그 내용을 짐작할 수 있다. 필자는 두 노래가 오랜 시간적인 간격에도 불구하고 노래의 제목이 같다는 것은 노래의 기능이 유사하기 때문이라고 본다.

---

54 이영태, 「황조가 해석의 다양성과 가능성 – 삼국사기와 시경의 글자용례를 통해」, 『국어국문학』 151, 국어국문학회, 2009, 257쪽.

55 金昌龍, 「黃鳥歌의 底邊」, 『우리 옛문학론』, 새문사, 1991, 195쪽.

56 〈도솔가〉에 대한 논문은 유리왕대 〈도솔가〉에 대한 논문이 20여 편, 월명사 〈도솔가〉(향가)에 대한 논문이 40여 편 정도 보고되어 있다.

즉, 오랜 세월이 흘렀음에도 불구하고 두 노래의 기능이 비슷했기 때문에 사람들은 이 노래를 통하여 그 어떤 목적을 달성했던 것이 아닌가 생각하는 것이다. 이는 곧 오랜 세월 동안 전통과 관습을 이루면서 다소 변형되기는 했어도 그 핵심적인 부분은 전승되어 왔음을 의미한다. 유리왕대의 〈도솔가〉가 임금의 자격과 역할을 운위하면서 백성들을 보살피는 근본에 충실함을 강조하고, 이를 달성했을 때 나라의 태평성대를 기념하는 노래였다면 경덕왕대의 〈도솔가〉는 국난을 극복하기 위해 불교계의 고승의 법력을 빌어 안정을 되찾은 노래라는 점에서 두 노래의 기능은 상통한다.

다만, 두 노래 사이에 불교의 영험력이 개입한 점이 다를 뿐이고, 임금의 역할, 그리고 노래를 지은 목적은 다분히 일치하고 있다. 필자는 이 같은 점을 전제로 국가의 안정을 도모하면서 백성들을 잘 다스리는 요체를 읊은 노래라는 점에서 유리왕대의 〈도솔가〉를 악장(樂章)의 시초라고 본다.[57] 본래 악장은 동양에서 왕조의 창업(創業) 과정을 시(詩)·가(歌)·무(舞)로 형상화한 장르였다. 창업한 군주의 개창 과정을 기술하면서 후대의 군주에게 그 창업의 어려움을 잊지 말고 나라와 백성을 잘 다스리게 하려는 의도에서 지어진 교훈적인 문학이다. 이 같은 성격 때문에 악장은 새로운 왕조가 탄생하거나 새로운 왕의 등극시에는 반드시 그 왕의 등장과정을 시가무(詩歌舞)로 형상화하여 종묘에서, 혹은 의식을 거행할 때마다 반복적으로 연행되던 장르였다. 이 같은 악장이 집중적으로 나타난 것은 조선왕조 초기였는데 그 이유는 역성혁명의 정당성을 드러내기 위한 방편으로 제시되었기 때문이다.

57 金榮洙, 『古代歌謠硏究』, 단국대학교 출판부, 2007, 267쪽.

유리왕대 〈도솔가〉에 대한 연구는 가사 부전에도 불구하고 그동안 꾸준히 전개되어 왔다.[58] 배경설화에 나타난 "此歌樂之始也"라는 언급과 『삼국유사』에 "始作兜率歌 有嗟辭詞腦格"(기이편, 第三弩禮王條), 그리고 향가 〈도솔가〉와의 관련성 때문에 촉발된 결과였다. 또한 '가악(歌樂)'의 의미에 대한 논란도 한 몫을 했다. 첫 단추를 잘 꿰는 것은 문학사에서 중요한 의미를 지니기에 많은 연구자들이 관심을 보여 온 것이 사실이다. 그간의 연구사를 일별하여 그 경향을 살피고자 한다.

정병욱은 '가악지시야(歌樂之始也)'란 '새로운 가악(歌樂)의 탄생'으로 해석하고, 새로운 가악이란 종교적인 요소가 탈락한 순연한 민중들의 환강(歡康)을 읊은 새로운 내용과 형식을 갖춘 가요의 발생을 의미한다고 했다. 즉, 낡은 가악(歌樂)은 신요(神謠)로, 새로운 가악은 가요(歌謠)로 대체할 수 있다고 보았다.[59]

최남선(崔南善)은 '두솔(兜率)'은 고어 '덧소리'를 사음(寫音)한 것이며, 이는 '신령(神靈)을 제사지내는 노래'라고 했다. 이어 차사(嗟辭)는 '국가나 사회의 공식적인 제사시 신령님과 조상님의 공덕을 찬양하는 노래'이며, 사뇌(詞腦)는 '민간에서 마음에 있는 바를 하소연하거나 부르짖는 俚謠 비슷한 것'으로 보았다.[60]

정형용(鄭亨容)은 '신령(神靈)이나 액귀(厄鬼)에 대한 송축사(頌祝詞) 또는 주원가(呪願歌)의 서사문학적(敍事文學的)인 것이 민속(民俗)의 환

---

58 연구사적으로 접근한 논문은 尹用植, 「도솔가(유리왕대)의 해석」, 『한국문학사의 쟁점』, 집문당, 1986.

59 鄭炳昱, 「한국시가문학사」 상, 『한국문화사대계 V-언어·문학사(下)』, 고려대 민족문화연구소, 1967, 787~788쪽.

60 崔南善, 『朝鮮常識問答續編』, 삼성문화재단 출판부, 1972, 70~72쪽.

강(歡康)을 노래한 것으로 발전(發展)한 것'이라고 했고, 따라서 '송축(頌祝)의 사의(詞意)가 내용(內容)을 이룬 것이며, 서사와 서정문학의 교량적 존재'라고 보았다.[61]

김사엽(金思燁)은 '祭詞歌의 통일을 의미하며, 내용은 天佑神助를 기원한 것이고, 종교적 의식의 祝詞'로 보았다.[62]

조지훈(趙芝薰)은 '〈두솔가(兜率歌)〉의 內包는 다살노래(治理歌·安民歌)요, 外延은 두레소리(集團歌·會樂)이니 곧 治理歌로서 고유의 〈兜率歌〉와 佛教鄕讚으로서의 사뇌가의 일종인 〈兜率歌〉의 두 가지가 있다'고 한 바 있다.[63]

양주동(梁柱東)은 '兜率은 원래 「두리·도리」의 借字로서 〈兜率歌〉는 현존 농악(農樂) 두레(「社·Circle」의 뜻)의 「두리놀애·도리놀애」에 해당한다'고 했고, 이어 유리왕대 〈도솔가〉는 '上古의 종교적 儀式의 祝詞와 近古의 叙情謠의 중간 형식'이라고 했다. 결론적으로 민속환강(民俗歡康)·시화연풍(時和年豊)을 구가(謳歌)한, 혹은 임금의 어진 정사(政事)를 칭송(稱頌)한 민중의 노래이며, 농민의 노래인 동시에 나대(羅代)의 국풍(國風)·아송(雅頌)의 남상(濫觴)이라고 했다.[64]

조윤제(趙潤濟)는 '〈도솔가〉는 一定한 形式에 整齊되어 可히 樂舞에서 分離할 수 있는 詩歌'이며 '呪力的 노래, 或은 宗教的 聖歌, 乃至는 神謠'로 보았다.[65]

---

61 鄭亨容, 『국문학사』, 우리어문학회 편, 신흥문화사, 1948, 10~11쪽.

62 金思燁, 『改稿 國文學史』, 정음사, 1953, 149쪽.

63 趙芝薰, 「新羅歌謠考」, 『고대국문학』 6, 고려대 국문학과, 1962, 30~33쪽.

64 梁柱東, 『增訂 古歌硏究』, 일조각, 1965, 14~17쪽.

65 趙潤濟, 『한국문학사』, 동국문화사, 1963, 14~15쪽.

이두현(李杜鉉)은 독음(讀音)과 가악(舞樂)으로서의 복색(服色), 가면(假面), 춤사위와 성격 등으로 보아 '〈兜率歌〉와 일본의 右方舞 「鳥蘇」는 동일한 것이며, 〈處容歌〉의 경우처럼 兜率舞로 정제되어 일본에 전해진 고려악무의 하나가 되었고, 歌舞樂이 하나로 종합된 舞樂이었다'고 보았다.[66]

김준영(金俊榮)은 '國讌·呈才 때 부르는 국가의 정식가악으로는 처음 지어진 노래'라고 했다.[67]

장덕순(張德順)은 '宗教的인 呪術에서 완전히 脫皮하였고, 個人生活의 安定과 그 平康을 기리는 抒情的 民謠의 性格이 多分히 곁들였다'고 하면서 향가에 가까운 노래로 보았다.[68]

최동원(崔東元)은 '有嗟辭詞腦格'의 〈도솔가〉에 대해, '歌詞의 唱에 뒤 이어서 歌詞 없이 器樂의 伴奏上으로 연주되는 부분이 따르고, 이 연주 부분에서 감탄사가 불리어지던 격조의 노래이며 樂調는 동일한 것을 되풀이하되, 歌辭는 새로운 것이며 民謠형식에 가까운 노래'로 추정한 바 있다.[69]

김승찬(金承璨)은 '새로운 歌樂이란…治者와 被治者間의 自律的 調和를 목적으로 意圖的으로 만들어진 人倫世教的인 正風의 歌樂'으로 보았다.[70] 아울러 〈도솔가〉의 가사는 장형(長型)일 것이라고 추정

---

66 李杜鉉, 「新羅古樂 再攷 – 특히 兜率歌에 대하여」, 『신라가야문화』 1, 청구대 신라가야문화연구원, 1966, 50쪽.

67 金俊榮, 『한국고전문학사』, 금강출판사, 1971, 125쪽.

68 張德順, 『國文學通論』, 신구문화사, 1973, 81~82쪽.

69 崔東元, 「新羅歌樂攷」, 『논문집』 15, 부산대, 1973, 23쪽.

70 金承璨, 「兜率歌 再論」, 『국어국문학』 12, 부산대 국어국문학회, 1975, 69쪽. 김승찬은 삼국사기 악지에 실려 있는 가악은 김부식의 예악관에 입각해 선정, 채록되었기

했다. 또한 〈도솔가〉는 신라 초기 부족국가 연맹의 건설에 따른 국가 이념과 연맹국가 간의 자율적 조화 및 연맹국의 무궁한 발전을 염원하는 내용으로 짜여졌을 것으로 추정된다고 했다.[71]

이명구(李明九)는 '歌樂之始也'를, '일정한 격식을 갖춘 음악에 맞추어 부르는 노래, 곧 樂章의 始初'라고 말한 바 있다.[72]

서수생(徐首生)은 유리왕대의 〈도솔가〉는 국정가요로서 신라 성형시가(成型詩歌)의 시초로 보고, 불교 전래 이전의 토속적 고유의 노래로 보았다.[73]

구자균(具滋均)은 '집단적으로 여러 사람이 춤도 추고 노래도 부르면서 나라가 잘 다스려지는 것을 즐거워하며 노래한 민요'라고 했다.[74]

〈도솔가〉를 노래 갈래 이름으로 보는 견해는 최남선(崔南善)에 의해 지적된 바 있다. 최남선은 '〈도솔가〉는 어떤 특수한 一歌曲의 명칭이 아니라, 적어도 한 歌謠群의 總名이며, 신라에서 가장 일찍 생긴 가요의 일 형태'라고 한 것이다. 이어 〈도솔가〉의 調格에 嗟辭와 詞腦의 구별이 있는데 차사는 讚美 頌揚의 意를 가진 것이고, 사뇌는 奏聞, 또는 祈願의 意가 있으며, 惡靈 祓除의 呪歌로 보았다.[75]

때문에 德音으로 연주된 正樂(兜率歌, 辛熱樂, 思內樂 등)과 民風과 民度를 보일 수 있는 郡樂(內知, 白實, 德思內, 石南思內, 祀中 등)으로 나눌 수 있다고 했다(「史記·遺事 소재 가악의 성격」, 『한국전통문화연구』 3, 효성여대, 1987, 45쪽).

71 김승찬, 「도솔가」, 『고전시가의 이념과 표상』(임하최진원박사정년기념논총), 대한, 1991, 24쪽.

72 李明九, 「도솔가의 역사적 성격」, 『논문집』 22(인문·사회계), 성균관대, 1976, 28쪽.

73 徐首生, 「도솔가의 성격과 사뇌격」, 『국문학논문선 1(향가연구)』, 민중서관, 1977, 181쪽.

74 具滋均, 「國文學史要」, 『한국평민문학사』, 민족문화사, 1982, 261쪽.

75 崔南善, 『六堂崔南善全集』 제9 論說·論文 Ⅰ, 현암사, 1974, 455~468쪽.

조동일은 '「歌樂」의 「樂」은 중세적인 지배질서를 상징하면서 국가의 통치에 백성이 감복하도록 특별히 제정된 것이며, 음악과 악기연주와 춤까지 동반했을 종합적인 공연물'이라고 하고, '〈도솔가〉는 그 중에서 〈辛熱樂〉을 연주하면서 부른 노래가 아닌가'라고 추정한 바 있다. 또한 '〈도솔가〉는 노래이름이라기보다 노래갈래 이름'이라고 하면서 '〈도솔가〉는 나라를 편안하게 하자는 주술, 또는 기원을 곁들이면서 국가적인 질서를 상징하는 서정시'라고 했다. 이어 조심스럽게 '악장류의 노래와 상통하되, 아직은 무속적인 상징이 남아 있다'고 했다.[76] 이는 〈도솔가〉를 갈래의 명칭으로 본 견해이다.

김수업은 '〈兜率歌〉는 한 개의 작품 이름이 아니라, 무리를 이룰 수 있는 갈래의 이름'이며, '임금의 나라 다스림에 깊은 관련을 맺고 있는 노래의 갈래'라고 했다.[77]

홍재휴(洪在烋)는 〈도솔가〉의 창작연대는 『삼국유사』에 의거, 유리왕 9년이며, 창작 동기는 '改定六部號'하고 '仍賜六姓'한 데 대한 백성들의 감은(感恩)의 발로이며, 백성들이 지은 시가 상달(上達)되어 악장(樂章)으로 채택된 것으로 보았다. 따라서 시의 성격은 왕의 덕정(德政)과 선치(善治)에 대한 송찬(頌讚)과 기구(祈求)의 뜻을 담은 송찬송도사(頌讚頌禱詞)로서 동방의 악가(樂歌), 곧 악장(樂章)의 효시로 보았다.[78]

김흥규(金興圭)는 '신라 유리왕(儒理王)이 어진 정치를 베풀어서 백성들의 살림살이가 편안해지자 지은 〈두솔가〉는 악장'이라고 추정한 바

---

76 조동일, 『한국문학통사』 1, 지식산업사, 1982, 120~121쪽.

77 김수업, 『배달문학의 갈래와 흐름』, 현암사, 1992, 184~185쪽.

78 洪在烋, 「兜率歌攷 – 儒理王代의 不傳詩」, 『한국전통문화연구』 창간호, 효성여대 한국전통문화연구소, 1985, 301~302쪽.

있다.[79]

허문섭은 '〈도솔가〉(두율가, 두레가)란 종래의 전통적인 「두레노래」를 한자로 표기한 것'이며, '당시 농촌의 일종 공동노동조직이었던 남도 지방의 두레와 관련이 있다'고 보았다.[80]

『조선문학통사』에서는 '전통적인 「두렛노래」 – 즉 집단적인 노동가요의 일종'으로 기술되었다.[81]

정기호(鄭琦鎬)는 '도솔(兜率)'이 1세기 사실(史實) 속에 나타나는 것은 현시점에서 기술하는 후대 사서(史書) 편찬자들의 기술(記述)에 따른 것이며, 8세기 월명사의 〈도솔가(兜率歌)〉에서 1세기의 의식가(儀式歌 : 유리왕대 〈도솔가〉)가 어떤 것인지를 볼 수 있다고 했다.[82] 즉, 다른 것이 아니라 같은 계열의 작품이라고 본 것이다.

필자는 〈도솔가〉의 형성배경으로 임금의 순수(巡狩)와 예악사상의 확립이라는 두 가지 의미를 중심으로 논지를 전개한 바 있다.[83] 〈도솔가〉 제작의 직접적인 배경은 유리왕의 순수(巡狩)였는데, 이는 곧 임금의 대국민 직접 통치행위로서의 의미를 지니고 있을 뿐만 아니라, 임금으로서의 덕을 쌓는 중요한 의미를 지니고 있다. 유리왕은 신라의 제3대 왕(재위 24년–57년)이었다. 남해왕(南解王)의 태자로서 덕망이 높은 군주였다. 남해차차웅(南解次次雄)은 그 이름이 가리키듯 샤먼킹이었다. 세상 사람들은 무당이 귀신을 위하고 제사를 숭상하는 까닭에

79 金興圭, 『한국문학의 이해』, 민음사, 1986, 109쪽.

80 허문섭, 『한국민족문학사』, 세계, 1989, 45쪽.

81 과학원 언어문학연구소 문학연구실 편, 『조선문학통사』(상), 1989, 화다, 29~30쪽.

82 鄭琦鎬, 「兜率歌攷」, 『青荷成耆兆先生華甲紀念論文集』, 신원문화사, 1993, 1147쪽.

83 金榮洙, 「도솔가의 악장적 성격」, 『古代歌謠研究』, 단국대학교 출판부, 2007, 233~268쪽.

외경하여 마침내 존장자를 자충(慈充)이라고 했다고 김대문(金大問)은 언급하고 있다.[84] 시조 박혁거세에 이어 남해왕도 신화적인 영웅의 모습을 간직하고 있음을 보여주는 기록이다. 그러나 유리왕은 문물제도를 갖추면서 문화적인 영웅의 모습으로, 그리고 덕망 있는 임금의 모습으로 기록되어 있다는 점이 다르다.

남해왕이 죽자, 유리왕은 마땅히 왕위에 나아갈 수 있었음에도 덕망이 높은 탈해에게 양보한 사건이나,[85] 9년 봄에 육부(六部)의 이름을 고치고 사성(賜姓)한 일,[86] 왕녀 두 사람을 통하여 길쌈을 장려한 일,[87] 14년에 고구려가 낙랑을 멸하고 낙랑인 5천 명이 투항해 오자 육부에 나뉘어 살게 한 일,[88] 34년 9월에 유리왕이 유언을 통해 '나의 두 아들은 재주가 탈해에게 훨씬 못 미치니 내가 죽은 뒤에는 탈해로 하여금 왕위를 잇게 하라'[89]는 유훈을 남긴 일 등은 유리왕의 덕망이 높았음을 잘

---

84 『三國史記』卷1 신라본기 제1 '南海次次雄條' 細註 : "次次雄 或云慈充 金大問云 方言謂巫也 世人以巫事鬼神尙祭祀 故畏敬之 遂稱尊長者爲慈充."

85 남해왕이 죽자, 유리왕은 탈해가 덕망이 높음을 알고 그에게 왕위를 양보하자, 탈해는 '지혜 있는 사람은 이가 많다'고 하면서 '떡을 물어 시험하자'고 하여 유리의 잇금이 많았으므로 좌우에서 받들어 그를 왕으로 삼았다. 이후 朴·昔·金이 돌아가면서 연장자로 왕을 삼았는데, 尼師今이란 방언으로서 잇금을 의미한다.『三國史記』卷1 신라본기 제1, '유리니사금조' : "初南海薨 儒理當立 以大輔脫解素有德望 推讓其位 脫解曰 神器大寶 非庸人所堪 吾聞聖智人多齒 試以餠噬之 儒理齒理多 乃與左右奉立之 號尼師今 古傳如此 金大問則云 尼師今方言也 謂齒理."

86 李丙燾는 이 사실을 믿을 수 없다고 부정하고 있다. 이병도 역주, 『三國史記』上 개정판, 을유문화사, 1996, 24쪽.

87 嘉俳(한가위 : 8월 대보름)의 기원이자, 이때 진 편의 여자가 춤추며 노래한 것이 〈會蘇曲〉이다.

88 『三國史記』본기 제1 '유리왕조' : "十四年 高句麗王無恤 襲樂浪滅之 其國人五千來投 分居六部."

89 『三國史記』본기 제1 '유리왕조' : "三十四年 秋九月 王不豫 謂臣僚曰 脫解身聯

보여주는 기록이다. 마치 요순시대의 선양의식(禪讓儀式)을 보는 것 같은 느낌이다.

유리왕 5년에 지어진 〈도솔가〉의 배경설화에서 눈에 띄는 것은 순행(巡幸) 중 늙은 노파의 주리고 얼어죽어 가는 상황을 목격하고 자신의 부덕(不德)을 자책하며 환과고독(鰥寡孤獨) 및 노병(老病), 불능자활자(不能自活者)를 봉양하자, 이웃나라의 백성들까지 임금의 덕에 감화하여 귀의(歸依)하는 모습이다. 임금으로서는 가장 이상적인 자세를 유리왕을 통해 묘사하고 있는 것이다.

「증보문헌비고(增補文獻備考)」 악고(樂考)의 첫머리에는 다음과 같이 악(樂)의 제정 의미를 언급하고 있다. 즉, '王이 興起하면 반드시 그 왕의 音樂이 있다. 그러므로 大章과 大韶란 음악을 들으면 堯임금과 舜임금의 정치를 알 수 있고, 大濩와 大武란 음악을 들으면 殷나라와 周나라의 정치를 알 수 있다. 옛적의 훌륭한 임금은 功을 이루고 정치를 안정되게 한 후에 성악을 지어 모두 각각 그 德을 형상하였는데, 한결같이 律呂에 근본하였다'는 것이 그것이다.[90]

공(功)이 완성되면 악(樂)을 짓고 정치가 안정되면 예(禮)를 제정하는 것은 동양의 전통적인 예악관이다. 더구나, 나라를 처음 열었을 적에 선대의 예악을 사용하다가, 태성성대를 이루면 제례작악(制禮作樂)하는 것이다. 새로이 예악을 제정하는 것은 선대의 것을 답습하지 않는

國戚 位處輔臣 屢著功名 朕之二子 其才不及遠矣 吾死之後 俾卽大位 以無忘我遺訓."

90 『增補文獻備考』卷90, 樂考一 : "一王之興 必有一王之樂 故聽大章大韶之音 則唐虞之政可知也 聽大濩大武之音 則殷周之政可知也 古之聖王 功成治定 制爲聲樂 皆各象其德 而一皆本之于律呂."

다는 표현이며, 동시에 백성들이 즐거워하는 것으로 음악을 제작하여 '상덕표공(象德表功)'하는 것이다.

「춘추번로(春秋繁露)」에는 임금에 대해 다음과 같이 천지자연의 이면에 존재하면서 조화를 부리는 존재로 기록하고 있다.[91] 이 같은 견해는 천지자연의 도가 곧 임금의 도와 일치한다는 천인합일론(天人合一論)의 핵심이기도 하다. 동시에 임금의 존재가 '시(始)·원(元)·범(範)'의 정점에 있다는 의식을 구체화한 것이다.

악(樂)은 '나쁜 마음을 씻어내어서 그 邪惡한 데에서 돌아옴'이라고 했고, 예(禮)는 '음일을 예방하며, 사치해서 한 곳에 빠져 들어가는 것을 절제하는 것'이라고 했다. 따라서 이와 같은 대전제 아래 다스리고 조화를 이루어내는 방편으로서의 예와 악의 효용론적인 입장을 보여주고 있는 것이다.

사람의 마음이 사물에 감응되면 소리로 나타나고, 그 소리가 서로 응하면서 변화가 생기며, 변화하여 방(方 : 文章이나, 節奏高下, 曲調)이 되는 것을 음(音)이라고 하고, 그 음에 악기의 반주가 뒤따르는 것을 악(樂)이라고 하는 것이다. 이러한 음악의 원리는 오음명의(五音名義)에 있어서도 독특한 상징성을 드러내고 있는데, 예를 들면, 궁음(宮音)은 중(中)이며 중앙에 있고 합(合)을 주장하며 임금의 상징이고, 상음(商音)은 문채(文彩)이며 모범(模範)이고 신하(臣下)의 형상이며, 각음(角音)은

91 董仲舒, 『春秋繁露』 권44 王道通三 : "人主立於生殺之位 與天共持變化之勢 物莫不應天化 天地之化如四時 所好之風出 則爲暖氣 而有生於物 所惡之風出 則爲淸〈凊〉氣 而有殺於物 喜則 爲暑氣而有養長也 怒則 爲寒氣而有閉塞也 人主以好惡喜怒 變習俗 而天以暖淸寒暑 化草木 喜怒時而當 則歲美 不時而妄 則歲惡 天地人主一也 然則 人主之好惡喜怒 乃天之暖淸〈凊〉寒暑也 不可不審其處而出也."

촉(觸)이며 백성(百姓)의 형상이고, 치음(徵音)은 지(祉)이며 일의 형상이며, 우음(羽音)은 우(宇)이며 물(物)의 형상으로 나타내는 것 등이다.[92]

수많은 국가의 흥망성쇠를 겪으면서 만세불변의 법칙으로 제시하고 있는 것은 예악(禮樂)의 확립이었다. 즉, 예와 법도에 맞게 다스리는 것이야말로 군왕이 명심해야 할 최고의 덕목이었다. 특히, 예악(禮樂)을 형정(刑政)에 앞서서 확립해야 할 전범으로 인식한 것이다. 무력이나 위엄보다는 백성들의 마음을 움직일 수 있는 내면으로부터의 정성과 사랑이 예악으로 무장할 때 부강한 나라를 이룩할 수 있고, 훌륭한 군주가 될 수 있다는 논리인 것이다.

유리왕대의 〈도솔가〉가 가사가 전하지 않고 배경설화만 전하는 데 비해 같은 이름의 경덕왕대 월명사(月明師)의 〈도솔가〉는 향가 형태로 배경설화와 함께 전하고 있다.

이혜구(李惠求)는 월명사의 〈도솔가〉는 '禳災하는 소리, 즉 살푸리 성질의 것'이라고 했고, 유리왕대의 〈兜率歌〉와 월명사의 〈兜率歌〉는 全然 別物이 아니고 다 같이 향가이며, 다 같이 도살푸리, 또는 살푸리이며 禳災의 내용을 지닌 것'이라고 하였다.[93]

김수업은 '다살 노래의 갈래는 옛날부터 불리던 민요의 모습을 빌려서, 신라 초기(유리왕 때, 일세기 초엽)에 궁중의 의식에 쓰일 수 있는 전례의 노래로 채택 정리되었던 것인데, 8세기 중엽(760년 즈음, 경덕왕 때)에 이르러 나라 다스림에 관련해 의식의 노래를 쓰고자 하여, 그 주례자인 월명사가 전통적인 이 '다살 노래'의 형식을 빌려 산화공덕의 노래를

---

92 『增補文獻備考』卷90 '樂考' 1 : "律呂製造, 五音名義條."

93 李惠求, 『한국음악연구』, 국민음악연구회, 1957, 242쪽.

지었다고 했다. 즉, 이 '다살 노래' 갈래는 애초에 민요였으나, 6세기 즈음에 새로운 갈래의 노래에 의식노래의 자리를 빼앗기고는 다시 민요로서 백성들 사이에서만 살아남게 된 노래갈래'라고 보았다.[94]

김성기(金成基)는 〈도솔가〉를 국태민안(國泰民安)을 노래한 것으로 보고, 일종의 여민동락(與民同樂)하는 여민락(與民樂)으로 보았다. 즉, '이러한 국가적인 음악이 백성들의 태평성세를 당하여 제정한 〈도솔가〉에서 비롯되었다는 것은 음악(音樂)이란 여민동락할 때에만 그 가치가 있다는 사상에 밑바탕을 두고 있다고 보았다.[95]

윤영옥(尹榮玉)은 유리왕대의 〈도솔가〉가 여민동락하여 환강(歡康)을 구가(謳歌)하고 기원한 것으로 보고, 차사와 사뇌격을 가진 이 〈도솔가〉가 가배(嘉俳)에서 행해지는 〈회악(會樂)〉이나 〈신열악(辛熱樂)〉에서 불렸던 찬양(讚揚)·기원(祈願)의 노래로 보았다.[96]

허남춘(許南春)은 '가악(歌樂)'이란 가무악(歌舞樂)의 종합적 예술형태로 우리나라 궁중음악(樂章)에 대한 첫 기술이며, 민속환강을 구하는 기축(祈祝)의 제의에서 쓰인 가악이며, 이는 원시종합예술의 형태를 벗어난 신사의식(神事儀式) 가무악(歌舞樂)으로 보았다.[97]

김문태(金文泰)는 유리왕대 〈도솔가〉가 4구체 향가에서 공히 드러나는 집단적 성격을 지니고 있으며, 아울러 풍년을 기원하는 제례악(祭禮樂 : 樂章)에서 양재(禳災)·초복(招福)의 의미로 불려진 주술적인 노래

---

94 김수업, 『배달문학의 갈래와 흐름』, 현암사, 1992, 186~187쪽.

95 金成基, 「한국시가에 나타난 국가관 연구」, 『논문집』 9, 국민대, 1976, 11쪽.

96 尹榮玉, 『한국고시가의 연구』, 형설출판사, 1995, 48쪽.

97 許南春, 「도솔가와 신라 초기의 가악」, 『국어국문학논총』(벽사이우성선생정년퇴직기념), 여강출판사, 1990, 283쪽.

로 보았다.[98]

여기현(呂基鉉)은 국가 악(樂)을 제정하는 경우를 4가지로 파악하고, 『삼국사기』의 '이웃나라 백성이 (유리왕의 仁政을) 듣고서 오는 자가 많았다'는 기록은 사실 '유리왕이 이웃한 소국들을 정복해가는 과정의 또 다른 표현'으로 보았다. 따라서 〈도솔가〉는 이러한 유리왕의 공성(功成)에 의해 이루어진 악(樂)으로 보았다.[99]

조규익은 〈도솔가〉는 지배자와 피지배자 사이의 소통을 위한 역사상 처음으로 등장한 본격 창작음악이며, '가악(歌樂)'이란 일정한 곡조와 악기의 연주를 수반하는 창작음악이라고 했다. 즉, 소통을 전제로 구체적인 목적의식과 미의식이 상정된 예술적 창작가요였으며, 향후 예술계를 지배한 사뇌격의 구체적인 출발점이라고 했다.[100]

김종우는 '兜率이란 말이 回生·還生 등의 뜻이 있는 것이라면 〈兜率歌〉는 곧 '도살노래'로서 回生·復活·復元의 뜻을 가진 노래이다. …兜率歌란 儒理王代의 것이나 月明의 것이나를 莫論하고 그 語義面에서 考察할 때 위와 같은 "도살"의 뜻을 가지는 것으로, 곧 同名同義의 回生의 노래인 것이며, 그 도살이란 것은 佛敎輸入 以前부터 우리에게 있었던 말인데 後에 漢字를 借用하여 그것을 兜率이라고 표기

98 金文泰, 『삼국유사의 시가와 서사문맥 연구』, 태학사, 1995, 139쪽.

99 呂基鉉, 『신라 音樂相과 사뇌가』, 도서출판 월인, 1999, 76~92쪽. 첫째, 왕이 흥기하여 공적이 이루어지면 그 덕과 공적을 드러내기 위해 제정(功成乃作), 둘째, 백성의 풍속을 교화하고 정치의 득실을 살피기 위해 제정(移風易俗), 셋째, 천지와 종묘에 제사지내면서 천지귀신을 감동케 하기 위해 제정(感天地通鬼神), 넷째, 제후국으로 하여금 화평케 하기 위해 제정(和邦國)한다고 했다. 여기현은 또한 〈도솔가〉는 원래 〈신열가〉로 명명되었던 것으로 보았다.

100 조규익, 『풀어읽는 우리 노래문학』, 논형, 2007, 30~39쪽.

했을 뿐'[101]이라고 했다.

최선경은 최초의 가악으로서의 〈도솔가〉의 창작은 왕권의 확립과 국가체제의 정비라는 정치적 필요에 의해 이루어진 것이며, 한 해를 마감하고 새로운 해를 맞이하는 제의에서 왕이 백성들이 편안하고 민속이 환강하기를 기원하면서 부른 노래라고 했다.[102]

약 700여 년의 시차가 있음에도 〈도솔가〉란 명칭은 결국 본래의 의미가 전승되면서 불교의 외피(外皮)를 입은 것이지, 그 본래의 모습은 유리왕대의 〈도솔가〉나 월명사의 향가 〈도솔가〉가 큰 틀에서는 같은 성격을 지닌 노래인 것이다. 즉, 국가 형성 초기에 나라와 백성을 잘 다스리기 위한 기원(祈願)의 노래가 불교 공인 이후 불교의 힘에 의지하여 백성과 나라를 다스리려는 것으로 변형되었을 뿐, 그 내면에 간직된 전통적인 요소는 같은 것이다. 다만 월명의 〈도솔가〉는 '兜率天의 미륵보살을 신라 땅에 맞아 彌勒下生의 理想國土를 실현함으로써 일체의 재앙으로부터 해방된 불국토 신라에 더 이상 '日怪' 따위 재앙이 없게 한다는 불교적 염원을 기조로 하고 있다.'[103]는 점에서 불교에 귀의한 신라인들의 의식을 살필 수 있다. 더욱이 작자가 승려인 바에야 해결할 방법은 자명하다고 본다.

서수생(徐首生)은 〈도솔가〉와 〈산화가〉를 구별하기를 "其에 散花落(三說) 歌詠하고 唱偈頌이면 散花歌요, 其에 散花落(三說) 歌詠하고 唱鄕歌이면 兜率歌"라고 한 바 있다. 즉, 게송으로 부르는 것과 향가로 부르는 것으로 구별한 것이다.[104] 필자 역시 〈산화가〉가 '文多不載'

---

101 金鍾雨, 『향가문학연구』, 이우출판사, 1980, 38~39쪽.

102 최선경, 『향가의 제의적 이해』, 한국학술정보(주), 2006, 30~36쪽.

103 黃浿江, 『향가문학의 이론과 해석』, 일지사, 2001, 441쪽.

라고 한 일연(一然)의 말을 생각하면 〈산화가〉는 불교의식을 거행하면서 부르는 의식가로서 〈도솔가〉와는 성격이 다르다고 할 수 있다.

악장(樂章)은 강한 목적성을 띠는 장르이기는 하나, 동양의 오랜 문학적 전통이기도 하다. 악장은 왕조의 창업(創業)과 수성(守成), 경장(更張)의 과정을 통해 후손들에게 지난날의 어려움을 잊지 말고 처음의 마음으로 되돌아가게끔 하는 정신을 이면에 간직하고 있다. 따라서 과거를 통해 후손들에게 바람직한 삶의 방향을 제시하기 위한 미래지향적인 장르인 것이다.[105]

4) 〈구지가(龜旨歌)〉(귀복가(龜卜歌))

일찍이 황패강(黃浿江)은 당시까지 〈구지가(龜旨歌)〉(龜卜歌)에 대한 기왕의 논의를 대별하여 1) 무격적·주술적·원시적 신앙에서 파생한 제의와의 관련, 2) 농경사회의 노동과의 관련, 3) 사회적 추이와 정치적 의의와의 관련으로 분류한 바 있다.[106]

또한, 김승찬은 〈구지가〉에 관한 연구는 이제까지 제의적인 측면·발생학적 측면·정신분석학적 측면·토템적 측면·사회사적 측면·민간신앙적 측면·수렵경제적 측면·한문화 영향적 측면 등으로 이루어져 왔다고 세분한 바 있는데,[107] 이 같은 다양한 연구경향은 〈구지가〉에 대한 연구방법이 〈처용가〉만큼이나 다양함을 보여주고 있는 것이다.[108]

---

104 徐首生, 「도솔가의 성격과 사뇌격」, 『국문학논문선 1(향가연구)』, 민중서관, 1977, 182쪽.

105 金榮洙, 「선초 악장의 문학적 성격」, 『한국고전시가사』, 집문당, 1997, 400쪽.

106 黃浿江, 「龜何歌攷」, 『국어국문학』 29호, 국어국문학회, 1965, 24쪽.

107 金承璨, 『한국상고문학론』, 새문사, 1987, 23쪽.

필자가 주장하는 핵심 내용은 〈구지가〉의 배경이 봉선의식(封禪儀式)을 배경으로 하고 있다는 점과, 노래의 내용이 〈귀복가(龜卜歌)〉의 일종이라는 점이다.[109] 이 같은 두 가지의 커다란 방향에서 그간 선편(先鞭)을 잡았거나, 시사를 보인 논문이 몇 편 있었다. 〈가락국기(駕洛國記)〉[110] 본문 가운데 '掘峰頂撮土'를 봉선의식의 일환으로 본 예는 없으나, 그러한 의식을 진행하기 위한 방편에서 신좌(神座)를 만들기 위한 것으로 본 경우는 있었다. 김종우는 '掘峰頂撮土'를 신군(神君)을 맞이하기 위한 제단(祭壇)의 형성과정을 형상화한 것으로 보았고,[111] 김승찬은 '掘峰頂撮土'를 영신(迎神)의식을 가질 때, 탄강신이 정좌할 신좌를 만드는 과정의 서술이라고 보았다.[112]

황경숙은 '掘峯頂撮土'와 답무(踏舞)는 성역을 훼손하는 행위이며, 이는 수로가 토착민들로 하여금 그들의 신격(神格)을 스스로 위압하고 속화시키는 폭력적 행위를 구사하게 함으로써 그들의 구심적(求心的)인 신앙체계를 스스로 깨트리게 하여 새로운 질서에 복종할 것을 요구

108 〈龜旨歌〉(龜卜歌)에 대한 논문은 학위논문이 30여 편, 학술논문이 100여 편에 이른다. 신화, 설화, 가요에 대한 관심과 〈海歌〉와의 관련성 등 다양하게 연구되어 왔다. 〈구지가〉의 연구사는 金性彦, 「구지가의 해석」, 『한국문학사의 쟁점』, 집문당, 1986; 김열규, 「구지가 재론」, 『한국고전시가작품론』 1, 집문당, 1992; 류종목, 「구지가의 성격과 해석의 문제」, 『한국고전시가사』, 집문당, 1997.

109 金榮洙, 「龜旨歌의 신해석」, 『東洋學』 28, 단국대 동양학연구소, 1998.

110 宋在周는 駕洛國記가 고려 문종 30년(1075~1076)에 당시의 金州知事 金良鎰이 왕명에 의하여 엮은 비문으로 보았다(「가락국기와 구지가에 대한 연구 서설」, 『국어교육연구』 3, 조선대, 1984, 7쪽). 金昌龍은 金官知州事 文人이란 고려 문종 31년(1077)에 金官侯에 임명된 宗室 왕비(王丕)로 보았다(『우리 옛 문학론』, 새문사, 1991, 207쪽).

111 金鍾雨, 『향가문학연구』, 이우출판사, 1980, 186쪽.

112 金承璨, 『한국상고문학론』, 새문사, 1987, 34쪽.

한 것으로 보았다.[113]

윤영옥(尹榮玉)은 수로(首露)의 주술(呪術)을 구간(九干)들이 대행하면서 저항해 물리쳐야 할 침입자를 환영해서 맞이하는 것으로 보았다. 그 맞이함의 형식이 답무(踏舞)요, '掘峯頂撮土'나 노래는 침입자를 위한 구간들의 자기거부의 행위로 본 것이다. 즉, 구간들이 믿고 의지해왔던 영귀(靈龜)를 수로가 그 자리를 차지하여 신군(神君)이 된 것으로 본 것이다.[114]

황병익은 〈구지가〉가 가야연맹이 부족시대에서 왕조시대로 전환하던 시기에 수로왕이 하늘의 상서로운 조짐 속에 탄생한 신성하고 권위 있는 인물임을 강조하기 위해 기획한 즉위 의례(등극축제)에서 불려진 신탁(神託) 형식의 노래이며, 거북은 신격을 향한 가야인의 메신저로 보았다.[115]

한편, 〈구지가〉의 성격을 논하면서 이 노래가 〈귀복가(龜卜歌)〉일 것이라는 견해도 제시된 바 있다. 유창돈(劉昌惇)은 거북을 귀갑(龜甲)으로 보고, "此 가요는 占卜을 하며 가창하였다는 점을 명시한다."고 하면서, "此甲으로 巫占하는 습속에 따라 九干이 其酋長을 選定하였다는 것을 말함이 上揭의 龜旨歌"라고 했다.[116] 김열규는 〈구지가〉를 에워싼 상황 전체를 하나의 제의로 파악하고 이 제의의 두 번째 의식인 희생의식(犧牲

113 황경숙, 「가락국기의 山上儀禮와 구지가의 성격에 대한 소고」, 『국어국문학』 31, 부산대 국어국문학과, 1994, 42쪽.

114 尹榮玉, 『한국고시가의 연구』, 형설출판사, 1995, 191~192쪽.

115 黃柄翊, 『고전시가 다시 읽기』, 새문사, 2006, 30~31쪽.

116 劉昌惇, 「上古문학에 나타난 巫覡思想 – 시가를 중심으로」, 『思想』 통권 4호, 사상사, 1952, 122쪽. 유창돈은 이 논문에서 史記, 禮記, 唐書 등의 문헌기록을 언급하면서도 구체적으로 龜卜임을 밝히지 않았다.

儀式)을 치르는 가운데 거북의 머리는 하나의 Losorakel(兆朕)의 구실을 하고 있다는 것으로, 이러한 기능은 중국의 『후한서(後漢書)』 동이전(東夷傳) 부여국조(夫餘國條)에 나오는 길흉사(吉凶事)의 점복(占卜) 시 사용되는 우제(牛蹄)의 기능과도 흡사하다는 것이다.[117] 한편, 김승찬은 한 걸음 더 나아가 민간신앙적 측면과 중국의 유가적 사상체계의 측면에서 고찰한 후, "〈구지가〉는 수로왕 탄강제의 중 신탁(神託) 제의 다음에 있은 귀복(龜卜) 제의 시에 중서(衆庶)가 무도(舞蹈)와 더불어 부른, 우두머리 선정의 서조(瑞兆) 희원에 바탕을 둔 '귀복가'이던 것인데, 뒷날 귀복점이 없어지고 거북을 식용물로만 생각하게 되자, 주가(呪歌)로 그 성격이 바뀌어졌다."[118]라고 하여 〈귀복가(龜卜歌)〉임을 언급한 것이다.

이 외에 거북을 신격(神格)으로 언급했던 박지홍의 논문과,[119] 동양의 음양오행사상(陰陽五行思想), 즉 거북=물·冬·陰·水·女의 제속성이며, 불=太陽·夏·陽·火·男의 제속성으로 보고, 〈구지가〉 3·4구가 가지는 의미, 즉 불의 승리는 사회사적으로 모계(母系) 중심에서 부계(父系) 중심으로 옮겨가는 과도기적 상황이라고 본 박진태의 논문이 있다.[120] 김창룡(金昌龍)은 '龜何龜何'를 신격에 대한 극존칭으로 인식한 후, '也'(~예)의 의미를 경상도 방언의 높임말(서술어 끝에 붙어 상대에 대한 공손의 의미를 나타내는 경상도 방언 특유의 접미사)로 풀이했다.[121] 그는

117 金烈圭, 「가락국기고 – 원시 연극의 형태에 관련하여」, 『국어국문학지』 3집, 부산대, 1961.

118 金承璨, 『한국상고문학론』, 새문사, 1987, 50쪽.

119 朴智弘, 「구지가연구」, 『국어국문학』 16, 국어국문학회, 1957, 8쪽.

120 朴鎭泰, 「구지가 신연구」, 『한국어문논집』 2, 한사대, 1982.

121 金昌龍, 「龜旨歌의 '검', '수' 논증」, 「龜旨歌의 '何', '也' 논변」, 『우리 옛문학론』, 1991, 새문사, 199~255쪽.

이어, '구어서 먹으리이다'와 같은 위협적 발상에 대해 존댓말 체계에 입각한 친압적(親狎的) 표현(表現)이며, 이는 자애 깊은 모성(母性) 앞에 안 들어주면 구어 먹겠다고 하는 '유아적(幼兒的) 떼쓰기'의 전형적인 표현으로 보기도 하였다.

정병욱은 거북의 목은 남자의 성기(性器)를 은유한 것이라고 하고, Phallic Symbol로 보았다. 여성이 남자를 유혹하는 수단으로 처음 불렀던 것이 차츰 주문(呪文)적인 기능을 갖게 되었고, 급기야 건국신화에까지 끼어든 것이라고 하였다.[122]

김학성은 〈구지가〉가 영신제의(迎神祭儀)이자 출산제의(出産祭儀)라는 이중적 의미를 가진 제의에서 집단적으로 불렸다고 보았다.[123] 〈구지가〉는 고대의 제의나, 점복 등과 같은 배경적인 원리를 배제하고 현전하는 노래의 의미만 본다면 분명, 호칭+명령-가정+위협이라는 전형적인 주술구조를 가지는 있는 노래라는 지적은 틀림없다.[124] 성기옥이 지적했듯이 이 같은 주사적(呪詞的)인 특징이 신(神)에 대해 위협하는 것이 아니라, 위협의 대상인 거북(龜)은 신과 인간을 이어주는 매개자적 기능을 가진 신의 주술적 상관물이라는 지적은 적절하다고 본다.

---

122 鄭炳昱, 「한국시가문학사」 상, 『한국문화사대계Ⅴ-언어·문학사(下)』, 고려대 민족문화연구소, 1967, 767~769쪽.

123 金學成, 『한국고전시가의 연구』, 원광대학교 출판국, 1980, 57쪽.

124 성기옥, 「구지가의 작품적 성격과 그 해석(1)」, 『울산어문논집』 3, 1987, 75쪽. 성기옥은 이 논문에서 〈구지가〉가 창작이 아니라 그 이전부터 존재하고 있었던 주술공식구를 차용하여 수로왕을 맞이한 迎神呪術이며, 이 구지가계 주가를 범세계적으로 공유하는 보편유형으로 보았다. 성기옥, 「구지가의 작품적 성격과 그 해석(2)」, 『배달말』 12, 배달말학회, 1987, 156쪽; 金炳旭, 「한국 상대시가와 呪詞」, 『어문논집』 2, 충남대 국어국문학과, 1976. 김병욱은 〈구지가〉와 〈해가〉의 呪詞 구조를 喚起, 叙述(危嚇), 命令으로 보았다(163쪽).

유종국은 〈가락국기〉의 기술이 시간적 논리의 모순을 갖고 있다는 점을 지적하면서도, 고대 국가 성립과 자주적인 씨족(민족)의 생성을 합리화하고 역사를 통한 민족적 자긍심을 갖게 하기 위한 필요에 의해서 만들어진 신화라고 한 바 있는데,[125] 이 같은 관점은 그간 우리의 개국신화(開國神話)가 북방계 신화에 의해 가려졌었던 우리 민족의 역사 창조의 자주적인 면을 지적한 것이기도 하다.

정상균은 서구적인 방법론을 원용하여 모계사회의 흔적을 지적하면서, 〈구지가〉를 모계사회의 한 여성이 상대 남자의 교체를 원하는 소망을 무의식적으로 노래한 것으로 본 바 있다. 따라서 수로왕 이전의 '거북'들은 모계사회의 여인들의 요구에 응하는 남성군으로, '구간등(九干等)'은 아버지의 상과 일치되는 존재로 보고, 대모(大母)의 불평이 동기가 되어 거북(大母의 짝)의 '살해 목적을 위해 뭉친 형제'로 비정한 바 있다.[126] 이 같은 관점은 최치원이 「석이정전(釋利貞傳)」에서 정견모주(正見母主)라는 가야산신이 이비가(夷毗訶)라는 천신(天神)과 교감하여 수로왕을 탄생케 했다는 점과 관련하여 제기되는 관점이기도 하다.[127]

이영태는 〈구지가〉를 기우(祈雨) 혹은 풍어(豊漁)와 관련된 제의와 더불어 수로신화에 견인됐으며, '首'와 '掘峯頂撮土'는 각각 수로(왕), 희

---

125 柳鍾國, 『古詩歌樣式論』, 계명문화사, 1990, 100~102쪽. 유종국은 〈풍뎅이요〉, 〈달팽이요〉, 〈두꺼비요〉, 〈까치요〉, 〈海歌〉 등을 묶어 〈구지가〉 樣式의 노래로 규정한 바 있다. 「구지가 유형의 전승에 대한 재론」, 『송남이병기박사정년퇴임기념논총』, 보고사, 1999, 215~232쪽.

126 鄭尙均, 『한국고대시문학사연구』, 한신문화사, 1984, 11~24쪽.

127 『新增東國輿地勝覽』 권29, '高靈縣 建置沿革條' : "按崔致遠釋利貞傳云 伽倻山神正見母主 乃爲天神夷毗訶之所感 生大伽倻王惱窒朱日 金官國王惱窒靑裔二人 則惱窒朱日爲伊珍阿豉王之別稱 靑裔爲首露王之別稱 然與駕洛國古記六卵之說 俱荒誕不可信."

구와 주관자 사이에 위치한 매개물에 대한 학대로 보았다.[128]

황패강은 이 시기는 방국(邦國)과 군신(君臣)의 관계가 현실적으로 존재하지 않았던 사회를 가리키며, 혈연적 씨족사회의 형태를 의미한다고 말한 바 있다.[129]

문물제도를 갖춘 나라로서 가락국이 흥기하는 과정을 서술한 〈가락국기〉에서 은연중 중국의 문물제도를 받아들이고 있음을 언급한 것은 중국과의 사대관계가 엄격하게 이루어지기 전에는 토속적이며, 자주적인 의미를 지니는 것으로 볼 수 있다.[130]

수로왕의 탄강지인 구지봉의 위치에 대하여 김택규는 분산정(盆山頂, 186m)을 구지봉의 정상으로 비정하고, 이곳이 수로의 탄강지이며, 현재의 구지봉은 성지(聖地)와 신체(神體)를 제향하는 '굿하는 장소'로 추정한 바 있다.[131] 최진원(崔珍源)은 분성산(395m)의 정상(만장대)이 구지봉이며, 이곳이 강신처이며, 구지는 현재의 허왕후릉(許王后陵)이 있는 서남오(西南塢 : 東北塢의 반대 방향, 나즈막한 언덕)인 구지봉으로 이곳이 영신처(迎神處)라고 한 바 있다.[132] 이에 대해 김승찬은 김택규의 설

128 李永泰, 『한국 고시가의 새로운 인식』, 경인문화사, 2003, 19쪽.

129 黃浿江, 「龜何歌攷」, 『국어국문학』 29, 국어국문학회, 1965, 34쪽.

130 김태식은 가락국 신화의 특색을 다음과 같이 언급했다. "수로신화에서는 수로왕보다 九干의 이름과 그들의 행위가 신화 초두에 먼저 나오는데, 이 점이 고조선, 또는 고구려 계통의 天神이 먼저 나오는 征服型 신화와 기본적으로 다른 점이다. 九干은 김해지역에 산재하던 소단위 세력집단들인 九村의 酋長들로서, 그들은 수로의 강림 전부터 이미 존재하던 재지세력이었을 것이다." 金泰植, 『加耶聯盟史』, 일조각, 1993, 35~36쪽.

131 金宅圭, 「回顧와 展望」, 『신라시대의 언어와 문학』, 한국어문학회 편, 형설출판사, 1974, 276~282쪽.

132 崔珍源, 「韓國神話 考釋(2) - 首露神話」, 『大東文化研究』 24, 성균관대 대동문화연구원, 1990, 68~69쪽.

을 비판하고, 구형산(龜形山)인 분성산(盆城山)의 가장 중심에 해당하는 귀두형(龜頭形)의 현금 구지봉을 가락사람들이 생각한 세계의 중심인 우주축이요, 수로왕의 탄강지로 보고 있다.[133] 결국 구지봉이 두 곳(降神處와 迎神處)에 있다는 의미인데, 이것은 곧 봉선의식을 거행하던 장소와도 연관이 있다고 본다(높은 곳에서 天神에게 封祭祀를 드린 후, 산자락의 낮은 산에서 地神에게 禪祭祀를 드리는 의식).

김영봉(金永峯)은 '龜'는 구지봉 자체를 가리키며, '掘峯頂撮土'는 '봉우리 꼭대기의 약간의 흙을 판다'로 해석하여, 〈龜卜歌〉 1구를 "거북(구지봉)아 거북(구지봉)아"라고 해석한 바 있다.[134]

봉선의식의 근본적인 의미가 '德을 닦아서 하늘의 명을 받고, 대지의 신에게 예를 바치고, 하늘의 신에 정성스레 제사를 드린 다음, 천자의 지존함을 천명하고 성대한 덕을 선포하는 것이며, 영광스러운 호칭을 짓고 두터운 복을 하사하여 그 혜택이 백성들에게 미치도록 하는 것'[135] 이란 언급은 봉선의 정통성과 왕권의 신성함을 강조하는 말이다.

이 노래가 〈龜卜歌〉라는 것은 이미 김승찬에 의해 언급된 바 있다.[136] 그는 〈구지가〉를, '거북아 거북아 / (우리의) 우두머리를 내어 놓아라 / 만약 내어 놓지 않으면 / 굽고 굽겠다.'라고 해석하고 나서 "그런데 위와 같이 풀이하면, 제4구의 "燔灼而喫也"에 있어서 "喫也"가 문제로 남게 된다. 종래 "燔灼"에 염두를 두고 김열규(金烈圭)는 희생제의라고 하였

133 金承璨, 『韓國上古文學論』, 새문사, 1987, 36~38쪽.

134 金永峯, 「駕洛國記의 분석과 龜旨歌의 해석」, 『淵民學志』 5, 연민학회, 1997, 37~47쪽.

135 『史記』 권57, '司馬相如列傳' : "夫修德以錫符 奉符以行事 不爲進越 故聖王弗替而修禮地祇 謁款天神 勒功中嶽 以彰至尊 舒盛德 發號榮 受厚福 以浸黎民也."

136 金承璨, 『한국상고문학론』, 새문사, 1987, 29쪽.

고, 이규동(李揆東)은 청정의식(淸淨儀式)이라 하였는데, 필자의 견해로는 수로왕 탄강시의 원가(原歌)에는 없던 것이 후대로 내려오면서 귀복이 널리 행해지지 않고, 또 거북을 식용하는 어물로만 여기게 된 것에서 "喫也"가 첨언된 것이라 보고 싶다."[137]라고 하여 신격을 구워 먹는 행위에 대해 이같이 설명하고 있다.

필자의 견해는 김승찬에 의해 시사된 바가 크다. 무엇보다 김승찬의 연구방법론이 우리와 중국의 문헌을 중심한 유가사상적인 측면에 많은 관심을 가지고 이루어지고 있음을 알고 있다. 그런데, 필자가 아쉬워한 것은 그가 〈龜卜歌〉로 보고 있으면서도 거북을 신격으로 다루지 않은 점(노래 해석에서)과 거북점의 절차나 그 필요성 등에 대해서는 거의 언급이 없다는 점이다.

거북점의 경우, 거북은 陰(水)이기 때문에 陽(火)으로서 음을 움직여 길조로 조짐을 변화시키고자 하는 것이다. 이때에는 가시나무[138]와 같은 단단한 나무를 불에 달구어 거북의 등을 지져서 그 균열의 상태를 살펴(임금은 그 형상을 살피며, 大夫는 그 색깔을 살피며, 士는 넓게 퍼진 조짐을 살핀다) 길흉을 판단하는 것이다.[139]

윤혜신은 북한에서 〈구지가〉를 집단노동요로서 원시가요로 해석하는 데 문제가 있음을 지적하고 있다. 그 이유는 〈구지가〉가 지닌 여러 속성을 유기적으로 해석하지 못하고 작품에서 적합한 부분을 취사선

137 위의 책, 30~31쪽.

138 가시나무는 관목으로 殷(商)나라를 대표하고, 가래나무는 교목으로 周나라를 대표한다고 한다. 劉文英 著, 『꿈의 철학』, 동문선, 1993, 37쪽.

139 『白虎通義』 卷七 '蓍龜': "周官曰 凡國之大事 先筮而後卜 凡卜筮 君視體 大夫視色 士視墨 凡卜事 視高 揚火以作龜 凡取龜用秋時 攻龜用春時."

택하여 각 역사 단계에 작품을 소속시키려는 의도에서 비롯한 것으로 보았다.[140]

김병국은 수로를 당시 태양숭배라는 의미에서 일자(日子)로 규정하고, '首'를 구간(九干)과 중서(衆庶)들이 현현하기를 바라는 대왕(神君, 곧 首露)으로 보고, 황천(皇天)이 거북을 통해 구간과 중서들의 뜻을 전달받고 일신(日神)에게 명하여 日子인 수로를 구지에 탄생시켜 구간과 중서들의 시조가 되게 한 것으로 보았다.[141]

오태권은 '掘峯頂撮土'를 북 구지봉의 산정을 파서 흙 한 줌을 모았다는 것은 감(坎)과 단(壇)을 만드는 것으로 이는 봉선제(封禪祭)를 행하고 있는 사실의 표현이라고 했다. 즉, 〈구지가〉는 보편주의를 지향하는 가락국의 상황에서 형성된 원시적 봉선제 의식으로 본 것이다.[142]

필자는 〈구지가〉를 〈귀복가(龜卜歌)〉로 불러야 한다고 주장한 바 있다.[143] 필자는 왕의 즉위식인 봉선의식(封禪儀式)과 거북점에 초점을 맞추어 논의를 진행했다. 필자는 〈구지가〉를 기록한 「가락국기」를 접하면서 이것은 희미하나마 우리 선조들이 새로운 임금의 추대나 즉위식(封禪儀式)을 거행하면서 불려진 노래라고 생각했다. 단군신화나 동명왕신화 등 북방계열의 신화들이 한결같이 천손하강형(天孫下降型)의 모습을 보여주면서 비현실적인 신화의 잔영을 보여주고 있는 데 반하여 가락국의 신화는 비교적 현실을 바탕으로 하면서도 토속적인 우리

---

140 윤혜신, 「북한문학사의 역사주의와 탈역사성 - 원시시대~중세초기를 대상으로」, 『민족문학사연구』 43, 2010, 137쪽.

141 김병국, 『고전시가의 미학 탐구』, 도서출판 월인, 2000, 442쪽.

142 오태권, 「구지가 敍事의 封祭機能 연구」, 『열상고전연구』 26, 열상고전연구회, 2007, 547쪽.

143 金榮洙, 「龜旨歌의 新解釋」, 『東洋學』 28, 단국대 동양학연구소, 1998, 159쪽.

고대의 모습을 보여주고 있다.

〈귀복가(龜卜歌)〉의 배경설화에서 주목되는 것은 두 가지이다. 첫째는 '須掘峯頂撮土'라는 기록이다. 국호(國號)와 군신(君臣)의 칭호도 없는 상태에서 9개 부족의 추장들이 새로운 임금을 맞이하는 의식에서 하늘에서 '有如人音 隱其形而發其音曰' 하며 내린 말은 "하늘이 나에게 명하기를, '이곳에 나라를 새로 세우고, 임금이 되라'고 하였으므로 일부러 여기에 내려온 것이니, 너희들은 모름지기 산봉우리 꼭대기의 흙을 파 모으면서 노래를 부르되, …〈귀복가 : 생략〉 뛰면서 춤을 추어라, 그러면 곧 대왕을 맞이하여 기뻐 뛰놀게 될 것이다."[144]라는 말이었다. 봉선(封禪)이란 새로 천명(天命)을 받은 자가 흙을 쌓아 제단을 만들어 하늘에 제사지내고, 땅을 깨끗하게 고르고 땅귀신에 제사하는 것을 말한다.[145]

둘째는 왕을 맞이하기 위한 중대사에서 길흉(吉凶)을 판단하기 위해 거북을 제단(祭壇)에 모셔놓고 거북점을 치는 것이며 이의 구체적인 형태가 〈귀복가〉로 나타났다고 보는 것이다.

봉선의식이란 천자(임금)가 높은 산에 올라가 제단을 쌓고 하늘에 천명(天命)을 받았음을 고하여 정통을 과시하는 것이며(封), 그럼으로써 제후들에게 그 위엄을 알리는 것이고, 이어 낮은 산으로 내려와 땅에 제사를 지냄으로써(禪) 지신(地神)에게도 그 천자됨을 알리는 의식이다.

---

144 『三國遺事』 卷2 紀異, '駕洛國記條' : "又曰 皇天所以命我者 御是處 惟新家邦 爲君后 爲茲故降矣 爾等須掘峯頂撮土 歌之云 龜何龜何 首其現也 若不現也 燔灼而喫也 以之蹈舞 則是迎大王 歡喜踴躍之也."

145 『史記正義』에, "此泰山上築土爲壇以祭天 報天之功 故曰封 此泰山下小山上除地 報地之功 故曰禪."이라 했고, 『管子』의 封禪 제50에는 封禪에 대한 細註에서 "封 積土爲壇也 禪墠也 除地而祭曰禪."이라 했다.

결국 봉선의식이란, 지상에 존재하는 현실적인 통치방식을 하늘의 권위에 의해 제도화하는 것이며, 동시에 성인제왕론(聖人帝王論)과 맞물려 성인(聖人)이 배천(配天)의 덕(德)을 보증하는 수명(受命)을 기구(祈求)하는 의례였던 것이다.[146]

거북은 그 생김새(둥근 반구형 등딱지와 편평한 배딱지)에 있어서 천지(天地)를 상징(天圓地方)한다는 동양적인 발상과 흡사하다.[147] 또한 장수(長壽)하는 동물이라는 점에서 거북은 곧잘 비석을 떠받치고 서 있는 모습(龜趺)을 보여줌으로써 역사의 산증인으로서의 역할을 충실히 수행하고 있다.

전하는 문헌에 의하면 거북점의 형태는 둘로 추정할 수가 있다. 그 하나는 거북을 산 채로 점을 치는 경우와 국보로 전하는 거북의 껍데기(龜甲)에 불로 지지면서 균열을 살피는 경우가 그것이다. 이 두 가지 경우가 문헌에 따라 전해지고 있음을 확인할 수 있다. 앞의 두 句의 경우는 산 거북을 대상으로 점을 치는 자리에서 길조를 보여달라는 의미이고, 뒤의 두 구는 국보로 전해지는 거북의 등딱지에 복사(卜師)가 불로 지져 균열을 살피면서 길조에 대한 반응을 기대하는 모습을 보여주고 있는 것으로 보인다. 이 두 가지 형태의 〈귀복가〉가 어느 시점에서 합쳐지면서 이 같은 모습을 지니고 전승된 것으로 보인다.

146 李成九, 『中國古代의 呪術的 思惟와 帝王統治』, 일조각, 1997, 153쪽.

147 사라 알란(Sarah Allan), 『거북의 비밀』, 오만종 역, 예문서원, 2002, 169쪽.

향가 해독과 훈차자·음차자 교육에 대한 비판적 고찰

◉

박재민

1. 문제의 현황

2005년, '중등고사 신규임용 후보자 선정 경쟁시험' 21번 문항에 다음과 같은 문제가 실린다.

(가) 善化公主主隱
㉠他密只嫁良置古
薯童房乙
夜矣卯乙抱遣去如 – 서동요

(나) 善化公主니믄
ᄂᆞᆷ 그ᅀᅳ지 얼어두고
맛둥바ᄋᆞᆯ
바ᄆᆡ 몰 안고 가다 (양주동 해독)

21. 다음은 고대 국어의 고유명사 표기법에 대한 지식을 갖춘 학생들에게 (가) ~ (다)의 제재를 활용하여 향찰(鄕札)의 표기 원칙을 지도하는 교수·학습 과정안의 일부이다. 빈 곳에 적절한 내용을 서술하시오.(2점)

단계	지도 내용
단계 1	(가)와 (나)를 대조하며 ㉠에서 훈차(訓借) 자와 음차(音借) 자를 구별해 보게 한다. • 뜻만 빌려 쓴 글자의 예 : 他 密 嫁 置 • 음만 빌려 쓴 글자의 예 : 只 良 古
⇩	
단계 2	(가)의 ㉠에 한정하여 표기 방법을 선택하는 원칙을 추론하게 한다. • •

이 문제의 의도는 향후 고등학교 교단에 서게 될 예비 교사들이 향가를 비롯한 차자표기를 교육할 소양을 갖추고 있는가를 평가하기 위한 것으로, 차자표기의 기본을 이루는 훈차자(訓借字)·음차자(音借字)의 원리와, 구사되는 문법적 환경을 설명하라는 것이었다. 그리고 아마 다음과 같은 답안이 정답 처리되었을 것으로 짐작된다.

- 뜻만 빌려 쓴 글자들인 '他·密·嫁·置'는 체언이나 용언의 어간 등, 실질적인 의미를 지니는 형태소에 주로 사용되며, 어두(語頭)에 나타난다.
- 음만 빌려 쓴 글자들인 '只·良·古'는 용언의 어미나 조사 등, 형식적인 기능을 가진 형태소에 주로 사용되며, 어미(語尾)에 나타난다.

그리고 2011년, 교과부 검정을 거친 고등학교 국어 교과서에도 거의 동일한 내용의 문제가 실린다.[1]

1. '서동요'의 한자 표기와 현대어 풀이를 참조하여, 소리를 빌려 쓴 글자와 뜻을 빌려 쓴 글자를 구분해 보자.

	善	化	公	主	主	隱	他
소리	선	화	공	주	주	은	타
뜻	착하다	되다	귀인	님	님	숨다	남
	密	只	嫁	良	置	古	
소리	밀	지	가	량	치	고	
뜻	몰래	다만	시집가다	어질다	두다	옛	

2. '서동요'의 향찰 표기를 바탕으로 다음 활동을 해 보자.

(1) 향찰 표기에서 소리를 빌려 쓴 글자와 뜻을 빌려 쓴 글자는 각각 어떤 부분에 주로 사용되었는지 적어 보자.

(2) (1)의 활동을 통해 알 수 있는 향찰 표기의 특성은 무엇인가?

역시 학생들에게 향찰의 표기 원리를 학습시키기 위한 것으로, 1번 문항을 통하여 '소리를 빌려 쓴 글자(音借字)'와 '뜻을 빌려 쓴 글자(訓借字)'를 구분하게 하고, 2번 문항을 통하여 이들이 쓰이고 있는 문법적 위치를 익히게끔 하고 있다. 교육 현장에서는 아마 2005년의 임용

---

1 인용한 내용은 〈천재교육〉(박영목 외)에서 펴낸 교과서이다. 2011년에 교과부 검정을 받아 현재(2012년도)까지 교육 현장에서 사용되고 있는 교과서는 비상교육(한철우 외), 더텍스트(김병권 외), 금성출판사(윤희원 외), 두산동아(우한용 외), 교학사(조남현 외), 디딤돌(이삼형 외), 좋은책신사고(민현식 외), 지학사(A, 박갑수 외), 지학사(B, 방민호 외), 창비(문영진 외), 천재교육(A, 김대행 외), 천재교육(B, 김종철 외), 천재교육(C, 박영목 외), 해냄에듀(오세영 외), 미래엔(윤여탁 외), 유웨이중앙교육(박호영 외)이다. (밑줄은 「서동요」를 통해 차자교육을 하고 있는 種) 이들의 차자교육에 대한 내용은 자세함의 정도에 있어서는 차이가 있으나 차자체계에 대한 기본적인 시각은 대동소이(大同小異)하다.

고사의 모범답안과 같은 내용이 다시 한 번 되풀이되며 학습이 진행되었을 것이다. 옛 노래를 통하여 후손들이 선인들의 삶과 정서에 공감할 수 있는 통로를 마련하고 있다는 점, 또 이를 통하여 자연스럽게 고대국어의 기본 문법을 깨우치게 하고 있다는 점 등에서 이러한 교육이 지니는 의미는 크고 긍정적이라 할 수 있다.

그런데 필자는 고교 향찰 교육의 핵심이라고 할 이 문제들을 접하면서 당황스러운 느낌을 감출 수 없었다. 2005년의 문제와 2011년 교과서에서 거듭 '훈차자(訓借字)'라고 규정하고 있는 〈서동요〉의 '他·密·嫁·置' 등은 향찰자 체계에서 볼 때, '훈차자'가 아니기 때문이다. 또한 노래의 첫머리에 나타나는 '善化公主' 또한 교과서의 기대 답안과는 달리 '음차자(音借字)'가 아니기 때문이다.

우리가 말하는 훈차자(訓借字)란 음차자(音借字)와 쌍을 이루는 차자(借字)의 일종으로, 차용(借用)된 이후로는 원래의 의미는 버리고 훈(訓)에 기인한 특정(特定)된 음상(音相)만을 위해 쓰이는 자(字)를 칭하는 것으로 다음의 동식물명(動植物名)에 나타나고 있는 '汝[너]·火[블]·月[달]' 등의 용자(用字)를 칭하는 말이다.(방점은 필자)

獺　　汝古里너고리　　〈우마양저염역병치료방(牛馬羊猪染疫病治療方) 2:a〉
麩　　只火乙(기블)　　〈향약구급방(鄕藥救急方)〉
薍子　　月老(달래)　　〈향약구급방(鄕藥救急方)〉

위의 예에 쓰인 '汝'는 '너구리'의 '너', '火'는 '기블(기울)'의 '블', '月'은 '달래'의 '달'을 위해 쓰이고 있는데, 이 字들은 한자 본래의 의미를 버리고 '너·블·달'이란 소리값만을 위해 사용되고 있다는 점에서 문제에서 제시된 '他·密·嫁·置'와는 뚜렷이 변별된다. '他·密·嫁·置' 등은 노래 속에서 '남·몰래·교합·두다'라는 한자(漢字) 본연의 의미를 잃지 않고 있기 때문이다.

음차자의 예로 '善化公主'의 '公主'를 들고 있는 것도 교과서의 오류에 해당한다. 음차자(音借字) 역시 훈차자와 마찬가지로 차용된 이후로는 원래의 의미를 버리고 음에 기인한 특정한 음상만을 위해 쓰이는 자를 칭하는 것인바, '公主'는 한자어의 본성을 여전히 지니고 있으므로 '차자(借字)'라 할 수 없는 것이다. 즉, 위 예 '汝古里·只火乙·月老'의 '古·里·只·乙·老' 등처럼 한자의 원래 뜻과 전혀 관계없이 발음기호의 용도로 쓰인 자와는 체계상 섞일 수 없는 자(字)이다.

한편 인용된 문제는 훈차자가 나타나는 문법적 환경에 대해서도 잘못된 시각을 지니고 있다. "소리를 빌려 쓴 글자와 뜻을 빌려 쓴 글자는 각각 어떤 부분에 주로 사용되었는지 적어 보자"라는 문항은 '훈차자(訓借字)는 어두(語頭)에, 음차자(音借字)는 어미(語尾)에 온다'라는 답안을 기대하고 있는데, 위 '只火乙'에서도 감지되듯이, '훈차자가 어두에 위치한다'라는 것은 잘못된 사실이다. 학계 일반에서 대표적 훈차자로 공인되어 있는 '如[다]·立[셔]·白[숩]'의 경우를 간략히 살펴도 이는 확인된다. 즉, 다음

慕人有如	: 그리는 이 있다 〈원왕생가〉
十方叱佛體閼遣只賜立	: 十方의 부처는 알곡샤셔 〈보현4〉
慕呂白乎隱佛體	: 그리숩온 佛體 〈보현1〉

에서 쉽게 확인되듯 '如·立·白'은 모두 종결어미나 선어말어미로만 나타나고 있다. 그렇기에 '훈차자'의 문법적 환경은 '어두(語頭)'와는

아무런 연관성을 지니고 있지 않다. 향찰 표기의 일반적 원리를 생각해 볼 때, 오히려 훈차자(訓借字)는 일반적으로 어미(語尾)에 출현한다고 규정하는 것이 정확한 것이다.

결국 2005년의 임용고사문제와 현재 검정 국어교과서에 수록된 음차자·훈차자 관련부분은 무언가 개념의 심각한 착란(錯亂) 속에 놓여 있는 것이라 하겠는데, 이러한 잘못된 차자 체계의 확산이 주는 문제점은 적지 않다. 우선, 향가를 처음 접하는 학생들에게 상당한 혼동과 피로를 야기하게 되는데, 이는 결국 향가를 통하여 옛 선인의 지혜와 정서에 공감하게 하려는 교육 목적을 달성 어렵게 하는 가장 큰 원인이 된다. 또, 잘못된 개념이 교과서나 임용고사 문제를 통하여 권위를 획득함으로써, 하나의 '정설로 안착'될 위험을 지니고 있다. 이로 인해 향가 학설에 불필요한 균열이 야기될 것임은 재론의 여지도 없다. 무엇보다 우려스러운 것은 잘못된 용어와 체계인식이 잘못된 해독으로 직결될 수 있다는 점이다.

이로 본고는 차자 용례를 통해 음차자·훈차자의 개념을 바로잡고, 고교의 향찰 교육에 대해 학계의 중지(衆智)를 모을 기회를 마련하고자 한다.

2. 문제의 연원

그렇다면, 어두(語頭)에 나타나는 '他·密·嫁·置'와 같은 자를 훈차자(訓借字)로 여기고, '善化公主'의 '公主'와 같은 단어를 음차자(音借字)로 여기며, 향찰표기는 '어두(語頭)에 훈차자가, 어미(語尾)에 음차자가 주로 온다'고 규정한 교과서의 잘못은 어디서 배태(胚胎)된 것일까?[2] 그것은 아마 교과서 집필진들이 다음과 같은 학계 일각의 언급을 준용(遵用)한 것에 원인이 있지 않나 한다.(방점은 필자)

---

2 논문의 심사과정에서 이의 원인에 대해 다음과 같은 조언을 한 심사자가 있었다.(밑줄은 필자)

"향찰의 교육적 가치는 높다. 그런데 교육적 가치가 높다는 사실이 향찰에 대한 모든 지식 체계를 정교하게 제시해야 한다는 당위적 선택으로 이어지기는 힘들다. 여기서의 주인공은 향찰 그 자체가 아닐 뿐만 아니라, 국어 및 문법 교과서에 반영되어야 할 교육내용의 적정화를 고려할 때 향찰에 대한 내용은 다 다루어질 수 없다. 교육 내용의 선정과 구성에서 정확성의 문제와 적절성의 문제는 언제나 함께 충족될 수 없는 경우가 종종 있는데, 향찰의 경우가 이러한 경우가 아닐까 한다. 있는 그대로 진실을 다루고자 하니 내용이 너무 복잡하고 많아져서 양도 문제이거니와 학습자도 이해하기 힘든 수준이 될 것을 우려하지 않을 수 없는 것이다. '한자의 뜻을 빌려 쓴 것'와 '한자의 음을 빌려 쓴 것' 정도로 나눈 것은 이러한 선택으로 이해되는 것이 적절할 것이다. 어쩌면 이 이상의 정교한 지식의 분화는, 대학교 이후의 수준에서 감당해야 할 부분이라고 본다."

필자가 이 심사서 전체를 관통하는 '본고에 대한 호의(好意)'를 읽지 못했던 것은 아니다. 그리고 인용한 부분 역시 현 향찰교육 체계를 선도한 교과서 집필진에 대한 뜻 깊은 배려가 배어 있음을 모르는 바 아니다. 하지만 밑줄로 표시한 문장 – '쉽게 가르치려다 보니 약간의 혼란도 발생했다.' – 라는 미화적(美化的) 시각에 대해서는 다소 다른 견해를 지니고 있다. 교과서의 내용 혼란은 '쉽게 단순화했기에 생긴 문제'라기보다는 '잘못 단순화했기에 생긴 문제'로 판단되기 때문이다.

덧붙여 필자는 우리 교육자들은 고교생들의 학습수준과 그들이 힘들어하는 지점에 대해서도 보다 정확한 진단을 할 필요가 있다고 본다. 본고가 궁극적으로 제시한 차자표기의 2층위(層位)의 분류 체계(결론을 참조할 것)가 과연 다차원(多次元)의 방정식이나, 미적분(微積分)에 내재된 개념보다 어려운 것이라 할 수 있는가? 생물학의 분류표와 화학의 원소기호표, 문법의 품사체계보다 복잡한 것이라 할 수 있는가? 필자는 그렇지 않다고 본다. 그렇기에 심사자의 제안 – 더 정교한 것은 대학교육으로 넘기자 – 에 대해 전폭적 지지를 보낼 수가 없다. 학습 현장의 고교생들이 겪는 어려움은 '체계의 복잡함'이 아니라 '체계의 무질서함'에 기인하고 있기 때문이다. 즉, '善化公主'의 '公主'도 '음차자'라 가르치고, 주격조사 '隱'도 '음차자'라 가르치는 '체계와 개념의 무질서'가 그들로 하여금 향가표기에 대한 투명한 이해를 방해하고 있는 것이다.

㉠ '川理=나리', '心音=ᄆᆞᅀᆞᆷ', '慕理=그리-'. '改衣=가ᄉᆡ-' 등에서 보는 바와 같이 뜻을 나타내는 글자를 머리에 놓고 다음 글자로 그 形態의 끝 부분을 나타내는 方式을 著者는 訓主音從이라 부르거니와, 이는 鄕歌表記에 있어서의 基本 모델이라고 할만한 것이었다. ……'川'이나 '集'이 의도된 語詞의 의미를 직접적으로 지시하는 正統的인 訓借로 이를 正借라 한다면…… 〈김완진(1980:17-18)〉

㉡ 訓借字는 文章의 骨格인 意味部를 擔當하는 것이므로 語頭에 位置함이 原則的이었으며, …… 音借字는 …… 주로 形態部를 擔當하기 때문에 原則的으로는 訓借字에 連結되어 쓰였다.

〈서재극(1975:79)〉

㉢ 借字表記法에 있어서는 원칙적으로 音借와 訓借의 둘로 구분된다. 音借는 字音을 이용하는 것이다. …… 鄕歌의 表記는 대체로 語幹要素는 訓借를 원칙으로 하고, 非語幹要素(文法素)는 音借를 원칙으로…… 〈유창균(1994:68)〉

위 인용들은 각 연구자들이 파악하고 있는 향찰표기 기본체계를 기술한 부분이다. 김완진의 경우 그 단위를 '川理=나리, 心音=ᄆᆞᅀᆞᆷ, 集刀= 모도' 등 어휘 수준으로 설정했고, 서재극 · 유창균의 경우는 '골격과 형태부' 즉, 단어가 결합하는 통사 수준으로 설정했지만, 공히 "향찰자는 '의미가 드러나는 글자'가 어두(語頭)에 오고, '소리값으로만 사용되는 글자'가 어미(語尾)에 오는 것을 대체적인 원칙으로 한다"를 핵심내용으로 하고 있다.

일단 그들이 주목한 향찰 표기의 기본 체계 – 의미가 드러나는 글자 + 소리값으로만 사용되는 글자 – 는 소창진평 이래 연구자 모두에게 인정되어 온 정당한 것이었다. '吾(나) + 隱(ᄂᆞᆫ)'〈나ᄂᆞᆫ, 제망매가〉, '花

(곶) + 肹(흘)'〈고즐, 헌화가〉, '置(두) + 古(고)'〈두고, 서동요〉, '心(ᄆᆞᅀᆞ) + 音(ㅁ)'〈ᄆᆞᅀᆞᆷ, 찬기파랑가〉, '川(나) + 里(리)'〈나리, 찬기파랑가〉, '生死路(생사로) + 隱(은)'〈생사로는, 제망매가〉, '君(군) + 隱(은)'〈군은, 안민가〉 등의 무수한 예에서 확인되듯이, 향찰표기는 기본적으로 '의미가 스스로 드러나는 자(字)가 어두(語頭)에, 소리값만 가진 글자가 이에 후접(後接)하는 형태'로 구성되어 있다.[3]

그런데 위의 진술들이 교과서에 영향을 준 부분은 바로 '훈차자'라는 잘못된 용어였다. 그들은 향찰표기의 어두(語頭)에 나타나는 의미체[他·密·嫁·置·吾·花 등]를 모두 '훈차자(訓借字)'로 오해하여 "訓借字는 文章의 骨格인 意味部를 擔當하는 것", "語幹要素는 訓借를 원칙", "'川'이나 '集'이 의도된 語詞의 의미를 직접적으로 지시하는 正統的인 訓借" 등의 진술을 하고 있는데, 향찰 체계로 살필 때, 이들이 지목하고 있는 字들은 '훈차자(訓借字)'에는 해당하지 않는 것들이었다. 전술(前述)한 바 있지만, '汝古里너고리'에 나타난 '汝' 등의 예에서 보듯이, 훈차자란 글자의 훈을 빌려 다른 형태소의 소리값을 위해 쓰는 자로, 이때의 소리값은 한자 자체가 가진 의미와 무관하게 쓰인다는 특징을 지닌다. '너고리'의 '너'는 '汝'가 지닌 한자의 의미와는 전혀 상관없는 소리값인 것이다.[4]

---

3 물론 '대체적'인 원칙을 말한다. 향찰의 실제 모습에서는 이 원칙에서 벗어나는 경우도 적지 않은데, 해독의 난해구는 거의가 이런 예외적인 부분에서 생겨난다.

4 훈차자란 양주동(1965:60)에 의해 창시된 말로, 남풍현(1981:13)에 의해 "한자를 훈으로 읽되 그 原意는 무시하고 우리말의 表音符號로만 사용하는 것이다"로 잘 요약되어 있다. 이후 남풍현은 동일한 대상을 '訓假字'로 부르기를 제안하는데, 이때도 "차자를 훈으로 읽되 표음부호로만 씀"(남풍현 상게서:15)이라고 규정하여, 훈차자(=훈가자)가 한자 원래의 뜻과 연관되지 않아야 함을 강조하였다.

그러나 위의 연구자들이 훈차자로 지목하고 있는 '川·心·集·吾' 등은 모두 한자의 원의미를 스스로 드러내며 '나리·ᄆᆞᅀᆞᆷ·모으다·나' 등으로 읽히는 자(字)들이다. 그런 점에서 훈차자(訓借字)와는 뚜렷한 변별점을 지닌 자(字)들인데, 이런 자들은 일찍이 양주동에 의해 이미 '훈독[5]자(訓讀字)'로 규정되어 있다. 양주동의 체계를 통해 훈차자와 훈독자의 거리(距離)를 보이면 다음과 같다.[6]

一. 義字
1. 音讀 : 善化公主主隱 善化公主,　　法界毛叱所只 法界
2. 訓讀 : 去隱春 가·봄,　　心未筆留 ᄆᆞᅀᆞᆷ·붇

二. 借字
1. 音借 : 薯童房乙 을,　　君隱父也 은·여
2. 訓借 : 民是 이

그들의 개념 혼동이 교과서 집필자들에게 미친 영향은 컸다. '密·置·集·吾'와 같은 '훈독자(訓讀字)'가 '훈차자(訓借字)'로 잘못 분류되자 '密只', '置古', '集刀', '吾隱' 등의 형태소 분석도 잘못된 길로 접어들게 되었다. 즉, '密只[그슥]'은 '密(훈차자) + 只(음차자)', '置古[두고]'는 '置(훈차자) + 古(음차자)', '集刀[모도]'는 '集(훈차자) + 刀(음차자)', '吾隱[나ᄂᆞᆫ]'은 '吾(훈차자) + 隱(음차자)'…… 등의 도식을 통해 향찰표기의 기본

---

5 한자를 읽는 방식의 하나이다. 한자는 음으로도 읽을 수 있고, 훈으로도 읽을 수 있는데, 음으로 읽는 것을 音讀, 훈으로 읽는 것을 訓讀이라 한다. 이 자의 분류와 속성에 대해서는 후술한다.

6 義訓讀과 義訓借는 생략하여 인용한다. 불필요한 개념이기 때문이다.

형태는 '훈차자 + 음차자'로 오인되게 된다. 임용고사 문항과 교과서에서 보았던 "뜻을 빌려 쓴 글자인 훈차자는 명사와 동사의 어간 등 실질형태소로 사용된다", "음을 빌려 쓴 글자인 음차자는 조사와 어미 등의 형식형태소로 쓰인다"는 등의 기술(記述)은 이런 과정을 통해 나왔던 것이다. 그러나 이 규정은 교육 현장에서 적지 않은 혼란을 야기할 것임이 자명하다.[7]

한편 그들의 개념 혼동은 스스로의 해독에도 영향을 끼쳤다. 김완진의 경우 향찰표기의 기본적인 체계를 '훈차자 + 음차자'로 되어 있다고 보고 있는데, 그의 해독에는 이러한 전제가 바탕된 것이 드물지 않다. 〈모죽지랑가〉의 첫 구절에 대한 그의 독특한 해독 '皆理米 – 모도리매 – 못 오리매'는 첫 글자 '皆'가 '모도/모두'를 위한 훈차자였다고 보았기에 가능했으며[8], 〈도천수대비가〉의 첫구절 '古召旀'를 'ᄂᆞ초며'라 읽은 것도 첫 글자 '古'가 'ᄂᆞ / ᄂᆞᆰ'의 훈차자였다고 보았기에 가능했던 것[9]이었다. 필자는 이 해석의 결론들에 대해 회의적인 입장에 서 있는

7 가령, "뜻을 빌려 쓴 글자인 훈차자는 명사와 동사의 어간 등 실질형태소로 사용된다.", "음을 빌려 쓴 글자인 음차자는 조사와 어미 등의 형식형태소로 쓰인다."를 학습한 학생이, 〈제망매가〉를 배우면서 그 첫 구절 '生死路隱'을 두고 선생님께 '生死路'가 음차자인지 훈차자인지를 묻는다면, 무엇이라 대답해 줄 수 있겠는가? 이것은 실질형태소이니 '훈차자'라고 대답할 것인가, 아니면 이것은 '생사로'라고 읽으니 '음차자'라고 대답할 것인가? '善化公主' 역시 마찬가지이다. 실질형태소로 사용되었으니 훈차자라고 해야 할 텐데 실제론 음으로 읽혀 '훈차자'라 말할 수 없고, 음으로 읽히는 점을 중요시해 '음차자'라 교육하려니, '善化公主'라는 말 자체가 실질형태소에 속하는 점이 걸려 모순에 빠져들게 된다.

8 "筆者는 '皆理米'에 대해서도 訓主音從式으로 읽도록 노력했다. 가능한 讀法이 두 가지 있다. …… 둘째가 '皆=모도'의 訓을 假借하여 나타낸 '몯 오리매'(不能來)다." 〈김완진(1980:55)〉

9 "著者에게 있어 '古召旀'는 'ᄂᆞ초며'라 읽힌다. ……'古'는 이른바 義訓借로 'ᄂᆞ초

데, 이는 그의 결론이 향가표기의 기본 구조는 '훈차자 + 음차자'라는 잘못된 전제에서 출발하였다고 보기 때문이다.

3. 향찰표기의 체계

우리는 위에서 학계 일부의 잘못된 어휘 사용이 교과서 집필자들에게 영향을 주었고, 이들이 집필한 교과서로 인해 차자 교육의 현장이 다소 혼란스런 측면이 있으리라 우려한 바 있다. 그리고 연구자 스스로도 자신의 오해가 빚어낸 전제에 갇혀 공인받기 어려운 해독으로 빠져들 위험이 있음도 보았다. 그렇기에 우리는 이 상황을 개선하여 향찰 표기의 실상에 부합하는 명료한 체계를 수립할 필요가 있다. 그 작업을 위해서는 먼저 교육 현장에서 향찰체계가 어떻게 공식화되어 있는가를 살필 필요가 있다. 이를 통해 문제점을 순차적으로 해결해 나갈 수 있기 때문이다. 다음 인용은 현재의 향찰 표기 체계의 현황을 종합적으로 보여주고 있다.

> 한자의 뜻을 빌려 표기하는 것을 훈차(訓借)라 하고, 한자의 소리를 빌려 표기하는 것을 음차(音借)라고 한다. ※ 밑줄 : 음차, ▒ : 훈차
>
> 善 化 公 主[1] 主[2] 隱 선화 공주님은 他 密 只 嫁 良 置 古 남 몰래 결혼하고
> 薯 童 房 乙 맛둥서방을 夜 矣 卯 乙 抱 遣 去 如 밤에 몰래 안고 가다.
>
> – 김병권 외 11인, 『고등학교 국어(하)』, 도서출판 더텍스트, 2011

며'의 'ㄴ'를 위하여 '늙'이 이용된 것이다." 〈김완진(1980:98-99)〉

즉, 향가에 사용된 글자를 훈차자와 음차자로 나눈 후, '主2, 他, 密, 嫁, 置, 薯, 夜, 抱, 去, 如'의 10字를 훈차자로, '善, 化, 公, 主1, 隱, 只, 良, 古, 童, 房, 乙, 矣, 夘, 遣'의 14字를 음차자로 지목하고 있다. 그러나 앞에서 살펴보았듯이 훈차자항에 소속된 자들은 '主2·如' 2字만 제외하고 모두 훈차자라 부를 수 없는 자들이고, 음차자 항에 소속된 자들 중에서도 '善·化·公·主1' 등[10]은 음차자가 아닌 자들이다. 그렇기에 위의 체계는 더 이상 체계로서의 효용을 지닐 수 없다.

그렇다면 위에서 서로 섞여 나타나는 20여 자(餘字)의 향찰표기들을 체계적으로 분류할 방법은 없는가? 그럴 때, 우리는 앞서 인용했던 양주동의 통찰을 되새겨 볼 만하다. 그는 『고가연구』에서 향가의 본격적 해독에 앞서, 향찰표기의 체계를 제시하면서 다음과 같은 언급을 한다.

> 二十五首의 詞腦歌는 周知하는 바와 같이 全部 漢字로 記寫되었는데 그 用字法은 義字와 借字로 大別된다. 廣義로 보면 일체의 漢字가 모두 借字 아님이 아니나, 여기 이른바 '借字'란 義字가 漢字를 原意대로 쓴 것임에 反하야 漢字의 原意와는 關係됨이 업시 그 音訓만을 빌어 我語를 表記함을 이르는 것이다. 〈양주동(1965:59)〉

본고는 향찰 표기체계의 골격이 이 한 문단에 명확히 제시되어 있다고 본다. 그러나 후대의 연구자나 교과서 집필자들은 차자 체계에 대

10 '善化'라는 명칭이 음차인지 음독인지 대해서는 이견이 있을 수 있다. 배경설화에는 善花[아름다운 꽃]로, 노래에는 善化로 표기되어 있는데, 노래의 善化가 본문에 나타난 善花의 오각이라면 이는 한자적인 용법이므로 音讀字로 분류된다. 그러나 /선화/라는 발음을 가진 공주를 칭하는 표기가 '善花·善化' 등으로 표기된 것이라 본다면 단순 '音借'일 뿐이다. 향찰을 비롯한 차자표기에서 '善'이나 '花·化'가 차자로 관용되는 자는 아니기에 본고에서는 '한자어' 즉, '음독자'로 잠정한다.

해 논의하면서 이 문장을 간과해오지 않았나 한다.[11] 앞서 들었던 굴지의 세 연구자들이 보여준 혼란 또한 이 언급을 경청하지 않은 결과일지도 모른다. 그러나 아쉽게도 그의 논저에는 자세한 설명이 없으므로 보다 자세히 이를 보충하며 교육 현장에 필요한 향가 用字의 체계를 수립해 보고자 한다.

1) 향가(鄕歌) 용자(用字)의 분류 - 정용자(正用字)·차용자(借用字)

위 인용에 따르면 양주동은 향찰자를 한자의 원의(原意)대로 쓴 것이냐 아니냐에 따라 '의자(義字)'와 '차자(借字)'로 대별하고 있다. 분류의 분명한 기준이 제시되어 있다는 점, 또 향가에 실제 적용했을 때, 누락되거나 중복되는 字가 발생하지 않는다는 점에서 적절한 제안이라고 할 수 있다.[12] 이 분류를 교과서 수록 빈도가 가장 높은 〈서동요〉에

11 이를 정밀히 검토하여 보다 나은 차자체계의 수립을 도모한 노력이 없지는 않았다. 『차자표기법 연구』에서 보여주었던 남풍현의 논의가 그것이다. 그는 양주동의 6분류 향가용자(鄕歌用字) 체계를 4개의 차자(借字)범주로 간략화하면서, 양주동이 의자(義字), 즉 비차자(非借字)로 분류한 자들[善化公主·他·密 …… 등]을 모두 차자(借字)로 분류하였다. 그리하여 '음독자(音讀字)·훈독자(訓讀字)·음가자(音假字)·훈가자(訓假字)'의 네 범주로 나누어 논의하였다. 그 논의의 장점은 4개의 범주만으로도 차자자료에 쓰인 모든 글자가 중첩됨이 없이 위 범주 중 어느 하나에 모두 배속되게 되어 체계로서의 요건을 충족시킨다는 점이다. 그러나 문제는 그의 분류는 양주동의 것과 명칭만 다소 다를 뿐, 각각 '음독자(音讀字) = 양주동의 음독자(音讀字)', '훈독자(訓讀字) = 양주동의 훈독자(訓讀字)', '음가자(音假字) = 양주동의 음차자(音借字)', '훈가자(訓假字) = 양주동의 훈가자(訓借字)'에 대응하게 되어 체계의 실질적 개선이 이루어졌다고 보기 어렵다는 점에 있다. 더구나 양주동이 비차자(非借字)라고 보고 있는 '의자(義字)[=一般漢字]'마저 모두 차자로 파악하고 있다는 점에서 정론화하기 어려운 측면이 있다. (이 자들이 차자(借字)가 아니라 단순한 일반한자[=正用字]일 뿐임은 '각주 12)'의 예문을 참조할 것.)

12 단, '의자(義字)'란 용어는 잘 실감나지 않으므로, 본고에서는 동일한 의미의 '정용자(正用字)'로 바꾸어 쓰려 한다. 여기서 '정용자(正用字)'란 음(音)이나 훈(訓) 중 어느 하나를 차용(借用)한 차용자(借用字)[=借字], 본 논문에서 차자(借字)와 차용자(借用字)는 동일한 말임.)에 대립되는 개념어로서, 한자 정통(正統)의 의미를 그대로 지닌 채 향찰(鄕札)·이두(吏讀)·구결(口訣) 자료에 사용된 자(字)를 말한다. 즉, 다음 예시

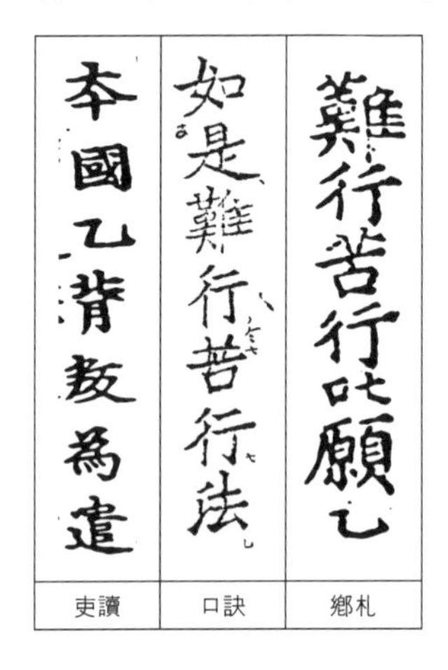

吏讀 : 本國乙背叛爲遣 〈대명률직해 1:4b〉
口訣 : 難行ノ亽ㅌ 苦行ㅌ 法ㄹ 〈화엄 19:17〉
향찰 : 難行苦行叱願乙 〈보현8〉

에서 보이는 本國·背叛(이상, 이두), 如是難行苦行法(이상, 구결), 難行苦行(이상, 향찰) 등의 一般 漢字를 말한다. 이 자들은 자신이 가진 의미를 그대로 지닌 채 표기에 사용되기에 한자를 사용하는 동아시아인들에게 그 자(字)의 정통의미(正統意味)로 이해되게 된다.
이에 반해, '乙(을)·爲(ㅎ)·遣(고)·ノ(乎, 호)·亽(令, 리)·ㅌ(叱, ㅅ)·叱(ㅅ)' 등의 글자는 正統의 한자 용법에서 벗어나, 한국 특유의 쓰임새로만 借用된 글자이기에 향찰이나 구결·이두의 구사자(驅使者)들에게만 이해되는 속성을 지니게 된다.
한편 남풍현은 『차자표기법 연구』에서 "차자표기에 사용된 모든 한자는 '차자'라는 입장"에서 차자의 분류를 시도한 바 있다. 그에 따르면 본고가 '정용자(正用字)'로 규정하는 '本國·背叛·如是難行苦行法·難行苦行' 등의 일반한자도 차자로 규정되게 된다.(보다 정확히는 '音讀字'로 분류된다.) 그러나 이는 재고(再考)의 여지가 크다. 인용한 그림에서도 보이듯이 이들 자는 차자와 섞여 '차자자료'에 나타나기는 하지만, 자체를 '차자'라고는 명명(命名)할 수 없는 자들이기 때문이다. 구결의 예에서 가장 명확히 보이듯이 이들은 '정용(正用)의 한자·정용(正用)의 한자어'에 불과하다. 혹, 한자(漢字) 자체(自體)가 우리의 것이 아닌 중국의 것이므로 '모든 한자(漢字)는 차자(借字)이다'란 생각을 할 수도 있으나, 이 역시 동의하기 어렵다. 이 경우의 '차자(借字)'는 '빌린 글자'라는 일반적 의미이지, 우리가 학술용어로 사용하고 있는 '이두·구결·향찰 등에 나타나는 음(音)만 혹은 훈(訓)만을 빌린 몇 글자'를 칭하는 협의(狹義)의 용어로서의 '차자(借字)'가 아니기 때문이다. 일반적 의미의 '차자'와 학술용어로서의 '차자'가 구분되지 않는다면, 우리는 한시(漢詩)나 한문소설(漢文小說) 등도 모두 차자의 체계 속에서 다루어야 하는 혼란에 빠져들게 될 것이다.

적용하면 다음과 같다.

善化公主主隱 他密只嫁良置古 薯童房乙 夜矣夘乙抱遣去如
〈방점은 정용자(=일반한자), 나머지는 차용자(=차자). 논의의 편의상 '薯童房'은 '薯童書房'의 준말로, '夘'은 '卯'의 이체자로 잠정함.〉

한편 이와 같은 기준에 의해 향찰자를 분류했을 때, 우리는 자배치(字配置)의 뚜렷한 경향성을 감지할 수 있다. 정용자(正用字)가 대체로 어두(語頭)에 나타나 실질형태소에 배치되고, 차용자(借用字)가 대체로 어미(語尾)에 나타나 형식형태소에 배치되는 현상이 그것이다. 이 점은 향가 전체를 통해 보아도 뚜렷이 나타나는 현상인데 이로 향가표기의 기본 구성은 "정용자(正用字) + 차용자(借用字)"라 할 수 있다.[13]

---

13 향찰표기의 기본 구성이 '정용자 + 차용자(차자)'로 되어 있다고 보느냐, '훈차자 + 음차자'로 되어 있다고 보느냐에 따라 해독의 태도가 크게 달라진다. 일부 연구자의 경우 '훈차자 + 음차자'로 되어 있다고 보고 있는데, 이러한 태도가 해독에 큰 영향을 미침은 2장 말미에 기술한 바와 같다. 한편, 향찰표기가 기본적으로 '정용자 + 차자'로 되어 있다는 믿음과 이러한 관점에서의 착안은 난해구의 해결에도 큰 도움을 준다. 〈도천수대비가〉의 마지막 구절 '慈悲也根古'는 그 실례(實例)가 된다. 이 구절은 양주동(1965:483-486)에 의해 '자비여 큰(大)고?'로 풀이되었고, 이후로도 지지받은 바 있는데, 이때의 해독 원리는 '根(큰, 음차) + 古(고, 음차)'였다. 즉, '正用字 + 借字'의 구성에 위배되는 풀이였다. 그러나 이는 그렇게 풀이될 것이 아니다. 향찰의 구성 원리상 어두에 나타난 '根'은 정용자일 가능성이 높은 것이고, 우리는 이 점에 착안할 필요가 있었다. 결국 이 자는 선행한 '慈悲'와 연결되고 결국 '慈悲의 뿌리'로 해독되는 것이다. 다음에서 보듯 '자비의 뿌리' 즉, '慈悲根'은 불가의 관용적 비유어이다.
大藥王樹。其根生時。令一切菩薩。生不捨衆生大慈悲根。其莖生時。令一切菩薩。增長堅固精進深心莖。其枝生時。令一切菩薩。增長一切諸波羅蜜枝。其葉生時。令一切菩薩。生長淨戒頭陀功德少欲知足葉。其華生時。令一切菩薩。具諸善根相好莊嚴華。其果生時。令一切菩薩。得無生忍。乃至一切佛灌頂忍果。〈大方廣佛華嚴經 권51〉
이러한 예는 향찰표기 체계의 파악과 충실한 적용이 해독에 어떤 영향을 미칠 수

2) 정용자(正用字)의 분류 – 음독자(音讀字)·훈독자(訓讀字)

위에서 대별된 정용자(正用字)는 다시 음독자와 훈독자를 종개념(種概念)으로 가진다. 이 두 종개념은 한자를 읽는 방식이 다를 뿐, 모두 한자 본연의 의미로 사용되고 있다는 공통점을 가진다. 음을 기준으로 읽으면 '음독(音讀)', 훈을 기준으로 읽으면 '훈독(訓讀)'이 된다.[14] 음독과 훈독의 전형적인 예를 들면 다음과 같다.

> **【음독자(音讀字)】**
> 善化公主 〈선화공주, 서동요〉, 千手觀音 〈천수관음, 도천수관음가〉, 願往生 〈원왕생, 원왕생가〉, 彌陀剎 〈미타찰, 제망매가〉
>
> **【훈독자(訓讀字)】**
> 慕理尸心未 〈그릴 ᄆᆞᅀᆞᆷ, 모죽지랑가〉, 花肹折叱可 〈것거, 헌화가〉, 抱遣去如 〈안고 가다, 서동요〉

음독(音讀)의 전형적인 예는 위의 예에서도 보이듯 '다음절(多音節) 한자어(漢字語)'이다. 이들은 아마 당대에도 생활어휘로 굳어져 있었을 것으로 짐작되는데, 그렇기에 굳이 고유어로 풀어 읽을 이유가 없었을 것이다. 훈독(訓讀)의 전형적인 예는 단음절 한자어이다. 이들 글자에는 주로 고유어의 말음이 첨기되어 있어 고유어로 훈독했을 것임을 짐작케 해 주고 있다. 즉, '慕'로 적지 않고 '慕理'로 표기함으로써 '그리–'로 읽었음을, '折'로 적지 않고 '折叱'로 표기함으로써 '겄–'으로 읽

있는지를 뚜렷히 보여준다 하겠다.

14 현대 일본어에서 한자를 읽는 방식과 같다. '川'을 음독하여 'せん'이라 읽을 수도 있고 훈독하여 'かわ'라 읽을 수도 있는 것과 같은 원리이다.

었음을 보여주고 있는 것이다.

그런데, 일부 정용자의 경우, 이를 훈독했을지 음독했을지 판단하기 애매한 것들도 있다. 몇 예를 들면 다음과 같다.

慕人有如 〈원왕생가〉, 毋牛 〈헌화가〉, 君隱父也 〈안민가〉

당시 향가를 향유할 때, 그들은 이를 '모인·모우·군은 부야'라고 읽었을지, '그리는 이·암소·임금은 아비여'라고 읽었을지 우리는 확인할 길이 없다. 한자를 통해 의미만을 알 수 있을 뿐이다.[15]

3) 차용자(借用字)의 분류 – 음차자(音借字)·훈차자(訓借字)

차용자(借用字)는 다시 음차자(音借字)와 훈차자(訓借字)를 종개념(種概念)으로 가진다. 음(音)에서 취한 차자(借字)인가, 훈(訓)에서 취한 차자(借字)인가가 그 기준이 되며 변별되지만, 둘 다 한자의 원래 뜻을 버린 채 사용된다는 점은 같다. 음차자와 훈차자의 대표적인 예를 들면 다음과 같다.

【음차자】
君隱父也 〈君은 父여!, 안민가〉, 置古 〈두고, 서동요〉, 阿孩 〈아히, 안민가〉

---

15 이의 해결은 향가의 운율 설정과도 밀접한 관련을 지니게 된다. 독법에 따라 음수율 혹은 음보율이 달라지게 된다. 하지만 이는 역으로 향가의 운율이 대체적으로 밝혀진다면 향가에 나타난 한자가 훈독인지 음독인지 짐작할 길도 열리게 됨을 의미하기도 한다. 즉, 둘은 상보적(相補的)인 관계인 것이다.

【훈차자】
慕人有如 : 그리는 이 있다 〈원왕생가〉
閼遣只賜立 : (十方의 부처는) 알곡샤셔 〈보현4〉
慕呂白乎隱 : 그리ᄉᆞᆸ온 〈보현1〉

그런데, 차자에서는 음차자의 비율이 훈차자에 비해 압도적으로 많다.[16] 그것은 한자의 음을 빌리는 것이 훈을 빌리는 것에 비해 간편했기 때문으로 풀이된다. 다만 필요한 음에 일치하는 음을 가진 한자가 없을 경우 불가피하게 훈을 이용했던 측면이 있는 듯하다. 가령, 'ᄉᆞᆸ·뵈·셔……' 등의 음은 정확히 대응하는 한자를 찾기 어려운데, 그런 까닭에 불가피하게 '白·布·立……' 등자(等字)의 훈을 이용한 표기가 발달했을 것으로 여겨진다.

한편, 음차자와 훈차자는 그 개념은 퍽 뚜렷하지만 분류의 실제 작업에 있어서는 곤란함이 적지 않다. 일부 자의 경우 훈차인지 음차인지가 불분명할 때가 있으며, 또한 그 자가 실제로 어떤 음역(音域)을 표시하고 있는 기호인지 알기가 어려운 경우가 많기 때문이다. 일례로 〈서동요〉에도 나타나는 '嫁良'의 '良'은 차자표기에서 대체적으로 '아/어' 등으로 읽히는데, 이러한 음상(音相)을 대표하게 된 이유가 '良'의 음인 '량'에서 비롯된 것인지, 아니면 우리가 잘 알지 못하는 '良'의 어떤 고훈(古訓)에서 비롯된 것[17]인지는 여전히 판단하기 어려운 측면이 있는 것이다.

---

16 박재민(2009:94-100)의 통계를 따르면 음차자는 대략 80여 자(餘字) 이상, 훈차자는 대략 10자 이하로 추산되고 있다. 오차를 감안하더라도 상당한 비율차로 음차자가 우세하다고 말할 수 있다.

17 가령, '良'은 〈광주천자문〉에서 '良 알 량'으로 나타나기도 한다.

음차 혹은 훈차된 차자가 어떤 음역을 표시하고 있는가에 대한 것도 음차자·훈차자를 둘러싼 오랜 문제 중의 하나이다. 가령 〈서동요〉에도 나타나는 '抱遣'의 '遣'은 차자표기에서 대체로 '고'[18]로만 읽혀오는 자인데, 그것에 대한 회의(懷疑)[19] 또한 학계에서 일고 있는 것이다. 〈서동요〉의 '去如'의 '如'에 대한 독법도 마찬가지이다. 일반적으로 훈차자로 인식하여 '다'로 읽고 있지만 여전히 일부 연구자들은 이를 음차자로 인식하여 '여'로도 보고 있는 것이다.

결국 차자체계는 개념적으로는 수립되었다고 자평할 수는 있지만, 구체적 작업의 현장에서는 여전히 하나하나의 유래(由來)와 음역(音域)에 대해 탐구해야 할 여지가 많음을 자인하지 않을 수 없다. 산적(山積)한 분류작업의 일사불란한 해결을 위해서도 우리는 차자체계의 기초를 든든히 다져 둘 필요가 있다. 기초를 다지는 일이 교육 현장에서부터 시작되어야 함은 물론이다.

4. 결론

이상의 논의를 통해 현재의 향찰자 교육의 오류와 그 연원을 짚었다. 그리고 대체로 양주동의 학설에 기대어 보다 정확한 향찰자 체계를 수립하려 시도하였다. 그것은 다음과 같이 도식화된다.[20]

---

18 繭遣聲近而東俗呼繭고치, 呼峴고개, 吏讀呼遣고, 此必東方古音也. 〈이재유고(頤齋遺藁)〉 권25, 잡저, 화음방언자의해(華音方言字義解).

19 대표적인 연구자로 황선엽(2002:3-25), 장윤희(2005:123-146)를 들 수 있다. 이들은 '遣'을 '겨'로 읽었는데, 이는 차자의 음상에 대한 현대 연구자들의 고민을 잘 보여주는 한 사례라 할 수 있다.

音讀字 – 한자의 음으로 읽고, 본연의 의미 그대로 이해되는 字.

正用字 (善化公主·薯童房)

訓讀字 – 한자의 훈으로 읽고, 본연의 의미 그대로 이해되는 字.

鄕歌表記字 (他·密·嫁·置·夜·夘·抱·去)

音借字 – 글자의 의미는 버리고, 음만 취하여 소리값으로 사용되는 字.

借用字 (隱·只·良·古·乙·矣·遣)

訓借字 – 글자의 의미는 버리고, 훈만 취하여 소리값으로 사용되는 字.

(主·如)

한편, 이상의 논의가 수용된다면 서론에서 인용한 임용고사와 고교 교과서는 다음과 같은 내용으로 수정되어야 할 것이다.

【임용고사】

(가)와 (나)를 대조하며 ㉠에서 훈차(訓借) 자와 음차(音借) 자를 구별해 보게 한다.

• 뜻만 빌려 쓴 글자의 예 : 他 密 嫁 置
• 음만 빌려 쓴 글자의 예 : 只 良 古

(가)의 ㉠에 한정하여 표기 방법을 선택하는 원칙을 추론하게 한다.

•
•

---

20 다음과 같이 해독된다고 가정했을 때의 분류이다.
"善化公主니믄 놈 그슥 얼어 두고 薯童房을 바믹알 안고 가다"

⬇

問 : (가)와 (나)를 대조하며 서동요의 1, 2句에서 정용자(正用字)와 차용자(借用字)자를 구별해 보게 한다.
• 정용자의 예 : 善 化 公 主[1] 他 密 嫁 置
• 차용자의 예 : 主[2] 隱 只 良 古

問 : 〈서동요〉의 1,2구에 한정하여 正用字를 읽는 두 가지 방법과, 借用字로 활용되는 두 가지 방식을 기술한 후 이들의 일반적인 결합양상을 설명하라.

정답 : 正用字를 읽는 방식은 음으로 읽는 것과 훈으로 읽는 것의 두 방식이 있다. '善化公主'는 음으로 읽었을 것으로 추측되며, '他·密·嫁·置'는 각각 '남·그슥·얼·두', 즉 훈으로 읽었을 것으로 추측된다. 차자로 활용하는 방식 또한 2가지인데, '隱·只·良·古'는 한자의 음을 빌린 것이며, '主2'는 '主'의 훈인 '님'을 빌린 것이다. 향찰표기는 일반적으로 正用字가 선행하며 실질형태소의 자리에 위치하고, 借用字가 후행하며 형식형태소의 자리에 위치하는 양상을 보인다.

【국어교과서】

(1) 향찰 표기에서 소리를 빌려 쓴 글자와 뜻을 빌려 쓴 글자는 각각 어떤 부분에 주로 사용되었는지 적어 보자.
(2) (1)의 활동을 통해 알 수 있는 향찰 표기의 특성은 무엇인가?

2. '서동요'의 향찰 표기를 바탕으로 다음 활동을 해 보자.
(1) 향찰 표기에서 정용자(正用字)와 차용자(借用字)는 각각 어떤 부분에 주로 사용되었는지 적어 보자.
答 : 善化公主·他·密·嫁·置 등의 정용자는 체언이나 용언의 語幹 등 주로 실질형태소로 사용되었고, 主·隱·只·良·古 등의 차용자는 조사

나 용언의 語尾 등 주로 형식형태소로 사용되었다.

(2) (1)의 활동을 통해 알 수 있는 향찰 표기의 특성은 무엇인가?
答 : 향찰표기는 주로 '정용자 + 차용자'의 구조로 되어 있다. (高級 : 정용자는 읽는 방식에 따라 음독자와 훈독자로 나뉠 수 있고, 차용자 또한 소리값의 유래에 따라 음을 빌린 음차자와 훈을 빌린 훈차자로 나뉠 수 있다.)

—이 글은『국어교육』제139집, 한국어교육학회, 2012에 실린 논문을 수정·보완한 것임.

여말선초 악장의 중세적 관습 및 변이 양상

◉

조규익

1. 서론

동양과 서양 혹은 한국의 학계에서 중세에 관한 규정이나 특징이 약간씩 다를 수는 있지만, '큰 힘을 가진 통치체제나 보편성 혹은 보편주의로서의 사상체계가 시간과 공간을 균질적으로 지배함으로써 특별한 질서를 유지하던 시대가 중세'[1]라는 데 대해서는 큰 이견이 없다. 고려조를 우리 역사상 중세의 시작으로 보는 것은 학계의 일반적 시각이고,[2] 그 근거를 '고대의 지역적 고유성이 잔존하던 상황에서 문화와 사상의 교류로 인하여 세계적인 문화의식과 사상을 귀중하게 인식하던 성향'[3] 즉 '민족적 특성이나 독자성보다 선진문화를 수용하여 그 척도로 자신의 문화를 비판하는 것을 특성으로 하는 보편주의'에서 찾는

---

1 조규익, 「조선 지식인의 중국체험과 중세보편주의의 위기」, 『온지논총』 40, 사단법인 온지학회, 2014, 40쪽.

2 정구복, 『韓國中世史學史(Ⅰ)』, 집문당, 1999, 23쪽.

3 정구복, 같은 책, 25쪽.

것[4]이 일반적이다.

호족세력 연합으로 이루어진 고려왕조가 중국의 제도를 수용하여 통치 원리의 국제적 보편화 혹은 객관화를 이루어 나갔고, 그 바탕 위에서 문화적·사상적 틀을 정비해 나간 것을 보면, 고려시대에 중세화가 이루어지고 조선의 건국을 계기로 새로운 차원의 중세가 전개되었음을 알 수 있다. 고대 왕국으로부터 고려 및 조선에 이르기까지 이루어져 온 예악의 정비는 중국의 제도를 모범으로 한 전례화(典禮化)[5]의 과정이었으며, 왕실의 제사로부터 연향에 이르는 궁중의 모든 절차들이 여기에 해당되었다. 조동일의 설명대로 고려와 조선은 '중세를 재건하고자 하던 왕조로서, 지배세력이 지나친 횡포를 스스로 제약하는 것으로 규범을 삼으며, 훈민을 표방하면서 백성을 교화해야 질서가 재

4 정구복, 같은 책, 같은 곳.

5 서양의 전례와 동양의 전례가 출발 선상의 의미는 달랐으나, 중세적 성향의 주된 요인이었다는 점에서는 공통점을 보인다. 서양의 전례 즉 'liturgy'는 기독교인들이 지역을 초월하여 행해오던 예배의식, 특히 일요일의 예배 등을 뜻한다.(www.wikipedia.org 참조) 즉 교회가 신에게 드리는 공적인 예배로서 성서에 의거하여 공인된 의식 즉 '미사·성사·성체 강복' 등이 전례에 포함된다. 따라서 전례는 사적 행위가 아니라 교회 공동체의 예식으로서 지역이나 국경을 초월하는 공통성 혹은 보편성을 갖는다. 동양에서의 전례는 『周易』(『欽定四庫全書』, 「經部 / 易類 / 周易集解」 卷 十四, 『文淵閣四庫全書電子版』, 迪志文化出版有限公司 : 聖人有以見天下之動 而觀其會通 以行其典禮 侯果 曰 典禮有時而用 有時而去 故曰 觀其會通也)이나 司馬光의 「稷下賦」(『欽定四庫全書』, 「史部/地理類/都會郡縣之屬」, 『山東通志』 卷 三十五之二 : 本初 修先王之典禮 踐大聖之規模 德被品物 威加海隅) 등에 쓰인 것처럼 '典法禮儀' 즉 '모범적 사례 혹은 관습'으로서 후대에 '보편적 규범'으로 확산·정착된 제도나 절차를 뜻하게 되었다. 이런 점에서 '전례'가 갖는 중세 보편주의적 측면이나 현실적 의미는 동·서양이 공통된다고 할 수 있다. '典禮國家인 李朝'라는 개념을 통해 예악을 바탕으로 이루어진 조선왕조의 '중세적 성격'을 지적한 김동욱의 언급(『改訂 國文學概說』, 보성문화사, 1978, 67쪽)은 필자의 논리를 뒷받침하는 의미를 지닌다.

건되고 유지될 수 있다고 믿었던 시기'[6]였다. 이처럼 백성을 효과적으로 통치하려는 욕구 때문에 정치·사회·경제 등 여러 부면에서의 제도화를 추진하게 되었을 것이다.

김동욱이 밝힌 바와 같이, 삼국과 통일신라는 제향·연향에 우리나라 노래를 썼으나, 고려의 경우 대성악이 들어오면서 송나라의 악기와 악장을 습용했고, 원나라 치하에 들어가면서 다시 우리나라 노래를 연향에 쓰게 되었다.[7] 말하자면 역대의 우리나라 왕조들이 악장을 썼는데, 어느 시기부터(특히 고려 예종대) 그 대종인 우리 고유의 노래들과 함께 중국의 악장을 도입·사용하는 관습이 정착되었다는 것이다. 그러나 김동욱의 설명은 주로 연향악에 국한되는 것이지 제향악장까지 포함할 때는 달라질 수 있다. 이미 선농제나 친경적전, 선잠제 등 국가적 제례의 흔적을 추정할 수 있는 기록[8]이 신라 초에 나와 있음을 볼 때, 제향과 연향을 포괄하는 궁중악장의 제도가 꽤 오래 전부터 정비되고 있었으리라 짐작되지만, 자세한 것은 알 수 없다.

이 글에서는 역사가들에 의해 중세로 규정된 고려조와 조선조의 역사와 문화를 바탕으로 여말선초의 악장들을 살피고, 그것들에 지속되고 있던 보편주의적 성향과 독자적 성향으로 드러나는 변이 양상을 살펴보고자 한다.

6 조동일 외, 『국문학의 역사』, 한국방송통신대학교 출판부, 2012, 145쪽.

7 김동욱, 앞의 책, 66쪽.

8 『삼국사기』 권 제1 '시조 혁거세 거서간' 조(사이트 KRpia〈krpia.co.kr〉의 "17년에 왕이 6부를 巡幸할 때 妃 閼英도 그 뒤를 따랐다. 백성에게 農桑을 장려하여, 토지의 생산을 마음껏 하도록 하게 하였다.") 참조.

2. 고려음악 및 악장과 중세적 관습

정치·문화·사상적 명분상 고려를 극복하고자 개창된 것이 조선조이나, 예악제도나 악장의 면에서 조선조에게 고려는 불가피한 계승의 대상이기도 했다. 통일신라시대 이래의 당악들과 그 당악들을 모범으로 삼아 정비한 속악들과 중국으로부터 도입한 아악들이 병행되면서 그 이전까지 정체를 알 수 없었던 제례음악이나 악장들은 그 실체를 드러내게 되었는데, 그 시점을 송나라로부터 대성악이 전래된 예종 11년(1116)으로 잡을 수 있다. 예종 11년 6월 경인일에 왕이 회경전에서 새로 연주하는 대성악을 감상했고, 10월 계유일에 왕이 친히 태묘에서 관제(祼祭)를 지내면서 대성악을 바치고 9실등가(九室登歌)를 연주했다는 사실 등[9]을 감안할 때 이 시기에 대성악을 도입했고, 그에 맞추어 사용된 「9실등가악장」도 제작되었을 가능성이 크다. 더욱이 해당 기사 안에 언급된 두 가지 사실, 즉 '왕이 금강사와 홍복사로부터 돌아오다가 영명사에 이르러 누선(樓船)에 올라 종친·재상·시신들을 위해 연회를 배설하고 다시 선려조(仙侶調)에 맞추어 친히 지은 임강선(臨江仙)이라는 가사 세 편을 신하들에게 돌려 보였다는 것', '원구·태묘·사직·적전 및 모든 능들은 나라에서 공경하고 소중하게 여기는 곳이니 이를 맡은 관원은 제때에 수리하여 파손되지 않게 하라는 명을 내렸다는 것' 등은 당시 음악이나 제례의 현황을 짐작할 만한 단서들을 담고 있다는 점에서 의미가 크다.

전자에서 왕은 연회를 베풀고 선려조에 맞추어 친히 지은 〈임강선〉이란 노랫말 세 편을 신하들에게 돌려 보였다고 했다. 이 부분의 원문은

9 『고려사』 '예종 병신 11년(1116)'(http://krpia.co.kr) 참조.

'御製仙呂調臨江仙三関宣示臣僚'인데 번역자는 '선려조에 맞추어 친히 지은 임강선이라는 가사 세 편을 신하들에게 돌려 보였다'고 풀었다. 말하자면 당속악(唐俗樂) 28조의 한 악조인 '선려조'[10]에 맞추어 부를 '임강선'이란 가사를 몸소 지어 신하들에게 보여주었다는 것이다. 그러나 '임강선'은 송나라 유영(柳永)이 지은 사(詞)로서 「사보(詞譜)」 23에 도해(圖解)되어 있는 작품이다.[11] 그러니 예종이 '선려조의 임강선'을 친히 지어 신하들에게 보여주었다는 것은 사실과 부합되지 않는 번역이다. 어쩌면 그것은 유영의 〈임강선〉을 차운하거나 모사한 새로운 버전의 '임강선'이었을 가능성이 크다. 그러나 사실이 무엇이든 여기서 중요한 것은 이처럼 임금도 악조와 가사를 소상히 알 정도로 당시에 당악이 궁중음악의 한 부분으로 정착되어 있었다는 점이다.

고려의 당악은 문무왕 때 도입한 통일신라시대의 당악에 10세기 이래로 송나라에서 들여온 교방악과 사악(詞樂)이 포함된 음악을 말한다.[12] 말하자면 '당나라의 음악'을 수용한 '통일신라 당악'을 계승함으로써 '통일신라 당악+송나라 사악'으로 외연이 넓어진 고려 당악이 형성되었고, 그것은 '당·송·신라·고려'를 포괄하는 국제적 보편성 혹은 음악에서의 중세적 보편성을 갖추게 되는 기반으로 작용한 것이다.[13]

---

10 송방송, 『한겨레음악대사전 상』, 보고사, 2012, 928쪽.

11 차주환, 『唐樂硏究』, 범학, 1979, 207쪽.

12 송방송, 앞의 책, 496쪽.

13 고려에서는 송나라에 대성악과 악기, 악사의 교육 등을 제공할 것과 함께 별도로 학생 5명을 파견하여 국자감이나 벽옹에서 공부할 수 있도록 해달라고 요청했고, 이에 대하여 휘종은 "惟爾雅俗有古遺風 乃遣諸生觀光上國 盡捐宿習 欲見天地之全於變華風 亦推禮義之舊 永言向慕 旣用嘉歎(『고려사』 예종 병신 11년(1116))"이라고 했는데, '宿習'이란 전래의 고유한 관습을 말하고 '華風'이란 중화문화의 관습을 말하는데, 중세의 보편적 질서에 편입하고자 하는 고려의 의중을 휘종은 파악하

그리고 후자는 당대에 이미 '원구·태묘·사직·적전' 등과 선왕들에 대한 국가의 제사가 제도적으로 완비되고 있었음을 암시하는 내용이다. 즉 '왕이 국학에서 공자의 제향에 참석하여 은반(銀盤) 두 벌과 능견(綾絹) 30필을 드렸다'[14]는 비슷한 시기의 기사가 암시하는 것처럼 고려시대에도 이미 국가 제례들이 시행되고 있었으며, 그에 따라 조선의 제례에 쓰인 악장들과 유사한 아악의 악장들이 고려 시대의 이런 제례들에 쓰이고 있었을 가능성이 크다면,[15] 정격 제례악장의 중세적 표준이나 보편성은 고려 시대에 이미 갖추어져 있었으리라 본다.

앞에서 언급한 바와 같이 고려시대에는 송나라로부터 대성악을 수입하면서 악제의 중국화가 가속적으로 이루어졌고, 공민왕 대에 명나라 태조가 아악을 보내와서 조정과 태묘에 사용함으로써[16] 아악은 거의 제도적으로 정착되었다고 할 수 있다. 이 시기에 등가·헌가악의 주악 절차 및 각종 악기, 각종 의식 등과 함께 조선조의 〈종묘악장〉에 비견되는 〈태묘악장〉이 제정되었다. 9실 등가(예종 11년 10월 제정)를 연주했고,[17] 그 악장이 바로 〈태묘악장〉인데, 9실 신주를 다시 태묘에 안치하면서(공민왕 12년 5월 19일) 악장을 새로 만들었으며, 공민왕 20년 10월 16일 왕이 태묘에 친히 제향을 올리면서 좀 더 세밀히 갖추어진 악장을

고 있었던 것으로 보인다.

14 『고려사』 제16권, 세가 제16, 인종2, 인종 기유 7년(1129) 참조.

15 예컨대, 〈문선왕 악장〉의 경우 송대의 악장을 반영한 『명집례』의 「석전악장」이나 원나라 임우가 편찬한 『대성악보』의 악장이 조선조의 〈석전악장〉으로 수용되었다고 보는데(조규익, 『조선조 악장 연구』, 새문사, 2014, 78쪽), 그럴 경우 고려조에서도 마찬가지의 수용양상을 보여주었다고 할 수 있다.

16 『고려사』 권70, 지 제24, 악1 참조.

17 앞 주 8)과 같은 곳.

새로 만들게 됨으로써 조선조 '종묘제례·종묘악·종묘악장'의 모범적 선례로서의 '태묘제례·태묘악·태묘악장'이 모습을 갖추게 된 것이다. 뿐만 아니라 공민왕은 16년 정월 28일 휘의공주(徽懿公主)의 혼전에 대향을 드리면서 새로 지은 「휘의공주혼전대향악장(徽懿公主魂殿大樂享章)」을 교방에서 연주했는데, 그 가운데 완벽하게 『시경』 시구들의 집구(集句)만으로 이루어진 5헌 악장[18]은 당대 제의악장의 제작 관습을 보여주었으며, 이 관습은 조선조에 고스란히 이어진 것으로 보인다.

말하자면 당악과 아악이 고려음악의 국제화를 지향하던 두 골간이었고, 그에 따라 연향이나 제향의 국제화도 이루어지게 되었으며,[19] 이것들이 모여 형성하는 지배계층 문화의 중세화는 공고한 대세로 자리 잡게 되었던 것이다. 앞에서 언급한 바와 같이 예종 때 도입된 대성악이 아악의 세련화에 기여했다면, 당악은 민간으로부터 도입한 우리 고유의 노래들을 속악 체제로 편성하는 데 모범적 선례의 역할을 했을 것으로 보인다. 그 대표적인 사례를 '동동정재'에서 찾아볼 수 있다. 고려속가 〈동동〉의 존재에 대한 인식은 『고려사 악지』 「속악」의 '동동'조와 『악학궤범』 권5의 '아박'을 연결시켜 이해할 수 있다. 세종 31년(1449)까지도 '동동정재'로 불렸고, 『악학궤범』의 「성종조 향악정재도의」에는 '아박'으로 명시되어 있는 점으로 미루어, 그 명칭은 『고려사 악지』의 설명에 등장하는 타악기 아박을 본떠 만들어진 것임을 알 수 있다. 말하

18 차주환 역, 『고려사 악지』, 을유문화사, 1974, 33~34쪽 참조.

19 『고려사 악지』의 앞부분(樂 一)에서는 '명 태조가 특별히 아악을 하사하였으므로 조정과 태묘에서 사용했다' 하고, 뒷부분(用俗樂之節度)에서는 '원구사직에 제사할 때와 태묘·신농·문선왕묘에 제향할 때에는 아헌·종헌·송신에 모두 향악을 교주한다.'고 했다. 이에 따르면 태묘에 제사할 때 아악과 향악을 섞어서 썼다는 말인데, 이 점은 좀 더 신중히 살펴볼 필요가 있으므로, 별도의 논의로 미룬다.

자면 고려의 속악정재인 '동동'이 큰 변화 없이 조선조의 '아박'으로 계승되었다는 것인데, 그간 국문학계에서는 『고려사 악지』「속악」'동동' 조의 설명 가운데 마지막 언술(動動之戱 其歌詞多有頌禱之詞 蓋效仙語而爲之 然詞俚不載)과 『악학궤범』 권5 「성종조 향악정재도의」'아박' 조의 '동동 노랫말'만을 분석의 대상으로 삼았고, 가·무·악 융합텍스트로서의 정재 절차에 대한 설명은 도외시했기 때문에 '선어(仙語)'의 정확한 뜻을 해석할 수 없었다.

선학들이 도외시한 텍스트는 노랫말로서의 〈동동〉을 둘러싸고 있던 콘텍스트였다. 그 콘텍스트는 노랫말로서의 〈동동〉이 '노래'라는 예술적 기능을 발휘하던 정재를 말하며, 당대의 궁중예술 담당자들이 표본으로 삼던 정재가 바로 당악정재들이었다. 당시 당악정재로서 '헌선도(獻仙桃)·수연장(壽延長)·오양선(五羊仙)·포구락(拋毬樂)·연화대(蓮花臺)' 등 5종의 대곡들과, 일실(逸失) 대곡들 각각에 들어 있던 42편의 산사(散詞)들이 기록되어 있는데, '동동'을 궁중악으로 편성하기 위해 표본으로 삼은 것은 대곡 다섯 편이었고, 그 가운데 신선이 등장하여 '임금의 수와 복을 빌어주는' 모티프는 무엇보다 중요한 모방의 초점이었을 것이다.

그래서 '신선의 말을 본떠서 만들었다'고 할 때의 '신선' 혹은 '신선의 말'이란 헌선도와 오양선에서 '(서)왕모[(西)王母]'가 올리는 노래들과, 나머지 정재들에서 기녀들이 왕에게 올린 '왕모의 송도지사와 같은 언술 형식의 노래들'이 바로 '신선의 말'이고, 그 내용이 바로 '송도지사'였던 것이다.[20] 말하자면 '동동정재'의 노래 텍스트에 나타나는

20 선계 이미지는 고려시대뿐 아니라 조선시대 정재들에도 바탕을 이루고 있는데, 임

표현법이나 주제의식은 당대 궁중에서 성대하게 공연되던 당악정재들의 창사를 본뜬 것들로서, 선어란 바로 이들 정재에서 서왕모 등 신선으로 분장하여 송도의 노래를 가창하던 여기들의 창법에서 비롯되었으며, 따라서 동동정재의 텍스트와 헌선도·오양선 등 당악정재들은 상호텍스트적 연관을 맺고 있다는 점에 주목할 필요가 있다.[21]

앞에서 인용한 바와 같이 『고려사 악지』에 따르면 공민왕 때에 이르러 명 태조가 하사한 아악을 조정과 태묘에서 썼고, 당악과 삼국시대의 음악 및 당시의 속악도 섞어서 썼다고 했다. 이 말 가운데 삼국시대의 음악은 『고려사 악지』에 실어놓은 '삼국속악'을 지칭할 것이고, '당시의 속악'은 각 지역에서 수집하여 궁중의 음악체제에 맞추어 개작한 고려 당대의 음악 즉 향악을 지칭할 것이다. 궁중의 속악으로 개편할 때 당악을 참고했으리라 추정할 수 있는 증거가 바로 이 점이다. 『고려사 악지』의 언급과 같이 태묘 등 제사음악은 아악을 기본으로 하되 향악이나 당악을 섞어 사용했다는 것도 그 점을 보여준다.[22]

이렇게 아악·당악·향악 등을 섞어 사용해도 절차는 국제적 전례를 따랐고, 특히 제례악장의 경우는 형태나 의미구조의 면에서 중국의 것을 수용함으로써 그런 성향이 더욱 두드러지는 모습을 확인할 수 있다.

금의 수와 복을 빌어주는 것이 궁중예술의 주된 목적이었다는 점에서 불가피한 특징이었을 것이다. 이 점에 대해서는 조규익의 논문(「궁중정재의 선계 이미지, 그 지속과 변이의 양상」, 『한국문학과 예술(궁중정재 특집)』 창간호, 숭실대학교 한국문예연구소, 2008) 참조.

21 조규익, 『조선조 악장 연구』, 461쪽.

22 『고려사 악지』의 설명에서 "공민왕 때는 명 태조 황제가 특별히 아악을 하사했으므로 조정과 태묘에서 사용하였다. 또한 당악과 삼국시대의 음악 및 당시의 속악도 섞어서 썼다"(『고려사』 권70, 지 제24, 악1.)고 했는데, 바로 이런 점을 말하는 것이다.

예종 11년 10월에 태묘의 「9실 등가악장」(태조 제1실/혜종 제2실/현종 제3실/덕종 제4실/정종 제5실/문종 제6실/순종 제7실/선종 제8실/숙종 제9실)을, 공민왕 12년 5월에 새로운 「9실 등가악장」(태조 제1실/혜종 제2실/현종 제3실/원종 제4실/충렬왕 제5실/충선왕 제6실/충숙왕 제7실/충혜왕 제8실/충목왕 제9실)을, 공민왕 16년 정월에는 「휘의공주 혼전악장」(초헌/아헌/삼헌/사헌/오헌/종헌)을, 공민왕 20년 10월에는 16곡의 새로운 〈태묘악장〉을 각각 제작함으로써 고려시대 왕실 제례악장의 중세적 보편성은 모습을 드러냈고, 이 전통은 조선으로 넘어가게 되었다. 실제로 송나라 「태묘악장」 16수 가운데 〈익조실 대순(翼祖室 大順)〉과 고려 「9실 등가악장」 가운데 〈원종 제4실(元宗 第四室)〉을 들어 보기로 한다.

明明我祖　積德攸宜
빛나고 빛나시는 우리 익조께서는 덕을 쌓으심이 아주 마땅하시도다
肇繼瓜瓞　將隆本支
대대로 종손과 지손들이 장차 융성하여 백세토록 이으리라
爰資慶緖　式昭帝基
경사스런 종실에 의지하여 제왕의 기틀을 밝히셨도다
於穆淸廟　永洽重熙[23]
아아 빛나는 청묘에 길이 거듭된 밝음 두루 미쳐주소서

明明我祖　德合乾坤
빛나고 빛나시는 우리 조종께서는 덕이 천지와 부합하시도다
丕顯其德　垂裕後昆
크고 뚜렷하신 그 덕 후손들에게 드리우셨도다

23 『欽定四庫全書』, 「史部 / 正史類 / 宋史」 卷 一百三十四.

克禋克祀　黍稷惟馨
지극하고 정결히 제사지내오니 제물이 향기롭도다
是歆是享　永保康寧[24]
이 제사 흠향하시고 길이 강녕을 지켜 주소서

두 악장 모두 4언 8구로 되어 있고, '제사의 대상 명시/대상의 덕 나열/제사 과정 설명/대상에 대한 기원'의 구조로 이루어져 있다는 점이 동일하다. 이런 구조는 제례악장이 지닌 규범성이나 관습성이라 할 수 있는데, 중세적 보편성을 이루는 핵심요소가 바로 그것들이다. 제사 대상에 대한 지극한 정은 표현 주체에 따라 다를 수 있기 때문에, 반복되는 국가 제례에서 통일적 규격을 갖추는 일은 지극한 정의 표출만큼이나 중요한 보편적 요소라 할 수 있다. 상호대체가 가능한 형태 및 내용구조를 지닌 두 작품은 송나라와 고려라는 지역적·시간적·역사 문화적 격차를 초월하는 동질성에 바탕을 두고 있다. 대성악과 함께 보낸 조서에서 휘종도 '풍속을 바꾸는 데 음악만한 게 없다는 것, 이것으로 나라를 다스린다면 비록 서로 멀리 떨어져 있어도 다같이 대화(大和)를 이룩할 수 있다는 것'[25] 등을 지적했는데, 그 말 속에서 '이풍역속(移風易俗)'이나 '대화(大和)' 등은 고유의 독자성을 넘어 중세적 질서에 편입됨으로써 국가나 왕조를 초월하는 동질성과 보편성을 획득하게 된다는 것을 강조한 개념들이다. 똑같은 한문으로 똑같은 구조의 전례적 산물을 만들어 사용함으로써 국제적 표준화를 이룩하게 되

24 『고려사』 제70권 지 제24 악 1 아악.

25 『고려사』 제70권 지 제24 악 1 아악. '관리가 의식을 대행할 때의 등가악과 헌가악'의 "夫移風易俗莫若於此往祗厥命御于邦國 雖疆殊壤絶同底大和不其美歟 今賜大晟雅樂" 참조.

었고, 이처럼 음악이나 악장에서 이루어진 고려조의 전례적 관습이 그대로 조선에도 이어진 것이다.

3. 조선조 악장과 중세적 관습 및 그 변이

조선조는 음악이나 악장의 면에서 고려조를 극복의 대상으로 생각했으나 상당 부분 계승이 불가피했고, 그에 따라 조선조의 음악이나 악장에 고려조의 그것이 지속되는 양상을 보여주게 되었다. 이처럼 고려조의 유습을 쉽게 청산하지 못하는 한계적 상황에서 그들만의 정체성을 추구할 수밖에 없었던 것이 조선조의 상황이었다.[26] 고유의 음악으로부터 향악이 이루어지면서 고려의 궁중음악 체계는 아악과 당악이 핵심을 차지하는 음악문화의 중세적 보편성을 확보하게 되었으며, 그러한 고려의 음악 체계가 이어지면서 조선조 역시 그 굴레로부터 자유로울 수 없었던 것이 사실이다. 아악과 당악은 원래 중국의 음악장르들임이 분명하지만, 우리 민간의 고유한 토속음악 또한 궁중으로 도입되면서 선행하던 당악을 모범적 선례로 삼아 속악(즉 향악)의 체계로 개편되었고, 결국 본격 중세적 전례화의 길로 접어든 것이 사실이다. 기존의 당악이나 속악과 함께 『시경』 시 또한 대거 악장으로 수용됨으로써 조선조의 중세적 전례문화는 화려한 출발을 보았다고 할 수 있다.[27] 물론 아악이나 당악과 달리 속악에 올려 부르던 악장은 대부분

---

26 조규익, 『조선조 악장 연구』, 18~46쪽.

27 그 대표적인 사례로 태종 2년 예조와 의례상정소가 함께 올린 樂調를 통해 확인할 수 있다. 태종 2년 6월 5일(http://sillok.history.go.kr) 참조. 이하 『조선왕조실록』 기사는 본 사이트에서 인용.

우리말로 된 노래들이었다는 점에서 차이를 찾을 수는 있겠지만, 그것들 역시 궁중예술의 중요 부분이었다는 점에서 완벽하진 않으나 중세의 전례적 질서를 형성하는 한 요소였음은 부정할 수 없다.

1) 조선조 악장으로 승계된 고려악장의 중세적 질서

앞에서 언급한 「휘의공주혼전대향악장」의 〈제5헌 악장〉은 『시경』의 여러 노래들로부터 따온 구절들을 집구하여 만든 경우인데, 동양 고전을 집구하는 전통이나 내용 및 구조는 이미 중국 역대 왕조들의 악장에서 흔히 사용되어 온 관습이었고, 고려조에 도입·정착된 제례악장의 이런 관습은 조선조에 그대로 계승되었다. 예컨대 조선조 〈문선왕 악장〉이 중국의 『송사(宋史)』(「대성부의찬석전 14수(大晟府擬撰釋奠 十四首)」)·『원사(元史)』(「선성악장(宣聖樂章)」)·『대성악보(大成樂譜)』·『명집례(明集禮)』(「문선왕석전악장(文宣王釋奠樂章)」)·『명사(明史)』(「홍무6년정사선사공자악장(洪武六年定祀先師孔子樂章)」) 등 중국 역대 왕조들의 그것과 거의 동일한 점으로 미루어, 조선조에서 역대 중국 왕조들이 써온 악장을 그대로 갖다 썼거나 자구를 바꾸는 정도의 변개만 가한 것으로 추측된다. 현재 확인할 수는 없지만, 고려조의 그것은 중국 왕조들의 그것과 동일했을 것이고 조선조에서 고려조의 것을 승계했을 가능성 또한 없지 않다고 할 수 있다. 제례악장들 가운데 몇 사례만 살펴보면 다음과 같다.

① 至哉坤元 克配彼天 含弘廣大 萬物載焉 克禋克祀 式禮莫愆 降福簡簡 於萬斯年[28] 〈사직초헌 국사악장〉

---

28 『악학궤범』 卷二, 「成宗朝 時用雅部祭樂」 '地祇社稷', 『원본영인 한국고전총서

②清沽惟馨 嘉牲孔碩 禮成樂備 人和神悅 旣右享之 籩豆維徹 永觀厥成 率履無越[29] 〈선농철변두 악장〉

③籩豆有踐 祀事孔明 禮成三獻 樂奏九成 神旣燕喜 終和且平 載徹不遲 萬福來寧[30] 〈선잠철변두 악장〉

①의 '지재곤원(至哉坤元)'은 『주역』[곤괘(重地坤)의 단사 : 彖曰 至哉坤元 萬物資生 乃順承天]에서, '극배피천(克配彼天)'은 『시경』(「주송」 '淸廟之什'의 〈思文〉 : 思文后稷 克配彼天 / 立我烝民 莫匪爾極 / 貽我來牟 帝命率育 / 無此疆爾界 陳常于時夏)에서, '함홍광대(含弘廣大)'는 『주역』[곤괘(重地坤)의 단사 : 坤厚載物 德合无疆 含弘光大 品物咸亨]에서, '만물재언(萬物載焉)'은 『주역』[곤괘(重地坤)에 관한 이기(李杞)의 설명 : 乾以健爲德 故象言其行 坤以厚爲德 故象言其勢 曰天行健者以氣用者也 曰地勢坤者以形用者也 今夫地一撮土之多 及其廣厚載華嶽而不重 振河海而不洩 萬物載焉 君子體坤之象而以厚德載物 无所不容 夫是之謂應地无疆[31]]에서, '극인극사(克禋克祀)'는 『시경』(「대아」 〈생민〉 : 厥初生民 時維姜嫄 / 生民如何 克禋克祀 / 以弗無子 履帝武敏 / 歆攸介攸止 載震載夙 / 載生載育 時維后稷)에서, '식례막건(式禮莫愆)'은 『시경』(「소아」 〈초자〉 : 我孔熯矣 式禮莫愆 工祝致告 徂賚孝孫)에서, '강복간간(降福簡簡)'은 『시경』(「주송」 〈집경〉 : 降福簡簡 威儀反反 旣醉旣飽 福祿來反)에서, '오만사년(於萬斯年)'은 『시경』(「대아」 〈下武〉 : 昭玆來許 繩其祖武 於萬斯年 受天之祜)에서 각각 따온 구절들이다.

②의 '청고유형(淸沽惟馨)'과 '가생공석(嘉牲孔碩)'은 『조선조 석전』

(복원판) Ⅱ. 시가류 樂學軌範』, 대제각, 1973, 109쪽.

29 같은 책, 110쪽.

30 같은 책, 110~111쪽.

31 『欽定四庫全書』, 「經部 / 易類 / 周易詳解」 卷一.

(「문선왕 악장」〈초헌악장〉: 淸酤惟馨 嘉牲孔碩)과 『**원나라 석전**』(〈大成至聖文宣王位酌獻 奏成安之曲〉: 淸酤惟馨 嘉牲孔碩)에서, '예성악비(禮成樂備)'와 '인화신열(人和神悅)'은 『**송나라 석전**』(「景祐祭文宣王廟 六首」의 제5곡)과 『**조선조 석전**』(「문선왕 악장」〈철변두악장〉: (……) 禮成樂備 人和神悅 (……))에서, '기우향지(旣右享之)'는 『**시경**』(「주송」〈我將〉: (……) 伊嘏文王 旣右享之)에서, '영관궐성(永觀厥成)'은 『**시경**』(「주송」〈有瞽〉: (……) 我客戾止 永觀厥成)과 『**조선조 사직**』(〈철변두 악장〉: 稼穡惟寶 永觀厥成)에서, '솔리무월(率履無越)'은 『**역대왕조 석전**』(〈철변두 악장〉: (……) 祭則受福 率遵無越)에서 각각 따온 구절들이다.

③의 '변두유천(籩豆有踐)'은 『**시경**』(「빈풍」〈伐柯〉: 伐柯伐柯 其則不遠 我遘之子 籩豆有踐)·『**宋史 樂志**』[「宋史樂志紹興享先農十一首」〈徹豆歆安〉: 莫重於祭 非禮不成 籩豆有踐(……) / 「樂志皇后廟十五首」의 〈淑德皇后室嘉安〉: 明明英媛 德備椒庭 籩豆有踐(……) / 「文獻通考仁宗時制四立土王日祭五方帝」〈送神高安〉: 籩豆有踐 殷薦亶時 禮文疏洽(……)]·『**원대 악장**』[「皇廟祭祀禮樂 樂章」〈徹豆奏口成之曲南呂宮〉: 醴醆在戶 金奏在庭 籩豆有踐(……) / 「玉淸昭應宮上尊號三首」〈送神眞安〉: 醴醆在戶 金奏在庭 籩豆有踐(……)] 등에서 각각 따온 구절들이다. '사사공명(祀事孔明)'은 『**시경**』(「소아」〈초자〉: 濟濟蹌蹌 絜爾牛羊 以往烝嘗 或剝或亨 或肆或將 祝祭于祊 祀事孔明 先祖是皇 神保是饗 孝孫有慶 報以介福 萬壽無疆)·『**조선조 사직**』[〈철변두 악장〉: (……)徹我籩豆 祀事孔明(……)]의 해당 구절과 일치하고, '예성삼헌(禮成三獻)'은 『**원대 악장**』(「禮樂志至元四年至十七年八室樂章」〈徹籩豆登歌樂奏豐成之曲夾鐘宮〉: 籩豆苾芬 金石鏘鏗 禮終三獻 樂奏九成 有嚴執事 進徹無聲 神保聿歸 萬福來寧[32])을 원용한 것이다. '신기연희(神旣燕喜)'는 『**金代 악장**』(「禘祫親饗樂章」〈送神宮縣黃鐘宮來寧之曲〉: 潔玆牛羊 淸玆酒醴 三

獻攸終 神旣燕喜 神之去兮 載錫蘩祉 萬壽無疆 永保禋祀)에서 나왔고, '종화차평(終和且平)'은 『시경』(「소아」 〈벌목〉: 伐木丁丁 鳥鳴嚶嚶 (……) 相彼鳥矣 猶求友聲 矧伊人矣 不求友生 神之聽之 終和且平)에서 나왔다.

이상과 같이 각종 국가 제의에서 사용되던 악장들은 중국의 고전들에서 적구(摘句)·집구(集句)하여 만들어졌거나 중국 역대 왕조의 제례 악장들을 그대로 따다가 쓴 것들이 대부분이다. 그렇다면 당시의 그들은 왜 그런 방법으로 악장을 만들었을까? 중국의 역대 왕조에서 제례악으로 아악을 썼고, 그에 맞춘 한문악장들을 올려 썼기 때문에, 고려나 조선조의 경우에도 아악과 함께 악장을 중국의 역대 왕조로부터 도입했을 것으로 보인다. 말하자면 '중국을 염두에 둔 동아시아적 보편성이나 표준을 확보하는 데 초점을 맞추고 있었던 만큼 음악은 물론 악장의 전거들 역시 이들과 자연스럽게 보조를 맞춘 것'[33]으로 볼 수 있을 것이다. 동아시아의 일원으로서 그 지역을 덮고 있던 중세적 질서나 보편성을 추구하기 위해 가장 확실한 방법을 구사한 셈이었다.

2) 중세적 관습과 조선적 독자성의 병행

제례악의 중세적 보편성을 확보해가는 한편, 조선조의 음악체계를 다듬어 나가던 과정에서 우리나라 사람들이 영위하는 현실적 삶이나 우리 고유의 음과 일치되지 않는 점을 중심으로 아악과 당악의 문제점을 지적함으로써 중세적 질서와 민족적 특수성의 선양 사이에서 절충적인 면을 보인 세종의 견해는 매우 중요한 의미를 갖는다. 즉, 아악과

32 여기서 '禮終三獻'과 '禮成三獻'은 같은 의미를 갖는다.

33 조규익, 『조선조 악장 연구』, 157쪽.

관련하여 '아악은 본래 우리의 성음이 아니고 중국의 그것이라는 점, 중국 사람들은 평소 익숙하게 듣던 음이므로 제사에 연주해도 마땅하겠으나 우리나라 사람들은 살아있을 땐 향악을 듣다가 죽은 뒤엔 아악을 듣게 되니 마땅치 않다는 점, 더욱이 아악은 중국 역대의 제작이 서로 같지 않고 황종의 음 역시 높낮이가 다름으로 미루어 중국도 미처 확정을 보지 못했다는 점'[34] 등을 들었고, 당악과 관련해서는 '〈용비시〉를 관현에 입히고자 하여 창가비로 하여금 당악에 맞추려 하니, 혹은 그 음률을 잊은 것도 있고, 혹은 잊지 않은 것도 있으나, 현가의 소리가 우리나라의 음악에 합하지 않고 무도하는 모양만이 볼 만 했다'[35]는 점을 들어 아악과 당악의 무조건적 수용에 대한 합리적 비판을 제기했고, 그 의견 속에 향후 국가제례 및 중요한 의식의 음악이나 악장의 방향 또한 암시되어 있다고 할 수 있다. 문소전·광효전 제례에 쓰이던 음악과 악장에 관심을 두었던 점도, 정대업·보태평 악장을 몸소 지은 점도, 〈용비어천가〉를 짓도록 명한 점도, 〈용비어천가〉의 국한문·한문시를 악장으로 병용하는 악무 '봉래의'를 친제한 점도 모두 자신의 철학을 바탕으로 왕조 음악의 방향을 잡으려는 의도에서 나온 것인데, 이를 뒤집으면 음악이나 악장을 포함한 예악문화의 중세적 질서가 공고히 자리 잡은 당시의 현실을 보여주는 사실들이기도 하다.[36] 세종으로서는 중세적 질서의 존재를 인정하는 바탕에서 조선조 나름

34 세종 12년 9월 11일.

35 세종 27년 9월 13일.

36 세종의 훈민정음 창제는 무엇보다 한문이 지배하던 당대 중세적 상황에 변화를 주고자 한 업적이라 할 수 있다. 고착된 중세적 질서를 흔드는 데 큰 의미를 갖는 훈민정음 창제는 〈용비어천가〉의 제작과 직결되지만, 이 글에서는 〈용비어천가〉만을 언급하고 훈민정음 창제에 대해서는 별도의 자리로 미룬다.

의 독자적 미학과 철학을 구현하기 위해 노력해 왔다고 할 수 있겠는데, 그것이 중세적 질서에 대한 직접적 반역은 아니겠지만, 자아 정체성에 대한 모색의 단초가 되기에는 충분했다고 할 수 있다. 우선 다음의 두 기록을 살펴보기로 한다.

> 예조에서 아뢰기를, "지금 상정소와 함께 의논한 바, 이 앞서 문소전·광효전의 제악에 가사가 없어 미편하였사오니, 청하옵건대 이제 원묘의 악은 초헌할 때에 당상에는 당악을 쓰고, 아헌할 때 당하에는 향악을 쓰되, 그 가사를 만드실 것이옵고, 종헌할 때 당하의 악은 향악과 당악을 겸용하되, 전례에 의하여 정동방곡을 합주하게 하옵소서" 하니, 그대로 따랐다.[37]

> 예조에서 아뢰기를, "상호군 박연이 상언한 조항을 상정소와 더불어 같이 의논하였습니다. 1. '음악에는 반드시 칭호가 있고, 곡에는 반드시 이름이 있어서, 다 아름다운 이름을 붙여서 훌륭한 덕을 나타내는 것인데, 지금 문소전의 제례에 새로 악장을 제작하여, 그 절주는 초헌 때에는 당악 중강령을 쓰고, 아헌 때에는 향악 풍입송조를 사용하게 되었습니다. 그러나 아호와 곡명은 정립되지 않아서 옛 제도에 어긋남이 있사오니, 원컨대 아름다운 칭호를 명명하여 뒷세상에 전하게 하소서.'라고 한 조항에 대하여, 태조의 제향 초헌의 악곡명은 환환곡, 아헌의 악곡을 유황곡이라고 하고, 태종의 초헌의 악곡명을 미미곡, 아헌을 유천곡이라고 하소서."[38]

이상의 두 글은 문소전과 광효전 등 종묘가 세워지기 이전 단계의 열성들에 대한 제례와 그 악장의 유래 및 내용을 설명한 기사들이다. 태조 5년 태조 비 신의왕후 한씨를 봉안하기 위해 사당 인소전(仁昭殿)을

---

37 세종 14년 10월 17일.

38 세종 15년 12월 21일.

건립했고, 태종 5년 한양 천도 후 새 건물을 지어 태조와 태조비의 영정을 함께 안치했다. 또한 세종 14년(1432) 경복궁 내부에 처음으로 원묘를 세우고 태조 혼전(魂殿)의 이름을 따서 문소전이라 했으며, 이듬해 광효전(廣孝殿)에 모셨던 태종과 태종비의 위패도 이곳에 합사했다. 이후 조선조 중엽 문소전이 폐쇄될 때까지 문소전의 향사는 종묘의 향사와 더불어 가장 중요한 국가의 제례로 거행되었는데, 세종 14년까지 문소전이나 광효전의 제사에서 악장이 쓰이지 않다가 비로소 악장을 제작하여 15년부터 쓰게 되었다. 4언 8구의 한문시로 된 〈문소전 악장〉은 형태나 의미구조로 미루어 고려의 〈태묘악장〉을 답습한 것으로 보인다.[39] 이런 상황은 세종 때 회례악으로 제작된 정대업·보태평을 종묘악으로 개편할 때까지도 그대로 지속되었다. 속악을 정비해야 한다는 박연의 건의를 받아들인 세종은 수보록·몽금척·근천정·수명명 등 국조 고취악을 바탕으로 정대업·보태평·발상·여민락·치화평·취풍형 등을 지었는데,[40] 세조 때 이 가운데 정대업·보태평을 종묘악으로 개편했고, 그 악장을 축약하여 〈종묘악장〉으로 사용하게 된 것이다. 세종이 중국계 고취악과 향악을 바탕으로 정대업과 보태평의 신악을 창제한 것은 확실하고, 관련 악장들의 제작에도 직·간접적인 영향력을 행사했으리라 본다.

그렇다면 고려조 이후 조선조 종묘악장이나 제례악장의 중세적 보편성은 어떤 점에서 확인할 수 있을까. 우선 앞에 인용한 송나라 〈태묘악장〉 16수 가운데 〈익조실 대순(翼祖室 大順)〉, 고려 「9실등가악장」

39 예컨대 〈2실 : 亹亹曲〉(亹亹太宗 天實篤生 / 扶翼聖祖 景業以成 / 旣揚武烈 丕闡文明 / 神功聖德 永啓隆平)을 보면 앞에 인용한 송나라 〈翼祖室 大順〉이나 고려 「9실등가악장」 가운데 〈元宗 第四室〉과 내용 및 구조의 면에서 酷似함을 확인할 수 있다.

40 조규익, 『조선조 악장의 문예미학』, 민속원, 2005, 286쪽.

가운데 〈원종 제4실(元宗 第四室)〉 등과 동질적인 질서와 내용을 보여주는 조선조 열조악장의 한 예로 〈흠명(欽明)〉을, 종묘악장의 한 예로 〈귀인(歸仁)〉을 각각 들 수 있다.

明明世宗 天德之純
빛나고 빛나시는 우리 세종 타고나신 덕이 순수하시도다
道洽政治 制作維新
도는 정치에 흡족하시고 제작은 새로우시도다
有侐新宮 籩豆斯陳
고요한 새 종묘에 변두를 늘어놓고
於昭陟降 無射於人[41]
아아 밝게 오르락내리락 제사지내며 우러러 모시어 마지 않도다

雙城澶漫 曰維天府
쌍성은 멀고도 멀어 천연의 요새라고 말하도다
吏之不職 民未安堵
관리가 직무를 다하지 못하니 백성들은 안도하지 못했네
聖桓輯寧 流離卒復
거룩하신 환조께서 백성을 안정시켜 떠돌던 백성들 모두 돌아왔네
寵命是荷 封建厥福[42]
은총의 명을 내리시어 그 땅에 복을 주셨도다

「열조악장」의 〈흠명〉 1장(장 8구)은 세종을 부묘할 때 쓰인 악장으로 송나라와 고려의 태묘악장과 의미구조나 형태가 부합한다. 그러나 〈집녕〉은 의미구조 상 앞의 것들과 다른데, 원래 회례악장으로 지었던

41 〈欽明〉, 「列朝樂章」, 『漢文樂章資料集』, 계명문화사, 22쪽.
42 〈輯寧〉, 「宗廟樂章」, 『漢文樂章資料集』, 6쪽.

것을 세조 때 간략히 하여 제례악장으로 전용한 결과라 할 수 있다. 열성들의 간난신고와 위업을 부각시키는 데 주안점을 두었기 때문에 문면에 제사 노래로서의 표지를 노출시킬 필요가 없었기 때문이다. 〈흠명〉에 세종의 덕업과 제사절차에 대한 암시를 담은 반면, 〈집녕〉에는 환조의 덕업과 그에 따른 천복을 담았다. 그러나 절차의 차이에 상응하는 세부 내용적 차이를 제외한다면 결국 이 노래들은 송나라의 것, 고려조의 것들과 동질적인 형태와 의미구조를 지니고 있다. 어느 왕조에 갖다 놓아도 고유명사 한둘만 바꾼다면 통할 수 있는 구조적 틀을 갖고 있는 것이다. 이 점에서 중국과 고려의 제례악장에서 찾을 수 있는 전례 문화의 동질성은 조선조의 종묘제례에 이르러서도 마찬가지 양상을 보여주고 있고, 이것이 중세 보편주의의 한 양상으로 간주될 수 있다고 본다.

3) 독자성에 대한 인식과 변이의 구체화

우리나라 표기체계의 독자적 필요성을 자각함으로써 훈민정음을 창제한 세종이 중국의 아악 또한 우리의 삶과 맞지 않다는 인식을 표출함으로써 중세 보편주의에 대한 회의를 바탕으로 해결책을 모색한 셈인데, 그 점은 악장에도 의미 있는 변화를 초래한 것이 사실이다. 훈민정음 반포 이전에 〈용비어천가〉를 만들었고,[43] 그 〈용비어천가〉를 관현에 올리고자 창가비로 하여금 당악에 맞추게 함으로써 결국 우리의 음을 당률에 합하게 했다[44]는 사실들을 감안하면, 조선에 들어와서도 고려의

43 세종 27년 4월 5일.

44 세종 27년 9월 13일.

선례를 따라 종묘제례에 당악을, 문선왕·사직·선농·선잠·풍운뇌우 등의 제악에 아악을 사용했고, 유사 이래 가장 큰 규모의 정재인 봉래의를 스스로 제작하여 당악으로 연주하게 했으며, 그 악장으로 〈용비어천가〉의 국한문시와 한문시를 올려 쓰도록 한 것은 당시 중세적 질서를 바탕으로 하던 전례적 상황에 큰 변화를 시도한 경우라고 할 수 있다. 세종으로서도 앞서 말한 제례들에 사용하던 아악과 악장을 바꿀 생각은 없었던 것으로 보인다. 왜냐하면 그것들은 중국 역대의 왕조에서 공통적으로 사용되어 왔고, 우리나라에서도 고려조로부터 조선조에 이르기까지 변함없는 전례 문화의 바탕으로 유지되어 왔기 때문이다.

봉래의는 여민락·치화평·취풍형 등 세 개의 정재들을 포괄한, 조선조 최대의 악무(樂舞)다. 〈용비어천가〉 125장 가운데 여민락에서는 한문의 1~4장 및 125장을 10개 부분[해동장(海東章)·근심장(根深章)·원원장(源遠章)·석주장(昔周章)·금아장(今我章)·적인장(狄人章)·야인장(野人章)·천세장(千世章)·자자장(子子章)·오호장(嗚呼章)]으로, 치화평에서는 국·한문 혼용의 1~16장 및 125장을 17개 부분[해동장·불휘장·주국장(周國章)·적인장·칠저장(漆沮章)·상덕장(商德章)·불근새장·태자장(太子章)·봉천장(奉天章)·일부장(一夫章)·우예장(虞芮章)·오년장(五年章)·말숨장·성손장(聖孫章)·양자장(楊子章)·도망장(逃亡章)·천세장]으로, 취풍형에서는 국·한문 혼용의 1~8장 및 125장을 9개 부분(해동장·불휘장·주국장·적인장·칠저장·상덕장·불근새장·태자장·천세장)으로 각각 나누어 올려 불렀다. 따라서 세 정재들은 〈용비어천가〉 1~4장과 125장을 공통적으로 사용했고, 특히 취풍형과 치화평은 1~9장 및 125장을 공통적으로 사용했다. 전체 악무인 봉래의와 이를 구성하는 세 정재들은 치밀한 구조로 짜여 있다. 『서경』의 「익직(益稷)」에서 연유한 '봉래의'는 '잘 다스려진 상황'의 대유(代喩)로 쓰여 왔고, 태평성대를 찬양하는 노래를 지어 '봉(황)래의[鳳(凰)來儀]'라는 명칭을 붙이게 된 데서 유래한 말이다. 『맹자』 「양혜왕 장구 하」의 '여민동락(與民同樂) · 여민해락(與民偕樂)'에서 나온 '여민락(與民樂)'은 하늘의 뜻으로 세운 왕조에서 태평성대를 만들 수 있는 첫 조건이 '백성과 함께 즐거움을 누리는 일'임을 강조한 개념이지만, 사실은 '나라의 기틀을 확립한 육조의 노력과 공덕의 열매를 백성과 함께 즐기면서도 그들 스스로의 나태함이 만들어낼 시련 또한 함께 책임져야 한다는 이면적 의미까지 내포되어 있는 말이다.

'치화평'은 『주역』 「하경」 '택산함'괘의 경문을 설명하는 정자의 언급에 등장하는 핵심개념인데, 천지와 인심의 감통에 바탕을 둔 조화가 천하태평의 요체임을 보여주려는 의도가 내재되어 있으며, 구세력인 고려를 대신하여 새로운 치자로 등장한 이성계와 백성들이 감응과 형통의 관계로 맺어져 화평한 시대를 열게 되었음[즉 '치화평(致和平)']을 치화평 정재와 악장의 성립근거로 볼 수 있다. 아울러 그것은 조선 초기 건국과 관련하여 지배계층이 가장 예민하게 인식하고 있던 춘추대의의 훼손을 적극적으로 해명하는 지름길이기도 했다. '취풍형'은 『시경』 「주송」 〈집경〉의 13구 '기취기포(旣醉旣飽)'와 『주역』 「하경」 '뇌화풍'괘에서 따온 '풍형'을 연결시켜 만든 말로서 군신이 태평세월을 즐기면서도 예에 어그러지지 않는 절도를 지켜야 하며, 아무리 풍요로워도 그에 지나치게 도취하여 절제를 잃어버리면 안 된다는 뜻을 담고 있다. 특히 취풍형 정재를 마지막 부분에 배치함으로써 치자계급의 절제와 각성을 요구하거나 경계한 것이 봉래의를 제작한 세종의 뜻이기도 했다.[45]

45 조규익, 『조선조 악장 연구』, 329쪽.

말하자면 명칭과 정신을 비롯한 정재의 근원은 중국의 고전에서 따옴으로써 동아시아적 정치이념의 보편성을 추구했으되, 〈용비어천가〉에서 부분적으로 가져 온 악장의 내용은 서사적·교술적 완결성을 보여주는 조상들의 행적을 노래함으로써 조선왕조의 역사·문화적 독자성과 특수성을 추구했다는 점에서 세종의 절충적 입장이나 관점이 절묘하게 조화를 이룬 경우라 할 수 있다.

최항은 〈용비어천가〉의 발문을 통해 〈용비어천가〉 125장의 제작 방법이나 표현적 성격을 '모두 실제 사적에 의거하여 노랫말을 지었고 옛것을 주워 모아 지금에 비의하였으며 반복·부연·진술하여 규계지의(規戒之義)로 끝맺었다'고 말한 바 있다.[46] 사실 '거사찬사(據事撰詞)-척고의금(摭古擬今)-반복부진(反覆敷陳)-종지이규계지의(終之以規戒之義)'는 〈용비어천가〉의 제작원리와 주제적 특질을 압축해 놓은 개념인 동시에 향후 악장 제작의 가이드라인으로 제시한 선언이기도 했다. 실제 사적에 근거한다거나 옛날의 일들을 주워 모아 현재에 비의한다는 것은 악장의 제작이 역사 서술과 같은 의도와 정신을 바탕으로 하는 일임을 말한다. 그 시대가 아무리 보편적 질서를 강조하던 중세라 해도 각 민족 혹은 왕조 단위의 개별 역사가 엄존해 있고, 그런 역사의 서술을 악장이란 장르에 담아냄으로써 보편성과 다른 차원의 특수성이나 독자성을 드러낼 필요도 있었다. 그런 작업들을 통해 이끌어 낸 교훈성을 통해 또 다른 차원의 보편적 원리를 선양하고자 했던 것이다. 최항의 그런 생각이 절묘하게 구현된 예를 〈용비어천가〉에서 찾을 수 있고,

---

46 최항, 「龍飛御天歌 跋」, 『龍飛御天歌』, 아세아문화사, 1972, 1051~1052쪽의 "皆據事撰詞 摭古擬今 反覆敷陳 而終之以規戒之義焉" 참조.

그것은 중세적 보편질서나 원리에 매몰될 뻔한 조선조 악장의 독자성을 뒷받침해 주었다고 할 수 있다.

세종 29년 6월에 의정부는 예조의 공문에 의거하여 음악과 악장의 사용범위에 관하여 주목할 만한 결정을 내리는데, 조종의 융성한 덕과 신성한 공을 칭양하기 위해 제작한 〈용비어천가〉를 종묘에서 쓰는 것만으로 그치게 할 수 없으니, 이를 악장으로 올려 쓴 여민락·치화평·취풍형 등 봉래의 악무를 공사 간의 연향에 모두 통용하기로 했고, 그 근거로 든 것이 『시경』 시들과 중국 역대 왕조 음악을 상하에 통용한 사례들이었다.[47] 그와 함께 고취악과 향악을 바탕으로 보태평·정대업·발상 등의 곡들을 만들었고, 환환곡·미미곡·유황곡·유천곡·정동방곡·헌천수·절화·만엽치요도최자·소포구락·보허자파자·청평악·오운개서조·중선회·백학자·반하무·수룡음·무애·동동·정읍·진작·이상곡·봉황음·만전춘 등의 곡을 속악으로 정하기도 했다.

악장 역시 중국의 역대왕조나 고려에서 쓰이던 4언의 정격을 포함하여 건국 이래 창작되어 오던 변격의 가사들과 민간가요들도 악장으로 포괄되는 변화가 일어났던 것이다. 특히 종묘제례의 단초였던 문소전의 경우 〈초헌악장〉들이 정격의 4언으로 이루어진 것과 달리 〈아헌악장〉들은 약간 달라진 모습을 보여주었는데, 세종 대의 제례악장들에서 볼 수 있는 지속과 변이의 두 양상이라 할 수 있을 것이다. '『시경』-송나라 등 중국 역대 악장-고려악장'의 긴 前史를 거쳐 「문소전 악장」이 출현했고, 「문소전 악장」은 '보태평·정대업' 악장의 모범적 선례 역할을 했으며, '보태평·정대업'이 차후 종묘제례악으로 바뀜으로써 제례

47 세종 29년 6월 4일.

악 및 악장에 형성되어 있던 중세적 관습 일변도에서 벗어나 결국 변이의 기조는 정착을 보았다고 할 수 있다.

4. 결론

한자의 사용, 중국 제도나 정치체제의 수용, 불교나 유교를 비롯한 각종 종교·사상의 수용 등 많은 요인들을 통해 중심부인 중국과 동질적인 질서나 보편성을 확보했다는 점에서 고려와 조선은 우리 역사의 중세에 해당하는 기간이었음이 확인된다. 무엇보다 예악정치의 중요한 부분인 음악은 중세적 관습을 형성하는 바탕 역할을 했으며, 각종 궁중정재 속의 언어적 메시지였던 악장은 중세의 보편적 이념을 구체적으로 드러내는 핵심 부분이었다.

통일신라 문무왕대에 도입한 당악과 10세기 이래 송나라에서 도입한 교방악과 사악(詞樂)이 합쳐져 형성된 고려의 당악은 '당·송·신라·고려'를 포괄하는 음악의 국제적 보편성을 갖추게 되었고, 민간의 노래들을 도입하여 속악으로 만드는 과정에서 당악의 체제를 모범적 선례로 삼음으로써 속악 또한 당악이라는 선진적 음악체계와 상호 텍스트적 관계를 이루게 되었다. '원구·태묘·사직·적전' 등의 제례와 선왕들에 대한 제사를 아악에 맞추어 시행했고, 그 악장들 또한 고전들로부터 구절들을 따다가 '짜깁기'한 것들이거나 중국 왕조들의 악장을 송두리째 갖다 쓰는 관습이 한동안 지속되었다. 그러다가 조선의 음악체계를 정비한 세종대에 이르러서야 중국의 아악에 대한 비판적 식견이 표출되었고, 그 바탕 위에서 왕조의 음악 전반이 재검토되었던 것이다.

훈민의 시대적 분위기 속에서 세종은 훈민정음을 창제했고, 훈민정음의 반포 이전에 제작된 〈용비어천가〉는 6조의 사적을 바탕으로 노래된 조선 건국의 역사와 '왕조영속의 당위성'을 주제로 하는 교훈적 담론이 합쳐진 특수 형태의 악장이었다. 그 이전의 악장들이 대부분 짧은 형식에 포괄적이고 막연한 담론으로 일관해 왔다면, 〈용비어천가〉는 큰 규모에 구체적이고 사실적인 역사적·교훈적 언술로 이루어졌다는 점에서 중세적 관습성을 극복하는 의미를 갖는다. 원래 세종은 회례악인 '보태평·정대업'을 만들었고, 〈용비어천가〉의 정신과 대차 없는 악장을 올려 불렀는데, 세조대에 이 음악은 종묘제례악으로 변신하게 되었다. 또 세종은 자신이 제작한 거대한 규모의 연향악인 봉래의 악무에 〈용비어천가〉를 악장으로 올리기도 했다. 종묘제례악을 향·당악으로 연주했다거나 그 악장으로 역사 및 교훈적 서술을 올려 썼다는 것은 기존의 중세적 관습에 대한 세종 스스로의 비판적 인식을 바탕으로 한 일이었다. 물론 각종 제례악장들은 고려시대 이래 지속되어 온 방법으로 지어졌고, 그런 관습이나 성향은 그 후에도 지속되었다. 그러나 세종 스스로 제작했거나 관여한 대규모 악무들을 통해 기존의 관습에 변화를 시도한 일은 중세적 질서를 크게 손상시키지 않으면서 조선의 역사적·문화적 독자성이나 주체성을 살린, 소중한 업적이다. '중세의 관습'이라는 지속적 요인과 '조선의 독자성 추구'라는 변이의 요인을 여말선초 악장에서 읽어낼 수 있는 것도 바로 그 때문이다.

—이 글은 『우리문학연구』 제44집, 우리문학회, 2014에 실린 글을 수정·보완한 것임.

사대부 시조 문학의 일상성과 시가사적 의의

◉

신연우

1. '일상성'의 의미

'일상성'이라고 하면 흔히 우리가 매일 겪는 일상생활의 성격을 떠올리게 된다. 우리의 일상은 사실 다람쥐 쳇바퀴 돌 듯 반복적이어서 지루하고 변화가 없고 의미 없다고 생각된다. 특히 자본주의 사회에서 일상은 강요된 노동의 의미로, 생산의 전체 과정으로부터 소외되어 부분적이고 파편적인 무의미한 나날의 연속으로 이해된다.

그러나 다른 의미의 일상성도 생각해볼 수 있다. 가령 선불교의 예를 생각해보자. 부처가 무엇이냐고 물었을 때 돌아온 대답은 "밥 먹었으면 그릇을 씻어야지."라고 하는 공안이 있다. 밥 먹고 설거지하는 것은 대표적인 일상 행위이다. 그런데 이 경우 설거지는 단순하고 무의미한 일상이 아니다. 부처님이라는 자장 또는 빛 안에서의 행위이기 때문이다. 부처님과 함께 하는 일상은 일상이긴 하지만 단순하고 무의미한 일상은 아니다. 또는 동학에서 말하는 바 '시천주(侍天主)'라고 하여 '내 안에 천주(天主)를 모신다'는 관념은 천주를 마음에 품고 일상을 살아가라는 의미를 가지고 있다. 마음속에 하느님을 모시고 사는 사람의 일상생활은 그렇지 않은 사람의 그것과 다를 것이다. 예를 들자면 경건하고 감사한 마음으로 다른 사람과 사물을 대할 것이다. 이 경우도 겉으로 보기에는 밥 먹고 설거지하는 일처럼 일상일 뿐이다. 그러나 지루하고 무의미한 일상과는 다른 차원의 일상이다. 이를 무어라고 부를 것인가. '초월적 일상성'이라고 할 수 있을 것 같다. 초월적인 존재를 내 안에 품었으나 초월적 존재의 초월성은 그대로 존재하는 것이기 때문이다. 그런데 성리학의 일상성 또는 조선조 사대부의 시조(時調)가 표현하는 일상성은 그러한 초월적 존재를 상정하지 않기에 초월적 일상성이라고 부르기도 어렵다. 이를 어떻게 이해해야 할 것인지, 사대부 시조의 일상성을 구체적으로 생각해보고자 한다.

이를 위해 향가와 비교해 볼 필요가 있다. 시조는 향가를 계승한 서정갈래이기 때문이다. 10구체 향가를 다섯 줄로 배열하면 1, 2구가 시조의 초장, 3, 4구가 중장, 9, 10구가 종장에 해당하는 식으로 일정한 양식으로 변형되었음을 알 수 있다. 더욱이 9구에 있는 감탄사가 시조 종장 첫 구에 해당한다는 것도 잘 알려져 있다. 그러나 향가 특히 10구체 향가는 초월적 존재를 향하고 있는 작품이 많다는 점은 시조와 크게 다른 점이다. 〈원왕생가〉를 보자.

> ᄃᆞᆯ하 이뎨
> 西方ᄉᆞ장 가샤리고
> 無量壽佛前에
> 닏곰다가 ᄉᆞᆲ고샤셔
> 다딤 기프샨 尊어히 울워리

두손 모도호숣바
願往生 願往生
그릴 사름 잇다 숣고샤셔
아으 이몸 기텨두고 四十八大願 일고샬까 (양주동 풀이)

이 노래는 신라 정토사상(淨土思想)을 보여준다고 한다.[1] 부르는 대상이 둘이다. 먼저 '달아' 하고 부른다. 달만 해도 하늘 높이 있어서 가까이 가기 어려운데, 달을 부른 이유는 사실 보이지도 않는 먼 곳 서방에 계시는 무량수불에게 내 말을 들어달라고 전해달라는 부탁을 하기 위해서이다. 지상의 화자로부터 달은 시간적으로는 동시적이고 공간적으로는 멀다. 달이 하루를 가서 만나볼 서방 세계는 시간적으로도 상거가 있고 공간적으로도 대단히 멀다. 그보다 더 먼 것은 정신적인 깨달음의 거리이다. 무량수불은 저 멀리 저 높이 있는 초월적 존재이다. 화자는 스스로를 구원할 수 없어서 서방 세계에 있는 무량수불을 부른다. 무량수불이 여기까지 와서 나를 구원해달라고 빈다.

〈찬기파랑가(讚耆婆郎歌)〉에서도 수직적인 구도가 뚜렷하다. "낭이 지닌 마음의 끝"은 잣가지 끝 위로 높다. 지상의 화자는 그 높이를 숭상한다. 〈제망매가(祭亡妹歌)〉의 화자는 "여기 저기 떨어지는 낙엽"처럼 무기력한 인간이고 그가 바라는 것은 죽은 누이를 훗날 부처님 세계에서나 다시 만날 것을 기약하는 것이다. 불교의 힘을 빌려서 인간의 유한성을 극복해보고자 하는 간절한 염원이 이 시에 담겨 있다.

불교 노래로서의 향가는 초월적 존재로서의 부처님을 상정한다. 지상의 존재인 나와 부처는 한 몸이 아니다. 부처는 멀리 높이 초월적으

1 최철, 『향가의 문학적 해석』, 연세대학교 출판부, 1990, 259쪽.

로 존재한다. 나는 그 빛을 향하고 따르고자 할 뿐이다. 부처가 제시하는 길이 삶의 길이다.

조선조의 사대부 시조는 그 초월적 빛이 저 멀고 높은 곳에 있다고 하지 않고, 우리 자신의 내면에 있다고 하는 것이다. 사림(士林)의 성리학이 정립되어가던 무렵인 15세기 후반에서 16세기 전반을 살았던 안동 출신의 이현보가 지은 〈농암가(聾巖歌)〉는 다음과 같다.

> 聾巖에 올나보니 老眼이 猶明이로다
> 人事 變ᄒᆞᆫ들 山川이ᄯᆞᆫ 가실가
> 巖前에 某水某丘도 어제 본 듯 ᄒᆞ예라

'농암'은 귀먹바위를 한자로 쓴 것으로, 이현보의 집 앞 냇물 가운데 있는 바위이다. 비가 많이 오고 물이 세차게 흐르면 물소리에 귀가 먹먹했다고 한다. 서울에서 벼슬살이를 오래 하고 고향 집으로 돌아와 어린 시절에 놀았던 귀먹바위에 다시 올라 보니 늙어진 눈이 오히려 밝아지더라고 했다. 어린 시절로 돌아온 느낌에 몸도 다시 젊어진 기분이었을 듯도 하다. 그러나 그보다는 중장에서 말한 바 서울살이에서 힘들었던 인간관계를 벗어나 변치 않는 자연으로 돌아온 때문이라는 것을 강하게 드러내고 있다. 인간관계가 힘든 것은 변하기 때문이다. 고향에 있는 물과 바위, 언덕 등을 마치 어제 본 것 같다고 했다. 그것은 옛 마음으로 보았기 때문이다.

여기에는 어떤 초월적인 존재의 개입도 없다. 인간사가 있고 자연이 있을 뿐이다. 인간에는 실망하기 쉬웠고 자연으로 돌아오니 젊은 시절의 그 느낌이 그대로 살아나서 좋았다는 것이다. 자연의 변치 않음이 화자에게 안도감을 주었다. 자연과 마음이 만나서 평안을 찾았다. 앞으로는 자연 속에서 자신을 지키면서 살면 될 일이다. 그 깨달음은 내 안에 있다. 자연도 초월적인 것으로 상정되지 않듯이 내 마음도 초월적인 것과 관계없다. 일상을 잘 살면 된다. 그러나 그 일상은 마구 살아서는 안 된다. 자연이 주는 변치않음을 마음이 따라줄 때 일상이 편안해진다. 이 점은 이현보의 고향 후배인 이황이 더 선명하게 보여주었다.

> 靑山은 엇뎨ᄒᆞ야 萬古애 프르르며
> 流水는 엇뎨ᄒᆞ야 晝夜애 긋디 아니ᄂᆞᆫ고
> 우리도 그치디마라 萬古常靑 호리라

우리가 할 일은 청산의 푸르름과 유수의 흐름을 본받는 것이다. 산과 물을 그 자체로 본받는 것이 아니라 산의 늘 푸르름과 물의 늘 흐름, 즉 변치 않는 자연의 본성을 본받는 것이다. 자연이 자기의 본성을 지키듯 사람은 사람의 본성을 지킬 때 청산과 유수와 같은 항상성, 안정감, 질서감을 얻을 수 있다. 이것은 초월적인 존재로부터 부여되는 것이 아니다. 그것은 자연과 함께 우리가 이미 나누어 받아서 가지고 있는 것으로 흔히 '인의예지(仁義禮智)'라고 하는 것이다. 그것을 잘 지키면 될 뿐이다.

그것을 지키지 못하면 사람이 아니라고 하는 것이다. 금수에 가까워진다. 인의예지를 늘 마음에 품고 생활 속에서 지키고 실행하는 일상의 삶과, 그것을 내팽개치고 제멋대로 욕망대로 사는 것은 차원이 다르다. 사대부 시조는 향가와 달리 초월적 존재를 통해 빛을 얻으려 하지 않고 자연의 일부로서 자신이 이미 내면에 가지고 있는 자연의 질서감을 인간 사이의 윤리감으로 담아내고자 했다. 이러한 성격을 가진 사대부 시조 중에서 대표적으로 율곡 이이의 작품 〈고산구곡가(高山九

曲歌)〉를 살펴보기로 한다.[2]

2. 자연(自然)과 도학(道學)의 합일(合一)로서의 일상성 – 이이(李珥)의 시조

1) 〈고산구곡가〉의 구성과 주제

이이는 42세인 1577년 처가가 있는 황해도 해주로 퇴거하여, 선적봉과 진암산 사이를 흐르는 계곡에 은병정사(隱屛精舍)를 세우고 〈고산구곡가〉를 지었다.

1연은 서장(序章)이다. 종장에서 '武夷를 想像ᄒᆞ고 學朱子를 ᄒᆞ리라'라고 한 것이 작품 전체의 방향을 틀잡아 주었다. 이이가 고산석담(高山石潭)에 은거한 이유가 이곳이 주희(朱熹)가 있었던 무이구곡(武夷九曲)과 유사하다고 생각했기 때문이고 제 5곡에 은병정사(隱屛精舍)를 지은 이유가 또한 주희의 무이대은병(武夷大隱屛)을 염두에 둔 것이다. 그리고는 직설적으로 '주자를 배우겠다'고 했다. 전체적으로 〈고산구곡가〉 자체가 주희의 〈무이도가(武夷櫂歌)〉를 의방하여 지은 것이라 한다.[3] 그 점을 서장에서 명백히 드러냈다. 그래서 서장은 서정적이지 않고 교술적인 성격이 강하다.

그러나 그 점은 서장에만 국한된다. 2연부터 10연까지는 그와 달리

---

2 이하 〈고산구곡가〉에 대한 부분은 신연우, 『사대부시조와 유학적 일상성』, 이회, 2000, 114~129쪽을 발췌·정리하였다.

3 그러나 「무이도가」 서장은 풍류와 경물만을 읊고 있는 데 반해, 이이의 서장은 道友를 모으고 주자학을 배운다는 도학적 성격이 강한 점은 큰 차이이다. 이에 대해서는 이민홍, 『사림파문학의 연구』, 형설출판사, 1987.

유학적인 용어나 관념을 문면에 내세우지 않았다. 자연경관을 제시한 것으로 독해해도 전편의 이해가 가능한 것이다. 이 점은 시조문학 작가로서 이황과 크게 다른 점이 된다. 하지만 고산구곡담의 아름다움을 모르던 사람을 불러모은다는 것은 이황과는 같고 이현보와는 다른 점이다. 또한 자연을 통해 삶의 지향점을 모색하려는 점에서는 셋이 모두 같다. 궁금한 것은 서장에서는 '주자를 배우겠다'고 문면에 명시해 놓고 나머지 시에서는 주자학적 관념어를 하나도 보여주지 않는다는 점이다. 이 점을 어떻게 이해할 것인가가 〈고산구곡가〉를 이해하는 하나의 눈이 될 것이다.

2연에서부터 1곡(曲)이 시작된다. 주희의 〈무이도가〉가 매연마다 처음에 1곡, 2곡, 3곡 등으로 시작되는 것과 같은 방식이다.

> 一曲은 어드ᄆᆡ오 冠巖에 ᄒᆡ 비취다
> 平蕪에 ᄂᆡ 거드니 遠山이 그림이로다
> 松間에 綠樽을 노코 벗오ᄂᆞᆫ 양 보노라

'관암'은 우리말로 '갓바위' 정도였을 듯하다. 해가 비치자 내가 걷힌다 했으니 밤사이 내린 안개가 아침볕에 사라지는 모양을 말한 것이다. 따라서 이 시에서 보인 시간은 하루 중 아침이다. 원산(遠山)이 그림과 같이 아름다운 것도 이 일곡(一曲)에 서 있기 때문에 바라볼 수 있는 것이다. 그래서 벗이 굳이 이곳까지 온다. 맑은 날, 아름다운 경치, 술과 벗을 차례로 보여주어 부족함 없이 조화로운 모습을 구현하고 있다. 이러한 조화로운 세계는 이황도 추구하던 것이다. 그러나 이황에서는 자연의 완벽함에 대해 인간을 대조시켜, 두 세계는 이상적으로는 하나가 되어야 하지만 현실에서는 대립되어 있는 모습을 떠나지 못했다. 이이는 이제 벗(사람)까지 포함해서 완벽한 조화를 이룬 경지를 제시하려 하는 것 같다.

그러나 2연에서 말하는 벗은 모든 사람을 가리키는 것은 아닌 듯하다. 그것은 3연에 보이는 사람의 모습이 다르게 나타나기 때문이다. 2연의 벗은 1연의 '벗님'과 같은 사람이다. 그들은 '學朱子'를 하는 사람들, 즉 도학을 아는 사람들이다. 그들은 완벽한 자연과 어울려 조화를 이루어낼 수 있다. 그러나 성리학을 모르는 일반사람들은 그 조화에 아직 참여하지 못하고 있다.

> 二曲은 어드미오 花巖에 春晩커다
> 碧波에 곳츨 띄워 野外로 보내노라
> 사람이 勝地를 모로니 알게흔들 엇더리

3연에 보이는 사람은 '勝地'를 모르는 사람이다. 이 연에서는 자연의 아름다움을 아는 화자의 부류와 그렇지 못한 일반사람을 나누고 있다. 이황은 자신도 일반사람도 모두 자연의 완벽함을 지향하자는 권유를 하기 때문에 '우리도'라는 어휘를 사용했지만, 이이는 자연의 아름다움을 아는 사람과 그렇지 못한 사람을 나누고 있다. 그렇지만 화자는 그 모르는 사람들에게 승지를 알려주고 싶어한다. 그 승지는 늦은 봄, 꽃이 가득 핀 바위가 있고 맑은 계곡물이 흐르는 곳이다. 이곳은 화자가 있는 곳이다. 계곡물에 꽃을 띄운다는 것은 도연명의 무릉도원을 떠올리게 한다. 무릉도원으로 상정될 만큼 완벽한 자연이 화자가 있는 곳이고, 이를 모르는 사람을 안타깝게 생각하는 화자는 사람들을 꽃을 통해 초대하고자 한다.

4연 5연은 자연의 아름다움을 극대화해 나타내고자 했다. 4연에서 병풍 바위에 잎이 펴진 이 철은 여름이다. 여름에 자연에 가득 찬 기운을 중장에서 '綠樹에 山鳥는 下上其音한다'고 했다. 산새가 위아래로 날아다니며 소리를 낸다는 말이다. 여름은 자연의 생명력이 가장 충만한 계절이다. 그것이 산새의 즐거움으로 형상화되었다. 이 생명력 가득한 여름에 유일하게 부정적으로 여겨지는 것은 더위이다. 그러나 여름은 또 바람을 마련해서 이 더위를 씻어낸다고 했다. 이렇게 해서 다시 자연이 갖고 있는 완벽한 조화와 기능을 보여줄 수 있었다.

5연은 해 넘어갈 무렵이다. 연못 가운데 바위 그림자 비치는 곳에는 온갖 빛이 비친다. 사람이 인위적으로는 만들 수 없는 다양하고 깊이가 있는 자연의 빛깔들. 그 속에 빠지는 만큼 자신의 내적인 깊이도 깊어만 지는 듯하다. 이 깊은 자연의 맛을 알수록 자신의 흥(興)도 커진다. 흥은 외물(外物)과의 접촉에서 마련되는 것인데, 여기서는 그 외물이 임천(林泉)인 자연으로 설정된 것이다. 자연의 맛을 알아야 흥취가 생긴다는 것이다. 그 자연의 맛은 이황이 이미 보여준 바 있다. 그것은 단순히 한 순간의 낭만이 아니라, 자연의 조화와 규범과 생명력인 것이다. 그것은 바로 앞의 4연에서 '하상기음(下上其音)'으로 보여주었던 것이며, 다음 6연에서는 '강학(講學)'이 들어설 자리를 마련하는 것이다.

한순간의 낭만적 감정이라면 가르침도 배움도 필요치 않다. 그 자연의 맛은 자연스럽게 저절로 깨달아지는 것이 아니다. 그래서 이이는 제 5곡에 은병정사를 짓고 사람들을 모았다. '강학'과 '영월음풍(咏月吟諷)'이 다른 두 가지 길이 아니라 여기서 한 가지로 엮어지는 것이다. 이 둘은 모두 자연의 맛을 알기 위한 공부 방법들이다. 자연을 알기 위해 강학이 필요하고 자연을 안 것을 강학으로 정리한다.

이렇게 해서 얻어진 자연의 맛에서 비로소 자연과 자아가 하나가 되는 경험이 값이 있다. 그 점을 7연에서 다시 한 번 강조했다.

六曲은 어드믜오 釣峽에 물이 넙다
나와 고기와 뉘야 더옥 즐기는고
黃昏에 낙듸를 메고 帶月歸를 ᄒᆞ노라

이 낚시터는 사욕을 갖고 고기를 낚겠다는 장소가 아니다. 과거 선배시인들의 〈어부가(漁父歌)〉의 전통에서 자연을 찾은 뜻에 우선 찬성하고, 나아가 자연과의 물아일체(物我一體)에 동참한다는 뜻이다. 그러나 이 시는 이현보가 '一生에 시름을 잊고 너를 좇아 놀리라'라고 한 것과는 차이가 있다. 세상을 벗어나 세상과 대립되는 자연이 아니라, 세상을 포용하기 위해, 원론적 측면에서, 세상과 하나가 되는 이치의 즐거움을 말하고 있다. 이 즐거움은 4연의 산새가 '下上其音'하는 것과 짝을 이루고 있다.

그러나 이 즐거움을 얻기가 쉽지 않음을 그 뒤이어지는 세 연에서 거듭 말하고 있다. 7곡에서는 단풍과 서리 물든 금수(錦繡) 풍광을 보여주고 있지만, 화자는 결국 '혼자 앉아서 집을 잊고 있'을 뿐인 것이다. 8곡에서도 달 밝은 밤 거문고소리와도 같은 계곡의 물소리를 들려주지만, 결국은 '古調를 알 이 없으니 혼자 즐겨 할' 뿐이다.

마지막 연인 9곡에서도 눈 속에 묻힌 기암괴석의 아름다움을 혼자 볼 수밖에 없는 안타까움을 노래하고 있다. 기암괴석(奇巖怪石)이 눈 속에 묻혀 있다는 것은 상징적이다. 자연의 진실한 아름다움은 가려져 있는 것이라는 말일 터이다. 이이가 자연의 아름다움이라고 우리에게 보여준 것은 선배인 이황이 이미 보여준 것과 같은 것이다. 그것은 산을 올라와야 볼 수 있는 경지이다. 이이는 우리가 그 경치를 볼 수 있기를 바라고 있는 것인데, 그것은 그리 쉬워 보이지는 않는다.

〈고산구곡가〉의 또 하나의 미덕은 전체적으로 잘 짜인 시간구성을 보여주는 점이다. 서장을 제외하고 보면, 1곡은 아침의 모습, 2곡은 봄, 3곡은 여름, 4곡은 해 넘어갈 무렵, 5곡은 무시간, 6곡은 황혼, 7곡은 가을, 8곡은 밤, 9곡은 겨울로서 4계절과 하루의 시간을 교차하면서 보여준다. 5곡을 중심으로 해서, 하루-계절-계절-하루-5곡-하루-계절-하루-계절 순이다. 즉 하루의 어느 시간과 4계절의 하나를 섞어가며 전개한다. 1곡은 하루의 경치를 말하고 벗이 온다 하고 2곡은 계절의 경치를 말하고 사람이 알게 한다고 했다. 1곡·2곡은 사람을 청하는 언사를 두었는데, 3·4곡은 자연의 기운과 흥취를 강조했다. 3곡은 계절의 경치이고 6곡은 하루의 경치인데, 두 연 모두 자연의 생명력을 보여주는 것이 주제이다. 7·8·9곡은 계절, 하루, 계절의 경치를 바꾸어가면서 혼자 자연을 즐기는 모습을 그렸다. 이런 점들은 이이가 계절과 하루의 경치를 섞어가면서 자연과 사람의 관계를 얽혀놓는 기법으로 사용한 것이 아닌가 한다. 그리고 5곡은 그 중심에 있다. 5곡은 강학(講學)과 영월음풍(咏月吟風)을 섞어놓고 있는 연이다. 5곡 이외에는 하루와 4계의 객관적 풍광을 말하는데, 5곡을 중심으로 놓고 보면, 시 전체가 객관적 풍광만이 아니라 강학과 음풍영월을 섞어놓고 있다는 것을 알게 된다. 강학은 물론 5곡 이외에는 표면으로 드러나 있지 않다. 다시 말하면 이이는 영월음풍 쪽만을 보여주는 것 속에서 강학의 측면을 섞어놓고 있는 구조라는 것이다. 이를 김혜숙은 '영월음풍만을 확장해도 강학은 영월음풍의 확장세를 타고 내포적으로 확장되는' 기법이라고 평하기도 했다.[4]

2) 〈고산구곡가〉 일상성의 세계

〈고산구곡가〉에서 그 특징으로 첫 번째로 꼽히는 것은 외관의 경물만을 담담하게 제시한다는 것이다. 이 점 때문에 무미건조하다느니 흥취가 없다느니 하는 평을 듣는다. 최진원은 이를 묘사와 수사의 배제, 감정이입의 억제라고 말했다.[5] 조동일은 작품이 긴장되어 있지 못하다고 했다. 필자는 이에 대해 개인적 흥취보다는 전체적 조화를 추구했기 때문이라고 생각한다. 개인이 세계와 대립을 첨예하게 의식했을 때 긴장이 생기는데, 이 시에서의 화자는 세계를 이분법적으로 나누어 놓지도 않았고 자신과 세계가 맞서 있는 것으로 생각하지도 않았기에 긴장이 생기지 않는 것이 당연하며 그 점이 오히려 작자가 의도한 바가 아닌가 한다.

이에 비해 이이는 이황과 의도에 있어서는 같은 점이 있었으면서도 거의 그것을 드러내지는 않았다. '관암에 해 비친다'와 같은 일견 무미건조해 보이는 사실적 풍경의 나열로 그치려고 했다. 이 무미건조함은 다른 시각을 통해보면 독자의 참여의 폭을 넓히는 개방적인 특성으로 인정될 수 있지 않을까 한다. 그저 보여주는 경치에 취하는 것은 자기 상상력의 힘으로 풍경을 그려가며 읽는 개개의 독자들인 것이다. 이렇게 되면 이황의 시에 비해 독자가 숨쉴 수 있는 여유 공간이 커진다. 이 공간을 좋아하는 독자는 '內包的이고도 含蓄的인 언어 형상화 기법으로 조화의 경지에 들어선 한 정신경의 實存的 實體를 구현해 내

---

4 김혜숙, 「〈고산구곡가〉와 정신의 높이」, 『한국고전시가작품론2』, 백영정병욱선생 10주기추모논문집 간행위원회, 집문당, 1992, 522쪽.

5 최진원, 『한국고전시가의 형상성』, 성균관대 출판부, 1988, 42~62쪽.

고 있다'는 극찬을 하게 되는 것이다.

그러나 이 무미건조함은 사실은 철저히 계산된 것임을 주의할 필요가 있다. 이이가 『정언묘선(精言玅選)』을 편찬하면서 여러 종류의 시품(詩品)을 매긴 바 있는데 그중 '한미청적(閒美淸適)'과 함께 가장 높이 평가한 '충담소산(冲淡蕭散)'이 바로 꾸미고 장식하는 것을 힘쓰지 않고 자연(自然)스러운 데서 묘취가 있는 것이었다. 한미청적은 '마음은 평화롭게 되고 기는 온화하게 되어 마치 소거를 타고 꽃길과 풀이 우거진 길을 기분 좋게 노니는 그것과 같아서 인간의 세리(勢利)와 분화(芬華)가 저만치 아득히 멀리 있는 것처럼 보인다'고 평했다. 그 꽃과 풀의 길을 한가로이 가는데 아무리 예쁜 꽃이라도 그 꽃이 입을 열어 도학적(道學的) 견해를 펼치고 우리의 상상과 사색을 막는다면 산책의 흥과 맛은 싹 달아나고 말 것이다. 대상은 그냥 가만히 있어야 한다. 그 대상의 가치를 인식하는 사람이라면 누가 말하지 않아도 알 것이다. 오히려 말을 하면 그 가치는 반감된다. 그것이 화사하게 눈을 끄는 수식을 피하고 작가의 감정을 드러내지 않는 창작법으로 나타나며 이를 한마디로 한다면 담박이 되는 것이다.

우리의 입점에서 더 부각시키고자 하는 것은 〈고산구곡가〉가 더욱더 생활시의 면모를 갖는다는 점이다. 이현보처럼 세상을 등지고자 하는 것이 아님은 물론, 이황과도 달리 세상을 선과 악으로 서로 배타적으로 구분하는 이상주의적 이분법도 아니어서, 이 세상 안에서 세상의 현실을 있는 그대로 받아들이되, 그 안에서의 내적인 질서와 조화를 구현하고자 하는 특성을 지니게 되었다는 것이다. 그것은 우선 기의 양상만을 제시하고 그 해석은 각자에게 맡기는 것으로도 나타났고, 5곡을 중심으로 좌우 균형 있는 배열을 하면서도 봄여름가을겨울의 순차를 지켜나가고, 하루에 있어서도 그 순차를 지켜나가는 질서를 보여주는 것으로도 나타났다.

또한 이황 등이 유학의 관념어를 그대로 노정하는 데 반해 이이는 같은 관념을 일상어로 풀어쓰려는 노력을 보이기도 한다. 그 중 대표적인 것으로 주목하고 싶은 것이 '山鳥 下上其音'과 '나와 고기와 뉘야 더옥 즐기는고'라는 3곡과 6곡의 표현이다. 이황은 이를 '연비어약(鳶飛魚躍)'으로 『시경(詩經)』에 있는 말을 그대로 썼다. 이황은 이를 궁극적인 도에 있어서의 자연과 인간의 일체성을 드러내는 것으로 사용했겠지만, 이이는 특히 이 유학의 어구가 일상의 도에 기인한다는 점을 강조하는 의의가 있다. 이를 알 수 있게 해주는 자료가 「풍악산에서 조그만 암자의 노승에게 주다(楓岳贈小菴老僧(幷序))」라는 詩와 그 일화이다. 조금 길지만 필요한 부분을 발췌해 인용한다.[6]

(上略)李珥 : 불교의 핵심적 교리가 우리 유학을 벗어나지 않거늘 굳이 유학을 버리고 불교를 찾고 있소?
老僧 : 유가에도 '마음 그것이 곧 부처다'라는 말이 있소?
이이 : 맹자가 인간의 본성이 선함을 말하면서 입만 열면 요순을 들먹였는데 이것이 '마음이 곧 부처라는 것'과 무엇이 다르오? 그렇더라도 우리 유학의 견해가 훨씬 적극적(實)이오.
노승 : (수긍하지 않고 한참 있다가) '色도 아니고 空도 아니다.'가 무슨 소리요?
이이 : 이 또한 상대적 의식의 특정한 양태(前境)일 뿐이오.
노승 : (빙그레 웃다)

---

6 인용은 한형조, 「율곡사상의 유학적 해석」, 『율곡의 사상과 그 현대적 의미』, 한국정신문화연구원, 1995, 220~223쪽을 이용한다.

이이 : '소리개가 하늘에서 날고 물고기는 연못에서 뛴다.' – 이것은 色이요 空이요?

노승 : 色도 아니고 空도 아님은 眞如의 體요, 이런 詩로 어떻게 빗댈 수 있단 말이오?

이이 : (웃으면서) 언어적 표현을 거쳤다면 바로 상대적 인식의 지평(境界)이니 어떻게 體라 할 수 있겠소? 허면 유가의 핵심(妙處)은 언어를 통해 전할 수 없는데 불교의 진리는 문자 언저리에 있는 셈이오.

노승 : (놀라서 손을 잡고 詩 한 수를 청했다.)

이이의 詩 : 물고기 뛰고 소리개 날아 아래 위가 한가지
이는 色도 아니오 空도 또한 아닌 것
무심히 한 번 웃고 내 몸을 둘러보니
노을지는 숲, 나무들 사이에 홀로 선 나

불승(佛僧)을 설득하기 위한 방편이었는지는 몰라도, 이이는 불교나 유교나 지향하는 궁극의 상태는 같은 것이라고 했다. 마음이 부처라는 말이나 인간 본성이 선하다는 말이나 같다고 했고, 진여의 체나 어약연비나 같은 상태를 가리킨다고 했다. 그러면서 유교가 불교와 달리 '실(實)'하다고 했다. 그것은 불교가 일상의 삶을 버리고 세상을 초월하는 방법에 의해 그 구극점을 좇음을 가리키는 것이다. 그에 비해 유교는 일상의 삶 속에서 그 상태를 지향한다는 것이다. '연비어약'으로 상징되는 창조적 생명력은 사심(私心)의 여지가 없는 본원적 우주적 구현태라는 점에서 불교의 진여(眞如)와 다르지 않다. 불교가 색즉시공(色卽是空)과 비색비공(非色非空)을 통해서 절대(絶對)의 지평(地平)을 구한다는 점을 인정하고, 그 절대적 지평은 유교에서도 구하는 바임을 '연비어약'으로 드러낸 것이다.

그러나 문제는 불교는 절대 지평을 언어도 격절한 초월적 초세간에 의해서만 얻을 수 있다고 말하는 점이다. 이이는 유학은 그 지평을 일상(日常)의 삶을 통해서, 일상(日常)의 언어를 통해서 이루어내려 한다고 노승에게 말하고 있다. '일상을 떠나지 않고 얻으려 하기에 불교보다 더 차원이 높다고 말하고 있는 것이다.'[7]

우리의 시조 논의에 좀 더 직접적으로 연결시켜 보자. 불교의 언어는 일상의 언어의 어법을 깨뜨리는 것에 특색이 있다. 그것은 언어에 사로잡히면 진여의 체를 볼 수 없다고 생각하기 때문이다. 그러나 이이는 '연비어약' 곧, '하늘 멀리 소리개가 날아가고 물고기가 힘 있게 연못에서 뛰어오른다'와 같은 일상의 언어(즉 노승이 배척한 詩句)를 통해서도 그 창조적 생명력의 절대 지평을 얻을 수 있음을 말하고 있는 것이다.

여기서 이이가 '연비어약'을 우리말로 풀어서 사용하고 있음은 주목하여야 할 일이다. 이황이 같은 말을 그대로 시에 사용했던 것과 대조되는 점이다. 한자어를 그대로 쓰지 않고 우리말 식으로 풀어써서 비로소 우리의 일상어가 되었기 때문이다. 이 일상의 언어를 통해서, 그리고 일상의 생활을 통해서 자연의 생명력을 알아가는 행위가 '강학(講學)'이라 할 수 있다. 따라서 이이의 시는 일상생활에 대한 전폭적 긍정의 시인 것이다. 그 궁극적 지향점이 절대 지평이라 해도 그 과정은 일상을 떠나서는 안되는 것임을 시조를 통해 다시 보여준 것이다.

이러한 일상은 그저 되어가는 대로 살아가는, 매일매일이 반복과 무신경과 지루함으로 영위되는 일반적 의미의 일상과는 전혀 다른 것이다. 절대 지평을 향해 촉수를 열어놓지만, 그래서 매일의 삶이 내재적

7 한형조, 위의 논문, 위의 책, 242쪽.

반성의 대상이 되지만, 절대지평을 위해 '절대(絶對)'로 비약하지 않고 일상의 범주 내에 머물어야 한다는 것이다. 이러한 반성적 일상을 잠정적으로 '일상성'이라고 부르고자 한다. 〈고산구곡가〉에 와서야 사대부 시조는 '일상성의 시조'의 개념의 틀을 만들 수 있었던 것이다. 그러나 이것도 아직 사대부의 틀 내에서의 효력이 있는 것일 뿐이다. 의도적으로 드러내지 않으려고 애를 썼음에도 불구하고 성리학적(性理學的) 도학(道學)에 대한 해석의 여지를 너무 많이 드러내고 있는 것이다. 그것은 성리학적 소양이 없는 현대인의 경우 특히 이해하기 어려워 처음부터 일반인의 접근을 제한하는 요인이 되어왔다고 말할 수 있는 것이다.

3. 일상성 시조의 시가사적 의의

1장에서 우리는 일상성의 의미를 이해하기 위해 향가의 초월성의 주제를 검토해보았다. 향가의 형식이 축약되면서 시조로 계승되었다는 점과 함께 향가의 초월성이 시조에서는 일상성으로 전환되었다고 지적했다. 시조가 향가를 이은 것이라고 할 때, 고려를 거치지 않고 왜 7-8세기 신라에서 조선으로 계승되었는가 하는 의문이 있다. 고려속요는 향가 또는 시조와 닮아 보이지 않기 때문이다. 만전춘별사 정도가 시조 형식과 관계가 있다고 할 수 있지만 향가만큼의 문학갈래 차원의 밀접한 연관은 보이지 않는다.

그러나 일상성의 관점에서 바라보면 사대부 시조는 향가와 함께 고려속요를 이었다고 할 수 있다. 고려속요는 향가의 반대편에 있다. 초월적 존재를 상정하지 않을 뿐 아니라 일상에서의 질서감이나 윤리감도 보여주지 않는다. 다음은 〈만전춘(滿殿春)〉이라는 노래이다.

> 어름 우희 댓닙자리 보와
> 님과 나와 어러주글만뎡
> 어름 우희 댓닙자리 보와
> 님과 나와 어러주글만뎡
> 정情 둔 오ᄂᆞᆳ밤
> 더듸 새오시라 더듸 새오시라[8]

보다시피 화자는 임과 함께하고 싶은 자신의 욕망을 감추지 않고 드러낸다. 죽음을 두려워하기보다는 임과 함께 있지 못하게 되는 것을 더 두려워한다. 삶을 위해 사랑이 있지 않고 사랑을 위해 삶이 있다. 이 간절한 소망으로 인해 절창이 되었지만 성리학의 사대부에게는 내면의 질서를 가지고 있지 못한 것으로 보였을 것이다. 이런 식으로 삶을 지속적으로 영위해 나갈 수는 없다.

문학적으로 탁월하다는 평가를 받는 유명한 〈청산별곡(靑山別曲)〉을 하나 더 보자. 『악장가사(樂章歌詞)』에 전하는 것에서 앞의 4장을 보인다.

> 살어리살어리랏다 청산(靑山)애 살어리랏다
> 멀위랑 ᄃᆞ래랑 먹고 청산애 살어리랏다
> 얄리얄리얄라셩 얄라리얄라
>
> 우러라 우러라 새여 자고니러 우러라 새여
> 널라와 시름한 나도 자고니러 우니로라
> 얄리얄리얄라셩 얄라리얄라

---

8 최철, 『고려국어가요의 해석』, 연세대학교 출판부, 1996, 246쪽.

가던새 가던새 본다 믈아래 가던새 본다
잉무든 장글란 가지고 믈아래 가던새 본다
얄리얄리얄라셩 얄라리얄라

이링공 뎌링공ᄒᆞ야 나즈란 디내와손뎌
오리도 가리도 업슨 바므란 ᄯᅩ엇디호리라
얄리얄리얄라셩 얄라리얄라

이 노래는 최철이 평한 대로 '정연한 짜임새에 미려한 여음구, 여인의 고독하고도 소박한 마음 등이 잘 표현되어 있는, 매우 문학성이 높은 작품'[9]이다. 그렇지만 이 노래에서 삶의 방향을 가리키는 어떤 빛을 보여주지는 않는다. 삶의 현실성, 고단함, 고독함 등을 잘 드러냈지만, 어떻게 살아야 한다는 깨우침을 주지 않는다. 늘 우는 새와도 같이 슬픔 속에 존재하고, 올 이도 갈 이도 없는 밤의 사무치는 외로움에 깊이 공감하지만, 그렇게 살아야겠다는 마음을 가지게 하는 것은 아니다.

고려가요의 내용을 "님의 부재에 따르는 외로움, 님과의 이별에서 오는 아픔, 기약 없이 떠나보낸 님에 대한 기다림"[10] 등이 주된 것이라고 할 때, 사대부의 관점에서 고려가요는 내면적 질서감을 가지고 있지 못한 노래라고 할 수 있을 것이다. 고려가요는 전반적으로 현실의 비속함을 표현한다. 이는 신라의 불교적 내용인 향가가 초월적 세계에 자신을 맞추는 삶을 보여주었던 것과 대척점에 놓인다.

이러한 생각은 시조가 무엇을 계승했는가 다시 생각하게 한다. 시조는 형식적으로 향가를 이었다. 그러나 내용에서 향가가 갖는 초월성은

9 최철, 『고려국어가요의 해석』, 앞의 책, 217~218쪽.
10 최철, 위의 책, 110쪽.

부정되었다. 향가의 초월성의 대척점에 놓이는 것이 고려속요의 비속함이다. 사대부 시조는 초월성과 비속함을 함께 지양(止揚)한다. 초월성이 현실을 부정하고 현실에서 벗어나고자 하는 것을 비판하면서도 삶에는 초월적 빛이 있어야 한다며 그 초월성을 인간 내면으로 끌어내린다. 고려가요가 보여주는 현실 생활이 비속함에 공감하면서도 아무 질서 없이 파편화되어 버리고 마는 무방향성을 비판하고 그래도 이 현실 속에서 질서를 세워야 한다고 하며 그 질서의 근원을 자연의 질서에 바탕한 인간의 내면세계에서 찾는다. 내면의 질서가 있는 사람은 품위가 있다. 조선조 선비가 갖는 품위의 배경이 이것이고 이는 그들의 시조에 잘 구현되었다. 시조를 오늘날 되살리는 것이 어려운 이유도 이에 있다. 이러한 내면의 질서를 공유하지 않는 한 사대부 시조와 같은 깊이나 품위를 재현할 수 없기 때문이다.

시조의 정형률

◉

김진희

1. 서론

필자는 앞서 「시조 율격론의 난제」[1]라는 논문에서 시조의 율격론이 전개되어 온 과정과 그 과정에서 드러나는 문제점들에 대해 논의한 바 있다. 시조의 율격은 연구사 초기에는 음수율(音數律)로 파악되었으나, 이후 음보율(音步律)로 보는 시각이 우세해졌으며, 이러한 경향은 현재까지 이어지고 있다. 그러나 근래에는 음보율론의 문제점들이 제기되면서 다시 음수율을 긍정하는 연구결과들이 제출된 바 있는 등, 시조 율격에 대한 이해는 아직도 명확하지 않은 양상을 보이고 있다. 이러한 혼란은 시조 율격론에 내재되어 있는 한계에 기인한 것인데, 음수율론은 명확한 시조 율격을 제시하기 어렵다는 문제를, 음보율론은 등시성(等時性)을 본질로 하는 음보 개념을 시조에 적용하기 힘들다는 문제를 지니고 있다. 이러한 시조 율격론의 난제를 필자는 선행논문에서

---

1 김진희, 「시조 율격론의 난제」, 『한국시가연구』 제36권, 한국시가학회, 2014.

자세히 다루었는데, 이에서 제기한 문제의식을 발판으로 삼아 본고에서는 대안적인 시조 형식론을 모색하고자 한다.

이어지는 장에서는 두어 가지 전제를 먼저 살펴볼 것이다. 그것은 첫째, 시조의 리듬규칙은 율격뿐 아니라 병렬률을 통해 함께 고찰하는 것이 바람직하다는 점, 둘째, 음운자질을 기준으로 할 때 시조의 율격은 음수율[2]에 속하며 율격은 상대적으로 느슨할 수도 있다는 점이다. 이러한 전제들을 바탕으로 본고에서는 시조의 율격단위를 규명하고 이어 시조의 상대적 음수율 및 대우적(對偶的) 병렬률에 대해 고찰함으로써 시조의 정형률을 밝혀 보고자 한다.

2. 논의의 전제

1) 율격 및 정형률의 개념

시조의 리듬규칙은 주로 율격(律格)을 통해 구명되어 왔다. 율격은 리듬이나 운율(韻律) 등의 용어와 흔히 혼용되는데, 본격적인 한국시가 율격론에서는 율격을 리듬이나 운율 등과는 구별되는 개념으로 한정하여 사용하고 있다. 우선, 율격 및 리듬과 관련해서는 전자는 규칙을 의미하며 후자는 구체적 작품이 지닌 음악성의 다양한 양상을 포괄적으로 지시한다는 점에서 다른 것으로 해석된다. 한편, 율격과 운율

---

2 이는 로츠가 말한 순수음절율격(pure syllabic meter) 혹은 단순율격(simple meter)과 동일한 개념이다. 이는 율격자질의 특성에 따라 성립하는 범주인데, 强弱이나 長短 등 여타 율격자질의 관여 없이 음절수에 따라 성립하는 율격의 종류이다. John Lotz, "Elements of Versification", W.K. Wimsatt ed., *Versification : Major Language Types*, New York University Press, 1972.

에 대해서는 후자가 전자를 포함하는 것으로 이해된다. 즉, 운율은 압운과 율격을 함께 지칭하는 보다 포괄적인 개념으로 해석되고 있다. 논자에 따라서 운율은 영어의 prosody로, 율격은 metrics로 이해하기도 하는데,[3] 율격을 metrics와 같은 개념으로 보는 것은 국문학계에서 거의 일반화되어 있다.[4]

그런데 metrics를 의미하는 율격을 통해 시조의 리듬규칙[5]을 적절히 설명할 수 있는가 하는 점에 대해 다시 생각해 볼 필요가 있다. metrics는 상대적으로 좁은 의미로 사용되기도 하고 넓은 의미로 사용되기도 하는데, 좁은 의미로 사용될 때 그것은 서양시에서 강약(强弱)이나 장단(長短) 등에 의해 형성되는 foot나 metron 등에 대한 이론으로 이해된다. 그것은 음악에서의 박자와 유사하게 시가의 시행이 foot나 metron 등에 의해 시간적으로 일정하게 분절되는 양상에 관한 이론이다. 한편, 보다 넓은 의미로 사용될 때 그것은 순수음절률(純粹音節律)이나 고저율

---

3 김대행, 『우리 詩의 틀』, 문학과비평사, 1989, 27~28쪽.

4 조동일, 『한국시가의 전통과 율격』, 한길사, 1982, 130쪽 : "이 글에서 사용하는 율격은 'meter'에 해당하는 용어이고, 율동은 'rhythm'에 해당하는 용어이다. 율격은 율문의 일반적 규칙을 지칭하는 것이고, 율동은 일반적 규칙의 구체적인 실현을 지칭하는 것이다."; 김대행, 『운율』, 문학과지성사, 1984, 12쪽 : "律格(meter)은 律文(verse)을 이루고 있는 소리의 반복적이고 규칙적인 양식을 말한다."; 김흥규, 『한국문학의 이해』, 문학과지성사, 1984, 148쪽 : "우리는 〈韻律(rhythm)〉과 〈律格(meter)〉이라는 두 용어를 구별하여 쓰기로 한다. … 율격론은 이와 같은 선형적 질서의 바탕에 놓여 있는 틀이 무엇이며, 그것은 어떤 규칙을 거쳐 실현되고 또 변형되는가를 구명하는 연구 부문이다."; 성기옥, 『한국시가 율격의 이론』, 새문사, 1986, 20쪽 : "여기에서 우리는 율격(meter)이 율동(rhythm)과 개념상 구별되어야 할 필요성을 느낀다."

5 여기서 말하는 리듬규칙은 리듬과는 다르다. 리듬이 개개 작품에서 실현되는 다양한 양태를 포괄하는 것이라면, 리듬규칙은 규칙으로서 기대되는 리듬의 일정한 형식을 뜻한다. 리듬규칙은 율격을 포함하지만 이보다 더 넓은 개념이다. 본고에서는 이를 정형률이란 용어로 표현하였는데, 이에 대해서는 후술할 것이다.

(高低律) 등에 대한 이론도 포함할 수 있다. 하지만 어느 경우에나 율격/metrics는 시가에서 의미와 무관하게 규칙적으로 셀 수 있는 기계적 단위와 관련된 것이라는 점에서는 변함이 없다.[6] 그런데 시조의 경우 의미와 무관하게 일정하게 나눌 수 있는 리듬단위가 뚜렷하지 않은 편이어서, 시조의 형식적 규칙을 율격/metrics로만 파악하는 것이 바람직한가 하는 의문이 들게 된다. 다음의 예를 들어 이 점을 살펴보자.

Ŏf thát | fŏrbí | ddĕn trée | whŏse mór | tăl táste
– John Milton, 〈Paradise Lost〉 中

꽃 보고 | 춤추는 나비와 | 나비 보고 | 방긋 웃는 꽃과

전자의 예는 영시에서 흔히 쓰이는 약강 5보격[iambic pentameter]의 율격에 따라 지어진 시구절이다. 여기에서는 통사적 구조나 단어 경계와 관련 없이 강약이라는 음운 자질의 규칙("˘"는 약음절, "ˊ"는 강음절을 의미)에 따라 미터가 형성됨을 볼 수 있다. 이에 비해 시조의 한 구절인 후자의 예는 어떠한 음운자질에 의해 율격단위가 나뉘는 것인지 명확하지 않다. 흔히 시조의 행은 4음보로 나뉜다고 말하지만, 이른바 음보를 구분할 음운자질이 뚜렷하지 않은 것이다. 달리 말해 위의 예는 "꽃 보고 춤추는 | 나비와 | 나비 보고 방긋 웃는 | 꽃과"로 끊어 읽을

6 고저율로 분류되는 중국시나 순수음절률로 분류되는 프랑스의 알렉산드랭, 일본의 와카 등도 高低라는 음운자질이나 음절수의 기계적 규칙에 따라 설명된다. 율격이 언어의 의미와 관계없이 형성되는 것이라는 점에 대해서는 다음을 참조할 수 있다. John Lotz, *op. cit.*, p.4 : "It is a purely formal phenomenon which refers to the language signal alone without reference to the semantic content of that signal."

수도 있다. 통사적 구조에 따라 본다면 이것이 오히려 적절한 독법인데, 굳이 위에 제시한 것처럼 율격단위를 나누어야 할 이유를 음절, 또는 장단, 강약 등과 같은 어떠한 음운자질로도 설명하기 어렵다.[7] 따라서 음운자질의 규칙에 따라 형성되는 율격을 통해서 시조의 리듬 규칙을 파악하는 것은 일정한 한계를 지닌다.

그렇다면 시조의 리듬규칙은 어떤 방면에서 파악할 수 있을까? 율격/metrics로 논하기 어려운 운문의 리듬규칙은 여러 방향에서 존재할 수 있는데, 압운이 대표적인 것일 테고, 또다른 것으로는 병렬률[parallelism]을 들 수 있다. 병렬률은 서구에서는 헤브루시 리듬의 핵심으로 일찍이 주목을 받아 왔는데,[8] 이러한 규칙은 율격/metrics 외의 차원에서 논의될 수 있는 것이다. 그런데 시조의 경우, 규칙적이고 기계적인 반복적 리듬단위, 즉 율격을 찾는 것은 어려운 편인가 하면, 병렬률은 꽤 뚜렷한 양상을 보인다. 그렇다면 시조의 리듬규칙을 꼭 율격/metrics를 통해서만 찾아야 하는가 하는 의구심이 든다. 이보다 외연이 넓은 개념을 통해 그것은 규명되어야 하는 것이 아닐까?

영어에서 metrics보다 넓은 개념을 찾는다면 prosody나 versification 같은 것이 있다. 이들 또한 영시의 특성상 metrics와 밀접한 관련을

---

7 물론, 본고에서 이어질 논의에 따른다면 이 시조의 예는 '꽃 보고' 및 '나비 보고' 뒤에서 끊어 읽는 것이 맞는데, 이는 字數가 고정되어 있지는 않지만 모종의 규칙에 따르는 음수율 때문이다. 다만, 여기서 말하고자 한 것은 시조의 율격이 다른 정형시들처럼 명확하게 음운자질에 따라 규정되는 것이 아니기에 율격 이외의 다른 방면에서도 그 리듬규칙을 고려할 필요가 있다는 것이다.

8 고대 헤브루시의 병렬에 처음으로 주목한 연구는 잘 알려져 있듯이 Robert Lowth의 논문인데, 이는 1778년에 이루어졌다. Roman Jakobson, "Grammatical Parallelism and its Russian Facet", *Selected Writings III*, Mouton, 1971, pp.99~100 참조.

지니고 있고 때로는 거의 같은 의미로 사용되기도 한다. 그러나 이들은 병렬률이나 압운과 같은 다른 종류의 리듬규칙을 포괄할 수 있는 말이다. 그렇다면 시조의 리듬규칙은 율격/metrics와 같은 좁은 개념만을 통해 보기보다는 prosody나 versification과 같은 보다 넓은 개념을 통해 파악하는 것이 효과적일 것으로 판단된다.

율격론뿐 아니라 압운론, 병렬률 등을 포괄할 수 있는 prosody / versification에 대응하는 용어로 본고에서는 정형률이라는 용어를 사용하기로 한다.[9] 운율이라는 용어를 사용할 수도 있겠으나, 운율이라고 하면 꼭 압운론을 다루어야 할 것 같은 인상을 주어 적절치 않은 측면이 있다. 시조의 경우 애초에 압운이 존재하지 않기 때문에 압운론은 논의할 수도 논의할 필요도 없기 때문이다.[10] 한편, 율격이란 말 자체를 prosody / versification에 대응하는 좀 더 넓은 개념으로 사용할 수도 있겠으나, 이 경우 metrics에 해당하는 또 다른 용어가 필요하게 된다. 이 경우 이미 metrics를 지시하는 것으로 굳어진 '율격' 및 관련 용어(율격자질, 율격단위 등)에 대한 수차례의 수정이 필요할 것이므로 효율성이 떨어진다. 따라서 본고에서는 리듬규칙을 포괄적으로

---

9 versification과 prosody는 시가의 형식적 규칙이라는 의미로 유사하게 쓰이는데, 전자는 주로 作詩의 테크닉과 관련되며 후자는 시가 형식에 대한 이론 및 시학을 포함한다는 점에서 차이를 지니기도 한다. 정형률은 이러한 양 경우를 포괄할 수 있는 용어로 쓸 수 있겠다. "versification", *The New Princeton Encyclopedia of Poetry and Poetics*, Princeton University Press, 1998, p.1353; Gay Wilson Allen, *American Prosody*, New York : Octagon Books, 1978, pp.XVii~XViii 참조.

10 한시나 영시에서 보이는 규칙적인 압운이 시조에 존재하지 않음에 대해서는 별다른 설명이 필요하지 않을 것이다. 김대행은 시조뿐 아니라 한국시가 전반에는 "압운의 개념에 맞고 또 압운으로서의 기능을 보이는 압운 형태가 없었다"는 결론에 이른 바 있다. 김대행, 앞의 책, 1984, 36쪽 참조.

지시할 수 있는 정형률이라는 개념 아래 시조의 율격 및 병렬률을 함께 고찰하고자 한다.

2) 시조 율격의 종류와 성격

율격에 대한 논의는 간단히 말하면 시가의 리듬을 형성하기 위해 규칙적으로 반복되는 율격단위의 종류와 그 성격을 규명하는 것이라 할 수 있다. 시조의 율격 또한 그러하다. 그런데 시조의 율격적 반복단위 및 그 반복방식을 규명하기에 앞서 전제해야 할 것은 일반율격론의 분류 체계 내에서 보았을 때 시조를 포함한 한국시가의 율격은 음수율이라는 점이다. 이 점을 전제하지 않고서는 시조의 율격단위 및 그 반복방식을 재고하는 것은 불가능하다. 현재 시조의 율격은 흔히 음보율로 이해되고 있는데, 음보율에서는 시조의 율격단위를 음보로 파악하기 때문에 이러한 음보율의 체계 내에서는 시조의 율격단위를 반성적으로 재고하는 것이 불가능한 것이다.

율격적 반복단위는 일반적으로 율격자질에 의해 형성되며, 율격자질은 음운론적으로 유의미한 자질이어야 한다.[11] 영어에선 강약이, 그리스어에선 장단이, 중국어에선 고저가 음운론적 자질이며, 이러한 자질을 통해 강약률, 장단율, 고저율을 이루는 율격단위가 형성된다. 이에 비해 한국어에는 뚜렷한 음운자질이 존재하지 않기에, 프랑스어나 일본어와 유사하게 음절수에 의해서만 율격단위가 구성된다. 음절 외에 다른 자질을 통해 한국시가의 율격을 규명하려는 노력이 수차례 있

11 각주 6) 참조.

었으나, 현재는 거의 받아들여지지 않고 있다. 한국시가의 율격이 '단순율격', 즉 순수음절률임에 대해서는 연구자들 간에 합의가 된 것으로 판단된 바이다.[12] 따라서 시조의 율격단위 또한 음절수에 의해 형성될 것이며 그 율격은 음수율 또는 순수음절률로 분류되어야 한다.

그런데 시조의 음절수는 프랑스시나 일본시와 같은 여타 음수율 시가들과 달리 명확히 고정되어 있지 않기에, 시조의 율격은 음수율이 아니라 음보율로 보아야 한다는 주장이 팽배해 왔다. 그러나 율격은 상대적으로 엄격할 수도 느슨할 수도 있다. 예컨대 영시의 율격은 강약의 주기적 교체에 따르는 것으로 알려져 있지만, 고대 영시의 경우 그 주기성은 덜 규칙적이었다고 한다. 즉, 영시의 대표적 율격으로 알려져 있는 약강격[iambic]의 경우 '약강' 형식으로 음절이 반복되지만, 〈베어울프〉와 같은 고대시의 경우 '약강'과 '약약강' 등의 형태가 함께 섞여 자유롭게 쓰였다고 한다.[13] 후에 논의하겠지만, 시조의 율격적 반

12 정병욱 이후 음절수 이외의 율격자질을 발견하고자 하는 노력은 주로 어학자들에 의해 이루어졌다. 김석연, 황희영 등은 sonagraph 등의 기계를 이용한 실험 결과를 바탕으로 한국시가의 율격을 고저율과 장단율에서 찾았다(김석연, 「時調 韻律의 科學的 硏究」, 『아세아연구』 통권 제32호, 고려대학교 아세아문제연구소, 1968; 황희영, 『韻律硏究』, 동아문화비교연구소, 1969). 정광 또한 중세시가의 율격은 고저율로, 현대시의 율격은 장단율로 파악하였다(정광, 「韓國 詩歌의 韻律 硏究 試論」, 『응용언어학』 7권 2호, 서울대 어학연구소, 1975). 그러나 이들의 논의는 한정된 몇몇 실험이나 작품 분석만을 통하여 얻어진 것으로, 일반화하기에 어려움이 있으며, 고저, 장단 등을 한국어의 음운자질이라고 볼 근거도 확실하지 않다는 점에서 문제가 된다. 이런 까닭에 이들 논의에 대해서는 이미 비판이 제기된 바 있다(예창해, 「한국시가율격의 구조 연구」, 『성대문학』 제19집, 성대국어국문학회, 1976, 74~87쪽; 김대행, 『韓國詩歌構造硏究』, 삼영사, 1976, 29~31쪽). 사실 한국시가의 율독 시에 나타나는 강약, 고저, 장단 등의 현상은 율격론의 차원이 아니라 리듬의 차원에서 파악되어야 마땅한 것이다. 성기옥의 연구에서는 한국시가의 율격자질이 음절임은 학계의 합의사항인 것으로 서술되었다(성기옥, 『한국시가 율격의 이론』, 새문사, 1986, 62쪽).

복단위 또한 음절수 규칙을 지니고 있기는 하지만 그것은 일본의 와카나 프랑스의 알렉상드랭처럼 음절수의 고정을 요구하지는 않다. 다시 말해 시조의 율격은 음수율이되 좀 느슨한 종류의 것이다.

율격적 반복단위의 상대적 고정성을 염두에 두는 것은 시조의 율격론에서 특히 중요한데,[14] 그렇게 하지 않았다가는 기계적 규칙성을 무리하게 도출하려 하거나 혹은 반대로 시조에는 율격이 없다는 아이러니한 결과에 도달할 수도 있기 때문이다. 등장(等長)한 음보를 찾아내려 한 노력이 전자에 해당한다면, 시조는 정형시임에도 불구하고 율격이 존재하지 않는다고 하는 모순에 봉착하는 것은 후자의 경우이다.

한편, 음보율을 음수율과 상대되는 범주로 놓는 것은 분류의 기준을 공평하게 적용한 견해라 보기도 어렵다. 음수율이 율격자질이라는 기준에 따라 분류된 범주임에 비해, 음보율은 율격적 반복단위가 여러 음절의 조합으로 이루어졌는가 여부에 따라 성립할 수 있는 용어이기 때문이다. 사실, 율격의 종류를 막론하고 대부분의 시가에는 음절의 조합으로 이루어진 율격단위가 존재하며, 이는 프랑스시나 일본시 등 여타 음수율 시가에서도 마찬가지다. 알렉상드랭 시행의 경우, 12음절로 이루어진 한 행은 6음절씩 반으로 나뉘는데, 이때 각 반행은 강세에 따라 다시 두 부분으로 나뉜다. 17세기 정격의 경우 제3, 6, 9, 12번째 음절에

---

13 고대 영시의 표준 시행은 4개의 강음절로 구성되는데, 강음절 사이에 있는 약음절의 개수는 일정하지 않았다고 한다. Paul Fussell, "The Historical Dimension", Harvey Gross edit., *The Structure of Verse*, New York : The Ecco Press, 1979, pp.41~42 참조.

14 율격 중에는 시 전편에 걸쳐 규칙의 엄격한 적용을 요구하는 경우도 있지만, 반대로 느슨한 규칙을 지닌 율격도 많이 있음은 로츠에 의해 지적된 바이기도 하다. John Lotz, *op. cit.*, p.15 참조. "Or, we could make a typology of the numerical regulations imposed on the meter(strict, loose, or permitting variations)."

강세가 오고 이에 따라 하나의 시행은 3음절씩 4부분으로 등분되었다. 일본 와카의 경우, 각기 5·7·5·7·7 음절로 이루어진 행들은 그 안에서 다시 두 부분으로 나뉜다.[15] 이렇게 볼 때 알렉상드랭은 4음보격으로, 와카는 2음보격으로 볼 수 있다. 그러나 그렇다고 해서 알렉상드랭이나 와카의 율격을 음수율이 아니라 음보율이라고 말하지는 않는다.

따라서 음절이 모인 율격적 반복단위[16]를 찾아내는 것은 의미가 있긴 하되 그것을 율격자질에 따른 분류 체계 내에 끼워 넣으려 해서는 안 될 것이다. 다시 말해, 음수율, 강약률, 장단률 등과 층위가 같은 범주로 음보율을 상정해서는 안 된다. 그보다는 일반율격론의 분류체계 내에서 시조는 음수율에 속함을 분명히 하고, 시조에 존재하는 율격적 반복단위가 음절이라는 율격자질과 관련하여 어떻게 형성되는가 하는 점을 밝혀야 한다.

요약하면, 시조의 율격은 음수율에 속하되 그것은 엄밀히 고정되어 있기보다는 느슨한 규칙성을 지니고 있다. 이제 이러한 시조의 율격을 살펴보고 이후 병렬률을 함께 고찰함으로써 시조의 정형률을 살펴보도록 하겠다.

---

15 Jacqueline Flescher, "French", W. K. Wimsatt ed., *op. cit.*, p.178; 김정화, 「韓國 詩 律格의 類型」, 『어문학』 82호, 2003, 173쪽 참조.

16 흔히 음보라고 지칭되지만 엄밀히 말하면 음보는 복합율격에서만 나타나는 율격 단위이다. 앞서 언급한 바처럼 순수음절율격 시가에서도 음절들이 모인 반복단위가 존재하기는 한다. 그러나 복합율격 시가에서 음보/foot는 통사적 구조와 관련 없이 강약이나 장단 등 율격자질에 의해서만 형성되는 데 비해, 순수음절율격 시가에서 음절수의 결합은 통사적 구조와 밀접한 관련이 있다. 더군다나 후술할 시조의 경우, 이러한 율격단위는 음절수조차 일정하지 않아, 음보/foot와는 거리가 사뭇 멀다. 따라서 이는 음보와는 다른 개념으로 이해되어야 하는데, 이는 다음 장에서 논의할 것이다. 한국시가 율격론 중 음보 개념의 문제점에 대해서는 김진희, 앞의 글 참조.

3. 시조의 율격단위

1) 마디

흔히 음보로 파악되어 온 시조의 율격단위는 '마디'로 재정립되어야 한다. 앞장에서 언급했듯이 기계적으로 등장(等長)한 반복단위인 foot 나 metron 등에 해당하는 음보는 사실상 시조에 존재하지 않기 때문이다.[17] '마디'는 음보의 대안으로 거론되어 온 한국시가의 율격단위이다. 이는 로츠가 언급한 '콜론[colon]'과 유사한 것으로 흔히 이해되는데, 이에 대해서는 이미 수차례의 선행논의가 있었다. 일찍이 한국시가 율격의 분석에 있어서 콜론 단위에 주목한 이는 정광이다. 그는 "긴밀하게 결합된 접착적인 단어군"[18]인 콜론이 한국시가의 율격 분석 시 유용한 분석 단위임을 논하였다. 김대행 또한 콜론 단위에 주목하였는데, 처음에는 콜론이 음보로 세분되는 것으로 보았지만,[19] 이후의 논의에서는 음보라는 용어의 부적절성을 지적하고 콜론에 해당하는 '마디'를 시가 율격의 기본단위로 설정하였다.[20] 조창환 또한 음보라는 용어에 대한 비판 속에서 콜론에 해당하는 '율마디'라는 용어를 통해 시가 율격을 분석하고자 하였으며,[21] 오세영 역시 이와 유사한 견해를 피력하였다.[22]

콜론이란 길이가 일정치 않은 통사적 구문과 유사한 것으로서, 율격적 휴지(休止)에 의해 구분되는 단위이다. 이에 대한 설명을 살펴보면

---

17 2장 1절의 인용구 참조.

18 정광, 앞의 글, 154쪽.

19 김대행, 앞의 책, 1976, 31~34쪽.

20 김대행, 앞의 책, 1989, 119~121쪽.

21 조창환, 『韓國現代詩의 韻律論的 硏究』, 일지사, 1986, 44쪽.

22 오세영, 「한국시가 율격재론」, 『한국근대문학론과 근대시』, 민음사, 1996, 68~70쪽.

다음과 같다.

> 콜론은 시행 내에서 응집성 있게 연속된 한 부분인데, 그것은 통사적으로 밀접하지만 율격적 목적에 의해 수정이 가해지기도 한다는 특징을 지닌다.[23]

> 콜론 : 율격 혹은 리듬의 기본 단위. foot, metron 등과 유사하나, 이것들보다 길고, 흔히 다른 성격의 콜론들과 함께 발견된다. foot, metron 등 等時的인 하위단위로 나누기보다는 보다 큰 리듬 연속체로서 발화할 수 있는 단위이다.[24]

'콜론'은 대개 단어보다는 길지만 문장보다는 짧은 단위인데 이러한 비교적 느슨한 단위개념은 시조의 마디를 설명하기에 적절해 보인다. 시조의 마디 또한 대개 어절과 일치하는 통사적 단위이나 때로는 어절을 넘어 구문 단위로 확장되는 유연성을 지닌 구조체이다. 그 성립 근거가 율격적 휴지[25]라는 점 또한 '콜론'과 일치한다. 예를 들면 다음과 같다.

---

23 John Lotz, *op. cit.*, p.11 : "The colon is a cohesive, sequential stretch of the verse line characterized by syntactic affinity or correctedness utilized for metric purposes."

24 "colon", *The New Princeton Encyclopedia of Poetry and Poetics*, p.223 : "(1) a basic metrical or rhythmical unit, similar to the foot or metron but longer than either and often found alongside cola of different character-hence, a means of articulating a larger rhythmical sequence, rather than measuring it into the equivalent subsections called feet or metra."

25 음보율에서도 시조의 이른바 음보가 율격적 휴지에 의해 구성된다고 보는 점에서는 별 이견이 없는 상황이다. 그런데 음보율론에서는 이러한 휴지를 단지 호흡과 관련하여서만 설명하는데, 사실 그것만으로는 시조의 율격 휴지를 설명하기에 충분치 못하다. 호흡에만 의거한다면, 앞서 보았던 "꽃 보고 / 춤추는 나비와 / 나비 보고 / 방긋 웃는 꽃과"와 같은 경우에 대해 설명하기 어렵다. 호흡에 따른다면 이는 "꽃

朔風은 / 나무 긋틔 불고 / 明月은 / 눈 속에 츤듸

김종서가 지었다는 시조의 초장이다. 이는 위에서처럼 네 부분으로 나뉘는데, 어떤 경우에는 하나의 어절로 이루어져 있지만(첫째·셋째), 다른 경우에는 두 개 이상의 단어가 결합된 형태임을 볼 수 있다(둘째·넷째). 이때 각각의 단위는 등시적(等時的)인 음보가 아니라 통사적 구조(이 경우에는 주어부와 서술부)와 율격휴지에 의해 형성된 마디로 보는 것이 타당하다.

사실 음보 대신 마디를 사용하자는 것은 이미 여러 학자들이 제기한 바이다. 그럼에도 불구하고 음보가 계속 더 많이 사용되어 온 것은 음보가 보다 일찍 한국시가 율격론에서 보편화된 용어이기 때문인 면도 있다. 그러기에 음보가 한국시가의 율격단위로서 적합하지 않은 개념임을 알면서도 그 용어를 바꾸기보다는 용어의 내포를 달리 이해하면 된다고 생각하기도 한 듯하다.[26] 그러나 음보라는 용어는 '보격'이라는 용어와 함께 'foot'와 혼동될 여지가 상존하며, 이러한 혼란은 비교문학적 논의나 번역 시 더욱 가중될 것이다. 또한 지금까지 음보는 등시성을 속성으로 하는 것으로 이해되었으나, 마디는 시간상 오히려 서로 차이를 지닐 수 있는 단위여서 내포상 음보와 확연히 다르다.[27] 따라서

보고 춤추는 / 나비와 / 나비 보고 방긋 웃는 / 꽃과"로 읽힐 수도 있기 때문이다. 전자가 후자보다 자연스러운 독법이라고 느껴지는 것은 시조의 상대적 음수율과 관련되는 것으로 보아야 할 것인데, 이에 대해서는 다음 장에서 서술할 것이다.

26 예컨대 조동일은 시조의 율격단위는 율격휴지에 의해 구분된다는 점에서 음보보다는 '율격적 토막' 정도의 용어가 더 적합하다고 보면서도, 음보가 많이 쓰이는 용어이므로 잠정적으로나마 음보라는 용어를 사용한다고 한 바 있다. 조동일, 『한국 민요의 전통과 시가율격』, 지식산업사, 1996, 215~219쪽 참조.

27 음수율과 같은 단순율격에서의 마디는 장단율이나 강약율과 같은 복합율격에서의

기존 용어를 고집하며 그 내포를 수정하려 하기보다는, 다른 의미를 지닌 다른 용어를 사용하는 것이 효율적일 것이다.

2) 반행

시조의 마디는 두 개가 결합되어 반행(半行)을 이룬다. 이 반행은 동질성과 이질성을 모두 갖춘 시조의 기본적이며 가장 중요한 율격적 반복단위일뿐더러 병렬의 근간을 이루기도 하다는 점에서 더욱 중요하다. 이러한 점들에 대해서는 다음 장들에서 논의할 것이고, 여기에서는 반행의 개념에 대해서만 살펴보기로 한다.

시조의 초·중·종장은 각기 통사적으로 완결성을 이루는 행 단위라고 볼 수 있다. 이러한 각 행은 다시 율격휴지에 따라 양분되는데, 양분된 각각의 단위가 반행이다. 시조에서 반행의 존재는 널리 알려져 있는 편이다. 일찍이 이병기는 "初章·中章에는 각각 두 句씩 되어 있고, 그 句마다 두 句讀로 되어 있으며"[28]라고 하여 시조에서 반행의 존재를 언급하였고, 정병욱 또한 "이런 시가 형태는 강약약형 4음보라 하겠는데 그 독법(scansion)에 있어서는 생리적인 조건으로 인하여 대개는 전 2보와 후 2보의 중간에 휴지(caesura)를 넣어서 'breath group'으로 나눔이

음보와는 달리 等長할 수도 있고 그렇지 않을 수도 있다. 예컨대 17세기 알렉상드랭에서는 각기 3음절로 된 균등한 마디 4개가 한 행에 규칙적으로 쓰였지만, 와카의 경우에는 각 행마다 마디의 음절수가 불균등하게 정해져 있다. 5·7·5·7·7의 음절수로 이루어진 와카의 행들은 각기 다음과 같은 음절수 형태로 양분된다. 3·2, 3·4, 4·1, 3·4, 4·3. 요컨대 음수율로 된 시조의 마디를 무리하게 등시적인 것으로 규정하려 할 이유는 없으며 그것은 사실에도 맞지 않다는 것이다.

28 이병기, 「時調와 그 연구」, 『학생』, 1928, 251쪽.

마땅할까 한다."[29]라고 하여 반행의 존재를 암시하였다. 조동일 또한 "반행 또는 반줄"[30]의 단위를 명시하였으며, 특히 김대행은 율격과 관련된 중요 단위로 반행을 인식하였다.[31]

그러나 시조의 반행은 마디나 행에 비해 소홀히 다루어지는 경향이 있고, 명명법에 혼선이 있기도 하다. 예를 들어 다음의 경우들을 보자.

> 시조형식의 3장 12구체가 지니는 자수는 초·중·종장 각 15자 내외로 잡아서 한 수가 소요하는 자수는 45자 내외가 되는 셈이다.[32]

> 고려 중엽에 발생한 3장 6구 45자 내외의 4음보격 정형시.[33]

전자의 예에서는 시조의 형식을 설명함에 있어 행이나 마디[34]는 언급하였지만 반행의 존재는 언급하지 않았다. 한편, 후자의 예에서는 반행을 '구'로 명명하였는데, '구'는 전자의 예에서 보는 것과 같이 종종 마디와 같은 의미로 이해되기도 하여 혼선을 빚는다.[35] 그런데 다음 장들에서 보게 되겠지만, 반행은 시조에서 매우 중요한 율격단위로 그 위상을

---

29 정병욱, 「古詩歌 韻律論 序說」, 『최현배 선생 화갑기념 논문집』, 사상계사, 1954; 김대행, 앞의 책, 1984, 62쪽.

30 조동일, 앞의 책, 1982, 67쪽.

31 김대행, 앞의 책, 1989, 122쪽 : "두 마디를 합한 것을 구절이라 하며 구절은 율격의 의미 단위로 보편화되어 있다."

32 "시조의 형식", 『두산백과』, 〈http://www.doopedia.co.kr〉(2013.11.25.).

33 "시조", 『중학생을 위한 국어 용어사전』, 2007.8.25. 김대행, 성호경 또한 반행의 율격적 중요성을 논하면서도 이를 구절 혹은 구 등으로 표현하였다.

34 전자에서는 이를 '구'로 표현하였고, 후자에서는 이를 '음보'로 지칭하였다.

35 이병기는 구를 마디나 반행을 지시하는 데 혼용하였고(이병기, 앞의 글), 조윤제는 마디를 구라 표현하였다(조윤제, 『朝鮮 詩歌의 硏究』, 을유문화사, 1948).

제고할 필요가 있다. 또한 길게는 행에서 짧게는 마디에 이르기까지 다양하게 쓰여 온 '구'와 같은 용어를 쓰기보다는, 세계의 여러 율문들에서 보편적으로 사용되는 반행 개념을 사용하는 편이 바람직하겠다.

지금까지 시조의 율격단위로서 마디와 반행의 개념에 대해 살펴보았다. 마디와 반행은 선행 연구에서 수차례 언급된 것이기는 하되 그 중요성에 대한 인식이나 개념의 정립에 있어서는 여전히 미흡한 점이 있기에 특히 이것들을 중심으로 시조의 율격단위를 논의하였다.[36] 이제 마디 간의 음수율적 규칙을 통해, 동질성과 이질성을 갖춘 반행의 율격단위가 시조에서 형성되는 양상을 살펴보기로 한다.

4. 상대적 음수율

음수율로 분류되는 외국의 시가들은 일반적으로 행의 고정 음절수를 통해 그 율격이 설명된다. 예컨대 프랑스의 알렉상드랭은 각 행이 12음절로 구성되며, 일본의 와카는 각 행이 5·7·5·7·7 음절로 구성된다. 그런데 시조는 주지하듯 각 행의 음절수가 일정하지 않다. 본고에서 표본으로 삼은 시조들[37] 중 몇 수만 뽑아 보아도 이는 쉽게 알 수 있다.

---

36 한편, 시조의 율격단위에는 이것들 외에 기저단위로서의 음절과 상부단위로서의 행이 있다. 음절은 마디를 구성하고, 행은 두 개의 반행에 의해 구성된다. 시조의 행들은 흔히 초장·중장·종장으로 불리는데, 이러한 용어들은 관습적으로 굳어져 있는데다가 지시하는 바가 명확하므로, 본고에서는 편의상 이를 그대로 사용하기로 한다.

37 본고에서는 심재완 편, 『역대시조전서』(세종문화사, 1972)에 수록된 3,000여 편 남짓의 시조들 중 300수를 뽑아 조사의 표본으로 삼았다. 추출 방식은 1번, 10번, 20번 시조 순으로 10수 건너 1수씩을 뽑는 것으로 하였다. 해당 번호의 시조가 사설시조인 경우 그 뒤의 시조를 대신 뽑았다.

〈표 1〉 시조의 음절수

표본번호	작품번호	초장	중장	종장	전체
2	#12	15	14	17	46
3	#20	14	12	16	42
4	#30	14	15	16	45
5	#40	16	13	15	44
6	#53	17	15	16	48

변격적 특성이 농후한 1번 시조를 제외하고 차례로 2~6번 시조를 뽑아 보았다. 각 행의 음절수가 크게는 3음절까지 차이가 나고 전체 음절수는 모두 다름을 볼 수 있다. 그러나 이들 시조는 모두 평시조의 일반적 형태를 하고 있고, 정격과 변격으로 나눌 만한 차이를 보이지는 않는다.

사정이 위와 같기에 시조의 형식과 관련하여 음절수와 관련된 어떤 규칙을 제시하기에 난점이 생긴다. 논자에 따라서는 기준음절수로 3~4음절 또는 4음절을 들기도 하고, 때로는 1~4음절 사이에서 시조의 마디는 용납되어야 한다고 말하기도 한다. 그러나 기실은 시조의 마디는 그 위치에 따라서도 자주 쓰이는 음절수에 차이가 난다. 선행 연구자들의 몇 견해를 통해 이를 살펴보면 다음과 같다.[38]

38 아래의 표는 다음 논문을 참고하여 작성한 것이다. 서원섭, 「平時調의 形式 硏究」, 『어문학』 제36호, 한국어문학회, 1977, 50쪽 참조.

	이은상				조윤제			
	제1마디	제2마디	제3마디	제4마디	제1마디	제2마디	제3마디	제4마디
초장	2~5	2~6	2~5	4~6	2~4	4~6	2~5	4~6
중장	1~5	2~6	2~5	4~6	1~4	3~6	2~5	4~6
종장	3	5~8	4~5	3~4	3	5~9	4~5	3~4

	김종식			
	제1마디	제2마디	제3마디	제4마디
초장	2~5	3~6	2~5	4~6
중장	1~5	3~6	2~5	4~6
종장	3	5~8	4~5	3~4

위에서 보는 것처럼 시조 마디의 음절수는 허용치가 넓으며, 그 위치에 따라서도 서로 상이한 것으로 파악된다. 또한 연구자에 따라서도 시조 마디의 음절수는 다양한 양상으로 이해되고 있다. 이렇다 보니 시조의 율격을 음절수로 해명하는 것은 거의 불가능한 것처럼 보이기도 한다. 이 때문에 시조의 마디는 차라리 등시적(等時的)인 것으로 이해되어야 한다는 주장[39]이 나오게 된 것이라 할 수 있다.

하지만 마디의 고정적 음절수를 찾으려는 노력을 잠시 유보하고 그 상대적 관계를 통해 규칙성을 보려 하면 의외로 단순한 규칙을 발견하게 된다. 그것은 반행 내에서 앞마디는 뒷마디보다 작거나 같다는 규칙이다. 시조 반행의 음수율은 2·4조, 3·4조, 4·4조, 3·5조 등 여러 가지가 있어서 한마디로 표현하기 어려우나, 마디 간의 상대적 크기 차이를 기준으로 하면 '앞마디≤뒷마디'라는 일반적 규칙이 성립하는 것이다. 이러한 음수율적 관계는 선행 연구들에서 다음과 같이 이미

39 음보율론이 바로 그것이다.

통찰된 바 있다.

> 初·中章은 〈小(平)-平-小(平)-平〉의 비교적 규칙적인 흐름을 유지함으로써 각 章의 뒤에 무엇인가가 이어질 것을 예상케 하는 律格的 開放性을 띤다.[40]

> 시조와 가사의 시행에서 구내(句內) 앞음보는 뒷음보보다 짧은 시간적 범위를 지녀서, 이들 두 음보 간의 관계를 '단-장' 등(후구에서는 '단-장' 또는 '장-장')으로 설정하는 것으로서, 곧 리듬의식의 발현으로 본다는 것이다.[41]

전자의 예에서 김홍규는 반행단위에 주목하지는 않았지만, 마디 간의 상대적 길이 차이를 통해 실현되는 시조의 음수율을 최초로 도식화하였다. 그러나 이러한 통찰은 등장성(等長性)을 전제로 하는 음보율 논의 속에서 그 의미가 흐려진 것으로 보인다. 한편, 후자의 예에서 성호경은 마디 간의 음수율이 형성되는 단위가 '구'[본고의 용어대로라면 반행]임을 보여주고 있다. 그는 시조나 가사 작품의 '구내(句內)'에서 앞마디보다 뒷마디가 긴 경우가 많음을 들어 이를 "'단-장'의 리듬"[42]이라고 명명하였다.

그러나 '앞마디〈뒷마디'와 같은 규칙은 '흔한' 것일 뿐 '일반적인' 것은 아님을 들어, 이는 율격과 관련된 것이 아니라 '작품마다의 독특한

---

40 김홍규, 앞의 책, 45쪽. 그는 시조의 형식을 다음과 같이 도식화하였다.
소(평) 평 소(평) 평
소(평) 평 소(평) 평
소 과 평 소(평)

41 성호경, 『한국시가의 형식』, 새문사, 1999, 49쪽.

42 위의 책.

질서라는 차원'에서 이해해야 한다는 반론이 제기된 바도 있다.[43] 하지만 실제로 모든 작품에서 실현되는 규칙이라는 것은 존재하지 않는다. 개개의 작품들은 언제나 율격이라는 규범의 준수와 일탈 사이 어디엔가 놓이는 것이기 때문에, 율격은 대체로 지켜지는 규칙일 뿐 반드시 지켜지는 것은 아닌 것이다.[44] 더구나 부등식을 '앞마디<뒷마디'에서 '앞마디≦뒷마디'의 형태로 수정하면 이에 포괄되는 작품의 양은 더욱 많아진다. 이에 대한 통계적 수치를 제시하면 다음과 같다.[45]

43 조동일, 앞의 책, 1996, 227~228쪽.

44 예컨대 '5-7-5-7-7'의 음수율을 지니고 있는 것으로 알려진 일본의 短歌의 경우에도 실제로는 '5-7--5-7-8', '6-7-5-7-7', '5-7-6-7-7', '5-7-5-8-7' 등 여러 변형을 보여준다. Robert H. Brower, "Japanese", W. K. Wimsatt, 앞의 책, 43쪽 참조.

45 이 통계는 서원섭, 앞의 글, 46쪽에 나와 있는 시조의 음수율 통계표를 활용하여 낸 것이다. 서원섭의 통계는 『역대시조전서』 3,335수 중 2,759수의 평시조를 대상으로 한 것이다. 서원섭의 통계표 내 괄호 안의 숫자까지 집계하여 위의 표와 같은 통계 수치를 얻었음을 밝혀둔다. 그런데 서원섭의 통계표는 시조의 초·중·종장 중 어느 한 부분에서라도 적어도 100회 이상 사용된 음수율만을 집계하고 있어서, 총 2,759수의 분석 작품들의 초·중·종장들 가운데 약 20% 정도는 집계하지 않았다. 따라서 이들을 포함하여 본다면 실제로 '앞마디≦뒷마디(마지막 반행은 반대)'라는 상대적 음수율 규칙에서 벗어나는 경우는 더 많을 수도 있다. 본고에서 표본으로 삼은 고시조 300수를 대상으로 조사해 본 결과, 총 1,800개의 반행 중 30개의 반행(전체의 0.02%)이 규칙에 어긋나는 것으로 조사되었다. 그러나 이 수치는 본고에서 제시하는 시조 반행의 상대적 음수율 규칙을 무화시킬 만큼 큰 수치는 아니다. 한편, 본고에서 서원섭의 통계자료를 이용하기는 하였으나, 본고의 자료 분석 방식은 서원섭의 방식과 전혀 다른 것임을 밝혀둔다. 서원섭의 논문에서는 각 마디별로 음절수로를 조사했을 뿐, 마디나 반행 간의 상대적 음수율에 대해서는 전혀 고려하지 않았다.

	앞마디<뒷마디	앞마디≦뒷마디
제1반행	93.14%	100%
제2반행	46.34%	99.91%
제3반행	84.16%	100%
제4반행	46.72%	100%
제5반행	99.95%	100%

	앞마디>뒷마디	앞마디≧뒷마디
제6반행	77.73%	98.94%

따라서 시조 반행의 음수율적 규칙은 '앞마디≦뒷마디'의 형태(제6반행은 반대)로 나타내는 것이 보다 적절할 것이다. 이러한 규칙을 도식화하면 다음과 같다.

제1반행 : 앞마디≦뒷마디
제2반행 : 앞마디≦뒷마디
제3반행 : 앞마디≦뒷마디
제4반행 : 앞마디≦뒷마디
제5반행 : 앞마디≦뒷마디
제6반행 : 앞마디≧뒷마디

반행은 이질성과 동질성을 모두 갖춘 율격단위로서 시조에서 기능한다. 이질성은 반행 내 마디 간의 음절수 차이를 통해 실현되고, 동질성은 반행과 반행 사이에서 실현된다.[46] 시조는 모두 여섯 개의 반행으로 이루어지는데, 마지막 반행을 제외하면 각 반행을 이루는 마디 간의

46 "앞마디≦뒷마디"라는 규칙의 동질성을 의미한다.

음수율적 관계는 일반적으로 '앞마디≦뒷마디'의 양상을 보인다. 단, 마지막 반행은 종결부로 성격을 달리한다.[47] 리듬은 기본적으로 동질적 요소의 반복으로 형성된다는 점을 생각해 볼 때, 시조의 가장 중요한 리듬단위는 마디라기보다 반행이라 할 수 있다. 구조적 유사성을 통해 동질성을 확보하는 것은 마디가 아니라 반행이기 때문이다.[48]

시조의 반행이 율격단위로서 이질성과 동질성을 함께 갖추고 있다는 점은 음보의 경우와 비교하여 생각해볼 수도 있다. 'metron'이나 'foot'와 같은 음보는 장단(長短)이나 강약(强弱) 등과 같은 율격자질의 교체에 따라 이원성을 지니고, 그러한 교체 양상이 반복됨에 따라 동질성을 지닌다. 음보는 이렇듯 이질성과 동질성을 함께 지니고 있을 것을 요청받는데,[49] 시조의 반행 또한 이와 유사하게 이질성과 동질성의 요소를 함께 지니고 있다. 물론 길이로 보았을 때 'metron' / 'foot'와 시조의 반행은 상이하여 이들이 자아내는 율격적 효과를 유사한 것으로 보는

---

47 주지하듯 시조 종장의 마지막 구는 4·3조가 압도적으로, '앞마디>뒷마디'의 양상을 띤다. 이는 다른 구들과 정반대의 형태이다. 시의 종결부에서 이렇듯 율격이 달라지는 것은 시상의 마무리를 위한 것이라고 생각할 수 있다. 비슷한 예로, 일본 고전시 중 長歌가 5·7조를 반복하다 마지막 행에서만 7·7조로 이루어진 것을 들 수 있다. 시조 종장의 율격이 지닌 의미론적 의의는 조윤제와 김홍규의 글들에 잘 설명되어 있다. 조윤제, 앞의 책, 179쪽; 김홍규, 「평시조 종장의 律格·統辭的 定型과 그 기능」, 『어문론집』 19·20합집, 고려대학교, 1977.

48 마디가 음절수상 동질성을 확보하기 어려움은 앞서 예로 든 "꽃 보고 / 춤추는 나비와 / 나비 보고 / 방긋 웃는 꽃과"를 상기해 보면 쉽게 짐작할 수 있다.

49 그리하여 만일 시행 내의 반복단위가 短短格 音步[pyrrihcs]나 强强格 音步[spondees], 또는 單音節 音步[monosyllabic feet]처럼 이질성을 지니지 않았다면, 그것은 미터의 단위에서 제외되어야 한다고 설명되기도 한다. *The New Princeton Encyclopedia of Poetry and Poetics,* p.776 : "The unit must have heterogeneous members, hence pyrrhics, spondees, and "monosyllabic feet" are excluded."

데는 한계가 있겠으나, 율격의 요소로서 이질성과 동질성을 시조의 반행이 모두 지니고 있음은 눈여겨볼 만하다.[50]

이처럼 반행 내 마디들의 음절수 차이로 성립하는 시조의 음수율을 '상대적 음수율'이라 표현할 수 있겠다. 이는 마디 간의 상대적 관계를 통해서 음수율적 규칙을 나타낼 수 있다는 의미이다. 이를 '장단율(長短律)'로 표현한 경우도 있으나,[51] 그 경우 음절 자체의 장단 자질에 근거하여 형성되는 장단율[durational meter]과 혼동될 우려가 있다. 앞서 논의했듯이, 율격자질을 기준으로 분류할 때 시조의 율격은 음수율에 해당하는 것으로 보아야 한다. 그런데 시조의 음수율은 음절의 개수는 명확히 고정해 놓지 않고 대신 율격단위 간의 상대적 규칙을 정해 놓은 것이므로 이를 상대적 음수율이라고 명명할 수 있겠다.[52]

한편, 행 또한 시조의 음수율을 이루는 중요한 율격단위이다. 행의 음수율 또한 음절수는 정해져 있지 않지만 구성요소 간의 음절수 차이를 통해 규정되는 상대적 음수율이다. 이를 도식화하면 다음과 같다.

---

50 한편, 정병욱은 'meter'는 "연속하는 순간의 시간적 등장성"을 뜻하고 'rhythm'은 "그 등장성을 역학적으로 부동하게 하는 조직"을 말한다고 설명하여, 율격과 리듬을 별개의 것으로 오해할 소지를 남겨놓은 바 있다(정병욱, 앞의 글, 김대행, 앞의 책, 1984, 45쪽 참조). 그러나 율격은 리듬의 규칙인바, 리듬을 통해 율격이 형성되는 것이지 율격과 리듬이 각각의 현상인 것은 아니다. 따라서 율격은 동질성과, 리듬은 이질성과 관련된다고 본다면, 이는 올바른 이해가 아니다.

51 성호경, 앞의 책, 54쪽.

52 시조의 율격은 '고정음수율'에 대응하는 '유동음수율'로 개념화된 바도 있다. 이 용어는 홍재휴의 "유동적 자수율"(홍재휴, 『韓國古詩律格硏究』, 태학사, 1983, 13쪽) 개념을 받아들여 김정화가 사용한 것이다(김정화, 앞의 글, 182쪽). 이 용어는 마디의 음절수가 '한도내적 자율성을 지닌' 율격을 의미하는 것으로 쓰였다. 본고에서 사용한 상대적 음수율의 개념은 마디 간의 상대적 음절수 규칙을 내포한다는 점에서 이와 다르다.

제1행(초장) 제1반행 ≦ 제2반행
제2행(중장) 제1반행 ≦ 제2반행
제3행(종장) 제1반행 ≧ 제2반행

위와 같은 도식이 나오는 것은 행 내 반행들이 '앞마뒤≦뒷마디'의 규칙으로 일반화될 수 있으면서도 실제로는 전반행(前半行)과 후반행(後半行) 사이에 미묘한 차이가 있다는 점에 기인한다. 즉, 전반행에서는 앞마디가 뒷마디보다 작은 경우가 보다 많은 데 비해, 후반행에서는 앞마디가 뒷마디보다 작은 경우와 그 둘이 같은 경우가 거의 같은 비율로 존재한다.[53] 그런데 전반행이나 후반행의 뒷마디는 대개 4음절로 고정되는 경향이 강하다.[54] 이 때문에 행 전체로 볼 때 '전반행≦후반행'과 같은 양상이 실현되는 것이다.[55] 한편, 제3행, 즉 종장에서 이것이 뒤집히는 것은 제3행의 전반행이 여타 반행들과 다른 차이점에 기인한다. 제3행의 전반행은 다른 반행들과 마찬가지로 '앞마뒤≦뒷마디'로 일반화할 수 있지만, 더 자세히 따지면 뒷마디의 길이가 앞마디에 비해 비교적 많이 긴 편이다. 이 또한 시가의 마무리 형식과 관련된 음수율적 현상으로 볼 수 있다.[56]

53 이는 기준음수율을 통해 단적으로 드러난다. 초·중장 전반행의 기준음수율은 3·4인데 비해, 그 후반행의 기준음수율은 3·4 혹은 4·4이다. 기준음수율이란 가장 빈번히 사용된 음수율을 말한다. 조윤제, 「時調字數考」, 『신흥』 제4호, 1930(『朝鮮 詩歌의 硏究』, 을유문화사, 1948에 재수록); 서원섭, 앞의 글 참조.

54 서원섭의 자수율 통계표를 이용하여 조사해 본 결과 초·중장의 전반행이 4음절로 끝나는 경우는 초장 87%, 중장 66%이며, 후반행이 4음절로 끝나는 경우는 초장 94%, 중장 100%이다.

55 서원섭의 자수율 통계표를 이용하여 조사해 본 결과 '전반행≦후반행'의 규칙이 실현된 경우는 초장 93.36%, 중장 98.99%이다. 종장에서 '전반행≧후반행'의 규칙이 실현된 경우는 99.02%이다.

이상에서 본 것처럼 시조의 율격은 반행 또는 행 내 구성요소들 간 음절수의 상대적 차이를 통해 이루어지는 상대적 음수율이다. 음수율의 규칙은 반행 내의 '앞마뒤≦뒷마디', 행 내의 '전반행≦후반행'이며, 이러한 규칙은 마무리 부분인 제6반행 혹은 종장에 와서 역전된다. 이 중 특히 종장의 음수율적 특성은 비록 그것이 음수율과 관련된 것임이 명시되지는 않았더라도, 일찍부터 시조의 미학을 이루는 중요한 형식적 특성으로 거론되어 왔다. 따라서 이러한 율격적 특성을 일관되게 설명하기 위해서는 기본적으로 음수율의 체계 내에서 마디와 반행, 행 등의 율격단위들이 맺고 있는 구조적 관계를 파악할 수 있어야 할 것이다. 종장의 음수율적 역전뿐 아니라 초중장의 '전반단위≦후반단위'와 같은 음수율적 특성이 지닌 의미에 대해서도 보다 깊은 주의가 주어져야 할 것이다.[57]

56 주 47) 참조.

57 일본시의 경우를 예로 생각해 보면, '5-7'조는 보다 엄숙하고 고양된 느낌을 주는 반면, '7-5'조는 보다 가벼운 느낌을 주는 것으로 해석된다고 한다. Robert H. Brower, 앞의 글 참조. 시조의 음수율적 특징이 지닌 의미를 논한 경우는 드문 것으로 보이는데, 안확의 다음과 같은 논의가 있어 참조가 된다. "朝鮮詩歌의 音節結合은 古代로부터 簡單으로 複雜에 小로 大에 漸行하는 自然的進化法則을 取하야 小數를 먼저하고 多數를 後에하는것이 普遍的規範으로 된것이라 고로 五音을 兩折함에도 先二後三으로 한 것이 通例로 되니 時調詩의 一章數韻도 十五字를 先七後八로한것이 그理致라 고로 一句의 音節도 처음七字를 先三後四로 區分함은 順調인 그原理와 그體係에서 나온 것이라… 그것이 詩人의 實用에 平易하고 또和平味가 있으며 內容及情緖를 句함에도 適宜하게된것이라 이러므로써 自來人士가 時調詩를 愛用한것이라" 安自山, 『時調詩學』, 교문사, 1949, 23~24쪽.

5. 대우적(對偶的) 병렬률

시조의 정형률에서 상대적 음수율과 함께 논의되어야 할 다른 하나는 병렬률이다. 이를 살펴보기 위해서는 우선 병렬의 개념을 한정해야 하겠다. 병렬은 일반적으로 다음과 같이 정의된다.

> 인접하는 구나 절, 문장들에서 일어나는, 동일하거나 유사한 통사적 형태의 반복. 두 개가 짝지어지는 형태가 흔하지만, 반복적 형태가 더 확장되는 경우도 드물지 않다.[58]

위의 정의는 통사적 유사성이 병렬의 조건임을 명확히 하고 있다. 서구에서 병렬은 연구 초기에는 주로 의미 전개와 관련하여 이해되었지만, 후기로 오면서는 의미 전개보다는 통사적 유사성이 병렬의 핵심임이 강조되었다. 병렬은 통사적 유사성을 근간으로 하여 의미의 병치 및 대조를 이루고 음운론적 유사성까지 이루는 장치로 이해되었으며, 율격이 명확하지 않은 헤브루시나 민요시 등의 리듬을 형성하는 중요한 장치로 파악되었다.[59]

시조 또는 한국시가에 나타난 병렬에 대해서는 몇 차례 선행연구가 이루어진 바 있다.[60] 이에 따르면 시조의 병렬은 초·중장에서 나타나

---

58 "paralllism", *The New Princeton Encyclopedia of Poetry and Poetics*, p.877 : "The repetition of identical or similar syntactic patterns in adjacent phrases, clauses, or sentences; the matching patterns are usually doubled, but more extensive iteration is not rare."

59 *Ibid.*, pp.877~879.

60 병렬을 율격과 관련하여 본 연구로는 김대행의 연구가 있다. 그는 한국 민요의 율격이 병렬과 관련되어 있다고 보고 이를 "ab"형과 "aaba"형으로 구분하였다. 김대행, 앞의 책, 1989, 53~63쪽, 86~126쪽 참조. 시조와 병렬을 관계시킨 논의로는 정혜원,

는 경우가 대다수이고 종장에는 거의 쓰이지 않는다. 초·중장에서 반행 간, 혹은 행 간 병렬은 매우 흔한데, 반행과 반행이 짝을 이루거나, 행과 행이 짝을 이루는 형태로, 대부분 한 쌍으로 구성된다는 특징을 지닌다. 이는 병렬 중에서도 길게 늘어지는 병렬이 아니라 쌍으로 구성되는 병렬이라는 점에서 대우적(對偶的) 병렬이라 지칭할 수 있겠다. 주지하듯 대우법은 한시의 특징적인 기법으로서, 두 쌍의 문형이 구조상 유사하며 어휘 간에 의미적 대조를 이루는 특수한 유형의 병렬이다.[61] 시조의 병렬은 한시의 대우법처럼 어휘 간의 의미적 대조를 고수하지는 않지만, 그러한 경우 또한 적지 않으며, 압도적 다수가 쌍으로 이루어진다는 점에서 대우적 병렬이라 명명할 수 있겠다.

표본을 통해 조사해 본 결과, 고시조 작품 중 약 40%는 행 간 혹은 반행 간에서 뚜렷한 병렬을 사용하는 것으로 드러났다. 그 중 반행 간 병렬이 행 간 병렬보다 3배가량 많으며, 이는 주로 초장에서 이루어진다.[62] 예를 들면 다음과 같다.

반행 간 병렬의 예

*剛毅 果敢 烈丈夫요 孝親 友弟 賢君子ㅣ라 (#12 초장)

*鸚鵡의 말이런지 杜鵑의 虛辭ㅣ런지 (#8 중장)

『한국 고전시가의 내면미학』, 신구문화사, 2001, 320~329쪽; 김수경, 「시조에 나타난 병렬법의 시학」, 『한국시가연구』 제13집, 2003, 145~180쪽 참조. 정혜원은 시조에서의 "對偶"가 "구와 구, 행과 행 사이에 나타나며 행 내의 대구 형식이 훨씬 우세"(322쪽)함을 언급하였다. 김수경은 시조의 병렬을 "행 내 병렬"과 "행 간 병렬"로 나누어 분류하고, 각각의 병렬이 지닌 내용적·구조적 의미에 대해 분석하였다.

61 劉若愚, 『中國詩學』, 명문당, 1994, 169~271쪽 참조.

62 반행 간 병렬이 쓰인 작품수 : 초장 -57, 중장 -33, 종장 -1, 전체 91수. 행간 병렬이 쓰인 작품수 : 초중장 -24, 초중종장 -3, 초종장 -1, 전체 28수.

행간 병렬의 예

*내 길흔 완완ᄒᆞ니 압희 몬져 셔오쇼셔
 내 밧츤 넉넉ᄒᆞ니 ᄀᆞ흘 몬져 갈ᄅᆞ쇼셔 (#57 초·중장)

한편, 구조적 일치가 위의 예들보다 덜한 경우도 존재하는데, 예를 들면 다음과 같다.

*閣氏네 하 어슨 체 마쇼 고와로라 ᄌᆞ랑 마쇼 (#6 초장)
*功名을 모르노라 江湖에 누어잇셔 (#25 초장)

*사ᄅᆞᆷ이 죽어갈 제 갑슬 주고 살쟉시면
 顔淵이 죽어갈제 孔子ㅣ 아니 살녀시랴 (#140 초·중장)
*술먹고 뷔거를 저긔 먹지마쟈 盟誓ㅣ러니
 盞잡고 구버보니 盟誓홈이 虛事ㅣ로다 (#173 초·중장)

#6의 경우 부정의 명령형으로 끝나는 구조는 일치하나 제1마디와 제3마디의 통사적 성격은 상이하다. #25의 경우 제1마디는 목적어, 제3마디는 부사어여서 통사적 구조가 다르나 – 제2마디와 제4마디는 서술어로 일치한다 – , 한편으론 '功名'과 '江湖'의 의미적 대립이 뚜렷하다. #140은 전반행의 구조는 일치하나 후반행의 구조는 같지 않다. #173의 초장과 중장은 전반행들이 일종의 조건절로 기능한다는 점에서 구조적으로 일치한다. 그리고 그 후반행들은 구조적으로는 일치하지 않지만 어휘의 반복이 있고 의미상 대를 이룬다. 이런 경우들은 통사적 일치성이 앞서의 예들처럼 확연하지는 않지만, 이 역시 병렬이 사용된 것으로 볼 수 있겠다. 표본 중 총 24수의 시조들에서 이러한 병렬이 쓰였다.[63]

그런가 하면 다음의 경우도 생각해봄 직하다.

> * 屛間梅月 兩相宜는 梅不飄零 月不虧라 (#126 중장)
> * 扶桑에 나는 날빗 崑崙山이 몬져 바다
> 黃河水 맑는 딕로 天下文明 허더니라 (#131 초·중장)

위의 예들은 구조나 의미상 대를 이룬다고 할 수는 없으나, 한문구의 사용을 통해 형태적 병렬이 일어나고 있는 것으로 보인다. #126의 중장을 보면, 후반구에서는 '梅不飄零'과 '月不虧'가 내부적 병렬을 이루고 있으나, 전반구와 후반구 사이에는 통사적 병렬이 없다. 그런데 반행 간에 7음절의 한문구가 형태적으로 병렬되고 있는 모습을 볼 수 있다. #131의 초장과 중장 또한 의미나 통사상으로는 병렬이 쓰이지 않았으나, 한문구가 동일한 위치에서 쓰임으로써 형태적 병렬이 일어나고 있다. 이러한 경우들은 구어와 한문을 섞어 사용하던 당대 언어생활의 특징이 반영된 것이라 할 수 있을 텐데, 총 9수의 시조에서 이러한 모습을 볼 수 있었다.

이상에서 본 것과 같은 시조의 병렬법은 의미적으로나 음운적으로나 시조의 리듬을 강화하는 것으로 볼 수 있다. 의미적·통사적 병치는 균형감 있는 리듬을 야기한다. 병렬에 의한 리듬을 흔히 의미의 리듬 혹은

---

63 반행 간에 쓰인 경우 13수, 행 간에 쓰인 경우 11수. 구조적으로 완전히 동일하지는 않더라도 병렬이라 부르는 예로는 병렬률 시가의 대표격으로 알려져 있는 고대 헤브루시의 경우를 들 수 있다. 헤브루시의 병렬은 균형이 잡힌 완전한 병렬["balancing" / "complete"]인 경우도 있고, 전반부가 후반부에서 반향되는 불완전한 병렬["echoing" / "incomplete"]인 경우도 있는 것으로 설명된다. Perry B. Yoder, "Biblical Hebrew", W. K. Wimsatt, *op. cit.*, p.57 참조.

는 것이다. 또한 통사적 유사함은 음운적 유사함을 유발하여 율격 단위 간의 동질성을 강화한다. 이러한 측면은 특히 보통보다 긴 음절로 구성된 마디가 쓰일 때 두드러져 보이는데, 예를 들면 다음과 같다.

ᄭᅩᆺ 보고 / 춤추ᄂᆞᆫ 나뷔와 // 나뷔 보고 / 당싯 웃ᄂᆞᆫ ᄭᅩᆺ과 (#21 초장)

밑줄친 것처럼 각 반행의 뒷마디들은 각기 6음절로 되어 있는 과음절(過音節) 마디이다. 과음절 마디가 쓰인 반행은 다른 반행들에 비해 음절수가 많아 반행 간에 균질하지 못한 느낌을 주기 쉽다. 이해를 돕기 위해 다음과 같은 경우를 가정해 보자.

꽃 보고 / 춤추는 나비와 // 파란 / 하늘과

위의 예는 전반행과 후반행 모두 '앞마디≦뒷마디'의 규칙을 충족하고 있다. 그러나 전반행과 후반행을 비교하면 음절수 차이가 5음절이나 되어 반행 간에 불균등한 느낌을 준다. 이 경우 후반행은 사실상 전반행의 절반 길이밖에 되지 않는다. 이러한 문제는 과음절 마디가 쓰일 때 흔히 일어남직한 일이다.

그러나 #21의 인용구에서는 이러한 문제가 병렬 구성을 통해 극복되었음을 볼 수 있다. 여기에서는 과음절 마디가 병렬구문을 통하여 전반행과 후반행에 균질하게 쓰여 있어 전반행과 후반행 사이에 일정한 패턴의 반복이 일어나고 있다. 즉, '보통 마디+과음절 마디'의 형태가 반복되는 것이다. 이를 통하여 과음절 마디가 야기하는 불균질한

---

64 김대행, 앞의 책, 1989, 54~63쪽; Gay Wilson Allen, 앞의 책, 232~234쪽 참조.

느낌이 어느 정도 해소된다.

그런가 하면, 긴 마디가 쓰인 시조의 경우, 일반적인 병렬의 방식을 사용하진 않았으나 반행 간에 음절수의 형태를 맞추는 경우도 있어 주목된다. 예를 들면 다음과 같다.

> 기러기 쎄 / 쎄만니 안진 곳에 / 포슈야 총를 / 함부로 노치마라
> (#41 초장)

위의 예에서는 일반적인 병렬의 방식은 쓰이지 않았다. 그러나 제2마디와 제4마디의 음절수를 같게 조절하여 긴 마디가 야기할 수 있는 불균질성을 해소하고 있다. 이렇듯 반행 간 음절수의 짝을 맞추는 경우를 율격적 병렬이라 부를 수 있을 듯하다. 병렬의 의미를 이처럼 확장시킬 수 있는지에 대해서는 의문이 있을 수 있으나, 병렬은 통사나 의미 차원에서뿐 아니라 음운 차원에서도 일어나며 각 층위의 병렬은 흔히 상보성을 띤다는 야콥슨의 견해를 상기한다면, 이처럼 여러 층위의 병렬을 시조에서 분석하는 것도 가능하겠다.[65] 의도적인 것인지의

---

65 R. Jakobson(1971), p.129 : "Pervasive parallelism inevitably activates all the levels of language : the distinctive features, inherent and prosodic, the morphologic and syntactic categories and forms, the lexical units and their semantic classes in both their convergences and divergences acquire an autonomous poetic value."(만연한 병렬은 언어의 전 단계를 활성화할 수밖에 없다. 뚜렷한 특징들, 내재적이거나 율격적인 것, 형태적이고 통사적인 범주와 형식들, 의미적 단위, 그리고 그것들이 결합하고 나뉘어 형성되는 의미론적 계층들은 자율적인 시적 가치를 획득한다.); 같은 책, p.133 : "The syntactic parallelism stops at the last word, while there is a complete correspondence in morphologic structure, in the number of syllables, in the distribution of stresses and word boundaries, and, moreover, a striking phonemic likeness of the two marginal words." (통사적 병렬은 마지막 단어에서 끝난다. 그러나 형태적 구조, 음절의 개수, 강세 및 단어 경계의 배분, 그리고

여부는 확실치 않으나 현대시조에서 이러한 율격적 병렬이 흔히 쓰인다는 사실도 주목할 만하다.[66]

고시조 표본 중 6음절 이상의 긴 마디가 초장 또는 중장에서 사용된 작품수는 29수로, 전체의 10% 정도이다. 그런데 이 중 병렬에 의해 마디의 부등성이 완화된 경우는 12수이고, 율격적 병렬이 쓰인 경우인 3수를 포함하면, 총 15수의 작품에 병렬이 쓰였다. 환산하면, 긴 마디가 쓰인 작품들 중 약 52%에 병렬이 쓰였다. 이를 통해, 반행 간의 균질성을 충족시키는 보족적 리듬장치로 시조에서 병렬이 사용됨을 알 수 있다.

이상의 경우들을 종합하여 보면, 고시조 표본에서 통사적 병렬·의미적 병렬·형태적 병렬·율격적 병렬 등에 의해 반행 간의 동질성을 강화한 작품의 수(어느 하나라도 쓰인 작품수)는 총 133수로, 전체의 44%

무엇보다 현저한 음운론적 유사성이 시행의 바깥쪽 단어들 사이에 일어난다.) 한편, 앞에서 언급한 한자어를 통한 형태적 병렬 또한 이와 관련하여 생각해볼 수 있다.

66 예로, 이호우 시조집의 70수 작품 가운데 긴 마디가 빈번히 쓰인 16편의 작품(바람벌, 술, 다방 「향수」에서, 이끼, 봄은 한 갈래, 너 앞에, 해바라기처럼, 바위 앞에서, 벽, 나의 가슴, 물결, 태양을 잃은 해바라기, 지연, 설, 이단의 노래, 기빨)에서 율격적 병렬이 일어난 경우는 13편이나 된다(〈술〉, 〈이끼〉, 〈봄은 한 갈래〉 제외). 이를테면 다음과 같은 경우이다. "禁斷의 동산이 어디오 地獄도 오히려 가려니 // 生命이 죽음을 섬기어 핏줄이 辱되지 않으랴"(〈異端의 노래〉 제4수 중 초·중장) 이 예에서는 초장과 중장 내에서 각 구 간에 의미상의 병렬과 율격적 병렬이 함께 나타나고 있다. 초장의 "禁斷의 동산이 어디오"와 "地獄도 오히려 가려니"는 통사적 구조가 일치하지 않는다. 그러나 '禁斷의 동산'과 '地獄'이 의미상 병렬을 이루고, "禁斷의 / 동산이 어디오", "地獄도 / 오히려 가려니"로 율독되어 율격적 병렬을 이룬다. 이러한 의미적· 율격적 병렬은 중장의 "生命이 죽음을 섬기어"와 "핏줄이 辱되지 않으랴" 사이에서도 유사하게 일어난다. 이와 관련해서는 김진희, 「현대시조의 율격 변이 양상과 그 의미 – 이호우 시조를 중심으로」, 『열상고전연구』 제39집, 297~325쪽 참조.

정도이다. 병렬은 통사, 의미, 음운의 여러 층위에서 동질성과 이질성을 통해 리듬을 조성한다. 시조에서도 이는 마찬가지다. 특히 반행 단위의 동질성을 확보하는 데 시조에서의 병렬은 중요한 역할을 하는 것으로 보인다. 시조의 병렬은 반행 간에 가장 빈번히 나타나며, 통사적 병렬이 일어나지 않는 경우라 하더라도 의미적·형태적·율격적인 여러 층위의 병렬을 통해 반행 간의 유사성이 확보되는 경향이 있음을 보았다. 이처럼 시조에서 병렬은 반행을 단위로 한 시조의 율격에 특히 기여하는 보충적 리듬장치라는 의미를 지닌다.

6. 결론

지금까지의 논의를 정리하면 다음과 같다.

1. 시조의 율격단위에는 마디, 반행, 행이 있다. 마디는 콜론과 유사한 개념으로, 율격 휴지에 의해 나뉘는 통사적 단위로서 그 길이는 단어보다 크고 문장보다 작은 범위에서 다양하다. 반행은 마디 두 개가 모인 것으로, 동질성과 이질성을 갖춘 시조의 중요한 율격단위이다. 행은 반행 두 개가 모인 것으로, 역시 시조의 음수율을 형성하는 반복단위이다.
2. 반행의 음수율적 규칙은 '앞마디≦뒷마디'로 나타난다. 단, 마지막 반행에서만은 시상의 종결을 위해 '앞마디≧뒷마디'로 규칙이 역전된다.
3. 행의 음수율적 규칙은 '전반행≦후반행'으로 나타난다. 단, 마지막 행에서만은 역시 시상의 종결을 위해 '전반행≧후반행'으로 규칙이 역전된다.
4. 2·3번과 같이, 시조의 율격은 율격단위의 음절수가 정해져 있지

않고 율격단위 간 음절수의 상대적 규칙을 통해 형성되는 상대적 음수율이다.

5. 시조에서 병렬은 특히 초·중장의 반행 간 리듬을 강화하는 보충적 리듬 장치로 쓰인다.

이상에서 시조의 정형률을 상대적 음수율과 병렬률의 두 가지로 나누어 살펴보았다. 이에 더하여 기존에 논의된 고정음수율적 요소와 기준음수율적 요소까지 더한다면 시조의 정형률은 어느 정도 해명이 되리라 본다. 고정음수율적 요소란 종장 첫 마디가 3음절로 구성되는 것을 말한다. 그리고 기준음수율적 요소란 초·중장 내 반행은 3·4조, 4·4조로 흔히 구성되며, 종장 전반행은 3·5조로, 그 후반행은 4·3조로 대개 구성됨을 의미한다.[67]

물론, 위와 같은 설명은 너무 길어 집약적이지 못한 느낌을 주기도 한다. 그러나 수많은 시가 종류에 대한 리듬규칙은 언제나 간명하게만 설명될 수 있는 것은 아니다. 복잡한 현상을 억지로 간명한 설명에만 끼워 맞추려 하기보다는 좀 복잡하더라도 실상을 드러낼 수 있는 설명방식이 시조의 정형률을 기술하는 데는 더욱 적절하리라 본다.

시조의 정형률은 일찍이 '정형이비정형(定型而非定型)'이라는 표현으로 설명되었듯이 유동적 여지를 많이 지니고 있다. 상대적 음수율이든 여러 방면에서의 병렬률이든 시조의 리듬단위들은 같으면서도 다르고, 그 양상은 패턴은 있되 하나로 규정되지는 않는다. 상대적 음수율의 측면에서 보면 각 행의 반행들은 "앞마디≦뒷마디"라는 구조 측면에서는 동일하지만, 전반행과 후반행을 놓고 비교하면 전자보다는 대

---

67 각주 53) 참조.

체로 후자가 무거운 특성을 보인다. 행 간을 비교해 보아도, "전반행≦후반행"이라는 구조 측면에서는 동일하지만, 첫째 행(초장)과 둘째 행(중장)을 놓고 비교하면 후자보다는 대체로 전자가 길게 구성되는 특징을 지닌다.[68] 시조의 리듬규칙은 이처럼 반행과 반행 사이, 행과 행 사이에서 동일성과 차이성의 중층적 패턴을 통해 형성된다. 이렇듯 중층적인 시조의 리듬규칙을 등장(等長)한 4음보만으로 풀이한다는 것은 아무래도 무리일 것이다.

로츠는 일찍이 우랄 언어에 속하는 모르도바어 시가를 분석하면서 이른바 '공리적(公理的) 방식[axiomatic]'의 율격론을 제안한 바 있다. 이는 율격체계를 이루는 모든 요소들을 찾고 이들이 맺는 관계 양상의 규칙들을 설정하는 율격론의 방법인데,[69] 음절수의 고정된 규칙보다는 율격단위의 다양한 관계에 의해 구성되는 시조의 율격을 기술하기에

---

68 3·4조, 4·4조 외에도 시조에 많이 쓰이는 음수율로는 2·4, 3·5, 2·3, 3·3조 등이 있는데, 이 중 2·4조는 초·중장의 전반행에서, 3·5조는 초장의 전반행에서, 그리고 2·3조와 3·3조는 중장의 전반행에서 흔히 쓰인다. 이처럼 상대적으로 적은 음절수 조합이 중장에서 많이 쓰이기에 중장의 길이는 초장보다 짧은 경우가 많다. 반행의 음수율에 대한 이 같은 규칙은 전술한 서원섭, 앞의 책, 1977, 49쪽의 통계표를 바탕으로 도출하였다.

69 John Lotz, *op. cit.*, pp.115~116 : "This axiomatic method treats the subject matter explicitly by listing exactly all the primitives (i.e., the undefined terms of a system) and establishing all relationships among these basic constituents by axioms (or rules)." 로츠가 소개한 모르도바어 시가의 율격 양상은 시조와 많이 닮아 있다. 불규칙한 음수율을 지니고 있으며, 한 행이 마디와 같은 보다 작은 율격단위로 나뉘고 이러한 율격단위들 간에 상대적인 음수율 규칙이 존재하는 것이 그렇다. 그러한 음수율 규칙의 양상을 들어 보면 다음과 같다. 1. 대응하는 마디들은 동일한 음절수를 지닌다. 2. 첫 마디는 절대 가장 작은 음절수(3음절)로 구성되지 않는다. 3. 마지막 마디가 4음절로 되어 있으면 다른 마디들도 모두 그러하다. 4. 4마디로 구성된 행에서는 처음 두 마디는 음절수가 같고, 세 번째 마디는 중간 음절수로 구성되며, 마지막 마디는 가장 작은 음절수로 이루어진다.

적절한 방법으로 보인다.

무엇보다 시조의 정형률론은 시조의 미적 특징을 최대한 풍부히 밝힐 수 있는 도구가 되어야 한다. 그것은 지나친 단순화와 고정성에 대한 집착에서 벗어나 시조 리듬의 규칙적 요소를 세심하게 밝혀주는 일에 좀 더 힘써야 할 것이다. 닫힌 율격론이 되기보다 차후의 수정 가능성을 열어놓는 열린 율격론을 지향하는 공리적 율격 기술 방식[70]은 이를 위한 한 방법이 될 수 있다.

— 이 글은 『동방학지』 제167집, 연세대학교 국학연구원, 2014에 실린 글을 수정·보완한 것임.

70 공리적 율격론은 닫힌 체계가 아니라 차후 수정이 가능한 묘사적 진술과 같은 것으로 보아야 한다고 설명된다. *Ibid.*, p.119 : "Therefore, instead of regarding the above account of Mordvinian verse as a closed explanatory system, we regard it as a descriptive statement which may perhaps be modified with the introduction of additional data or, possibly, with the expurgation of wrong data." 이는 음운론적 자질에 의한 규칙뿐 아니라, 율격적 상부구조 및 그러한 상부구조에 음운론적 자질이 실현되는 양상을 자세히 기술하는 율격론이라 할 수 있다.

가사집의 계통과 가사의 향유 양상

◉

윤덕진

1. 연구의 필요성

가사집이란 가사를 모아 놓은 책이나 또는 가사 향유와는 다른 의도로 묶인 책의 가사만이 모여 있는 부분을 가리킨다. 가사집이 처음 나타나는 것은 17세기의 『동국악보(東國樂譜)』(洪萬宗 편찬 추정)나 『송강가사(松江歌辭)』 성주본(星州本, 1698), 『사제곡첩(莎堤曲帖)』(1690년, 李德馨의 증손 李允文 편찬) 등으로 볼 수 있다. 이 단계에서는 "후대에 민몰될까 걱정"(恐其泯沒於後)하거나 "원본의 일탈이 많은 것"(舛誤之多)을 바로 잡는데(校正) 편찬의 주목적이 있다. 곧, 기록문학의 속성을 중시하는 전승 방식과 관련된 것이 이 단계의 가사집들이다.

가사집이 집중적으로 나타나는 것은 19세기 이후라 할 수 있는데 이 단계에서는 기록 보존보다는 향유의 정황을 확인하는 쪽으로 편찬 방향이 기울어 있다. 어구의 변개가 심하고 문리를 벗어난 시상의 일탈적 전개를 허락하고 있는 것은 이 단계의 가사 향유가 전대의 것과 많이 달라져 있음을 잘 가리키고 있다.

시조를 모아놓은 시조집(가곡집)에 대한 연구는 거시·미시적으로 잘 통합되어 있는데 반하여 – 곧 개별 작품 소재의 정보와 그들을 싣고 있는 가집들 간의 계통이 잘 정리되어 있는 데 반하여 가사집에 대하여는 개별 작품에 대한 관심이 앞서 있어서, 작품의 발굴 과정과 작품론적 정보는 잘 정리되어 있지만, 그들이 실려 있는 가사집에 대한 관심은 뒷전으로 물러나게 되었다. 시조 가집에 대한 관심은 시가 연구사의 초기서부터 대두되었지만, 가사집에 대한 언급은 매우 드물었던 것이 사실이었다. 가사집의 가치에 대한 거론은 한 작품에 대한 여러 이본들을 대조하는 작업[1]에 뒤따랐다. 이 대조 작업의 목표가 되는 원본 확정이나 이본 순차를 통하여 의도하는 것은 최선본의 정립과 일탈본의 사산(捨刪)이었다. 이 연구 방향이 정본 위주의 가사 연구에 기여한 바가 매우 크지만, 일탈본을 통한 실질적인 향유 양태를 드러나게 할 수 없는 한계를 가졌던 것도 사실이다.

정본 확정 작업이 기간을 이루던 가사 자료 정리는 데이터베이스 구축 작업이 연구 지원 주 대상이 되는 시세를 타고 전집화의 방향으로 전환되었다. 임기중 선생의 『가사문학자료집성』은 처음에는 책으로, 뒤에는 컴퓨터 데이터로 이룬, 한국 가사문학을 총정리하는 위업이었다. 이 작업은 작품의 배열을 사전 순차로 하였기 때문에 가사집에 묶였던 작품들도 제 자리를 떠나 그 집성에 가담하여야만 하였다. 『시조대전』도 이러한 방식에 의존했던 사실을 경험한 연구자들에게는 가사

---

1 여러 선학의 발굴·정리 작업이 있었지만, 특히, 강전섭 선생의 일관된 작업 과정이 돋보인다. 『한국고전문학연구』(대왕사, 1982)에 실린 가사 자료 발굴 논문들은 자료의 수집에 수반하는 실증적 연구 자세로 후배 가사 연구자의 귀감이 되었다.

연구도 한 단계 상승하는 계기를 맞이할 것으로 기대되었다. 그러나 『시조대전』에서 정본(최고본)을 기준으로 하면서, 행 단위의 대교가 가능하도록 배열한 자료를 바탕으로 시조의 거시·미시 연구가 가능했던 것과는 다르게, 아무런 대교의 기준 단위가 제시될 수 없는 가사의 경우에는 집성을 한 단계 상승시키는 연구가 뒤따르지 않았다. 시조 연구의 상승된 단계가 가집 연구로 이어진 것을 잘 보아온 연구자들로서는 가사집 연구에 대한 기대를 가지지 않을 수 없는 국면이 미답 상태로 이어지는 가운데에도 여러 방향의 가사집 연구 방향 타진이 있어온 것이 사실이다. 이제서부터 이런 선행 업적들을 짚어나가면서 가사집 연구가 시조 가집 연구처럼, 아니 시조와는 차별화된 방향으로 본격화될 전망을 더듬어 보고자 한다.

2. 가사집 연구의 사례와 그 성과

가사집에 대한 관심은 『송강가사』로부터 비롯되었다고 할 수 있다. 송강(松江) 가사(歌辭)의 훤전도에 따른 가사집의 분포는 당대에 이미 조선 전역에 닿아있었고, 17세기 이후 노론 당론 표방의 도구로 채택된 뒤의, 노론 당인들에 의한 정본 확정 작업 자체가 이본 대조를 통한 원본 추적의 경로를 밟았기 때문에 『송강가사』 편찬 사업은 애당초 가사집에 대한 관심을 수반하는 것이었다. 근대 이후의 가사 연구자들이 『송강가사』에 먼저 눈을 돌리게 된 사정이 그러한 분포도의 유통과 실증적인 이본 대조 작업이 『송강가사』에 선재한 데에 연유하였다. 『송강가사』는 후손들이 관련된 (부임지나 또는 유배지 등) 지역에 따른 여러 가지 이본을 지니게 되었다. 노론 당인들이 당론 정비 과정 중에 성지화된 담양 방문을 통하여 담양 거주 후손들과 모색한 『송강가사』 정본 추적은 여러 지역의 이본들을 통일화하는 방향을 택하였다. 유일한 원본으로서의 정본 확립은 문집에 추록할 만한 실증성을 필요로 하였기 때문에, 이 이본 통일화 작업은 엄정한 기준을 전제로 하였다. 이 실증적 엄밀성은 근대 연구자들에게 그대로 전승되어 이본 대조가 오로지 정본의 추적을 목표로 하는 작업이 반복되었다. 전승 사실이 확인되지 않는 어떤 지역본(황주본이나 북관본 등)을 존재하지 않은 허본(虛本)으로 추정한 것도 실증적 엄밀성의 과도한 적용 탓이었다. 경쟁적으로 이본 형성 경로를 확정 지으려는 근대 이후 연구자들의 시도들이 일정한 합의에 도달하고서도, 도표화된 고정 체계를 제시하는 데에 그치고 만 것도 그 폐단의 여파였다. 이후의 『송강가사』 연구자들이 아예 한 정본을 전제로 한 연구를 진행한 것은 더 이상 이본 연구의 가능성이 없음을 인정한 까닭인데, 이와 같이 17세기 이후 실증주의 연구의 폐단이 현대에까지 이어진 경우는 비단 『송강가사』 연구뿐만 아니라 가사 연구의 여러 부면에서 확인된다. 시조의 집대성 작업처럼 시행 낱낱이 이본 성립의 구체적인 경로를 가리키면서, 시행 간에 변개의 양태를 보여줄 수 있는 것이 아니라, 정본이 선재하는 가운데에 여타 이본은 오로지 전사 오기 내지 시상 일탈의 결함을 지닌 안본(贋本)으로만 다루는 가사 이본 연구는 변개의 가능성을 닫아놓고 정착 기록본 위주의 실증주의에 쏠리게 되었다.

이러한 고착적 편향을 벗어나는 길은 당연히 가사 작품의 유동적 변개에 작용하는 원리를 찾아내는 데에서 출발해야 하였다. 유동적 변개의 원인은 기록이 아니라 구전 전승되는 특질에서 비롯되는 것이기에, 새로운 방향의 가사 이본 연구는 가사의 구전적 전승에 유의하는 데에서 시작될 수밖에 없었다. 구전 서사시 이론인 이른바 구전공식구 이론이 판소리, 민요 등에 적용되면서 가사 연구에서도 그 적용의 필요성이 다가왔지만, 기실은 가사의 세부 단위 파악에 주력했던 초기 연구에서부터 이 필요성은 대두되었던 것이었다. 가사의 표층 구조는 시행의 연첩으로 드러난다. 이 시행이라는 기본 단위의 성격을 밝히는 일은 곧 가사의 표층 구조를 파악하는 출발점이 된다. 가사 연구자들이 시행의 구성 방식 규명에 치중한 까닭이 여기에 있다. 네 마디(4음보)라던가 전후 2구라던가 하는 요소들이 도출되었고 이 개념들은 본질적인 것이기에 항속적인 유효성을 지닌다. 오랜 동안 가사 학계를 이끌어 오던 이 항속적 요인들에 대한 동요는 다음과 같은 의문으로부터 비롯되었다.

> 가사의 음보라는 것도 자수율과 마찬가지로 그 내부에는 많은 파격을 이루면서 형성되고 있다. …(중략)… 같은 4음보라 하더라도 그 안에는 질적으로 상당한 차이가 있음을 지적할 수 있다.[2]

가사에 대한 미시적 접근의 단초가 될 이 의문은 장르귀속론과 같은 거시 연구에 밀려나 있다가 90년대 들어서서 일기 시작한 미시적 문학 연구의 기세를 타고 재흥하였다. 윤덕진의 「〈강촌별곡〉의 전승 과정 연구[3]는 대표적인 강호가사인 〈강촌별곡〉을 대상으로 주제 전개의 방식이 변화하는 데에 따른 어구 변개에 주목하여 이본의 일탈을 기록에 의한 전사의 오류보다는 구전에 의한 유동적 변개로 읽어 내었다. 성무

2 정재호, 『한국가사문학론』, 집문당, 1984, 9~10쪽.
3 『매지논총』 제8집, 연세대학교 매지학술연구소, 1991.

경[4]은 이본 대조에 의한 정본 확립과 유동적인 변개를 고려한 실제 향유 정황 포착이라는 두 방향을 아우르고자 하여, 17~18세기에 유통된 강호가사를 중심으로 "미득정본(未得正本)"과 "구다착간(句多錯簡)" 현상을 구체적으로 해명하려고 시도하였다. 작자성의 방기가 정본의 확립을 가로 막고, 유동적인 구전 향유가 텍스트의 유기성을 흩트린다는 확인은 가사의 가창 전승 상황과 그 구도를 재정립하는 계기를 마련하는 쪽으로 시야를 넓혔다. 한국문학사의 기술 범위가 역사 기록 이전 시대로까지 소급되며, 한국문학의 연구 영역에 구비문학이 정착하게 되면서, 국문학의 구비성과 기록성의 대조에 대한 관심이 점차 확대되는 가운데에 가사의 구비성에 대한 관심이 대두되던 즈음이었다.[5]

가사의 구비성과 기록성에 대한 관심은 결국 가사의 본질 문제로 귀결하는 것이기에, 80년대 내내 이어진 가사의 장르귀속론에 연계되었다. 한국 문학 장르 체계의 재편 과정에서 대두된 80년대의 가사 장르 귀속론은 4분법 체계의 제4장르인 교술 장르 설정으로 정리되면서 학계의 보편적인 동의를 얻었다. 교술 장르 설정은 장르 체계를 4분법화하는 방안으로서 3분법으로 정리되지 않는 영역을 석명한 점에 있어서는 논의 진전이 이루어졌다고 할 수 있지만, 실제 작품들이 네 영역에 걸쳐 있는 문제를 완전히 해소시키지는 못하였다. 여기에 대안으로서 제시된 것이 장르복합설이나 장르혼합설인데, 이 대안은 작품 개별마다 중심적 장르 성향과 부차적 장르 성향이 혼재한다는 사실을 제시한

4 성무경, 「가사의 가창 전승과 '착간' 현상」, 『한국시가연구』 제8집, 한국시가학회, 2000.

5 고순희, 「가사문학의 구비적 성격」, 『국문학의 구비성과 기록성』, 한국고전문학회, 1999.

다거나, 큰 장르와 작은 장르 간에 착종되는 현상에 유의함으로써 장르 문제를 원론화 하는 데에는 기여하였으나, 한국문학에 특수한 역사적 장르로서 가사의 본질적인 장르 성향을 규명하는 데에까지 나아갈 여유는 가지지 못하였다.

한국 문학 연구의 주 논제화한 가사의 장르귀속론은 90년대 연구사에서도 지속되면서 지리한 논변의 종언을 향하여 진전되었다. 성무경은 장르의 존재 양식으로서의 가사의 본질을 모색하면서, 서술의 확장에 '노래하기'라는 환기 방식이 방해하여 '서술의 평면적 확장'을 이루는 진술 양식인 "전술(傳述)"이라는 영역을 새로이 설정하였다. 그는 가사의 문학적 '진술 방식'의 궁극적 원리는 '서정'이라고 보면서도, 후기 가사에서처럼 '교술성의 극대화'가 이루어지는 경우, 이것을 서정으로 통어하는 장치는 그 '율격' 이외에는 없기 때문에 서정으로서는 가사의 넓은 외연을 포괄할 수 없다고 판단하였다. 서정에 대한 정의가 '서술의 억제'를 통해 '노래하기'에 접근하는 진술 양식으로 되어 있으며 '서술의 억제'란 시행 및 시행의 안과 밖에서 서술 언어의 통사적 의미 구조를 차단하는 특성을 가리키는 것으로 설명되고 있다. 가사 율문이 생성되는 조건을 그 환기 방식이나 제시 양식을 기준으로 규명한 것으로, 4음보격이라는 가사 율문의 일반적 특징을 이해하는데 도움을 주는 논리이다. 이 논리는 종전의 가사 장르 복합성 논의를 발전적으로 이끌어나갔다고 볼 수 있다. 산문이면서 운문이라든가 율문산문이라든가 또는 여러 장르 성향을 포괄한다든가 하는 논의는 공통적으로 논리 모순을 안고 있으며, 이 모순을 극복하는 방안으로서의 교술 장르설도 문학과 비문학의 경계를 포섭하는 한도 내에서만 유효한 논리라고 설파하였다.[6]

성무경의 논의로 일단락 지어진 듯한 가사 장르귀속론은 가사의 본질이 "노래말"이라는 전제를 해소하지는 못하였다. 그 즈음에 이루어진 국문 시가의 가창 정황에 대한 관심에 편승하여, 가사에서도 악곡과 가창자의 문제가 대두되었다. 조선 후기의 가창 환경 변화에 따른 가사 향유의 변화된 양상에 대한 추적은, 가창가사로부터 출발하였다. 최종적으로 「십이가사」로 정착되어 현행 전승되는 과정에 대한 석명이 여러 각도에서 시도되었다. 〈춘면곡〉과 같은, 지역 민요에 바탕을 둔 새로운 악곡의 중앙 이동이 주목의 대상이 되었고, 〈상사별곡〉과 같이 특정 가창자를 중심으로 유행되는 애정 주제 가창가사가 향유 양상을 변화시키는 과정에 대한 관심도 고조되었다.[7] 이들 관심은 결국 음악 자체에 대한 연구[8]로까지 발전하였지만, 그 전에 노래로서 가사의 본질을 짚어보는 작업을 이끌어 내었다.

윤덕진은 「노래로서 가사의 본모습 찾기」[9]에서, 가사 연행 방식을 노래하기(歌唱), 읊조리기(吟詠), 읽기(玩讀)의 세 가지로 나누어 본 데에서부터 노래로서 가사의 본모습이 일실되기 시작하였다고 보고, 이 본모습을 되찾는 방안은 얼핏 보기에는 실상에 충실한 듯하지만, 노래의 본질이 일상적 발화를 떠나는 순간 – 길게 늘이거나 곡조를 붙이거나 간에 – 실현되는 것이라는 사실을 몰각한 편견인 가사 향유 방식

---

6 성무경, 『가사의 시학과 장르 실현』, 보고사, 2000, 36~37쪽·55~57쪽·78쪽.

7 이상주, 『담헌 이하곤 문학의 연구』(이화문화출판사)는 이하곤의 「南遊錄」 11월 25일자, 〈춘면곡〉 관련 기사(378쪽)를 실어서 수많은 인용을 낳았고, 심경호의 「아전 출신 문인 兪漢緝의 『翠茗遺稿』에 대하여」(『어문논집』 37)는 〈상사별곡〉 관련 기사를 제공함으로써 시가 연구자들이 빈번하게 들르는 인용처가 되었다.

8 임재욱, 『가사 문학과 음악 : 노래로 부른 가사의 전통과 연원』, 보고사, 2013.

9 『열상고전연구』 제32집, 열상고전연구회, 2010.

3분화 논리를 극복하는 데 있다고 주장하였다. 노래의 종류는 작품의 길이나 내용에 의하여 판가름 되는 것이 아니라 민요나 무가에서 흔히 보듯이 단형으로부터 출발하여 엮음 – 사설 등으로 진행하는 박절의 순차가 주요한 분류의 기준이 되어 왔다. 연행 방식 3분화가 실은 가사, 곧 "구성진" 문학 작품의 안에서 이루어진 것이며, "구성진 문학작품"의 일반적인 통칭이 노래 – 곧 가사라는 것이다. 그는 "현전하는 국악 성악곡 가운데에는 시조나 가곡처럼 일정한 악곡을 수반하고 반주악기를 대동하는 연행 방식의 종류가 있고, 민요처럼 정해진 악곡이 없이 흥겹게 부르는 종류도 있고, 마지막으로 시창이나 송서처럼 서책 낭송으로 이루어진 종류도 있는데, 이들을 모두 노래라고 부르는 데에 동의하지 않을 성악 애호자는 없을 것이다."라는 국악계의 실정까지 들어서 노래의 본모습을 찾고자 하였다.

노래로서 가사의 본모습을 찾으려는 시도는 그 즈음에 대두되기 시작한 공연예술로서의 문학, 곧 한국문학의 극 장르에 대한 관심에 연계되는 것이라고 할 수 있다. 마당놀이로서의 탈춤이나 인형극 등에 대한 관심은 문학 사회학의 측면에서 그 이전부터 있어 왔지만, 나례나 수연과 같은 의식에 수반되는 공연을 궁중 연희로서 파악하고 이 연희에서 한국 공연극의 본질이 실현되었다는 새로운 시각은 한국문학의 구술성·현장성·공연성 등에 대한 학계의 관심이 고조되는 경향에 힘입어 등장하였다.[10] 공연의 일부로서 가창 장르에 대한 관심이 현장성을 반영하는 보다 구체적인 각도에서 진전되었다. 가창물을 둘러싼 가창자·공연

10 사진실, 『공연문화의 전통』, 태학사, 2002; 사재동, 「한국음악관계 문헌의 희곡론적 고찰」, 『열상고전연구』 제16집, 열상고전연구회, 2002.

대본·공연 집단 등에 대한 접근이 활발히 이루어지는 가운데에, 공연 대본이나 가창 집단 공유 자료로서의 가집에 대한 연구가 지속적으로 이루어졌다. 특히, 공연 정황에 대한 자료를 풍성하게 지닌 시조(가곡) 가집에 대한 연구가 축적되면서, 『시조대전』류의 집대성이 여러 군데에서 시도되었다. 그러나 이들 집대성 작업은 아무래도 원전 추정의 기록성에 기울기 마련이어서, 구체적인 향유 정황이 반영되기 위하여는 원전 – 곧 가집 자체의 집대성이 필요한 실정이다. 가집 총서와 같이 낱낱의 가집을 그대로 보존한 작업이 있어야 한다.

시조 장르는 그래도 대전형의 집대성이 시도되었지만, 가사는 그 길이 때문에 개별 작품의 원본 추정에 그치고 말아서, 가사집 집대성의 기획은 무망한 실정이다. 이 가사집 집대성의 방향을 잡기 위해서는 우선, 개별 작품이 아니라 그들을 담고 있는 가사집의 유형과 계통을 파악하는 일이 필요하다. 윤덕진은, 몇 차례의 시도를 통하여 주로 국내 유일본이나 해외 소재 희귀본 가사집의 정리·소개를 하면서 그들을 중심축으로 하는 가사집 계통 수립을 꾀하였다.[11] 아직, 전반적인 계통도 수립에는 미치지 못하였지만, 여러 차례의 작업을 통하여, 개별 작품의 시행 단위 이본 대조보다는, 가사집 간의 동일 작품 수록 정황 대조가 그 작품의 가사문학사적 위치나 이본 이동을 파악하는 데에 효과적이라는 결과를 얻을 수 있었다.

---

11 「가사집 〈기사총록〉의 성격 규명」, 『열상고전연구』 제12집, 열상고전연구회, 1999; 「여성가사집 〈가사〉의 문학사적 의미」, 『열상고전연구』 제14집, 열상고전연구회, 2001; 「19세기 가사집을 통해 본 가사 향유의 실상」, 『한국시가연구』 제13집, 2003; 「가사집 〈잡가〉의 시가사상 위치」, 『열상고전연구』 제21집, 열상고전연구회, 2005.

3. 가사집 연구의 전망과 목적

가사집 간의 동일 작품 수록 정황 대조가 그 작품의 가사문학사적 위치나 이본 이동을 파악하는 데에 효과적이라는 결과를 확대해 나가는 길이 앞으로의 가사집, 또는 가사 작품 연구의 기대되는 방향이다. 시조 작품에서는 가곡의 악조 표시가 대조의 기준이 되어 주는데, 가사에서 그러한 기준을 어디에서 찾느냐가 관건이 되겠다. 가사는 시조처럼 가창의 조건이 일정하지 않아서 가창가사의 경우에도 12가사로 귀착되기까지의 16에서 20여 개에 달하는 가창 곡목은 각기 서로 다른 곡목의 조합일 뿐이다. 가사 작품의 경우에는 같은 가사집에 어울려 있는 작품들의 상태가 가사집마다 다르기 때문에 시조 작품의 악조 표시가 일정한 악조 배열을 예상할 수 있게 하는 조건과는 다르다. 이 같은 사정 때문에 가사 작품의 가사집 수록 정황 - 곧, 어떤 작품들과 어울려 있느냐가 작품 대조의 유일한 조건이 될 수 있다. 윤덕진이 시도한 가사의 유형 분류는 바로 이 대조 조건을 산출하기 위한 시도라고 할 수 있다. 사대부-서민-유흥-가창-여성 등 주로 향유 계층에 따른 가사 작품의 성격 분류는 서로 다른 가사집 안에 실린 작품들끼리 공유하는 일정한 취향에 따른 것이었다.[12]

이 밖에 종교나 사회 이념에 따른 분류가 더해질 수도 있다. 불교-천주교-동학 같은 종교 중심의 분류나 왕조송양-현실비판-애국계몽과 같은 사회 이념에 따른 분류가 가능하다. 가사 작품의 유형 분류가 일찍이 시도 되었지만, 가사의 향유와 관련된 구체적인 유형 수립이 아니라, 개별 현상(작품)의 항목별 개념화(유형화)라는 일반적인 분류

12 「19세기 가사집을 통해 본 가사 향유의 실상」의 가사 유형 분류.

방안에 그친 것이 사실이다. 앞으로 가사 향유의 결과물인 가사집 수록 정황에 따른 보다 구체적인 분류 방안이 세워질 수 있다면, 작품 대조의 중요한 기준이 될 수 있을 것이다.

가사집 연구 방안이 세워지지 않는 것과 가사집의 일실은 서로 관계되는 현상이다. 20세기에 들어서며 근대 학문의 대상이 되면서 가사집은 주로 외국인들에 의하여 수집·정리되었다. 마에마 교사쿠(前間恭作)는 1928년에 『고금가곡(古今歌曲)』 전사본을 만들면서 후집에 실린 가사 작품들을 등초(謄抄)하여 놓았고, 그와 함께 『가사육종(歌詞六種)』의 여섯 가사를 옮겨 놓았다. 이러한 작업을 토대로 이루어진 『교주가곡집(校註 歌曲集)』에는 수록처를 밝힌 가사 작품들을 옮겨 놓았다. 마에마의 등초 작업은 점획 하나도 빠트리지 않는 철저한 방향으로서 원본 중시의 기록 위주 연구 태도를 엿보게 한다. 그런 가운데에 시조가집 뒤에 붙은 가사집을 주목하여 독립 가사집에 대한 관심으로 이끈 공로를 인정할 수 있다. 물론, 그의 관심은 『송강가사』와 같은 기록 위주의 전승물에 쏠려 있어서 아직, 향유 정황이 반영된 가사집에 까지는 미칠 수 없었다.

외국인들의 가사집에 대한 관심은 일관하는 편찬 방향을 지닌 하나의 독립된 서책이라는 데에서 출발하였을 것이다. 일본의 동양문고나 프랑스의 파리 동양어학교 도서관 등에 소장된 가사집을 보면 모두 외양이 깨끗하고 필체가 단정하여 보존에 좋은 조건을 지니고 있다. 이들이 개별 작품의 필사본에는 관심을 두지 않고, 외양이 완비된 가사집만을 고른 것을 보면, 가사 작품의 구체적인 유통 정황에는 생각이 미치지 않았음을 알 수 있다. 최근, 영남 지역의 여성가사 두루마리를 일본인들이 다량 구입해간다는 정보를 상기하면, 소장품이나 판매용으로 가사 작품을 대하는 취향에 있어서 20세기 전기의 외국인 수집가들과 별로 달라지지 않은 사정을 알 수 있다. 순수한 연구자로서 가사 작품을 총집하는 태도가 그런 수집 취향보다는 훨씬 고상한 것이 틀림없지만, 방향이 뚜렷하지 않은 총집 연구는 작품의 개성을 묻혀두게 되기 때문에 무작위한 수집벽의 확실한 대안이 되기에는 부족하다고 할 수 있다. 시조의 예에서 잘 볼 수 있는 것처럼 가사 작품도 그들이 향유되는 조건을 잘 파악함으로써 작품의 진정한 가치를 발견할 수 있다. 그런 점에서 여러 작품들이 이웃하여 나란히 놓여있는 가사집의 배열 방식을 유형화하는 연구가 긴요하다고 하겠다.

마지막으로, 가사집 연구의 목적을 상기함으로써, 이번 논문의 마무리로 삼고자 한다. 먼저, 가사 연구의 심화라는 의미를 들 수 있다. 가사집 편찬자는 시조 가집 편찬자와 마찬가지로 가사 향유에 정심한 취미를 가지고, 가사의 전승과 보존에 관심을 둔 이들이다. 이들은 시조 가집 편찬자처럼 전문 가객과 같은 사회적 지위를 지니지는 않지만, 작품을 선별하고 그 배열 방식을 고심하는 점에 있어서는 일반 향유자 – 곧 가사집의 독자로 상정되는 이들과는 다른 차원에 서 있어야 한다. 가사집에는 시조 가집과는 다르게 서발에 해당하는 표명이 거의 존재하지 않지만 때로 독자를 배려하는 세심한 발언을 들을 수 있기도 하다. 아버지가 시집가는 딸에게 엮어준 가사집 말미에 붙은 일종의 발문을 보면 자상한 부정을 보여주면서도 올바른 가사 향유의 길을 엄격하게 제시하고 있기도 하다.

> 이 ᄎᆡᆨ은 슈장ᄒᆞ야 여아 김실을 쥬나니 그 즁의 〈효우ᄀᆞ〉 〈계여ᄉᆞ〉은 부인 여ᄌᆞ의 볼 ᄇᆡ라 죠셕의 명염ᄒᆞ야 그ᄃᆡ로 ᄒᆡᆼᄒᆞ면 부덕이 잇셔 가되

> 가 ᄌᆞ년 일월거시요 〈화쵸연가〉 〈악양누가〉은 심심ᄒᆞ면 볼거시나 부여의 긴축ᄒᆞᆫ근 아니요 〈어부ᄉᆞ〉은 그 즁에 진셔가 만ᄒᆞ여 보계도 ᄌᆞ미가 업슬거시요 〈화젼별곡〉은 부여의 쇼창이 그러ᄒᆞᆯ 듯ᄒᆞ여 졸피ᄅᆞᆯ 기록ᄒᆞ미요 〈몽유가〉은 너 아비 신명이 긔구ᄒᆞ여 일평ᄉᆡᆼ 과거의 골몰ᄒᆞ다ᄀᆞ 오식여년의 ᄇᆡᆨ두을 면ᄒᆞ지 못ᄒᆞ고 셰정의 쇼탄ᄒᆞ여 가ᄉᆞᆫ도 영체ᄒᆞ며 너의 ᄉᆞ남ᄆᆡ 셩취ᄒᆞ여쓰나 가라치지 못ᄒᆞ여 우ᄆᆡ막심ᄒᆞ니 부형의 ᄎᆡᆨ망이라 후회막급이오며 / 너히는 ᄌᆞ질은 용열ᄒᆞ나 팔ᄌᆞ은 츌즁ᄒᆞ여 쳔정연분으로 고문의 츌가ᄒᆞ여 김낭의 ᄌᆞᆨ인 비범ᄒᆞ니 젼졍이 만리라 아모쥬록 공부을 권면ᄒᆞ여 일후의 부귀공명을 ᄒᆞ게ᄒᆞ여라 옛말의 ᄒᆞ여쓰되 ᄯᆞᆯ의 덕에 부원군이라ᄒᆞ니 부ᄃᆡ부ᄃᆡ 명염ᄒᆞ여 〈몽유가〉 일편은 궁ᄒᆞᆫ 로ᄃᆡ의 광담이라 네나 두고 보와 늘근 ᄋᆡ비 쇼회을 만분지일이나 긔렴ᄒᆞ며 다른 ᄉᆞ람 뵈이지 마라 긔쇼된다 경ᄌᆞ 십이월이십ᄉᆞᆷ일 셩장 우ᄉᆞᆷ동 졍ᄉᆞ[13]

사선을 경계로 전반부는 가사에 대한 평어라 하겠으며, 후반부는 가사 작자로서의 자신에 대한 소개라고 할 수 있다. 가사에 대한 평어는 홍만종 『순오지(旬五志)』(1678)의 가사 평어로부터 시작되어 가사 향유의 주요한 지침으로 역할하게 되었다. 1821년에 편찬된 것으로 추정되는 가사집 『잡가(雜歌)』는 여러 유형의 가사 작품을 싣고 있음으로써 가사발전사의 마지막 단계에서 그동안의 가사집을 총합한 가사집인데, 거기에 실린 평어는 『순오지』의 것을 그대로 따온 것도 있고, 19세기 전반의 가사 향유와 관련된 사정을 반영하는 새로운 평어도 있다. 『순오지』의 평어 가운데에 송강가사에 관련된 것이 『송강별집추록(松江別集追錄)』(1894)의 송강가사 평어로 채택된 것을 보면 『순오지』의 평어는 가사 향유자들에게 공적인 인증을 받아 가사집 편찬의 공유 사항으로

13 일본 동경대학 문과대 도서관 오쿠라문고 소장 『가사』 말미 후기. 1840년에 이루어진 것으로 보인다(전거한 졸고, 「여성가사집 〈가사〉의 문학사적 의미」 참조).

역할한 것을 알 수 있다.

가사 평어는 작품의 감식에 관한 것뿐만이 아니라 작품의 이본 생성이나 가명 변동, 작자 선정과 같은 향유 조건에 대하여도 언급하고 있다. 『잡가(雜歌)』의 예를 들면, 〈강촌별곡〉·〈낙빈가〉·〈귀전가〉·〈처사가〉·〈은사가〉 등의 강호가사를 둘러싼 언급들의 정리를 통하여, 강호가사의 향유 과정에 대한 맥락을 잡아내게 되며, 〈호남곡〉·〈재송여승가〉 등의 평어를 통하여서는 판소리의 영향을 받은 가사 양식의 변모나 문답체, 서간체 등의 새로운 문체를 수용하는 가사 양식의 확산 과정을 보게도 된다. 가사 평어의 정리를 통하여 가사 향유의 진상을 규명할 수 있는 가능성을 충분히 살펴볼 수 있다.

시조 가집이 가객 집단이 형성되던 단계의 산물인 것처럼 가사집도 가사 향유의 본격적인 단계의 산물이 된다. 시조 가집의 양대 분류 체계인 곡목이나 주제가 시조 향유의 중요한 두 가지 방향을 가리키듯이 가사의 유형이나 주제도 가사 향유의 중요한 두 가지 방향을 가리킨다. 시조 가집의 곡목은 연행을 결정짓는 조건이지만, 곡태에 맞추어 작품이 지어지는 것이라고 한다면, 주제와 일정한 관련을 갖는다고 할 수 있다. 가사의 유형은 향유 계층에 따라 분류되는 면이 크지만, 주제를 일정하게 견제하게 된다는 사실을 감안하면 가사 유형과 주제도 서로 관련을 가지는 것으로 볼 수 있다. 이와 같은 향유 조건을 고려한 유형 분류를 가사 연구에 적용한다면, 표층적으로 나누어 놓기만 하는 종전의 분류 방안과는 다른 새로운 길이 찾아질 것이다.

가사 유형을 확인하는 길은 전체적인 주제 전개로 가늠되겠지만, 자칫 주관적인 척도에 머물 염려가 있으므로, 보다 객관적인 기준이 필요한데, 아마도 같은 유형 작품끼리 공유하는 시행 내지 어구가 그 기준에 해당할 것이다. 기록 정착을 중시하는 시각에서는 공유행이나 공유 어구를 원본의 증좌로 여기지만, 이본 간의 다양한 변화 – 구절의 변개뿐만 아니라 행의 위치가 뒤바뀌는 현상까지 포함하는 – 를 대하게 되면, 원본으로 복귀하는 길이 반드시 기록본의 연계만은 아니며, 기록 고착이 아니라 다양한 변화 – 주로 연행 간에 일어나는 구비문학적 현상–야말로 이본을 생성하는 원본의 잠재력에서 비롯함을 알게 된다. 윤덕진은 「〈강촌별곡〉의 전승 과정 연구」에서부터 가사의 이본을 대조하면서 드러나는 구전 전승적 변개에 주목하여 이 변개를 가능하게 하는 기록정착적 요인을 주제 전개로 파악하여, 동종 이본 간에 주제 전개를 공유하면서 변개와 정착이 교호하는 가운데에 이루어내는 가사 이본의 성립 과정을 석명하려는 시도를 보였다. 이러한 시도를 발전시킨다면, 유형–주제–시행(어구)의 차제로 가사 작품의 유형이 통합되는 분류 기준이 세워질 수 있을 것이다.

시조 작품은 시행 단위로 정리한 대전화가 이루어졌지만, 가사 작품은 기준 단위를 설정하지 못하여 가명순으로 배열하는 총집만이 이루어진 상태이다. 흩어진 자료를 모아놓은 공로가 적다 할 수 없지만, 기준 단위를 중심으로 한 통합이 이루어지지 않는다면, 근대 초기 외국인들의 수집 정리와 같은 무작위한 수준을 극복하는 전진적인 대안이 될 수 없음이 사실이다. 기준 단위 중심으로 통합한 가사집의 대전화 작업이 요망되는 시점이다.

전통과 근대 그리고 잡가

◉

박애경

1. 들어가는 말 – 잡가라는 문제적 영역

이 글에서는 19세기 중엽부터 1920년대까지의 문화도상을 '잡가'라는 대상을 통해 해명하려 한다. 이 시기는 세기의 전환이 일어난 시기이며, 근대라는 새로운 시대 환경과 본격적으로 대면하면서 전 분야에 걸쳐 변화와 재편이 일어난 변화의 시기이기도 하다. 따라서 이 기간은 세기 전환, 그 이상의 의미를 내포한 시기라 할 수 있다. 서구와 일본을 통해 신문물과 제도가 본격적으로 유입되면서 낡은 것과 새로운 것, 전통적인 것과 이입된 것, 지역과 중앙의 대립과 착종이 나타나기 시작했고, 이는 19세기 이래 지속되었던 문화의 중층화, 다양화 현상을 심화하였다.

이 글에서는 이 시기를 전통과 근대가 교차하는 전환의 시기라는 점에 주목하고, 이 시기 시가문화의 재편과 새로운 청중의 형성을 잡가를 중심으로 살펴보려 한다. 이를 위해 잡가가 가집에 본격적으로 존재를 드러내기 시작한 1860년대부터 활판가집, 유성기 음반, 라디오 등 근대적 매체에 본격적으로 담기기 시작하는 1920년대까지 잡가의 존재양상과 소통환경을 중점적으로 살펴볼 것이다. 이 글에서 잡가를 주목하는 이유는 무엇보다도 조선 후기 민간의 노래 양식에서 출발하여 20세기 초 대중문화로 순조롭게 전환한 특수성 때문이다. 이를 통해 '전통문화가 어떻게 근대적 대중문화로 전환되어 갔는가?'를 해명하는 데 가장 적합한 대상이라 할 수 있다. 19세기 성문 밖 사계축 소리꾼의 노래에서 출발한 잡가는 20세기 이후 극장, 활판가집, 유성기 음반, 라디오라는 새로운 미디어에 순조롭게 정착하며, 대중의 일상과 감성을 조직하였다. 이처럼 조선 후기 가창문화권의 개편 과정에서 부상한 잡가의 20세기 이후 진로는 전근대 시가양식과 노래문화의 근대적 대응 양상을 보여주고 있다는 것이다.[1]

잡가의 소통 방식과 위상 변화를 추적하는 것은 이렇듯 전통적 시가양식이 근대라는 새로운 시대, 새로운 환경과 만나면서 어떻게 생존해 왔으며 어떻게 자체 변화를 꾀하여왔는지를 탐색하는 데 성찰의 근거를 마련해준다. 이는 비단 잡가만의 문제가 아니라 판소리, 구활자본 고소설 등 전근대 시대에 형성된 대중적 문예 양식의 추이와 그 시대적 의미와도 직결되는 보다 포괄적인 문제라 할 수 있다. 따라서 잡가에 대한 접근은 '조선 후기 도시적 분위기에서 성장한 대중적 문학. 예술이 식민지 근대를 어떤 방식으로 맞이하고, 체현했는가?'라는 포

1 잡가를 근대성 혹은 근대 시민문화의 연원과 관련하여 진행한 논의가 손태도에 의해 제출되기도 하였다. 그러나 이 논의는 잡가의 시대를 가집이 본격 출판된 1910-20년대로 한정하고, 정가에 대한 상대개념으로 포괄적으로 접근하고 있다는 점에서 조선 후기 가창문화의 연속선상에서 잡가에 접근하고, 20세기 이후에는 정가와 잡가의 구분이 무의미해졌다고 보고 있는 이 글과는 방향을 달리하고 있다. 손태도, 「1910-20년대 잡가에 대한 시각」, 『고전문학과 교육』, 2000, 207~208쪽.

괄적 질문에 대한 답변의 근거를 마련하는 데에도 유효하리라고 본다.

또한 잡가는 형성기에서부터 줄곧 노래로 존재하면서, 그 범주를 넓혀왔다. 소통 과정에서 수용자의 의지가 강하게 개입하는 노래는 공동체의 결속을 강화하고 타 공동체와 스스로를 구분 짓는 유력한 징표로 작용하고 있다. 나아가 노래와 노래문화는 공동체와 공동체 구성원의 정체성을 형성하는 데에도 유력한 좌표로 작용한다. 왜냐하면 특정한 부류의 노래는 이를 향유하는 집단 내 구성원의 위치와 가치의식 그리고 취향을 반영하고, 그 내부에는 신분, 지역, 세대, 성별, 교육 정도 등 다양한 경계선이 교차하고 있기 때문이다. 이는 곧 경험의 다름으로 이어진다. 말하자면 노래는 공동체를 표현할 뿐 아니라 공동체의 경험을 제공하기도 한다.[2]

이 글에서는 잡가가 신분 혹은 지역에 기반한 노래 공동체가 도시문화의 확산과 예술의 상업화 경향, 미디어의 변화, 발달로 해체, 개편되는 와중에 전성기를 맞이하였다는 점 또한 주목하고 있다. 잡가는 시정문화의 난숙과 함께 예술의 향수를 둘러싼 신분 간의 경계가 점차 약화되면서 뚜렷이 부상한 통속화, 개방화의 결과를 온전히 수용하였다. 잡가가 문학 장르 혹은 음악 장르 이전에 노래문화의 변화와 개편을 매개하는 문화현상으로 존재하고 있었다는 논의[3]는 잡가의 이러한 특성에 주목한 것이다. 그리하여 잡가는 19세기에 완성된 악곡이나 사설, 수용자의 기호를 20세기 이후에도 유지하면서[4] 대표적 대중문화로

2 사이먼 프리스, 권영성·김공수 역, 『사운드의 힘』, 한나래, 1998, 280쪽.

3 박애경, 「잡가의 개념과 범주의 문제」, 『한국시가연구』 13집, 한국시가학회, 307쪽.

4 권도희, 「20세기 초 서울음악계의 성격과 대중음악 형성에 관한 연구」, 『서울학연구』 22집, 서울시립대학교 서울학연구소, 145쪽.

자리잡을 수 있었다. 말하자면 전통과 근대가 교차하는 잡가는 다면적 실체를 지닌 '근대성'의 구현, 그에 상응하여 사회·경제, 사유, 일상의 변화를 동반하여 나타나는 대중문화의 형성과정을 살피는 데 적합한 대상이라 할 수 있다.

2. 19세기 도시유흥과 잡가

잡가의 존재양상과 소통환경에 대해 접근하기 위해선 '잡가란 무엇이며 그 기원은 무엇인가?'라는 문제에 필연적으로 봉착하게 된다. 그리고 이러한 질문에는 잡가를 정체를 둘러싼 이견과 난맥상에 대한 의구심도 포함하고 있다. 그 이유는 상당 부분 인접 장르와의 경계 속에서 자기 정체성을 형성해왔던 잡가의 특수성을 간과한 데에서 비롯되었다고 할 수 있다.[5]

---

5 애초에 잡가는 장르로서의 귀속성을 획득하지 못한 작품군을 지칭하는 범칭이었다. 즉 가곡 등 이미 공인된 장르를 제외한 나머지 장르, 정악으로서의 정통성을 지니지 못한 장르 혹은 이미 확증된 장르로서의 귀속성을 지니지 못한 텍스트나 작품군을 지칭하는 개념이 담겨 있다고 할 수 있다. 이미 장르로서 확정된 작품군을 제외하는 방식으로 잡가의 범주와 정체를 규정하는 관행은 비단 형성기의 잡가뿐 아니라 지금도 선택되는 방식이라 할 수 있다. 예를 들면 잡가의 범주 문제를 본격적으로 제기한 정재호의 「잡가고」에서는 잡가의 범주를 잡가집 소재 작품 중에서 기존 시가 장르인 가사, 시조, 한시, 창가에 각 편을 돌려준 후 나머지 작품을 잡가의 범주로 삼아, '공인된 장르'를 배제하는 방식으로 잡가의 범주와 정체를 설정하고 있다(정재호, 「잡가고」, 『민족문화연구』 6집, 고려대학교 민족문화연구소, 1972). 이러한 방식은 자칫 잡가의 독립성을 부정하는 견해로 비춰질 수 있다. 그러나 기원이 동일하지 않은 잡가라는 범주의 형성에는 구심적 견인력 못지않게 배제의 원리 역시 작용했다는 점은 부인하기 어려울 것이다. 이는 다른 장르와의 관계 속에서 자기 부상한 잡가의 형성과정과도 무관하지 않다. 또한 배제의 방식이 당대 문화현상에 조응한 담론의 기반 위에서 이루어지므로, 배제의 원리와 공식을 밝혀낼 수 있다면 이 또한 잡가의

더구나 잡가에 관한 기록이 워낙 빈약하다 보니 잡가가 어느 시점에서부터 불리워지고, 향유되었는지는 정확히 알려진 바 없다. 대개 농촌 인구의 이동이 일어난 18세기 이후 하층 유랑 연예인을 중심으로 잡가가 불리워졌을 것이라 추정하고 있을 뿐이다. 그러나 19세기 이전 유랑 연예인의 존재는 확인되나 이들이 불렀던 레퍼토리에 대한 기록은 거의 남아있지 않다. 따라서 본격적인 잡가의 시대는 잡가의 삼명창인 추교신, 조기준, 박춘경이 도시유흥의 장에서 활동하고 가집 『남훈태평가』에 잡가가 독립된 곡조로 등장하는 1860년대로 보는 것이 일반적이다.[6] 19세기 중엽 이후 시정의 가창문화를 반영하고 있는 가집 『남훈태평가』에는 잡가편에 〈소춘향가〉, 〈매화가〉, 〈백구사〉 등 3편의 작품을, 가사

정체를 해명하는 데 도움이 되리라 생각한다. 방향은 다르지만 이 과정은 잡가로 범주화된 작품군이 공유하는 문화적 기반을 확인하는 방식과도 상통한다고 할 수 있다. 역사적 시기에 따른 잡가의 개념과 범주, 잡가를 둘러싼 인접 장르와의 관계에 대해선 선행 논문에서 정리한 바 있다. 잡가의 정체에 대한 시비, 그에 대한 생각은 이 논문에 제출했던 결론으로 대신하고자 한다. 잡가에 대한 필자의 생각은 그때와 달라지지 않았다. "첫째, 20세기 이전의 잡가 정확히 말해서 18세기 말부터 개화기 이전의 잡가는 가곡의 타자에서 정악 전반의 타자로, 정악 전반의 타자에서 풍류방, 도시 유흥공간 등 가창문화권의 중심에 놓이는 긴 노래로 끊임없이 개념의 변화를 겪으며, 범주를 확정하여 왔다. 둘째, 19세기 잡가는 창곡의 전성시대를 맞아 가창문화권이 확산되는 가운데 장르 간의 공존과 경쟁 속에서 끊임없이 자신의 외연을 확산할 수 있는 일종의 '동태적인 장르'로 존재했었다. 셋째, 텍스트, 장르, 수용층, 지역 간의 넘나듦 과정을 거친 후 가창문화의 전면에 부상했던 잡가는 20세기 새로운 전승환경과 만나며 근대 대중문화의 맹아로 떠오르는 동시에 외래 음악의 타자로 부상하였다. 넷째, 19세기 잡가와 20세기의 잡가는 잡가를 둘러싼 문화적 기반이 달리진 만큼 그 범주를 달리한다. 이렇듯 잡가의 개념과 범주는 매 시기 타 장르와의 관계 속에서 확정되었다고 볼 수 있다. 이는 잡가가 문학적 혹은 음악적 장르 이전에 가창문화의 변화와 재편을 매개하는 문화현상으로 존재하고 있었다는 사실을 증명하는 것이라 할 수 있다." 박애경, 앞의 글, 307쪽.

6 이창배, 『한국가창대계』, 홍인문화사, 1976, 162~163쪽.

편에 〈춘면곡〉, 〈상사별곡〉, 〈처사가〉, 〈어부사〉 등 4 편의 작품을 싣고 있어 19세기 중엽 이미 잡가가 널리 가창되었다는 것을 보고하고 있다.

잡가의 존재를 본격적으로 알린 『남훈태평가』는 이 시기 잡가의 위상과 의미를 파악하기 위한 단초도 제공하고 있다. 상업적 출판물이라 할 수 있는 방각본 가집 『남훈태평가』는 노래 문화의 대중화 양상과 방향을 보여주고 있다. 현재 십이가사의 레퍼토리로 알려진 〈매화사〉와 〈백구사〉가 잡가로 편재되고, 십이가사 중 일찍이 텍스트가 완성된 것으로 보이는 〈춘면곡〉 이하 4곡은 가사편에 수록되어 있는 데에서 확인해볼 수 있듯 이 시기 가사와 잡가의 경계는 확정되지 않았다고 할 수 있다.[7]

또한 시조창을 위한 대본 말미에 가사와 잡가가 편재된 것으로 보아 시조, 잡가, 가사가 동일한 문화권 내에서 소통되었을 가능성을 보여주고 있다. 『남훈태평가』보다 시기적으로 앞선 19세기 전반기의 가곡창 가집으로 추정되는 『청구영언』 육당본 말미에도 역시 별도의 곡조 구분이나 표기 없이 총 17편의 가사를 수록하고 있어 시조와 가사가 동일한 문화권 내에서 가창물로 향유되고 있음을 보여주고 있다. 그 외에도 가집 『시철가』에 〈유산가〉, 〈평양가〉, 〈출인가〉 등 현행 십이잡가 작품이 수록되는 등 가사·잡가의 가집 부기 현상은 19세기 하나의 경향으로 자리잡고 있다.

정가의 계보를 형성해왔던 시조와 저층에 기원을 둔 잡가가 동일한 문화권에서 공존하는 현상은 상업성이 개입하면서 예술의 향수를 둘

7 가사와 잡가 혹은 잡가와 판소리의 착종은 금옥총부, 한양가, 광한루악부 등 다른 기록에서도 반복되는 것으로 보아 19세기에는 잡가의 개념과 범주가 20세기와는 달랐다는 것을 알 수 있다.

러싼 폐쇄적 장벽이 점차 해소되는 현상을 보여주고 있다. 전통적으로 시조의 가창은 가객과 관기 등 숙련된 전문 예인이 담당했었고, 잡가의 가창자는 삼패와 사계축 소리꾼 등 저층의 예인이었다.[8] 그러나 대표적인 사계축 소리꾼인 추교신이 가곡에 능하고, 조기준은 가곡과 가사에 능했으며 박춘경과 그의 제자 박춘재 역시 가곡에 능했다고 한다.[9] 이는 신분에 따라 레퍼토리가 엄격히 구획되었던 문화·예술의 향유 구도가 서서히 해체되고 있다는 의미로 볼 수 있다. 비록 숙련도나 치밀함에서 같지 않다 하더라도 상이한 신분의 창자들 간에도 가곡, 시조, 가사, 판소리, 잡가 등 레퍼토리가 비슷해져가는 현상은 19세기 예술사의 전반적 구도가 신분적 경계를 약화하는 평준화로 향하고 있다는 것을 보여주고 있다.[10] 또한 가두에서 가곡을 부르는 명창 손봉사 관련 기록에서는 하층 연예인에게 경제적으로 보상하는 수용자 집단의 존재를 확인할 수 있다.[11] 손봉사의 노래가 절정에 달했을 때 그에게 돈을 던지는 청중은 도시 하층민이라고 할 수 있다.

기원과 담당층이 다른 이질적 노래가 공존하고, 지위나 신분이 다른 가창자 집단 간에 레퍼토리를 공유하는 현상은 이질적 가창문화권의 접촉이라는 의미로도 해석해 볼 수 있다. 이를 가능케 한 것은 19세기 들어 저변화된 도시의 유흥문화라 할 수 있다. 19세기는 도시유흥이 도시문화의 일부로 정착된 시대이다.[12] 도시를 중심으로 발달한 다양

---

8 성경린, 「서울의 속가」, 『향토서울』, 서울특별시, 1958, 52쪽.

9 이창배, 앞의 책, 284쪽.

10 박애경, 「19세기 도시유흥에 나타난 도시인의 삶과 욕망」, 『국제어문』 27집, 국제어문학회, 2003, 297쪽.

11 趙秀三, 『秋齋集』, 이우성·임형택 편역, 『이조한문단편선』 하권, 일조각, 1978에서 재인용.

한 유흥문화는 경제적 부가 문화·예술 분야로 흘러 들어가면서 여가를 소비하는 방식이 다양화·심미화되었다는 것을 의미한다. 19세기 도시유흥은 기본적으로 17세기 후반 이후 시정의 문화적 흐름을 계승한 것이라 할 수 있다. 즉 사대부가 주도한 고급예술과 향촌 민중이 중심이 된 민속예술의 틈새에서 조심스럽게 부상한 통속예술이 양자의 경계를 허물고 고급예술, 민속예술, 통속예술의 구도를 만들어 가는 과정이 19세기 이전 예술사의 구도였다면, 19세기에는 경제적 유력층을 문화의 소비자로 포섭하면서 문화·예술 전반의 대중화가 광범위하게 진행되었다고 볼 수 있다.

華麗가 이러할제 놀인들 없을쏘냐
長安少年 遊俠客과 公子王孫 宰相子弟
富商大賣 塵市井과 다방골 諸葛同知
別監武監 捕盜軍官 政院使令 羅將이라
南北村 閑良들이 各色놀음 장홀시고
선비의 詩軸놀음閑良의 成廳놀음
公物房 船遊놀음 捕校의 歲饌놀음

---

12 19세기를 포함한 조선 후기 도시유흥에 관한 기존 연구에서는 이를 경제적 부가 소모적인 놀이로 흘러간 결과 부상한 것이니 만큼 이를 퇴영적 삶의 부산물 정도로 여겼다(강명관, 「서울 후기 중간계층과 유흥의 발달」, 『민족문학사연구』 2집, 민족문학사연구소, 1992). 왈짜 부류의 문화를 중심으로 한 19세기 도시유흥의 특성을 폭력성, 수탈성, 유흥성으로 정리한 논의에서는 노골적인 상업성 못지 않게 저항성을 드러내었다는 점에서 도시유흥에서 공공성의 단초를 찾기도 한다(고석규, 「18·9세기 서울의 왈짜와 상업문화 – 시민사회의 뿌리와 관련하여」, 『서울학연구』 13집, 서울시립대학교 서울학연구소, 1999). 19세기 도시유흥의 성격과 문화사적 함의에 대해선 선행작업에서 문화적 주체의 형성과 도시 경험의 체현이라는 점을 중심으로 정리한 바 있다(박애경, 앞의 글). 19세기 도시유흥을 바라보는 기본적인 시각은 선행작업의 그것과 달라지지 않았음을 밝힌다.

各司書吏 受由놀음 각집 傔從 花柳놀음
長安의 便射놀음 長安의 豪傑 놀음
宰相의 吩咐놀음 百姓의 中脯놀음

19세기 서울의 풍물과 세태를 파노라마처럼 그린 장편가사 〈한양가〉에서는 각계 각층의 사람들이 각색 놀이를 하는 광경을 인상적으로 묘사하고 있다. 아래 제시한 세 개의 장면은 각각 서울의 벌열, 왈자부류, 도시 하층민의 유흥을 보여주고 있다.

제기ᄎᆞ기 장치기며 샹원이 연날리기
단오가졀 편싸옴과 ᄐᆡ견하기
씨름하기 편쌈ᄒᆞ기 츔추기며 노ᄅᆡ하기
동풍삼월 ᄇᆡᆨ화시와 낙목규츄 단풍졀의
인상ᄉᆞᆫ하 명승쳐와 목멱ᄉᆞᆫ즁 뉴명한곳
남북한 여러 대찰 기악쥬ᄎᆞᆫ 싯고 가서
예서 놀며 졔서 놀며 굼속의 이 ᄂᆡ 홍안
봄빗치 느져시리 ᄎᆞᄌᆞ올 쥴 니졋도다

(가) 〈이졍양가록〉 중 (19세기 중엽)

청누도당 노픈 집의 어식비식 올ᄂᆞ간니 좌반의 안진 왈ᄌᆞ
ᄉᆞᆼ좌의 당하천총 ᄂᆡ금위ᄌᆞᆼ 소연 츌신 션젼관 비별낭의 도총경역 안ᄌᆞ 익고
그 자ᄎᆞ 바라본니 각 영문 교젼관의 세도ᄒᆞ는 즁방니며, 각ᄉᆞ 셔리 북경 역관
좌유포청 니히군관 ᄃᆡ전별감 불긋불긋 당당홍의 ᄉᆡᆨᄉᆡᆨ니라
또 한편 바라본니 ᄂᆞ장니 중원ᄉᆞ령 무여별감 셕겨 잇고 각젼시정 남촌 활양
노ᄅᆡ명ᄎᆞᆼ 황ᄉᆞ진니 가ᄉᆞ명ᄎᆞᆼ ᄇᆡᆨ운학니 니야기 일슈 ᄌᆞᆼ게랑니 퉁소 일

슈 셔계슈

장고 일슈 김충옥니 젓딕 일슈 박보안니 피레일 오랑니 힉금 일슈 홍일둥니

션소리의 송홍녹니 모홍갑니

(나) 〈무숙이타령〉 중 (19세기 말)

짙은 눈썹 윤기있는 살결 그림인 양	濃黛凝脂似畵桵
비단치마에 흰 부채는 빙그르르	羅裙紈扇舞螺旋
춘향가 일곡에 양산도 부르자	春歌一曲陽山道
소리꾼 붉은 생초에 돈이 비오듯	肖者紅綃雨萬錢

(다) 최영년 〈사당패〉 (19세기 말)

(가)에서는 벌열 출신의 남성이 파락호나 유협객과 어울리며 각색 놀음에 탐닉하는 모습을 아내의 시선으로 그려내었다면 (나)에서는 무장층에서부터 역관이나 별감 등 하급 기술직 중인과 하급 무반, 상인이나 한량같은 평민 부호에 이르기까지 다양한 신분으로 구성된 왈자 부류가 기생과 악공을 대동하고 선유놀음하는 모습을 묘사하고 있다. 이렇듯 (가)와 (나)는 기악을 동반한 호화로운 유흥의 실체를 보여주고 있다. 그에 반해 (다)에 나타난 사당패의 연행은 보다 저변화된 형태의 유흥이라는 것을 알 수 있다.

이렇듯 규모와 질은 달랐지만 서울 각처에서 벌어지고 있는 각색 놀음에 판소리와 잡가가 배치되어 있다는 것은 눈여겨 볼 대목이라 할 수 있다. 이는 조선 후기 대중적 노래문화를 주도했던 판소리와 잡가가 도시유흥에서 각광 받는 레퍼토리였다는 것을 명료하게 보여주고 있다.

잡가가 불리는 도시유흥의 장은 이렇듯 다양한 장르의 놀음과 노래가 오락을 위한 연행물로 공존하는 개방적 장이라 할 수 있다. 유흥의

장에 모인 사람들은 '같은 지역에 살면서 서로 이해하고, 협동하며 정서적 일체감을 갖는 사람들의 무리'라는 전통적 의미의 공동체[13]에서는 이탈하였지만 유흥의 장에서 서로의 취향과 쾌락을 공유하면서 소통할 수 있었다. 이들이 사회적 상호작용과 연대보다는 찰나적 쾌락, 순간의 소통에 탐닉하는 것은 노동가 여가가 분리되기 시작하면서 성장한 도시유흥의 본질상 피할 수 없는 수순이기도 하다.[14]

유흥공간이 확대되면서 본래 지역을 기반으로 한 민요가 잡가 레퍼토리로 편입되는 현상 도시유흥에서 특기할 만한 부분이라 할 수 있다. 위의 시 〈사당패〉에서는 떠돌이 연예인들이 〈양산도〉를 부르고 있는 광경을 묘사하고 있다. 〈양산도〉는 1910년대 이후 잡가집에 빈번히 수록되는 인기 레퍼토리로, 대표적인 서도 선소리로 분류되고 있다. 〈양산도〉가 20세기 들어 가장 인기있는 선소리의 레퍼토리로 정착한 배후에는 이렇듯 사당패와 같은 유랑 연예인들이 있었다. 사당패들이 주로 부른 노래는 〈산천초목〉, 〈갈가부다〉, 〈오돌또기〉, 〈방아타령〉, 〈잦은 방아타령〉, 〈놀량창〉 등 주로 산타령 계통의 입창으로 특유의 메기는 소리로 불렀다고 한다.[15] 이들은 비단 서울뿐 아니라 서도, 남도에 걸쳐 광범위하게 존재하면서, 각 지역의 민요를 경·서도와 남도

---

13 이정복, 「공동체의 관점에서 본 말과 구비문학」, 『구비문학연구』 19집, 한국구비문학회, 2004, 21쪽.

14 농촌 공동체의 여가문화는 노동과 여가의 결합이라는 특징을 지닌다면 근대 도시의 여가문화는 노동과 여가가 분리된다는 특징을 지닌다. 이는 계절과 기후의 변화라는 자연적 질서에 의해 생활을 영위하는 농촌 공동체의 삶과 인위적 요소에 의해 삶의 양태가 결정되는 도시에서의 삶과의 차이에서 비롯된 것이다. 박재환·김문겸, 『근대사회의 여가문화』, 서울대학교 출판부, 1996, 13~46쪽.

15 권도희, 「20세기 전반기의 민속악계 형성에 관한 음악사회학적 연구」, 서울대학교 박사학위논문, 2003, 31쪽.

의 선소리로 바꾸어 놓았다. 20세기 이후 가창문화의 중심으로 부상한 경·서도잡가, 남도잡가 등 지역 민요권에 기반을 둔 잡가는 이처럼 유랑 연예인이 지역에 기반한 민요를 흥행에 적합한 노래로 바뀌는 과정에서 형성되었다.

진주 관아의 교육을 위해 지었다는 『교방가요(教坊歌謠)』의 '잡요' 항에는 〈산타령〉, 〈놀량(遊佘)〉, 〈杵타령〉, 〈花杵타령〉을 가사 없이 간단한 해설과 함께 소개하고 있다.

> 이는 걸사와 사당패 무리들이 부르는데 내용이 음탕하고 가사가 비루하다. 오늘날에는 거리의 아이들과 종들도 이를 부를 줄 안다.[16]

정현석이 기록한 작품은 서울, 경·서도에서 불린 선소리(立唱) 한마당의 주요 곡목들이다. 〈산타령〉과 〈놀량〉은 선소리(立唱) 한마당의 주요 레퍼토리로 과천, 애오개, 뚝섬 등 서울 각 권역에서 활약하던 선소리패들이 주로 불렀다고 한다.[17] 〈저타령〉과 〈화저타령〉은 이후 잡가집에 등장하는 〈방아타령〉과 〈화초사거리〉를 가리키는 듯하다. 그런데 이 노래를 소개한 정현석은 선소리의 레퍼토리를 '잡요'라 하였다. '잡요'는 전문적 혹은 반전문적 소리꾼에 의해 지역 민요가 흥행을 위한 레퍼토리로 정착되면서 잡가로 편입되는 과정을 보여준다. 거리의 아이들과 종들도 이 노래를 불렀다는 것은 소리꾼의 노래가 다시 비전문가의 민요권에 침투하여 잡가와 민요의 경계가 불분명해지는 현상을 암시

---

16 鄭顯奭, 『教坊歌謠』(아세아문화사 영인, 1975). 此乞士舍黨所唱 皆是淫辭鄙詞也 今街童厮隷亦解唱此.

17 이창배, 앞의 책, 317쪽.

하는 것으로 볼 수 있다.

19세기 초에 편찬된 것으로 추정되는 『伽倻琴譜』에 〈흥타령〉이 수록되고, 19세기 말에 편찬된 『蛾洋琴譜』에 〈방아타령〉, 〈오돌또기〉 등이 수록된 사실에서도 지역민요가 전문 연예인이나 음악인에 의해 지역을 넘어 전국적으로 수용된 사례를 발견할 수 있다.

지역 문화권과의 교섭을 거쳐 잡가가 대표적인 도시의 문화로 편입되면서 지역 문화의 유산이 잡가에 수용되는 양상 역시 주목할 만하다. 십이가사의 요성에 서도소리가 섞여 있다는 점[18]은 평양 기녀들의 상경과 관련지어 볼 수 있을 듯하다. 또한 경복궁 중건 시, 각 지역의 노래패들이 상경하여 역부들을 위로했던 것으로 보아[19] 지역 문화의 상경은 19세기 이래 지속되었다고 할 수 있다.

이렇듯 지역에 기반한 노래가 전문적인 연예인과 만나며 흥행을 위한 노래로 탈바꿈하고, 이것이 지역 공동체를 넘어 전국으로 보급된 점, 지역마다 유흥의 레퍼토리가 통일되는 점은 가창문화권이 저변화되면서 잡가의 전승이 전국에 걸쳐 이루어졌다는 것을 의미하고 있다. 유흥문화의 저변화와 레퍼토리의 평준화, 여가와 노동의 분리, 지역색을 탈피한 노래의 등장에서 노래 공동체의 중심이 생활과 신념을 공유하는 농촌 공동체에서 점차 취향과 쾌락을 공유하는 도시 공동체로 이동하는 조짐을 발견할 수 있다. 도시유흥의 장에서 불린 19세기 잡가는 바로 그 도정에 위치하고 있다 할 수 있다.

---

18 장사훈, 『국악총론』, 세광음악출판사, 1980, 280쪽.

19 이능화, 「朝鮮鄕土藝術論」, 『삼천리』 1941년 4월 논설, 〈鄕土藝術과 農村娛樂의 振興策〉 중.

3. 20세기 초 잡가의 소통환경과 노래 공동체의 재편

兄弟여. 저녁이나 먹으면 희둥지둥 鍾路거리에나 彷徨하고 酒店에나 들락날락하고 親舊맛나 시시 평평한 雜談이나 하고 방구석에 업드려 雜歌나 불으고 春香傳 深淸傳 新舊小說이나 외이는 것이 그것이 할 일이겟습니까. 兄弟여. 말이 낫스니 말이지 여러분처럼 雜小說 조와하는 이는 世界에 업스리라 합니다. 집집마다 甚之於 行廊方에도 春香傳 무슨 傳하는 小說 한 冊 식은 다-잇지 아니 합니까. 저녁을 먹고 나서 골목에 발만 내여 노흐면 집집으로 나오는 「각설이때」의 소리 참말 듯기에 거북하더이다.[20]

그러나 나는 忠南 일대를 여행하는 중에 山歌村笛도 들어보지 못하얏다. 忠南은 참 寂寞鄕이다. 음악도 업고 극장도 업다. 예술이 발달되지 못한 우리 朝鮮에서 어느 곳이던지 다 일반이겟지만 그래도 黃平兩西에는 守心歌가 잇고 全羅慶尙道에는 六字拍이와 伽倻琴이 잇고 江原道에는 아리랑 타령이 잇서 樵童牧叟라도 곳곳마다 노래를 한다. 그런테 忠南은 그것도 업다. 瑞山 泰安은 원래 歌鄕이니 律鄕이니 하야 속담에 瑞山가서 시조하는 척 말고 泰安가서 잡가하는 척 말나는 말까지 잇지만은 이것도 과거의 역사담이오 지금은 별로 업다. 冬節인 까닭에 蛙鼓鶯歌도 드를 수 업고 물 건너 고양이떼가 여간 重要地는 모도 유린하는 까닭에 닭의 소리도 들이지 안는다. 아 -忠南의 형제는 무슨 취미로 살며 무슨 희망으로 사는가. 올타 논이 만으니까 이밥 자미에나 살가. 논도 6할 이상은 외인의 손에 다 들어갓스니 이밥인들 엇지 잘 먹으며, 제 논이 잇다 하야도 산에 나무가 업스니 생쌀만 먹고 사나 생각하면 속만 답답하다.[21]

---

20 朴達成, '京城兄弟에게 嘆願합니다!! - 大京城을 建設키 爲하야', 『개벽』 21호, 1921년 3월 1일.

21 青吾, 〈湖西雜感〉, 『개벽』 46호, 1924년 4월 1일.

1920년대 초 『개벽』에 실린 두 글은 20세기 이후 잡가의 존재양상을 서울과 충남 지역 향촌의 대조적인 모습을 통해 그리고 있다. 1922년에 쓰인 첫 번째 글은 개혁적 지식층이 잡가를 바라보는 시각을 알려주는 동시에 세기가 바뀌고도 여전히 도시의 대표적 오락으로 인기를 누리고 있는 잡가의 위상을 확인해볼 수 있다. 두 번째 글은 향촌의 황폐화와 문화의 서울 집중으로 향촌 공동체의 문화가 붕괴되고 있는 현상을 묘사하고 있다.

20세기 들어 잡가의 소통환경은 급격하게 변화하였다. 잡가를 둘러싼 환경의 변화는 가집의 대량 출판, 극장공연, 음반화로 요약해 볼 수 있다. 관에 의해 1902년 협율사, 1903년 광무대가 성립되었고 1907년 민간 자본에 의해 연흥사와 단성사가 차례로 생기면서[22], 잡가가 극장 공연물로 정착하게 되었다. 이는 잡가가 '듣는 문화'에서 '보고 듣는 문화'로 탈바꿈하게 되었다는 의미가 된다. 또한 가집이 대량으로 출판되고, 유성기와 라디오가 도입되면서 잡가는 새로운 매체와 본격적으로 대면하게 되었다.

극장은 무대와 객석이 분리된 공간이다. 객석과 분리된 무대 위에서 이루어지는 연행은 관객들에게 볼거리를 제공하며 텍스트가 표상하는 세계를 스펙타클화한다. 또한 대량 출판에 의한 가집의 보급은 잡가의 인기와 출판문화의 활황이 만나는 지점을 선명하게 보여주고 있다. 이러한 과정은 궁극적으로 시각을 중심으로 지적 소통과 축적 방식을 재배치하는 과정[23]이라 할 수 있다.[24] 유성기, 음반사의 등장은 대량 생산

---

22 근대 극장의 등장과 역사적 성격에 관한 논의는 다음의 저서를 참조할 것. 유민영, 『한국근대극장변천사』, 태학사, 1998.

23 천정환, 『근대의 책읽기』, 푸른역사, 134쪽.

과 대량 소비를 근간으로 하는 매스미디어가 본격적으로 유입되었음을 의미한다. 이로 보아 잡가를 둘러싼 환경의 변화는 근대 대중가요의 전승과 수용을 결정짓는 물적 기반의 구축 과정이라고도 할 수 있다.[25]

잡가의 소통환경과 성격 변화는 이렇듯 잡가가 놓이는 공간 즉 매체의 변화에서 기인하였다. 매체의 변화는 잡가를 즐기는 향유층의 사회적 관계의 변화로 이어지고, 나아가 향유층 간의 유의미한 관계의 총합이라 할 수 있는 공동체 성격의 변화로 이어진다. 매체의 변화는 음악가 집단의 개편을 촉진했고[26], 그들의 위상을 바꾸었으며 음악가와 수용자와의 관계를 바꾸었다. 매체는 이처럼 단순히 언어적 정보를 전달하는 데에 그치지 않고 한 시대의 신념이나 가치체계를 통해 사회적

---

24 시각적 경험이 근대문화, 도시문화의 근간을 이룬다는 것은 주은우, 이성욱 등의 연구자들이 주목한 바 있다. 필자 역시 선행연구에서는 시각적 경험이 대상을 바라보는 방식의 변화, 텍스트의 구성방식의 변화를 불러일으킨다는 점을 지적한 바 있다.

25 영미권에서 대중음악을 정의할 때에는 대략 네 가지 분석틀을 제시한다. 첫째, 규범적 의미로는 하위 장르, 둘째 부정적 의미로는 예술로서의 음악이 아니며 민속음악 Folk이 아닌 것, 셋째, 사회적 의미로는 특수한 사회집단(대중)에 의한 그리고 그를 위한 것, 넷째, 경제적으로는 매스미디어나 음반산업에 의해 유통되는 음악으로 정의하고 있다(Richard Middleton, "Studying Popular Music", Philadelpia : Open University Press, 1990, pp.1~19). 따라서 대중음악(대중가요)는 산업화가 상당히 진행된 19세기 중엽 이후의 산물이 된다. 이영미는 대중가요를 '근대 이후 대중매체에 의해 전달되면서 그 나름의 작품적 관행을 지닌 서민의 노래'로 정의하고 있다(이영미, 『한국대중가요사』, 시공사, 1998, 17쪽). 이 의견에 따르면 한국에서 대중가요의 기점은 대중매체가 이입된 20세기 이후, 정확히 말하면 전기녹음 방식으로 음악의 대량 보급이 가능해진 1920년대 이후라 할 수 있다. 두 견해는 대중매체를 대중가요를 정의하는 결정적 변수로 상정하여 미디어의 발달, 미디어의 발달을 조장한 자본의 유입을 대중가요 성립의 기반으로 상정했다는 공통점을 지니고 있다.

26 권도희, 앞의 글, 142쪽. 이 글에서는 음악 유통경로의 변화가 음악가 집단의 재편에 그치지 않고 19세기 음악계 유통경로의 붕괴에까지 미치는 것으로 결론 내리고 있다.

경험을 변용시키고 사회 구성원들의 관계를 새롭게하는 일련의 사회화 과정을 매개한다.[27] 따라서 20세기 초 잡가 소통환경의 변화와 공동체의 재편 현상을 파악하려면 20세기 이후 새롭게 등장한 매체, 여기에 잡가가 배치되는 양상을 살펴보고 이 안에서 어떤 사회적 관계를 반영하고 형성하는지 고찰할 필요가 있다.

1) 가집

20세기 초 가집에 실린 잡가의 실체는 24종에 달하는 잡가집과 기방을 중심으로 유통된 악곡을 모은 고대본 『악부』와 『교주가곡집』을 통해 알 수 있다. 잡가집은 1914년 『정정증보신구잡가 전(訂正增補新舊雜歌全)』이 최초로 편찬된 이후 10년 사이에 무려 15종 이상의 잡가집이 쏟아져 나왔다. 잡가집의 대량 출판은 20세기 전반기 잡가의 인기를 가늠하는 척도로 인식되곤 하였다. 잡가집은 1930년대에 들어오면 출간이 뜸해지다가 1946년 『조선고전가사집(朝鮮古典歌詞集)』을 끝으로 자취를 감추게 된다.[28]

잡가집의 명칭은 잡가, 가사(歌詞), 속가, 속곡, 유행창가 등 다양하나 잡가를 전면에 내세운 것이 주를 이룬다. 그런데 이 시기 출판된

---

27 김기란, 「한국 근대 계몽기 신연극 형성 과정 연구 – 연극성을 중심으로」, 연세대학교 박사학위논문, 2004, 19쪽.

28 그러나 잡가집의 출간이 뜸해진 1930년대 이후에도 잡가집은 여전히 잘 팔리는 책 중 하나였다. 『삼천리』 1935년 7월호 기밀실(필자 주 : 신문의 잡보에 해당)에는 서울 도매상들로 조직된 도매상조합의 조사를 인용하여, 당시 베스트셀러 현황을 소개하고 있다. 여기에 의하면 베스트셀러 춘향전이 연간 7만 권, 옥편이 2만 권, 잡가집이 만오천 권이 팔렸다고 한다.

잡가집에는 한시, 가곡, 시조에서부터 가사, 경기잡가, 서울의 선소리, 서도 잡가와 통속민요, 심지어는 유행창가까지 골고루 수록하고 있다.[29] 잡가집으로 비교적 이른 시기에 속하는 1915년에 출판된 『신구유행잡가(新舊流行雜歌)』는 악곡에 따른 분류를 하여 외래 양식이 대중가요권에 본격 유입되기 전에 통용되던 잡가의 실상을 충실히 보여주고 있다. '신구(新舊)'라는 표현이 가집의 제목에 등장하는 것으로 보아 이 가집은 조선 시대로부터 꾸준히 전해지던 구 레퍼토리와 당대에 새롭게 대중의 인기를 얻은 곡들을 두루 수용한 것이라 할 수 있다. 수록곡은 좌창 잡가부, 유행잡가, 입창 단가부, 평양 다탕패 입창부, 좌창 시조 가사부 이렇게 다섯 부류로 나뉘어져 있다.[30] 이는 상대적으로 가사의 비중 높았던 『정정증보신구잡가 전』과 뚜렷이 구분되는 점이라 할 수 있다.

몇몇 사례에서 나타나듯 20세기 초 잡가는 전대에 비해 그 범주가 확장되었다. 잡가의 외형적 확산을 주도한 부류는 유행잡가 즉 통속민요라 할 수 있다. 본래 지역에 기반했던 노래들이 서울의 유행잡가로 편입되는 현상은 앞서 살펴보았듯 19세기에도 발견되었다. 그러나 20세기 이후 유행창가가 잡가로 대거 유입되면서 잡가의 외연을 확장한 배경으로 지역 기생과 창우 집단의 상경도 생각할 수 있다.[31]

---

29 1923년 12월에 출판된 『20세기 신구 유행창가』에는 제목에 걸맞게 유행창가를 풍부하게 싣고 있다.

30 다섯 부류 노래의 음악사회적 성격은 다음의 논의를 참조할 것. 권도희, 「20세기 초 서울음악계의 성격과 대중음악 형성에 관한 연구」, 『서울학연구』 22집, 서울시립대학교 서울학연구소, 2004.

31 지역 기생과 창부 집단의 상경과 이들이 당대 음악 환경에 미친 영향에 대해선 다음의 논의를 참조할 것. 권도희, 「20세기 전반기의 민속악계 형성에 관한 음악사

또한 이 시기 잡가집에 시조, 가곡 등 전통적으로 정가의 맥을 잇고 있는 노래가 잡가에 편입된 것도 주목할 부분이다. 아울러 이들 곡목들이 배치되는 양상에서도 음악환경의 변화를 읽어낼 수 있다. 즉 전대에는 시조 중심의 가집에 잡가가 부수되어 나타났다면 이 시기에는 잡가에 시조나 가곡이 주변에 포진하고 있다고 할 수 있다. 물론 시조와 가곡이 잡가집에 실렸다거나 주변에 위치하였다 하여 20세기 이후 가곡과 시조가 잡가와 같은 부류로 취급되었다는 징후는 찾아보기 어렵다. 중요한 것은 잡가와 가곡·시조와 같은 장에서 소통되고 있다는 점이다. 이러한 경향은 '가곡'을 가집명의 전면에 내세워, 정악의 계승자임을 표방한 『가곡보감』이나 『정선조선가곡』, 『교주가곡집』에서도 공통적으로 나타나고 있다. 이는 잡가와 정가를 둘러싼 격조의 우열 개념이 무의미해졌다는 의미로 해석할 수 있다.[32]

가집에 나타난 잡가의 양상에서 또 하나 특기할만한 것은 잡가를 둘러싼 역학관계가 현저하게 변하였다는 점이다. 전근대 시대의 잡가가 가사, 시조, 민요, 판소리 등 전통적 가창문화와 인접관계를 형성했다면, 20세기의 잡가는 창가·찬송가·예술가곡 등 외래의 양식과 긴장관계를 형성하는 한편 '계몽 이념의 통로'로 자리잡은 애국계몽기 시조, 개화가사와도 다른 길을 택했다. 즉 전 시기에는 가창문화권의 외곽에서 타 장르와의 공존과 경쟁을 거쳐 잡가라는 실체를 형성하는 구도였다고 한다면 20세기에는 잡가가 상업적 가창물의 중심으로 자리잡으

회학적 연구」, 서울대학교 박사학위논문, 2003, 111~129쪽.

32 물론 『금옥총부』의 기록이나 〈한양가〉에서 드러나듯이 19세기에도 잡가는 정가와 공존했었다. 그러나 잡가와 정가의 병존이 예술의 질적 숙련이나 격조의 우열 개념을 완전히 해소하지는 못했다. 이는 『가곡원류』의 '正音' 선언에서 단적으로 드러난다.

며, 시조와 가곡을 포용하고 외래 음악과 맞서 있는 형국이라 할 수 있다. 따라서 가집명에 굳이 잡가라 붙인 이유도 이러한 구도와 연관하여 살펴볼 수 있다. 잡가는 외래의 음악에 대해 우리가 부르고 즐기던 음악의 범칭이라는 해석도 가능하다는 것이다.[33]

가집을 통해 본 20세기 잡가의 진로는 전승의 광역화와 전국화, 그에 따른 외연의 확장으로 요약해볼 수 있다. 잡가류의 창법이 대중적으로 확산되면서 이에 걸맞는 사설이 계속 창작되고, 지역에 기반한 노래들이 해당 지역이라는 협소한 전승범위를 넘어 서울의 노래로 바뀌고, 이것이 선별된 전문 가창자 집단과 새로운 매체를 만나며 잡가로 속속 편입되는 과정을 거치면서 잡가의 외연은 확대되었다. 따라서 출판 가집에서는 전문적 가창자 집단의 이동과 문화의 서울 집중화 현상에 따라 지역 공동체의 노래가 전국적 노래로 속속 탈바꿈했거나 탈바꿈하고 있는 20세기 초의 상황을 반영하고 있다고 할 수 있다.

잡가집의 대량 출판과 이로 인한 잡가의 위상 변화는 전통적 음악 장르가 근대적 대중 장르로 바뀌는 뚜렷한 징후로 해석해 볼 수 있다. 악보의 대량 출판되면서 음악이 대중문화로 순조롭게 편입했던 것은 서양의 대중문화사에서도 발견할 수 있다.[34]

---

33 잡가라는 명명 안에는 나라를 빼앗겼다는 설움과 아울러 자조적 정서를 담고 있으므로 다분히 저항적 성격을 띤다고 보기도 한다. 정재호, 「잡가집의 특성과 문학사적 의의」, 『한국시가연구』 8집, 한국시가학회, 1999.

34 김문환 외, 『19세기 문화의 상품화와 물신화』, 서울대학교 출판부, 1998, 85~89쪽.

2) 극장

20세기 벽두에 설립된 극장은 근대적 여가문화를 가장 전형적으로 구현하는 장이기도 하다.[35] 극장의 등장은 연행자와 수용자가 분리되지 않는 열린 공간에서의 연행이라는 전통적 공연 방식을 무대와 객석이 분리된 실내 공연장의 연행으로 바꾸어 놓았다. 최초의 극장은 1902년 설립된 전통 연희장 희대로 알려져 있다. 이것이 1903년부터 협률사로 불리게 되었다.[36] 협률사는 고종의 어극 40년 칭경예식을 위해 고종의 칙허를 얻어 설립된 극장인 만큼 관의 구속에서 자유로울 수 없었다. 협률사의 이런 성격을 고종의 칙명을 받은 김창환, 송만갑이 김창환, 송만갑을 위시하여 이동백, 강용환, 염덕준, 유공렬, 허금파, 강소향 등의 판소리 명창과 박춘재, 문영수, 이정화, 홍도, 보패 등 경서도 명창 등 170명의 명인명창을 불러들인 것만으로도 짐작할 수 있다.[37] 협률사에서는 주로 전통무용과 전통음악을 공연하였는데 불러들인 명창의 면면에서 알 수 있듯이 협률사에서 주로 공연하던 음악은 판소리와 잡가였다. 이러한 사정은 전통 연희 예술의 장으로 기능했던 광무대의 경우와 크게 다르지 않았다.

극장과 극장공연은 그러나 교화론적 지식인과 계몽적 언론의 호된 질타를 받게 되었다. 협률사의 연희는 鄭聲과 같다며 협률사의 폐지를 요구한 이필화의 상소가 전자에 해당된다면 황성신문의 논조는 후자에 해당된다고 할 수 있다.

---

35 박재환·김문겸, 앞의 책, 61~68쪽.

36 유민영, 앞의 책, 21~23쪽.

37 박황, 『창극사연구』, 백록출판사, 1976, 22~23쪽; 유민영, 앞의 책, 23~24쪽에서 재인용.

> 我國의 所爲 演戲라 ᄒᆞᄂᆞᆫ 것은 毫髮도 自國의 精神的 事相이 無ᄒᆞ고 但其淫舞醜態로 春香歌니 沈清歌니 朴僉知니 舞童牌니 雜歌니 打令이니 ᄒᆞᄂᆞᆫ 奇奇怪怪ᄒᆞᆫ 浮湯荒誕ᄒᆞᆫ 技를 演ᄒᆞ며……[38]

극장 연희에 대한 비판은 표현은 다르지만 대한매일신보 등 신문 매체에 자주 등장하고 있다.[39] 이들이 극장공연을 비판하는 이유는 극장이 풍기문란을 조장하는 퇴폐적 장소이며, 그곳에서 공연되는 연희가 올바른 정기나 미풍양속을 해친다는 것이다. 황성신문 기사는 비판의 중심에 판소리와 잡가가 위치하고 있다는 것을 보여주고 있다. 극장에 대한 비판 기사는 잡가와 판소리를 배척하는 목소리가 꾸준히 있었음에도 불구하고, 극장을 찾아가 이를 즐기는 자발적, 능동적 관객이 많았음을 보여주고 있다. 잡가는 이렇듯 극장 공연에서도 각광받는 공연물이었던 것이다.

잡가가 극장에 오르면서 생긴 가장 큰 변화는 시각을 특권화하고, 무대에 오른 예인을 특권화했다는 것이다. 이는 문화의 중심이 '보는 문화'로 전환되기 시작하였다는 것을 의미한다. 동시에 무대 위의 예인을 청중보다 우월한 위치에 세우는 스타덤의 초보적 형태가 마련되었다는 의미로도 읽을 수 있다.[40] 이는 연행자와 수용자의 동질성을 전제로

---

38 《황성신문》, 1907년 11월 29일.

39 긔쟈가 엇디ᄎᆞᆷ아 한국의 연회쟝을 말ᄒᆞ며 엇지ᄎᆞᆷ아 한국의 한국의 연회쟝을 말ᄒᆞ리오 한국의 연회쟝을 볼진ᄃᆡ 다만 협률샤나 단셩샤등을 셜시ᄒᆞ야 허다ᄒᆞᆫ 음탄ᄒᆞᆫ 연회로 허다ᄒᆞᆫ 쳥년ᄌᆞ데를 유인ᄒᆞ야 그 심ᄉᆞ를 산란케ᄒᆞ며 그지긔를 손샹케ᄒᆞ며 그 ᄉᆞ샹을 미혹케ᄒᆞᆷ으로써. 학문에 류의ᄒᆞ던쟈가 이곳에 가면 학문ᄇᆡ호기를 던져ᄇᆞ리며 실업에 류의ᄒᆞ던쟈가 이곳에 가면 실업ᄒᆞ기를 던져ᄇᆞ려 무수ᄒᆞᆫ 인ᄌᆡ를 모다 이곳에 ᄇᆞ려주니 오호-라 현금 한국의 소위 연회쟝이란거슨 일졀 의심업시 타파할거시니와 그러나 이런연회쟝은 사ᄅᆞᆷ의 마ᄋᆞᆷ을 현란케ᄒᆞ며 풍쇽을 피란케ᄒᆞ야 샤회에 피악ᄒᆞᆫ 영향을 씨치게ᄒᆞᄂᆞᆫ고로 의심업시 타파ᄒᆞᆯ거시라 ᄒᆞᆷ이어니와.
'연회쟝을 ᄀᆡ량할 것', 《대한매일신보》, 1908년 7월 12일.

하는 이전 시기 연행의 관습을 근본적으로 바꾼 것이라 할 수 있다.

> 기싱 일비 경셩 박람회에셔 인민이 만히 구경ᄒᆞ기를 위ᄒᆞ여 연희쟝을 셜시ᄒᆞ고 기싱 열명을 불너다가 잡가도 식히며 검무도 추게 ᄒᆞ며 기싱 미명에 각기 일비난 오원식 준다더라[41]

시각의 장에 노출되면서 잡가는 노래에서 가무의 일부 혹은 연희물로 기능하게 되었다. 박람회 기사는 잡가와 시각의 장과 자본의 흐름이 교차하는 지점을 포착하고 있다. 극장과 극장 공연물이 발달하면서 무대와 관객은 분리되었고 무대 위의 예인은 동경 혹은 호기심의 대상으로 바뀌면서 그 자체로 하나의 시장을 형성하게 되었다. 이로써 연행자와 관객의 관계는 종전과는 다른 방향으로 전개될 수밖에 없었다.

그러나 잡가를 위시한 전통 문예물은 앞서 이야기하였듯이 계몽주의자와 교화론자 양측에서 호된 질타를 받았고, 여기에 일제의 전통문화 억압책이 더해지면서 위기를 맞게 되었다.[42] 그러나 이러한 외압이 잡가에 대한 대중들의 선호도를 쉽사리 바꿀 수는 없었다.

---

40 실제로 1910년대 이후 민간 극장이 속속 설립되고 극장 간에 흥행 경쟁이 붙으면서 스타 시스템에 의존하려는 움직임이 활발하게 나타났다. 박춘재는 무대 공연 시대가 낳은 발군의 스타이기도 했다. 유민영, 앞의 책, 91쪽.

41 《대한매일신보》, 1907년 9월 7일.

42 일제는 일본의 전통 演戱를 전파할 목적으로 전통 문화 공연에 대한 억압책을 실시하였는데, 그 구체적 내용은 다음과 같다. 즉 1909년부터 1) 공연 시간을 12시로 제한함으로써 밤샘공연이 많은 조선의 전통적인 연희양식의 공연을 억압했고, 2) 배우에 대한 일본어 교육과 전속제 도입, 공연장에 대한 세금 부과 3) 대본 사전 검열제 4) 공연장 순찰 강화로 인한 공포 분위기 조성 5) 연극장 폐관 및 전속 단체 폐관 조치 등이 포함되었는데 이는 전통 공연문화의 위기로 나타났다. 서연호, 『한국근대희극사연구』, 고려대학교 민족문화연구소, 1982, 22~26쪽.

3) 음반과 라디오

음반은 제작과 유통 과정에서 가집이나 극장과는 비교가 되지 않을 정도로 대규모 자본과 테크놀로지가 개입하므로 음반화는 곧 상품화와 동의어로 쓰인다. 음반은 대중가요의 기원을 논할 때에도 주요 좌표로 설정되어 왔다. 대중가요의 기원을 설정하거나, 잡가의 정체성을 판단하는 데 '음반'이라는 전제가 등장하는 것은 그 때문이다.

> 외부에셔 일젼에 류셩긔(留聲機)를 사셔 각항 노ᄅᆡ 곡죠를 불너 류셩긔 속에다 넛코 ᄒᆡ부 신 이하 졔관인이 춘경을 구경ᄒᆞ랴고 삼쳥동 감은뎡에다 ᄌᆞᆫᄎᆡ를 ᄇᆡ셜ᄒᆞ고 셔양 사ᄅᆞᆷ의 모든 긔계를 운젼ᄒᆞ야 쓰ᄂᆞᆫᄃᆡ 몬져 명창 광ᄃᆡ의 츈향가를 넛코 그 다음에 기ᄉᆡᆼ의 화용과 및 금랑가샤를 넛코 말경에 진고ᄀᆡᄑᆡ 계집 산홍과 및 사나히 학봉등의 잡가를 너엇ᄂᆞᆫᄃᆡ 그관되ᄂᆞᆫ 작은 긔계를 밧고아 꼽이면 몬져 니엇던 각항 곡죠와 갓치 그 속에셔 완연히 나오ᄂᆞᆫ지라 보고 듯ᄂᆞᆫ 이들이 구름갓치 모혀 모도 긔이ᄒᆞ다고 칭찬ᄒᆞ며 죵일토록 노라다더라[43]

위 기사는 외국 음반사가 우리나라에 들어오기 이전에 유성기로 녹음하고 청취하는 광경을 묘사한 것이다. 이 기사는 신문물을 대하는 이들의 놀라움과 호들갑스러운 반응을 소개하고 있다. 여기서 담은 노래는 광대의 판소리, 기생의 가사, 잡가패의 잡가인데, 이는 19세기의 음악적 취향이 적어도 이 시기까지는 크게 달라지지 않았다는 것을 보여주고 있다. 이러한 구도는 1907년 미 콜롬비아 레코드사가 취입한 음반에서도 재현되고 있다. 관기 최홍매는 시조와 잡가, 가사를 녹음했다.

따라서 잡가가 본격적으로 음반에 담기기 시작한 시기는 1910년대

43 〈만고명창〉, 《독립신문》, 1899년 4월 2일.

이후라 할 수 있다. 잡가는 윤심덕의 〈사의 찬미〉가 엄청난 성공을 거두고, 전기 녹음이 도입되어 음반산업의 혁신이 일어난 1920년대 말까지 여전히 선호되는 레퍼토리였다. 음반사가 잡가를 선호한 이유는 대중의 자발적 선호와 기생이라는 풍부한 가수군의 확보로 정리할 수 있다.

음반의 보급과 잡가의 음반화는 전통적 통속문화였던 잡가가 신 매체와 대면하면서 근대화되었다는 것을 의미한다. 하지만, 잡가가 음반에 본격적으로 담기기 시작했던 1910년대까지 유성기의 가격이 매우 비쌌기 때문에 유성기와 음반은 일부 경제적 유력자 층만 향유할 수 있었다는 점 또한 기억해야 할 것이다.[44] 따라서 유성기를 소유할 수 없는 사람들은 여전히 기억에 의존하여 잡가를 향유하면서 그들의 취향을 고수하고 있었다고 할 수 있다.

1926년 사단법인 경성방송의 개국, 1927년 시험방송과 함께 시작된 라디오의 시대는 유성기와 더불어 전통문화의 위상 변화를 촉진하였다. 잡가는 음반과 함께 근대의 대표적 매체라 할 수 있는 라디오 방송에서도 큰 비중을 차지하였다.

> 貞洞 마두턱이에 新式洋室 京城放送局 - JODK - 이 생긴 이래 길거리 저자문 압헤서 擴大器를 통하야 울녀나오는 노래 혹은 音樂소리는 새삼스럽게 科學의 威力을 驚歎게 합니다. 筆者 한 사람도 新時代의 落伍者가 되기 실혀하는 생각으로 하엿든지 偶然한 期會에 조고마한 機械나마도 하나 놋코 틈 잇는대로 듯는 사람 중의 한 分子입니다. 半官製

44 매일신보 기사에 따를 것 같으면, 1911년 당시 유성기 한 대의 가격은 25원이었다. 당시 판임관 5급의 월급이 30원이었다는 사실을 감안하면 유성기는 고가의 상품이었다고 할 수 있다. 장유정, 「일제 강점기 한국 대중가요 연구」, 서울대학교 박사학위 논문, 2004, 14~15쪽.

> 式인 京城放送局에 대하야 不平이 적겟슴닛가만은 그 不平을 다-말한대야 소용업겟스닛가 그만두고 그 중에 放送프로그람에 대한 不平 몃 條目을 말슴하겟슴니다.
>
> …중략…
>
> 둘재, 西道雜歌나 南道소리를 한결가티 放送하는 것. 웃더케도 귀가 압흐게 들엇든지 머리골치가 압흠니다. 한 週日에 한번쯤 햇스면 엇덜까요.[45]

라디오 방송 청취자의 의견을 담은 이 글에서는 지식층 취향 청취자의 반발에도 불구하고 라디오 방송에서도 여전히 잡가가 선호되고 있음을 보여주고 있다고 할 수 있다. 라디오 방송은 출범 초기부터 국민적인 정서와 취향에 부합하기 위해 잡가를 위시한 통속적 전통 문화 양식을 대폭적으로 수용하였다. 그렇지만 그 수용층이 도시 중산층, 상류층이었던 관계로, 또한 기존의 레퍼토리를 반복하는 과정에서 오히려 정서적 차원에서 배척되는 효과를 내기도 하였다.[46] 인용한 글은 식민지 대중의 위안을 위한 음악이었던 잡가의 위상과 잡가에 대한 지식층의 거부를 선명하게 보여주고 있다.

잡가가 이처럼 잡가집, 극장, 음반이라는 새로운 매체에 편입되면서 나타난 가장 큰 변화는 전 시대 '잡요'로 취급되던 통속민요가 잡가의 주류로 전면화하였을 뿐 아니라 20세기 초반 가장 각광받는 노래문화로 부상하게 되었다는 점을 꼽을 수 있다. 통속민요의 인기는 잡가집에 실린 레퍼토리나 음반 목록으로도 확인할 수 있다. 1920년대 카프 진영

---

45 京城 延昌鉉, 〈放送局에 對한 不平, 全國青年不平不滿公開 우리의 希望과 要求〉, 『별건곤』 10호, 1927년 12월 20일.

46 유선영, 「한국 대중문화의 근대적 구성과정에 관한 연구 - 조선 후기에서 일제시대까지를 중심으로」, 고려대학교 박사학위논문, 1992, 348~352쪽.

에서 벌어진 대중화 논쟁의 중심에도 〈흥타령〉과 같은 통속민요가 자리했을 정도였다.[47] 요컨대 통속민요는 인정치 않으나 대중적 파급력만은 인정하지 않을 수 없을 정도로 그 위세는 만만치 않았던 것이다.[48]

통속민요의 지위 상승은 이를 담당했던 평·천민 음악인들의 지위 상승과 관련하여 생각할 수 있다. 20세기 초반 관기제도가 실질적으로 폐지되고, 관기와 삼패의 구별이 없어지면서 삼패의 입지는 넓어졌다. 노래를 부르는 폼새는 기생보다 삼패가 더 멋졌다는 말도 있듯이[49] 이들은 대중의 기호에 더 잘 부응하면서 활동 영역을 넓힐 수 있었다. 대중가요가 기본적으로 서민의 예술, 하부예술을 기반으로 한다는 명제를 상기해보면 통속민요의 인기는 시사하는 바가 크다고 할 수 있다.

20세기 잡가의 소통환경을 성글게나마 추적해본 결과 잡가는 지역색의 탈피, 소통과 전승의 광역화, 연행자와 관객의 분리, 테크놀로지의 개입 등 근대 대중문화를 구성하는 요소들에 의해 존재하고 있음을 살필 수 있었다.

그러나 20세기 초반 대중의 인기를 얻은 잡가는 1930년대 이후 유

47 1920년대 대중화 논쟁은 다음의 논의를 참조할 것. 이영미, 「1920년대 대중화 논쟁 연구」, 고려대학교 석사학위논문, 1984.

48 잡가의 저속성에 대해 개탄하던 지식층들이 1920년대 말, 1930년대 초반을 기점으로 잡가와 고소설 등 통속적 전통문화 양식에 대해 일제히 관심을 기울이기 시작했다. 그 징후는 앞서 언급한 카프의 대중화 논쟁과 1929년 2월에 결성된 조선가요협회의 활동에서 찾아볼 수 있다. '건전한 조선가요의 민중화'를 내걸었던 조선가요협회의 동인은 이광수, 주요한, 김소월, 변영노, 이능상, 김형원, 안석주, 김억, 양주동, 박팔양, 김동환, 김영환, 안기영, 김형준, 정순철, 윤극영 등 주로 우파 진영의 문화적 민족주의자들이었다. 통속적 전통문화의 파급력을 인정하는 선에서 그쳤던 카프 진영과 달리 조선가요협회 동인들은 작사, 작곡, 가요 담론 생성에까지 관여하였다.

49 이창배, 앞의 책.

행가를 비롯한 외래의 양식에 주도권을 내주게 된다. 라디오 방송국의 개국, 1929년 전기 녹음으로 음악이 본격 대량 생산 체제로 돌입하면서 잡가를 위시한 전통음악의 기세는 서서히 꺾이기 시작했다. 그 이유는 전통 음악이 매체 전환 이후 급증하는 수요에 걸맞는 새로운 레퍼토리를 생산하지 못했다는 점, 대중 매체에 필연적으로 요구되는 산업화, 표준화에 한계가 있다는 점을 지적할 수 있다. 이는 잡가가 근대성 매체와 만나면서 근대적 대중문화로 성공적으로 전환하였지만, 대량 기술 복제에 의한 대중문화가 본격 뿌리내리면서 이에 걸맞는 신종 장르로 대치되었다는 것을 의미한다.

아울러 지역에 잔존하던 농촌 공동체의 문화 역시 서서히 해체되어 갔다.

> 自身에게 親近性이 없는 것은 대수럽게 아니여기지요. 그리고 나이에 따라서도 趣味가 다르니까요. 村이라도 라디오 레-코드가 들어가서 갈팡질팡입니다.[50]

〈농촌오락진흥좌담회〉에서는 라디오와 유성기가 바꾼 농촌의 풍속도를 이렇게 표현했다.[51] 물론 라디오와 유성기가 도입된 후에도 농촌의

---

50 『조광』, 1944년 4월호, 104쪽.

51 물론 농촌 오락 진흥책은 일제 말 총력전 체제 하에서 황민화 정책의 일부로 실시되었다. “國民總力朝鮮聯盟 內에 이번 文化部가 設置되여서 率先하여 朝鮮의 鄕土藝術과 農, 山, 漁村의 健全한 娛樂을 振興시키기로 盡力하고 있다. 이제 本社에서도 民間에 게신 民俗學者 諸氏에게 청하여 수백 년 래로 내려오든 鄕土藝術의 復興 又는 새로운 民藝의 創造와 振興策에 대해서 그 高見을 드러 이 운동에 拍車를 가하려 하노라.” 〈鄕土藝術과 農村娛樂의 振興策〉, 『삼천리』, 1941년 4월호. 이 글에서는 황민화 정책과는 별도로 라디오와 유성기 등 근대 매체가 농촌에 잔존

노래 공동체가 동요하기는 하였지만 완전히 와해되거나 해체되지는 않았다. 농촌 중심의 전통적 노래 공동체가 무의미해지고, 취향이나 신념, 가치를 공유하는 노래 공동체로 완벽하게 대치되기까지는 수십 년의 시간이 더 필요했다. 이 과정은 매스미디어의 보급, 도시화, 산업화의 진전과 함께 진행되었다.[52] 요컨대 음반과 라디오는 지역에 기반한 노래 공동체의 애체를 조장하고, 취향과 찰나적 쾌락을 공유하는 도시의 공동체를 생성하는 등 공동체의 개편에 적극 개입하였다고 할 수 있다.

4. 나오는 말 – 19세기 말~20세기 초 잡가의 위상과 노래 공동체

전 근대 시기와 근대 초기를 거치며 존재했던 잡가는 조선 후기 이래 지속된 예술사의 흐름을 반영하는 동시에 전 근대 노래문화가 근대 대중문화로 자기 부상하는 과정을 선명히 보여주고 있다. 앞서 언급하였듯이 17세기 후반을 기점으로 예술의 향수를 둘러싼 신분적 귀속성

하고 있던 전통문화와 공동체의 재편에 개입한 부분을 주목하고 있다.

52 해방 후 월남 인구가 도시로 정착하면서 불어나기 시작한 도시 인구는 '경제개발 5개년 계획'으로 상징되는 관 주도의 산업화가 진행되고, 그 여파로 이촌향도(離村向都) 현상이 심화된 1960년대부터 급격하게 상승 곡선을 그리기 시작한다. 이와 거의 동시에 국립 TV 방송국인 KBS가 개국하고 뒤를 이어 민간 방송인 TBC와 MBC가 개국하면서 매스미디어의 시대를 활짝 열었다. 1970년대 중반에는 드디어 도시 인구가 농촌인구를 압도하고 산업 구조가 농업 중심에도 공업 중심으로 바뀌는 총체적 도시화의 시대를 맞이하게 되었다. 매스미디어의 보급, 산업 구조의 변화, 인구 구조의 변화는 향촌의 노래 공동체와 그들의 노래인 민요의 운명을 바꾸어 놓았다. 노동요를 함께 부르며 협업하던 광경은 라디오에서 울려나오는 유행가에 맞춰 기계를 돌리는 공장의 풍경으로 속속 바뀌게 되었다. 그사이 향촌의 민요는 채집과 발굴, 보존의 대상이 되었다.

은 서서히 약화되기 시작하였다. 또한 경제적 부가 문화, 예술 부분에 투입되면서 예술의 상업화 경향이 나타났고, 그러한 경향은 19세기로 넘어가면서 심화되었다. 조선 후기 예술사의 전개과정에서 나타난 특징적 징후들이 대중문화로 합류하는 지점을 확인할 수 있고, 그것이 노래 공동체의 변화와 재편을 매개한다는 점은 잡가의 위상과 관련하여 가장 주목할 부분이기도 하다.

이렇듯 19세기 말～20세기 초에 존재했던 잡가의 존재양상과 소통방식의 추이를 추적하다 보면 신분에 기반한 폐쇄적 노래 공동체, 지역적 경계에 따른 농촌 중심의 노래 공동체가 해체되거나 재배치되는 의미있는 현상을 발견하게 된다. 아울러 노래 공동체가 형성, 유지되는 요소가 신분, 혈연, 지연, 생활에서 자본의 흐름, 취향, 여가, 신념으로 대치되고 있다는 것도 포착할 수 있다. 이러한 과정은 곧 근대 노래 공동체 형성을 향한 과정으로 보아도 무방할 것이다. 근대적 노래 공동체는 자본의 유입, 생산, 대량 소비를 기본으로 하는 대중문화시대의 도래와 함께 자연스럽게 형성되어 이전에 형성되었던 노래 공동체를 대신하는 새로운 형태의 수용자 집단이라 정의해볼 수 있다.

이들은 전통적 공동체와는 절연하였지만 계몽 지식인의 공공이념이나 외래 양식의 이입을 주도한 이들이 유포하는 엘리티즘에도 포섭되지 않았다. 잡가의 배치를 결정짓는 주된 요소는 당연히 수용층의 선호도였을 것이다. 이념이나 명분에 포섭되지 않고, 자신의 문화적 기호나 취향을 유지하려는 잡가의 수용층의 존재는 지역에 기반한 노래 공동체가 도시 중심의 취향 공동체로 바뀌어가고 있다는 것을 암시하는 것이라 하겠다.[53]

새로운 노래 공동체를 조직해내고, 수용자들이 선호할 만한 새로운 양식을 도입한 데에는 물론 자본의 의지, 이를 통어한 일제의 문화정책이 강하게 작용하고 있다. 그러나 신매체 혹은 신매체 도입 이후 이입된 양식은 외래의 것 일지라도 이를 순조롭게 수용할 수 있는 기반이나 대중의 선호도는 조선 후기 노래문화의 전통 안에 이미 내재되어 있었다.[54] 또한 자본과 권력의 의지는 일방적으로 관철되는 듯 보이지만, 실은 대중의 기호와 끊임없는 협상과정을 거친다는 점도 유념할 필요가 있다. 19세기 말～20세기 초 잡가의 존재양상과 소통환경에 대한 고찰은 이러한 가능성을 탐색하고 확인하는 과정이라 할 수 있다. 이런 점을 두루 응시할 때, '일제 식민정책에 복무한 퇴영적, 반시대적 문화'라는 가혹한 폄하나 '자생적으로 발생한 대중가요의 선구'라는 다소 과도한 의미부여, 이 양 극단으로부터 벗어나 잡가가 서있던 자리를 제대로 응시할 수 있을 것이다.

—이 글은 『구비문학연구』 21집, 한국구비문학회, 2005에 실린 논문을 수정·보완한 것임.

53 대중가요로부터 받는 위무로 결속과 동질감을 확인하는 수용자 집단을 장유정은 정서의 공동체로 명명하였다(장유정, 앞의 글, 82~89쪽). 정서의 공동체는 대중의 선호도에 전적으로 좌우된다는 점에서 취향의 공동체와 상통하는 개념이라고 할 수 있다.

54 대중가요의 기원을 조선 후기에서 찾는 논자들은 이에 주목하여 창가, 트로트 등 외래 양식은 조선 후기에 마련된 기반 위에 이입된 것에 불과하다는 주장을 펼치고 있다. 강등학, 「19세기 이후 대중가요의 동향과 외래양식 이입의 문제」, 『인문과학』 31집, 성균관대학교 인문과학연구소, 2001, 261~262쪽.

민요와 시가의 소통과 불통

◉

손종흠

1. 서론

인류의 역사는 변화의 주체로 보는 대상을 나누는 기준과 목적에 따라 다양하게 구분될 수 있다.[1] 문화적 현상의 하나이면서 인류의 삶에 중요한 구실을 했던 노래라는 문학예술과 관련을 가지는 시기의 구분은 민요(民謠)의 시대와 시가(詩歌)의 시대로 크게 나눌 수 있다. 민요는 모든 사람들이 살아가면서 공통적으로 겪을 수밖에 없는 노동(勞動)과 여가(餘暇), 의식(儀式)과 정치(政治) 등에 대한 자신들의 생각을 표현함에 있어서 예술적 아름다움을 수반한 노래[2]라는 양식으로 형상화

1 문명의 척도인 도구의 발달과 변화를 대상으로 구석기, 신석기, 청동기, 철기 등으로 나누기도 하고, 인류가 문자를 발명해 신들의 흔적을 기록하기 시작한 이후인 역사시대는 고대, 중세, 근세, 근대, 현대 등으로 나누기도 한다.

2 노래는 일정한 범위에 속하는 구성원들이 사회적으로 약속한 의미를 가지는 언어를 표현수단으로 하면서 소리(聲)의 고저장단(高低長短)을 특수하게 배합하여 부름으로써 사람의 청각기관에 작용시키는 것이라고 정의한다.

한 것으로써 아주 오랜 역사를 지닌 문학예술의 한 갈래이다. 특히 노래는 먹이를 얻는 행위의 과정에서 불리는 노동요를 가장 오래된 것으로 본다. 왜냐하면 노동은 유기체가 생명을 유지하기 위해서는 필수적으로 겪어야 하는 과정의 하나인데, 이 과정에서 불린 노래의 역사는 바로 노동의 역사이기 때문이다. 노동과 여가가 중심을 이루는 사람의 삶에서 여가보다는 노동이 우선하기 때문에 민요의 경우도 여가요보다 노동요가 먼저 생겼을 것으로 본다. 그러므로 노동요는 민요 중에서 최고로 오래된 역사를 가진 것임과 동시에 가장 기본적인 것이라고 할 수 있다. 의식에서 불리는 의식요나 정치의식을 반영한 정치요 등은 상당히 조직화된 공동체가 형성된 다음에 만들어지고 불렀을 것이므로 노동요와 여가요에 비해 짧은 역사를 가진다고 할 수 있다. 그중 정치요는 역사시대라고 할 수 있는 국가의 발생과 문자의 발명 등과 밀접한 관련을 가지는 것이면서 시가의 발생과도 일정한 연관이 있는 것으로 파악된다. 왜냐하면 정치라는 것은 지배계층과 피지배계층으로 신분이 분화되면서 국가라는 이름의 공동체가 발달하는 과정에서 생겨난 것으로써 이에 대한 피지배층의 생각을 노래로 부른 것이 바로 정치요이기 때문이다. 이러한 성격을 가지는 정치요가 발생했다는 것은 신분제 사회를 중심으로 하는 왕권국가가 정착되었다는 것을 의미함과 동시에 정치행위가 곧 노동행위로 되는 지배계급이 발달하면서 그들만의 정서를 표현할 수 있는 시나 노래 같은 것들이 만들어지기 시작했다는 것을 뜻한다. 이런 점에서 볼 때 시가는 국가의 발생과 민족의 성립, 지배계층의 확립과 문자의 발명 등을 기반으로 하여 만들어지고 향유된 노래 문학의 일종으로 역사시대가 만들어낸 지배층의 문학예술이라는 성격을 기본으로 하고 있다는 사실을 알 수 있다. 국가의 발생과 그에 따른 신분의 분화 등의 사회 현상은 그동안 동일선상에서 수평적으로 이해될 수 있던 사람과 사람의 관계가 수직적으로 바뀌는 것을 의미하는 것이기 때문에 두 계급이 만들고 즐기는 문화현상에 일정한 관련성과 더불어 뚜렷한 차별성이 존재한다는 사실을 감지할 수 있게 된다. 민요와 시가가 공통적으로 가지고 있는 관련성은 두 갈래의 노래가 소통할 수 있는 통로를 만들어주지만, 신분에 의해 구별 지어지는 사회와 문화에 의해 형성되는 차별성은 두 갈래의 노래가 소통할 수 없도록 만드는 요인으로 작용하기도 한다. 민요와 시가 사이에 존재하는 이러한 소통과 불통에 대한 분석은 이 둘이 형성하는 관계성, 유사성, 차별성, 특수성 등을 파악하는 데에 매우 중요한 구실을 할 것으로 보인다. 이러한 생각을 바탕으로 본고에서는 민요와 시가의 소통과 불통의 문제를 집중적으로 논의함으로써 시가의 역사적, 예술적 맥락을 짚어볼 수 있는 기반으로 삼고자 한다.

2. 민요와 시가의 발생 과정

1) 민요의 발생과정

예술적 창조 행위 중의 하나인 문학은 일정한 사물현상을 대상으로 하여 아름답게 꾸미는 것에서 시작되었다고 할 수 있다. 예술적 창조 행위는 사람이 본능적으로 지니고 있는 삼대욕구(三大欲求)[3]의 하나인

3 욕구는 결핍, 혹은 비어있음을 채우려는 바람이면서 일정한 행위를 유발함으로써 미래를 선점(先占)하는 것을 기본적인 성격으로 한다. 결핍은 부족함, 필요로 함 등이 뜻을 가지는데, 그것이 채워져서 부족함의 상태가 종결되면 곧바로 사라지는

미적 욕구를 바탕으로 하는데, 무엇인가를 꾸며서 아름답게 만들어낸 것으로서의 예술작품을 형성하는 근원이 된다. 미적 욕구를 바탕으로 하여 창조되는 예술작품은 매우 다양한 종류가 존재하는데, 소리(聲)와 말(言語)을 중심적인 매개체로 하여 만들어진 것이 바로 언어예술인 문학이다. 그 중에서 사람의 입을 통해 불리는 것으로 언어를 표현수단으로 하면서 소리의 고저장단을 특수하게 배합하여 청각기관에 작용시켜 예술적 감동을 불러일으키는 소리예술인 민요는 인류의 역사와 그 맥을 같이한다고 할 만큼 오랜 역사와 전통을 가지고 있다. 사람이 생명을 유지하기 위해 반드시 필요로 하는 먹이를 얻는 과정인 노동 현장을 발생 배경으로 하여 만들어지고 불린 노래가 바로 민요이기 때문이다. 먹이를 얻는 과정인 노동 행위는 인류의 삶이 시작된 때로부터 있어왔을 것이기 때문에 이 과정에서 발생했을 것으로 보이는 민요의 역사가 바로 노동의 역사이며, 다른 한편으로는 인류의 역사인 것이다. 이런 점에서 볼 때 민요는 다른 어떤 언어예술보다 오랜 역사를 가지고 있는 것으로 볼 수밖에 없다. 이러한 발생과정을 가지고 있는 민요의 첫 모습은 신호음에 가까운 소리였다가 점차 소리를 주도하는 사람의 사설(辭說)이 덧붙여지는 과정을 거쳐 민요라는 이름을 가진 노래로 완성되어 갔을 것[4]이라고 추정한다. 노동의 역사는 도구 발달의 역사라고 할 수 있는데, 도구의 발달이 미미했던 과거로 가면 갈수록 집단적 행위를 통한 노동이 많았을 것으로 추정된다. 왜냐하면 육체가 지니고 있는 힘이나 기능 등이 매우 취약한 존재인 인간이 스스

것이 바로 욕구다. 사람이 가지고 있는 3대 욕구는 食慾, 性慾, 美的 欲求를 가리키는데, 미적 욕구에 의해 다양한 종류의 예술행위와 예술작품이 성립하고 창조된다.

4 고정옥, 『조선민요연구』, 수선사, 1949, 13쪽.

로의 능력을 신장시켜 먹이를 효과적으로 획득할 수 있는 보조수단인 도구를 발달시키지 못했던 아주 먼 과거에는 노동과정을 원활하게 하면서 더 많은 먹이를 쉽고 효율적으로 얻기 위한 방법의 하나로 둘이나 그 이상의 사람들이 힘을 합쳐 노동행위를 했을 것이기 때문이다. 따라서 과거로 가면 갈수록 집단노동 행위가 중심을 이루게 된다는 사실[5]을 쉽게 알 수 있다. 두 사람 이상이 집단행동을 한다는 것은 개인과 개인의 힘을 하나로 모아 더 큰 힘을 발휘함으로써 더 많은 먹이를 한층 더 효과적으로 획득하기 위한 것이 주된 목적으로 되는데, 이 과정에서 가장 필요로 하는 것이 행동의 통일이라고 할 수 있다. 왜냐하면, 함께 움직여서 힘을 합치지 않으면 먹이를 획득하는 데에 실패하거나 무척 힘든 노동 과정을 감수해야 할 것이기 때문이다. 육체를 통해 표현되는 유기체의 행위는 머릿속에서 인지한 것을 근거로 하여 내려지는 명령에 의한 것이므로 여러 사람이 동시에 행동을 할 수 있도록 만들기 위한 신호를 통해 각 개인이 머릿속에서 인지하도록 하는 것이 매우 중요한 의미를 가진다. 육체가 활발하게 움직이는 노동과정에서도 소리를 듣고 인지하는 청각은 언제나 수용 가능한 상태로 준비되어 있어서 노동행위를 하는 사람들은 노동의 효율성을 높이기 위한 행동의 통일을 기하기 위해서는 소리를 통한 신호음 같은 것이 있어야 한다는 필요성을 느끼게 되었던 것이다. 이러한 신호음은 처음에는 탄성(歎聲)이나 괴성(怪聲)과 같이 단순한 소리의 형태를 가진 것이었다가 점차 일정한 주제를 가진 내용의 사설이 그것을 만들고 부르는 사

---

5 지금도 기계가 아닌 사람의 육체가 지니고 있는 능력과 힘을 바탕으로 일을 하는 현장에서는 집단적인 행위를 바탕으로 하는 노동이 중심을 이룬다는 것에서 이러한 사실을 확인할 수 있다.

람들에 의해 더해지면서 점차 노래의 형태를 갖추어 나가기 시작한 것[6]으로 볼 수 있다. 이와 같이 노동 과정에서 발생한 민요는 문명의 발달과 그에 따른 다양한 문화의 형성으로 그 폭을 확대하여 여가, 의식(儀式), 정치 등의 현장이나 대상에 대한 사람들의 생각을 일정한 형식에 담아 표현하는 방식으로까지 성장했다. 이렇게 되자 민요는 노래가 만들어지고 불리는 현장을 삶의 거의 모든 분야로 확대하면서 사람들의 생활 속에 매우 깊은 뿌리를 내리게 되었다.

2) 시가의 발생과정

민족의 개념을 포함하고 있는 국가라는 조직의 발생과 발달은 인류 역사에서 엄청나게 중요한 의미를 지닌다. 현재 남아 있는 기록으로 볼 때 지금으로부터 약 5,500년 전 무렵에 부족이나 씨족 단위를 넘어서는 수준의 국가가 이미 형성되었던 것으로 보인다. 국가가 발달하면서 나타난 사회적 현상은 매우 다양한데, 첫째, 신분의 조직적 분화, 둘째, 민족 개념의 형성, 셋째, 문자의 발명, 넷째, 문명의 비약적 발달, 다섯째, 부계 중심 성씨(姓氏)의 등장과 발달 등이 나타났다. 강력한 권력을 기반으로 하는 국가의 발생은 그때까지 있었던 씨족이나 부족이 중심을 이루는 방식의 나라와는 질적으로 다른 것이었다. 지배층과 피지배층이라는 두 개의 신분이 뚜렷하게 나누어지고, 지배층에 속하는 왕과 귀족들이 강력한 권력을 가지는 구조로 바뀌면서 탄탄하고 체계적인 조직을 바탕으로 하는 정치권력이 등장[7]했기 때문이다. 이러

6 고정옥, 위의 책, 같은 쪽.

7 씨족이나 부족이 중심을 이루었던 형태의 나라에서는 조직화되지 못한 극소수의

한 신분의 분화와 고착화는 민요의 세계에서 파생된 시가가 등장할 수 있는 근거를 제공하게 된다. 국가라는 이름을 가진 사회조직은 씨족과 부족의 범위를 넘어서는 범주에 속하는 사람들이 모여 하나의 울타리 안에서 생활하는 조직을 가리킨다. 씨족이나 부족보다 광범위한 범위에 속하는 사람들의 공동체를 민족이라 하고, 이들이 중심을 이루어 조직화한 사회집단을 국가[8]라고 하는데, 하나의 민족이 다른 부족이나 민족을 정복하여 국가의 공간적 범위를 넓히기도 하지만 국가라고 하는 것은 기본적으로 민족 개념을 근거로 하고 있다. 이러한 민족 개념의 성립은 언어, 종교, 생활 등의 문화적 공통성을 바탕으로 하기 때문에 국가를 테두리로 하는 다양한 문화현상들이 나타날 수 있는데, 시가 역시 이러한 문화현상 중의 하나라고 할 수 있다.

지배층과 피지배층으로 신분이 분화하면서 나타난 뚜렷한 사회적 현상 중 하나는 노동계급과 비노동계급이 확실하게 나누어진다는 점이다. 여기서 말하는 노동은 주로 육체노동을 가리키는 것으로 지배계층에 속하는 사람들은 학문과 정치를 자신의 일로 삼으면서 육체적 노동을 하지 않게 되었기 때문이다. 왕을 중심으로 하는 지배계층의 사람들은

지도자가 나머지 사람들을 이끌어가는 방식이었지만 강력한 권력을 기반으로 형성된 국가에서는 전체 구성원의 소수에 속하는 사람들이 고정된 신분을 유지하면서 나머지 사람들을 통치하는 방식을 갖추었다. 그렇기 때문에 국가가 발생했다고 하는 것은 신분의 분화가 고착화되면서 소수자에 의한 정치권력의 독점화가 상당히 진행되어 있는 상태라고 할 수 있다.

8 국가는 일정한 영토와 거기에 사는 사람들로 구성되고, 주권에 의한 하나의 통치조직을 가지고 있는 사회 집단을 가리키는 말로 일반적으로 국민, 영토, 주권의 구성요소를 필요로 한다. 많은 경우 민족과 국가가 일치하기도 하지만 그렇지 않은 경우도 있다. 일치하지 않는 경우에도 공간적으로 떨어져 있는 같은 민족은 그들의 뿌리가 되는 것으로 믿는 해당 국가에 대한 애정과 소속감 등이 강렬하다.

자연을 터전으로 삶을 꾸려가는 노동계급에 속하는 사람들을 효과적으로 지배하고 통치하기 위해서는 천문과 지리, 기후 등에 대한 정보를 정확하게 제공하는 능력을 가지는 것이 절대적으로 필요했다. 왜냐하면 노동계급에 속하는 사람들은 지배층에서 지시하는 대로 행동하여 많은 생산물을 획득하는 것을 가장 바람직한 삶으로 여겼고, 정확한 정보를 제공하는 사람에게 절대적인 복종을 할 수밖에 없었기 때문이다. 자신들의 권력을 유지하고, 노동계급에 속한 대다수의 사람들을 복종시키기 위해 절대적으로 필요한 정보들에 대한 정확도를 높이기 위해 이들이 개발한 것이 바로 시간의 한계[9]를 넘어 다양한 정보를 오래, 그리고 폭넓게 공유할 수 있는 수단이나 도구를 만드는 것이었다. 지배계급인 비노동계급에 의해 발명된 것이 바로 사회적으로 약속된 뜻을 담아내고 있는 기호로서의 문자였다. 사람과 사람 사이에 의사를 소통할 수 있는 시각적 기호인 문자는 시간의 지배를 받지 않기 때문에 오랜 시간 동안, 공간을 초월해서 존재할 수 있음으로 인해 그것이 담고 있는 정보가 시공을 초월해서 공유될 수 있는 특징을 지니고 있다.

이러한 문자의 발명은 시가의 발생과 발달에 결정적인 계기를 제공한다. 국가의 성립과 발달은 사회 전 분야의 문명이 비약적으로 발달할 수 있는 근거와 바탕을 마련했다. 많은 사람들의 생활을 윤택하게 함과 동시에 국가를 운영하기 위한 비용인 세금을 거둬들이기 위해서는 생산력을 높이는 것이 무엇보다 중요했는데, 이 과정에서 문명의 척도가

---

9 언어는 일정한 의미를 가지는 것으로 사람들에게 의해 약속된 소리를 입 밖으로 내어 화자가 나타내고자 하는 바를 전달하는 수단의 하나인데, 순식간에 시간 속으로 사라져 흔적을 남기지 않기 때문에 시공을 초월해서 공유하는 것이 불가능했다. 이러한 한계를 극복하려는 목적에서 만들어진 것이 바로 약속된 기호인 文字이다.

되는 도구의 발달이 획기적으로 이루어졌다. 또한 국가의 범위 안에 있는 사람들을 안전하게 지키기 위해서는 강력한 무기가 필요하게 되었으며, 이러한 필요성에 의해 다양한 형태와 기능을 가진 무기들이 개발되면서 사회 전 분야의 문명에 엄청난 파급력을 가지게 되었다. 문명의 이러한 비약적 발달이 국가라는 조직과 밀접한 연관을 가지고 있음은 현재까지도 국가라는 조직이 건재하고 있다는 사실에서 확인할 수 있다. 국가의 지도자가 되어 많은 사람들을 이끌고 통치해나가야 하는 책임을 가진 사람들은 동시에 절대적인 권력도 가지게 되는데, 이것을 지켜내기 위해 이들은 자신들의 모든 것을 이어받아 지켜낼 수 있는 기반이 절대적으로 필요하게 되었다. 이러한 필요성에 의해 등장한 것이 바로 혈통이라는 개념을 바탕으로 하는 성씨(姓氏)였다. 권력과 경제력 등의 특권까지 모두 승계하는 후계자로 혈통을 강조하면서 하나의 울타리 안에 있는 구성원임을 강조하는 것만큼 강력한 것은 없었기 때문이다. 그런 이유로 인해 다른 혈통과 자신의 혈통을 구분하기 위해 붙인 것이 바로 성(姓)[10]이었다. 아버지와 자식 사이에 형성되는 끈을 나타내면서 대대로 계승되는 성은 지금까지도 세계 곳곳에서 잘 유지되고 있는 실정이다. 이러한 목적에서 시작된 성은 다른 한편으로는 다른 사람과 자신을 뚜렷하게 구별하여 나타낼 수 있는 중요한 수단으로도 되었기 때문에 개인적인 정서를 표출하여 기록하고 노래하는 시가의

10 姓은 국가가 발생하기 전에도 있었을 가능성이 있으나 국가가 성립하여 신분이 분화하면서 주로 왕을 중심으로 하는 지배계층에 속하는 남성의 혈통을 강조하기 위한 수단으로 형성되었다. 우리나라를 비롯한 여러 기록들에 의하면 옛날에는 일정한 공로가 있는 사람이나 귀족에게 왕이 성을 내리는 것으로 나타난다. 이것은 성이라고 하는 것은 정치권력의 유지와 승계를 위한 수단으로 가장 합당한 것이었다는 사실을 잘 보여주는 것이라고 할 수 있다.

발생과 발달에도 지대한 영향을 끼친 것으로 볼 수 있다.

국가가 발생하면서 조직화한 신분의 분화가 성립하자 문명의 비약적 발달과 권력의 승계라는 새로운 사회현상이 나타나면서 문화적인 측면에서도 커다란 변화가 모색되었으니 노동계급의 문화와 차별성을 가지는 새로운 문화현상의 등장이 바로 그것이었다. 국가 발생 이전까지의 문화는 익명성을 기반으로 하는 대중적인 것이 주류를 이루었는데, 소수에 의한 혈통과 권력의 승계가 정착되면서 그들만의 차별화된 문화가 자연스럽게 만들어질 수밖에 없었기 때문이다. 그 중 가장 뚜렷한 차별성을 가지는 것으로는 문자를 표현수단으로 하는 언어예술로서의 문학과 소리의 고저장단을 특수하게 배합한 형태로 만들어진 소리예술로서의 음악이었던 것으로 보인다. 문학과 음악은 화자(話者)나 창자(唱者)의 감정과 정서를 매우 효과적으로 표현해냄과 동시에 상대에게 전달하여 감동을 유발하는 예술로 매우 오랜 역사를 지니고 있었다. 신분의 분화가 조직화하지 않았던 시대의 문학은 이야기와 노랫말이 중심을 이루었는데, 시간의 한계를 넘어설 수 있는 문자를 통한 기록이 가능해진 시기로 역사시대를 열어젖힌 국가가 발생한 이후부터는 종래의 노랫말과는 차원이 다른 것이 만들어졌으니 그것이 바로 시(詩)였다. 국가가 형성되기 훨씬 오래 전부터 만들어지고 불렸던 노랫말 역시 시적인 성격을 가지고 있지 않은 것은 아니지만 신분의 조직적 분화 이후 지배층에 의해 만들어진 시와는 질적으로 상당히 다른 성격을 지니고 있었다. 자연에 대한 생각이나 사상, 화자가 지니고 있는 정서 등은 노랫말과 시가 공통적으로 가지고 있는 것들이라고 할 수 있다. 그러나 시는 소리의 율동을 통해 감동을 유발하는 율격이 노랫말에 비해 훨씬 체계적이고 조직적이며, 다양화하는 모습[11]을 보이고 있으며, 표현기법 또한 매우 다양하다는 점에서 기존의 노랫말과 상당한 차이가 있음을 알 수 있다. 민요의 노랫말에 비해 시가 이처럼 다른 모습을 보이는 핵심적인 이유는 구성원 공통의 정서를 표현하고 전달하는 것이 중요한 목적이었던 민요와는 달리 시는 작가 개인의 정서를 표현하고 전달하는 방식으로 바뀐 것이라고 할 수 있다. 그만큼 표현할 수 있는 방법의 폭이 넓어지면서 형식적 다양성을 바탕으로 하는 새로운 방식의 율격이 개발되어 지배층에 속하는 사람들이 주로 만들고 향유하는 예술 갈래로 정착한 것이 바로 시(詩)였다. 이러한 성격을 가지는 시는 그것이 태생적으로 지니고 있는 반복과 압축의 구조에 힘입어 노래로 불리면서 춤을 곁들이는 예술 갈래로 발전했으니 그것이 바로 시가(詩歌)[12]였다. 그렇기 때문에 시가는 신분의 조직적 분화와 국가의 발생과 발달, 문자의 발명, 지배층의 확립 등을 사회적 배경으로 하여 발생한 문학, 음악, 무용의 세 가지 요소를 갖춘 언어예술을 가리키는 것이 된다.

---

11 민요의 율격에 비해 시가의 율격은 훨씬 복잡하며, 다양하고, 체계적이라는 사실을 쉽게 알 수 있다. 예를 들면 민요에 바탕을 두고 있는 詩經은 四言四句라는 단순한 율격을 가지지만 漢詩는 五言, 六言, 七言 등으로 다양한 데다가 율격을 이루는 세부적인 구성요소가 매우 복잡한 양상을 보이고 있다.

12 시가는 언어예술로서의 시와 소리예술로서의 음악과 동작예술로서의 무용이 하나로 합쳐진 것을 가리키는 말이다. 외부의 사물현상에서 일어난(興) 것이 내부의 마음을 거쳐 느껴지면(感) 그것이 소리로 드러나(發)고 여기에 신명이 더해지면 일정한 행위(舞)를 수반하는 것이 바로 시가다.

3. 민요와 시가의 성격

1) 민요의 성격

첫째, 언어예술

사람이 머릿속에 가지고 있는 어떤 것을 말로 나타낸 것이 바로 언어다. 언어는 시각을 통해 인지할 수 있는 물질적 형태를 가진 것은 아니지만 자신의 생각을 상대에게 전달할 수 있는 표현 수단의 하나로 청각을 통해 인지할 수 있다. 그렇기 때문에 언어는 사람이 가진 느낌이나 사상, 기타 표현하고자 하는 바를 상대에게 전달하기 위한 도구 중 가장 발달되고 정확한 수단이 된다. 생명체가 가지고 있는 느낌이나 정보를 정확하게 전달하고 공유하는 데에 언어를 매개체로 사용한다는 것은 문명의 발달과 문화의 발전에 언어가 결정적인 영향력을 가진 것이 사실을 의미하므로 이것은 삶의 질을 좌우한다고 할 정도로 중요한 구실을 하는 것으로 파악된다. 사람들이 언어를 통해 대화를 하며, 자신의 감정이나 느낌, 생각, 사상, 사물현상에 대한 정보 등을 교환함과 동시에 공유하는 것은 오랜 시간에 걸쳐 만물의 영장으로 군림할 수 있었던 가장 중요한 배경이 되기 때문이다. 인류의 삶에서 이처럼 중요한 의미를 가지는 것이 바로 언어이기 때문에 오래 전부터 사람들은 이것을 활용하여 아주 다양한 문화현상을 만들어냈는데, 그 중 하나가 바로 언어예술이라고 할 수 있다. 언어를 매개수단으로 하는 예술을 지칭하는 언어예술에는 이야기(說話)와 노래(民謠)가 중심을 이루는데, 노래는 노동 현장을 중심으로 향유되고, 이야기는 여가 현장을 중심으로 향유되는 특징[13]을

13 물론 모든 노래가 노동 현장에서만 불리는 것은 아니다. 여가(餘暇), 의식(儀式), 정치(政治) 등의 현장에서도 노래가 불리지만 노동 현장에서 불리는 것이 가장 먼

가지고 있다. 노래인 민요는 생활상의 필요에 의해 자연발생적으로 생긴 것이면서 반드시 언어를 통해 표현되고 향유되며 사람의 감정에 작용하여 감동을 유발하는 예술적 성격을 지니고 있기 때문에 언어예술의 한 종류가 된다.

둘째, 구전성(口傳性), **개방성**(開放性), **현장성**(現場性)

문자가 생기기 전까지는 사람이 생각하고 말하는 모든 것은 언어를 매개체로 하여 입을 통해 전달되며 기억을 통해서만 존재하는 구전(口傳)의 방식이 중심을 이루었다. 말로 된 것이면서 사람의 기억 속에 공유되고, 시간적으로 내려오는 것이 바로 민요이기 때문에 이것은 구전을 원칙으로 한다. 민요가 입에서 입으로 전해지는 구전의 방식을 통해 존재한다는 말은 고정되어 있지 않으며, 폐쇄적이지 않다는 것을 의미하기도 한다. 고정되어 있지 않다는 것은 언제든지 변화할 수 있다는 것을 가리키며, 폐쇄적이지 않다는 것은 무엇이나 받아들여 자신의 것으로 만들 수 있다는 것을 의미한다. 이런 점에서 볼 때 민요는 일정한 공간에 그려지거나 다듬어져서 시각화하면 변화가 불가능하게 되는 그림이나 조각 등과 근본적으로 다른 차별성을 가진다는 사실을 알 수 있다. 즉, 한번 만들어지면 고착화되어 굳어지는 그런 것이 아니라 언제든지, 그리고 무엇이나 수용하여 새로운 것을 만들어낼 수 있는 개방성을 가진 것이 바로 민요인 것이다. 민요가 이처럼 개방성을 가질 수 있는 것은 언어로 전해지는 구전성에 기반을 두고 있는데, 이것은 또한 현장성과도 밀접한 관련을 가지고 있어서 눈길을 끈다. 민요는 그것을

저 생겼으며, 가장 중요한 의미를 가지기 때문에 이렇게 말할 수 있다.

발생시키고 존재하게 하는 근거인 생활현장이 바뀌면 즉시 그것을 수용하여 노래로 만드는 재치를 발휘한다. 다른 예술 갈래에서는 불가능한 것이 민요에서는 가능한데, 그 이유는 바로 구전됨과 동시에 삶의 현장에서 불리기 때문이다. 만약 민요가 문자로 기록되거나 다른 표현수단을 통해 시각화했다면 도저히 불가능한 것이 바로 현장성이라고 할 수 있다. 민요가 태생적으로 가지고 있는 구전성은 개방성을 낳고, 개방성은 다시 현장성을 낳으니 이 세 가지는 민요가 지니고 있는 매우 중요한 성격의 하나라고 할 수 있다.

셋째, 작자(作者)가 드러나지 않으며, 창자(唱者)와 청자(聽者)가 분리되지 않음

민요에는 겉으로 드러난 작자가 존재하지 않는다. 누군가가 노랫말이나 가락을 붙여서 만든 것은 확실하지만 그것을 드러내지 않을 뿐이다. 이것을 우리는 익명성(匿名性)이라고 부른다. 어떤 행위를 한 사람이 누구인지 드러나지 않는 것을 의미하는 익명성은 일반 대중이 만들고 즐기는 거의 모든 것에 존재한다. 유언비어라는 이름으로 불리는 소문 혹은 풍문이나 정치에 대해 비판적인 공격성을 드러내는 참요(讖謠), 설화, 민요 등에는 기본적으로 익명성이 보장된다. 익명성은 자신을 드러내지 않는 대신 말하는 사람이 표현하고자 하는 것을 가감 없이, 혹은 과장되게 전달하는 것을 목적으로 한다. 민요의 작자가 드러나지 않는 것도 바로 이런 이유에 기인한 바가 크다고 할 수 있다. 민요에는 남녀의 성과 관련을 가지는 내용이 매우 노골적으로 나타나고 있는 것에서 이러한 사실을 확인할 수 있다. 익명성을 기반으로 만들어진 민요는 구성원 대부분이 함께 부르는데, 부르는 사람인 창자와 듣는 사람인 청자가 분리되지 않는 특성을 가지고 있다. 일정한 작가가 있는 시가(詩歌)는 노래를 짓는 사람과 그것을 부르는 사람, 듣는 사람이 분리되는 경향이 있지만 민요에는 이런 현상이 전혀 나타나지 않는다. 부르는 사람이 듣는 사람이고, 듣는 사람이 또한 부르는 사람이 된다. 이것 자체로는 별로 새로울 것이 없지만 역사시대에 접어들면서 시가를 비롯하여 지배층에 의해 만들어진 다양한 예술이 대중 일반을 대상으로 하는 공연(公演)의 방식을 취하면서 부르는 사람과 듣는 사람이 분리되는 성격을 기본으로 가지고 있다는 점 때문에 민요의 특징으로 강조된다.

넷째, 피지배층의 노래로 사회의 구성원이면 누구나 부르는 노래

노래 중에는 공동체의 구성원이기만 하면 특별한 능력이 없어도 생활 속에서 배우고 익혀 자연적으로 누구나 부를 수 있는 것[14]이 있는가 하면, 일정한 능력이 있으면서 특별한 준비과정을 거쳐서야 부르는 것도 있다. 앞의 것에 해당하는 것 중에 대표적인 것으로 민요를 들 수 있으며, 뒤의 것 중 대표적인 것으로 무가를 꼽을 수 있다. 세상에 태어나 점차 성장하면서 말을 배우게 되고, 그 다음으로 배우는 것이 노래라고 해도 과언이 아닐 정도로 민요는 생활 속에서 자연발생적으로 익혀서 부르게 되는 그런 것이다. 이것 역시 너무나 당연한 것이기 때문에 민요의 성격으로 굳이 강조해야 할 이유가 없는 것처럼 보이기도 한다. 그러나 후대에 생겨난 무가나 시가 등은 특별한 능력을 가진 사람이 특수한 훈련을 거쳐서야 비로소 부를 수 있게 되는 성격을 가지

14 공동체의 구성원이기만 하면 생활 속에서 배우고 익혀 자연적으로 누구나 부르는 노래를 요(謠)라 하고, 특별한 능력을 가진 사람이 특수한 훈련을 거쳐서 부르는 노래를 가(歌)라고 한다.

고 있기 때문에 그것과 차별성을 보이는 이것이 민요의 중요한 성격으로 지적되기에 이르렀다고 할 수 있다. 지배층과 피지배층이라는 조직화된 신분사회가 형성되지 않았다면 무가를 제외한 일반 대중의 노래가 모두 이러한 성격을 가지고 있기 때문에 굳이 강조할 필요가 없었을지도 모를 일이다.

다섯째, 분장(分章)의 형태

노동 과정에서 발생했을 것으로 보이는 민요는 교환창(交換唱)이나 선후창(先後唱)의 가창방식을 기본[15]으로 한다. 교환창과 선후창으로 부를 수 있는 노래는 여러 개의 장(章)이 결합한 형태, 동일한 형태의 구절을 반복하는 렴(斂)[16]이 수반된다는 점 등을 중요한 특징으로 한다. 물론 민요 중에는 교환창이나 선후창으로 부를 수 없는 형태의 노래가 없는 것은 아니다. 노동요 중에서는 가사노동 과정에서 독창으로 부르는 베틀노래 같은 것, 정치에 대한 비판적 내용을 담고 있으면서 제창의 형태로 불리는 정치요, 사설을 독백처럼 읊조리는 방식으로 부르는 신앙요 같은 것들은 교환창이나 선후창으로 불리지 않는 노래들이다. 그러나 이 노래들은 사회가 발전하는 과정을 통해 민요가 다양하게 분화하면서 생겨난 것으로 보아야 하기 때문에 민요는 기본적으로 분장의 형태와

---

15 민요의 가창방식에는 독창(獨唱)이나 제창(齊唱) 같은 것도 있으나 일부 서사민요를 제외하고는 독창으로 부르는 노래는 선후창으로도 부를 수 있다는 점('민요의 가창방식', 한국정신문화연구원, 『한국민족문화백과사전』, 1991)으로 볼 때 이 가창방식은 민요의 발전 과정에서 파생된 것으로 생각할 수 있다.

16 렴(斂)은 그것이 놓이는 위치에 따라 장의 맨 앞에 자리하는 전렴(前斂), 중간에 오는 중렴(中斂), 맨 뒤에 붙는 후렴(後斂) 등으로 구분할 수 있다(손종흠, 『속요형식론』, 박문사, 2011).

교환창이나 선후창의 가창방식을 가진다고 말할 수 있다. 민요가 기본적으로 가지고 있는 이러한 분장의 형태는 후대의 시가문학에도 커다란 영향을 미친 것으로 보이기 때문에 한층 더 중요한 특징으로 볼 수 있다.

여섯째, 생활정서의 사실적 반영

민요는 생활상의 필요에 의해 만들어지고 불리는 노래이다. 많은 사람들이 민요를 만들고 부르는 데에는 이것 외에 어떤 목적이나 수단이 개입될 여지가 전혀 없다. 생활상의 필요라는 현실적 욕구에 의해 민요가 만들어지고 불리기 때문에 노래의 사설이나 가락 등은 복잡하거나 인위적으로 꾸며진 어떤 것을 요구하지도 않는다. 민요는 그저 그것을 만들고 부르는 사람들이 생활 속에서 필요로 하는 목적을 달성하는 데에 합당한 기능을 하면 되므로 그것의 주체인 일반 대중의 정서를 있는 그대로 실어서 표현하는 방식을 취한다. 따라서 민요에는 화려한 수사(修辭), 복잡한 구조, 어려운 표현 등은 나타나지 않는다. 생활 속에서 자연발생적으로 느끼는 자유로운 정서들이 사실적으로 표현되는 것에 초점을 맞추기만 하면 되기 때문이다. 다른 사람을 감동시키기 위해 복잡한 구성이나 이상한 표현을 하지 않아도 되므로 민요가 가지고 있는 또 하나의 중요한 특징은 생활 속에서 느끼는 정서를 사실적으로 반영하는 것이라고 할 수 있다. 사상적인 것이거나 정치적인 관련을 가지는 것들, 신에 대한 찬양이나 기원 등에 대한 표현 역시 생활 속에서 자신들이 필요로 하는 것들을 대상으로 하여 느끼는 일반 대중의 정서를 있는 그대로 가감 없이 노래로 표출시키기만 하면 그것이 바로 민요가 되는 것이다.

일곱째, 지역이나 민족 단위의 전승

같은 민요를 부르고 공감하기 위해서는 문화적 동질성의 확보가 매우 중요하다. 민요가 담아내고 있는 생활정서가 현실에 기초한 것이면서 그것을 사실적으로 반영한 것이므로 이에 대한 문화적 동질성이 확보되지 않고서는 함께 향유하는 것이 불가능하거나 매우 어렵기 때문이다. 그런 이유로 인해 민요는 작게는 지역 단위로, 크게는 민족 단위로 전승되는 양상을 보이는 것이 특징이다. 지역적 단위는 공간적인 것을 바탕으로 하지만 민족적 단위는 공간보다는 혈연과 언어 등을 비롯한 문화적 동질성에 바탕을 두고 있기 때문에 시간적이라고 할 수 있다. 또한 이 두 가지는 따로 따로 분리되어 존재하는 것이 아니라 뒤섞여 있어서 민요의 전승에 가장 중요한 바탕을 이루는 요소 중의 하나라고 할 수 있다. 사람뿐 아니라 지구상에 존재하는 모든 현존재는 환경의 영향을 무시할 수 없기 때문에 비슷한 환경을 가지고 있는 공간적 배경이 매우 중요하다. 문화적 동질성이 기본적으로 공간을 배경으로 형성된다는 것에서도 이러한 사실을 확인할 수 있다. 그런 점에서 볼 때 문화현상의 하나인 민요는 태생적으로 문화적 동질성을 확보할 수 있는 공간적 배경인 지역을 근거로 하고 있음을 알 수 있다. 민족적 단위 역시 기본적으로는 지역적 공간이 확대된 상태의 문화적 동질성을 바탕으로 하고 있기 때문에 지역적 단위와 결코 무관할 수 없다는 사실 또한 자명하다. 따라서 아주 특별한 경우를 제외하고는 민요가 민족 단위를 넘어서는 일은 매우 어렵거나 거의 불가능하다는 것을 지적할 수 있다.

여덟째, 문학적 성격과 음악적 성격

민요는 말로 된 사설을 소리의 고저장단을 특수하게 배합한 가락과 함께 사람의 입을 통해 소리 내어 부르는 노래의 하나다. 이런 점에서 볼 때 민요는 말로 된 사설만을 가리키는 것이 될 수도 없고, 소리로 된 가락만을 가리키는 것이 될 수도 없다. 민요는 문학적인 요소와 음악적인 요소가 결합한 상태일 때만 살아 있는 것이 되며, 분리되는 순간 화석화(化石化)되어 죽은 것으로 된다. 민요를 부를 때 동작이 수반된다는 점을 강조하는 입장에서는 무용도 민요의 성격으로 해야 한다는 주장이 있을 수 있다. 그러나 이것은 민요에 대한 이해의 부족으로 인해 생긴 오해라고 할 수 있다. 왜냐하면 동작이 민요를 수반하는 것이지 민요가 동작을 수반하는 것이 아니기 때문이다. 노동이나 여가, 의식 등의 동작을 원활하고 효율적으로 수행하기 위한 수단의 하나로 부르는 것이 민요이므로 동작, 혹은 무용은 민요의 바탕을 이루는 배경은 될지언정 성격으로 취급할 수 없는 것이다. 다만 신분의 조직적 분화와 더불어 생겨난 지배층의 시가는 노래를 부르면서 춤을 추는 행동을 가미하기 때문에 문학, 음악, 무용의 세 가지 요소가 합쳐진 것으로 볼 수 있다.

2) 시가의 성격

첫째, 언어예술

시가(詩歌)라는 명칭에는 시이면서 노래이고, 노래이면서 시라는 의미가 기본적으로 포함되어 있다. 시와 노래는 둘 다 사람의 마음속에서 일어나는 다양한 정서(情緖)를 밖으로 드러내기 위해 의미를 담고 있는 말과 율동을 가지고 있는 소리를 매개 수단으로 삼아 예술적으로 표현해내는 것이기 때문에 언어를 바탕으로 한다는 공통점을 지니고 있다. 자신의 생각을 상대에게 전달하려고 하거나 밖으로 드러내려고 하는 데에 가장 효율적이며, 체계적인 도구의 하나가 바로 언어이다. 언어는 사람이 스스로를 만물의 영장(靈長)이라고 일컫는 데에 가장 결정적인 구실을 하는 것이라고 할 수 있다. 사람은 언어를 통해 자신의 뜻을 전달하고, 표현하며, 생각하고, 공유할 수 있기 때문에 지구상의 다른 어떤 생명체가 이룩한 것보다 훨씬 진보한 문명과 다양한 문화를 만들고 발전시켰다. 그러므로 시와 노래가 결합한 형태인 시가를 존재하게 하는 핵심이 바로 언어라는 사실은 너무나 자명해진다. 언어가 없거나 그것을 표현수단으로 하지 못한다면 시가는 더 이상 그것이 아닌 것으로 되고 말 것이다. 시가가 일상의 언어와 다른 점은 아름다움을 통해 사람을 감동시키기 위해 예술적으로 표현하는 점이라고 할 수 있다. 특별한 재료, 기교, 양식 따위로 감상의 대상이 되는 아름다움을 표현하려는 인간의 활동 및 작품[17]을 의미하는 예술은 다양한 표현방법을 통해 형상화(形象化)하는데, 언어를 매개수단으로 하는 것을 언어예술이라 한다. 언어예술에 속하는 것으로는 설화, 무가, 민요, 시가, 판소리 등을 들 수 있는데, 크게는 이야기와 노래로 나누기도 한다. 민요와 마찬가지로 시가는 언어예술의 하나가 된다.

둘째, 기록성, 폐쇄성, 현장성

시가는 만들어지는 순간부터 기록을 전제로 한다. 따라서 시가는 신분의 조직적 분화와 국가의 발생에 따른 문자의 발달과 떼려야 뗄 수 없는 관계에 있다. 문자는 언어가 태생적으로 가지고 있을 수밖에 없는 시간의 한계를 극복하기 위해 발명된 것으로 영원성, 시각화, 화석

---

17 국립국어원, 『표준국어대사전』, 어문각, 1999.

화 등을 기본적인 성격으로 한다. 따라서 문자는 구체성을 가지는 시각화된 사물현상으로 현현(顯現)될 때 비로소 존재 가치를 인정받을 수 있다. 시가는 이러한 문자를 표현수단으로 삼는 것이기 때문에 기록을 전제로 한다는 사실이 명확해진다. 문자로 기록된다는 것은 시간 속에 나타났다가 시간 속으로 사라지는 일회성이라는 한계를 넘어 매우 긴 시간 동안 존재할 수 있는 영원성을 획득했다는 것을 의미하는데, 그 순간 변화의 가능성은 완전히 사라지고 폐쇄적인 존재로 탈바꿈한다. 민요와 비교해서 볼 때, 기록성과 폐쇄성이라는 두 가지 측면만을 생각하면 시가는 현장성을 가지기 어려운 것으로 될 수밖에 없다. 그런데, 시가는 공간적 증거물이나 작품을 탄생시킨 사물현상 같은 것과 결합하고, 연결되면서 민요의 그것과는 다른 특별한 형태의 현장성을 확보하는 특징을 가지고 있다. 시가와 설화의 결합, 시가와 탄생공간의 연결 등은 기록되면서 시각화, 화석화, 폐쇄화의 과정을 밟을 줄만 알았던 작품만이 가질 수 있는 특이한 형태의 현장성을 확보하는 것으로 되어 특수한 성격을 가지게 되니 이것 역시 시가가 지니고 있는 중요한 성격 중의 하나라고 할 수 있다.

셋째, 기명(記名)의 기록문학, 창자와 청자의 분리

문자라는 표현수단을 통해 형상화(形象化)하는 것을 전제로 하여 창작되는 시가는 집단의 정서보다 개인의 그것을 드러내는 데에 치중하기 때문에 작가의 이름을 분명하게 밝히는 것이 특징이다. 시가의 작가는 주로 지배층 사람들인데, 이들이 자신의 이름을 밝히는 가장 근본적인 이유는 자신을 세상에 드러내는 것이 성공, 혹은 출세의 징표이며, 그렇게 하는 것이 세상을 구하는 것이라고 믿었기 때문이다. 자신의 이름으로 만들어진 어떤 것을 많은 사람들이 함께 나누고, 함께 느끼는 것이야말로 자신을 위하는 것임과 동시에 세상을 위하는 것이라고 믿었다. 지배층에 속하는 사람들의 이런 생각은 너무나 확고한 신념이었으므로 자신들이 지은 노래인 시가를 누구나 부를 수 있는 것이 아닌 특별한 능력을 가진 전문가가 부르도록 하고, 그것을 듣고 즐기는 사람 역시 작가를 중심으로 하는 지배층 사람들을 대상으로 했다. 따라서 시가는 노래를 부르는 사람과 듣는 사람이 철저하게 분리된다는 점을 중요한 특징의 하나로 지적할 수 있다. 이 점은 시가뿐 아니라 지배층이 향유하는 예술에는 동일하게 나타나는 현상이라고 할 수 있다. 궁중의 무악(舞樂)이나 길군악 등 지배층을 위한 문학과 음악, 무용 등은 모두 부르거나 춤추는 사람과 듣고 즐기는 향유자가 분리되어 있는 것에서 이러한 사실을 확인할 수 있다.

넷째, 지배층의 노래

신분사회로의 진입에 힘입어 새롭게 생겨난 노래인 시가는 지배층에 속하는 사람들이 지은 것으로 그들의 이념, 정치적 성향, 정서, 예술적 능력 등을 드러낼 수 있는 중요한 수단 중의 하나였다. 신분사회에서 지배층에 속하는 사람들은 학문과 정치를 통해 세상을 구하는 것을 노동으로 생각하고, 풍류와 예술을 통한 심신의 수련을 여가로 삼았다. 이들은 이름을 드날리는 출세와 고매한 인격의 도야를 위해 갈고 닦았던 학문적 지식과 능력을 표현하고 발휘할 수 있는 중요한 수단 중의 하나를 문학으로 생각했다. 지배층 사람들이 가장 중요하게 생각했던 것이 시(詩)였는데, 이것에 노래와 무용을 함께 결합시켜 향유하는 것이 일반적이었다. 이러한 성격을 가지는 시가는 피지배층에 속한 일반대중이 생활 속에서 함께 만들고 즐기는 민요와 달리 지배층에 속한 특별한 사람들이 인격의 도야와 풍류, 그리고 이념적인 것을 강조할 목적으로 만들어서 자신들만의 향유를 목적으로 한다는 점에서 철저하게 지배층의 문학예술이라고 할 수 있다.

다섯째, 개인정서의 예술적 반영

집단 정서를 예술적으로 반영하고 있는 민요에 근거를 두면서 일정한 관련성을 맺고 있는 초기의 시가는 다르지만 국가라는 조직이 정비되고 신분사회가 정착하면서 지배층에 속하는 사람들의 조직 역시 단단해지고 세련되면서 그들이 창작하는 시가는 집단정서의 반영을 중심으로 하던 것에서 벗어나 작가 개인의 정서를 표현하는 것으로 완전히 바뀌게 된다. 이들이 시가를 통해 표현하는 정서는 대개 자연에 대한 감흥, 학문과 사상에 대한 정서, 정치적 이념 등인데, 이것들을 다양하면서도 체계화한 형식으로 예술적인 반영을 통해 표현하는 것을 중요한 특징의 하나로 지적할 수 있다. 예술적이라고 하는 것은 사실적이거나 직접적으로만 표현하지 않고, 비유(譬喩)와 강조(强調) 등을 중심으로 하는 수사법이나 공교로우면서도 체계화한 형식과 형태 등을 통해 아름답게 나타내는 것이다. 반영은 외부에 독립적으로 존재하는 다양하고 복잡한 사물현상의 특징이나 성질을 작가의 정서와 연결시키고, 굴절시켜 반사해서 나타내는 것으로 제2의 창조행위라는 과정을 거친 것이라고 할 수 있다. 그러므로 예술적 반영은 반드시 외부 사물현상과 작가의 정서가 교감하는 과정을 거쳐 아름답게 표출하는 형태로 나타나는 것이라고 할 수 있다. 시가는 지배층에 속하는 사람들의 개인정서가 가장 예술적으로 반영된 문학예술이라고 할 수 있다.

여섯째, 다양한 형식과 형태

문자라는 기록 수단으로 인해 정보의 공유와 보존이 가능해지면서 그것을 독점적으로 활용하게 된 지배층 사람들의 지식과 인식의 수준은 날이 갈수록 높아지고 체계화하는 과정을 거치면서 자신의 정서를 감동을 수반하는 아름다움을 가장 효율적으로 담아낼 수 있도록 표현하는 방법을 다양하게 개발했다. 시가의 형식이나 형태가 시대에 따라 다양하게 나타났다는 역사적 현상을 보면 이러한 사실을 확인할 수 있다. 우리 시가에서 보면 상대시가(上代詩歌)는 시경체(詩經體)로 되어 있는 것으로 보아 민요와 깊은 관련을 가진 것으로 생각된다. 향가의 초기 형태라고 할 수 있는 민요계 향가(民謠系鄕歌)도 상대시가와 비슷한 성격을 가지고 있는 것으로 보이는데, 사뇌가계 향가에 이르러서는 삼구육명(三句六名)의 형식을 갖추었다. 고려시대의 시가인 속요는 민요적인 성격을 바탕으로 하면서도 궁중무악(宮中舞樂)으로서의 성격도 지니고 있는 작품인데, 이것 역시 매우 다양한 형식적 특성을 보이고 있다. 고려 말에서 조선시대에 이르는 시기의 시가는 경기체가, 악장, 시조, 가사 등으로 한층 다양화되었는데, 각각 독자적인 형식적, 형태적 특성을 보이고 있다. 시대에 따라 이처럼 다양한 형식과 형태가 시가에 나타나면서 민간의 노래인 민요나 무가 등에도 일정 부분은 서로 영향관계를 주고받은 것으로 보이기도 한다.

일곱째, 문학, 음악, 무용의 종합체

시가는 문자로 기록되는 것을 전제로 한 것이기 때문에 문학적인 성격을 기본적으로 지니고 있다. 말이나 문자를 통해 작가의 정서를 예술적으로 반영하는 것이 바로 문학이기 때문에 시라는 형식을 바탕으로 하여 문자를 매개수단으로 표현되는 시가야말로 기록문학의 핵심[18] 이라고 할 수 있다. 이런 점에서 볼 때 시가가 문학적 성격을 중심으로 한다는 사실은 너무나 자명하다. 지배층에 속하는 사람들은 자신을 세상에 드러내고 알리는 것을 대단히 중요하게 생각했는데, 언어와 문자, 그리고 예술적 표현을 중심으로 하는 시(詩)를 더 많은 사람들에게 알리기 위해 소리의 고저장단을 특수하게 배합하는 방식으로 감동을 유발하는 음악과 결합하는 방법을 선택했다. 문학과 음악의 결합은 이미 민요에서 성립되어 있었던 방법으로서 이것을 그대로 수용하여 자신들의 생각을 가장 효과적으로 알리는 데에 활용할 수 있었던 것이다. 그러나 이들은 그것에 만족하지 않고 자신들이 창작한 시가에 시각적 효과를 가미할 수 있는 무용적인 성격 하나를 더 결합시켰다. 시가와 결합한 무용은 동작을 하면서 노래를 부르는 민요의 구연(口演) 현장과는 달리 노래와 춤이 하나로 결합하는 것을 전제로 하는 상황이 나타나게 된 것이다. 특히 시가와 무용의 결합에는 반드시 음악의 개입을 전제로 하면서 문학과 음악과 무용이 대등한 위치에서 결합한 것으로 보아야 하므로 이 세 가지는 시가의 중요한 성격이 된다.

---

18 신분제를 바탕으로 하는 전통사회에서는 지배층에 속하는 사람들은 이야기의 방식을 통해 무엇인가를 표현하는 설화나 소설 따위는 정통 문학으로 인정하지 않았기 때문에 주변적인 것에 머무를 수밖에 없었다. 그들은 세상을 밝히거나 구할 수 있다고 믿는 도(道)를 제대로 표현하거나 다듬을 수 있는 것으로 시(詩)를 선택함으로써 나머지 것들은 중요한 대상에서 제외시켰다. 그들의 이러한 생각이 시가를 발전시킨 원동력이었다고 할 수 있다.

4. 민요와 시가의 소통과 불통

1) 민요와 시가의 소통

신분의 조직적 분화가 일어나고, 국가가 발달하면서 문자가 발명되기 전까지는 일정한 공간을 점하고 있는 하나의 사회에 속하는 거의 모든 구성원들은 개인이 가지고 있는 공통의 정서를 집단화시켜 표현하는 방법으로 노래를 함께 만들고 부르는 생활을 해왔다. 공동체의 구성원 대다수가 삶의 과정에서 부르고 즐긴 이러한 노래가 민요였다. 신분의 조직적 분화가 일어나기 전까지 씨족이나 부족국가의 형태로 존재했던 인류의 공동체에서 노래를 통해 신(神)과 교감하는 특정의 지도자를 제외한 사람들은 모두가 민요의 작자였으며, 창자이고, 청자였던 것이다. 이런 공동체에서는 모든 사람들이 함께 일하고, 함께 나누며, 함께 부담하는 삶의 방식이 중심을 이루기 때문에 사유화되어 있는 것이 거의 없으며, 출신이나 지위에 따른 차별 또한 거의 존재하지 않는 사회가 유지되었다. 이런 생활 속에서 자연발생적으로 생겨나 불렸던 노래가 민요였으므로 여기에는 공동체 구성원들이 지니고 있는 대상에 대한 의식(意識)과 우주에 대한 지식(知識), 노동과 여가(餘暇)를 중심으로 하는 삶의 모습, 사회에 대한 비판적인 생각 등을 중심으로 하는 삶 전체가 고스란히 녹아들어 있다. 민요 속에 공동체 구성원의 삶 전체가 녹아 있다는 말은 그들이 생활 속에서 생각할 수 있었던 정신세계 전체와 행위를 통해 만들어낼 수 있었던 모든 사물현상이 포함되어 있다는 것을 나타냄과 동시에 민요와 관련을 가지는 다양한 종류의 문화현상들이 여기에서 파생되어 새로운 모습으로 형상화할 수 있다는 것을 의미하기도 한다. 이것은 신분의 조직적 분화가 이루어지면서 지배층의 사람들을 중심으로 만들어지고 향유되었던 시가(詩歌)가 민요에 바탕을 두고 있으며, 그것과 밀접한 관련을 가지고 있기에 지속적으로 소통이 가능할 수밖에 없음을 보여주는 단초가 되기도 한다.

시가가 민요에 바탕을 두고 있다는 것은 우리 문학사를 살펴보면 쉽게 간파할 수 있다. 많은 숫자가 남아 전하지는 못하지만 현존하는 대부분의 상대시가(上代詩歌)는 주제, 표현법, 형식 등에 있어서 민요가 가지고 있는 문학적 특성을 그대로 보여주고 있다는 점에서 이러한 사실을 잘 알 수 있다. 가야의 건국신화에 들어 있는 것으로 탁월한 능력을 지닌 지도자의 출현을 바라는 사람들의 바람을 이구사명(二句四名)[19]의 형식으로 노래한 '구지가(龜旨歌)'는 남성의 상징을 나타내는 거북의 머리(龜頭)와 여성의 상징을 지칭하는 불(火)이라는 성적 상징(性的象徵)[20]을 통한 표현법이 노래의 핵심을 이루고 있는 것으로 파악된다. 노래에서 거북의 머리를 내밀라고 명령하는 것과 만약 그렇게 하지 않으면 구워서 먹겠다고 협박하는 것은 모두 잉태를 간절히 바라는 여성의 성적 욕구를 나타낸 것으로 보아 크게 틀리지 않는다. 호출(呼出)과 환기(喚起), 명령(命令)과 협박(脅迫) 등은 신(神)과 연관되어 있는 고대 민요에서 가장 흔하게 나타나는 수법[21]의 하나이다. 이러한 수법이 '구지가'에 그대로 쓰이고 있다는 것은 그것이 민요에서 파생되어 만들어지고

---

19 형식적 특성으로 볼 때 우리 시가는 이구사명(二句四名), 삼구육명(三句六名), 사구팔명(四句八名)의 과정을 거치면서 발전해온 것으로 파악된다. 이구사명의 형식은 민요적 성격과 직접적으로 맞닿아 있는데, 향가 이전까지는 이 형식이 중심을 이루었던 것으로 보인다.

20 정병욱, 『한국고전시가론』, 신구문화사, 1977, 47~50쪽.

21 성기옥, 「구지가의 작품적 성격과 그 해석(2)」, 『배달말』 제12호, 배달말학회, 1978, 123~157쪽.

불린 노래라는 사실을 보여주는 확실한 증거라고 할 수 있다. 특히 그러한 표현수법의 내용이 성적인 것을 중심으로 하고 있기 때문에 종족의 보존과 혈통의 계승을 위해 절대적으로 필요하다고 인식되었던 남근과 그에 대한 숭배사상과 관련을 가지고 불렸던 민간의 노래가 훌륭한 지도자를 갈구하는 가야(伽耶)의 지배층 사람들에 의해 시도된 새로운 나라의 건국 과정에서 재창조되어 신화적 성격을 가지는 이야기와 결합함으로써 문자화되어 남겨지게 된 시가가 '구지가'인 것이다. 이러한 사정은 고구려 초기에 유리왕(琉璃王) 때 불렸다고 기록되어 있는 '황조가(黃鳥歌)[22]에도 잘 나타나고 있다. 『삼국사기』에 실려 있는 배경설화를 제외하고 시가 작품만 보면 이 노래는 사랑하는 사람을 이별하고 그에 대한 아쉬움과 그리움으로 몸부림치는 화자의 애달픈 정서를 노래한 것으로서 서정성이 매우 강한 작품으로 볼 수 있다. 그렇기 때문에 이 노래는 그 전부터 민간에서 불렸던 상사요(想思謠)가 유리왕 이야기와 결합하면서 정치적 성향을 띠는 노래로 재창조되어 불렸다가 역사서에 기록되었을 가능성을 고려하지 않을 수 없게 된다. 왜냐하면 외부의 사물현상을 먼저 노래하여 흥(興)을 유발한 다음, 그것을 끌어와 화자의 감정과 연결시켜 표현함으로써 드러내고자 하는 정서를 강조하는 방식으로 구성된 노래는 민요가 지니고 있는 아주 기본적인 수법 중의 하나이기 때문이다. 또한 그것이 남녀의 사이에 일어날 수 있는 사랑이나 이별을 의미하는 남녀상열지사(男女相悅之詞)를 소재로 하고 있는 점 또한 민요와의 연결성을 강력하게 시사해주고 있다. 노동이나 여가,

---

22 고려 때 김부식이 지은 『삼국사기』에는 고구려 제2대 군주였던 '유리왕'이 지은 것으로 기록되어 있다.

의식(儀式)과 정치의 현장에서 많은 사람들에 의해 만들어지고 불리는 민요의 소재나 주제에서 가장 중요한 의미와 구실을 하는 것이 바로 남녀상열지사이기 때문이다. 현전하는 '황조가'는 배경설화를 제외하고 보면 군이 유리왕이라는 실존 인물과 연결되어야 할 이유를 어디에서도 찾기가 어렵다는 점 또한 이 작품이 민요에 근거를 두고 있을 가능성을 높여주고 있다.

시가가 민요와 일정한 관련성을 가질 수밖에 없음을 보여주는 증거는 후대의 시가에도 지속적으로 나타나고 있으니 향가를 대표적인 작품군으로 꼽을 수 있다. 향가는 신라가 민족의 통합을 성공적으로 이끄는 과정에서 낭승(郎僧) 조직에 의해 발생[23]한 것으로 보이는데, 민요에 바탕을 두고 있는 것으로 일컬어지고 있는 민요계 향가[24]는 소재나 제재, 표현기법, 내용, 형식적 특성 등에서 민간의 노래를 기반으로 하여 재창작되었음을 쉽게 간파할 수 있다. 어린 아이들이 부르는 노래 중 이성간인 두 사람이 서로 좋아해서 사귀는 것을 놀리는 방식으로 노래하는 동요에 기반을 두고 있는 '서동요'는 백제의 일반 남성과 신라의 공주가 서로 사귀는 사이라는 상당히 파격적인 설정을 통해 서동이 뜻한 바를 이루었다는 배경설화와 함께 『삼국유사』에 수록되어 전한다. 배경설화를 가지고 있는 시가의 공통적인 특징은 작가가 불분명하며, 민요에 바탕을 두고 있고, 간단한 구조와 반복적인 표현 등을 통한 강조가 두드러지며, 누구나 공감할 수 있을 정도의 일반적인 정서를 중심으로 노래한다는 점 등을 중요한 특징으로 꼽을 수 있는데, 이것들은 모두 민요와

23 손종흠, 「민족통합과 향가의 발생」, 『방송대 논문집』 45집, 2008.

24 處容歌, 獻花歌, 風謠, 薯童謠 등은 대표적인 민요계 향가다.

깊은 관련을 가지는 것이라고 할 수 있다. '서동요' 역시 이런 범주를 벗어나지 못하고 있기 때문에 민간에서 아이들에 의해 불리던 일반적인 동요가 향가의 형식에 맞게끔 변형되어 불린 것으로 볼 수 있다. 향가 중에서 노동요로서의 성격이 두드러지는 모습을 가지고 있는 '풍요'는 같은 표현을 여러 번 반복하여 강조함으로써 일을 하는 과정에서 많은 사람들이 함께 행위를 하면서 부르는 민요의 구성방식을 그대로 가지고 있다. 표현의 방법 역시 선전(宣傳), 선동(煽動)의 효과를 극대화하는 방식을 취하고 있는데, 노동의 현장이나 여가의 현장 등 일반 대중이 참여하는 대부분의 생활현장에서 청유형의 표현을 사용하여 화자가 의도하는 방향으로 사람들을 이끌려는 수법은 민요의 그것을 가져다가 거의 그대로 쓴 것이라고 볼 수 있다. 다만 이 노래를 재창작한 사람이 승려이며, 불상을 만들기 위해 진흙을 운반하는 공덕을 쌓는 과정에서 사람들이 불렀던 노래라는 점으로 인해 불교적인 내용이 두드러지게 나타난다는 것이 민요와 다른 성격을 보이는 것으로 생각할 수 있다. 자신의 부인을 범한 역신(疫神)을 노래와 춤으로 물리쳤다는 배경설화를 가지고 있는 '처용가'와 위험을 무릅쓰고 절벽 위의 꽃을 꺾어 아름다운 여인에게 바치는 노인의 이야기를 가지고 있는 '헌화가'도 민요의 발상을 저변에 깔고 있는 것으로 보아야 한다. 신과 인간의 관계를 노래하는 민요는 아주 오래 전부터 민간에서 불렸을 것으로 보이는데, 외부를 향해 열려 있는 문을 지켜서 내부의 존재를 보호한다는 방식의 노래 역시 이러한 범주에 들어가는 것임에 틀림없다. 사람과 신의 관계를 소재로 한 노래라는 점에서 볼 때 '처용가'는 의식요(儀式謠)의 범주에 들어가는 민요 중 하나가 향가로 재창조된 것으로 볼 수 있다. 관심이 있는 여성에게 꽃이나 기타 선물을 바치면서 사랑을 고백하는 방식은 지금까지도 행해지고 있는 오래된 전통인데, 이 과정에서 노래는 매우 중요한 구실을 했던 것으로 볼 수 있다. 사랑을 고백함에 있어 평범한 어투로 된 말로 하는 것보다 상대가 마음에 들어 할 수 있는 선물이나 직접적이고 과감하게 자신의 뜻을 표현한 노래 같은 것을 곁들여서 하는 편이 훨씬 효과가 높다는 사실은 오랜 시간과 경험을 거치면서 충분히 입증되었다고 할 수 있는데, '헌화가'는 바로 이러한 전통을 바탕으로 만들어진 민요계 향가라고 할 수 있다. 이처럼 향가는 민요와 아주 밀접한 관련을 가지면서 발생하고 발전했는데, 7세기를 전후하여 사뇌가계 향가[25]가 등장하면서 부터는 민요와의 관련성이 상대적으로 축소되는 양상을 보인다.

사뇌가계 향가는 민요계 향가에 비해 첫째, 복잡한 구조와 긴 형태를 가진다. 둘째, 개인적 서정성이 강조된다. 셋째, 작자가 역사적 인물일 가능성에 매우 높아진다. 넷째, 시가와 배경설화의 관계가 매우 긴밀해지는 경향을 보인다. 다섯째, 화려하면서도 다양한 수사법이 등장한다. 여섯째, 소재나 주제가 다각화한다는 점 등을 대표적인 차별성으로 지적할 수 있다. 이처럼 사뇌가계 향가가 민요계 향가와는 사뭇 다른 여러 가지 차별성을 가지고 있기는 하지만 일정 부분에서는 민요와의 관련성이 여전히 건재하고 있는 양상을 보이고 있다. 민요에서 중요한 구실을 하는 삼단(三段)의 구성[26], 차사(嗟辭),[27] 호칭(呼稱)이

---

25 『삼국유사』에 실려 전하는 것 중 사뇌가계 향가에 속하는 작품은 혜성가, 찬기파랑가, 제망매가, 도천수대비가, 원왕생가, 우적가, 원가, 안민가, 모죽지랑가 등이다.

26 무엇인가를 삼단으로 구성하는 방식은 우리 민족이 아주 오랜 옛날부터 가지고 있었던 전통인데, 신과 관련을 가지는 것들에 주로 나타난다. 예를 들면, 노래의 삼단 구성, 굿의 삼단 구성 등과 같은 것을 들 수 있다.

27 차사는 노래에서 세 번째 단락의 첫 부분에 감탄의 느낌을 가지는 어사(語辭)를

나 위협(威脅)을 통한 주술성(呪術性)의 강조 등은 사뇌가계 향가에서도 작품의 예술성을 담보하는 데에서 여전히 중요한 구실을 하는 것으로 파악되기 때문이다. 민요와 향가의 소통은 귀족문화가 중심을 이루면서 한문학에 경도되어 있었던 고려 전기를 지나 후기로 가면서 다시 활발해지기 시작했는데, 그것이 바로 속요와 경기체가였다.

명칭에서도 알 수 있듯이 고려 후기 궁중무악으로 향유되었다가 조선시대에 문헌[28]으로 정착된 속요는 작품의 기반이 민간의 노래에 있음을 한 눈에 알 수 있을 정도로 민요적 성격이 뚜렷하다. 이름을 알 수 있는 작가가 존재하지 않는 작품이 대부분인 점, 여러 개의 장(章)으로 나누어지는 형태가 중심을 이루는 점, 후렴(後斂)을 중심으로 다양한 형태의 렴(斂)이 쓰이는 점, 지역적 특성을 가진 작품이 많은 점, 다양한 형태의 반복구조가 쓰이는 점, 남녀상열지사가 중심을 이루는 점, 생활 속의 소재와 자유로운 주제 등이 두드러진 특징인데, 이것들은 모두 민요가 기본적으로 지니고 있는 성격과 일맥상통하기 때문이다. 특히 렴이 중요한 구실을 함과 동시에 여러 개의 장으로 나누어진 형태가 대부분의 작품에 나타나고 있는 점은 민요와의 관련성을 더욱 확실하게 만드는 핵심적인 요소[29]라고 할 수 있다. 민요에서 쓰이는 렴은 주로 장의 끝에 오는 후렴의 방식을 취하는데, 속요에서는 앞과 중간에도 삽입되어 세 가지 부류[30]로 나타나고 있어서 한층 변화된 모습을 보이고 있다. 또한

넣어 화자의 정서표출을 강화함과 동시에 마무리하는 기능을 하는 것으로 노래에서 주로 쓰인다.

28 속요는 조선시대 초, 중기에 편찬된 것으로 보이는 『악학궤범』, 『악장가사』, 『시용향악보』 등에 실려 전한다.

29 청산별곡, 쌍화점, 동동, 서경별곡, 정석가, 이상곡, 가시리, 만전춘별사 등이 모두 이런 형태를 지니고 있다.

속요에서 쓰였던 후렴은 경기체가(景幾體歌)[31]에도 그대로 수용되고 있으며, 악장(樂章)의 일부 작품[32]에도 나타나고 있는 점으로 보아 이러한 방식의 노래가 우리 문학사에서 대단히 중요한 의미를 가진다는 사실을 알 수 있다. 고려가 멸망하고 조선이 세워지면서 우리 사회는 엄청난 변화를 경험하게 되는데, 이 과정에서 시가의 모습도 크게 변모하는 것으로 나타난다. 천 년을 넘는 기간에 걸쳐 민족의 종교로 자리 잡았던 불교가 쇠퇴하고 현세적이며 정치적 성향을 강하게 띠는 유교가 새로운 사상으로 등장하고, 그동안 진행되어 왔던 신분의 조직적 분화가 한층 강화되면서 가장 고착화된 신분사회로 진입하게 된다. 정치적으로나 사회적으로 조선이 안정을 확보한 시기는 건국으로부터 약 100여 년이 지난 성종(成宗)대로 볼 수 있는데, 시가문학은 유학자인 사대부(士大夫)에 의해 한층 체계적인 모습으로 전개되었고, 한시, 시조 등 독자적인 내용과 형식을 갖춘 새로운 형태를 갖추게 된다. 그러나 16세기 말인 1592년에 발발하여 7년에 걸쳐 진행되었던 임진왜란(壬辰倭亂)과 17세기 초에 발생한 병자호란(丙子胡亂)과 정묘호란(丁卯胡亂) 등으로 받은 충격으로 인해 조선을 지탱하는 근간이 되었던 신분제가 무너지면서 엄청난 변화의 소용돌이[33]를 맞이하게 된다.

---

30 이것은 각각 전렴(前斂), 중렴(中斂), 후렴(後斂)이라고 한다. 정석가와 서경별곡, 만전춘별사 등에는 전렴이 쓰이고 있으며, 쌍화점에서는 중렴이 나타내고 있다. 서경별곡, 청산별곡, 가시리, 동동 등의 작품에는 후렴이 쓰이고 있다.

31 경기체가의 후렴은 민요나 속요의 그것에서 변화된 모습을 보이고 있어서 눈길을 끈다. 후렴이 완전히 동일한 형태로 반복되는 것이 아니라 중간에 의미를 가지는 표현을 넣는 형태로 만들어졌기 때문이다.

32 감군은(感君恩), 유림가(儒林歌), 정동방곡(靖東方曲) 등의 작품이 이런 형태를 가지고 있다.

33 조선은 전체 인구에서 5퍼센트 이내의 지배층과 95퍼센트 이상의 피지배층이라는

신분제의 붕괴는 사회 전체의 변화로 이어질 수밖에 없었는데, 이것은 백성의 힘이 폭발적으로 커지면서 그 동안 눌려 있었던 일반대중이 역사의 전면으로 등장하는 계기가 된다는 것을 의미한다. 이렇게 되자 문화현상의 하나인 시가문학에도 변화가 찾아올 수밖에 없었는데, 사설시조, 서민가사, 판소리, 잡가 등이 새롭게 등장하면서 그동안 시가문학의 중심을 이루었던 한시와 시조와 가사의 틀을 무너뜨리게 된다. 사구팔명(四句八名)의 형식과 압축되고 정제된 양식인 세 줄(三行)의 모양을 유지하던 시조는 중장(中章)이 길어지면서 형태가 파괴되었고, 사대부가사가 지니고 있었던 삼단구성, 서사와 결사 등의 형식이 무너지면서 서민가사가 등장하여 가창과 낭송으로 향유방식이 분화하는 모습을 보이기도 한다. 호남문화권을 중심으로 시작된 새로운 소리예술인 판소리는 19세기를 지나면서 민족예술로 발돋움할 수 있는 저력을 갖추게 된다. 또한 서울을 중심으로 일반대중들이 생계유지를 위해 불렀던 노래인 잡가(雜歌)가 19세기에서 20세기 초로 이어지는 시기에 유행하면서 기존 시가의 형식을 크게 흔들어놓기도 한다. 조선 후기로 불리는 17세기 이후에 새롭게 등장한 시가는 전 분야에 걸쳐 민간의 노래와 일정한 교감을 가지는 것이 특징이다. 삼단의 구성을 가지고 있다는 점과 시조라는 이름만 유지할 뿐 아주 다른 갈래의 시가라고도 할 수 있는 사설시조는 표현에서부터 일반 대중들의 기호에 맞는 것을

두 개의 신분이 분화된 상태가 지속되어야만 유지될 수 있는 사회였다. 임진왜란과 병자호란을 겪은 후부터 시작된 신분제의 붕괴 속도가 점차 빨라지면서 18세기에 이르면 양반 신분을 가진 사람들이 70퍼센트를 넘는 사태가 일어나고 만다. 이것은 기존에 존재했던 양반이라는 신분으로서의 의미가 더 이상 존재하지 않는다는 것을 뜻하기 때문에 사회 전체가 변화할 수밖에 없는 상황이 되었다.

중심으로 하는 것으로 바뀌면서 비유와 압축을 통한 절제의 표현방식을 중심으로 하던 시조의 세계를 완전히 바꾸어 놓았다. 이러한 현상은 가사에서도 비슷하게 나타났으니 사대부의 가사들이 지니고 있었던 품격은 사라지고 만다. 천민계급에 의해 발생한 판소리와 잡가는 사설시조나 서민가사보다 훨씬 더 일반대중의 기호를 반영하는 방향으로 나아가게 되면서 앞 시대의 시가와는 완전히 다른 성격을 가지는 작품으로 형상화하는 모습을 보인다. 조선 후기에 등장한 새로운 형태의 시가에서는 사대부의 품격이 축소되거나 사라지는 대신 일반대중의 기호에 맞는 것들이 전면에 등장하면서 민요와의 관련성이 한층 강화되는 모습을 보이는 것이 특징이라고 할 수 있다.

역사적으로 볼 때 민요와 시가의 소통은 지배층의 세력이 약화되는 시기에 강화되며, 강력한 통치력을 바탕으로 신분제가 위력적인 힘을 발휘하던 시기에는 약화되는 양상을 보이고 있는 것으로 파악된다. 민요와 시가의 소통에서 공통적으로 나타나는 특징으로는 첫째, 작자가 불분명한 경우가 많다. 둘째, 집단의 정서를 바탕으로 한다, 셋째, 기억하기 좋은 간단한 구조를 기반으로 한다, 넷째, 배경설화와의 결합이 상대적으로 느슨하다. 다섯째, 반복을 통한 강조가 두드러진다. 여섯째, 선전성과 선동성이 강조된다. 일곱째, 남녀상열(男女相悅)이 가장 중요한 소재나 주제로 된다는 점 등을 지적할 수 있다.

2) 민요와 시가의 불통

시가의 역사는 국가의 역사라고 할 수 있을 정도로 둘은 매우 밀착된 관계를 가지고 있다. 앞에서 살펴본 바와 같이 인류의 역사에서 일정

시기가 되었을 때 조직적이면서도 체계적으로 신분의 분화가 일어나면서 국가가 발생하였고, 뒤이어 문자가 발명되었으며, 그에 따라 지배층의 문학이라고 할 수 있는 시가가 발생하고 발달한 것으로 나타나는 점으로 보아 이것들이 모두 하나의 연결선상에 있으면서 밀착되어 있을 수밖에 없다는 것을 잘 알 수 있다. 일정한 영토와 사람들로 구성되면서 주권에 의한 하나의 통치체계를 갖추고 있는 국가라는 조직은 기본적으로 권력을 가진 소수의 계층과 그렇지 못한 다수의 계층으로 양분될 수밖에 없는 구성방식을 태생적으로 가지고 있다. 일정한 테두리 안에서 강제력을 지니고 있는 법(法)이라는 수단을 통해 사회에서 매우 복잡하면서도 다양한 형태로 발생하는 분쟁을 해결하기 위해 각 개인들의 협의체로 이루어진 것이 바로 국가인데, 법을 집행하는 사람들의 조직이 바로 권력을 가지게 되고, 그것은 특정의 소수에 속하는 사람들에게만 주어질 수밖에 없기 때문이다. 이러한 권력이나 특권을 한층 강화하고 확고하게 만들어주는 제도가 바로 신분제인데, 이것으로 인해 지배층에 속하는 사람들은 자신들의 권력과 특권을 유지하기 위해 문자를 발명하여 정보를 공유하였고, 이러한 과정을 통해 비로소 시가가 발생할 수 있었다. 그러므로 시가는 신분사회에서 지배층에 속한 사람들의 전유물일 수밖에 없었다. 이들은 자신들과 일반대중이 다르다는 점을 강조함으로써 자신을 역사에 드러내려는 생각을 기본적으로 가지고 있었기 때문에 그들이 만들고 즐겼던 시가 역시 이러한 이념에서 절대로 자유로울 수 없었다. 그렇기 때문에 시가는 기본적으로 일반 대중의 노래인 민요와의 연결을 거부하면서 차별성을 강조하는 존재라는 점이 중요한 성격의 하나로 되었음을 알 수 있다. 우리 역사를 살펴보면 새로운 체계와 이름을 갖춘 국가가 발생하는 과정이나 초기에는 일반대중의 노래인 민요와의 관련성이 상대적으로 높은 모습을 보이다가 점차 그것을 부정하면서 새로운 형태의 시가를 창조하는 방향으로 진행되어 왔다는 사실을 알 수 있다. 이런 점에서 볼 때 비록 시가가 민요에 근거를 두고 발생한 것이어서 일정 부분 연결된 점이 있다고 할지라도 새로운 형식의 개발을 전제로 하는 차별화 과정을 통해 민요와 소통하지 않는 불통의 길을 꾸준히 걸어왔다는 사실 또한 자명한 것으로 보인다. 시가가 꾸준히 시도해왔던 민요와의 불통은 시대와 사회상황에 따라 그 정도가 강해지기도 하고 약해지기도 하는데, 이것은 민요와 시가가 태생적으로 가지고 있을 수밖에 없는 소통의 강도와 반비례 관계를 형성할 수밖에 없었기 때문인 것으로 보인다.

한민족의 시가 문학사에서 시가와 민요의 불통이 시작된 것은 사국시대(四國時代)[34]로 보인다. 이 시대의 시가는 남아 전하는 작품이 거의 없지만 문헌에 기록된 내용으로 볼 때, 나라를 통치하는 계급에 속하는 지배층을 중심으로 하는 국가적 차원에서 사용하기 위한 가악(歌樂)이 형성되었고, 민간의 노래와 뚜렷한 차별성을 가지는 시가가 성립하면서 비약적인 발전[35]을 거듭하는 모습을 보이고 있는 것으로 나타나기 때문이다. 사국시대의 후반기에 이르면 낭승(郎僧) 집단에 의해 향

34 기원전 1세기경에 성립한 것으로 기록되어 있는 가야(伽耶)가 완전히 멸망한 때가 서기 562년이니 600년을 넘는 시간 동안 우리 민족은 고구려, 백제, 가야, 신라라는 네 개의 나라로 나누어져 있었다. 고구려가 멸망한 해가 서기 668년이니 세 나라로 나누어져 있었던 시기는 불과 100년 정도라고 할 수 있다. 그렇기 때문에 우리 역사에서 사국시대라는 시기와 명칭을 절대로 생략해서는 안 될 것이다.

35 『삼국사기』에 실려 전하는 사국시대의 시가에 대한 내용을 보면 사국시대에 집단적 서정에서 개인적 서정으로 옮겨가는 양상을 보여주는 물계자가(勿稽子歌), 양산가(陽山歌)를 비롯하여 신열악(辛熱樂), 돌아악(突阿樂) 같은 음악 같은 것들이 지어졌다는 것에서 이러한 사실을 엿볼 수 있다.

가라는 새로운 시가가 창작되는데, 민요계 향가로 분류되고 있는 초기의 향가는 소재나 제재, 구성방식 등에서 민요와 상당히 긴밀한 관계를 가지고 있는 것으로 파악된다. 그러나 향가가 점차 성행하면서 민족의 노래로 발돋움할 즈음에 나타나기 시작한 사뇌가계 향가에 이르면 사정이 크게 달라진다. 사뇌가계 향가는 개인 정서의 표출, 복잡한 구성방식, 화려한 수사법, 사상적 편향성, 정치적 성향 등을 가지면서 민요계 향가와 아주 다른 차별성을 확보하면서 민요와는 좀 더 확실하게 일정한 선을 긋고 독자적인 방식으로 표현하겠다는 의지[36]를 한층 분명하게 내보인다. 민요계향가가 성립될 때만 하더라도 민족의 통합을 위해 백성들의 동의와 참여가 필요했기 때문에 집단정서를 바탕으로 하는 민요가 가지고 있는 소재와 표현방식을 바탕으로 했으나 신분의 조직적 분화가 정착되면서 국가가 안정을 찾아가기 시작하면서부터는 굳이 이런 방식을 택할 필요가 없어지게 되었던 것이다. 고구려의 대부분을 중국에 넘겨주면서 맞이한 신라의 민족통합은 절반에도 미치지 못하는 성공을 거두었으나 자체적으로는 탁월한 통치체제를 갖추는 계기가 되면서 귀족을 중심으로 하는 안정된 국가 기반을 다질 수 있었다. 여기에 힘입어 향가는 민족의 노래로 상승하면서 사뇌가계 향가가 독주하는 시대를 맞이하게 된다. 귀족을 중심으로 하는 것이 민족문화 전체를 주도하는 이러한 현상은 신라를 계승해서 한반도의

36 백성을 편안하게 할 수 있는 도리에 대해 노래한 것으로 정치적 성격을 강하게 가지고 있는 '안민가', 일찍 세상을 떠난 누이에 대한 개인적 그리움을 노래한 '제망매가', 화랑에 대한 사모와 그리움의 정서를 노래한 '모죽지랑가'와 '찬기파랑가', 극락왕생을 바란다는 염원을 담고 있는 '원왕생가', 주술성과 정치성이 결합된 노래인 '혜성가' 등 사뇌가계 향가는 어떤 측면에서 보아도 민요적 성격을 최대한 배제하는 전혀 새로운 표현방식의 노래를 지향하고 있는 것으로 볼 수 있다.

주인이 된 고려 왕조의 전기까지 계속되었다. 오랜 전통을 가진 신라계와 새롭게 등장한 고려계의 문벌 귀족들이 과거제도를 통해 정계에 진출하여 귀족문화를 형성했던 고려 전기[37]에는 신라 후반기에 중국의 당나라로부터 유입되기 시작했던 한시(近體詩)가 시문의 주류를 이루면서 다른 형태의 민족 시가가 발달할 수 있는 계기를 마련할 수 있는 환경을 만들어내지 못했다. 고려 전기의 시가문학은 역사의 전면에서 스러져가는 향가의 잔재 일부가 고착화하는 것과 귀족을 중심으로 한 한시(漢詩)의 성행이 중심을 이루면서 민요와 시가의 불통이 최고조에 달했던 시기라고 할 수 있다.

무신의 난이 일어난 서기 1170년을 기점[38]으로 고려사회는 엄청난 혼란기에 접어들게 되는데, 이때부터 조선 초기까지는 민요와 시가의 소통이 활발하게 이루어졌다. 속요, 경기체가, 악장 등의 시가문학은 모두 일정 부분 민요와의 소통을 통해 양식적 특성을 확보한 작품들이라고 할 수 있다.

고려 말에 발생했으나 사회에 대한 영향력이 미미했던 시조와 가사는 조선 초기에서 중기로 넘어가는 시점이라고 할 수 있는 성종(成宗) 시대

37 李慧淳, 「高麗前期 貴族文化와 漢詩」, 『韓國漢文學研究』 15輯, 韓國漢文學會, 1992, 53~82쪽.

38 鄭仲夫에 의해 발발된 무신난은 64년에 걸쳐 지속된 무신정권을 창출하면서 왕실과 문신의 몰락을 가져오게 함으로써 귀족정치를 마감하고 후기 사회로 접어들게 된다. 명분과 정당성을 상실한 무신정권은 민심을 얻는 데에 실패한 데다가 몽골족의 침입으로 종말을 고하지만 그때부터 원(元)의 간섭기에 들어가면서 국가의 공권력은 여전히 공백상태가 된다. 국가 권력의 공백은 백성의 힘이 강해진다는 것을 의미하기 때문에 고려 후기의 시가는 민간의 노래인 민요가 막강한 힘을 발휘하면서 커다란 영향을 미치게 된다. 속요, 경기체가 등의 시가가 바로 이러한 현실을 잘 반영한 작품들이라고 할 수 있다.

를 지나면서부터 사대부 문학으로 정착했는데, 이때부터 독자적인 형식을 바탕으로 하면서 민요와는 크게 구별되는 판이한 성격의 작품으로 형상화하기 시작한다. 이 시기는 불교가 쇠퇴하고 유학이 사회 전체의 이념으로 자리를 잡으면서 이를 기준으로 하여 세상을 통치하려는 사대부 세력이 중심에 서서 안정된 사회를 만들게 되면서 민족 시가 역시 새로운 국면을 맞이했던 것으로 보인다. 시조(時調)는 과거에 존재했던 어떤 시가에서도 나타나지 않았던 세 줄(三行)로 압축된 형식을 갖추어 예술적 완성도를 높이면서 사대부 문학으로 정착하였고, 포교가로 출발했던 가사(歌辭)는 서사와 결사의 구조, 삼단의 구성, 순환적 시간성, 사구팔명(四句八名)의 율격[39] 등을 중심으로 하는 형식적 특성을 완비하면서 사대부 시가로 확고하게 자리 잡게 된다. 조선사회가 정치적으로 안정되면서 시조와 가사가 국문시가의 중심이 되자 이때부터 17세기 초까지는 민요와 시가의 불통이 본격화한 시기로 보아야 할 것으로 생각된다. 시조와 가사는 작가에서부터 소재나 주제, 율격과 형식에 이르기까지 어떤 부분에서도 민요와의 관련성을 찾아볼 수 있는 여지를 남기지 않게 되었는데, 이런 불통 현상은 민간문학과 긴밀한 관계를 가지고 있는 것으로 판단되는 사설시조, 서민가사, 판소리 등이 등장하는 조선 후기[40]까지 지속되었다. 특히 19세기에서 20세기로 넘어가는 과정은 시

39 성기옥·손종흠, 『고전시가론』, 방송대출판문화원, 2014, 234쪽.

40 임진왜란과 병자호란 등을 전기와 후기로 나누는 기준으로 잡는 이유는 이 사건이 일어난 뒤 조선사회는 엄청난 변화의 소용돌이에 휘말리면서 신분제가 무너지게 되었고, 결국에는 멸망으로 치닫게 되는 과정을 밟기 때문이다. 신분제는 조선이라는 나라를 가능하게 한 버팀목 같은 것이었는데, 그것이 무너졌다는 것은 나라 자체가 위태하다는 것을 의미한 것으로도 볼 수 있다. 조선이라는 국가는 신분제의 완전한 붕괴라고 할 수 있는 신분의 해방을 기점(19세기 말)으로 역사에서 사라지고 만다.

(詩)와 가(歌)의 분리 현상이 본격화하면서 노래는 노래대로, 시는 시대로 독자적인 길을 걸으며 현대시와 유행가 등으로 나누어지게 되니 시가라는 명칭을 가진 장르는 이로써 역사의 뒤안길로 사라지고 말았다.

5. 결론

우리 역사에서 시가는 기원전 1세기경에 범사회적으로 나타나기 시작한 신분의 조직적 분화, 국가의 발생, 문자의 발명과 활용 등의 문화현상을 바탕으로 등장하기 시작했다. 시가의 발생과 발달 과정에서 반드시 살펴보아야 할 문제는 바로 민요와 시가의 소통과 불통이라고 할 수 있다. 왜냐하면 시가와 민요의 소통과 불통 정도에 따라 새로운 형태의 장르가 나타나기도 하고, 구시대의 것은 역사의 뒤안길로 사라져가기도 했기 때문이다. 반비례관계를 형성하고 있는 민요와 시가의 소통과 불통은 주기적로 반복되는 모습을 보이고 있는데, 그 주기는 국가가 발생하고 안정되는 시기와 거의 일치할 정도로 맞물려 있다는 사실이 매우 흥미롭다. 즉, 하나의 새로운 국가가 발생하여 안정되기까지의 기간에는 민요와 시가의 소통이 활발해지고, 안정된 후로부터 다시 어지러워지기 전까지는 민요와 시가는 불통이 강화되는 현상을 보인다는 것이다. 나라가 어지러워지면서부터는 다시 소통이 강화되기 때문에 불통의 시간보다 소통의 시간이 훨씬 길다고 할 수 있다. 우리 문학사에서 볼 때 신라가 최고의 안정기를 누렸던 7세기에서 9세기까지의 기간, 귀족문화를 중심으로 나라가 편안했던 고려 전기, 유학의 정치이념이 실현되면서 안정과 평안의 시간을 보냈던 조선 전기 등의 시기에 시가는 민요의 영향력에서 완벽하게 벗어나 새로운 형태의 작품을 발달시킬 수 있었던 것으로 보인다. 민요와 시가가 소통하던 시기는 국가가 어지러운 때였다고 할 수 있는데, 사국시대의 출발에서 안정까지의 시기, 신라가 어지러워진 하대(下代)의 시기[41], 고려 후기[42]에서 조선 초기[43], 17세기 이후의 조선 후기 등의 시기가 이에 해당한다. 이 시기는 정치적으로 어지러우면서 사회적으로 안정을 유지하기 힘들었던 때였다. 지배층과 피지배층은 국가의 근간이 되면서 떼려야 뗄 수 없는 관계를 형성하고 있는데, 서로 대립하기 때문에 한쪽의 힘이 강해지면 다른 한쪽의 힘이 약해지는 상황을 연출한다. 지배층이 주인인 노래는 시가이고, 피지배층이 주인인 노래는 민요이기 때문에 지배층의 힘이 강해지면 민요와 시가의 불통이 시작되고, 지배층의 힘이 약화되고 피지배층의 힘이 강력해지면 민요와 시가의 소통이 시작된다고 보면 된다. 민요는 땅 밑을 흐르는 거대한 물줄기나 지표면에 눌려있는 화산 같은 것이어서 억제하는 힘이 약해지기만 하면 밖으로 분출되어 나오면서 새로운 형태를 가진 시가의 발생과 발달에 지대한 영향을 미치게 된다. 또한 시가는 주체인 지배층의 세력과 맥을 같이 하는데, 이 과정에서 더욱 발전된 모양의 새로운 형식을 창조함으로써 민족 시가의 독창성과 예술

41 이때는 정치적 성격을 강하게 띠고 있는 참요(讖謠)가 많이 나타났는데, 신라 사회가 어지러워지면서 후삼국으로 나누어졌던 시기가 이에 해당한다.

42 무신난과 몽골족의 침입으로 국토는 초토화되고 나라는 어지러워지면서 권력의 공백이 생기면서 백성들의 힘이 강력하게 작용하게 되자 민간의 노래인 민요가 궁중무악으로 유입되는 현상이 일어난다.

43 쿠데타를 통해 세워진 나라가 조선이었기 때문에 정치적으로 안정을 되찾기까지는 상당한 시간이 걸렸고, 이 기간 동안에는 민요와 일정한 소통을 전제로 하면서 만들어진 속요와 경기체가, 그리고 악장 등이 민족 시가의 중심을 차지했다.

성을 한층 높이는 구실을 충실히 해내는 것으로 보인다. 여기에서는 미처 다루지 못했지만 민요와 시가가 소통할 수 있었던 시기에 발생한 시가가 지니고 있는 예술적 특징과 불통의 시기에 발생한 시가의 그것이 어떻게 같고 다른지를 다양한 각도에서 접근하여 세밀하게 분석해내는 과정이 반드시 뒤따라야 할 것으로 보인다.

방법론

고전시가 텍스트의 맥락과 현장의 맥락

◉

손종흠

1. 서론

문화의 세기로 불리는 21세기는 독립적으로 파편화되어 존재해왔던 것들이 일정한 관련성을 가지는 무엇인가와 결합하면서 융합이라는 이름 아래 새로운 내용과 형식을 가진 형태의 문화콘텐츠로 만들어지고, 그것이 지니고 있는 특성을 가장 정확하게 드러낼 수 있는 것으로 개발되면서 융합의 시대, 주제(thema)의 시대, 맞춤정보의 시대로 지칭할 수 있다는 사실을 잘 보여주고 있다. 이는 하나의 콘텐츠가 사람들의 요구에 부응할 수 있는 새로운 형식의 콘텐츠로 창조됨과 동시에 창조적이면서도 다양한 형태를 가지고 있는 다른 주제를 가진 콘텐츠와도 소통할 수 있는 통로를 개발해야 하는 시대가 바로 21세기여야 한다는 점을 분명하게 해주는 근거가 된다. 이런 이유에서 볼 때, 앞으로는 텍스트 감상을 비롯하여 학습과 연구 등 고전시가를 올바르게 이해하기 위해 시도되는 모든 분야에서 광범위한 자료의 수집을 통한 빅데이터의 구축은 물론 다른 관련 자료들과의 융합과 소통, 새로운 방식의 콘텐츠 창조, 그리고 작품을 중심으로 하는 다양한 통로의 개발 등이 필수적으로 행해져야 할 것임을 명확하게 알 수 있도록 해준다. 이러한 작업이 가능하기 위해서는 지금까지 행해왔던 연구와 강의와 설명 등의 방식을 전면적으로 개선하는 일이 가장 시급하게 요구된다고 하겠다. 지금까지 시가에 대한 연구는 텍스트와 문헌 자료를 중심으로 하여 작품이 지니고 있는 예술적 아름다움을 밝히는 것을 중심으로 행해졌으며, 학교에서 이루어지는 강의 또한 텍스트를 중심으로 해석하고 설명하는 방식으로 진행되어 왔던 것이 사실이다. 또한 일반인들이 쉽게 접근할 수 있도록 만들기 위해 시도된 것으로 작품에 대한 설명을 중심으로 하는 해설서들도 연구자나 전문가의 일방적인 견해를 독자가 받아들이는 방식으로 서술되는 방식을 고수해왔다. 그러나 지금까지 행해졌던 시가에 대한 이와 같은 이해의 방식은 한계를 드러내고 있는 것이 사실이다. 왜냐하면 앞으로 전개될 맞춤정보의 시대에는 연구자, 강의자, 전문가 등에 의해 행해지는 일방적인 전달방식이 아니라 비연구자, 수강자, 비전문가가 함께 참여하는 상호전달과 상호이해라는 새로운 방식에 의한 정보의 공유가 일반화되어 그것을 구체적으로 실현하기 위한 방향으로 콘텐츠가 개발되지 않으면 안 될 것으로 보이기 때문이다.

시가에 대한 연구는 서재(書齋)를 벗어나 작품의 탄생 배경이 되는 현장으로 나가야 할 것이며, 강의는 교실의 울타리를 과감하게 벗어나 전체를 아우를 수 있는 공간과 함께 해야 한다. 또한 텍스트에 대한 해설은 다양한 정보를 융합하여 제공할 수 있는 방향으로 전환해야 하는 것이 앞으로 일어날 수밖에 없는 필연적인 변화라고 할 수 있다. 이것을 실현하기 위해서는 텍스트 중심으로 내용의 맥락을 짚어보았던 것에서 현장의 맥락을 함께 연결시켜 작품을 이해하며, 관련된 모든 자료들을 하나로 결합하여 종합적으로 분석하고 이해하면서 많은 사람들과 공유하는 것이 절대적으로 필요하다. 즉, 시가에 대한 이해는 텍스트와 현장의 맥락을 함께 분석하고 연결시키면서 그것을 바탕으로 새로운 형태의 콘텐츠를 개발해야 한다는 말이 된다. 그러기 위해서는 텍스트의 맥락과 현장의 맥락을 어떻게 연결시킬 것이며, 다양한 자료들과의 연결과 융합을 기반으로 어떤 통로를 어떻게 개발할 것인가가 관건이 될 것이다. 이러한 생각을 근거로 본고는 텍스트의 맥락과 현장의 맥락을 연결시켜야 하는 이유와 방법을 중심으로 그 이론적 근거를 제시함으로써 고전시가에 대한 새로운 형태의 콘텐츠 개발 방향을 제시하는 데에 글의 목표를 두고자 한다.

2. 고전시가의 성격

1) 시(詩)와 가(歌)의 결합체

노래를 바탕으로 하고 있다는 점에서 시가는 민요로 대표되는 일반 대중의 노래와 일정한 관계를 맺고 있지만, 개인적 서정이나 정치적 이념 등에 대한 표현이 중심을 이룬다는 점에서 민요와 구별되는 차별성을 가지고 있다. 따라서 시가의 성격을 올바르게 살피기 위해서는 일반대중의 노래 중에서 대표성을 가지는 민요의 성격에 대해 우선적으로 살펴볼 필요가 있을 것으로 생각된다. 발생과정이 노동과 밀접한 관련을 가지고 있는 것으로 보이는 민요는 인류의 역사와 맥을 같이 한다고 해도 과언이 아닐 정도로 오래되었다. 왜냐하면 노동은 먹이를 얻기 위한 행위로 그

과정에서 노래가 불렸다는 것은 노동과 노래의 역사가 비슷하다는 것이고, 그것은 곧 인류의 역사가 되기 때문이다. 일정한 범위에 속하는 공동체의 구성원들이 사회적으로 약속된 기호인 언어를 전달수단으로 하면서 소리(聲)의 고저장단을 특수하게 배합하여 부름으로써 사람의 청각기관에 작용시켜 감정을 움직이는 구실을 하는 노래는 만들거나 부르는 사람이 마음속에 가지고 있는 감정을 표현하는 데에 가장 적합한 예술이기도 했다. 이러한 까닭에 행동통일을 위한 신호음이나 노동의 피로감을 잊기 위한 수단뿐 아니라 집단의 정서를 표현함으로써 함께 느끼고 즐기는 공동체의 문학, 혹은 음악으로서의 기능을 담당하였던 민요는 삶의 모든 과정에서 불리는 노래로 발전[1]해갔다. 민요는 삶의 현장에서 불리는 현장성을 존재의 이유로 하면서 기록을 거부한 탓에 오래된 자료가 남아 전하지 못하는 한계를 드러내기도 했지만, 후대에 나타난 다른 형태의 문학이나 음악 등에도 커다란 영향을 미친 것은 분명한 사실이다. 가장 대표적인 것으로는 신분의 조직적 분화, 문자의 발명 등의 사회현상에 힘입어 나타난 시가를 들 수 있다.

이러한 성격을 지니고 있는 노래의 역사에 획기적인 변화를 가져오도록 한 것이 국가의 발생으로 인해 새로운 형태로 나타난 시가였다. 국가의 발생 배경에는 신분의 조직적 분화[2]와 지배계급의 형성, 민족개념의 성립, 문명의 비약적 발달[3], 부계 중심사회의 성립, 문자의 발명 등의

1 노동요(勞動謠), 여가요(餘暇謠), 의식요(儀式謠), 정치요(政治謠) 등으로 구분하는데, 이것은 삶의 모든 과정에서 민요가 불렸다는 것을 의미한다.

2 공동체 구성원이 95% 이상의 피지배층과 5% 이내의 지배층으로 분화되면서 본격적인 신분사회가 시작되었다.

3 4대 문명 발상지에서 가장 빠른 형태의 국가가 나타난 것이 이러한 사실을 잘 보여주고 있다.

사회현상이 자리하고 있었다. 문자의 발명은 언어의 시간적 한계를 극복하고 정보를 영구히 보존할 수 있도록 함과 동시에 시간과 공간을 넘어 많은 사람들의 공유가 가능하게 함으로써 문명, 문화, 사상의 발달과 발전에 크게 기여했다. 특히 문자는 정보의 공유와 전승이 절실하게 요구되었던 지배층에게 반드시 필요했던 존재이기 때문에 이것을 매개수단으로 하는 다양한 형태의 기록물이 등장하면서 비약적으로 발전하는 현상이 나타나게 된다. 사회의 이러한 발전 과정에서 지배층에 속하는 사람들을 중심으로 새로운 형태의 노래가 만들어지고 향유되기 시작한 것이 시가였다. 시가는 작가를 뚜렷하게 드러낸다는 점, 기록을 전제로 한다는 점, 지배층이 핵심적인 향유층을 이루고 있다는 점, 개인적인 정서를 기반으로 한다는 점 등에서 민요와는 뚜렷하게 구별되는 성격을 지니고 있다. 지배층이 형성되어 국가가 나타난 때로부터 아주 아까운 과거까지만 해도 시(詩)와 노래(歌)는 떼려야 뗄 수 없을 정도로 매우 밀접한 관계를 유지하였다. 시는 모두 노래로 부를 수 있었고, 노래로 부르는 것은 모두 시였으며, 많은 경우 춤과 함께 불리는 것[4]이 일반적인 현상이었다. 이러한 문화적 전통은 시와 가의 결합에 의해 형성된 시가(詩歌)라는 명칭에 잘 반영되어 있다. 시가는 시이면서 노래이고, 노래이면서 시라는 양면적 성격을 기반으로 한다는 사실을 이 명칭이 잘 보여주고 있기 때문이다. 국가 통치기구의 중심인 왕실과 사대부 등의 지배층을 중심으로 향유되었던 시가는 특별한 능력을 지닌 전문가

---

4 궁중 무악의 경우 시를 노래로 부르면서 무기(舞妓)들의 춤이 함께 추어졌다. 사대부의 시가인 시조나 가사의 경우에도 춤이 함께 추어지는 경우가 많았다. 또한 시조창의 경우에도 춤으로 볼 수 있는 동작이 함께 행해지기 때문에 시와 노래와 춤의 관계는 매우 밀접하다는 것을 쉽게 알 수 있다.

집단[5]에 의해 노래로 불렸는데, 주로 춤과 함께 불리는 것이 일반적인 현상이었다. 특히 궁중에서 향유되는 시가는 가무희(歌舞戱)에서 불렸기 때문에 무용을 중요한 성격의 하나로 볼 수 있다. 또한 현전하는 기록으로 볼 때 고대사회의 시가는 노래의 발생과 관련을 가지는 배경설화가 결합한 형태로 존재하는 경우가 대부분인 점 또한 특이한 성격 중의 하나로 지목할 수 있다. 우리 문학사에서는 고려 후기에 나타난 속요와 경기체가 이전에 발생한 대부분의 시가가 배경설화를 가지고 있는 것으로 보아 오랜 시간에 걸쳐 시가와 설화가 매우 밀접한 관계[6]를 유지하고 있었음을 알 수 있다. 시가와 설화가 결합된 상태로 존재하는 작품이 고려 중기를 끝으로 더 이상 나타나지 않는 것으로 보아 시가와 설화의 결합은 신분사회가 고착화하면서 절대적인 권력을 중심으로 하는 지배층의 조직이 견고하게 정착해가는 과정에서 발생할 수 있는 일정한 필요성에 의해 형성되었을 가능성이 매우 큰 것으로 보인다. 기원전 1세기를 전후하여 발생한 것으로 보이는 민족을 중심으로 하는 국가가 성장하고 체계화하여 완전한 중앙집권제의 실천과 완벽한 절대왕권의 행사라는 제도적 신분제가 정착하기까지 천 년에 가까운 시간이 걸렸다는 역사적 현실에서 이러한 사실을 확인할 수 있다.

이상에서 살펴본 바를 근거로 할 때 시가는 시와 노래의 결합체를 기반으로 하기 때문에 문학적인 성격과 음악적인 성격을 기본 바탕으로 한다는 사실을 알 수 있다. 삼국시대의 가무악에서 불린 시가나 고

---

5 가기(歌妓), 혹은 무기(舞妓) 등을 중심으로 하는 기생이 대표적인 전문가 집단이라고 할 수 있다. 시가는 주로 이들에 의해 춤과 함께 불리는 향유형태를 보인다.

6 상대시가인 황조가, 구지가, 공무도하가를 비롯하여 삼국유사 소재 향가에 이르기까지 모두 배경설화를 가지고 있다.

려시대의 경기체가와 일부 속요, 조선시대의 악장과 시조 등은 시가를 향유할 때 춤이 수반되기 때문에 부수적 성격이기는 하지만 무용 역시 중요한 성격의 하나로 보아야 한다. 또한 지배층이 체계화하고 절대 권력화 하는 과정에서 만들어지고 불렸던 시가는 배경설화와의 결합을 통해 신빙성과 진정성을 확보해야 했기 때문에 이 시기의 시가가 가지는 부수적 성격의 하나로 설화적인 측면을 무시할 수 없다는 점도 중요한 특성 중의 하나로 지적할 수 있다.

2) 구성요소의 복합성

고전시가에서는 작가, 텍스트, 배경설화, 발생 현장, 가락, 무용 등의 구성요소 상호간에 형성되는 관련성이 매우 깊다는 점에서 현대시[7]와는 아주 다른 성격을 가지고 있는 것으로 파악된다. 현대시는 한 편의 작품이 완성되는 순간 일차적으로 작가와 텍스트가 완전히 분리되면서 오직 텍스트만으로 독자와 소통하는 모습을 보여주고 있다. 따라서 현대시는 문자화되어 독자에게 전달되는 순간 텍스트와 작가의 연결은 완전히 끊어지고 오직 텍스트와 독자 사이만 소통의 끈이 이어지게 되는 특징을 가진다. 그리고 현대시에서는 텍스트 외에 다른 요소들이 개입할 여지가 전혀 없거나 거의 없는 상태가 되기 때문에 고전시가와는 엄청난 괴리가 존재하는 것으로 볼 수 있다. 고전시가는 한 편의 작품이

7 시와 노래가 완전히 분리된 상태로 되는 20세기부터 비교적 자유로운 형태로 지어진 것을 현대시로 일컫는다. 그에 비해 고전시가는 국가가 발생하여 기록이 시작된 시기부터 19세기 말까지 지어지고 향유된 것으로 시와 노래가 결합된 상태로 존재하는 것을 가리킨다.

문자화되어 독자에게 전달되더라도 텍스트와 작가의 연결이 끊어지지 않는 특징을 가지고 있다. 작가와 텍스트의 관계가 끊어지지 않는 이유는 시가가 창작되던 때는 개별화, 개인화가 현대사회처럼 진행되지 않았던 시대여서 작가와 관련을 가지는 모든 것들이 작품의 해독과 이해, 감상 등에 직접적으로 관여하기 때문으로 보인다. 시가는 작가가 작품을 창작할 때의 생각, 습관, 공간, 이념 등을 연결시켜 해석하고 이해할 때 비로소 그것이 지니고 있는 예술적 아름다움을 올바르게 느낄 수 있으므로 작가와의 연결이 필연적이라고 할 수 있다. 또한 시가는 작품이 발생할 당시의 상황을 비유나 압축의 방식으로 녹여서 표현하고 있기 때문에 그것의 배경이 되는 이야기 형식의 설화를 통한 설명이 없으면 전혀 이해할 수 없거나 엉뚱한 방향으로 해석하는 일이 생길 수 있다. 따라서 일정 시기까지는 시가와 배경설화의 관계가 매우 중요한 구성요소, 혹은 성격의 하나로 인정할 수밖에 없다.[8] 이것은 작품에 대한 해석이나 이해를 정확하게 하도록 할 뿐 아니라 작품이 지니고 있는 예술적 아름다움을 올바르게 드러내는 구실도 하는 것으로 보이기 때문에 매우 중요한 구성요소의 하나라고 할 수 있다.

배경설화와 더불어 중요한 구성요소 중 하나로 볼 수 있는 것은 작품을 탄생시킨 발생 현장의 공간이다. 한 편의 시가에는 발생 현장과 관련을 가지는 정보들이 다양한 형태로 녹아 있으면서 작품의 형성에 중요한 구실을 한 것으로 보이기 때문이다. 예를 들면, '면앙정가(俛仰

8 구지가(龜旨歌)나 처용가(處容歌) 등의 경우 배경설화가 없는 상태에서는 작품에 대한 해석이나 이해를 온전하게 알 수 없을 뿐 아니라 전혀 엉뚱한 방향으로 이해하고 해석하는 것이 가능해질 수 있다는 점에서 시가와 배경설화의 관계는 매우 중요한 의미를 가지고 있다.

亭歌)'에 대한 정확한 해석과 예술적 성격을 올바르게 이해하기 위해서는 면앙정이 있는 공간적 배경에 대한 지식과 이해가 반드시 필요하다는 사실을 꼽을 수 있다. 면앙정이 서 있는 장소가 오례천(五禮川) 건너 방향에서 보면 산세가 학이 날개를 펼친 모양인 일곱 구비로 되어 있음을 확인할 수 있는데, 이것이 그대로 작품의 일부를 형성하고 있기 때문이다. 나머지 부분들도 거의가 이런 상황이므로 '면앙정가'에 대한 정확한 이해와 감상을 위해서는 발생 현장에 대한 답사가 필수이다. 이런 점은 비단 가사뿐 아니라 배경설화와 결합한 상태로 존재하는 상대시가나 향가 그리고 고려 후기 이후에 나타난 속요, 경기체가, 악장, 시조 등도 마찬가지여서 작품의 발생 현장은 시가를 이루는 구성요소 중 대단히 중요한 의미와 구실을 하고 있는 것으로 파악된다.

시가는 노래로 불리는 것을 전제로 하기 때문에 가락이 매우 중요한 구실을 한다. 음악을 형성하는 소리의 율동인 가락은 사람의 청각 기관에 작용하여 독특한 예술적 감동을 유발하기 때문에 시가와는 떼려야 뗄 수 없는 관계를 가지고 있다. 문학적 명칭으로 사용하고 있는 시조(時調)라는 이름이 시조창에서 왔다는 사실은 시조에게 있어서 가락이 얼마나 중요한지를 잘 보여주는 확실한 증거라고 할 수 있다. 이런 점은 고려 시대의 시가인 속요, 경기체가를 비롯하여 조선시대의 악장, 가사 등도 마찬가지라고 할 수 있어서 이론의 여지가 없을 정도로 명백한 사실이다. 기록으로 남아 있지 않아서 정확한 가락을 알 수는 없지만 상대시가나 향가도 궁중의 가악(歌樂)으로 사용되었을 가능성이 크기 때문에 음악적인 부분이 매우 중요한 구성요소가 될 수밖에 없었을 것으로 추정된다. 특히 과거로 올라가면 갈수록 사람들은 언어로 된 거의 모든 것들을 노래로 부르거나 최소한 읊조렸을 것이므로 가락을 시가의 핵심적인 구성요소이면서 향유과정에서 중요한 구실을 했을 것으로 보는 데에 아무런 문제가 없을 것으로 생각된다. 가락과 함께 시가의 향유과정에서 매우 중요한 구실을 하는 구성요소 중에 무용을 빼놓을 수 없다. 특히 궁중에서 향유되던 시가는 전문가 집단에 의해 연회에서 춤과 함께 공연의 방식으로 행해졌기 때문에 무용은 더욱 중요한 구성요소가 된다. 『고려사(高麗史)』에는 성기(聲妓)나 남장별대(男裝別隊) 등이 궁중에서 속요를 부르면서 춤을 추었다는 기록[9]이 있는가 하면 『악학궤범(樂學軌範)』에는 궁중의 연회에서 기생(妓)이 노래 부르고 춤을 추는 절차에 대한 것이 글과 그림으로 상세하게 설명되어 있다. 시가가 노래와 춤으로 향유되었다는 기록은 이 외에도 상당히 많은데, 이런 점으로 볼 때 고전시가에서 무용이라는 구성요소가 향유과정에서 얼마나 중요한 구실을 했는지 짐작할 수 있다.

위에서 살펴본 것을 중심으로 할 때 고전시가를 이루는 구성요소는 시라는 이름으로 된 텍스트, 그것을 탄생시킨 작가, 텍스트를 노래로 부를 때 중요한 구실을 하는 가락, 향유 과정에서 함께 수반되는 무용, 작품이 탄생한 발생의 현장 공간 등이 중심을 이룬다는 것을 알 수 있다. 따라서 시가에 대해 정확한 이해를 함과 동시에 새로운 형태의 창조적인 콘텐츠를 개발하기 위해서는 이러한 구성요소들을 하나의 끈으로 연결시켜 이해하는 것이 매우 중요할 수밖에 없다는 사실을 쉽게 간파할 수 있을 정도다.

9 『고려사(高麗史)』, 「악지(樂志)」, 卷25, 樂2.

3) 주기적 반복의 형식

동일한 형태의 표현이 일정한 장소에 두 번 이상 나타나는 것을 반복이라고 한다. 이러한 반복은 표현하려는 내용이나 대상이 둘 이상의 복수(複數)라는 점을 적시하거나 일정한 내용이나 대상에 대해 강한 어조로 강조하기 위함이다. 우주 내에 존재하는 어떤 사물·현상이든 일정한 형식을 가지게 마련인데, 형식은 반복되는 여러 요소들로 이루어지는 것이 특징이다. 형식이 반복적 요소들로 이루어지는 이유는 사물·현상을 이루는 내용이 되는 요소인 알맹이들은 일정한 법칙에 의해 규칙적으로 배열될 때만 독립된 사물·현상으로 성립될 수 있기 때문이다. 또한 하나의 독립된 사물·현상으로 성립되기 위해서는 다른 것과 구별되는 그것만의 개별성이 존재해야 하는데, 이것은 사물·현상을 이루는 알맹이들이 해당되는 사물·현상에만 존재하는 일정한 법칙에 의해 배열됨으로써만 만들어지는 성격을 지니고 있는 관계로 이러한 반복이 나타난다. 따라서 하나의 독립된 사물·현상이 가지는 개별성이라고 하는 것은 전적으로 그것을 완성하는 법칙인 형식에 의해서 발생한다는 것을 알 수 있다. 따라서 형식은 사물·현상을 이루는 요소들의 반복적 구조라는 성격을 지니게 된다.

시가(詩歌)는 산문에 비해 매우 엄격한 규칙을 가지고 있다. 시가에서 쓰이는 것들을 보면, 반복(反復), 비유(比喩), 운율(韻律)을 중심으로 한 여러 규칙들이 있음을 알 수 있는데, 이것들은 모두 시가의 형식을 구성하는 기본 요소들이다. 그 중에서 반복의 규칙은 시가를 시가답게 해주는 가장 중요한 요소라고 할 수 있다. 반복이 없으면 작품의 내용이 흩어져서 산만하게 되고, 그렇게 되면 압축된 형식을 통해 인간에게 감동을 주는 시가 본래의 범주를 벗어나게 되어 더 이상 시가가 아닌 것으로 되기 때문이다. 또한 반복의 규칙은 시가에 있어서 형식의 핵심을 이룬다고 할 수 있는 율격을 형성하는 바탕이 되기도 한다. 율격은 관념적으로 존재하는 추상적인 실체인 관계로 반복된 현상으로 나타나지 않는 한 인간에게 감지될 수 없는 성질을 지니고 있어서 주기적인 반복의 구조를 지니지 않을 경우 별다른 의미를 형성할 수 없다. 형식의 바탕을 이루는 율격이 반복의 규칙을 기본으로 하고 있기 때문에 자연히 시가의 형식에 있어서도 반복의 규칙이 가장 중요한 실체를 이루게 되는 것이다. 시가에서는 어떤 방식에 의한 반복이냐에 따라 독자에게 주는 예술적 감동이 달라진다. 즉, 작품이 가진 형식적 성격이 그것의 예술적 아름다움을 결정짓는 핵심적인 잣대로 작용할 수 있다는 말이 된다. 같은 소리(聲)의 반복인 운율, 어휘나 구절의 반복인 구, 강제적 휴지의 반복인 행, 화자의 정서를 일정한 단위로 경계를 지어서 그 뜻을 명확하게 해주는 반복 구조인 장 등은 모두 시가의 형식을 구성하는 기본적인 요소로써 반복적인 구조를 지니는 것들이다. 이런 점으로만 보더라도 반복의 구조가 시가에서 얼마나 중요한 구실을 하는지 충분히 알 수 있다. 시가에서 쓰이는 반복을 총괄하면, 음절반복(音節反復), 어휘반복(語彙反復), 운반복(韻反復), 구반복(句反復), 행반복(行反復), 장반복(章反復), 후렴구반복(後斂句反復), 조흥구반복(助興句反復) 같은 것들을 들 수 있다.[10]

---

10 손종흠, 『속요형식론』, 박문사, 2010, 85쪽.

4) 구연(口演)의 향유방식

구연은 동작을 하면서 노래를 부르거나 특정의 노래를 하면서 일정한 동작을 수반하는 형태의 향유방식을 일컫는 말이다. 시가와 민요는 모두 구연된다는 점에서는 공통적인 성격을 가지고 있다. 이러한 공통점을 가지는 이유는 시가와 민요가 모두 생활공간이라는 삶의 현장[11]에 바탕을 두고 있기 때문인 것으로 보인다. 시가나 민요가 모두 구연되기는 하지만 그것의 내용에 있어서는 상당한 차별성이 존재하므로 동일하게 취급할 수만은 없는 것 또한 사실이다. 민요의 구연 현장은 일정한 동작을 하면서 노래를 부르는데, 창자(唱者)와 청자(聽者)가 구별되지 않으면서 함께 부르고 즐기는 형태를 이루는 것이 특징이다. 시가의 구연 현장은 노래를 부르면서 일정한 동작이 수반되는데, 노래를 부르는 사람은 그것에 대한 전문적인 식견과 실력을 갖춘 프로이고, 듣는 사람은 작품을 지은 작가를 비롯하여 일정한 범주에 들어가는 특정의 사람들이며, 공연방식으로 향유되기 때문이다. 그러므로 민요와 시가는 근본적으로 다른 성격을 가진 노래라고 할 수 있다. 구연과정에서 창자와 청자가 분리된다는 말은 구연계층과 향유계층의 신분이 다르다는 것을 의미한다는 점에서 볼 때 창자 쪽은 노동이 되고, 청자 쪽은 여가가 되는 상황이 연출될 수밖에 없다. 따라서 시가와 민요는 비록 구연이라는 동일한 방식으로 향유되지만 그것의 내용과 성격은 판이하게 다른 양상을 보이기 때문에 공연을 전제로 한 구연의 방식은 시가가 지니고 있는 중요한 특징 중의 하나라고 할 수 있다.

---

11 일반 대중에게 있어서 삶의 현장은 노동, 의식(儀式), 여가, 정치 등이며, 지배층에게는 정치, 학문, 수양, 의례(儀禮) 등이 삶의 현장이다.

3. 텍스트의 맥락과 현장의 맥락

1) 텍스트의 맥락

여러 개의 문장(文章)이 모여서 이루어진 하나의 덩어리로 된 글을 지칭하는 텍스트는 문자를 표현수단으로 한다. 문자는 언어가 태생적으로 가지고 있는 시간적 한계를 극복하고 영원성을 획득하도록 하는 주체라는 점에서 대단히 우수한 기록수단이라고 할 수 있다. 개별적이면서 독립적으로 존재하는 문자들이 결합하여 단어와 구문(句文) 등을 만들고 그것을 일정한 단위의 덩어리로 만들어낸 것이 바로 문장이다. 문(文)은 꾸민다는 뜻을 가지고 있고, 장(章)은 밝힌다는 뜻을 가지고 있으니 문장은 말을 하거나 글을 쓰는 사람이 표현하고자 하는 바를 효과적으로 전달할 수 있도록 꾸민 것이면서 일정한 범주를 설정하여 그 뜻을 명확하게 밝힌다는 것을 의미한다. 텍스트는 그것과 관련을 가지는 모든 것의 원전(原典)이라는 성격을 기반으로 하면서 광범위한 구성요소들을 거느리기 때문에 해당하는 문학예술의 핵심적인 구성요소가 된다. 따라서 기록물이나 문학예술 등에서 텍스트는 없어서는 안 될 필수불가결한 존재가 된다. 그러나 텍스트는 이러한 장점만을 가지고 있는 것은 아니다. 문학예술의 핵심이 되면서 영원성을 획득하는 대신에 잃어버리는 것도 있기 마련이다. 언어가 문자라는 기록수단을 통해 하나의 텍스트로 확정되는 순간 화석화(化石化)하므로 어떤 변화도 거부하는 존재로 고착화하며, 텍스트를 이루는 구성요소가 만들어내는 유기적 관계성의 범위 안에서만 해석될 수 있는 의미를 가지게 되는 단점이 형성되기 때문이다. 이런 점에서 볼 때 텍스트가 그 한계를 넘어 좀 더 확대된 의미로 해석됨과 동시에 새로운 것을 만들어내기 위해서는 그것을 이루고 있는 텍스트 자체의 구성요소뿐 아니라 연관성을 가지는 모든 요소들과의 관계를 중시할 수밖에 없게 된다. 그렇기는 하지만 하나의 기록물이나 문학예술에서는 원전으로서의 텍스트가 모든 것의 중심일 수밖에 없기 때문에 연관성을 가지고 있는 자료들과의 관계는 텍스트를 정확하게 분석해내기 위한 것이며, 대상으로 하는 문학 작품이 지니고 있는 예술적 아름다움을 드러낼 수 있는 보조수단이라는 점을 간과해서는 안 될 것이다. 이 점은 시가에서 특히 강조되는데, 시가는 텍스트 자체의 구성요소가 복잡할 뿐 아니라 연관성을 가지는 요소들과의 관계가 매우 중요한 구실을 하기 때문이다. 먼저 텍스트를 이루는 구성요소에 대해 살펴보도록 한다.

시가에서 텍스트를 정확하고 올바르게 해석하고, 분석하며, 이해하기 위해서는 우선적으로 그것을 형성하는 구성요소와 그것들이 맺고 있는 유기적 관계를 올바르게 짚어낼 필요가 있다. 텍스트를 이루는 구성요소로는 첫째, 단어, 둘째, 어구(語句), 셋째, 행(行), 넷째, 형식, 다섯째, 내용, 여섯째, 형태 등을 들 수 있다. 언어의 중심을 이루는 단어[12]는 글자와 글자가 모여서 사회적으로 약속된 의미를 담아내고 있는 최소한의 자립적 단위다. 그러므로 모든 언어는 단어를 출발점으로 하여 형성되며 이것들의 문법적 결합에 의해 사회적으로 약속된 의미 체계로서의 언어를 형성한다. 단어는 일상의 언어에서 사회적 약속에 의해 형성된 일반적인 뜻을 가지고 있는데, 시가에서는 이것을 기반으로 텍스트를 구성하지만 작품이 완성되면 그 이상의 의미를 가지

12 분리하여 자립적으로 쓸 수 있는 말이나 이에 준하는 말, 또는 그 말의 뒤에 붙어서 문법적 기능을 나타내는 말을 가리켜 단어라고 한다(국립국어원, 『표준국어대사전』, 어문각, 2008).

기도 한다. 텍스트 안에서 하나의 단어가 가지는 의미를 정확하게 분석해내기 위해서는 작품을 이루고 있는 구성요소의 유기적 관계를 올바르게 파악하는 것이 대단히 중요하다. 왜냐하면 구성요소들이 가지는 유기적 관계를 통해 전혀 새로우면서도 예술적인 의미가 창조되기 때문이다. 시가에서 쓰인 하나의 단어가 일상의 언어가 지니고 있는 것보다 확장된 뜻을 가지기 위해서는 반드시 상층의 구조 단위와 결합함으로써만 가능한데, 그것이 바로 어구이다. 말의 마디나 구절을 가리키는 어구는 둘 이상의 단어와 단어가 모여서 절(節)이나 문장의 일부분을 이루는 토막을 의미하는데, 시가의 텍스트를 구성하는 데에 있어서 내용과 형식이 시작되는 출발점에 위치하는 것으로 매우 중요한 의미를 지니고 있는 구성요소라고 할 수 있다. 어구가 형성되어야만 비로소 한 편의 시가를 구성할 수 있는 기초가 갖추어지면서 형식적 특성을 드러낼 수 있는 기반을 마련하게 되기 때문이다. 이러한 어구는 시가에서는 행(行)을 단위로 주기적 반복구조를 형성하면서 율동을 바탕으로 하는 율격을 이루는 핵심적인 요소가 된다.

시가에서 행은 언어에 강제적인 힘을 가해 형태를 변형시킴으로써 만들어지는 줄로서 두 개 이상이 동일한 형태로 반복되는 구조를 형성하는 특성을 가지고 있다. 이러한 성격을 가지는 행은 시가의 형식을 구성하는 핵심적인 요소로서 구조적 특성, 율격, 정서표현의 단락 등이 모두 이것을 기본단위로 한다. 따라서 행은 시가의 형식적 특성을 결정짓는 핵심적인 요소가 되며, 율격적 특성[13]을 파악하기 위한 중심

13 음수(音數), 명(名), 구(句) 등의 구성요소가 유기적 관계망을 통해 만들어내는 율격적 특성의 파악은 모두 행을 기본 단위로 한다.

단위가 된다. 또한 시가의 내용도 이것을 단위로 하여 끊어지기도 하고, 연결되기도 하면서 새로운 의미를 만들어내므로 행은 형태의 구성에도 일정한 구실을 하는 것으로 볼 수 있다. 행을 어떤 단위, 혹은 어떤 구조로 반복시킬 것인가에 따라 시가의 형태가 결정되기 때문이다. 또한 시가에서 행은 화자의 정서를 일정한 단위로 잘라 명확하게 표현할 수 있도록 하는 최소의 단위로도 작용함으로써 한층 중요한 의미와 구실을 가진다. 모든 시가에서 행은 그것을 단위로 하여 정서의 단락이 형성되면서 반복되는 행과의 연결을 통해 더 큰 의미를 창조할 수 있는 단위로 도약할 수 있는 발판을 마련하기 때문이다.

시가에서 형식[14]은 다른 어떤 갈래의 문학에서보다 중요한 의미를 가진다. 일반적으로 내용이 형식에 우선하며, 내용이 형식을 규정하지만, 시가에서는 형식이 내용을 규정하기도 하며, 내용의 형성에 미치는 그것의 영향이 상대적으로 아주 크기 때문이다. 형식은 표현방식, 형태창조의 원리, 상대적 자립체, 추상적 실체, 반복의 구조 등을 기본적인 성격으로 하는데, 이것을 통해 시가의 내용을 완성함과 동시에 형태를 창조하는 핵심적인 구실을 한다. 또한 형식은 율동을 기반으로 하는 율격을 결정짓는 최상위의 단위이므로 시가를 시가답게 하는 율격적 특성이 바로 형식적 특성에 의해 결정되는 양상을 띠어 그 중요성은 한층 커진다. 이러한 성격을 가지는 형식은 내용에 비해 변화의 속도가 느리기 때문에 상대적으로 자립적인 성격을 지니는 것이 특징이다. 일정한 형식으로 된 수많은 시가 작품이 존재[15]하는 이유가 바로

14 손종흠, 앞의 책, 75~95쪽.

15 초장, 중장, 종장이라는 삼행과 4구8명(四句八名)의 형식을 갖춘 시조가 수천 편에 이른다는 것과 삼단구성, 서사와 결사, 대련(對聯), 4구8명(四句八名)의 형식을

여기에 있다. 표현의 방식을 결정하는 주체인 형식은 물리적 현상으로 존재하는 것이 아니라 추상적으로 실재한다는 사실 또한 특이하다. 여기서 추상적이라고 하는 말은 텍스트라는 시각적인 현상을 통해 드러나는 것이 아니며, 사회적으로 복종해야 할 규범이나 규칙도 아니라는 의미가 된다. 시가의 형식은 표면적으로 드러나는 것이 아니라 추상적인 상태로 존재하면서 그것에 복종하여 느끼고자 하는 사람에게만 힘을 가지므로 일상의 언어에 비해 구속력이 약하다. 하지만 형식이 없으면 내용과 형태가 만들어질 수 없기 때문에 반드시 필요한 존재 또한 형식이 될 수밖에 없다.

단어, 어구, 음수, 행, 장(章) 등이 유기적으로 결합하고 연결될 때 비로소 새로운 의미를 창조하니 이것이 바로 시가에 있어서 내용이 된다. 내용은 형식적 구성요소뿐 아니라 작가의 정서, 사상, 소재, 제재, 주제 등이 복합적으로 융합되어 형성되는 것으로 언어, 혹은 문자로 된 텍스트를 통해 구현되는 특징을 가지고 있다. 이러한 성격을 가지는 내용은 형태를 형성하는 주체인 형식에 의해 완성되기는 하지만 텍스트 외부의 구성요소들과의 연결을 통해 그 의미를 한층 풍부하게 하면서 새로운 의미를 창조하기 때문에 이것 하나만으로 작품의 예술적 아름다움을 분석하는 것은 위험이 따른다고 할 수 있다. 원전으로서의 텍스트를 둘러싸고 있는 나머지 구성요소들과의 관련성을 최대한으로 파악하여 그것과의 관계망 속에서 내용적 특성을 찾아내는 것이 가장 바람직한 연구와 감상의 방법이라는 말이 된다. 이처럼 복잡한 관계망

갖춘 가사가 수백 편에 달한다는 것이 이러한 사실을 잘 보여주고 있다. 이 점은 다른 시가에도 마찬가지로 나타나는 현상이다.

속에서 만들어진 내용을 최종적으로 형성하는 단위가 바로 형태인데, 이것을 통해 비로소 시가로서의 내용이 완성된다고 할 수 있다. 내용과 형식의 결합체라는 물리적 현상으로 감각화하면서 구체화되어 나타나는 형태가 이루어지면 한 편의 시가는 독립적이고, 독자적인 예술세계를 구축한 상태가 되고, 연관성을 가지는 다른 구성요소와 일정한 관계를 맺을 준비가 되었다고 할 수 있다. 여기서 말하는 다른 구성요소란 작품을 탄생시킨 공간이나 작가, 기타 자료 등이 된다. 고전시가는 텍스트만을 대상으로 해서는 그 맥락을 정확하게 짚어내기가 어려운 데다가 내용이 가지는 특성을 올바르게 해석하고 분석해 내어 예술적 아름다움을 심도 있게 밝히는 것이 어렵기 때문에 현장과 자료를 포함하여 작품을 구성하는 여타의 구성요소를 연계하여 이해함과 동시에 분석하는 것이 절대적으로 필요하게 된다.

2) 현장의 맥락

시가에서 현장이라 함은 작가와 관련을 가지는 자료와 공간, 작품을 탄생시킨 배경이 되는 장소로서의 물리적 공간, 작품과 관련을 가지는 유적지와 자연경관, 배경설화와 관련 유적 등을 가리킨다. 이러한 시가의 현장은 그 자체만으로는 별다른 의미를 가지지 못할지 모르지만 텍스트와의 관련성을 통해 특별한 의미를 드러내는 특징을 가지고 있다. 한 편의 시가는 그것을 창조한 사람이 가지고 있는 정서와 주제, 표현의 기술 등이 대상화(對象化)[16]되어 나타난 결과물이므로 작가의

16 시가에서 작가가 지니고 있는 정서, 표현의 기술 등은 모두 추상적인 것으로 그것이 외부에 존재하는 소재, 제재, 유적 등과 결합하여 문자라는 물리적 현상으로 구

생애, 사상, 생활습관, 인간관계, 행적, 역사적 자료 등 관련된 모든 것이 텍스트의 예술적 성격을 파악하기 위한 보조적인 자료로 활용될 필요가 있다. 작가와 관련된 현장 자료들은 한 편의 시가를 정확하게 해석하고 분석하며, 이해하는 데에 결정적인 단서를 제공할 수 있으며, 작품의 내면에 들어 있어서 잘 드러나지 않았던 예술적 아름다움을 발견하는 데에도 큰 구실을 할 수 있을 것으로 보이기 때문이다. 작가의 가계와 출생 공간, 성장 공간, 활동 공간 등과 관련을 가지는 장소와 자료에 대한 이해를 바탕으로 텍스트를 분석하는 경우와 그렇지 않는 경우는 상당한 차이가 있을 수 있어서 작품이 지닌 문학적이고 예술적인 특성들을 올바르게 파악하기 위해서는 반드시 필요한 것이라고 할 수 있다. 예를 들어 고산(孤山) 윤선도(尹善道)의 오우가(五友歌)나 어부사시사(漁父四時詞)에 대한 해석이나 분석을 정확하면서도 올바르게 해내기 위해서는 그의 가계와 정치적 활동, 해남과 금쇄동(金鎖同), 보길도 등을 중심으로 하는 공간에 대한 답사와 이해가 큰 도움이 된다는 사실을 지적할 수 있다.

한 편의 시가를 탄생시킨 배경이 되는 물리적 공간으로서의 발생장소는 지리적으로 형성된 특징이 시가에 반영되면서 작품의 형성에 상당한 영향을 끼칠 수밖에 없다는 점에서 매우 중요한 의미를 가진다. 상당수에 이르는 고전시가가 작품의 발생공간을 구체적으로 가지고 있으며, 그것이 작품의 내용에 반영되는 정도가 과거로 올라가면 갈수록 강력하다. 가락(駕洛)의 건국신화에 등장하는 '구지가(龜旨歌)'의 경우 노래의 발생 공간이 되는 김해의 구지봉(龜旨峯)에 대한 정보를 정

체화한 것이기 때문에 대상화물(對象化物)이 된다.

확하게 가지고 있느냐 없느냐에 따라 작품을 보는 시각과 접근 방법이 크게 달라질 수 있다는 점을 보면 이러한 사실을 잘 알 수 있다. 즉, 거북의 머리로 일컬어지는 구지봉은 김해의 진산인 분산(盆山)에서 나온 작은 봉우리인데, 그것이 거북의 머리라는 점을 인식하기 위해서는 분산이 거북의 몸뚱이가 되어야 한다는 사실과 전체적인 형상이 거북이가 머리를 숙이고 바다로 들어가려는 금구몰니형(金龜沒泥形)의 지형이라는 사실을 아는 것이 중요하다. 거북의 머리가 바다를 향하고 있다는 점으로 볼 때 바다를 건너서 들어온 외래인인 김수로왕 일행을 맞이하는 과정에서 오래 전부터 훌륭한 인물을 잉태하기 위해 일반 대중이 불러왔던 민요를 수용함과 동시에 변개(變改)시켜 구지가라는 이름의 시가로 만들었을 가능성이 크다는 것을 알 수 있게 되는 것이다. 이런 점은 신라 때의 향가인 '처용가'나 조선시대의 가사인 '관동별곡' 등에서도 확인할 수 있다. 특히 '관동별곡'은 관동팔경에 속하는 각 장소의 답사와 풍부한 자료를 바탕으로 하는 경우가 그렇지 못한 경우보다 작품을 보는 시각이나 해석의 정확성에서 훨씬 앞서갈 것이 분명하다. 따라서 자료에 대한 분석, 고증과 더불어 시가의 발생공간에 대한 현장 답사를 철저하게 하는 것은 텍스트에 대한 이해력과 해석의 정확도를 높이는 데 크게 기여할 것이다.

시가와 관련을 가지는 유적지와 자연경관, 유물 등도 발생공간과 마찬가지로 작품의 내용에 반영되는 정도가 상당하기 때문에 주목을 요한다. 예를 들면 작가의 유배지나 묘소 등을 비롯하여 작품의 내용으로 수용된 자연경관, 그리고 작품의 내용과 관련을 가지거나 그것을 해석하는 데에 보탬이 될 수 있는 유물 등에 대한 정확한 이해와 자료의 섭렵은 텍스트를 해석하고 이해하는 데에 큰 도움을 줄 수 있다.

신라 때 처음으로 나타난 '처용가'는 고려, 조선을 거치면서 가면으로 만들어지기도 하고, 오방처용(五方處容)과 처용무(處容舞)로 확대되어 궁중이나 사대부의 연회에서도 불렸고, 그에 따라 작품의 내용에도 큰 변화를 초래하게 된다. 그러므로 처용가를 종합적으로 분석하고 이해하기 위해서는 이러한 자료와 유물 등에 대한 이해와 분석이 반드시 필요하다. 또한 조선조 송순(宋純)이 지은 '면앙정가(俛仰亭歌)'에서는 제월봉(霽月峰)과 주변의 산세, 강의 모양, 주변에 펼쳐지는 계절의 변화 등에 대한 이해가 우선된다면 그것이 반영된 작품의 내용을 분석하고 감상하는 데에 커다란 도움을 받을 것이 확실하다. 이런 점은 비단 향가나 가사에 국한하지 않고 시조나 경기체가 그리고 악장[17] 같은 작품에도 그대로 적용되기 때문에 텍스트의 정확한 분석과 이해를 위해서는 반드시 필요로 하는 작업 중의 하나라고 할 수 있다.

우리의 시가 문학사에서 배경설화와 관련 유적이 작품의 해석과 분석에 상당한 영향력을 가지는 시기는 향가가 존재했던 고려 전기까지였던 것으로 보인다. 대부분의 향가에는 배경을 이루는 설화[18]가 함께 실려 전하는데, 어떤 작품은 배경설화가 없을 경우 그 뜻조차 파악하기가 어려울 정도로 이것이 가지는 중요도가 높다. 광덕엄장 설화는 '원왕생가'의 해석에 큰 도움이 되며, 월명사 남매 이야기는 '제망매가'의 해석과 감상에 큰 기여를 하는 배경설화라고 할 수 있다. 이것은 현존하는 대부분의 작품에 해당하기 때문에 향가에서 배경설화가 차지하는 비중은 매우 크다고 할 수 있다. 이런 점은 상대시가인 '구지

17 농암 이현보의 농암가, 고산 윤선도의 오우가나 어부사시사, 율곡 이이의 고산구곡가, 안축의 죽계별곡, 정도전의 신도가 등 상당수의 작품이 이런 성격을 가지고 있다.

18 『삼국유사』에 실려 전하는 14편의 향가에는 모두 배경설화가 함께 수록되어 있다.

가', '황조가', '공무도하가'의 경우도 마찬가지라고 할 수 있다. 유리왕 이야기로 불리는 배경설화가 없었다면 '황조가'에 대한 다양한 해석이나 분석, 그것이 가지고 있는 예술적 아름다움을 제대로 밝혀내지 못했을 수도 있으며, 백수광부(白首狂夫)로 이름 붙여진 남자와 그의 부인에 대한 이야기가 없었다면 '공무도하가'의 해석에 상당한 어려움이 있었을 것으로 보인다.

한 편의 시가 텍스트를 올바르게 이해하고 해석하기 위해서 현장의 맥락이 얼마나 중요한지를 살펴보았는데, 앞으로 고전시가 연구와 감상에 있어서는 이것을 넘어설 수 있는 새로운 접근방식이 필요할 것이다. 즉, 텍스트 분석과 이해를 돕기 위한 보충적인 기능을 가지는 것으로 시가의 현장을 볼 것이 아니라 두 가지를 하나로 연결하고 융합하여 새로운 형식의 문예콘텐츠를 개발해내야 하는 현실이 우리의 바로 눈앞에 와 있는 것으로 보이기 때문이다.

3) 텍스트와 현장의 결합과 새로운 콘텐츠의 필요성

시가에 대한 연구, 강의, 감상 등을 비롯하여 작품과 관련을 가지는 무엇에 대한 것이든지 텍스트가 중심이 되어야 함은 움직일 수 없는 명백한 사실이다. 시가와 관련을 가지는 다른 어떤 것도 텍스트 이상으로 그것의 성격과 예술적 아름다움을 간직하거나 드러낼 수 있는 것이 없기 때문이다. 너무나 당연한 것을 여기에서 재차 강조하는 이유는 텍스트만을 대상으로 할 경우 시가에 대한 해석과 분석과 이해 등이 올바르게 이루어지지 못할 수 있으며, 그것이 지니고 있는 예술적 아름다움을 드러내는 데에 일정한 한계가 있을 수 있다는 생각에서이다.

시가의 텍스트는 언어를 기반으로 하는 문자를 통해 실현되는데, 여기에서 사용되는 표현 중에는 사회적 약속에 의해 문자가 기본적으로 가지고 있는 의미와 다르거나 새로운 것으로 창조되는 경우가 많기 때문에 축자적(逐字的)인 해석만으로는 상당한 문제를 야기할 가능성이 매우 높은 까닭이다. 이러한 문제점을 인식하지 못한 상태로 있었던 과거의 시가 연구와 강의, 감상 등은 주로 텍스트에 대한 해석과 분석과 이해를 중심으로 이루어졌던 것이 사실이다. 텍스트만을 대상으로 한 접근은 문자에 담겨 있는 뜻과 그것이 만들어내는 구조적 특성에 의해 형성되는 예술적 아름다움을 밝혀내는 것이 중심을 이루게 되는데, 이 과정에서 결정적인 오류를 범할 수 있다는 생각을 미처 하지 못했기 때문이다. 빅데이터와 융합을 바탕으로 새로운 디지털시대를 열어가고 있는 작금의 사회적 상황으로 볼 때, 지금까지 고수해왔던 텍스트 중심의 접근방식은 사람들의 호응을 끌어내기가 상당히 어려울 것이므로 시대적 필요성에 부합하는 새로운 방법의 접근이 요구된다고 하겠다.

이를 위해 가장 먼저 해야 할 것은 텍스트와 시가의 현장을 연결시켜 이해하려는 태도와 실천이라고 할 수 있다. 앞에서도 지적한 바와 같이 현장에 대한 정확한 인식과 지식이 부족한 상태에서는 텍스트에 대한 해석과 분석을 올바르게 해내지 못하는 경우가 발생할 수 있기 때문이다. 하나의 예를 들어보자. 송강(松江) 정철(鄭澈)이 지은 가사인 '성산별곡(城山別曲)'에 다음과 같은 표현이 등장한다. "天邊의 썻는 구름 瑞石을 집을 사마 나는 듯 드는 양이 主人과 엇더ᄒᆞᆫ고." 이 부분에서 瑞石에 대한 해석은 거의 모든 연구서나 해설서, 학술논문 등에서 '상서로운 돌' 정도로 하고 있음을 본다. 그런데 작품의 발생 공간이라고 할 수 있는 식영정(息影亭)[19] 앞에 있는 소나무 아래에 앉아서 보면 텍스트에서 말하고 있는 '瑞石'은 무등산(無等山) 꼭대기 서쪽 편에 있는 서석대(瑞石臺)[20]라는 사실을 아주 쉽게 알 수 있다. 텍스트의 서석이 자연현상의 하나로 존재하는 무등산의 서석대라는 사실을 알고 나면 이 표현의 해석은 완전히 달라진다. 즉, 하늘가에 떠 있는 구름이 서석대를 집처럼 만들어두고 들락날락 하는 모양이 식영정의 주인 모습과 닮았다는 것을 노래한 것으로 자연과 하나 된 김성원(金成遠)의 은둔생활을 찬양하고 있는 것으로 풀이할 수 있게 되기 때문이다. 이것은 비단 가사[21]뿐 아니라 상대시가에서 향가, 속요, 악장, 시조에 이르기까지 어느 작품에나 나타날 수 있는 현상이어서 텍스트와 현장을 연결시켜 이해하는 것이 얼마나 중요한지를 짐작하고도 남음이 있다.

텍스트와 현장의 결합, 혹은 연결은 비단 이것 하나에만 그쳐서는 안 되는 일이라는 점 또한 결코 간과해서는 안 될 것으로 보인다. 앞에서 고찰한 작가, 발생 공간, 유적지, 자연경관, 배경설화 등이 모두 텍스트의 올바른 해석과 분석과 이해를 위해 하나로 연결되면서 동시에 융합과 연결을 통해 새로운 소통의 길을 열어줘야 할 것이기 때문이다. 그러기 위해서는 우선 텍스트를 중심으로 하는 관련 자료, 작가 관련 자료, 발생 공간의 현장과 자료, 유적지의 현장과 자료, 배경설화, 자연경관 등이 각각의 빅데이터로 구축되는 것이 절실하게 요구된다고 하겠다. 융합이라는 것은 충분한 자료를 바탕으로 모든 것들이 서로 소통하면서

19 식영이란 표현은『莊子』'漁父'편에 나오는 畏影惡跡에서 가져온 것으로 흔적을 남기는 발자국으로부터 도망하기 위해 움직임을 멈춤(息)과 부정적 의미를 가지는 그림자로부터 도망하기 위해 그늘에 들어가 섬(影)을 합친 말이다.

20 무등산 정상 동쪽에는 입석대(立石臺)가 있고, 서쪽에는 서석대가 있다.

21 앞에서 살펴본 면앙정가나 관동별곡, 노계 박인노가 지은 사제곡 등 수많은 가사 작품들이 텍스트와 현장의 결합을 통한 해석과 이해를 필요로 한다.

새로운 것을 만들어내는 것을 전제로 하는데, 이것을 위해 반드시 필요한 것이 바로 모든 자료를 하나로 모아 분석하고 해석해내는 빅데이터의 구축이 된다. 또한 융합을 통해 새롭게 이루어지는 콘텐츠는 빅데이터와 빅데이터 간의 긴밀한 소통을 통해 다양한 길을 열어줄 것이므로 텍스트에 대한 이해와 감상을 선택적이면서도 종합적으로 할 수 있는 통로를 만들어줌으로써 무한한 가능성을 창조해낼 것으로 기대되기 때문에 한 편의 시가와 관련을 가지는 모든 현장 정보들은 각각의 빅데이터로 구축되어 그것이 IOT를 통해 하나로 결합됨과 동시에 어떤 입구로 진입하든지 통합된 빅데이터의 범위 안에서는 모두 연결될 수 있는 통로를 확보[22]하는 것 또한 절실하게 요구된다고 하겠다. 그러기 위해서는 텍스트와 현장이 결합되면서 사람들에게 맞는 맞춤정보 시스템을 통해 새로운 방식의 문예콘텐츠를 제공할 수 있는 방향으로 개발되어야 할 것으로 생각된다. 따라서 앞에서 제시한 빅데이터와 IOT뿐 아니라 이러한 정보들을 정확하게 전달할 수 있는 첨단 기술과의 결합, 혹은 융합을 서두르는 일이 매우 시급한 것으로 보인다.

4. 결론

이미 시작되고 있는 것으로 보이기는 하지만 앞으로 다가올 미래사회에서는 시가를 텍스트만으로 읽는 사람들은 거의 없을 것으로 전망된다. 사회의 모든 문명과 문화적 현상들이 융합과 통합과 소통을 바

---

22 손종흠, 「견훤문학의 문예콘텐츠화에 대한 연구」, 『한국고시가 문화연구』 35집, 한국고시가문화학회, 2015.

탕으로 하여 입체적이면서도 종합적으로 모든 것을 제공할 것이고, 사회의 전 구성원들은 이런 방식을 통하지 않고서는 제대로 된 정보를 얻기가 무척 어렵거나 불가능한 시대가 될 것이기 때문이다. 이렇게 되면 시가 텍스트만으로는 아무것도 할 수 없는 시대가 올 것이며, 새로운 변화에 적응하지 못한 작품은 자연스럽게 사장될 수밖에 없을 것이다. 이처럼 사회가 바뀌게 되면 시가에 대한 연구나 강의, 감상 등에 대한 새로운 방법론이 나와야 하는데, 이것에 대한 대안으로 떠오른 것이 빅데이터와 IOT 기술을 통해 텍스트와 현장과 관련 자료를 종합적으로 결합한 맞춤정보를 기반으로 하는 새로운 형태의 문예콘텐츠를 개발하는 일이 될 것이다. 빅데이터와 IOT 기술을 기반으로 하여 융합과 소통을 전제로 하는 시가 관련 문예콘텐츠는 텍스트에 대한 정확한 해석과 분석과 이해를 첫 번째 목표로 하고, 텍스트와 현장과 IT 기술을 결합한 새로운 방식의 문예콘텐츠 개발을 두 번째 목표로 한다. 첫 번째 목표는 우수한 연구와 강의를 위한 것이라 할 수 있고, 두 번째 목표는 일반 대중이 누구나 쉽고 재미있게 시가의 아름다움을 즐기고 이해할 수 있는 정보를 제공하기 위한 것이라고 할 수 있다. 이러한 문예콘텐츠는 한 걸음 더 나아가 새로운 형태의 문화산업을 주도하고 이끌어갈 수 있는 발판으로 작용하면서 더욱 창조적인 콘텐츠로 거듭날 수 있으므로 그 영역은 무한[23]하다고 할 수 있다. 그러기 위

23 빅데이터와 IOT 기술을 접목한 시가 관련 문예콘텐츠가 구축되면 이것을 기반으로 다른 콘텐츠와 접목하여 새로운 형태의 콘텐츠를 만들어내는 것이 가능해질 수 있다. 소설, 영화, 드라마, 연극, 게임, 웹툰, 음악, 미술 등 매우 다양한 분야의 소재로 작용할 수 있으며, 하나의 사물현상으로 존재하던 유적이나 유물에게 새로운 의미를 부여하는 주체가 될 수도 있기 때문에 시가 관련 문예콘텐츠는 언제나 무한한 가능성을 지닌 존재로 거듭날 수 있을 것이다.

해서는 첫째, 영역에 관계없이 시가와 관련된 모든 자료를 광범위하게 수집할 것, 둘째, 텍스트와 현장을 효과적으로 연결하기 위한 방법론을 개발할 것, 셋째, 각 자료들을 분야별로 통합하여 관리하고 분석할 수 있는 빅데이터를 구축할 것, 넷째, 각각의 빅데이터들이 더 큰 빅데이터로 통합되면서 하나의 통로로 연결되어 소통할 수 있도록 할 것, 다섯째, IT기술을 기반으로 하는 맞춤정보 시스템과 결합할 것, 여섯째, 융합과 소통을 중심으로 하는 종합적인 문예콘텐츠를 개발할 것, 일곱째, 다른 문화 영역과 소통하고 재창조될 수 있는 방법을 모색할 것 등이 절실하게 요구된다고 하겠다.

일본의 향가 연구 동향과 과제

◉

최정선

1. 머리말

향가 연구가 시작된 이래 100년 가까운 시간이 지났다. 향가는 다수의 연구자들에 의해 어석과 해독의 다양한 가능성이 타진되어 왔다. 문학, 종교, 문화, 풍속과 사상의 관점에서 다양성을 더해하고 있다. 뿐만 아니라 최근에는 동아시아 한자 문화권 안에서 향가의 위상을 가늠하는 비교 연구 등으로 변화와 확장을 거듭하고 있다. 이처럼 축적된 연구 성과들은 한국 시가의 모태로서의 향가의 본질을 규명하고 시가 전통과 계승의 시가 발전사 전개에서 향가의 역할을 다시금 생각하게 한다. 향가 연구의 양과 질적 성숙이 중첩되는 시점에서 향가의 국제적 연구 성과를 모아볼 필요가 있다. 특히 이 글에서는 향가 연구를 시작한 일본인 연구자들의 연구성과를 살펴보고 그들의 연구 동향과 성취를 분석하고자 한다. 해외한국학 연구를 주시함으로써 한국학 세계화의 방향성을 모색해야 한다.

향가(鄕歌) 연구는 식민정책의 일환으로 일본인 학자에 의해 시작되었다. 1918년 일본인 가나자와 쇼자부로(金澤庄三郎)가 〈처용가〉를 최초로 해독[1]하였다. 이후 마에마 교사쿠(前間恭作), 아유카이 후사노신(鮎貝房之進)은 향가를 부분적으로 해독하였다. 특히 오구라 신페이(小倉進平)는 1929년 향가(鄕歌) 25수(首) 전체에 대한 해독을 이뤄냄으로써[2] 향가 어석의 기반을 제공하게 되었다. 한편 한국의 경우 일본인 학자들의 선제적 연구 성과에 자극받아 1923년 권덕규, 1924년의 신채호에 의해 향가 해독이 시도되었다. 그러다 1940년대 이르러 양주동이 어석과 문학적 해석을 본격적으로 시도하면서 진전을 이루었다. 양주동의 향가 해석은 해방 이후 본격화된 향가 연구의 토대가 되었으며 식민지기 일본인 학자들에 의해 진행되어온 연구 결과와는 구별되는 독자적 연구 내용을 개척하게 되었다.

이 글에서는 식민시기 일본인 연구자들에 의해 촉발된 향가 연구의 현재 전개도를 펼쳐보고자 한다.[3] 특히 1980년대 이후 일본 연구자들의 대표적인 연구 성과를 쟁점 위주로 정리해 보고 연구 내용과 의미

---

1 金澤庄三郎, 「吏讀の硏究」, 『朝鮮彙報』 4. 1929.

2 小倉進平, 「鄕歌及び吏讀の硏究」, 『京城帝國大學法文學部紀要』 1, 1929.

3 최근 식민시기 일본인 학자들의 연구를 살펴 의미를 부여하는 논문들이 발표되고 있다. 류준필의 저서 『동아시아 자국학과 자국문학사 인식』, 소명출판, 2013과 논문 '시가 형식고론과 형식의 문학사'가 있다. 또한 임경화의 「향가의 근대 : 향가가 '국문학'으로 탄생하기까지」, 『한국문학연구』 제32집, 동국대학교 한국문학연구소, 2007; 「식민지기 일본인 연구자들의 향가 해독 : 차용체(借用體)에서 국문으로」, 『國語學』 제51호, 국어학회, 2008도 살펴볼 만하다. 더불어 고운기, 「향가(鄕歌)의 근대·1 –가나자와 쇼자부로(金澤庄三郎)와 아유카이 후사노신(鮎貝房之進)의 향가 해석이 이루어지기까지」, 『한국시가연구』 25권, 한국시가학회, 2008; 「향가(鄕歌)의 근대·2 – 오구라 신페이(小倉進平)가 『鄕歌及び吏讀の硏究』에 붙인 자필(自筆) 메모」, 『한국시가연구』 37권, 한국시가학회, 2014의 논문이 있다.

를 살펴보는 데 목적이 있다. 아울러 연구 방향을 모색하고자 한다. 일본 연구자들의 성과에 주목해야 하는 이유는 비단 향가 해독의 첫 자리를 그들에게 내어주었다는 사실 때문만은 아니다. 과거 동아시아는 한자문화, 율령제, 유교, 불교 등을 모태로 하는 문화 공동체였다. 따라서 개별적 가치를 논하기 위해서는 전체 안에서의 위상을 파악하여야 하고 전체를 이해하기 위해서는 개별의 생성과 변화를 탐구하여야 한다. 다시 말하면 향가가 생성 향유된 시대의 동아시아 시가 문학에 주목함으로써 전체와 개별, 보편과 특수를 파악해야 한다. 그러기 위해서는 일본 연구자들의 외국문학으로서의 향가 연구, 비교 문학 연구 결과를 파악하고 점검하여야 한다. 또한 지금까지의 파편화된 개별 연구들을 집적하여 비교 연구의 흐름을 읽어내야 한다. 진척된 연구 성과를 교류하고 순수한 학문적 탐구의 결과들을 상호 보완함으로써 향가의 지역성을 넓히고 동아시아적 보편성을 획득할 수 있기를 기대한다. 아울러 한국 향가 연구자들의 일본 고대시가에 대한 관심이 고조되어 양국의 균형 있는 연구성과 축적을 바란다.

2. 일본의 향가 연구 동향

1) 향가 연구와 배경

향가는 한동안 일본인 연구자들의 관심 영역 밖으로 사라졌다. 다시금 연구의 주제로 등장하기까지 김사엽, 송석래, 홍기삼 등 일본에 체류하는 한국인 학자들의 지속적인 노력이 있었다. 김사엽은 1963년부터 일본 오사카외국어대학(大阪外國語大學)의 객원교수로 재직하며 20여 년간 한국어를 가르쳤다. 그는 『고지키』(『古事記』), 『니혼쇼키』(『日本書紀』)에 나타난 한국어를 찾아 어원을 고증하는 등 일본 문화의 원류가 고대 한국임을 밝히는 연구에 주력하였다. 뿐만 아니라 『삼국유사』를 일본어로 번역 소개[4]하였고 『만요슈』(『万葉集』)의 가인(歌人) 중 150여 명이 한국계(백제, 신라계)임을 밝혀 고대 일본 문학 형성과 전개에 고대 한국의 영향이 지대하였음을 입증하였다. 송석래는 저서 『향가와 만엽집의 비교연구』[5]를 시발로 향가와 만요와카를 비교하는 다수의 논문을 발표하였다. 작가, 율격, 표현 그리고 불교 사상에 이르는 다각도의 시점으로 고대 가요의 발생과 영향 수수관계를 분석하였다. 한일 고대 시가 비교연구의 가능성을 모색하고 방향성을 제시한 의미가 있다. 특히 그의 연구는 만요와카와 비교문학 권위자인 나카니시 스스무(中西進)에 의해 인용되면서 비교문학 연구의 스펙트럼을 한·중·일을 포괄하는 동아시아로 확장하는 데 일조하였다. 또한 이연숙은 향가의 비교문학 연구를 다변화 심화하였다. 논저 『일본고대 한인 작가연구』[6]에서 『만요슈』 한인계 작가에 대한 연구사를 검토하고 한인계 작가로 추정되는 가인들을 발굴하였다. 발해 작가와 작품, 백제계 작가의 작품을 추출하여 한인계 작가군들이 일본 문화 형성에 기여하였다고 주장했다. 『향가와 『萬葉集』 작품의 비교연구』[7]에서는 향가의 작가층, 불교, 표현법 등 향가의 주제와 수사에 이르는 폭 넓은 주제로 만요와카와 비교하였다. 한인계 작가에서 시작된 연구를 담당층, 종교, 수사와 비유 등 미시적인 부분으로까지 확대

4 金思燁, 『完譯 三國遺事』, 六興出版. 1980.
5 송석래, 『향가와 만엽집의 비교연구』, 을유문화사, 1991.
6 이연숙, 『일본고대 한인 작가연구』, 박이정, 2003.
7 이연숙, 『향가와 『萬葉集』 작품의 비교연구』, 제이앤씨, 2009.

함으로써 다양한 층위에서 비교문학적 접근이 가능함을 보여주었고 비교 연구의 필요성과 의미를 각인시켰다. 홍기삼의 저서 『韓國における鄕歌說話の硏究』[8](『향가 설화문학 연구』)는 쓰쿠바대학(筑波大學)의 박사학위 논문이다. 그는 향가와 배경설화는 신라 당대의 고유문화에 외래 종교인 불교가 통합되는 과정을 반영하고 있으므로 당대 사회의 유, 불, 선 융합의 문화적 배경으로 풀이해야 한다는 기본 입장을 세웠다. 현대문학 전공자로서 풍부한 문학적 해석력에 기반하여 향가 배경 설화의 가치를 재조명했다. 역사기록이면서 동시대인들의 환상과 믿음의 집결체로서의 『삼국유사』 설화의 본질적 정체성을 밀도 있게 서술함으로써 이야기로서의 향가문학에 대한 이해를 높이는 데 기여했다.

1980년대 들어 향가, 배경 설화의 해석, 일본 상대 가요와의 비교 연구 등의 연구 결과들이 일본어로 발표되었다. 연구 성과들이 양적으로 집적되고 연구 내용이 다양화됨으로써 향가에 대한 일본 연구자들의 관심이 증폭되었다. 최근에는 일본문학 전공자에 의한 향가의 비교문학 연구 성과들이 산출되면서 일본 안에서 향가 문학의 접근성이 과거 어느 때보다 높아지게 되었다. 한자 문학 영향권 아래서 중국문학과의 비교 연구가 주류를 이뤄왔던 연구 풍토에서 한국 향가와도 상호 비교 연구가 활성화되고 있다.

2) 연구 내용과 전개

1980년 이후 일본인 연구자들의 향가 연구는 크게 두 갈래로 나누어

---

8 홍기삼, 『韓國における鄕歌說話の硏究』, 筑波大學 博士學位 論文, 1994. 홍기삼의 학위 논문은 『향가설화문학』, 민음사, 1997로 한국에서 간행되었다.

볼 수 있다. 일본 고전 전공자로서 일본 고대시가와 향가를 비교하는 연구와 한국고전(문학) 전공자로서 향가 연구를 하는 경우이다. 전자는 비교문학적 관점에서 동아시아 문학으로서의 향가의 특질을 찾고 일본 고대 와카와의 유사점 내지는 상이점을 밝히는 데 주력한다. 후자의 연구는 외국문학으로서의 향가의 고유한 본질을 규명하는 데 목적을 두고 있다. 서로 다른 연구 관점을 비교해 보고 연구의 문제점과 대안을 제시해보고자 한다.

(1) 향가와 일본 고대가요의 비교연구

고대 중국과 일본 시가 문학의 발생과 영향 관계를 통찰하여 이론화한 연구자로 나카니시 스스무(中西進)[9]가 있다. 그는 『만요슈』 전공자로서 일본 상대 가요 연구의 권위자이다. 연구의 대부분은 일·중 고대시가 비교에 집중되었으나 한국의 향가와도 비교 연구를 시도하였다. 그는 저서 『万葉と海彼』[10]에서 「萬葉集と韓國歌謠」라는 부제 아래 향가를 개관하고 달밤의 무도(춤)에 주목하여 〈처용가〉·〈회소곡〉·〈강강수월래〉를 일본의 쓰키미(月見) 풍습에 견주었다.[11] 그는 향가가 14수밖

---

9 中西進는 만요슈 연구의 권위자이다. 고전문학 연구자로서 만요슈 학자이자 비교문학 연구자이다. 교토예술대(京都藝術大) 총장을 지냈고 나라현(奈良縣)의 만요문화관의 관장을 역임하였다.

10 中西進, 『万葉と海彼』, 角川書店, 1990.

11 나카니시는 『고지키』의 해인유(海人遊)와 세주도의 민요가 상·중·하 3단 발상의 3단형의 구조적 동일성을 갖추었다고 분석했다. 제주도 무가와 신요는 일본 고대가요와 발생과 형식, 내용에서 연관관계가 있다고 주장했다. 근거로 당대 인적 교류와 기록을 실증적으로 검토함으로써 비교 연구의 새로운 방향성을 제시하였다. 제주도 무가를 비교의 대상으로 삼은 연구성과는 주목할 만하다. 특히 인적 교류의 실증적 기록을 바탕으로 하기 때문에 신빙성 있는 추론이 가능하다. 제주도 해녀의

에 남아 있지 않아 4,500여 수에 이르는 만요와카와 정밀한 비교 분석은 제한적이라고 재단하였다. 그러나 시조 가사 등으로 비교 범위를 확장해 본다면 양국 문화 교류의 역사와 더불어 자국문학의 고유성을 규명하는데 도움이 될 것이라 하여 비교문학의 가능성을 열어 놓았다.

나카니시 스스무와 다쓰미 마사아키(辰巳正明)[12]가 편집한 『향가-주해와 연구』(『郷歌-注解と研究』)[13]는 동아시아 3국 한·중·일 문학의 비교 연구서로서[14] 향가를 집중적으로 조명하였다.[15] 한국과 중국의 고대가요를 동아시아 배경 안에서 고찰한 논문으로 구성되었다.[16] 나카니시 스스무는 「동아시아 문학 가운데 향가」(「東アジア文學の中の郷歌」)에서 향가 〈처용가〉의 동아시아 문학으로서의 보편성과 특수성을 설명하고자 했다. 달밤의 노래, 남녀의 교정(交情)의 모티브는 고대 중국의 민속과 일본 만요가요에 공통으로 나타난다 했다. 특히 그는 강강수월래와 〈처용가〉를 달밤의 공간, 춤, 낙관적 위로의 모티브를 공유한 노

노래, 민요, 무가 등을 일본의 고대 가요와 비교하는 연구에 관심을 가져 볼 만하다.

12 辰巳正明는 일본 상대문학 전공자로서 현재 국학원대학(國學院大學) 명예교수이다. 만요슈와 중국문학의 관계를 추적한 『만엽집과 중국문학』(『万葉集と中國文學』, 笠間叢書, 1993)을 비롯하여 『시의 기원, 동아시아 문화권의 연애시』(『詩の起原 東アジア文化圏の戀愛詩』, 笠間書院, 2000) 등 다수의 논문이 있다. 한국에서 발표된 논문은 「여가 : 동아시아 문화권의 연애가요」(「女歌 : 東アジア文化圏の戀愛歌謠」(『일어일문학』, 일어일문학회, 2000)가 있다.

13 中西進, 辰巳正明(編集), 『郷歌 —注解と研究』, 新典社選書, 2008.

14 향가 개론서인 동시에 동아시아 시가의 비교문학 연구서이다. 1부는 이연숙에 의해 향가의 명칭, 형식, 작가 등 개괄적 소개와 향가 14수의 해석을 중심으로 기술되었다. 2부는 비교문학적 시각에서 분석한 다수의 논문들이 수록되었다.

15 2부의 내용은 동아시아 고대가요의 비교문학적 해석이다. 한국과 중국 일본 연구자의 연구 논문을 수록하였으며 한국의 향가와 중국의 고대가요를 비교 분석하였다.

16 한국과 중국 일본의 고대가요를 분석한 논문들의 목차를 제시하면 다음과 같다.

래로 읽었다. 달을 우러르며 달을 찬미하는 문학적 전통은 달밤에 적의 침입에 대한 두려움과 공포의 기억을 함께 노래하고 춤추면서 낙관적 위로로 전이하는 방식으로 〈강강수월래〉에도 반영되었다 했다. 나카니시는 공시적 분석뿐만 아니라 통시적 비교의 유효함을 증명하였고 민속학적 방법론으로 문학적 의미 체현 양상을 밝혀내는 연구의 가능성을 보여주었다. 동아시아 삼국의 노래에 투사된 자연의 이미지를 통해 고대인의 인식 구조를 유추, 구축할 수 있다면 동양적 정서의 근원을 탐색할 수 있게 될 것이다.

향가가 고대 중국의 문학적 전통과 가깝다는 가설 아래 중국문학과의 상관성을 분석하고 일본 고대가요와 비교 연구한 연구자로서 기시 마사나오(岸正尚)가 있다. 『만엽집과 상대가요』(『万葉集と上代歌謡』)[17]에서 일본과 중국, 한국의 고대 시가를 특수한 관점에서 폭 넓게 비교함으로써 동아시아 시가의 보편성과 특수성을 드러내고자 했다.[18] 저서의 3부

동아시아의 고대 가요(東アジアの古代歌謡) 동아시아 문학 가운데 향가(東アジア文學の中の郷歌) 동아시아 문화권에 있어서의 향가의 문학사적 위치(東アジア文化圈における郷歌の文學史的位置) 향가와 시송-향가와 동아시아의 불교문학(郷歌と詩頌/郷歌と東アジアの仏教文學) 향가의 주성(郷歌の呪性) 태평가와 동아시아의 문화(太平歌と東アジア文化) 중국의 고대가요-가요의 탄생에서 한의 악부까지(中國の古代歌謡/歌謡の誕生から漢の樂府まで) 중국 고대 가요의 탄생, 『시경』의 국풍(中國古代歌謡の誕生/『詩経』の國風) 「공후인」 연기에 대한 고찰(「箜篌引」 緣起小考)

17 岸正尚, 『万葉集と上代歌謡』, 菁柿堂, 2007.

18 岸正尚는 일본 상대문학 전공자로서 간토가쿠인대학(關東學院女子短期大學) 교수로 근무 중이다. 동아시아 관련 논문에는 「處容郎譚」と「蘇民將來譚」「筑波岳譚」

"일본과 중국, 한국의 시야에서 노래를 고찰한다"(「日中韓を視野に入れ歌を考える」)에서 「삼국유사의 운문 사용」(「三國遺事における韻文の扱い」) 「일·중·한의 동요」(「日中韓の童謠」)[19]를 연구하였다. 향가를 민(民)의 노래, 한시는 관(官)의 노래로 나누고 민간의 노래가 한역화되는 양상에 관심을 가졌다. 일본문학의 한역화 과정을 통해 한시적 용법의 침투를 살폈다. 구체적으로 향가 〈풍요〉의 경우 "오다 오다."의 향찰표기 "來如來如…"에서 "如"의 용법은 한문의 "然"과 같이 어조를 정돈하는 조사라고 정리했다. 향찰표기 일부는 한문 어법과 시형의 영향을 강하게 받았다고 보았다. 나아가 상황의 객관적 묘사 부분은 한자 문법에 맞추어 표현하였고 주관적 감정의 표현은 향찰식으로 기록하였다고 주장하였다. 향가를 둘러싼 문맥의 한자 사용을 미시적으로 고찰함으로써 『삼국유사』에서 "歌"가 단독으로 기재되어 "노래"를 의미하는 명사로 쓰였을 때는 향가를 지칭한다 했다. 반면 한시일 경우에는 〈曰〉, 〈詞〉, 〈詩〉의 표기로 인용되었다 했다. 그의 연구는 향찰표기에 한문 문법 공식의 자취를 거론, 향찰표기의 원칙을 분석한 측면에서 새롭다. 한국 연구자의 어학적 해독을 수용한 토대 위에 동아시아 시각, 다시 말하면 한자문화권에서의 한자 활용과 용법에 관심을 기울였다. 한자 사용의 규칙성

小考-日韓比較文化の試み序説, 『生活文化研究 : 紀要』 9, 關東學院女子短期大學生活文化研究所, 2002가 있다.

19 본고의 대상은 향가이므로 동요 연구는 간결하게 정리한다. 동요(童謠)는 어린 아이의 노래이면서 예언과 암시의 기능이 있다. 그는 『한서』 『후한서』 『일본서기』 『속일본기』 『삼국유사』의 동요를 중심으로 예언과 암시로서의 기능을 살펴 분석했다. 동요를 이야기의 가운데 도입할 때 사용하는 한자의 사용과 어감 등을 문자학적으로 풀었다. 문학적 내용과 연계된 문자 사용의 특수한 관계를 미시적으로 연구하는 새로운 관점을 제시하였다.

을 가요의 본질을 드러내는 기표화된 문법으로 정리하는 데까지 나아가지 못한 한계는 있으나 향가와 한시와의 차별성을 기록화 과정, 한자의 용법을 통해 정밀하게 추론함으로써 미시 연구의 필요성을 주지시켰다.

사이조 쓰토무(西條勉)는 「鄕歌의 唱詠形態－和歌·樂府詩와의 比較를 통해서」[20]에서 통시적 비교론이 아닌 유사한 것들을 공시적으로 비교하는 대조연구의 필요성을 강조했다. 그는 정형서정시는 노래 부르는 것에서 읽는 시로 옮아가는 보편성을 보인다 하였다. 일본의 와카(和歌), 중국의 악부시처럼 향가도 부르는 시에서 읊거나 읽는 시로 변화하면서 정착하였다고 설명하였다. 또한 향가도 8구와 10구체로 나뉘는 2부 형식인데 "후구" "낙구"와 같은 어휘를 통해 전·후절이 확연히 구분된다고 보고 전반부는 사(事), 후반부는 심(心)을 나타내는 '사항(事)/마음(心)'의 2부 형식이라 했다.[21] 공시적 비교 연구의 필요성과 의미에는 동의하지만, 독자적인 표기체계가 부재했던 고대 한국과 일찍이 가나표기체계를 고안했던 일본은 사정이 다르기 때문에 쉽게 납득하기 어려운 가설이다. 뿐만 아니라 사상적 배경, 향유 방식과 계층에서 제법 거리가

---

20 西條勉는 "자료적인 불균등에도 불구하고 和歌와 향가를 대조적으로 논할 수 있는 것은 양자 간에 "음악성으로부터의 탈각" 및 "二部형식의 성립"이라는 유사한 현상이 보이기 때문이다. 게다가 이들은 중국의 악부시(樂府詩)에서도 인정되어지는 바 정형서정시(定型抒情詩) 성립에 있어서의 보편적인 요소라 생각된다. 이에 日·中·韓에 있어서의 "詩의 起源"의 문제를 共時的으로 파악하는 시점을 설정할 수 있고, 또 조금밖에 현존하고 있지 않은 향가의 양상도 그러한 연장선상에서 파악할 수 있을 것이다."라고 밝혔다(西條勉, 이권희, 『일본학연구』 통권 제16집, 단국대학교 일본연구소, 2005, 7~27쪽).

21 심정표현이 사상표현으로부터 분리되어 순수한 서정으로 표현되어가는 서정시 성립의 과정을 향가 형식에서도 찾아볼 수 있다 했다. 향가의 2부 형식은 노래 부르는 가요에서 언어표현의 시로 변화하는 과정에서 나타나는 심정의 언어표현을 반영한다고 보았다.

있는 향가와 와카를 일반적 서정시의 문법으로 단순화하고 있다. 불교를 배경으로 제의의 장에서 주로 불린 향가는 궁중 생활의 개인적이고 유미적인 감상의 표출인 와카와 발생, 향유, 기록에서 큰 차이가 있다. 또한 기록화된 시점의 차이를 무시하고 한·일 가요의 동시성을 논할 수 있는지 의문이다. 10구체 향가의 경우, 8구체에 후구로 첨가된 2구가 심정표현에 국한되지 않고 시상을 정리하는 맺음의 기능도 한다. 향가 형식의 전, 후 2장 분석은 일반적으로 10구체 향가를 3장 형식으로 파악하고 있는 학계 연구와 다소 배치된다. 3장과 종장의 감탄사는 시조 시형으로 계승되는 한국 시가의 독자적 형식이며 향가에서 비롯된다. 그럼에도 불구하고 시가 발생의 자취를 형식에서 찾으려 하였으며 가창 형식에 주목한 점은 참고할 만하다.

가지카와 노부유키(梶川信行)[22]는 일본 고대시가 연구자로서 특히『만요슈』연구에 주력하고 있다. 그는『만요슈와 신라』(『万葉集と新羅』)[23]를 통해 8세기 동아시아의 역동성에 주목하고 신라와의 관계 속에서 글로벌화를 도모했던 당대 일본을 탐색하였다. 5부로 구성된 저서에서 견신라사인(遣新羅使人)들의 노래를 집중적으로 살폈다. 신라로 향하는 이들의 노래를 분석하였고『만요슈』에 묘사된 신라 모습을 추적하였다. 그 결과 견신라사인들은 실제 신라를 방문하였음에도 신라에서의 경험, 신라의 모습과 감상 등을 전혀 노래하고 있지 않다고 했다. 이는 고대

22 현재 니혼대학(日本大學) 문리학부(文理學部) 교수. 주요 저서로는『만엽사의 논, 山部赤人』(『万葉史の論山部赤人』翰林書房, 上代文學會賞),『만들어진 만요 가인 額田王』(『創られた万葉歌人額田王』, 塙書房),『초기만엽론』(『初期万葉論, 上代文學會研究叢書』, 笠間書院),『만엽집과 신라』(『万葉集と新羅』, 翰林書房) 등의 저서가 있다.

23 梶川信行,『万葉集と新羅』, 翰林書房刊, 2009.

일본인들은 야마토우타(일본의 노래)는 일본의 국토 안에서 불러야 한다는 관념 때문이라고 설명했다. 당시 동아시아의 활발한 교류 안에서 일본은 로컬리티의 폐쇄성에 갇혀 있었는데 이는 신라를 자신들의 문화적 기준으로 판단하여 그들의 체제 안에서만 이해하였기 때문이라고 설명하였다. 4,500수에 이르는 만요가요 가운데 신라사인들의 노래와 도래인들[24] 노래를 통해 중국문화의 영향은 주로 당대 서적을 통하여 이루어진 반면 세계 표준의 상식이라고 할 수 있는 한적의 지식을 가진 도래계인과의 직접적 교류는 만요가요에 역동적으로 작용했다고 하였다. 고대 일본은 동아시아 표준으로서의 세계성 확대를 꾀하였는데 한적을 통한 한자 문화권의 수용 못지않게 인적 교류 또한 지대한 영향을 미쳤다. 그리고 폐쇄적인 문화 수용은 오히려 자국 노래의 고유성을 강화, 특화되는 방식으로 발전하였다. 외래문화의 전파와 수용은 인적 왕래와 서적 교류에 의해 가능한데, 이는 주로 상보적으로 영향을 주고 받는다. 고대 일본인이 대륙과 반도의 문화를 수용한 흔적은 문화 안에 흡수되고 동화되어 자국화하였다. 굴절과 변형을 겪으며 자국 문학의 고유성을 강화하는 특징을 밝혀내는 의미가 있다. 또한 「만요슈와 조선반도, 백제계 도래인들의 역할」(『万葉集と朝鮮半島、百濟系渡來人たちの役割)에서는 저서 『만요슈와 신라』(『万葉集と新羅』)에서 이어지는 도래

24 고대 한반도와 일본의 인적 교류에 따른 문화 전파는 일찍이 학자들의 관심사였다. 특히 『万葉集』의 도래계 작가와 노래에 대한 연구는 식민시기 일본 학자들의 한국에 대한 연구의 일환으로 진행되었다. 이후 1970년부터 도래계 작가에 대한 관심이 재점화되었다. 이연숙은 『일본고대 한인작가 연구』(박이정, 2003)에서 한인계 작가를 고구려, 백제, 신라로 세분화하여 성씨를 토대로 치밀하게 분류하였다. 고대 한반도에서 일본에 건너간 작가들의 노래와 특징을 도출하여 향가와 비교하는 작업도 필요할 것이다.

계 작가들에 대한 관심을 심화하는 동시에 고대왕권의 세계인식 문제를 노래를 통해 분석하였다. 자국의 문학적 고유성을 외래 문화의 수용과 변용이라는 시각으로 분석하는 방법론적 접근은 유효하면서 우리 문학 연구에 시사하는 바가 크다. 한자 문화권 내에서 중국 한자의 일방적 수용과 모방이 문학적 전범으로 간주되는 폐쇄성을 극복하고 자국어 문학에 한문 문학을 수용하여 자생력을 키워 나가는 문학 풍토에 대한 연구가 필요하기 때문이다. 동아시아 삼국 문학의 수용과 전파 양상을 입체적으로 조망할 때 문화 발신자가 곧 수신자가 되는 수용과 변용, 전파의 통로 내지는 체계가 명료해질 것이다.

(2) 외국문학으로서 향가 연구

일본인 한국 고전문학 혹은 언어학 연구자로서 향가를 한국 특유의 시가문학으로 분석한 논의를 살펴보고자 한다. 한국에서 수학 경험이 있거나 한국문학 전공자로서 한국 문학의 통시적 이해를 바탕으로 한 연구 결과물을 검토대상으로 한다. 외국문학으로서의 향가를 타자의 시각으로 분석 객관적이고 타당한 쟁점들을 살펴볼 수 있을 것이다.

한국 고전 시가와 설화 전공자인 오카야마 젠이치로(岡山善一郎)는 「處容과 道祖神의 比較硏究」[25]로 석사학위를 취득하고, 현재 일본 덴리대학(天理大學)에서 한국어, 한국문학 전반에 대한 강의와 연구를 진행하고 있다.[26] 다수의 논문 가운데 향가 작품론 〈헌화가〉[27], 〈도솔

25 延世大學校 大學院 國語國文學科, 1982.

26 http://www.tenri-u.ac.jp/teachers/dv457k0000001zwl.html를 통하여 오카야마 교수의 강의 과목과 그의 연구 논문 리스트, 관심분야를 찾아볼 수 있다.

27 岡山善一郎, 「鄕歌「獻花歌」考」, 『天理大學學報』 169輯, 1992.

가〉[28], 〈혜성가〉[29] 등이 있다. 논문 〈혜성가〉에서는 "삼화지도(三花之徒)"는 천문지리에 밝은 점성가이며 신라는 일찍부터 "천인상관사상"을 왕정에 도입하였기에 혜성의 출현은 외세의 공격으로 여겨졌다고 해석했다. 『니혼쇼키』(『日本書記』) 주고조(推古條 10년(602))의 기사내용을 통해 일본이 신라 침공을 계획했다는 역사적 사실을 〈혜성가〉의 실증적 배경으로 지목하였다. 군왕의 실정에 의해 하늘에 이변이 발생하였고 이를 대비한 항복의식에서 행하여진 주술요라고 주장하였다. 더욱 구체적으로 진평왕이 주관한 "오성제(五星祭)"에서 불린 노래라고 특정하였다. 당나라 혹은 백제의 침입이 아니라 실제 당대 신라의 현실을 구체화하였다. 또한 「신라가요에 나타난 일본」(「新羅歌謠に表れた日本」)[30] 등 범위를 넓혀 향가뿐만 아니라 신라 가요를 조망하고 있다. 최근에는 향가와 천인상관사상 관련 논문과 「신라시대 시가에 나타난 대당, 대일관계 의식에 관하여」(「新羅時代の詩歌に表れた對唐·對日本關係の意識について」[31]를 발표하였다. 그는 일관되게 향가의 배경 사상으로 천인상관[32]에 주목하고 있다.

---

28 岡山善一郎, 「「兜率歌」と歷史記述」, 『朝鮮學報』 第176·177輯, 朝鮮學會, 2000, 135~154쪽.

29 岡山善一郎, 「鄕歌「彗星歌」と歷史記述」, 『朝鮮學報』 第187輯, 朝鮮學會, 2003, 91~112쪽.

30 岡山善一郎, 「신라가요에 나타난 일본」, 『우리문학연구』 제17집, 2004, 29~41쪽.

31 「新羅時代の詩歌に表れた對唐·對日本關係の意識について」, 『山東大學校外國語大學朝鮮(韓國)學硏究叢書1』, 2010, 256~271쪽.

32 천인상관 사상은 중국에서 유래한 것으로 천명사상(天命思想), 천인합일사상(天人合一思想)이라고도 지칭된다. 세상에 일어나는 이변은 하늘이 드러내고자 하는 상징으로 파악한다. 하늘의 상징은 상서(祥瑞)든 재이(災異)로 나타나는데 왕의 정치적 득실과 인과관계를 맺고 있다고 설명한다.

『朝鮮文學論叢』[33]은 일본 덴리대학(天理大學)의 오타니 모리시게(大谷森繁) 교수의 고희기념논총이다.[34] 그 가운데 오카야마 젠이치로(岡山善一郎)는 논문 「향가와 천인상관사상」(「郷歌と天人相關思想」)에서 향가의 사상적 배경을 논하였다. 그는 고대 중국에서 발생한 천인상관사상에 주목했다. 구체적으로 〈서동요〉는 서동과 선화의 결연을 돕는 하늘의 노래로, 〈혜성가〉는 혜성의 출현이 전쟁의 예고임을, 〈도솔가〉는 하늘의 변괴가 이미 역사적 사건과 관련이 있음을, 〈안민가〉는 왕의 덕행 요구로, 〈처용가〉는 이변을 덕행으로 대처하며 신의 예고를 해석하는 노래로 보았다. 오카야마는 향가를 관통하는 사상적 배경에 관심을 두고 불교와 무속이 아닌 천인상관사상에 주목함으로써 향가의 태생적 다양성을 조명한 의미는 있으나 몇 가지 아쉬움도 있다. 우선 천인상관사상의 개념을 간명하게 '하늘이 드러내고자 하는 뜻' 정도로 해석하였다. 중국 전통 사상으로서 천일합일은 하늘(신)과 인간뿐만 아니라, 임금과 백성, 사람과 사람 간의 관계를 아우르는 심오한 정신이다. 나아가 신(天)을 인격화하면서 자연현상과 사회현상을 일치시키는 데 이른다. 때문에 천인상관사상은 하늘의 절대적이고 우월한 뜻을 강조하는 데 머무는 것이 아니라 하늘을 감응시키는 인간의 덕성과 조화로운 지혜도 함의하고 있음을 간과해서는 안 된다. 또한, 천인상관 사상으로 인해 기존의 해석과 차별화되는 새로운 발견이 무엇인지 명확하지 않다. 아울러 향가 전편의 고유한 본질을 뒷받침할 사상적 배경을 설명해야 하는 과제를 안고 있다. 향가는 불교 사상을 핵심으로 하고 당대인의

---

33 大谷森繁, 『大谷森繁博士還曆記念朝鮮文學論叢』, 杉山書店, 1992.

34 연구 논문은 고전, 현대, 언어와 풍속으로 분류되어 있고 한국학 전공의 일본인 학자 논문을 주로 하고 한국인 학자 논문을 포함, 총 23편이 수록되었다.

믿음과 풍속을 반영한다. 때문에 불교가 천인상관과 어떤 방식으로 관련성을 맺는지 역사적으로 설명되어야 한다.

이누카이 기미유키(犬飼公之)[35]는 논문 「郷歌の呪禱性」[36]을 통해 가창 배경과 노래의 힘, 그리고 단어(어휘)의 힘을 살펴봄으로써 민중의 노래에 스며든 힘을 분석했다. 향가 배경설화를 통해 대부분의 향가는 불교와 관련된 행사에서 불렸으므로 불교의 노래라고 잠정적으로 결론내렸다. 향가는 하늘과 땅, 귀신도 감동시키는 힘을 가진 노래로서 이는 일본의 『고킨슈』(『古今集』) 서문에 나타난 노래의 힘에 대한 인식과 유사하다고 보았다. 향가의 본질은 불교의 기원이며 소망을 성취해 내는 노래의 문제 해결력에 주목하였다. 다만 일본 고대 시가의 보편성으로 향가를 해석한 폐쇄성이 아쉽다. 그는 이어지는 논문 「향가를 읽다 - 신라가요의 주도성」(『郷歌(ヒャンガ)を讀む-新羅歌謠の呪禱性』)[37]은 향가를 주도성의 관점에서 설명하였다. 일본의 고대문학은 서정, 서사, 주도로 나뉘기도 하는데 주도란 "신과 부처에게 기원하는 일"을 의미한다. 이누가이는 향가는 "불교적 장소에서 불교와 관련된 의례를 행할 때, 주로 승려에 의해 불교적 염원을 담아 부른 노래"라고 정의하였다. 특히 노래의 힘, 말의 힘(歌の力、ことばの力)이 강조된 향가는 계(啓)의 일환으로 기능하는데 〈도솔가〉〈혜성가〉는 천상의 이변과 괴이함을 제거하는 역할을 함으로써 말의 힘, 특히 사술(詐術)이 강조되었다고 했다. 〈도천수대비가〉〈제망매가〉 〈도솔가〉는 귀신을 감동시키는 말의 힘을 증명했으며 〈찬기

---

35 이누가이(犬飼公之)는 일본 고대문학 전공자이다. 현재 미야기가쿠인(宮城學院女子大學) 일본문학과 명예교수이다.

36 中西進, 辰巳正明(編集), 『郷歌-注解と硏究』, 新典社選書, 2008.

37 『日本文學ノート』 39, 宮城學院女子大學日本文學會 編, 2004, 70~91쪽.

파랑가〉〈모죽지랑가〉 역시 말로써 사람의 마음을 움직이는 역할을 했다고 설명했다. 향가의 불교적 색채와 언술의 힘, 주술적인 감응의 힘 등은 이미 다수의 학자들이 설명하였다. 일본 고대 가요 발생설에서 중요하게 다루어지는 주도성(呪禱性)과 말과 노래의 힘이라는 고대문학 분석의 프레임으로 향가를 설명한 방법론적 접근이 새롭다. 그러나 결과적으로 향가는 고대 가요의 발생에서 중요한 의미를 내포하는 언어와 노래의 주술적 힘을 종교적으로 활용하였으며 간구하는 인간의 마음이 사람뿐만 아니라 하늘도 감동시키는 노래였음을 재차 강조하는 데 그쳤다. 그는 논문의 마지막 장에서 동요(童謠)를 다루었다. 동요는 한국과 중국, 일본에 공통적으로 나타나는 노래이므로 비교연구의 필요성을 강조하고 『삼국유사』의 〈서동요〉를 분석했다. 동요는 아이들의 노래이지만 예견, 전조, 그리고 풍자의 내용을 담고 있는데 〈서동요〉 역시 다르지 않다. 특히 그는 서동의 서(薯)가 마를 의미하는데 외형에서 남근(男根)을 연상시킨다고 했다. 남성과 여성의 결합을 은유적으로 나타냈으며 민중신앙을 반영하고 있다고 주장하였다. 서동의 정체와 역사적 사실 규명에 천착하는 연구가 아닌 민속학적인 즉흥적 상상력으로 향가를 해석한 점은 흥미롭다. 향가 가운데 일부는 기존의 노래를 활용해서 자신의 뜻을 이루도록 교묘하게 재활용하는 데 의미가 있기도 한데, 이는 고대인들의 노래 향유 방식이기도 하다는 점에서 동의할 수 있다. 그럼에도 불구하고 향가를 소개하는 개론 성격의 논문이기 때문에 심도 있는 작품 분석과 주도성이 구체화되어 체현되는 방식에 대한 분석이 아쉽다.

문학 연구 이외에도 북한 향가 연구 소개, 어석 비교 연구, 신라와 일본의 교류 등도 검토해 볼만하다. 하타야마 야스유키(畑山康幸)는 논문 「북조선의 향가연구」(『北朝鮮における郷歌研究』)[38]에서 해방 이전 북

조선 학자들의 향가 연구를 정리했다. 북한 연구자들의 향가 연구 성과가 국내에 처음 소개됨으로써 남북한 학자의 확연한 견해차를 확인할 수 있었다. 특히 한국전쟁을 전후하여 월북한 학자 홍기문, 정열모, 유열, 전몽수 등의 향가 어석과 해석을 정리하였다. 이후 1990년대에 이르러 북한 연구자들의 향가 연구가 소개되면서 그들의 성과를 분석하는 다수의 연구가 이뤄지게 되었다.[39] 통일을 염두에 두고 남·북한 문학 연구의 성과를 교류하고 작업 역시 필요하다.

향가의 어학적 해독과 향찰, 만요가나의 비교연구는 지속적으로 의미 있는 결과들을 산출하고 있다. 그 가운데 「均如鄕歌 解讀을 위한 漢文 資料의 體系的 對照와 巨視的 接近」은 가와사키 게이고(河崎啓剛)의 논문이다.[40] 균여 향가에 대응하는 한문 자료, 최행귀의 한역시와 『화엄경』 등을 검토하여 향가와 한역자료의 대응관계를 밝히고자 하였다. 예를 들어 "伊"를 의존명사 "이"로 읽어 직역하였으며 이는 일본어의 의존명사 "…の"에 해당하는 의미를 지닌다고 분석했다. "叱"은 부사어로 만드는 기능을 "良"은 15세기의 "…아/…어"에 해당한다고 보았다. 결과적으로 균여향가와 최행귀의 한역의 간극은 단어와 구 단위의 미시적 한역 대응뿐만 아니라 내용의 대응이라는 거시적 시각에서

---

38 하타야마 야스유키(畑山康幸), 「북조선의 향가연구」(『北朝鮮における鄕歌硏究』), 『일본학』 8·9권, 동국대학교 일본학연구소, 1989, 109~137쪽.

39 최철, 「홍기문 『향가해석』에 대한 견해」, 『東方學志』 61권, 연세대 국학연구원, 1989에서 국내에서는 처음으로 북한 연구자의 향가 연구를 소개하였다. 아울러 『향가의 문학적 해석』, 연세대학교 출판부, 1990에서 홍기문의 『향가 해석』과 정열모의 『향가 연구』 내용을 부록으로 수록하였다. 북한 학자의 향가 연구를 체계적으로 정리하고 분석함으로써 남북 분단 후 개별적으로 이뤄진 연구의 특성과 방향성을 확인하였다.

40 『口訣硏究』 第29輯, 2012, 97~151쪽.

도 상당히 정밀하게 한역되어 있음을 증명하였다. 15세기 국어의 복원과 함께 수사규범과 문학적 은유를 섬세하게 검토한 의미를 지닌다.

나카지마 히로미(中嶋弘美)는 논문 「鄕歌와 『萬葉集』의 표기법 비교를 통한 鄕歌 解讀 硏究」[41]에서 향가의 새로운 해독 가능성을 제기하였다. 예를 들어 〈찬기파랑가〉 3행의 '安支下'를 〈우적가〉 10행의 '安支尙'과 같은 구조로 보고 '아래'로 읽을 것을 제시하였다. 또한 만엽 표기에 訓假名이 많이 사용되어 있음에 착안하여 향가 〈찬기파랑가〉 5행과 〈혜성가〉 4행에 등장하는 '藪邪, "藪耶'까지도 훈자자로 파악 "ᄃᆞ야"(더라)로 해독하였다. 그 외에도 『만요슈』의 노래들은 한 노래 안에서 같은 글자의 반복적 사용을 피하는 경향이 있음에 주목 향가도 유사한 원리로 해석하였다. 일례로 〈혜성가〉의 月(ᄃᆞ라라)의 표기가 6행에서는 훈독자 月, 9행에서는 음차자 "達阿羅"로 표현하여 같은 글자의 반복을 피함과 동시에 훈독자의 독법을 시사해 준다고 하였다. 만요와카와 향찰의 표기 양식의 동질성에 바탕을 두고 향가의 난해구를 새롭게 읽었다. 만요가나의 표기법 원칙이 향가 해독에도 동일하게 적용된다는 추정은 납득하기 어렵고 향가 전편의 일관된 해독이 아닌 몇몇 난해구의 부분적 해석에 그치고 있어 해독을 선뜻 수용하기 어렵다. 그럼에도 불구하고 향가 해독을 고대 일본의 만요가요와 견주어 볼 수 있고 향찰의 조합 원칙을 만요가나를 통해 추정할 수 있는 가능성을 보여 준다는 점에서 의미는 있다.[42] 개별 작품의 해독에 관한 연구가 축적되어 전체

---

41 中嶋弘美, 「鄕歌와 『萬葉集』의 표기법 비교를 통한 鄕歌 解讀 硏究」, 『어문연구』 제117권, 한국어문교육연구회, 2003, 31~55쪽.

42 나카지마 히로미는 한국고대어를 일본과 비교 연구하는 언어학 전공자로서 「高句麗·百濟 地名에 나타나는 '冬音'에 關한 一考察」, 『語文硏究』 通卷 第156號, 2012;

적 조망이 가능하게 되길 기대한다.

3) 연구 경향과 과제

1980년대 들어 향가 문학 연구 성과들이 일본인 연구자들에게 소개되고 학술적 교류를 통한 이해를 동반함으로써 연구의 외연이 확장되었다. 동아시아 비교 문학 연구의 필요성에 대한 인식과 축적된 연구 역량으로 인해 일본 학자들의 향가에 대한 관심은 고조되었다. 그 결과 '일본 학자들의 향가 연구'라는 새로운 축을 구축하게 되었고 다양한 연구가 진행되고 있어 주목을 요한다. 일본인 연구자들에 의한 향가 연구는 크게 두 가지 입장으로 정리할 수 있다. 첫째, 향가와 일본 고대가요의 비교 문학적 관련성을 연구하는 입장이다. 비교의 목적과 중심은 일본 고대시가이다. 구체적으로 일본 고대시가의 특질을 규명하고 고유성을 드러내기 위한 방편으로 향가와 비교를 시도한다. 나카니시 스스무를 위시한 다수의 와카 연구자들의 관점이다. 고대 한자 문화권역에 부속되어 있으면서 자국문학을 향유한 두 나라의 문학을 비교하여 일본 고대시가와 향가의 친연성을 부분적으로 밝힘으로써 일본 고대시가의 특질을 명료화하고자 하는 연구이다. 이들 연구는 인적 물적 교류에 동반된 문화 공유는 문학의 형식, 형상화 그리고 내용에 반영되었다고 주장한다. 아울러 향가를 일본 시가, 나아가 중국 문학과 비교함으로써 동아시아 문학의 보편성과 독자성을 밝혀내고자

「韓·日 地名 및 古文獻에 나타나는 '岸'에 관한 一考察」, 『語文硏究』 제43권 제1호 通卷 第165號, 2015 등의 논문을 발표하였다. 고대 한국어와 일본어의 관련성을 연구하고 있다.

하는 데까지 이르고 있다. 이를 통해 향가를 동아시아 문학 권역 안에서 파악하고 향가의 위상을 가늠하는 데까지 나아가고자 한다. 다만 일본 학자들의 연구와 분석의 중심이 일본 혹은 한자 문화 발신자로서의 중국에 경도되어 수신자 문학으로서 향가의 특징에만 주목한 아쉬움이 있다. 동아시아 한자 문화권의 보편성 안에서 향가를 해석한 결과 한국 시가문학의 자율적 문학 정신을 상대적으로 간과하였다. 비교문학 연구 성과가 합리적 이해를 얻기 위해서는 균형감 있는 시각이 전제되어야 한다. 우열, 영향 관계에 압도되어 개별적 특수를 문학사적 관점에서 제대로 설명하지 못하는 비교문학의 폐단을 넘어서야 한다. 둘째, 외국 문학으로서 향가의 어석, 표현과 수사, 구조와 율격 등의 연구를 통해 향가의 특질을 설명하려는 입장이다. 오카야마를 위시하여 한국에서 수학, 연구한 경험이 있는 연구자들로서 향가의 특질과 어석 풀이 등 다양한 측면의 분석 성과를 제출하고 있다. 이들 연구는 자칫 자국문학의 일반화된 통념에 함몰되어 자각하지 못했던 특수성을 지적함으로써 향가의 특성을 다면화하는 데 기여하기도 한다. 불교사상 이외에 천인상관사상으로 향가를 읽는다든지, 일본과의 관계 안에서 역사 현장의 사실 기록으로 증명하는 실증적 연구 방법은 눈여겨볼 만하다. 특히 일본인 연구자들의 원전 중심의 세밀한 검토와 조밀한 대조의 연구 방법론은 역사로서의 향가, 기록으로서의 향가의 의미를 재조명한다. 그럼에도 불구하고 한국의 기존 연구 성과들과 학계의 일반적 합의 등을 충실히 반영하지 못하는 한계를 노출하고 있다. 부분에 집중하여 전체를 포괄하지 못하는 한계점도 있다. 연구 성과가 심화 공유되기 위해서는 향가의 생성과 변화의 연속성을 반영하여 시가사의 한 부분으로 다루어야 할 필요가 있다.

일본 연구자들의 향가 연구는 다양한 방법론에도 불구하고 공통의 문제를 안고 있다. 일본 문학의 토대 위에서 즉, 일본시가의 보편성에 근거하여 향가를 분석하는 잠재적 편향을 보인다. 일본시가의 보편적 구조와 문법을 기준삼아 해석하려는 연구이다. 예를 들면 향가의 구조를 3단 구성, 경물과 심정의 2단 구성으로 설명하여 동아시아 시가 문학의 공통성으로 일반화하고 있다. 보편적 유사성에 주목하여 문학적 상관성을 진지하게 다루는 입장과 보편으로 특수를 일반화하려는 입장은 다르다. 향가는 고대 한국인의 정서적 토양 안에서 문학적 성장을 이룬 노래로서의 정체성이 있다. 향가의 자생력은 동아시아 문학권 안에서도 고유성을 강화하는 방향으로 발전하는 과정에서 획득되었다는 사실을 간과해서는 안된다. 또한 동아시아 한자 문화권의 권역 안에서 중국 시가 문학의 영향 아래 배태된 변이형으로 향가를 분석하는 편협함을 벗어나야 한다. 향가는 한시와 다르고, 귀족층의 와카와 다른 특성이 있다. 그럼에도 불구하고 동아시아 문학의 한자 범용성에 경도되어 특유의 시문학적 감성과 미학을 덮어 놓은 채 한문학와 와카 문학 사이의 접점만을 강조해서는 안된다. 이와 같은 연구 태도의 기저에는 식민시기 정치적 목적으로 시작된 조선문학 연구의 환영이 남아 있는 것은 아닐까 하는 의구심도 있다. 외래 문학의 이식과 영향을 전파와 수용으로 이분화하고 일방적 영향 관계로만 해석하는 편향성을 극복해야 한다. 즉 민족주의적 시각에서 벗어나 객관적 관점에서 철저하게 이해하려는 노력이 필요하다.

식민시기 향가 연구를 1세대, 한국 연구자들의 성과를 수용하며 비교 연구를 확장한 80년 이후를 2세대라고 한다면 이제 3세대 연구로의 변화 발전 방향을 모색하여야겠다. 첫째, 정치적 목적성, 감정적 해석론에서 비롯되는 "일방적 전파와 수용"으로 설명하는 논의를 청산해야 한다. 가치는 상호 의존적 개념이고 영향 관계는 선명하게 구획을 나누기 어렵다. 모호한 논리로 일방적 영향론만은 강조해서는 안된다. 때문에 객관적 시각에 기반한 생산적 연구 방법론, 개별 사실을 이론화할 수 있는 종합적 시야 확보를 고민해야 한다. 둘째, 양국 시가문학의 공시적 통시적 비교 연구의 가능성을 꾸준히 타진해야 한다. 같은 시기의 일본 와카와 향가의 생성과 향유를 비교하는 공시적 연구뿐만 아니라 셋째, 시가의 변천을 살펴보는 통시적 비교 연구에도 관심을 가져야 한다. 즉, 한국 시가사 흐름 속에서 향가를 파악하고 고려가요, 시조, 가사 장르와의 변이와 지속을 일본 시가사와 종횡으로 비교하는 확장된 연구가 꾸준히 시도되어야 한다. 뿐만 아니라, 한자 문화권의 유사한 문화적 토양 아래 개성 있는 시가 형식을 창출한 문학의식에 주목하고 이를 논리적으로 설명해내야 한다. 한자 문화권에서 자국문학을 기록할 방법을 강구하고 문학으로 형식화한 과정을 조직적으로 이론화하는 연구가 필요하다. 타당한 근거들로 이론의 틀을 구성함으로써 동아시아 시가 문학의 형성과 발전의 지식체계로 재생산될 수 있어야 한다. 이 외에도, 고대 시가의 존재 양상, 시가와 설화의 결합을 비교 분석하고 구술과 기록, 전승과 향유의 측면을 면밀하게 살펴볼 필요가 있다. 향가는 배경설화와 함께 기록되어 있으므로 시가와 설화의 균형 있는 분석이 요구된다. 향가와 일본 고대시가의 평면적 비교에 더하여 이야기가 결합된 조건과 의미를 파악하는 비교 연구가 가능하다. 나아가 비교 범위를 인도, 베트남 지역으로까지 확대함으로써 한자, 불교 문화권역의 지형도를 파악할 수 있을 것이다. 이 밖에도 비교 민속학, 문화와 사상 관점에서 동아시아 문화의 저류로서 노래 문학을 분석할 수 있다. 고전을 현대적으로 해석하고 일상화하여 문화적 전통을 계승하는 일본의 노력도 눈여겨볼 필요가 있다. 문화 콘텐츠로 재탄생하는 고전의 활용 역시 관심을 가져야 한다. 아울러 상대적으로 한국 연구자들의 일본 고대시가(만요가요, 와카) 연구가 미진한 문제 상황을 인식하여야 한다. 연구 성과의 균형을 확보하기 위해서 한국 학자들의 분발이 어느 때보다 요구된다. 지금까지 연구가 문학 작품의 비교를 통한 해석에 집중되었다면 이제부터는 동아시아 문학 이론의 제작과 공고화에 연구력을 집중시키는 패러다임의 전환 시점에 당도해 있다.

3. 결론

식민 정책의 일환으로 시작된 일본 연구자들의 향가 연구는 1980년대 이후 다변화되었다. 연구는 비교 문학적 관심, 동아시아 문학 연구의 필요성, 그리고 자국문학에 대한 방법론의 다양화 등 다층적인 원인에서 비롯되었다. 외국문학으로서 향가의 발생과 문학적 특질, 형식 등을 규명하는 연구와 일본 와카와의 상호 비교 연구는 주목을 요한다. 이들 연구는 편협한 민족주의적 시각을 교정하게 하고 동아시아 문학사의 흐름 안에서 향가의 문학, 문화사적 의미와 위치를 가늠하게 한다. 그럼에도 불구하고 1980년 이후 일본인 연구자들에 의한 향가 연구 성과에 대한 관심은 미미하였다. 이 글에서는 80년대 이후 연구를 약술하고 연구 경향을 정리하였다. 그러나 연구 결과 나열만으로 연구사 검토의 의미가 달성되지는 않는다. 연구사의 사적 정리와 앞으로의 과제에 대한 고민이 동반되어야 하겠다. 나아가 일본뿐만 아니라 한국학 연구가 활발한 유럽과 미국 등 해외 연구자들의 연구 성과도 함께 공유되어야 할 것이다.

동아시아 한자 문화권 내에서 상호 관련성을 규명하는 연구의 필요성에는 공감하고 있으나 실질적 연구는 불충분하다. 따라서 양국 학자들의 협력과 교류가 활발해져야 한다. 최근 일본 대학에 한국학 관련 강좌 개설이 증가하고 있으며 한국 문화와 역사 등 한국에 대한 관심을 가진 젊은 일본 학생들이 많아지고 있는 것은 고무적이다. 앞으로 이들 연구자들의 연구 성과들을 지속적으로 파악하고 교류를 확산하여 연구 협력을 도모해야 하겠다. 뿐만 아니라 일본문학 전공의 한국 학자들과 한국문학 연구자 간의 상보적이고 통합적 연구 역량 강화가 이뤄져야 할 것이다. 나아가 지금까지의 연구 방법론과 연구 결과에 대한 진지한 반성과 연구 방향 모색을 위한 상호 토론의 장이 빈번하게 마련되어야 겠다. 연구 활성화를 위해서는 양국의 고전 문헌들이 번역되어 수월한 원전 접근성과 정확한 이해가 선행되어야 한다. 한문 자료뿐만 아니라 향찰, 만요가나의 비교 해석을 통해 고대어의 복원도 시도해 볼 수 있다. 문학의 상호 관련성을 작품과 작가를 통해 구체화하려는 노력도 필요하다. 비교 민속학적, 종교적, 문화적, 지리적 등 방법론의 다변화를 통해 동아시아 문학 전반을 조망하는 거시 안목을 확립해야 한다. 동아시아 문학의 보편성을 찾고 그 안에서 한·일 양국 문학의 독창성을 긍정적으로 평가하는 방향성 모색도 요구된다. 그리하여 종국에는 동아시아 문화 공동체로서의 유대감을 강화함으로써 서구 문화 일변도에 맞서는 문화 정체성을 회복하여야 한다.

— 이 글은 『동아시아고대학』 제41집, 동아시아고대학회, 2016에 실린 글을 수정·보완한 것임.

고전시가의 현대적 계승과 변용

–신석초의 작업을 되짚어보며–

◉

윤성현

1. 고전은 힘이 세다

옛노래에는 마음 다해 온몸으로 누린 사람과 굳건히 내디딘 땅, 그리고 빛나게 흘러온 시간이 담겨 있다. 인간의 온갖 정서를 오롯이 품고 있음은 물론 삶의 활기며 생채기까지 고스란히 감싸 안고 있다. 이아우라가 지금까지 유효하기에 옛노래는 고전이 된다. 그리고 고전의 가치는 현대인의 가슴속에 온전히 수렴된다.

문학은 사람의 마음을 건드리고 흔들어놓기 일쑤이다. 땅에 뿌리내리면 굳건해지고 시간을 이어가면 보편적 가치를 얻는다. 그래서 고전은 힘이 세다. 우리가 만나는 옛노래는 그렇게 고전이 되었다. 향가·속요·시조·가사·민요 등이 다 그러하다. 이 네 장르는 어느 시대를 막론하고 사람·땅·시대를 자양으로 삼았다.

향가에는 불국토를 꿈꾸었던 신라인의 경건함이 고스란히 배어 있다.

속요에는 '다이내믹 코리아'의 분방함과 역동성, 고려인의 자유로운 비상이 뚝뚝 묻어난다. 시조·가사에서는 조선 성리학의 예교주의가 이어진 한편, 후기에는 사뭇 다른 국면으로 펼쳐졌다. 민요는 전 시기에 걸쳐 민중의 꿈과 땀, 눈물의 삶이 녹아든 채 노래로 불렸다. 옛노래는 우리 문학사에서 그렇게 교차하며 향유되었고, 오늘의 현대시로 이어졌다.

이들은 일제히 고전으로 기림을 받는다. 당대인을 울리고 미소 짓게 한, 또 그네에게 힘을 얹어준 장치들은 빛바램이 없다. 노랫말이나 얼개의 면에서, 또 주제나 미학의 면에서 지금에 견주어도 손색이 없기에 가능한 것이다. 외려 콘텐츠와 레토릭 면에서 현대인의 고갈된 심신을 다시 길어 올리도록 작동하지 않는가.

현대인은 나날이 닳아지고 있다. 전체의 형상을 가늠치 못한 채 하나의 조각으로서, 또 시대정신을 고민해볼 새도 없이 원형트랙을 도는 경주마인 양 앞만 보고 내달린다. 이 고단한 심신을 치유할 기제로 고전은 작동한다. 그렇게 고전은 현대인의 향수가 되고, 옛노래는 어느결에 우리 곁에 다가앉은 것이다.

2. 고전의 전승에 나선 이들

그래서 많은 작가가 나섰다. 사랑과 이별을 테마로 한 경우는 시대를 초월하여 줄곧 전승되었다. 〈공무도하가〉에서 〈서경별곡〉·〈님을 보내며[송인(送人)]〉로 이어지는 경우나 〈가시리〉에서 황진이 시조며 〈아리랑〉·〈진달래꽃〉으로 대표되는 이별노래들이 다 그러하다. 〈처용가〉는 신라에서 고려·조선을 이어 지금까지 활발히 전승되고 있는 노래이다.[1]

그렇다면 위에 든 옛노래 장르별 사정은 어떠한가. 그간 향가의 현대적 변용에 적극적으로 나선 시인으로는 신석초며 서정주, 김춘수 들을 꼽을 수 있다. 다시 박희진과 박제천, 윤석산, 한광구가 뒤를 이었고, 권천학, 김규화, 문효치, 홍해리 등 진단시 동인이 또 한 몫을 나누어 맡았다. 속요 쪽에 눈을 돌린 이들로는 이른 시기의 신석초와 윤곤강을 들 수 있고, 이후 이근배, 홍신선, 이건청, 나태주, 송수권 등이 작업을 폈다.[2] 시조 쪽으로는 박주일, 구석본, 성미정, 임동확 등이 나섰다.[3]

학술적 연구에 있어 윤석산은 박제천의 원왕생가 변용양상을, 박철희는 서동 전승을, 장백일은 수로부인 테마시를 살폈다.[4] 박노준은 헌화가와 서동요에 이어 처용가·도솔가 등의 보고서를, 다시 속요를 대상으로 한 논문을 내었다.[5] 최미정과 이창민·홍경표는 처용을 대상으로 분석 작업을 폈으며,[6] 송정란과 공광규는 『삼국유사』 설화 전체를 대상으로 작업을 했다.[7]

---

1 윤성현, 「처용 변용을 통해 본 시인의 세계인식 태도」, 『열상고전연구』 31집, 2010.

2 「우리 고시가의 현대적 수용 – 2. 고려가요 편)」에 실린 자료에 의거했다. 『현대시학』 1995년 5월호.

3 「우리 고시가의 현대적 수용 – 3. 고시조 편)」에 실린 자료에 의거했다. 『현대시학』 1995년 8월호.

4 윤석산, 「즈믄 가람을 비추는 달」, 『고전적 상상력』, 민족문화사, 1983.
박철희, 「서동 전승의 시적 수용」, 『현대시와 전통의식』, 문학예술, 1991.
장백일, 「메저키즘적 사랑과 반항」, 위의 책

5 박노준, 「향가, 그 현대시로의 변용(Ⅰ)·(Ⅱ)」, 『향가여요의 정서와 변용』, 태학사, 2001.
박노준, 「속요, 그 현대시로의 변용」, 같은 책.

6 최미정, 「처용의 문학전승적 본질」, 『관악어문연구』 5집, 1980.
이창민, 「전통의 분기 – 처용가 관련 현대시의 유형과 의미」, 2002.
(http://www.koreanculture.re.kr/vol2/articles/arti07.pdf)
홍경표, 「처용 모티프의 시적 변용」, 『문학의 비평과 인식』, 새미, 2003.

여기서 우리 고전을 수용하여 시적 변용에 힘쓴 대표적 인물로 신석초를 주목한다. 시인은 고전과 현대의 어우러짐에 가장 먼저 눈을 돌린 공에도 불구하고 그간 학계의 뜨거운 눈길을 받지 못했다.[8] 먼저 석초 시 전체를 대상으로 한 연구로는 홍희표와 조용훈 등을 꼽을 수 있는데,[9] 형식적 측면에서의 전승에 관한 논의는 위 조용훈의 연구가 유일할 정도이다.

3. 석초의 시정신과 동양고전의 세례

신석초는 서구와 동양, 전통과 현대를 자유롭게 넘나든 시인이다. 그는 우리 고전과 현대문학 사이의 소통을 꾀하면서 역사와 전통에 대한 애정을 내보였다. 이른 시기 우리 것에 대해 주체적으로 각성하고 시작(詩作)으로 실천한 것만으로도 그의 시사적(詩史的) 위치는 단단해진다.

그는 어려서부터 사서삼경 등 한학을 공부하였다. 주자와 두보, 한퇴지를 배웠고, 노장에 기울며 시에 뜻을 두었다. 두보와 이백을 좋아하였으며, 『석북시집』과 『자하시집』을 번역하기도 하였다.[10] 또한 한

7 송정란, 「박제천, 고전의 육화와 현대적 의미 변용」, 박제천 시전집 5 『방산담론』, 문학아카데미, 2005.
송정란, 「현대시의 삼국유사 수용 연구」, 송정란문학관.
(http://cafe.daum.net/poetsongjungran)
공광규, 「현대시의 삼국유사 설화 수용 방법」, 계간 『너머』, 2007 가을.

8 이 가운데 이 주제로 석초를 주목한 고전 연구자의 작업은 앞 최미정의 처용 논의와 박노준의 속요 관련 논의가 거의 전부이다.

9 홍희표, 「신석초 연구」, 동국대 석사논문, 1979.
조용훈, 『신석초 연구』, 역락, 2001.

10 신석초·김후란 대담 「감성의 우주를 방황하는 나그네」, 『심상』 1973년 11월호, 『시

학의 스승인 정인보와 프랑스 상징주의 시인 발레리의 영향을 받아 동양의 허무사상을 바탕으로 한 절제된 언어가 돋보이는 시를 발표하였다.[11] 정인보의 소개로 이육사와 교유하는 등 일찍이 선비의 지조와 한학의 소양을 물려받았다. 시인의 아래 언급은 이러한 면모를 구체적으로 증언하고 있다.

> 처음에 한학적인 학습, 특히 시에 있어서는 시전(詩傳)과 당시(唐詩)로부터 시작했다. 그 다음에 서구의 시에 접했다. 그리고 그런 다음에야 다시 되돌아와 우리의 시가인 향가나 고려가사나 시조 등을 섭렵하였다.[12]

이와 같은 고전 취향은 그의 시집 곳곳에서 확인할 수 있다. 시집 『바라춤』에서는 노자의 말로 첫 표지를 장식하였고, 1부 '바라춤'의 첫 장도 석가의 말로 대신할 정도였다.[13] 〈바라춤〉 해설에서는 "바라춤은 승무다. 나는 유수하고도 아름다운 이 춤을 보고 일편의 장시를 써보려 하였다. 가야금산조와 〈청산별곡〉이 나로 하여금 우연히 〈바라춤 서사〉를 제작케 하였다"[14]고 적어, 고전과의 친연성을 익히 내보였다.

이 가운데 노자사상은 석초 시의 최우선을 차지한다. 『석초시집』 첫머리와 『바라춤』에 『노자』 구절을 인용함으로써, 그의 시를 관통하는 노자의 정신을 짐작하게 해준다. 홍희표의 연구를 따르면 〈백로〉·〈이상곡〉·〈매화의 장〉·〈가야금〉·〈비취단장〉·〈화석〉 등의 시가 이러한

바라춤 – 신석초문학전집 1』 재수록, 융성출판, 1985.

11 브리태니커 백과사전(http://enc.daum.net/dic100/contents.do?query1=b13s2807b)

12 신석초, 「나의 시의 정신과 방법」, 『현대문학』 1964년 9월호.

13 신석초, 『바라춤』, 통문관, 1959, 1쪽, 6쪽.

14 신석초, 앞의 시집, 16쪽.

면모를 보인다.[15] 한편 대표작 〈바라춤〉에는 번뇌·열반·윤회·극락 등의 용어를 곳곳에 배치함으로써 시인의 불교적 세계관을 드러내었다. 〈처용은 말한다〉에서도 사정은 비슷하다. 그런가 하면 〈삼각산 밑에서〉에서는 도연명을 직접 언급할 정도로 한시 취향을 내비치기도 했다. 그 밖에 사자춤을 제재로 삼은 〈금사자〉도 눈에 띈다.

4. 향가의 변용양상

우리는 천년 신라 문예의 꽃으로 향가문학을 꼽는 데 주저하지 않는다. 향가는 그러고도 다시 천년 세월을 넘어 오늘날 현대시에까지 그 전통의 맥을 이었다. 설화 특유의 당대적 상징기호와 맞물리면서 긴밀한 연계 아래 상상력의 무한 장터 구실을 하였기 때문이다. 신석초는 우리 현대시사에서 이를 주목하고 작품에 수용한 첫 시인의 영예를 안게 된다. 그는 향가 텍스트를 바탕으로 삼아 자신의 세계관을 덧보탬으로써 마침내 고전의 현대적 변용을 이룬 것이다.

1) 향가 형식의 전승

사뇌가는 향가의 대표양식이다. 의미상 3단 구성과 10행 구조, 그리고 결사부의 차사를 그 특징으로 들 수 있다. 사뇌가는 작품의 의미와 주제를 명료하게 드러내며 안정성을 기반으로 하여 향가의 주류형식이 되었다. 석초의 시 가운데 이러한 형식적 특징과 가까운 작품들이

---

15 홍희표, 앞의 논문, 15~23쪽.

있는바, 이를 본디 사뇌가의 그것과 견주어본다.

〈동경 밝은 달〉은 〈처용가〉를 빗댄 작품이다.

東京 밝은달 밤들어
노니노라, 이슷한 青樓
위에, 伽倻琴, 장고,
笛소리 그윽한데,
處容은 가서 돌아오지 않고,
옛나라 山河만 시름속에 남았는다.
아이야, 盞 가득 부어라,
滄海에 비낀 구름 소매 잡아
단술이나 마시자.

–〈동경 밝은 달〉 전문[16]

『삼국유사』 '처용랑 망해사' 조의 배경설화와 노래를 차용한 작품이다. '동경 밝은 달'과 '처용'이 그러하고, 더하여 '청루'와 여러 악기 소리 및 '시름'의 퇴폐 유흥적 분위기가 이를 거든다. 결사부의 표현은 시조 종장의 형식과 닮았으면서도, 사뇌가의 차사 종결방식과 연결된다.[17] 인생무상을 주제로 하는 점에서도 〈처용가〉의 감상적 체념을 떠올릴 수 있다. 시 전체는 9행 구조이지만 의미상 3단 구성(1~4행/5~6행/7~9행)에 결사부의 '아이야~' 하는 차사 마무리까지 사뇌가 형식과

16 신석초, 앞의 시집, 123~124쪽.

17 이를 두고 시조형식의 병렬적 재현이라고 본 견해가 있다(조용훈, 앞의 책, 121쪽). 하지만 〈동경 밝은 달〉은 제목과 제재, 그리고 그 정서가 처용의 그것과 많이 닮아 있다. 또한 시인이 처용에 관심을 집중했던 1960년대와 맞닿은 1959년에 지어졌을 뿐더러, 시조의 형식에 견주었을 때 과음보 내지 과음수율 또한 부담스럽다. 따라서 향가 형식의 전승으로 보는 것이 온당하다.

그대로 통하고 있다.

〈가야금별곡〉은 부제에서 아예 '향가를 본따서'라고 천명하고 〈찬기파랑가〉의 시어와 형식을 빌려 썼다.

> 열치매, 밝은 달, 흰 구름을 좇아
> 떠가는 어디런가,
> 伽倻琴줄, 울어 흐느끼어, 내 思念의
> 잎도 져서, 흘러가거라.
> 그 옛, 푸른 강에 뜬, 蘭舟를 잡고
> 그리든,
> 무리들의 짓은 사라져서,
> 눈ㅅ길 머얼 사이에, 떠도는 갈매기의
> 노래를 불러라.
>
> 阿也. 헛되어라, 시름은, 여울 몰라올
> 때(時)가, 나를 지즈르는제. ……
>
> – 〈가야금별곡〉 전문[18]

전체 2연 11행 구조이지만, 역시 향가 형식을 본떴다. 의미상 3단 구성(1~4행/5~9행/10~11행)에 결사부의 차사 '아야 ~'는 사뇌가의 그것과 꼭 같다. 앞의 '열치매, 밝은 달, 흰 구름'은 〈찬기파랑가〉의 시어를 거의 그대로 쓰고 있는데, 전체적인 시상에 있어서도 예전의 영화를 그리는 듯 가라앉은 분위기가 충담의 옛 노래와 상당 부분 닮아 있다.

---

18 신석초, 앞의 시집, 170~171쪽.

2) 향가 모티프의 차용

(1) 처용의 경우

처용은 이 부문의 지존이다. 학자들이 처용 연구에 매달렸던 것 못지않게, 시인들의 관심 또한 처용에 쏟아졌다. 문학사에서 보더라도 고려속요 〈처용가〉에서 그 매력은 이미 입증된 셈이다. 현대시인 중에는 신석초를 위시하여 김춘수, 윤석산, 한광구 등이 처용 마니아이다. 이들 가운데 처용 모티프로 시적 변용을 꾀하는 첫 단추를 퀜 이가 석초이다.

신석초는 〈동경 밝은 달〉(『바라춤』, 1959)로 시작하여 〈미녀에게〉(『사상계』, 1960.4), 〈처용은 말한다〉(『현대문학』, 1964.4), 〈처용 무가〉(『현대문학』, 1969.4) 등 일련의 처용 시를 발표하였다. 앞서 살펴본 〈동경 밝은 달〉은 사뇌가 양식을 빌려 쓴 작품으로, 시적 화자의 회상형식으로 처용의 쓸쓸한 뒷모습을 그려내었다.

여기서 〈미녀에게〉를 보자.

어찌 할까나
그리운 그대 꽃같은 그대
끌어안는 두 팔 안에
꿀처럼 달고
비단처럼 고웁던 그대

그날 밤도 달이 이리
휘영청 밝았더니
완자창으로 비쳐오는
어우러진 楊柳가지

남몰래 疫神이 들어와
그대 몸을 범할 때
白雪 같은 그대 살갗에
紅桃花가 피더니

무너지는 내 가슴에
난만한 石榴알이 쏟아졌음을
그대는 모른다
지금도 생각하면 일렁이는
이 가슴에…….

– 〈미녀에게〉 전문[19]

1연은 미녀 아내에 대한 애틋한 연정으로 시작한다. 2연에서 '휘영청 밝은 달밤'은 평온했던 과거와 파탄의 현재라는 서로 다른 시간적 배경을 하나로 묶어준다. 3연 아내 능욕 대목 묘사에서는 백설(白雪)과 홍도화(紅桃花)의 색채 대조가 도드라지지만, 4연의 '무너지는 내 가슴'과 '일렁이는 이 가슴'에 이르면 그것이 결코 아름다운 하모니가 아니었음을 일러준다. 향가 내지 설화에서 보이는 용자(龍子) 처용의 대범한 관용과 꼭 일치하지만은 않는 대목이다. 도리어 아내의 불륜에도 어쩌지 못하는 소심하고 무기력한 인간 처용으로 그려졌을 뿐이다.

〈처용 무가〉[20]에서의 변용양상은 자못 복잡하다. '신라 밝은 날에'(3연)는 향가의 차용이다. '저며논 보룻 같은 살갗이 / 역신(疫神)의 손에 문드러 지던 때 / 내 가슴에 석류알이 쏟아 졌나니'(4연 3~5행)는 속요 〈동동〉

19 신석초, 『처용은 말한다』, 조광출판사, 1974, 11~13쪽.

20 신석초, 앞의 시집, 5~10쪽.

의 구절에 설화 대목을 합친 표현이 된다. 이는 또 시인의 다른 처용시 〈미녀에게〉와 〈처용은 말한다〉에서도 비슷한 시구로 거듭 나타난다. '구름 갠 바닷가에 / 일곱 마리 용(龍)의 오색(五色) 찬란한 / 비늘이 번뜩 인다'(6연 1~3행)는 설화부의 변용이다. 이 시에는 속요 〈처용가〉의 차용도 많이 나타나는데, 이는 장을 바꾸어 다시 논하기로 한다.

〈처용은 말한다〉[21]에서는 그 양상이 더욱 복잡해진다. 예의 설화를 망라한 신라 향가 〈처용가〉는 물론, 고려 속요 〈처용가〉와 조선 〈처용무〉까지를 두루 수용하였다. 우선 '휘영청 밝은 달은 천지를 뒤덮는데'(1장 1연 4행)나 '밤들어 노니다가 들어와 자리에 보니 / 가랄이 넷 이어라'(1장 4연 5~6행), 그리고 '야만스러운 인수(仁獸)의 다리 얽히어 / 숨도 헐떡어리며 / 안간힘을 쓴다'(3장 6연 2~3행) 등의 시구는 향가 대목의 변용이다.

한편 '꽃물진 그대 살갗이 / 외람한 역신(疫神)의 손에 이끌릴 때 / 나는 너그러운 바다 같은 눈매와 / 점잖은 맵시로 / 싱그러운 노래를 부르며 / 나의 뜰을 내렸노라'(1장 5행 6~11행)나 '휘황한 궁궐도 춤추던 깁장삼도 / 나의 서글픈 풍류에 지나지 않는다'(2장 7연 11~12행), 그리고 '바다는 뒤 엎질고 물결은 일어난다 / 바람아 인다 동해 바다 / 아홉개의 머리의 용(龍)이 솟구쳐올라 / 천지를 뒤흔드는데 / 성난 물결을 잠재울 태평의 / 가락이 없구나.'(3장 8연 1~6행) 등에서는 설화 대목을 변용하고 있다.

나아가 '아아 이 무슨 가면(假面) 이 무슨 공허한 탈인가'(1장 6연 1행) 등에서는 『악학궤범』에 설명된 〈처용무〉를 변용해 쓰기도 하였다. 시인

---

21 신석초, 앞의 시집, 15~37쪽.

의 차용양상은 이에 그치지 않는다. '그리운 그대, 꽃같은 그대 / 끌어안은 두 팔 안에 꿀처럼 달고 / 비단처럼 고웁던 그대'(1장 1장 5연 1~3행)는 앞 시 〈미녀에게〉를 거의 그대로 되풀이하여 썼다.

이상의 연작을 통해 석초가 재구해낸 처용은 그늘의 이미지로 형상화되고 있다. 연민을 한껏 자아내는 인간 처용의 처진 어깨와 비극적 상황 하에서도 어쩌지 못하는 나약한 존재로 그려졌기 때문이다. 이 점과 관련하여 최미정은 "무가(巫歌)로서 처용가를 수용하되 무(巫)의 존재는 신의하지 않는 괴리감에서 생긴 것"[22]으로 보았다. 또 홍경표는 이 작품을 두고 "원초적인 처용의 가상을 벗기고 그의 시작 속에서 고뇌와 번민으로 자멸해가는 처용을 형상화"[23]한다고 보았다.

한편 이창민은 신석초의 시가 "설화의 문맥을 연장하기는 하나 이탈하지는 않는다"며, "'말'과 '노래'의 차이는 인성과 신성, 내면과 외면, 심중과 행동의 간격을 내포한다. 시어로는 '체념'과 '달관'의 차이이다. 여기서 처용은 완만한 노래가 아닌 급박한 말로써 심사를 토로한다"[24]고 하여, 이 시 제목의 함의를 주목하였다.

(2) 그 밖의 경우

앞서 형식적 측면에서 살핀 바 있는 〈가야금별곡〉은 앞 부분의 시어와 전체적인 정조는 향가의 그것과 유사하지만, 내용면에서는 〈찬기파랑가〉와 대체로 어긋난다. 그 실제 내용은 제목 그대로 가야금 연주의 실황을 그려내었다. 이는 '가야금(伽倻琴)줄 울어 흐느끼어'(1연 3행)나

22 최미정, 앞의 논문, 181쪽.
23 홍경표, 앞의 책, 88쪽.
24 이창민, 앞의 논문.

'떠도는 갈매기의 / 노래를 불러라'(1연 8·9행)의 시구에서 미루어 짐작할 수 있다.

결과적으로 이 작품은 고전의 현대적 변용에 있어 큰 성취를 이루진 못했으나, '울어 흐느끼어'·'사념의 잎'·'옛, 푸른 강'·'난주'·'그리든, 눈ㅅ길 머얼 사이'·'떠도는 갈매기의 노래'·'시름'·'여울 몰라올 때' 등의 시어가 어우러지면서 쓸쓸하고 가라앉은 정조로 시인의 상념을 표상화하는 데 성공하였다.

한편 공광규는 이 작품을 두고 "선행 텍스트의 서사를 심각하게 훼손하거나 왜곡하여 기존 서사의 권위를 완전히 전복"시키는 서사 모형의 해체라며, "결과적으로 선행 텍스트와 구조가 전혀 닮지 않은 텍스트가 생성된다"[25]고 논급하였는데, 이는 지나친 비평이다. 전통 계승이 완곡한 복고인가 창조적 파괴인가 사이에서 고민해야 할 대목이기도 하다.

그 밖에 〈바라춤〉 27연 1행의 '열치매, 부엿한 둥근 달' 구절에서도 〈찬기파랑가〉의 한 대목을 읽을 수 있는 바, 석초가 잠재의식에서나마 이 향가작품에 얼마나 기울어 있는가를 일러주는 좋은 사례라 하겠다.

5. 속요의 변용양상

속요는 생동의 면에서 단연 뛰어난 자리를 차지하는 옛노래이다. 고려 때 치열한 삶의 흔적을 묻혀 오늘의 우리에게까지 그 가슴 저린 사랑을 나누어주기 때문이다. 여기에는 당대인의 사랑과 이별, 기다림과 고독은 물론 꿈과 희망, 눈물과 고통이 다 어우러져 있다. 속요는 우리

25 공광규, 앞의 논문.

네 삶의 아픈 생채기와 눈물의 위로를 한데 담아낸 소중한 문학유산이다. 이제 석초의 시에서는 이를 어떻게 받아들이고 표현해냈는지를 살펴본다.

1) 속요 형식의 전승

속요에는 〈유구곡〉이나 〈상저가〉처럼 비연체시도 있지만, 〈청산별곡〉이나 〈동동〉과 같은 연체시를 일반형으로 꼽는다. 석초의 시에서도 바로 이런 양식적 유형을 지닌 일련의 작품이 눈에 띈다. 이에 이들을 속요의 그것과 견주어 살펴보기로 한다.

석초는 〈바라춤〉 해설에서 "가야금산조와 〈청산별곡〉이 나로 하여금 우연히 〈바라춤 서사〉를 제작케 하였다"[26]고 언급함으로써 속요, 특히 〈청산별곡〉과의 친연성을 밝힌 바 있다. 〈서사〉는 시집 『바라춤』의 머리에 얹힌 시로서, 제목 그대로 장시 〈바라춤〉의 '서사' 역할을 한다.

> 묻히리란다. 靑山에 묻히리란다.
> 靑山이야 변할이 없어라.
> 내몸 언제나 꺾이지 않을 無垢한
> 꽂 이언만,
> 깊은 절 속에, 덧없이 시들어 지느니
> 생각하면, 갈갈이 찢어지는 내 맘
> 서러 어찌 하리라.
>
> －〈서사〉 1연[27]

---

26 신석초, 『바라춤』, 통문관, 1959, 16쪽.

27 신석초, 앞의 시집, 7쪽.

전체 11연 중 첫 연을 인용하였다. 1행 '묻히리란다. 청산에 묻히리란다.'는 가히 속요 〈청산별곡〉 1연 1·2행의 '살어리 살어리랏다 / 청산(靑山)애 살어리랏다' 구절과 그 형식이 거의 같다. 이 시작 구는 이후 2연과 마지막 11연에서도 반복적으로 이어진다. 더하여 3연 1행의 '숨으리, 잠긴 뜰 안에 숨으리란다.'에서도 똑같은 통사구조를 보인다.

3연에 계속되는 4·5행 '괼데도 필데도 없이 나는 우니노라. / 혼자서 우니노라.'는 〈청산별곡〉 5연 3·4행의 '믜리도 괴리도 업시 / 마자셔 우니노라' 구절과 거의 비슷한 구조를 지녔다. 4연 1·2행의 '낮이란 구름山에 자고 일어 우니노라. / 밤이란 깊고 깊은 지대방에 잠못이뤄하노라.'는 〈청산별곡〉 4연 '이링공뎌링공 ᄒᆞ야 / 나즈란 디내와손뎌 / 오리도 가리도 업슨 / 바므란 또 엇디 호리라' 구절과 2연 3·4행 '널라와 시름 한 나도 / 자고 니러 우니노라'의 구조를 복합 변용하였다. 8연 4·5행의 '괴론 이밤을 고이 새우고저. / 괴론 이밤을 고이 새우고저.' 또한 예의 〈청산별곡〉 4연과 비슷한 구조를 갖는다.

이 작품은 〈청산별곡〉의 차용에만 그치지 않는다. 3연 6·7행 '아아, 정막한 누리ㅅ 속에 내홀로 / 여는 맘을 어찌 하리라.'는 〈동동〉 정월령 3·4행의 '누릿 가온ᄃᆡ 나곤 / 몸하 ᄒᆞ올로 녈셔' 구절과 비슷하다. 5연 1행의 '아아, 오경(五更)밤 깊은 절은 하마 이슷 하여이다.'는 〈정과정〉 2행의 '山졉동새 난 이슷ᄒᆞ요이다' 구절을 변용하였다. 그 밖에도 부분적으로 속요의 통사구조와 닮은 대목들이 여럿 눈에 띈다.

〈바라춤〉[28]에서는 형식면에서 속요와의 친연성이 정작 〈서사〉만큼 두드러지지는 않는다. 이는 앞 〈서사〉를 36연의 장시로 확장한 작품으

28 신석초, 앞의 시집, 17~56쪽.

로 볼 수 있다. 이 장편화 과정에서 디테일에 치중하다 보니 시 형식이 보다 자유로워졌기 때문이다. 하지만 '靑山'·'접동새'·'두리 둥둥' 등 속요의 시어들을 곳곳에 차용하고 있으며, 더하여 향가 및 시조 구절들까지 읽을 수 있어 그냥 지나칠 수 없다.

2연 1~3행의 '청산(靑山) 깊은 절에 울어 끊인 / 종소리는 하마 이슷하여이다. / 경경히 밝은 달은'에서는 〈청산별곡〉과 〈정과정〉, 그리고 〈만전춘 별사〉의 복합차용 양상을 보인다. 33연의 1행에서도 '청산'을 언급하고 있다. 4연 1행의 '접동새, 우는 접동새야!'는 〈정과정〉의 한 대목을 연상케 하며, 27연 7행의 '접동새! 우는 저 두견(杜鵑)아!'에서도 마찬가지 양상을 보인다. 34연 1·2행의 '둥, 둥, 북이 우노라. / 두리 둥둥, 아침 법고(法鼓)가 우노라.'에서는 〈동동〉의 후렴구 '아으 동동다리'가 바로 연결된다.

석초의 〈십이월 연가〉는 제목에서부터 속요 〈동동〉을 연상시킨다. 이 중 4월령을 들어 그 형식을 살펴본다.

사월 초파일에
뒷절에 현 연등불에
휘황하게 불타는
두 가슴이어라

– 〈십이월 연가〉 4연[29]

이 노래의 정월부터 선달까지 12연 각 4행의 정연한 형식이 속요의 그것을 빼닮았다. 예의 〈동동〉에서 서사부와 후렴구만 빠졌을 뿐, 형태

29 신석초, 『수유동운』, 조광출판사, 1974, 65쪽.

자체가 똑같다. 여기 4월령은 실제 〈동동〉의 2월령 '이월(二月)ㅅ 보로매 / 아으 노피 현 등(燈)ㅅ블다호라 / 만인(萬人) 비취실 / 즈ᅀᅵ샷다' 구절과 흡사하다. 또 2월령 2행의 '남산에 핀 진달래 꽂 같아라'는 〈동동〉 3월령 1·2행의 '삼월(三月) 나며 개(開)ᄒᆞᆫ / 아으 만춘(滿春) ᄃᆞᆯ욋고지여' 구절과 들어맞는다. 그 밖에 6월령에서의 '벼랑'이나 9월령의 '산꽃', 그리고 11월령의 '찬 눈달' 등도 〈동동〉의 시어들과 상통한다.

〈십일월〉도 이와 연계된 작품이다.

오게 우리 못다 푼 원을
말하기 위하여
十一月 봉당 자리에
기다리는 밤은 마냥 긴 때이네

지난해 만나던 자리에
마지막 꽃도 피어 가고
찬 산 허리를 슬리는 물안개
歲序가 늦는구나

오게 우리 못다 푼 원을
말하기 위하여
十一月 봉당 자리에.

– 〈십일월〉 전문[30]

예의 〈동동〉 내지 앞 〈십이월 연가〉의 11월령을 풀어 변용한 시로서 3연 11행 구조를 지니고 있다. 여기서 〈십이월 연가〉의 해당 대목을

30 신식초, 앞의 시집, 175쪽.

다시 본다.

동짓달 긴 긴 밤에
한 허리 동여 매어
찬 눈달에
서려 누어

－〈십이월 연가〉 11연[31]

작품의 형식 및 시어의 배치가 〈동동〉의 그것과 썩 닮아 있다. 이 시의 3~4행 '찬 눈달에 / 서려 누어' 구절은 〈동동〉 11월령의 1~2행 '십일월(十一月)ㅅ 봉당 자리예 / 아으 한삼(汗衫) 두퍼 누워' 구절의 간결한 변용이다. 속요에 계속 이어지는 3~4행 '슬홀ㅅ라온뎌 / 고우닐 스싀옴 녈셔' 구절에서 풍기는 비장한 정조는 생략해도 문제가 없으리만치 함축적으로 표현되었다. 한편 황진이 시조를 차용한 대목 또한 눈길을 끄는데, 이는 장을 바꾸어 다시 살피기로 한다.

2) 속요 모티프의 차용

(1) 동동의 경우

〈십이월 연가〉는 〈동동〉을 거의 그대로 빌려 쓴 작품이다. 앞서 살핀 바처럼 형식에서는 물론 내용적 측면에서까지 속요의 그것을 빼닮았다. 이 시의 각 연은 본디 속요에 비해 특정한 세시일을 보다 분명히 밝혔고, 제목에서 명기한 바 연가로서의 특색을 더 잘 드러내었다. 이

31 신석초, 앞의 시집, 69쪽.

시는 각 달마다 세시일과 연정의 모티프가 되는 대상을 좀더 구체적으로, 좀더 애잔하게 그려내고 있다는 점에서 기왕의 〈동동〉과 구별된다. 첫 연의 내용을 보자.

> 정월 대보름에
> 달 뜨는 새 나루에
> 내 그대와 江배를 저어
> 버드나무 숲으로 간다
>
> –〈십이월 연가〉 1연[32]

'정월 대보름 – 달 뜨는 새 나루 – 배 젓기 – 숲으로 감'(정월령)의 구조는 대략 '각 달의 세시일 – 구체적 장소 – 행위의 과정 (또는 원인) – 그 결과'의 도식을 갖고 연마다 되풀이된다. 이는 '이월 한식 – 남산에 핀 진달래 꽃 – 진눈깨비 – 붉고 고운 잎'(2월령)이나 '섣달 그믐날 밤 – 사위는 촛불 – 둘의 어우러짐 – 해여울 건넘'(12월령) 등으로 되풀이된다. 시·공의 배경과 과정 및 결과를 통해 님에 대한 그리움을 차차 높여가면서, 제목으로서 연가(戀歌)의 의미를 잘 드러내었다. 다시 4월령을 본다.

> 사월 초파일에
> 뒷절에 현 연등불에
> 휘황하게 불타는
> 두 가슴이어라
>
> –같은 시 4연[33]

32 신석초, 앞의 시집, 64쪽.

33 신석초, 앞의 시집, 65쪽.

앞서 언급한 바처럼 이는 〈동동〉 2월령 '이월(二月)ㅅ 보로매 / 아으 노피 현 등(燈)ㅅ블다호라 / 만인(萬人) 비취실 / 즈싀샷다' 구절과 내용상 통한다. 그런데 이 시는 전체적으로 정월 대보름·이월 한식·사월 초파일·오월 단오날·유월 유두·칠월 칠석·팔월 추석·구월 구일·섣달 그믐날 등 세시와 관련된 각 달의 특정일을 명기하고 있다.[34] 이 점 〈동동〉의 경우와 다소 차이를 보이는 바, 실제 작품에서는 삼월·시월·동짓달만이 이에서 예외가 된다.

한편 박노준은 이 작품과 관련하여 "민요풍을 그대로 살려서 재창작된 이 시는 요컨대 '비가'가 아니고 밝은 색조의 '상화가(相和歌)'"라 규정짓고, "그러나 그가 새로 내놓은 사랑의 미학은 손에 잡히지 않는 추상적·관념적으로 조직되어 있는 것이 흠"이라고 평하였다.[35]

〈십일월〉은 〈동동〉 내지 위 〈십이월 연가〉 가운데 11월령의 모티프와 제재를 확대해놓은 작품이다. 1연의 3~4연 '십일월(十一月) 봉당 자리에 / 기다리는 밤은 마냥 긴' 정황은 속요에서의 그것과 거의 같다. 2연에서 2행의 '마지막 꽃'은 〈동동〉 3월령을, 4행의 '세서(歲序)가 늦는구나'는 〈동동〉 9월령을 연상시킨다. 마지막 3연 1행의 '우리 못다 푼 원'은 그리움에도 불구하고 님과 만나지 못하는, 〈동동〉 전편에 흐르는 한원(恨怨)과 통하고 있다.

한편 〈처용은 말한다〉에서의 '사월 초파일 황룡사 높이 현 / 연등불

---

34 여기서 세시나 월령은 특정한 의미를 담아 쓴 것이 아니다. 글의 전개에 있어 'O월령'은 단순히 O월을 노래한 연의 의미로, '세시일'은 각 달에 낀 명절의 의미로 사용되고 있다. 한편 월령체와 달거리의 엄격한 의미 구분은 임기중의 논문이 도움이 된다(임기중, 「동동과 십이월상사」, 『고전시가의 실증적 연구』, 동국대 출판부, 1992).

35 박노준, 「속요, 그 현대시로의 변용」, 앞의 책, 299쪽.

도 무색 하구나'(3장 3연 6~7행)나 '저며 논 보룻 다운 몸뚱아리,'(3장 5연 4행) 구절 또한 〈동동〉을 차용하였다. 〈처용 무가〉의 4연 3~5행 '저며 논 보룻 같은 살갗이 / 역신(疫神)의 손에 문드러 지던 때 / 내 가슴에 석류알이 쏟아 졌나니'가 〈동동〉의 구절에 설화 대목을 합친 표현임은 앞서 밝힌 바 있다. 그 밖에도 시인은 〈동동〉의 모티프를 〈서사〉나 〈바라춤〉 등에서 거듭 되풀이하고 있어, 이 작품을 대하는 간단치 않은 애정을 보여주었다.

(2) 정과정의 경우

〈백조의 꿈〉은 〈정과정〉을 차용한 시이다.

> 내, 언제나, 물을 그리여워
> 못에 들어 살아 여너니,
> 저어, 동산 깊은 수풀은
> 하마, 이슷 하여이다.
>
> 남이 아니 괴여준다 한들,
> 남이 아니 괴여준다 한들,
> 내, 그를 슬허타 하리.
> 내, 그를 어찌타 하리.
>
> – 〈백조의 꿈〉 1·2연[36]

이 작품은 부제에서 '정과정곡을 본따서'라 명기하여 속요와의 친연성을 시인 스스로 밝혔다. 1연은 〈정과정〉 1·2행의 '내 님을 그리ᄉᆞ와

36 신석초, 앞의 시집, 167~168쪽.

우니다니 / 산(山)졉동새 난 이슷ᄒᆞ요이다' 구절과 닮아 있고, 2연은 〈정과정〉 9~11행의 '술읏븐뎌 아으 / 니미 나를 ᄒᆞ마 니ᄌᆞ시니잇가 / 아소 님하 도람 드르샤 괴오쇼셔' 구절을 연상시킨다. 시는 전 4연으로서 각 4·4·5·4행 구조를 이루고 있지만, 표현과 시상에 있어 〈정과정〉의 그것을 본떴음을 알 수 있다. 시인이 의식적으로 속요의 제목을 빌려 부제로 쓴 것이다.

(3) 처용가의 경우

처용 연작의 경우는 앞서 향가와의 연계에서 이미 검토한 바 있다. 하지만 처용은 자체로서 신라와 고려를 거쳐 조선까지 맥을 이어 왔다. 실제로 석초의 시에서 〈동경 밝은 달〉과 〈미녀에게〉는 『삼국유사』 설화의 신라 때로 한정할 수 있지만, 〈처용 무가〉나 〈처용은 말한다〉에 이르면 사정이 달라진다.

〈처용 무가〉 2연에서는 『악학궤범』의 곡명을 열거한 후 이어 '계면(界面) 돌음으로 / 만두 삽화(滿頭揷花) / 칠보홍의(七寶紅衣) / 오방처용(五方處容)' 구절을 썼는데, 이는 속요 〈처용가〉를 차용한 사례가 된다. '네 참아라 꽃아 도리(桃李)야 / 휘졌지 마라 / 역신이야 처용 탈만 보면 / 줄행랑이어라'(7연)와 '천리를 가리러, 만리를 가리러, / 속거 천리(速去千里)하라 / 산이여 내여 길 열어라'(8연 1~3행) 및 '길 밝혀라 처용아 / 열 두 나라 지은이들 / 장락태평(長樂太平) 하랐다'(10연) 등은 모두 속요의 그것을 변용한 대목이 된다.

〈처용은 말한다〉에서의 '머리 그득히 꽃 꽂아 밝은 모양에 / 수삼(袖衫) 드리워 늘씬한 몸매에 / 애인 상견하여 윤나는 눈에 / 산상(山相) 이슥한 긴 눈썹에 / 홍도화 같이 붉은 입술에 / 백옥 같이 흰 이빨에 / 칠보(七寶) 느리어 수긋한 어깨에 / 지혜 가득하여 풍만한 가슴에'(2장 6연 1~8행) 대목 또한 속요 〈처용가〉를 거의 그대로 빌려 썼다. '열병신(熱病神)에게야 횟갓 이어라'(3장 7연 10행)에서도 사정은 마찬가지이다. 다만 여기서는 원 노래와 달리 횟갓의 대상으로서 열병신이 아니라, 역으로 그 주체가 된다는 점에서 이채를 띤다. 처용의 슬픈 자화상을 덧칠해주는 대목이 된다.

(4) 그 밖의 경우

석초의 시 〈이상곡〉[37]은 내용상 단풍의 아름다움을 그리고 있지만, 제목만큼은 속요를 본떠 그대로 '서리 밟는' 이상곡(履霜曲)을 차용하였다. 전 5연 구조로 속요에서의 형식과는 달라졌지만, 시어로서 서리가 거푸 등장하면서 전체 시의 정조를 속요의 그것과 가깝게 이끌고 있다. 특히 '서릿바람은 불어와서'(2연 3행, 5연 2행)나 '서릿발 서걱이며 / 밟고 지내감이여'(3연 5~6행)의 구절은 제목의 의미를 그대로 풀어 보여줌으로써 눈길을 끈다.

그 밖에 〈청산별곡〉의 차용 사례는 앞서 살핀 바 있기에 여기서는 줄인다. 다만 〈바라춤〉 2연 1~3행의 '청산(靑山) 깊은 절에 울어 끊인 / 종소리는 하마 이슷 하여이다. / 경경히 밝은 달은'에서 〈청산별곡〉과 〈정과정〉, 그리고 〈만전춘 별사〉의 복합차용 양상을 보인다는 점은 여기서 다시 한 번 언급하고 이를 매듭짓는다.

---

37 『신석초 윤곤강 외』(한국시문학대계 10), 지식산업사, 1984, 64~65쪽.

6. 시조의 변용양상

시조는 우리 시가문학사에서 가장 돋보이는 장르이다. 한문학이 모든 영역의 중심을 차지하고 있는 문화적 정황에서도 시조는 그 빛을 잃지 않았다. 짧게 다듬어진 시형에 내면의 정서를 새롭게 담아내면서도 고도의 완결성을 지녔기 때문이다. 민족문화에 대한 철저한 자기인식과 이를 받쳐줄 양식의 완성이 나은 결과이다. 신석초의 시조에 대한 애정도 여기에 기반하고 있다. 이에 석초의 시 가운데 시조와 긴밀한 연계성을 지닌 작품들을 들어 이를 견주어본다.

1) 시조 형식의 전승

석초는 이미 〈바라춤〉 해설에서 시조에 대한 애정을 과시한 바 있다. 시인은 이 점과 관련하여 "나는 이 시편을 구성함에 있어 어느덧 시조가 갖는 운율 혹은 그에 가까운 것에 이끌리어 갔다. 어느 곳에서는 문득 내가 암송하였던 고시조가 잠재의식과 같이 떠올라서, 그대로 옮겨 쓴 것이 더러 있다"[38]고 언급하였다. 시인의 술회처럼 이 작품 곳곳에는 옛시조의 형식과 내용을 빌려 쓴 것들이 드러난다.

〈바라춤〉의 아래 구절은 시인의 이러한 면모를 유감없이 드러내고 있다.

梨花 흰 달 아래
밤도 이미 三更인제,

---

38 신석초, 「〈바라춤〉 해설」, 『바라춤』, 통문관, 1959, 16쪽.

僧房에 홀로 누워
잠을 이루지 못 하나니,
시름도 병인양 하여
내 못잊어 하노라.

– 〈바라춤〉 5연[39]

시조 3장 구조를 6행으로 나눠놓았을 뿐, 이조년의 〈다정가〉를 형식과 내용 양면에서 거의 그대로 받아들였다. 나아가 이 시 4연 6행의 '남의 애를 끊느니'에서는 이순신의 〈우국가〉를 떠올리게 된다. 또 27연 10·11행의 '두견(杜鵑)아! 네가 어이 남의 애를 / 끊느니'에서도 같은 양상을 보인다.

〈십이월 연가〉의 11월령에 황진이의 시조 구절이 거의 그대로 쓰였음은 앞서 밝힌 바 있지만, 논의 전개상 다시 인용한다.

동짓달 긴 긴 밤에
한 허리 동여 매어
찬 눈달에
서려 누어

– 〈십이월 연가〉 11연[40]

여기서 눈여겨 볼 대목은 1~2행의 '동짓달 긴 긴 밤에 / 한 허리 동여 매어' 구절이다. 바로 황진이 시조 '동지(冬至)달 기나긴 밤을 한 허리를 버혀 내어'의 대목을 원시에 가깝게 빌려 썼다. 앞서 석초가 고전

39 신석초, 『바라춤』, 통문관, 1959, 21~22쪽.
40 신석초, 『수유동운』, 조광출판사, 1974, 69쪽.

의 세례를 받은 시인이라 했는데, 여기서 향가·속요를 넘어 시조의 그것까지 섭렵하여 작품에 녹여내고 있음을 여실히 보여준다.

한편 석초 시 가운데는 내용과 별개로 형식적 측면에서 시조의 양식을 일정 부분 변용하여 쓴 작품이 여럿 나타난다.

그 가운데 먼저 〈두견〉을 본다.

꽃 지는 山바닥에
杜鵑이 운다.

杜鵑이 울음 속에
물소리 흐른다.

으스름 달빛 아래
사람은 잠들고,
나만, 홀로 앉아, 듣는다.

– 〈두견〉 전문[41]

전 3연 구성이지만, 시조의 초·중·종 3장 형식에 맞물린다. 마지막 3연의 자수가 늘어났지만 현대시조 양식에 비교적 잘 들어맞는다. '꽃'·'산'·'두견'·'물소리'·'달빛' 등이 어우러지면서 고즈넉한 분위기가 옛 시조의 아취를 자아낸다.

여기서 〈춘설〉을 보자.

봄은 오려 하건만

41 신석초, 『바라춤』, 통문관, 1959, 209~210쪽.

때아닌 미친 風雪이
江山에 불더라

歲月이 이리도
괴이쩍거늘
꽃은 언제 피려니

앙커나 올 봄이면
끌지 말고 온들 어떠리

－〈춘설〉 전문[42]

앞 〈두견〉과 마찬가지로 현대시조의 구조를 의식한 듯하지만, 음보가 늘어나면서 전체적으로 호흡이 촉급해졌다. 시조 양식의 변용으로 볼 수 있는 바, 시인이 취한 실험의 일환으로 받아들일 수 있다. 시류를 비판하면서 내심 걱정에 차 있는 내용을 담은 작품이다.

이런 양상은 다른 작품에서도 계속 이어진다. 다시 〈낙화〉를 보자.

어제 밤, 비바람에
온갖 꽃이 다 지는다,

꽃잎이 펄펄 날아
가뜩 내 뜰을 덮는다.

꽃잎이 지기로서니,
세월을 탓하랴.

낙환들, 꽃이 아니랴,

---

42 『시 바라춤』(신석초 문학전집 1), 융성출판, 1985, 104쪽.

쓸어 무삼 하랴.
놓고 보려 하노라.

－〈낙화〉 전문[43]

앞선 작품들과 달리 4연 구성으로 이루어졌다. 이 시의 구조는 두 방향으로 분석할 수 있다. 하나는 1·2·3연이 각기 초·중·종장의 구조를 대신하고, 다시 4연이 시 전체를 크게 마무리하는 변형시조 형식으로 보는 것이다. 다른 하나는 2·3연을 내용상 같은 층위로 묶어 의미상 1(초) / 2·3(중) / 4(종장)의 3장 구조로 다시 볼 수 있다. 특히 마지막 4연은 길어지긴 했을망정 예의 시조 종장 구조를 훌륭하게 대신하고 있다.

이렇듯 석초의 시조형식 변용은 다채로운 실험과 함께, 시조양식이 이 시대에도 훌륭하게 통용될 수 있음을 그의 시작(詩作)을 통해 직접 증명해보였다. 정리하자면 그의 시조 형식 수용은 〈두견〉→〈춘설〉→〈낙화〉를 통해 점진적으로 변용의 단계를 더해간 것으로 해석할 수 있다.

그런가 하면 석초 시 가운데 민요 형식을 전승한 것으로 보이는 작품이 있어 눈길을 끈다. 여기서 〈산하〉를 보자.

一月에는 북쪽 테러가 오고
二月에는 어설픈 진눈개비가 내렸다
三月에는 蒙古風이 불어오고
四月에는 꽃비가 내리나니

三月에는 臨津江이 풀리고
四月에는 살구꽃비가 내리나니

43 신석초, 앞의 시집, 207~208쪽.

四月에는 산에산에 연분홍빛 진달래 꽃물이 드나니

두 동강 난 땅이여.
부르면 메아리지는
山河여.

– 〈산하〉 전문[44]

숫자요의 형식을 빌려 분단의 아픔을 절절이 노래한 작품이다. 이 시는 조용훈이 논급한 바처럼 민요 형식을 취하면서도 마지막 3연은 시조 종장 형식으로 처리하였다.[45] 시인의 고전을 향한 관심에 또 다른 영역을 하나 덧보탤 수 있는 독특한 작품이 된다.

2) 시조 모티프의 차용

여기서는 앞서 형식적 측면에서 검토한 바 있는 작품들을 다시 논한다. 〈바라춤〉 5연은 이조년의 〈다정가〉를 형식과 내용 양면에서 거의 그대로 받아들이고 있다. '이화'·'흰 달'·'삼경'·'승방'이 한데 어우러져 애상감을 더해줌도 원 시조와 마찬가지이다. '다정' 대신 '시름'이 쓰였지만, 님을 향한 간절한 그리움은 매 한가지이다. 참고로 이조년의 원 시조를 대조해본다.

梨花에 月白ᄒᆞ고 銀漢이 三更인제
一枝春心을 子規야 알아마마ᄂᆞᆫ

44 『신석초 윤곤강 외』(한국시문학대계 10), 지식산업사, 1984, 59쪽.
45 조용훈, 앞의 책, 117쪽.

多情도 病인양ᄒᆞ야 잠못드러 ᄒᆞ노라

－〈청구영언〉

다시 〈바라춤〉 4연 6행의 '남의 애를 끊느니'에서는 이순신의 〈우국가〉를 떠올리게 된다. 장군의 경우야 우국충정을 드러낸 반면 석초는 개인적인 수심을 담아낸 구절이지만, 창자가 끊어지는 아픔에 비유한 대목이 서로 맞걸린다. 또 27연 10·11행의 '두견(杜鵑)아! 네가 어이 남의 애를 / 끊느니'에서도 비슷한 양상을 보인다. 이순신의 원 시조는 아래와 같다.

閑山셤 ᄃᆞᆯᄇᆞᆯ근밤의 戍樓에 혼자안자
큰칼 녀픠ᄎᆞ고 기픈시ᄅᆞᆷ ᄒᆞᄂᆞᆫ적의
어듸셔 一聲胡笳ᄂᆞᆫ ᄂᆞᆷ의애ᄅᆞᆯ 긋ᄂᆞ니

－〈청구영언〉

〈십이월 상사〉의 11월령 1·2행 '동짓달 긴 긴 밤에 / 한 허리 동여매어' 대목은 황진이의 시조 구절이 거의 그대로 드러난다. 기다림과 고독의 정서는 황진이나 석초의 경우 모두 절절하다. 특히 기녀시조에 고려 속요의 전통이 잘 이어졌다고 보았을 때, 석초의 이 시 대목에서 시조와 속요 구절이 서로 만나고 있음은 그리 놀라운 일도 아니다. 황진이의 원 시조를 든다.

冬至ᄃᆞᆯ 기내긴밤을 ᄒᆞᆫ허리를 둘의내여
春風 니불안ᄒᆡ 서리서리 너어ᄯᅡ가
님계셔 오오신밤이 구뷔구뷔 펴리라

－〈청구영언〉

7. 석초가 이룬 전통계승의 실상

신석초는 동양과 서양, 고전과 현대의 양극을 넘나들면서도, 그 괴리를 고민하기보다는 오히려 융화에 노력하고 일정한 성과를 이룬 시인이다. 그에게는 온갖 사유와 사조가 자유롭게 녹아든 바, 시작(詩作)을 통해 이를 생생하게 보여주었다. 〈처용은 말한다〉가 그러하고, 〈바라춤〉이 또한 그러하다.

석초는 또 시 해설이나 제목, 부제 등에서 향가나 속요, 시조를 직·간접으로 차용하고 있다. 실제 작업에 있어 고전의 단순 차용이 아닌 창조적 재해석이 가치를 더해준다. 이 점 시인의 문학적 성취에 물음표를 달 수 있는 대목이기도 하지만, 다른 측면으로는 의식·무의식 속에 투영된 고전 사랑으로 해석할 여지가 있다.

향가에 대한 시인의 관심은 〈동경 밝은 달〉과 〈가야금별곡〉에서 잘 드러난다. 다시 『처용은 말한다』에서는 표제작 외에 〈처용 무가〉와 〈미녀에게〉를 같이 실어 별도시집으로 간행함으로써 처용에 대한 각별한 애정을 내보였다. 여기서 그는 신격이 아닌, 무기력과 소외감, 그리고 연민에 가득 차 있는 인간 처용을 그려내는 데 성공하였다.

〈청산별곡〉의 구절을 본딴 〈서사〉, 〈정과정〉을 본딴 〈백조의 꿈〉, 그리고 여러 노래를 부분 차용한 〈바라춤〉 등은 속요를 변용한 작품들이다. 〈십이월 연가〉와 〈십일월〉은 〈동동〉을 본으로 삼아 썼다. 〈이상곡〉에서는 속요의 제목을 빌려 썼다. 다른 한편 〈바라춤〉에서의 이조년, 이순신의 시조나 〈십이월 연가〉에서의 황진이 시조 차용은 시인의 시조 사랑을 웅변한다.

한편 석초의 시는 향가·속요·시조 등 고전시가의 변용 외에도 자체적으로 작품끼리 넘나드는 양상을 보인다. 향가를 차용한 작품들 중에서는 처용 연작에서 쉽게 찾아볼 수 있다. 〈미녀에게〉와 〈처용은 말한다〉는 '그리운 그대, 꽃같은 그대 / 끌어안은 두 팔 안에 꿀처럼 달고 / 비단처럼 고웁던 그대'의 구절을 공유하고 있으며, 〈미녀에게〉와 〈처용은 말한다〉 및 〈처용 무가〉에서도 '저며논 보릇 같은 살갗이 / 역신(疫神)의 손에 문드러 지던 때 / 내 가슴에 석류알이 쏟아 졌나니'의 대목이 비슷한 표현으로 거듭되었다.

속요를 차용한 작품들 중에서는 앞서 살핀 〈서사〉와 〈바라춤〉의 관계가 그러하고, 〈십일월〉과 〈십이월 연가〉 또한 그러하다. 〈서사〉는 그대로 〈바라춤〉의 서사 구실을 하고 있으며, 〈십일월〉은 〈십이월 연가〉의 11월 연만을 따로 떼어 확장 부연한 것으로 볼 수 있기 때문이다. 이처럼 석초의 시는 고전의 현대적 변용에 더하여, 자신의 작품 내에서도 반복과 확대 및 변주를 거듭하였다. 이러한 작업은 한편으로 독자와의 지속적인 소통을 염두에 둔 시인의 의도로 해석할 수 있다.

고전의 현대화 내지 전통계승의 의미를 매김하려면 현재적 관점에서 그 지향점을 제시해야 한다. 그리고 그 결과가 뚜렷하게 의미를 드러내야 한다. 그런 점에서 고전의 변용에 온전한 성공을 거둔 석초의 작업은 '처용'과 '동동', '청산별곡' 등에 치우쳐 있다. 나머지 경우 변용보다는 수용에 머물렀던 점이 한계라 할 수 있다. 하지만 우리 현대시사에서 고전의 변용에 가장 먼저 눈길을 돌리고 일전한 성과를 낸 첫 시인이라는 영예는 온전히 그의 몫으로 돌아간다.

— 이 글은 『한국시가연구』 제24집, 한국시가학회, 2008에 실린 글을 수정·보완한 것임.

고전시가의 문화콘텐츠 소재로의 활용 사례 분석

-고려가요 〈쌍화점〉의 영화화를 중심으로-

◉

최선경 · 길태숙

1. 들어가는 말

고려가요 〈쌍화점〉은 직설적인 표현의 노랫말, 연행 관련 기록에서 보이는 성적 문란함, 조선시대 유학자들로부터 받은 '남녀상열지사'라는 비판적 평어 등으로 인해 외설적이고 음란한 가요의 대표작으로 인식되어 왔다. 남녀 간의 애정을 노래했다는 이유로 조선시대에 '남녀상열지사'로 비난을 받은 〈만전춘〉, 〈서경별곡〉, 〈정읍사〉 등의 여타 고려가요와 비교해 보았을 때도 〈쌍화점〉에 대한 대중의 이미지는 더 외설 쪽으로 기울어진 듯 보인다. 2008년 개봉한 유하 감독의 영화 〈쌍화점〉은 고려가요 〈쌍화점〉에 대한 대중들의 이 같은 이해에 기대어 창작된 영화이다.

고려가요 〈쌍화점〉은 『악장가사』, 『악학편고』에 우리말 노랫말이,

『대악후보』에 우리말 노랫말과 악보가 함께 전하며, 『고려사』 악지, 『고려사절요』, 『급암선생시집』에는 〈쌍화점〉의 2장과 동일한 노랫말의 한시 〈삼장〉이 수록되어 있다. 또한 『시용향악보』에는 〈쌍화곡〉이라는 제목의 한문가사가, 김만중의 『서포집』에는 〈삼장〉이란 제목의 악부가 실려 전한다. 한편 『성종실록』 권240, 주세붕의 『무릉잡고』, 이황의 『퇴계선생문집』 등에도 〈쌍화점〉에 대한 비판적 견해와 함께 관련 기록이 보인다. 여러 문헌에 다양한 모습으로 등장하는 〈쌍화점〉과 〈쌍화점〉에 대한 기록은 노래에 대한 긍·부정적 가치 평가를 떠나 이 노래가 오랜 기간 많은 사람의 사랑을 받으며 전승되어 온 노래였음을 짐작케 해준다. 고려시대에 창작되어 궁중악으로 향유되었으며, 조선시대에 들어서도 논란이 분분한 가운데 궁중음악으로 즐겨 향유된 노래가 바로 〈쌍화점〉이다. 〈쌍화점〉의 이러한 생명력은 현대에도 이어져 적지 않은 개작, 패러디 시들이 창작되었으며 동명의 소설, 영화 등으로 재탄생되고 있다.[1]

영화 〈쌍화점(A Frozen Flower)〉은 유하 감독이 연출과 각본 작업을 겸한 영화로 사랑을 둘러싼 인간의 욕망을 매우 적나라하게 표현해 낸 작품이다. '격정의 고려, 금기의 기록 쌍화점, 금기의 사랑이 역사를 뒤흔든다!'라는 문구로 홍보되어 2009년 공식통계 기준 3백3십만 명의 관객 수를 기록하고 박스오피스 9위를 차지한[2], 그러나 관객의 호

1 〈쌍화점〉의 현대적 변용에 대한 더 자세한 논의는 하경숙, 「고려가요 〈쌍화점〉의 후대전승과 현대적 변용, 『온지논총』 31집, 온지학회, 2012, 315~346쪽 참조.

2 영화진흥위원회, 연도별 박스오피스 http://www.kobis.or.kr/kobis/business/stat/offc/findYearlyBoxOfficeList.do?loadEnd=0&searchType=search&sSearchYearFrom=2009&sMultiMovieYn=&sRepNationCd=

불호가 확실하게 구분되었던 영화이다. 영화는 역사서의 공민왕대 기록을 바탕으로 그간 금기시되어 온 '동성애'와 '불륜', '관음' 등을 과감하게 다루었으며, 사랑으로 얽힌 세 남녀의 갈등과 '욕망', '집착', '질투', '증오', '배반' 등 사랑에 동반하는 복합적 감정과 그로 인한 파멸의 과정을 중점적으로 그리고 있다.

이 논문은 고전 작품에 대한 이해와 그에 대한 대중의 이미지의 활용이라는 측면에서 유하 감독의 영화 〈쌍화점〉을 분석함으로써 고전문학의 현대적 콘텐츠 활용 및 변용의 가능성을 모색해 보고자 하는 목적을 갖는다. 고전 문학을 매체와 장르를 달리한 현대 문화 콘텐츠의 소스로 활용할 때에는 고전 문학 작품에 대한 이해뿐만 아니라 현대적 콘텐츠를 향유하는 대중과의 소통을 기반으로 해야[3] 하기 때문이다. 그런 점에서 고전 작품에 대한 이해 및 대중의 이미지의 활용이라는 측면에서 작품을 분석하는 본 연구는 고전 문학의 현대적 콘텐츠로서의 변용과 그 의미에 대한 분석이자 활용의 다양성 모색이라는 점에서 의미를 갖는다.

2. 고려가요 〈쌍화점〉에 대한 문학적 해석

고려가요 〈쌍화점〉은 전체 4연으로 구성된 노래로 『악장가사』에 노랫말이 수록되어 있다.

3 함복희, 「고전문학의 문화콘텐츠화」, 『어문논집』 46, 중앙어문학회, 2011, 91~120쪽.

雙花店에 雙花 사라 가고신ᄃᆡᆫ
回回아비 내 손모글 주여이다
이 말ᄉᆞᆷ미 이 店 밧긔 나명들명
다로러 거디러
죠고맛감 삿기광대 네 마리라 호리라
더러둥셩 다리러 디러 다리러 디러
다로러 거디러 다로러
긔 자리예 나도 자라 가리라
위 위 다로러 거디러 다로러
긔 잔 ᄃᆡ ᄀᆞ티 덦거츠니 업다

三藏寺애 브를 혀라 가고신ᄃᆡᆫ
그 뎔 社主ㅣ 내 손모글 주여이다
이 말ᄉᆞ미 이 뎔 밧긔 나명들명
다로러 거디러
죠고맛간 삿기上座ㅣ 네 마리라 호리라
더러둥셩 다리러 디러 다리러 디러
다로러 거디러 다로러
긔 자리예 나도 자라 가리라
위 위 다로러 거디러 다로러
긔 잔 ᄃᆡ ᄀᆞ티 덦거츠니 업다

드레 우므레 므를 길라 가고신ᄃᆡᆫ
우뭇龍이 내 손모글 주여이다
이 말ᄉᆞ미 이 우믈 밧ᄭᅴ 나명들명
다로러 거디러
죠고맛간 드레바가 네 마리라 호리라
더러둥셩 다리러 디러 다리러 디러
다로러 거디러 다로러

> 긔 자리예 나도 자라 가리라
> 위 위 다로러 거디러 다로러
> 긔 잔 ᄃᆡ ᄀᆞ티 덦거츠니 업다
>
> 술 ᄑᆞᆯ 지븨 수를 사라 가고신ᄃᆡᆫ
> 그 짓 아비 내 손모글 주여이다
> 이 말ᄉᆞ미 이 집 밧ᄭᅴ 나명들명
> 다로러 거디러
> 죠고맛간 싀구비가 네 마리라 호리라
> 더러둥셩 다리러 디러 다리러 디러
> 다로러 거디러 다로러
> 긔 자리예 나도 자라 가리라
> 위 위 다로러 거디러 다로러
> 긔 잔 ᄃᆡ ᄀᆞ티 덦거츠니 업다
>
> – 〈쌍화점(雙花店)〉

그간 〈쌍화점〉에 대한 연구는 『악장가사』, 『대악후보』 등에 실려 전하는 노랫말과 『고려사』 악지 속악조의 기록을 근거로, 작품의 주제에서부터 작자, 공연형태, 〈삼장〉, 〈사룡〉과의 관계[4], 후대적 변용[5]에 이르기까지 다기하게 이루어져 왔다. 〈쌍화점〉에 대한 전반적인 연구사 검토는 미루어 두고, 노래에 대한 문학적 해석을 중심으로 이제까지

---

4 임주탁, 「〈삼장〉, 〈사룡〉의 생성 문맥과 함의」, 『한국시가연구』 16, 한국시가학회, 2004, 121~152쪽.
김영수, 「삼장·사룡 연구 재고」, 『국문학논집』 17, 단국대학교 국어국문학회, 2000, 131~154쪽.

5 하경숙, 「고려가요 〈쌍화점〉의 후대전승과 현대적 변용」, 『온지논총』 31, 온지학회, 2012, 315~346쪽.

진행되어 온 논의를 정리해 보면 크게 세 가지 정도의 해석으로 대별해 볼 수 있다. 첫째는 노랫말에 주목하여 〈쌍화점〉을 음란한 노래이자 여성의 성적 욕망을 솔직하게 표현한 노래로 보는 견해이고, 둘째는 〈쌍화점〉과 밀접한 관계가 있는 것으로 보이는 〈삼장〉, 〈사룡〉 관련 문헌 기록에 주목하여 〈쌍화점〉을 근거 없는 소문에 대한 일축과 경계를 나타낸 노래로 본 견해이며, 셋째는 〈쌍화점〉 창작 배경과 연행 관련 기록에 주목하여 〈쌍화점〉을 고려 말의 사회, 정치적 상황 속에서 의도적으로 창작된 궁중악으로 보거나 당시 사회상을 비판, 풍자한 노래로 보는 견해이다. 마지막 구의 "덦거츠니 업다"를 제외하면 비교적 어석에 쟁점이 적은 노래임에도 불구하고 이처럼 다양한 문학적 해석이 전개되어 온 것은 다양한 상상을 가능하게 하는 노랫말과 그 짜임, 관련 기록과 노래의 관계에 대한 해석의 다양성에서 비롯된 것이라 할 수 있다. 대표 연구를 중심으로 각 견해를 개관해 보면 다음과 같다.

먼저 〈쌍화점〉을 성적 욕망을 가감 없이 표출한 음란 가요로 보는 견해는 〈쌍화점〉 연구 초기부터 현재에 이르기까지, 가장 비중 있게 지속적으로 제기되어 왔으며, 관련 연구도 가장 많이 산출되었다. 여증동은 〈쌍화점〉은 "마조히즘적 변태성욕자인 충렬왕의 비위 맞추기에 안간힘을 다하던 오잠의 의도적 소산인 일종 가극"이며, "감각적인 현상에 쾌감을 구하는 극(劇)으로서, 정서적인 것과는 아예 차원을 달리하는 욕정적(欲情的), 음란가극(淫亂歌劇)"[6]이라고 규정하였다. 양희찬은 〈쌍화점〉의 구조 분석을 통해 〈쌍화점〉을 동형반복의 외적 구성

6 여증동, 「〈쌍화점〉 고구(기 삼) - 대본 해석을 중심으로」, 『국어국문학』 53, 국어국문학회, 1971, 348~349쪽.

과 '육욕(肉慾)의 소지(所持) → 육욕의 발로(發露) → 육욕(肉慾)의 행위(行爲) → 육욕의 열락(悅樂)'으로 연결되는 내적 구성을 갖춘 노래로 파악하고 "반복 동형인 각 연에서는 소문이 사실이 아닌 것으로 착각하도록 표면적 장치를 하였지만, 작품 전체 구성에서는 각 연에 한 글감씩 특정한 네 글감을 안배하여 그 소문이 사실인 것으로 역전시키는 이면적 장치를 설치"[7]하여 육정(肉情)을 표출한 남녀상열적 노래라고 주장하였다. 〈쌍화점〉의 구조적 특징에 주목하여 보다 미시적으로 성적 욕망의 표출과 확산 양상을 분석한 황보관은 〈쌍화점〉이 반전의 구조를 통해 남성 주체의 성적 능력을 하찮은 것으로 만들고, 사실적 인물과 장소를 설정하여 성과 관련된 사건을 사실적으로 상상하게 하며, 조흥구의 음성상징을 통해 성적 사건을 암시, 은밀한 성행위가 어린 아이의 이미지를 가진 존재에게 목격되고, 그에 의해 소문이 퍼져나가도록 구성함으로써 성적 흥미와 웃음을 주도록 장치된 노래라고 해석하였다.[8] 이정선은 〈쌍화점〉을 시적 화자와 목격자 간의 대화로 보아 〈쌍화점〉은 성적 욕망의 극단적 상황과 성적 장소가 두 사람의 대화를 통해 공개된 노래이며, 각 연의 시적 화자(동일인물)가 각 연에 등장하는 장소에서 성적 교합을 반복함으로써 성적 충족감을 느끼고, 또 다른 장소에서 새로운 남성과 만날 것을 기대하는, 성적 욕망의 확산과 기대가 담긴 노래라 풀이하였다.[9]

---

7 양희찬, 「〈쌍화점〉의 구조에 대한 재고」, 『국어국문학』 33, 국어국문학회, 1999, 283~302쪽.

8 황보관, 「〈쌍화점〉의 시상구조와 소재의 의미」, 『한국고전연구』 19집, 한국고전연구학회, 2009, 301~326쪽.

9 이정선, 「〈쌍화점〉의 구조를 통해 본 성적 욕망과 그 의미」, 『대동문화연구』 71집, 성균관대학교 대동문화연구원, 2010, 113~141쪽.

한편 〈쌍화점〉을 성적 욕망보다는 헛된 소문의 확산과 이에 대한 경계의 의미를 표현한 노래로 파악한 연구자들은 〈쌍화점〉의 노랫말과 함께 〈쌍화점〉과 관련이 있는 것으로 보이는 〈삼장〉, 〈사룡〉 관련 기록을 결부시켜 해석하였다. 정운채는 〈쌍화점〉을 개작한 서포 김만중의 악부 2수와 〈삼장〉과의 상동성, 〈삼장〉과 『대악후보』 소재 〈쌍화점〉, 『악장가사』 소재 〈쌍화점〉과의 관련성 등을 토대로 〈쌍화점〉을 "뜬소문에 현혹되지 말고 사태의 진실을 마음으로 짐작하라."[10]는 주제의 노래로 보았다. 최철은 "〈쌍화점〉은 여인이 자주 드나드는 곳의 남자 주인이 여자 손님의 손을 잡았다는 소문이 나고, 이를 들은 사람이 '그 자리에 나도 자러 가겠다.'는 마음을 표현하지만 마지막 구절에서 '그 자리같이 지저분한 곳이 없다'는 서술을 통해 그러한 소문이 헛된 것임을 말하고 있는 노래"이며, "〈삼장〉과 〈사룡〉이 근거 없는 소문에 관한 일축인 것과 같이 소문은 근거 없는 것이라 할지라도 여러 사람의 입을 거치면 기정사실화되고, 그러면서 더욱 확대되는데 〈쌍화점〉은 소문의 그런 확대과정을 보여준 후 부정하고 있는 노래"라 하였다.[11]

한편 〈쌍화점〉을 고려 말의 사회, 정치적 상황과 관련시켜 현실 비판 혹은 풍자의 의미를 담은 노래로 해석한 연구로는 정병욱, 임주탁 등의 연구가 있다. 정병욱은 〈쌍화점〉 각 연에 등장하는 인물을 사회 계층의 상징으로 보아 "외국군대와 심령생활을 지도하는 종교계와 모든 인간생활의 권위를 장악하고 있는 궁정과 장삼이사(張三李四)의 서

---

10 정운채, 「〈쌍화점〉의 주제」, 『한국국어교육연구회논문집』 49, 1993, 21~45쪽.
정운채, 「『악장가사』의 〈쌍화점〉과 『시용향악보』의 〈쌍화곡〉과의 관계 및 그 문학사적 의미」, 『인문과학논총』 26집, 건국대학교 인문과학연구소, 1994, 55~78쪽.

11 최철, 『고려국어가요의 해석』, 연세대학교 출판부, 1996, 226~229쪽.

중(庶衆)을 대표하는 주점 등에서 전개되고 있는 혹종의 상태를 주제로 삼되 그 표현을 상징적인 수법으로써 제작한 작품"[12]이라 평하며 〈쌍화점〉은 "간음과 능욕이 횡행하는 그런 상태"[13]를 비판, 풍자한 노래라 주장하였다. 또한 〈쌍화점〉과 밀접한 관련을 보이는 〈삼장〉, 〈사룡〉의 생성 문맥 재구를 통해 노래의 함의를 규명하고자 한 임주탁은, 같은 맥락에서 〈쌍화점〉에 등장하는 화자와 네 부류의 인물들과의 유대 관계를, 충렬왕과 충렬왕 측근 세력으로 부상한 세력 집단과의 유대를 상징하는 것으로 볼 수 있다며, 〈쌍화점〉은 남녀의 애정문제를 다룬 노래가 아니라 이들 집단을 기왕의 세력과 융화시키고 단일한 국가 통합 질서 체계 안으로 포용하고자 하는 의도에서 제작된 대악(大樂) 레퍼토리로 해석해야 한다는 견해를 제시하였다.[14]

3. 역사기록을 바탕으로 한 팩션 영화 〈쌍화점〉

영화 〈쌍화점〉은 '동성애'와 '파격', '금기', '욕망' 등의 선정적 문구, 수려한 외모를 지닌 배우 조인성, 주진모의 몸, 수위 높은 정사신 등을 내세운 영화로, "파멸로 치닫는 치정극을 궁과 결합시킴으로써 그 관능의 매력을 배가"[15]시키려 한 영화 또는 "너무나 익숙한 로맨스 혹은 치정극을 고려라는 시대적 배경으로 옮겨놓았을 뿐", 팩션 영화로서는 "역사의 외연을 좁혀놓은"[16] 영화로 선정성 외에 작품성 면에서는 그리

---

12 정병욱, 『한국고전시가론』, 신구문화사, 2008, 137쪽.

13 위의 책, 138쪽.

14 임주탁, 앞의 논문, 2004, 121~152쪽.

15 안시환, 「섹스에 압도당한 역사의 관능」, 『씨네21』 2009년 1월 22일자.

긍정적인 평가를 받지 못한 작품이다.

영화는 십대 후반의 준수한 왕이 화려한 제복을 입은 36명의 미소년과 마주하여 이야기를 나누는 장면으로 시작한다. 왕이 어린 소년들을 향해 "이 세상에서 으뜸가는 충성이 무엇이냐?"고 묻자 한 소년이(홍림) "전하를 위하여 기꺼이 죽을 수 있는 것이옵니다"라고 대답하는 것으로 영화는 충(忠)을 매개로 맺어진 왕과 홍림의 관계를 조명할 것임을 짐작케 한다.

왕(주진모 분)은 자신의 왕권을 지키기 위해 궁궐 안에 친위부대인 자제위(子弟衛)를 설치한다. 왕은 아내인 원나라 공주 연탑실리(송지효 분)보다 자제위 무사 홍림(조인성 분)과 가깝게 지내며 친밀한 관계를 유지한다. 왕을 시해하려는 세력과 후사 문제를 빌미로 왕을 몰아내려는 원의 간섭이 거세지면서 곤궁에 빠지게 된 왕은 이 모든 문제를 홍림과 왕후를 합궁시켜 후사를 얻는 것으로 해결하려 한다. 그래서 자신이 가장 사랑하는 무사 홍림으로 하여금 왕후와 합궁하게 한다. 그러나 후사를 얻으려는 목적에서 시도된 합궁이 거듭되면서 홍림과 왕후 사이에는 사랑이 싹트게 된다. 왕은 홍림의 마음이 왕후를 향해 가는 것을 느끼며 불안해하고, 홍림과 왕후는 제어할 수 없는 욕망에 괴로워하면서도 급속도로 가까워진다. 두 사람은 서로에 대한 욕망으로 왕의 눈을 피해 사통하는 일이 잦아지게 된다. 왕은 두 사람을 떼어놓으려 하지만 결국 두 사람이 만나 사랑을 나누는 현장을 목격하게 되고, 왕은 홍림을 거세할 것을 명한다. 이후 왕후가 회임한 사실을 알게 된 왕은 회임의 비밀을 알고

16 김기덕, 「팩션 영화의 유형과 대중적 몰입의 문제」, 『역사문화연구』 제34집, 한국외국어대학교, 2009, 488쪽.

있는 자를 모두 죽일 것을 지시한다. 왕을 피해 도망간 홍림은 궁 앞에 효시된 왕후의 머리를 보고 왕이 왕후를 죽인 것으로 오해하고 궁으로 들어와 왕과 대결하다 결국 왕을 죽이고 자신도 죽는다.

영화 〈쌍화점〉은 『고려사』의 기록을 바탕으로 제작된 영화로, 역사적 사실(fact)과 허구(fiction)가 결합된 팩션(faction)이다. 영화 〈쌍화점〉은 주인공인 홍림이 소속된 건룡위에 대해 "원나라의 지배를 받던 고려 말기, 약관의 젊은 왕은 측근 사대부들의 자제들 중에서 서른여섯 명의 미동들을 선발하였다. 왕은 그들을 자신의 정예로운 친위부대로 키우기 위해 궁에 살게 하였으며 항상 곁에 두고 총애하였다. 그들의 이름은 건룡위였다."라는 텍스트 화면으로 설명하면서 이 영화가 역사 기록을 바탕으로 하고 있음을 내비치고 있다. 감독은 여러 가지 역사적 논쟁을 피하기 위해 영화 속 왕이 공민왕임을 직접 밝히고 있지는 않지만 원나라 공주, 〈천산대렵도〉, 건룡위, 동성애 등 공민왕을 떠올릴 만한 장치들을 영화에 다수 노출시킴으로써 공민왕임을 짐작케 한다. 〈씨네 21〉과 가진 감독의 인터뷰에서도 이러한 사실은 확인된다. "우연히 『고려사절요』를 보다가 공민왕 이야기를 만났다. 고려를 무너뜨리고 새 왕조를 만든 조선에 의해 많이 왜곡되긴 했지만 공민왕은 실제로 트랜스젠더였다. 여장도 하고, 남의 성관계를 엿보기도 했다. 그리고 귀족 자제들을 꾸려서 자제위라는 친위부대를 만들었는데, 그들과 남색을 즐기기도 했다. 결국 공민왕은 홍륜이라는 인물에 의해 난자당해서 죽는다. 거기에서 아이디어가 떠올랐다"[17]며 〈쌍화점〉 창작의 배경을 설명한 바

17 「처음으로 사극 선보인 유하 감독 인터뷰, "이야기의 끝까지 가보고 싶었다"」, 『씨네 21』, 2009년 1월 1일자.

있다. 영화 〈쌍화점〉 착상의 토대가 된 『고려사』 공민왕 21년 겨울 10월의 기사와 『고려사절요』 공민왕 4 갑인 23년(1374) 의 기사를 제시하면 다음과 같다.

■ 공민왕 21년(1372) 임자년, 겨울 10월

초하루 갑술일. 자제위(子弟衛)를 설치해 젊고 용모가 아름다운 자들을 선발해 소속시킨 다음 대언(代言) 김흥경(金興慶)으로 하여금 조직을 총괄하게 했다. 이때 홍륜(洪倫)·한안(韓安)·권진(權瑨)·홍관(洪寬)·노선(盧瑄) 등이 왕의 총애를 받으면서 늘 침소에서 시중을 들었다. 왕이 천성적으로 여색을 좋아하지 않는데다 교합(交合)이 불가능했기 때문에 공주가 살아있을 때에도 동침하는 일이 극히 드물었다.

공주가 죽은 후 비를 여럿 들여다가 별궁에 두었으나 가까이 하지 못하고 밤낮으로 공주만을 애타게 그리워하다가 결국 마음의 병까지 얻었다. 늘 스스로 아낙네 모양으로 화장을 한 후 먼저 젊은 내비(內婢)를 방으로 들어오게 해 보자기로 얼굴을 가리게 하고는 김흥경과 홍륜 등을 불러 음란한 행동을 하게 했다. 왕은 옆방의 문틈으로 그 광경을 훔쳐보다가 음란한 마음이 동하면 곧 홍륜 등을 침실로 들어오게 해 마치 남녀 사이처럼 자신을 음행하게 했다. 하룻밤에 수십 명과 이런 짓을 벌였으므로 다음날 늦게야 자리에서 일어났으며, 혹 마음에 드는 자가 있으면 헤아릴 수 없이 많은 상을 주었다.

왕이 후사가 없음을 걱정한 나머지 홍륜과 한안 등을 시켜 왕비들을 강제로 욕보여 그 사이에서 아들이 생기면 그를 자기 아들로 삼으려 했다. 정비(定妃)·혜비(惠妃)·신비(愼妃)가 죽기로 거부하며 따르지 않자 뒤에 왕이 익비(益妃)의 처소로 가서 김흥경·홍륜·한안 등을 시켜 익비와 통정하게 했다. 익비가 거부하자 왕이 칼을 뽑아 치려고 하니 익비가 겁이 나서 따랐으며 그 이후로 세 사람은 왕의 명령을 빙자해 익비의 처소에 자주 드나들었다.

–『고려사』, 〈세가〉, 공민왕 21년(1372) 임자년[18]

■ 공민왕 23년(1374) 갑인년 9월

갑신일에 환자 최만생(崔萬生)과 행신(幸臣) 홍륜(洪倫) 등이 왕을 시해하였다. 하루 전날에 만생이 왕을 따라 변소에 가서 비밀리에 아뢰기를, "익비가 아기를 밴 지가 벌써 5개월이 되었습니다." 하니, 왕이 기뻐하면서 이르기를, "내가 일찍이 영전을 부탁할 사람이 없음을 염려하였는데, 비가 이미 아기를 배었으니 내가 무슨 근심이 있으랴." 하였다. 조금 후에 묻기를, "누구와 관계하였느냐." 하니, 만생이 아뢰기를, "홍륜이라고 비가 말합니다." 하였다. 왕이 이르기를, "내가 내일 창릉(昌陵)에 배알하고 주정하는 체하면서 홍륜의 무리를 죽여서 입막음을 하겠다. 너도 이 계획을 알고 있으니 마땅히 죽음을 면하지 못할 줄 알아라." 하니, 만생이 두려워하였다. 이날 밤에 만생이 홍륜·권진(權瑨)·홍관(洪寬)·한안(韓安)·노선(盧瑄) 등과 모의하고, 왕이 술에 몹시 취한 것을 틈타서 칼로 찌르고는 부르짖기를, "적이 밖에서 들어왔다." 하였다. 위사(衛士)들은 겁을 내어 떨면서 감히 움직이지 못하고, 재상과 백관들도 변고를 듣고도 오는 사람이 한 사람도 없었다.

–『고려사절요』 제 29권, 공민왕 4, 갑인 23년, 9월

위 기록에는 공민왕이 설치한 친위부대 자제위(子弟衛)에 대한 언급과 함께 공민왕의 성적 취향, 패란(悖亂)함 등이 기술되어 있다.[19] 천성

18 『국역 고려사 : 세가』, 경인문화사, 2008.

19 『고려사』 공민왕 관련 기록의 신빙성 문제는 조선시대부터 꾸준히 제기되어 왔다. 조선후기 실학자 안정복은 그의 저서 『동사강목』에서 위 기록을 언급하며 "공민왕(恭愍王)의 성품이 비록 시기하고 강포하기는 하나 총명하고 과단성이 있는 분이라, 한결같이 혼암 방탕한 임금으로 몰아붙일 수는 없다. 자제위(子弟衛)를 설치하고 궁위(宮闈)를 난행하게 하였다는 등 설은 가당치도 않은 말들이다."며 비판했다. 안정복은 『고려사』, 〈세가〉, 공민왕 21년(1372) 임자년의 위 기록과 『고려사』 〈열전〉, 「조준전」의 "왕이 홍륜(洪倫) 일당을 시켜 강제로 비(妃)들을 욕보이게 하자 조준은 다음과 같이 탄식했다. "사람의 도(道)가 사라졌으니 다시 무슨 말을 하겠는가? 또한 왕이 상벌과 인사 문제를 항상 소인배들과 의논할 뿐 군자는 배제해 버리니 지금

적으로 여자를 좋아하지 않아 공주와 동침하는 일이 드물었으며, 자제위의 호위무사들과 집단 동성애를 즐겼고, 이에 후사가 없는 것을 걱정한 왕이 호위무사 중 한 명을 왕후와 강제로 동침하게 하였는데 이를 빌미로 자제위 무사들이 왕후의 처소에 자주 드나들었다는 내용 등이 기록되어 있다. 영화 속 '건룡위'의 모델이 된 '자제위'에 대한 기록뿐 아니라 왕과 자제위 소속 호위무사의 동침, 후사 문제를 핑계로 왕의 강압에 의해 이루어진 왕후와 자제위 무사의 합궁, 자제위 무사들과 왕후와의 지속적인 동침, 동침의 현장을 엿보는 왕 등의 기록은 영화 속 사건과 일치한다. 이를 통해 영화 〈쌍화점〉이 위 기록을 토대로 창작한 것임을 알 수 있다.

등장인물의 캐릭터 또한 역사 기록 속에서 발굴, 재창조된 것임을 알 수 있는데 공민왕을 모델로 하고 있는 영화 〈쌍화점〉 속 왕(주진모 분)의 캐릭터는 공민왕에 대한 두 가지 다른 역사적 해석을 차용한 것으로 분석된다. 역사상 공민왕은 원 간섭기 고려의 자주성을 회복하고 권문세족과 부원귀족에 의해 붕괴되어 가는 왕권을 강화하며 동시에 사회 경제적 혼란을 극복하고자 노력한 개혁군주로 평가되지만 한편으로는 노국공주가 죽은 후 환락을 위해 미소년을 선발하여 동성애를 즐기는 등 쾌락을 일삼다가 이들에게 시해 당한 군주[20]로 평가받기도

정세가 너무나 위태롭다."의 기록을 가리켜 "이 조항은 더욱 말이 되지 않는다. 조준이 개국원훈(開國元勳)이 되었으니 그 말을 어떻게 믿겠는가? 궁중의 비밀과 방안에서 희롱한 일을 사관(史官)이 어떻게 기록하였겠는가? 이는 이들이 지어낸 말에 불과한 것을 사신(史臣)이 기록한 것이다. 왕이 비록 본성을 잃었다고는 하지만 어찌 이 지경에까지 이르렀겠는가?"고 평하며 『고려사』 기록의 허위성을 지적하였다.

20 사신이 말하기를, "왕이 왕위에 오르지 않았을 적에는, 총명하고 인후하여 백성의 마음이 모두 그에게 쏠렸었다. 왕위에 올라 정성을 다하여 정치에 힘쓰므로, 조정과

한다.[21]『고려사』 공민왕 21년 자제위 관련 기록에서의 공민왕은 남색을 즐기고 변태적이며 무자비한 인물의 이미지를 갖지만 그 외의 기록에서 만나는 공민왕은 총명하고, 의욕적으로 국정 개혁을 위해 힘쓴 개혁군주로서의 이미지를 갖는다. 그런가 하면 군주가 아닌 한 인간으로서는, 죽은 아내를 잊지 못해 괴로워하는 지고지순한 감정의 소유자이며, 그림을 그리는 능력이 출중한, 예술가적 성향을 지닌 인물로 기록되어 있다. 아래의『고려사』 기록은 노국공주를 향한 공민왕의 순수한 사랑을 엿볼 수 있는 대목이다.

> 공민왕 14년(1365) 2월, 왕은 공주가 임신하여 해산달이 되자 교수형과 참수형을 제외한 모든 죄수를 사면하였다. 난산으로 병이 심해지자 해당 관청으로 하여금 사원과 신사(神祠)에서 빌게 하고 또 사형수까지 사면하였다. 왕이 분향하고 단정히 앉아서 잠시도 공주의 곁을 떠나지 않았으나 공주는 잠시 후 숨을 거두었다. 왕이 비통하여 어찌할 바를 몰라 하자 찬성사(贊成事) 최영(崔瑩)이 다른 궁전으로 거처를 옮길 것을 간청하였으나 왕은, "내가 공주에게 그렇게 하지 않기로 약속하였으니 다른 곳으로 멀리 피하여 내 한 몸만 편하게 있을 수 없다."라 하며 거절

민간에서 크게 기뻐하여 태평 시대가 오기를 기대하였는데, 노국공주(魯國公主)가 세상을 떠난 후로는 지나치게 슬퍼하여 본심을 잃고, 신돈에게 정사를 맡겨 공신과 현인을 내쫓고 죽이며, 토목의 역사를 크게 일으켜 백성의 원망을 사고, 못된 젊은 아이들을 가까이하여 음란한 행동을 방자히 하며, 무시로 술주정을 부리며 측근 신하를 구타하였고, 또 후사가 없음을 걱정하여 다른 사람의 아들을 데려다가 책봉하여 대군(大君)으로 삼았다. 외인이 이를 믿지 않을까 염려하여 비밀히 폐신(嬖臣)으로 하여금 후궁과 관계하여 더럽히게 하였으며, 후궁이 임신하게 되자 관계한 그 사람을 죽여서 입을 막으려고 하였으니, 패란(悖亂)함이 이와 같고도 화를 면하고자 한들 되겠는가." 하였다. 『고려사절요』 제29권, 공민왕 4, 갑인 23년, 9월.

21 李用柱, 「공민왕대의 자제위 연구」, 『교육논총』 4, 동국대학교 교육대학원, 1984, 74쪽.

하였다. (중략) 왕이 손수 공주의 초상을 그려놓고 밤낮으로 마주하고 식사하면서 슬피 울었으며, 삼 년 동안이나 고기 반찬을 들지 않았다. 조정의 신하들로 하여금 관직에 임명되거나 사신으로 갈 때에는 모두 능에 가서 궁중에서 행하는 예와 같이 하게 하였다.

–『고려사』, 〈열전〉, 공민왕(恭愍王) 후비, 휘의노국대장공주[22]

영화 〈쌍화점〉에서 공민왕은 부원귀족의 횡포에서 왕권을 강화하며, 영토를 수복하고 고려의 자주성을 회복하고자 노력하는 왕이었다. 이는 원병을 비롯하여 무리한 요구를 하는 원의 사신을 대하는 장면, 왕을 시해하려고 한 부원귀족을 죽이는 사건, 파병군의 귀환 축하 연회 등을 통해 나타난다. 또한 청년시절부터 홍림을 향한 지고지순한 애정을 드러내며 그림을 그리고 악기를 즐겨 연주하는 등의 섬세함을 가진 왕의 이미지는 역사 기록에서 확인할 수 있는 공민왕의 긍정적인 이미지를 가져온 듯 보인다. 그러나 왕, 왕후, 홍림 간의 갈등이 심화되면서 공민왕의 캐릭터는 병적 집착과 질투에 눈이 먼 무자비하고 광기어린 모습으로 그려진다.

영화 〈쌍화점〉 속 홍림(조인성 분)의 캐릭터는 실존 인물 홍륜을 모델로 하고 있다. 홍륜에 대한 『고려사』 〈열전〉의 기록은 아래와 같다.

홍륜(洪倫)은 남양(南陽 : 지금의 경기도 화성군) 사람으로 시중(侍中) 홍언박(洪彦博)의 손자이다. 공민왕이 나이가 젊고 용모가 아름다운 자를 뽑아서 자제위(子弟衛)를 설치했는데 홍륜과 한안(韓安)·권진(權瑨)·홍관(洪寬)·노선(盧瑄) 등이 모두 여기에 소속되어 음란하고 추잡한 짓으로 총애를 받았다. 그러나 홍륜 등은 궁중에서 늘 숙직하면서 때로는 일 년

22 『국역 고려사 : 세가』, 경인문화사, 2008.

내내 휴가를 얻지 못했기 때문에 원한을 품게 되었다.

왕이 홍륜 등으로 하여금 비빈(妃嬪)들과 간통하도록 하여 그 사이에서 난 아들을 후사로 삼으려 했는데 마침 익비(益妃)가 임신하였다. 환관 최만생(崔萬生)이 왕을 따라 변소에 가서, "신이 익비전(益妃殿)에 갔더니 익비께서 '임신한 지 이미 5개월이 되었다.'고 말씀하셨습니다."라고 은밀히 보고했다. 왕은 "내가 영전(影殿)을 부탁할 데가 없는 것을 늘 염려했는데 비가 임신하였으니 내가 이제 걱정이 없다."라고 기뻐하다가 잠시 후 누구와 관계를 가졌느냐고 물었다. 최만생이, "익비께서 홍륜이라고 말씀하셨습니다."라고 대답하자 왕은, "내일 창릉(昌陵)을 참배하러 가서 일부러 주정을 부리며 홍륜 무리를 죽여 입을 막겠다. 너도 이 계획을 알았으니 또한 죽음을 면하지 못할 것이다."라고 말했다. 최만생은 공포를 느끼고 홍륜, 한안, 권진, 홍관, 노선 등과 공모하고 이날 밤 3경(三更)에 침전(寢殿)으로 들어가서 왕이 술 취해서 정신 모르고 자는 틈을 타서 최만생이 검으로 치니 뇌수가 벽에까지 튀어 붙었다. 권진, 홍관, 노선, 한안 등도 왕을 마구 쳤다.

–『고려사』 권131, 열전44, 반역5, 〈홍륜〉[23]

반역을 꾀한 간신으로 『고려사』 〈열전〉에 기록된 홍륜은 자제위로서 왕과 동침하고, 궁에서 생활하며, 그를 따르는 무리와 함께 반역을 도모하고, 왕의 아내를 잉태시키는 등 영화 속 홍림의 행적과 일치하는 부분이 많은 인물이다. 하지만 영화 속 홍림은 왕에게 목숨을 바쳐 충성할 것을 맹세하고, 부하를 덕으로 보살피며, 연인의 마음을 배려하는 등 실존 인물 홍륜과는 달리 따뜻하고 인간적인 면모를 지닌 인물로 그려진다. 또한 홍륜의 왕에 대한 배신과 불충을 『고려사』에서는 그의 추잡한 성격과 권력욕, 정치 질서의 부패에서 찾고 있는 반면 영

23 『국역 고려사 : 세가』, 경인문화사, 2008.

화에서는 충성스러운 홍림이 그렇게 행동할 수밖에 없었던 원인을 왕의 병적 집착과 왕후에 대한 사랑에서 찾는다. 왕후와의 합궁을 지시하고, 병적으로 애정을 확인하려고 하는 왕의 집착과 질투, 그리고 왕후를 향한 열정적 사랑을 원인으로 제시함으로써 홍림의 행동에 대한 논리를 부여하고, 이를 통해 정치적인 문제보다 한 인간의 성적 욕망에 관객들이 감정이입할 수 있도록 견인한다.

4. 고려가요의 현대적 활용 사례로서의 영화 〈쌍화점〉 분석

고려 공민왕대의 역사 기록을 바탕으로 만들어진 영화 〈쌍화점〉은 두 갈래의 사건을 중심으로 하여 서사가 전개된다. 왕과 홍림, 왕후 사이에 얽힌 사랑이 한 축이라면, 건룡위를 중심으로 왕을 시해하려는 역모 세력과의 갈등과 대립이 다른 한 축을 차지한다. 3인의 애정 관계에 최고 권력을 향한 정치적 음모가 끼어 작동하는 구조로 고려 말, 원의 간섭과 부패한 권력의 정치적 음모는 후경화되고 왕과 홍림의 동성애, 왕후와 홍림의 불륜이 전경화되어 있다. 영화 〈쌍화점〉은 실제 역사 기록과 역사 인물을 토대로 만들어진 영화이지만 토대가 된 역사 기록과 인물의 행간을 추적하거나 혹은 권력을 향한 욕망과 왕의 시해라는 정치적, 역사적 사건에 주목한 역사 영화라기보다는 궁이라는 특별한 공간에서 이루어진 세 남녀의 일탈적 사랑과 욕망에 집중한 애정 영화이다. 이는 영화의 시퀀스를 통해 확인할 수 있다.

프롤로그	청년 왕과 건룡위 미소년 홍림이 만나다.
	청년 왕은 36명의 건룡위 미소년을 만난다. 청년 왕은 홍림과 검술 대련, 거문고 합주 등을 같이 한다.
시퀀스 1	홍림은 건룡위 대장이 되어 왕의 충복이자 정인으로서 친밀한 관계를 유지한다. 왕후는 정인으로서의 그들의 관계에 불편한 마음을 갖는다.
	홍림은 왕의 머리를 빗겨주고, 감기에 걸린 왕을 위해 탕약을 준비한다. 왕후는 왕과의 사이에 홍림이 끼어든 것에 대해 홍림에게 주의를 준다.
시퀀스 2	역모세력으로부터 위협을 받고 있는 왕은 후사 문제를 빌미로 간섭하는 원과의 관계를 해결하고자 홍림과 왕후를 합궁시켜 후사를 얻으려 한다.
	명심정에서 한가하게 오후를 보내고 있던 왕과 왕후는 자객의 공격을 받는다. 원나라 사신은 후사가 없는 왕에게 친원세력인 경원군을 세자로 책봉할 것을 종용한다. 왕은 홍림에게 왕후와 합궁하여 원자를 만들 것을 지시한다. 왕후와 홍림은 후사를 얻기 위해 왕이 지켜보는 가운데 합궁한다.
시퀀스 3	왕은 합궁 후 홍림의 마음이 변할까 불안해하고, 홍림과 왕후는 성적 욕망에 눈을 뜬다.
	홍림은 벽란도에서 시역사건을 조사하는 동안 왕후에게 줄 향갑을 산다. 왕은 벽란도로 홍림을 만나러 간다. 왕후는 회임하지 못한다. 역모세력은 왕후의 오빠 태안공을 역모에 가담시킬 것을 궁리한다.
시퀀스 4	홍림과 왕후는 왕 몰래 만나 관계를 갖고, 왕은 홍림을 기다린다.
	왕, 왕후, 대소신료가 만나 회임을 기원하는 연회에서 왕은 〈쌍화점〉을 부르고, 왕후는 연회장에서 몰래 나와 어서원에서 홍림과 정사를 나눈다. 친원 세력은 원홍사 절에서 회동한다. 왕후는 태안공을 따라 사가에 나간다. 홍림이 사가에 가서 왕후와 사통하고, 저잣거리 야시장에서 데이트를 하며, 왕후가 홍림에게 쌍화를 선물하는 동안 왕은 총관실에서 밤새 홍림을 기다린다.
시퀀스 5	왕은 홍림에게 왕후의 오빠인 태안공을 비롯, 왕을 시해하려는 음모를 꾸민 무리를 모두 처단하라고 명령하지만 홍림은 태안공을 살려준다.
	왕을 시해하려는 무리의 정체가 드러난다. 왕은 홍림에게 연회를 열어 역모에 가담한 무리를 모두 죽이고, 태안공의 집에 가서 태안공을 죽이라고 명령한다. 홍림은 왕에게 태안공을 죽였다고 거짓 보고하고, 왕후에게는 죽이지 않은 사실을 알려준다.
시퀀스 6	왕은 홍림과 왕후의 사통 현장을 목격하고 홍림을 거세한다.
	왕은 왕후에게 이제부터는 승기와 합궁하라고 명하고, 이에 왕후는 자살을 시도한다. 홍림은 왕후와 사통한 사실을 왕에게 고하고 용서를 빈다. 왕후는 회임한 사실을 홍림에게 알려준다. 왕은 홍림과 왕후가 만나 정을 통하는 장면을 목격하고 홍림을 거세한다.

시퀀스 7	왕은 왕후의 회임 사실을 알고 회임의 비밀을 알고 있는 자를 모두 죽여 살인멸구하라 지시하며, 홍림의 무리와 왕후의 머리를 효시한다.
	왕은 태사로부터 왕후의 회임 사실을 보고 받는다. 왕은 승기에게 왕후의 회임의 비밀을 아는 자를 모두 죽이라고 명령한다. 왕은 처음으로 다시 돌아가자고 홍림을 회유한다. 홍림은 자신을 따르는 4명의 건룡위 한백, 임보, 노탁, 최관과 함께 도망한다. 왕은 홍림을 따르던 무리와 왕후의 머리를 효시한다.
시퀀스 8	홍림은 왕이 왕후를 죽인 줄 알고 왕을 죽이고 자신도 죽는데, 왕후는 그 둘의 최후를 보며 절규한다.
	홍림은 귀환한 파병군 대열에 끼어 궁궐 연회장에 들어온다. 왕후는 승기에게 왕을 죽일 것을 제안한다. 홍림은 왕의 처소로 잠입하여 왕을 만나 대결한다. 왕은 홍림에게 자신을 사랑했었냐고 묻는다. 홍림은 왕을 죽이고 자신도 죽어가면서 왕후가 살아 있음을 알게 되고, 왕후는 왕과 홍림의 죽음에 절규한다.
에필로그	왕과 홍림이 벌판에서 말을 달린다.
	왕과 홍림이 벌판을 달리는 모습이 왕이 그린 천산대렵도와 겹쳐진다.

프롤로그에서 보이듯 충(忠)을 매개로 이루어진 청년 왕과 어린 홍림의 만남은 이후 왕과 홍림 사이에 동성애적 감정이 싹트면서 왕, 왕후, 홍림 간에 불편한 삼각관계를 형성한다. 홍림을 향한 왕의 집착에 가까운 사랑은 왕을 향한 왕후의 원망, 홍림을 향한 왕후의 질투와 미움, 왕후에 대한 홍림의 죄책감 등을 파생시키며 긴장을 형성한다.(시퀀스 1, 2) 그러다 왕이 후사 문제 해결을 위해 홍림과 왕후의 합궁을 명하면서(시퀀스 3, 4) 이들의 불편한 삼각관계는 이전과는 다른, 갈등이 한층 심화된 양상으로 치닫는다. 영화의 중심에 있는 듯 보였던 홍림과 왕의 동성애[24]도 이제 홍림과 왕후 사이의 불륜, 이들의 거침없는 성적 욕망

24 이 영화에서 왕과 홍림의 동성애 관계가 불평등한 강압에서 시작된 것이 여타의 동성애 영화와는 다르다. 일반적으로 동성애에 초점을 둔 영화에서는 동성애를 '성 정체성에 대한 개인의 선택(personal choice of sexual identity)'의 문제로 규정하

과 비밀스런 정사에 자리를 내어준다.(시퀀스 5, 6) 왕은 왕후와 홍림의 관계를, 홍림을 거세하면서까지 끊으려 하지만 홍림의 마음을 돌리는 데 실패한다.(시퀀스 7) 마지막으로 "단 한번이라도 나를 정인이라 생각한 적이 있느냐?"고 묻는 왕의 물음에 "단 한 번도 없습니다!"는 홍림의 대답을 끝으로 둘은 비극적인 최후를 맞이한다.(시퀀스 8)

영화 〈쌍화점〉은 앞서 말한 바와 같이 일차적으로는 공민왕대의 일련의 역사적 기록을 바탕으로 만들어진, 고려가요 〈쌍화점〉과 전혀 관련이 없는, 어찌 보면 이름만 〈쌍화점〉일 뿐인 작품으로 보인다. 영화의 제목을 고려가요 〈쌍화점〉에서 가져온 까닭에 대해 유하 감독은 다음과 같이 풀어놓았다.

> 고려가요에 대한 관심도 자연스럽게 생겼는데, 문헌을 보니 〈쌍화점〉이란 노래를 궁중에서 왕이 직접 부르기도 했다. 이런 음탕한 가사의 노래를 왕이 불렀다니 충격이더라. 그런 고려의 도덕적 패러다임을 상징적으로 보여주고 싶어서 제목도 그렇게 붙였다.[25]

왕과 측근 신하들의 성적 문란함,[26] 가사의 음탕함, 퇴폐적 궁중 연

거나 '유전적 속성(genetic trait)'의 문제로 정의함으로써 동성애의 원인에 대해 조명하거나 혹은 동성애를 평등 도덕 등의 특별한 가치와 결합하여 동성애에 어떠한 의미를 부여할 수 있는지 물음을 던지는 것이 보통이다. 그러나 영화 〈쌍화점〉에서는 강압적 환경에서 발생한 동성애를 똑같이 강압적 환경에서 시작된 이성애와 비교함으로써 권력과 성적 욕망, 정서적 교류와 몸의 욕구, 이성애와 동성애 등 원초적 욕망과 사랑의 관계에 대한 질문을 던지고 있다. 김정선·민영, 「동성애에 대한 한국 영화의 시각적 프레임 : 〈왕의 남자〉, 〈쌍화점〉, 〈서양골동 양과자점 앤티크〉를 중심으로」, 『미디어, 젠더 & 문화』 24, 한국여성커뮤니케이션학회, 2012, 97쪽.

25 「처음으로 사극 선보인 유하 감독 인터뷰, "이야기의 끝까지 가보고 싶었다."」, 『씨네 21』, 2009년, 1월 1일자.

회 현장에 대한 기록 등으로 인해 음란하고 외설적인 이미지를 지닌 고려가요 〈쌍화점〉의 제목을 가져옴으로써 타락한 고려 말의 도덕적 패러다임을 상징적으로 보여주고자 했다는 것이다. 이렇듯 영화 제목을 〈쌍화점〉이라고 한 감독의 의도는 고려가요 〈쌍화점〉이 대중에게 소비되고 있는 지점을 잘 보여준다. 실제로 고려가요 〈쌍화점〉에 대한 현대인들의 인식은 '남녀상열지사'로 분류되는 음란한 노래에 가깝다. 고려가요 〈쌍화점〉에 대한 이미지를 알아보기 위해 실시한 설문조사[27]에 따르면 고려가요 〈쌍화점〉하면 떠오르는 단어 혹은 이미지는 '남녀상열지사', '동성애', '궁중악', '만두가게' 순이었다.

단어/이미지	남녀상열지사	동성애	궁중악	만두가게	불륜	비판/풍자	외국인	소문	기타	총
빈도	16	13	13	11	7	4	2	2	1	69

고려가요 〈쌍화점〉이 음란한 노래라는 인식은 고려가요 〈쌍화점〉이 학교 교육에서 직접 교수되지 않으며 〈쌍화점〉을 수록한 교과서가 보이지 않는 것에서도 확인된다. 5-7차 개정 교육과정에 의해 출판된 문학 교과서에 수록된 고려가요 작품을 조사해 본 결과, 5차 교육과정

26 〈쌍화점〉의 연행 상황을 기술한 충렬왕대의 기록은 다음과 같다. 幸壽康宮 王狎昵群小 嗜好宴樂 倖臣吳祈 金元祥 內僚石天補 天卿等 務以聲色容悅 謂管絃房大樂才人 猶爲不足 分遣倖臣諸道 選官妓有色藝者 又選城中官婢 及巫善歌舞者籍置宮中 衣羅綺戴馬鬃笠 別作一隊 稱爲男粧 教以新聲 其歌云 …(중략)… 其高低緩急 無不中節 王之幸壽康宮也 天補輩 張幕其側 各私名妓 日夜歌舞褻慢 無復君臣之禮 供億賜與之費 不可勝記 (『고려사절요』 권22, 충렬왕 25년 5월조)

27 2015년 10월 14일, 경기도 소재 모 대학 1학년 재학생 44명을 대상으로 간이 설문조사를 실시하였다. 설문 문항은 "고려가요 〈쌍화점〉 하면 떠오르는 단어 혹은 이미지는 무엇입니까?(중복 선택 가능)"였다.

의 8종 문학 교과서에 수록된 고려가요 작품은 10편, 6차 교육과정의 18종 문학교과서에 수록된 고려가요는 7편, 7차 교육과정의 14종 문학 교과서에 수록된 고려가요 작품은 8편이었다. 적지 않은 작품들이 고루 교과서에 수록되어 있고, 같은 시기의 노래인 〈가시리〉, 〈청산별곡〉, 〈동동〉 등이 교과서에 빈번하게 수록되는 데 반해 〈쌍화점〉은 단 1종의 문학 교과서에도 수록되어 있지 않음을 발견할 수 있었다.

	5차	6차	7차
가시리	5	11	4
정과정	1	3	1
상저가	1		1
동동	3	10	7
서경별곡	1	3	8
정석가	1		2
청산별곡	5	9	3
만전춘별사			1
이상곡	1		
사모곡	1	2	

실제로 영화 〈쌍화점〉에는 고려가요 〈쌍화점〉에 대한 대중적 이미지인 '남녀상열지사', '동성애', '궁중악', '만두가게'의 이미지가 고루 활용되고 있다. 영화에서는 왕이 궁중 연회장에서 대신들의 권유로 〈쌍화점〉을 부르고, 왕후가 홍림에게 사랑을 고백하면서 만두를 대접하는 등 고려가요 〈쌍화점〉을 연상시키는 에피소드를 활용하며 남녀상열지사의 문제에 집중하고 있다. 김진택은 "예상치 않은 곳에서 손을 잡히는 여성화자로 보이는 주체가 있다면 그 손을 잡는 주체가 있

고, 난교적 정황을 은밀히 상징하는 부분에서는 그것을 관음하는 주체가 설정되어 있는 듯도 하고, 이 에로틱한 정황의 비밀과 밀폐적 구조를 강화하려는 욕망과 금기 사이의 상징적 긴장을 만들어내는 부분도 존재"[28]하는 것이 고려가요 〈쌍화점〉의 에로티즘적 상상력이 가동되는 지점이며, 이것이 영화의 모티브로 작용한 것이라고 해석함으로써 영화 〈쌍화점〉과 고려가요 〈쌍화점〉의 연결고리를 찾고 있다. 곧, 영화 〈쌍화점〉은 고려시대의 역사 기록을 제재로 하여 고려가요 〈쌍화점〉에 대한 대중적 이미지와 문학적 해석을 영화매체를 통해 재해석한 작품이라고 볼 수 있다.

고려가요 〈쌍화점〉이 영화 매체로 재창작될 수 있었던 흥미소는 복수의 화자가 등장하여 나누는 대화 속에서 폭로되고 감지되는 성적 욕망, 그로 인해 벌어진 일탈적 사건, 예상을 뒤엎는 반전 등에서 찾을 수 있다. '일탈적 성관계', '여성의 성적 욕망에 대한 긍정', '관음'은 바로 영화 〈쌍화점〉이 고려가요 〈쌍화점〉과 교차되는 지점이다.

고려가요 〈쌍화점〉은 동일한 짜임의 노랫말이 4회 반복되는 구조로 'A라는 장소에 AA하러 갔더니 B가 내 손목을 잡았다.'는 진술로 시작된다. 여기서 A라는 장소는 여성 화자가 AA하기 위해 방문하는 일상적 공간으로, 그 공간의 주인격인 B에게 손목을 잡히는 사건은 전혀 예상치 못한, 의외의 사건이다. 이는 '손목을 잡은' B가 '회회아비', '절사주', '용', '그 집 아비' 등 화자와의 교류가 드물거나 혹은 일상적 인물이 아니라는 점, 이어지는 노랫말 '이 말이 A 밖으로 나가게 되면

28 김진택, 「에로티즘과 시선의 존재론속의 쌍화점」, 인하대BK한국학과 신진연구인력팀, 『쌍화점, 다섯 개의 시선』, 다인아트, 2010, 156쪽.

조그마한 C 네 말이라 하겠다'며 소문이 날 것을 우려해 목격자를 협박하는 화자의 목소리를 통해 짐작할 수 있다. 이 사건이 일탈적이고 비도덕적 행위라는 암시인 것이다.

영화 〈쌍화점〉은 고려가요 〈쌍화점〉의 이런 일탈적, 비도덕적 성관계의 이미지를 가져온다. 영화 〈쌍화점〉에서는 왕이 연회장에서 고려가요 〈쌍화점〉을 부르는 것을 기점으로 홍림과 왕 사이의 동성애는 홍림과 왕후의 사통으로 변이되며, 왕은 병적 집착, 왕후는 대담한 일탈, 홍림은 배신으로써 성적 욕망을 표출한다. 자신을 가장 믿고 사랑해주었던 왕을 배신하고 왕의 아내 왕후와 사랑을 나누는 홍림과 남편을 배신하고 남편의 정인인 홍림과 사랑을 나누는 왕후의 사랑은 최고 권력자이자 정인에 대한 배신이라는 점에서 일탈적이고 비윤리적 사건이라 할 수 있다. 영화 〈쌍화점〉에서는 왕의 명령으로 행해진 왕후와 홍림의 왕후전에서의 세 차례의 합궁 뒤 어서원과 왕후의 사가(시퀀스 4), 다시 어서원(시퀀스 6)에서의 세 차례의 정사 사건을 비춰준다. 카메라는 이러한 왕후와 홍림의 정사 현장을 연인들의 사랑의 모습으로 아름답게 표현하지 않는다. 때문에 왕후와 홍림의 관계가 진정한 사랑인지 몸의 욕구에 이끌린 일탈적 행위인지 모호하게 한다.[29] 이는 마치 고려가요 〈쌍화점〉에서 불륜의 현장을 '더러둥셩 다리러 디러 다리러 디러 / 다로러 거디러 다로러'의 후렴구를 통해 상상하게 하고[30], 그 공간에 대해 '긔 잔 ᄃᆡ ᄀᆞ티 덦거츠니 업다'라고 규정함으로써 일탈의 그 자리가 역겨운 공간인지 기대의 공간인지 모호하게 만드는 것과 같은

29 정하제, 「유하 감독의 『쌍화점』: '몸의 욕망을 통한 인간관계의 얽힘」, 『공연과 리뷰』 64, 현대미학사, 2009, 215~219쪽.

30 황보관, 앞의 논문, 311~315쪽.

기능을 하고 있는 것이다.

영화 〈쌍화점〉은 또한 일탈의 사건 안에서 포착되는 여성의 성적 욕망에 주목한다. 'A라는 장소에 AA하러 갔더니 B가 내 손목을 잡았다'는 고려가요 〈쌍화점〉에 등장하는 여성 화자의 천연덕스럽고 담담한 진술은 낯선 남성에게 손목을 잡힌 일 혹은 그렇다는 소문이 퍼질 것을 우려하는 듯 보이기도 하지만 한편으로는 이를 드러내 자랑하고 싶은 심리가 담긴, 욕망에 찬 여성 화자의 발언으로도 읽힌다. 이 대목이 "외간 남자에게 손목을 잡힌 사건에 대해 화자는 그 사건이 소문으로 퍼질까봐 노심초사하고 그것을 사전에 막으려 단속하는 것이 아니라, 손목 잡힌 것으로 은유된 그 이상의 사건을 즐기고 있으며 그것을 자랑삼아 공개하는 것"[31]으로 해석되는 것도 이 때문이다. 또한 이어지는 '그 자리에 나도 자러 가겠다는' 화자의 반응은 일탈적 경험을 선망하며 자신도 그런 경험을 하고 싶다는 여성화자의 욕망을 가감 없이 드러낸 매우 파격적 발언이라 할 수 있으며, 이에 대해 '그 잔데 같이 덦거츠니 없다'는 응답은 부정적인 의미로도, 긍정적인 의미로도 해석 가능하지만 어느 쪽으로 해석하든 여성 화자의 내밀한 성적 욕망을 드러낸 표현으로 해석할 수 있다. "실제로는 강한 욕망을 지니면서도 겉으로는 일상의 도덕적 윤리기준으로 돌아가는 내밀도 있는 이중적 감정처리로 작품의 문학적 향취를 느끼게 하며 그대로 감정을 터뜨리거나 억지로 눌러버리지 않고 터뜨릴 듯 참고, 참는 듯 드러내는 맛은 민요를 수용하여 개편한 데서 오는 쌍화점이 지니는 표현미"[32]라 볼 수

31 김유경, 「쌍화점 연구」, 『열상고전연구』 10, 열상고전연구회, 1997, 18쪽.
32 최철, 앞의 책, 230쪽.

있다는 견해는 이러한 이중적 욕망에 대한 포착이라 할 수 있다.

고려가요 〈쌍화점〉에 솔직하고 당당하게 표현된 여성화자의 성적 욕망은 영화 〈쌍화점〉에서는 왕후의 적극적이고 대담한 행동과 감정과 욕구에 솔직한 태도로 구체화된다. 정서적인 교류나 친밀함 없이, 왕의 강압에 의한 육체적인 관계로부터 시작된 왕후와 홍림의 사랑은 짧은 순간에 서로에 대한 강렬한 욕망으로 치닫는다. 이에 왕후는 연회 중 불쑥 홍림을 찾기도 하고, 한밤중에 느닷없이 홍림의 처소를 방문하기도 하며, 손수 수놓은 머리띠를 홍림에게 선물하며 꼭 하고 다니라고 당부하고, 정인에 대한 원나라의 풍습대로 홍림에게 쌍화를 먹이는 등의 대담한 일탈 행위도 서슴지 않는다.

마지막으로 고려가요 〈쌍화점〉과 영화 〈쌍화점〉이 교차되고 있는 지점으로 들 수 있는 것은 '관음'이다. 고려가요 〈쌍화점〉은 의외의 장소에서 이루어진 은밀한 관계맺음, 그 광경을 목격한 목격자, 소문의 확산 등이 중심 내용으로 호기심과 긴장감, 재미와 흥미를 불러일으키는 구조로 되어 있다. 고려가요 〈쌍화점〉의 각 연은 'A라는 장소에 AA하러 갔더니 B가 내 손목을 잡았다. 그런데 이 말이 A 밖으로 나가게 되면 조그마한 C 네 말이라 하겠다'는 여성 화자 갑의 말, '그 자리에 나도 자러 가겠다'는 화자 을의 반응 그리고 '그 잔 데 같이 덦거츤 것이 없다'는 화자 갑[33]의 대화로 구성되어 있다. 각 장소의 주인격인 B

33 이에 대해서는 단일화자라는 견해(윤성현은 화자의 독백에 가까운 내용을 작품의 전개 기법 상 두 사람의 문답형식으로 처리한 것이라는 견해를 제시하였다. 윤성현, 『속요의 아름다움』, 태학사, 2007, 67쪽), 복수화자이되 화자 갑의 발화가 아닌 '조그마한 C'의 발화라고 보는 견해, 제 3의 여인 병의 발화라고 보는 견해 등이 다양하게 존재한다. 여기서는 화자 갑의 발화라 보았다.

와 그곳을 방문한 여성 사이에 벌어진 사건에 대한 언급, 만일 이 사건이 소문이 난다면 소문 낸 사람으로 지목될 것이라 위협받는 C, 소문을 들은 여인의 호기심과 욕망의 표출, 소문에 대한 긍정 혹은 부정으로 시상이 전개된다. 성적 행위는 직접적으로 표현되어 있지 않지만 행간, 여음 등을 통해 암시적으로 제시되는데 이로 인해 성적인 상상은 오히려 증폭된다. 그것은 상식을 뛰어넘는 일탈적 성관계, 이 장면을 몰래 엿보는 존재의 욕망, 타인의 시선에 노출, 혹은 노출될 위험에 놓인 자의 긴장과 두려움, 그 가운데 느껴지는 묘한 흥분의 분위기로 전달된다. 영화 〈쌍화점〉은 고려가요 〈쌍화점〉이 지닌 바로 이러한 관음적 긴장과 에로틱한 분위기를 활용하고 있다.

영화 〈쌍화점〉에서 관음적 시각은 먼저 영화 초반 왕후전에서 홍림과 왕후가 나눈 세 차례의 합궁에서 시작된다. 왕은 왕후전 침소 옆방에서 둘의 합궁을 은밀한 시선으로 지켜본다. 영화를 보는 관객은 그들의 정사 장면을 지켜보는 왕의 시선과 합궁이 반복됨에 따라 미묘하게 달라지는 그들의 감정의 변화를 포착해내는 카메라의 시선을 통해 합궁의 현장을 함께 지켜본다. 이후 카메라는 연회 중 건룡위들이 칼춤을 선보이는 동안 어서원에서 행해진 홍림과 왕후의 정사를 비추고, 관객은 이를 조마조마한 마음으로 함께 지켜본다. 이때 왕은 연회장에서 〈쌍화점〉을 부르는데, 〈쌍화점〉은 왕후와 홍림의 관계를 은유하는 수사로 기능 한다. 카메라 시선을 통해 왕후와 홍림의 사통 장면을 목격한 관객은 고려가요 〈쌍화점〉에서 불륜의 현장을 목격한 '자그마한 C'와 같은 위치에 놓이게 된다. 이어 왕후의 사가에서 행해진 홍림과 왕후의 사통은 문 밖에 있던 왕후의 나인 보덕의 시선을 의식하는 상황에서 불안하게 이루어진다. 마지막으로 홍림이 궁을 떠나기 전 어서원에서 왕후와 가진 정사의 현장은 왕후와 홍림이 자리에 없는 것을 발견한 왕과, 왕과 함께한 무리들에 의해 목격된다. 왕의 상상 속에 존재하던 현장이 실제로 적나라하게 공개되며 두 사람의 불륜은 만천하에 폭로된다. 결국 그 현장은 고려가요 〈쌍화점〉에서도 영화 〈쌍화점〉에서도 상상하거나 소문난 것과는 다른, '덦거츠니 업'는 공간이 되어버리고, 성적 욕망의 현장을 몰래 훔쳐보는 일에 가담하게 된 관객을 목격자로 만들어 버린다.

5. 나오는 말

이 글은 고전작품의 현대적 활용 가능성이라는 측면에서 영화 〈쌍화점〉을 분석한 것이다. 고전 작품에 대한 이해와 대중의 이미지 활용이라는 측면에서 영화 〈쌍화점〉을 살펴봄으로써 고전문학의 현대적 콘텐츠로서의 변용과 의미에 대해 분석하고, 활용의 다양성을 모색해 보고자 하였다. 이를 위해 고려가요 〈쌍화점〉에 대한 문학적 해석과 영화 〈쌍화점〉의 창작 토대가 된 역사기록을 검토하고, 고려가요 〈쌍화점〉과 영화 〈쌍화점〉이 주목하고 있는 '일탈적 성관계', '여성의 성적 욕망에 대한 긍정', '관음'을 중심으로 고려가요 〈쌍화점〉이 어떻게 영화 〈쌍화점〉으로 재탄생되었는지를 살펴보았다.

영화 〈쌍화점〉은 고려시대의 역사 기록을 바탕으로 한 영화이다. 자제위의 존재, 왕과 자제위 소속 호위무사의 동침, 왕후와 자제위 무사의 합궁, 자제위 무사에 의한 공민왕의 죽음 등의 역사 기록은 영화 〈쌍화점〉 속 각 사건들로 구체화되었다. 그러나 영화 〈쌍화점〉은 역사

기록을 토대로 한 여타 역사 영화처럼 자료가 된 역사 기록과 인물 기록의 행간을 추적하여 문제 삼거나 혹은 권력을 향한 욕망과 왕의 시해라는 정치적, 역사적 사건에 주목하기보다는 궁이라는 특별한 공간에서 이루어진 세 남녀의 일탈적 사랑과 욕망에 집중함으로써 역사 기록이라는 팩트보다 남녀상열지사로서의 고려가요 〈쌍화점〉에 대한 해석과 대중적 이미지에 기대어 공유되고 있다.

'일탈적 성관계', '여성의 성적 욕망에 대한 긍정', '관음'은 바로 고려가요 〈쌍화점〉과 영화 〈쌍화점〉이 교차되는 지점으로, 영화의 완성도 여부를 떠나 주제, 이미지, 구조 등 다양한 측면에서 고전 작품의 현대적 매체로의 확장 가능성을 시사해 주고 있다. 영화 〈쌍화점〉은 일탈적 성관계, 그러한 현장을 훔쳐보는 목격자, 성적 공간에 대한 상상과 소문의 확대, 성적 욕망의 확산이 이루어지는 담론의 현장에 대한 묘사라는 점에서 고려가요 〈쌍화점〉의 외연을 넓힌 영화이며, 고전 가요의 현대 서사물로서의 활용 가능성을 시사한 작품이라 할 수 있다. 고전문학과 역사 기록은 콘텐츠로서 다양하게 활용될 잠재력을 지닌 보고(寶庫)이다. 보다 풍부한 재창작과 활용이 가능해지고 그 범위가 확장되기 위해서는 이와 같은 시도들이 더 활발히 이루어져야 할 것이다.

—이 글은 『열상고전연구』 제48집, 열상고전연구회, 2015에 실린 글을 수정·보완한 것임.

삼국유사와 SNS 이야기의 원형성

◉

고운기

1. 머리에

이 글에서는 새롭게 태어나는 이야기의 창고로서 문자 메시지[1]와 SNS의 글쓰기에 관해 논하고자 한다. 문자가 뉴 미디어에서 약진하는 현상을 살펴보고, 댓글로 이어져 이야기가 탄생하는 기제(機制)의 원형성을 제시하겠다. 페이스북 같은 SNS 속에 문장으로 구현된, 완성된 이야기가 아니라 그것의 원형소스로서의 성격을 구명하는 것이다.

여기에 《삼국유사》의 설화 가운데 오늘날의 문자 메시지와 SNS의 개념을 설명할 예를 먼저 제시하기로 한다. 〈포산이성(包山二聖)〉 조는 문자 메시지와, 〈정수사 구빙녀(正秀師救氷女)〉 조는 SNS와 각각 연결된다. 이야기의 원형으로서 두 가지를 받아들인다면, 새로운 이야기가 만들어지는 기제는 예와 이제가 다르지 않아 보인다.

---

1 여기서 쓰는 문자 통신 속의 문자 메시지는 PC와 핸드폰의 1:1 문자 메시지 교환뿐만 아니라 SNS의 다양한 문자 교환 등, 통신 언어 전체를 포괄한다. 문자 메시지와 문자를 구분해 쓰고자 했으나, 때로 문자가 문자 메시지를 뜻하는 경우도 있다.

논의의 시각을 마련하기 위해 다음과 같은 예를 먼저 들어 보겠다. 언어학자 벤 지머가 붙인 트위터롤로지(Twitterology · 트위터학)라는 새로운 연구 방식이 있다. 이는 방대한 트위터 메시지를 분석하는 것인데, '트위터'와 접미어 '로지(-logy)'를 합성한 단어다. 전통적인 대면 인터뷰는 제한된 실험군(實驗群)이나 현장의 설문조사 요원들에게 의존해야만 했다. 그러나 일정 사안에 대해, 예를 들어 가다피의 죽음 등을 전 세계인이 어떤 반응을 보이는가, 트위터를 통해 전수 조사한다. 이 방식을 활용한 학자들은 인간의 교류와 사회적 네트워크를 연구하고자 할 때 전례 없는 기회를 제공받았다고 말한다.[2]

구술을 문자화한 SNS의 속성이 잘 활용된 예이다. 이것이 인류학에서만 통용되리란 법은 없다. 트위터보다 더욱 긴 내용을 문자화하는 페이스북 같은 SNS에 오면, '인간의 교류와 사회적 네트워크'라는 측면에서 '이야기의 바다'는 더욱 커진다.

인문학자나 작가가 이런 아이디어를 활용해 어떤 결과에 도달할까. 이 글은 이 같은 문제의식 속에 하나의 시론(試論)으로 쓰였다.

2. '엎드리는 나무'와 문자 메시지

1) 〈포산이성(包山二聖)〉 조의 해석

우리의 텍스트 《삼국유사》는 9개의 주제로 나눠있지만, 불교적 색

2 이원태 · 차미영 · 양해륜, 「소셜미디어 유력자의 네트워크 특성」, 『언론정보연구』 48, 서울대학교 언론정보연구소, 2011; 김신영, '오지 찾던 학자들… 이젠 트위터 · 페이스북 본다', 《조선일보》, 2011.11.1. 참조.

채를 띠고 있으면서도 이채로운, 그 가운데 여덟 번째가 〈피은(避隱)〉 편이다. 은자(隱者)의 삶을 이토록 아름답게 그릴 수 없다. 거기서 다섯 번째 이야기에 나오는 이들이 관기(觀機)와 도성(道成)이다.

숨어 산 그들의 이야기는 다음과 같이 간단하다.

> 신라 때에 관기와 도성 두 분 큰스님이 살고 있었는데, 어떤 사람인지는 정확히 알지 못한다. 함께 포산(包山)에 숨었거니와 관기는 남쪽 산마루에 암자를 지었고, 도성은 북쪽 굴에 자리를 잡았다. 서로간 거리가 십 리쯤 되었다.
>
> 구름을 헤치고 달을 읊으며 매양 서로 찾아다녔다. 도성이 관기를 부르고자 하면 산중의 나무들이 모두 남쪽을 향해 엎드려 마치 맞이하는 것 같으니, 관기가 그것을 보고 갔다. 관기가 도성을 부르고자 해도 또한 이와 같이 북쪽으로 엎드려 곧 도성이 이르렀다.[3]

세상을 벗어나 은거의 깊은 곳에 몸을 맡긴 이들의 삶이 극적으로 그려졌다. 그들의 은거에는 억지가 없다. 단순히 세상에서 몸을 뺀 데에 그치지 않았다. 자연 그 자체와 하나 된 모습을 보여주었다. 남과 북으로 나뉘어 사는 그들이 서로 부르고자 하면, 산중의 나무가 찾는 이를 향해 엎드렸다니, 생물이지만 사람도 아닌 나무가 무슨 신호를 보낸다는 말인가. 실은 관기와 도성이 자연과 완벽히 어우러져 산 광경이었다.[4]

---

3 羅時有觀機道成二聖師, 不知何許人, 同隱包山. 機庵南嶺, 成處北穴, 相去十許里, 披雲嘯月, 每相過從. 成欲致機, 則山中樹木皆向南而俯, 如相迎者, 機見之而往, 機欲邀成也, 則亦如之, 皆北偃, 成乃至. (《三國遺事》, 〈避隱〉, 包山二聖)

4 이 조의 전체적인 의미에 관해서는 고운기, 『우리가 정말 알아야 할 삼국유사』, 현암사, 2006, 678~682쪽에서 하였다. “숨어 산다면 이런 정도는 되어야 한다는 듯, 그러면서도 그런 이들이 가슴 속 깊은 곳에서 누린 즐거움이랄까를, 일연은 부러운 듯 그리고 있다.”(678쪽)

그런데 여기서 한 가지 새로운 생각을 덧보태고자 한다.

북쪽의 도성이 남쪽의 관기를 찾을 때, 나무는 남쪽을 향해 엎드렸고, 그러면 관기는 도성이 오는 것을 알았다. 반대의 경우에도 마찬가지였다. 찾아오니까 엎드리는 것이 아니라, '도성이 관기를 부르고자 하면' 마치 신호를 보내듯 '산중의 나무들이 모두 남쪽을 향해 엎드려' 알려주었다. '엎드리는 나무'는 오늘날로 치면 하나의 '디지털 신호'와 같다. 이것은 찾는 이가 찾아갈 이에게 보내는 신호이다. 다소 비논리적인 혐의를 무릅쓰고 말한다면, '나뭇잎에 찍은 문자 메시지'처럼 보인다는 것이다.

관기와 도성이 어떤 신통력으로 나무를 엎드리게 했다고 볼 수 없다. 아마도 10여 리 떨어진 산길에서 상대방의 암자를 찾아갈 때, 저들은 자연의 가장 알맞은 조건에서 움직였을 것이다. 시원한 바람을 맞으며 가는 산길 같은 것이다. 산과 나무와 몸이 하나 된다는 것은 자연 그 자체를 완전히 이해하고 있다는 말의 다름 아니다.

그것은 이른 바 '은자의 문자질'이다. 저들은 초청장을 저들만의 문자 메시지로 나무에 찍어 보냈다. 나무는 1,200년 전 자연에 묻혀 살던 은자가 가지고 논 스마트폰처럼 보인다. 여기서 위와 같은 이야기가 태어났다.

아름다운 '문자질'에 여념 없던 피은(避隱)하는 두 노승(老僧)을 일연(一然)은 다음과 같이 노래했다.

서로 찾을 제
달빛 밟으며 구름과 노닐던
두 분 풍류는 몇 백 년이던가

골짜기 가득 안개는 끼어 있고 고목만 남아
흔들흔들 비끼는 그림자
이제 나를 맞는 듯

相過踏月弄雲泉, 二老風流幾百年.
滿壑烟霞餘古木, 偃昂寒影尙如迎.

은자는 완벽하게 자신의 세계를 파악하고 있었다. 바람이 부는 때를 알아 바람을 전파 삼아 자신의 메시지를 나무에게 실었다. 그들에게 바람과 나무는 미디어나 마찬가지였다. 미디어가 사람을 해방시키는 것이 아니라 미디어에다 해방을 표현했다. 많은 세월이 흐른 뒤, 이 골짜기를 찾은 일연은 그들의 삶 속에 자신을 슬쩍 집어넣는다. '흔들흔들 비끼는 그림자 / 이제 나를 맞는 듯'이라는 마지막 줄이 그렇다.[5] 나무에게 메시지를 실었던 은자의 풍류 속에 자신도 들어가고 싶은 것이다. 이 풍류가 다른 말로 하면 해방이다.

이 조의 은거 노인이 보여주는 풍류는 오늘날에 어떤 모습으로 변용되어 나타날까? 음성통신을 목적으로 탄생한 전화가 이제 기능을 확대하여 문자로 통신하는 모습에서 우리는 뜻밖에 '은자의 문자질'을 떠올리게 된다.

---

5 일연의 시 마지막 줄 偃昂寒影尙如迎에는 목적어가 생략되어 있다. 그래서 흔히 '흔들거리는 찬 그림자 아직도 서로 맞이하는 듯하다'(김원중 역)라고 번역하는데, 필자는 '서로' 대신에 '나를'이라 번역하였다. 그렇게 하면 시적 의미가 훨씬 확장된다. 물론 이 같은 해석에 자의적이라는 비판이 나올 수 있다. 다만 번역상의 다기성(多岐性)을 인정한다면, 해석의 확장을 위해 시도해 봄 직하다.

2) 문자통신 : 신언문일치(新言文一致)의 글쓰기

일상생활과 문자 메시지의 연동은 놀랍게도 다양하게 가지치기하고 있다. 여기서 두 가지 예를 들어본다.

> [A] 슬리퍼에 부착된 감지 장치가 그 사람의 걸음걸이를 실시간으로 측정해, 비정상적인 움직임이 감지되면, 미리 입력된 가족이나 의사의 휴대폰으로 문자 메시지를 보낸다. 환자를 보호하는 장치이다.[6]
>
> [B] 한 명이 스마트폰으로 자신의 페이스북에 '술이 달아'라는 네 글자를 올렸고, 그의 '페북 친구'인 나머지 멤버들은 이 글에 댓글을 달기 시작했다. 이후 술자리가 끝날 때까지 이들은 '댓글 놀이'에 푹 빠져, 마주 앉아 있으면서도 댓글로만 대화했다. 자리가 파할 때쯤 댓글은 127개를 헤아렸다.[7]

[A]는 혼자 사는 노인의 안전을 위해 만들어진 스마트 슬리퍼이다. 이와 유사한 제품으로 스마트 기저귀, 암소의 발정기를 정확하게 파악해 수태 확률을 높이는 장치 등도 개발되었다. [B]는 직장인의 조촐한 술자리에서 벌어진 일이다. 번연히 사람을 앞에 두고 댓글로 대화를 나눈다. 이를 두고 기사를 쓴 이는 '통화의 종말'이 가까워져 오고 있다고 하였다.[8]

---

6 김창완, '"긴급상황 발생! 어머니가 쓰러지셨어요" 슬리퍼가 문자를 보냈다', 《조선일보》, 2011.7.18.

7 한현우, '웬만해선 문자하는 사람들… 전화통화의 종말 오나', 《조선일보》, 2011. 9.17.

8 위의 기사에서는 이를 실증할 예로, "전화하지 마세요. 저도 전화하지 않을게요(Don't call me, I won't call you)."라는 2011년 3월 18일자 뉴욕타임스 칼럼 제목을

그러나 이 두 가지 사례에서 주목할 점은 댓글을 포함한 문자의 활성화이다. 말을 가지고 하는 통화의 종말이 언급될 만큼 문자가 뉴 미디어의 주역으로 떠오르고 있다[9]는 것이다.

이것은 통화의 종말이 아니라 새로운 양상의 통화이다. 특히 스마트폰이 등장하면서 1대1 커뮤니케이션만 아닌 1대 다(多) 또는 다대 다의 문자 커뮤니케이션이 급격히 늘어났다. 거기에 변화는 당연히 따라온다.

스마트폰 이전에도 PC 이용자는 메일을 사용하여 통신문을 PC 상에서 만들었다. PC가 개인의 쓰기 도구로 사용되었다. 메일 속의 문자 메시지는 전통적인 손 편지를 대신하는 수단으로 위치가 부여되었다. 나아가 핸드폰으로 주고받는 문자 메시지는 편지의 성격에다, 즉시성이라는 점에서 전화와 가까운 성격을 띤다. 곧 문자 메시지는 '편지와 전화의 중간적인 성질을 가진 새로운 커뮤니케이션 도구'[10]인 것이다.

통신언어[11]로 명명된 메일과 문자의 사용 양상은 이웃 일본도 매우

들었고, 이어서, "예전에는 '밤 10시 넘어서는 전화하지 말라'고 배웠으나 요즘엔 '아무에게도 불쑥 전화하지 말라'가 예절이 됐다"며, "이제 전화를 걸려면 먼저 '전화해도 되나요?'라는 문자를 보내는 것이 에티켓"이라고 썼다.

9 SK텔레콤은 2010년 3분기에 이미 문자를 비롯한 데이터 매출이 음성통화 매출을 앞질렀다. 이제 개인 간 커뮤니케이션 수단은 무선데이터 서비스로 급속히 이동했다. 카카오톡을 비롯한 스마트폰 애플리케이션이 새로운 '통화의 강자'로 떠오른 것이다. 세계 최초로 전화 서비스를 시작한 미국 AT&T사는 지난 2009년 12월 유선전화 서비스 포기를 선언했다. 한현우, 위의 기사 참조.

10 佐竹秀雄, 「メール文体とそれを支えるもの」, 橋元良明(編), 『メディア』, ひつじ書房, 2005, 56-57頁.

11 PC나 핸드폰 등으로 소통되는 언어 일체를 통신언어라 한다. 통신언어는 의사소통의 수단으로 언어의 기능적인 측면이 고려된다. 생략 또는 소리 나는 대로 쓰기가 많다. 나아가 한글을 해체하기도 한다. 의미 해석은 물론이거니와 읽는 것조차 거의 불가능하다. 이를 따로 외계어라고도 한다. 외계어는 하나의 변형 문법이다. 앞서 보인 것처럼 통신언어를 일본 학계에서는 메일 문체라고 부르고 있다. 이에 대한

비슷하게 진행되고 있다. 저들은 통신언어를 '메일 문체'라 이름 붙였다.[12] 처음에는 젊은 세대의 그것에 한해서 연구했으나, 이제 메일의 사용은 전 세대에 걸치게 되었으므로, 대상은 세대를 불문한다. 학생의 어머니로부터 오는 메일을 수집해 보면, 처음에는 옛날 편지투의 문장을 그대로 쓰고 있었으나, 얼마 있지 않아 용건에 따라서는 변화가 왔다. 아주 짧은 문장이었는데, 익숙해지자 점점 길어졌다. 아버지의 메일은 언제나 용건만 간단히 적는 문장이었다.[13]

이 같은 현상은 우리의 일상에서도 쉽게 발견된다. 필자가 수집한 다음과 같은 사례를 들어 설명해 본다.[14]

[Ⅰ- 어머니에게서 온 짧은 문자]
·오늘 입금 마무리 할거야. 걱정하지 마렴.
·추우니까 감기 안걸리게 옷 따뜻하게 입고 다녀라
·몸은 어떤지? 푹쉬고 일찍 자렴. 잠자고 휴식하는게 최고의 약이란다

[Ⅱ - 어머니에게서 온 긴 문자]
·우리공주 ○○이는 엄마한테는 기쁨이고 축복이야 엄마가 우리 공주

논의 가운데 박정희·김민, 「청소년의 변형문법(외계어) 현상에 관한 연구」, 『청소년복지연구』 제9권 제1호, 한국청소년복지학회, 2007과 김형렬, 「중학생들의 '외계어' 사용 실태 연구」, 『인문과학연구』 제29집, 대구대 인문과학연구소, 2004가 돋보인다. 여기서는 문자 통신에 한하여 사용한다.

12 佐竹秀雄, 앞의 논문, 56頁.

13 일본의 사례로 분석한 이 같은 메일 문체(곧 우리의 통신언어)의 특성은 佐竹秀雄, 위의 논문, 58頁 참조.

14 이 자료는 2011년 10월, 한양대 문화콘텐츠학과 1학년 학생 50명을 대상으로 수집한 문자 가운데서 뽑은 것이다. 본격적인 조사가 되지 못하고, 매우 한정적인 수집이었지만, 하나의 양상을 보는 데는 모자라지 않다.

너무 사랑해서 미안하지만 엄마는 공주 생각으로 오늘도 즐겁게 보냈네 오늘 마무리 잘하삼 돈 부쳤으니 한문책 사서 엄마한테 사진 계산서 사진 찍어보내렴

[Ⅲ – 아버지에게서 온 짧은 문자]
·사랑한다 딸
·전화줘 어디야
·저녁에 입금함

[Ⅳ – 아버지에게서 온 다소 긴 문자]
·새 자전거 당첨을 축하드립니다. … 안전보안에 철저히 하길 … 밥 잘 먹고 규칙적이고 바른 행동으로 멋지고 알찬 대학 생활을 하고 덤으로 점수도 잘 나오도록 힘써라.
·제발 청소 좀 하고 살자. 흔적을 남기면 안돼. 나의 흔적을. 너를 위해 최선을 다할테니까 엄마에게 효도해다오.

자료 [Ⅰ]과 [Ⅲ]은 각각 어머니와 아버지에게서 온 간단한 문자 메시지이다. 아직 문자 쓰기에 서툰 듯하고, 일상적인 대화나 정보를 제공하는 정도에서 짧게 쓰였다. 일본의 경우와 마찬가지로 아버지 쪽이 더 간단하다. 이에 비한다면 [Ⅱ]는 문자 쓰기에 능숙한 어머니의 보다 긴 메시지를 보인다. 물론 아버지도 긴 문장을 쓰지 않는 것이 아님을 자료 [Ⅳ]를 통해 알 수 있다. 이는 옛날 편지투가 문자 메시지로 옮겨온 모습이다. 어쨌건 문자 메시지 통화는 이제 전 세대의 일상이 되었다.

심지어 어머니 가운데는 젊은 세대의 거기에 버금가는 나름의 발랄(?)한 문자 쓰기를 실현한 경우도 있다.

[V－어머니에게서 온 젊은 분위기의 문자]
·서울은 너도 나도 둘다 몰라서 좀 글차나ㅋ
·자려고 누웠다가 깜놀했다 ㅋㅋ 멀쩡한 아빠 백수 만들고 앉았네 －_－
·여기는 설봉산! 내려가는 중! 좀 늦어지겠다 오바!

'글차나', '깜놀' 같은 줄임말이나 'ㅋㅋ', '－_－' 같은 기호식 문자가 어머니 세대의 그것은 아니다. 그러나 문자 쓰기에 익숙해지다 보니 어느덧 젊은 세대의 문자 쓰기 문법에 기울어 있다. 기성세대는 전통적인 편지 쓰기의 문법이 유지되면서, 이렇게 부분적으로 새로운 상황에 적응하는 모습을 보여준다.

통신언어는 다종다양하게 존재한다. 이를 신언문일치체(新言文一致體)라고 이름 붙인 일본의 학계에서는, 마치 말할 때처럼 생각나는 대로, 느끼는 대로 상대에게 말을 걸듯이 쓰는 문체로 정의하였다.[15] 이런 문체가 통신언어에서 구현되었다고 보인다. 젊은 세대의 문장으로서 신언문일치체가 존재했었고, PC나 휴대폰은 편지와 전화의 중간적인 성질을 가지는 상황에서, 메일의 사용자가 젊은 세대 중심이다[16] 보니, 자연스러운 전이가 이루어진 것이다. 이 전이는 우리나라에서도 스마트폰의 확대 보급으로 세대를 넓히고, 다양한 통신언어 기능에 얹혀 일상화되었다.

---

15 佐竹秀雄, 위의 논문, 64頁. 佐竹는, "젊은이를 대상으로 하는 잡지나 주니어 소설이라 불리는 소녀소설에 그 전형예가 보이는 외에, 젊은이들이 실제로 쓰는 문장인, 중고생이 수업 중에 친구들 사이를 몰래 돌리는 메모 또는 관광지, 각종 기념관에 남기는 감상 노트 등에서 보인다."고 하였다. 정도의 차이가 있을지 모르나 우리 또한 비슷하리라 본다.

16 위의 논문, 67~68頁.

여기서 주목할 한 가지가 있다. 새로운 통신수단의 기능 강화가 통화 아닌 문자의 재발견을 가져왔다는 점이다. 대체로 사람들은 쓰기를 귀찮아하는데, 말과 문자가 공존하는 통화에서 사람들은 거부감 없이 쓰기에 적응하고 있다.

앞서 예를 든 《삼국유사》의 설화를 다시 돌아보자. 은거하는 두 스님간의 풍류는 '엎드리는 나무' 곧 나무에 찍어 보내는 '문자질'로 완성되었다. 동자승을 보내 부르거나(오늘날의 통화), 아무 연락 없이 불쑥 찾아간 것이 아니다. 문자는 다른 차원의 인정을 나타내고 있다.

직접 말을 나눌 수 있는 통화 기능을 두고 굳이 번거로운 문자를 채택하는 오늘날의 풍속은 무엇을 말하는가. 이것은 우리 시대의 '풍류'이다. 구체적이고 복잡한 내용을 전하기 위한 통화는 역시 말로 이루어진다. 그러나 문자 통화는 말이 가지지 못하는 색다른 정을 전해준다. 말로 그런다면 섭섭할 일이 될 '한 마디'가 문자로는 충분히 마음을 표현한다는 것이다. 바로 새로운 언문일치이다.

3. '하늘의 소리'와 SNS의 댓글

1) 〈정수사 구빙녀(正秀師 救氷女)〉 조의 해석

최근 인터넷에서 매우 흥미로운 기사 하나가 화제로 떠오른 적이 있다. '1인 시위하는 장애인 위해 1시간 동안 우산 받쳐준 경찰'[17]이라는 제목이었다.

17 이 기사는 각종 인터넷 포털 등에 2012년 9월 18일(03:05)에 입력되었다.

국회 앞에서 경비 업무를 서는 전 모 경위는, 태풍주의보가 내렸기 때문에 우비에다 우산을 들고 나갔는데, 비를 맞는 채 '중증 장애인에게도 일반 국민이 누리는 기본권을 보장해 달라'는 내용의 피켓을 든 한 장애인을 발견했다. 전 경위는 이 장애인에게 다가가 '태풍 때문에 위험하니 들어가는 게 좋겠다'고 말했다. 그러나 이 장애인은 '담당하는 날'이라며 거절했다. 전 경위는 하는 수 없이 우산을 건넸는데, 장애인은 몸이 불편해 그마저 여의치 않았다. 그러자 전 경위는 장애인 뒤로 걸어가 우산을 받쳤다. 두 사람은 한 시간 동안 아무 말도 없이 태풍 속에 서 있었다.

마침 이 곳을 지나가던 네티즌이 이 장면을 찍어 자신의 트위터에 올렸다. '국회 앞 비 오는데 장애인 1인 시위, 우산 받쳐주는 경찰'이라는 글과 함께 수없이 리트윗되면서 화제가 됐다.

사실 이런 비슷한 장면은 페이스북이나 트위터 같은 SNS를 통해 일상적으로 접한다. 그것이 미담이냐 추문이냐, 선행이냐 악행이냐의 양상이 다를 뿐이다. 그런데 여기에 따르는 댓글이 여론 형성의 기능을 하면서 새로운 양상을 낳는다. 앞선 경찰과 장애인의 미담 끝에는 "이 (경찰관을) 경찰서장 시켜라", "아름답다. 이런 풍경이 일상이 되는 대한민국을 기대해 본다", "이런 경찰이 있기 때문에 아직 희망이 있다"는 댓글이 속속 올라왔다.

≪삼국유사≫에도 이와 비슷한 이야기가 있다. 감통(感通) 편의 가장 마지막 조인 〈정수사 구빙녀(正秀師救氷女)〉이다.

> 제40대 애장왕 때였다. 승려 정수(正秀)는 황룡사에서 지내고 있었다. 겨울철 어느 날 눈이 많이 왔다. 저물 무렵 삼랑사에서 돌아오다 천암

> 사를 지나는데, 문밖에 한 여자 거지가 아이를 낳고 언 채 누워서 거의 죽어가고 있었다. 스님이 보고 불쌍히 여겨 끌어안고 오랫동안 있었더니 숨을 쉬었다. 이에 옷을 벗어 덮어 주고, 벌거벗은 채 제 절로 달려갔다.
> 거적때기로 몸을 덮고 밤을 지새웠다.
> 한밤중에 왕궁 뜨락에 하늘에서 소리가 들렸다.
> "황룡사 사문 정수를 꼭 왕사(王師)에 앉혀라."
> 급히 사람을 시켜 찾아보았다. 사정을 모두 알아내 아뢰니, 왕이 엄중히 의식을 갖추어 궁궐로 맞아들이고 국사(國師)에 책봉하였다.[18]

정수라는 스님의 선행이다. 신라 애장왕 때라면 저물어가는 시대이다. 신라 제일의 사찰 황룡사에 속한 말단의 일개 승려였던 정수가 했던 선행은 기실 《삼국유사》가 보여주고자 한 신라 사회의 고갱이였다.[19] 어려운 시대의 선행은 더욱 빛나는 법이다.

그런데 비오는 날의 경찰과 비 맞는 장애인은 눈 오는 날의 스님과 얼어 쓰러진 모녀에서 묘한 대조를 이룬다. 하지만 우리가 주목하는 바는 'SNS의 댓글'과 '하늘의 소리'이다. '경찰서장 시켜라'와 '왕사에 앉혀라'가 비슷한 울림을 가지고 읽힌다. 이는 둘 다 '여론의 형성'이라는 기능을 보여주면서 하나의 이야기를 완성한다.

---

18 第四十哀莊王代, 有沙門正秀, 寓止皇龍寺, 冬日雪深, 旣暮, 自三郞寺還, 經由天嚴寺門外. 有一乞女產兒, 凍臥濱死, 師見而憫之, 就抱, 良久氣蘇, 乃脫衣以覆之, 裸走本寺, 苫草覆身過夜. 夜半有天唱於王庭曰 : "皇龍寺沙門正秀, 宜封王師." 急使人檢之, 具事升聞. 上備威儀, 迎入大內, 冊爲國師.(《三國遺事》,〈感通〉, 正秀師救氷女)

19 이 조의 전체적인 의미에 관해서는 고운기, 앞의 책, 현암사, 2006, 623쪽에서 하였다. "여분의 옷 한 벌 없이 살아가는 한 승려가, 돌아가 덮을 이부자리 하나 없는 처지에 입고 있던 옷을 몽땅 벗어 주고 알몸으로 달려가거니와, 그 순간이 바로 신라 사회의 고갱이였다고 말한다면 어떨까."(678쪽)

2) SNS : 이야기가 만들어지는 공간

(1) 현장성과 현장의 보고(報告)

이제 문자 통화의 단순한 글쓰기에서 댓글의 활성화가 눈에 띄는 SNS로 범위를 넓혀 보자. 이때의 댓글은 앞서 살펴본 예에서처럼 여론을 형성하는 기능에서 그치지 않는다. 올린 글과 댓글이 어우러져 제3의 이야기가 만들어지는 공간으로 나간다.

먼저, 이야기가 만들어지기 전, SNS에 나타나는 '문자질'의 가장 강력한 힘은 현장성이다. 보고 들은 바를 바로 문자화하여 올리는 글들은 마치 옆에 있는 듯한 느낌을 주게 만든다. 이것은 사실성의 극대화이다. 물론 목격 자체가 총체성을 담보해 주지 않고, 체험은 자신의 선험적인 판단에 따라 오류를 범할 수 있지만, 소문보다는 정확하고 빠르며, 현장의 느낌을 바로 전해준다는 점에서 가치가 크다. 이야기를 만드는 사람은 무엇보다 이 점에 착안하기 좋다.

> [C] 00이랑 기분좋게 집가고잇는데, 내가 탄 지하철에 딱 갑자기 벌어진 일이엇다ㅠㅠ 마침 1호차에 타고 있어서 모든 상황을 들을 수 있었고, 스치듯이 치인 사람도 볼 수 있었는데 ㅜㅜ 엄청 무서웠다. 직접본건 아니지만 기관사님도 그렇고 뛰어든 고딩도 그러코 마음아픈일이다 ㅠㅠㅠ
>
> (민경실, 여대생, 24세)

이 글을 페이스북[20]에 올린 여대생은 말로만 듣던 지하철 투신 사건을 목격하였다. 사건은 YTN을 통해 보도되기도 하였다. 서울 지하철 4호

---

20 여기서부터 인용한 페이스북의 글 [C], [D], [E], [F]는 필자의 페이스북에서 모은 사례이다. 주소는 다음과 같다. Facebook/ungi.go

선의 대야미역에서 고등학생이 투신하였고, 이에 따라 운행이 20여 분 중단되었다는 내용이었다. 이런 현장을 목격한 사람의 생생한 느낌을, 보도가 아닌 목격자의 육성으로 직접 듣기란 쉽지 않다. 현장을 취재해 올린 기사라면 간접적인 상황이나 느낌을 전달받을 뿐이다.

의미 있는 현장의 분위기를 전달받을 때도 마찬가지이다. 다음의 예를 보자.

> [D] 어제, 어머니와 이모를 데리고 요츠야 산초메의 대사관에 갔다 왔는데요. 태어나서 처음 선거!!! 비례대표만이지만. 입구에서 기표하는 연습을 시키고, 일본어에 서툰 형님의 설명을 듣고 투표용지 받고. 부스에서 기표하고, 봉투에 넣어 함에 넣고. 에? 이것으로 끝? 그런 느낌이었습니다. 뭔가 절실한 느낌은 없네요. 역시 납세하는 곳과 달라서. 그런데 가장 기대하던 아버지는 일요일에 가게가 드물게 바빠서 그로기, 투표 못 했네요.
> (김양숙, 재일교포 여성, 38세)[21]

페이스북에 글을 올린 재일교포 여성은 2012년 4월에 치러진 국회의원 선거의 재외국민 투표의 현장을 전하고 있다. 우리 헌정사로 볼 때 이 일은 또 다른 측면에서 역사적이었다. 재외국민이 모국의 선거에 참여한 최초의 경우였기 때문이다. 우리는 이날 투표장의 상황을 이 글에서 가감 없이 전달받게 된다. 큰 설렘 속에 기다린 선거, 그러나 실제 상황이 되자 다소 싱겁게 끝난, 실감하지 못할 선거의 역사성을 잘 표현하고 있다. 선거를 가장 기다린 아버지는 정작 생업에 바빠 참여조차 못 하였다.

두 예에서 [D]는 [C]에 비해 긴박감이 덜하다. 아무래도 치명적인

21 이 글은 일본어로 된 것이며, 필자가 번역하였다.

사고가 벌어진 현장과 다르기 때문이다. 그러나 역사적 현장이 지닌 무게감은 [D]가 더 강하다.

어쨌건 위에 든 두 가지 예에서, [C]는 뜻밖의 현장을 목격한 이의 생생한 체험의 보고이고, [D]는 역사적 상황이 발생한 현장의 의의를 반추해 볼 수 있는 자료이다. 이런 자료는 SNS의 페이스북 등을 통해 수없이 검출할 수 있다. 꾸며낸 이야기가 아니라, 이야기의 생생한 현장을 확인하고 간접 경험하며 보고받는 자료이다. 이 현장성이 이야기의 원형적 자료로서 가치를 더해 준다.

(2) 댓글을 통한 새로운 이야기의 창출

뉴 미디어를 통한 '문자질'의 보다 강력한 이야기의 원형적 틀은 댓글을 통해 만들어진다. 따로 밝히지는 않았지만 앞서 든 예에도 많은 댓글이 달려 있다. 댓글을 통해 현장성이 보완 된다. 그러나 단순한 보완의 차원을 넘어, 새로운 제3의 이야기가 만들어지는 경우가 있다. 이것을 '강력한 원형적 틀'이라 부르는 것이다.

이런 경우에는 단순히 현장을 전하는 데 그치지 않고 이미 그 자체로 이야기의 틀을 갖추게 된다. 다음의 예를 보자.

> [E] 몇 년 전부터 자주 어울리는 사람들은 음식점에 종사하는 이들이다. 세 시에서 네 시 사이 늦은 점심을 먹으러 가면 아주머니들은 탁자 곁에 누워 토막잠을 자는 경우가 많다. 애초 단잠을 깨우는 내가 불청객이었으나 자요, 자, 하고 서로 합의를 본 후 돌아가며 한 사람만 일어나고 나는 식사 후 거기서 커피도 마시고 책도 보고 그런다. 낮잠을 자지 않을 땐 맞은편에 앉고, 서고, 주방에서 떠들며 내 외로움을 덜어준다. 그들이 애타게 찾는 것은 잠이다. 정치나 사회문제는 달나라보다 더 먼

이야기고 전혀 관심도 없다. 물론 투표도 안 한다. 이번 선거일 며칠 전부터 투표를 당부했건만 당일 밥을 먹으러 가니 새까맣게 잊고 있었다. 투표 마감 두세 시간을 앞두고 처음으로 목소리를 높였다. 가족에게 전화도 시키고 아주머니들은 가기 싫은 목욕탕 가듯 지갑을 들고 투덜대며 나갔다. 그렇게 해서 우리 지역구의 ○○○후보가 170표 차로 당선되었다고 감히 나는 견강부회하고 있다. 견강부회 맞나? 어렵게 단잠을 빼앗고 얻은 자리들이니만큼 잘들, 잘들 해줬으면 정말 좋겠네에, 정말 좋겠네.

(박철, 남성, 51세)

2012년 4월 선거에서 일어난 현장의 한 상황을 보여주는 페이스북의 글이다. 선거 때면 투표를 독려하는 선거관리위원회의 방송이나 주변의 권유를 듣게 되지만, 현장의 이런 상황은 누구나 경험할만한 일이면서, 구체적인 사건이 개입된 이야기로 공감을 자아낸다. 51세의 이 남성은 자신의 일상을 먼저 보여주고, 선거일의 조금 다른 체험을 들려준다. 고된 일과 가운데 살아가는 식당 아주머니들의 애환이 충분히 전달될 뿐만 아니라, 간단한 것 같지만 나름 정성을 가지고 투표에 임한 서민의 간절한 바람이 무엇인지, 생생한 정황을 가지고 보여주었다. 170표 밖에 차이 나지 않는 박빙의 승리가 장삼이사(張三李四)의 소박한 소망 속에 이루어진 것임을 실감하게 된다.

위 [E]와 같은 사람의 페이스북에 실린 다음과 같은 이야기는 그 자체로 서사를 이루었다.

[F] 여덟 번째 시집을 출간 한 후, 어느 날 아내와 두 아이를 불러 앉혔다. 그리고 왼갖(온갖) 무게를 다 동원하여 천천히 입을 떼었다. "에, 시인 중에 김수영이라고 있다."

"아, 나 아는데 김수영. 우리 배웠어."

고3짜리가 아는 체를 했다

"김수영이 이런 말을 했다. 시는 머리로 하는 것도 아니요, 심장으로 하는 것도 아니요, 온몸으로 밀고 나가는 것이라고."

아내가 조금 감동하는 눈치였다.

"에, 그러나 나는 이렇게 생각한다. 시는 머리로 하는 것도 아니요, 심장으로 하는 것도 아니요, 온몸으로 밀고 나가는 것도 아니요, 온 가족이 밀고 나가는 것이라고. 음."

"왜 시를 온 가족이 밀고 나가?"

아직 철이 안든 막내가 튀어나왔다.

"시의 배경이 되어야 한다는 거야. 우리 모두가."

뭘 좀 아는 큰 애의 해석이었다.

"아니다. 내가 시를 쓸 수 있는 것은 다 너희들 덕분이란 뜻이다."

아내는 조용히 듣고만 있었다. 마치 거기서 자기는 빼달라는 것처럼.

그동안 나는 가족이 내 시의 배경이 되기만을 바랬지 내가 가족의 배경이 되어야한다고는 깨닫지 못했다.

그게 나의 뼈아픈 후회다.

(박철, 남성, 51세)

한 편의 짧은 콩트를 연상시킨다. 반전을 갖춘 이야기이다. 백수에 가깝게 살면서 시인이라는 사실 하나로 가족 앞에 얼굴을 세우려는 뻔뻔한 가장의 모습이 가슴 아프다. 오랫동안 그 같은 수사(修辭)에 당해온 아내만이 저의를 알고 있다. 씁쓸한 느낌을 지울 수 없는 가난한 문인 집안의 풍경이 잘도 그려져 있다. 그러나 이것으로 서사가 완성된 독립된 작품으로 보기는 어렵다. 나아가 여기서 이어지는 댓글의 행진이 제3의 이야기를 만들어낸다. 우리는 이 대목을 주목하게 된다.

- 슬픈 깨달음이지요. 향기만이라도 부드러워 식구들에게 위로가 되었음 좋겠어요.
- 박 시인의 가족이 … 만족스럽게 살았기를 바라는 한 사람. 그랬을 것이라 믿고 싶음.
- 서로의 배경, 서로의 주인공으로 사는 일이 만만치 않습니다. 가족이 많이 그리운 게지요. 힘 내십시오.
- 나이라는 게 결코 헛된 게 아닌 건 후회를 할 수 있어서인 듯해요~
- 여보게, 영진 설비 아저씨! 그 아이들이 이젠 그 만큼 컸구먼,
- 음 ~~~ 황지우 이후 두번째로 보는 뼈아픈 후회 입니다.
- '가족이 내 시의 배경이 되기만을 바랬지 내가 가족의 배경이 되어야 한다고는 깨닫지 못했다'는 말, 이 새벽에 새겨봅니다. 형님, 잘 계시지요?
- 아내가 출근하고 없는 빈 마당에서 빨래를 너는 '박용래' 시인 생각이... ^^
- 형, 최고다.
- 나는 아직 그것조차 느끼지 못합니다.

[F]에 달린 댓글을 모아 보았다. '슬픈 깨달음'을 읽는 '페북 친구'들의 반응은 다양하다. 위로와 자성과 다소 농 섞인 응원이 엇갈린다. 댓글을 통해 현장성이 보완되고, 제3의 이야기로 발전할 길이 보인다. 본격적인 작가는 이 지점에 개입해 새로운 이야기를 만들어 낼 것이다.

제3의 이야기는 이야기의 가지치기이다. 처음 말을 꺼낸 전승자'와 이를 받아 말을 보탠 전승자"가 만들어내는 확장된 이야기이다. 이는 다음과 같이 정리할 수 있겠다.

전승자' ∪ 전승자" < 이야기
전승자' → 전승자" < 이야기

전통적인 설화에서 전승자는 신성성이나 진실성이 아닌, 꾸며낸 이야기임을 선언하면서 오직 흥미에 초점을 맞춘다.[22] 페이스북의 이야기 창출도 여기서 크게 다르지 않다. 하나의 전형성만을 생각하면 된다. '아내가 출근하고 없는 빈 마당에서 빨래를 너는' 다른 시인을 떠올리며, '향기만이라도 부드러워 식구들에게 위로가 되기를' 바라고 있다. 훨씬 넓은 이야기 교류의 공간이 만들어졌다.

4. 이야기 창출 공간으로서의 SNS

앞선 논의를 통해 《삼국유사》 속의 설화 두 편을 오늘날 뉴 미디어 환경에서 새로운 이야기가 창출되는 과정과 비교해 보았다. 설화적 맥락이 SNS같은 뉴 미디어 속에서 닮은 기능을 하고 있었다. 그렇다면 이 같은 현상이 새로운 이야기를 탄생시킬 원형의 자장으로 어떤 의미를 가질 것인가.

근대 서사문학[23]의 완고한 틀은 새로운 디지털 시대의 변화하는 환경을 좀체 받아들이려 하지 않는다. 당초 디지털 스토리텔링의 개념이 적용되는 서사문학을 판타지 소설류의 대중 서사에서 찾아내려 한 것도 이와 연관이 있다. 대중 서사는 상대적으로 근대 서사문학의 자장에서 자유롭기 때문이다. 그렇다고 만족할만한 새로운 분위기를 만들어내지는 못하였다. 이것은, "현재의 디지털 스토리텔링은 상호작용성의 이야

22 강재철, 『한국 설화문학의 탐구』, 단국대학교 출판부, 2009, 32쪽.

23 여기서의 문학은 하위 장르상 서사적 특징을 지닌 것 곧 소설과 서사시를 중심으로 한다. 서정사는 물론이요 극 장르도 서사의 보다 정치한 단계에 이르면 서사만으로 논의하지 못할 특징을 가지고 있기 때문이다.

기 기술이 촉발시킨 즉물적인 흥미와 오락성에 의존하고 있으며, 상호작용성을 이야기 예술 특유의 개성과 흥미, 유장하고 드라마틱한 서사성과 통합하지 못하고 있다"[24]는 지적대로, 어떤 한계만 노정하였을 뿐이다.

물론 여기서는 디지털 스토리텔링이나 상호작용성 등을 논의하자는 목적이 아니다. 지적된 한계의 돌파구를 찾는 하나의 가능성을 엿보자는 것뿐이다. 항용 '전통문화유산 속의 문화원형을 추출해내 이를 다른 문화콘텐츠 분야에서 활용 가능토록 함으로써 문화원형 소재가 다양한 문화산업에 적용'[25]하자고 말한다. 그래서 전통문화유산의 한 가지 예로서 《삼국유사》 속의 설화를 가져왔고, 뉴 미디어에서 구현되는 이야기 만들기와 비교해 볼 수 있었다. 설화의 유통 과정에서 우리는 오늘날 논의하는 스토리텔링의 여러 성격이 선험적으로 구현되었음을 보게 된다.

> 이야기를 듣는 청자들의 반응을 유도하고 참조해 가면서 이야기를 들려주는 스토리텔링은 구전으로 전달되는 민담이나 전래동화, 또는 구비문학으로 정착된 고전소설 전수과정에서 그 흔적을 쉽게 찾을 수 있다. 그러므로 스토리텔링은 고전적 이야기 전달방식으로서 이야기를 즐기는 가장 전통적이고 오래된 방식이지, 디지털 매체를 통해서 새롭게 등장한 전달 방식이 아니다.[26]

---

24 이인화, 「디지털 스토리텔링의 원리」, 『디지털 콘텐츠』, 한국디지털스토리텔링학회, 2003 참조. 이 논문은 학회 홈페이지(http://www.digital-story.net/)를 통해 볼 수 있다.

25 한국문화콘텐츠진흥원이 시행한 문화원형사업의 주지(主旨)이다. 이에 대한 문제점에 대해서는 고운기, 「문화원형의 의의와 삼국유사」, 『한문학보』 24, 우리한문학회, 2011, 6~11쪽을 참조할 것.

26 류현주, 「디지털 스토리텔링 시대의 내러티브」, 『현대문학이론연구』, 현대문학이

위의 논자는 상호작용성의 스토리텔링이 이미 전통 시대에 한번 활용되었음을 말하고 있다. 곧 전통적인 스토리텔링 기법은 인쇄술의 발달로 잠시 잊혔던 것이며, 인터넷에서 이야기 공유방식이 다시 이야기 구술 전달방식을 상기시키고 있다는 것이다. 구술하는 이야기의 힘은 매우 커진 것으로 보인다.

그러나 이 논의 이후 스마트폰의 대량 보급이 따라왔고, SNS와 같은 뉴 미디어의 활성화가 또 다른 국면을 창출하고 있다.

새로운 국면에서 뜻밖에도 문자의 힘이 커졌다. 구술을 문자화하고 있다. 물질적·기술적 기반 위에서 개발된 새로운 미디어의 소통 수단으로 사람들은 소리가 아닌 문자 언어에 깊이 빠졌다. 가장 원초적이고 근원적인 미디어로 문자가 다시 섰다.[27] 그러나 이 문자는 전통적인 의미의 그 문자가 아니다. 소리와 문자의 겹침, 혹은 소리와 문자의 중간으로서 그것이다. 이를 앞서 신언문일치(新言文一致)로 규정하였다. 이는 ≪삼국유사≫의 〈포산이성(包山二聖)〉에 나오는 두 스님 간의 소통, 곧 '엎드리는 나무'가 기능한 설화상의 맥락을 재현한 것처럼 보인다.

나아가 페이스북 같은 SNS는 현대판 '빨래터'[28]의 역할을 한다. 빨래터와 같이, 이야기가 만들어지고 유통되는 기제가 SNS로 넘어 왔

론학회, 2005, 128쪽.

27 미디어는 문자 언어의 문제이다. 어떤 새로운 미디어에 있어서도 그것을 근저에서 움직이게 하는 것은 전기신호이고 컴퓨터 언어인데, 그것들은 기저에 문자 언어로 수렴되기 때문이다. 이에 대해서는 パトリス·フリッシー, 江下雅之(譯), 『メディアの近代史』, 水聲社, 2005, 244頁을 참조할 것.

28 최인호가 『별들의 고향』을 쓸 무렵 그는 서울의 모래내 가까운 연희동에서 살았다. 모래내는 가난한 판자촌이었다. 아낙들은 모래내에 나와 빨래를 했다. 최인호는 빨래하는 아낙 사이를 어슬렁거리며 돌아다녔다. 그들의 이야기를 귀담아 듣고자 했던 것이다. 빨래터 이야기가 소설의 소재가 되던 시절의 전형적인 예이다.

다. 휴대폰의 단순한 문자 메시지는 SNS의 집단협업, 협력과 참여[29]라는 보다 확대된 틀을 가지고 그 역할을 키웠다. 이는 《삼국유사》의 〈정수사구빙녀(正秀師救氷女)〉에 나오는 선한 스님의 행적이 사람 사이에 퍼지는 설화상의 맥락과 닮아 보인다.

이상의 논의를 표로 정리해 보면 다음과 같다.

	삼국유사	뉴 미디어(SNS)	이야기가 창출되는 기제
신언문일치	엎드리는 나무	문자 메시지	미디어의 변용
빨래터	하늘의 소리	댓글	현장성, 제3의 이야기

《삼국유사》 속의 두 설화는 《삼국유사》에 실리면서 정착되었고, 오랜 시간이 흐른 지금 당대 이야기의 원형을 전해주는 중요한 자료로 자리매김 되었다. 오늘날의 SNS는 이 같은 역할을 해 줄 것으로 기대된다.

물론 SNS를 통해 빨래터보다 넓은 이야기의 공간이 만들어졌다고 해서 아직 작가가 이를 적극적으로 활용하고 있지 않다. 도리어 이에 대해 부정적인 생각을 가진 작가도 있다.

또한 SNS가 바로 작품을 발표하는 자리도 아니다. SNS의 글은 작품으로 가는, 여론을 만들어 가는 도정(道程)일 뿐이다. 다양한 소재를 적출할 원형의 바탕이며, 합일된 의견을 도출하기 위한 논의로 보아야 한다. 만약 SNS 상에 작품 발표공간을 독립적으로 꾸리는 작가가 있다면 사정은 달라지겠지만, 그러기에는 그 공간이 도리어 협소하다. 결과물이 '작가'의 '독립된 작품'이어야 한다는 것이 새로운 시대의 미

29 Matthew Fraser·Soumitra Dutta, 앞의 책, 25쪽.

디어 환경에서는 절대적인 요구사항이 아니다. 여론 또한 SNS 하나로 완성되지 않는다. 전승자의 전승력 그 자체가 문제의 핵심이다.[30]

탄생하고 확장된 이야기가 소설이든 드라마이든 영화이든, 전통적 의미의 작가에 의해 최종 결과물로 다시 나타나기는 그 다음의 과정이다.

5. 마무리

새로운 시대의 미디어에 문자가 중요한 수단으로 부상하고 있음을 전제로 이 논의가 시작되었다. 개인간의 단순한 문자 교환을 넘어 다자간의 이야기 마당으로 범위가 넓혀지는 것이 뉴 미디어의 특징이다. 거기서 만들어진 이야기가 문화원형 소스의 광대무변한 무대가 될 수 있다. 새로운 미디어의 등장은 단순히 커뮤니케이션 수단의 다양화를 의미하는 것은 아니다. 그 안에 사는 인간존재 자체에 큰 변용을 가져온다.[31]

더 소박한 시절의 미디어로 자연과 바람이 있었다. 포산(包山)에 은거하던 두 성인이 서로의 거처를 찾아갈 때, 산길의 나무가 고개 숙이듯 엎드렸다는 것은 그들만의 '문자질'이었다. 그런데 은거의 신비한 이 체험은 ≪삼국유사≫에 일연의 손을 빌려 이야기로 정착되고 알려졌다. 일연은 전승자였고, 이런 전승자는 시대를 달리하여 오늘날에도

---

30 그래서 나온 문제가 매개적 유력자이다. 트위터에 국한한 연구이지만, 메시지의 유통에는 매개적 유력자의 존재 의의가 크다고 한다. 매개적 유력자란 유력자의 메시지를 리트윗을 통해 전달하며, 정보유통의 기능을 수행하는 전파자이다. 이원태·차미영·양해륜, 「소셜미디어 유력자의 네트워크 특성」, 『언론정보연구』 Vol.48, 서울대학교 언론정보연구소, 2011 참조.

31 パトリス· フリッシー, 江下雅之(譯), 앞의 책, 254頁 참조.

여전하다.

순박한 승려의 선행에 대해서 '하늘의 명령'이 그에게 국사를 시키라고 하였다. 이것은 설화의 시대의 여론이 형성되는 기제이다. 성실한 경찰의 선행에 대해서 네티즌이 '댓글'로 그에게 경찰서장을 시키라고 하였다. 이것은 첨단의 지금 여론이 형성되는 기제이다. 시대와 상황이 달라졌어도 어떤 기제만큼은 그대로인 듯하다. 이야기 또한 같은 기제로 만들어진다고 보인다.

결론을 대신해 앞서 제시한 논지를 요약하기로 한다.

이 글에서 필자는 SNS의 '문자질'이 현대판 '빨래터'의 역할을 한다고 보았다. 빨래터와 같이, 이야기가 만들어지고 유통되는 기제가 SNS로 넘어 왔다. 휴대폰의 단순한 문자 메시지는 SNS의 집단협업, 협력과 참여라는 보다 확대된 틀을 가지고 그 역할을 키웠다.

주목되는 역할이 두 가지였다.

첫째, 현장성이다. 보고 들은 바를 바로 문자화하여 올리는 글들은 마치 옆에 있는 듯한 느낌을 주게 만든다. 이것은 사실성의 극대화이다. 오류의 가능성이 있지만, 빨래터의 소문보다는 정확하며, 현장의 느낌을 바로 전해준다는 점에서 가치가 크다. 둘째, 댓글을 통해 보다 강력한 이야기의 원형적 틀이 만들어진다. 댓글의 행진이 제3의 이야기를 만들어낸다. 이야기의 가지치기이다. 처음 말을 꺼낸 전승자와 이를 받아 말을 보탠 전승자가 만들어내는 확장된 이야기이다.

그러나 SNS가 바로 작품을 발표하는 자리라고 볼 수는 없다. SNS의 글은 작품으로 가는, 여론을 만들어 가는 도정(道程)이다. 다양한 소재를 적출할 원형의 바탕이며, 합일된 의견을 도출하기 위한 논의로 보아야 한다. 결과물이 '작가'의 '독립된 작품'일 필요는 없다. 여론 또한 SNS 하나로 완성되지 않는다. 전승자의 전승력이 핵심이어서, 매개적 유력자를 중요하게 보았다.

새로운 시대의 전승자는 어떤 형태로 저 광대무변한 이야기의 바다에서 이야기를 확장해 나갈 것인가. 우리 시대가 마땅히 주목할 바이다.

— 이 글은 『한국언어문화』 제49집, 한국언어문화학회, 2012에 실린 글을 수정·보완한 것임.

한국 노래문학 운율론 연구의 새로운 방법론 모색

-고문서 DB검색 시스템 개발과 DB연동을 중심으로-

◉

박경우

1. 서론

우리 노래문학의 운율에 대한 연구는 20세기 초 시조부흥운동으로부터 시작되었다. 일본을 비롯한 서양의 문명국가와 마찬가지로 조선에도 정형시로 불릴 만한 장르가 있다는 점을 논증하는 데에 연구의 동기가 놓여있었다. 1905~1910년대 식민지 지배를 정당화시키는 논리로 일제가 제시한 문명국론은 조선을 야만국의 지위로 격하시켰다. 사회, 문화, 경제, 과학 발전이 정체되었던 것이 모두 조선왕조의 악정 때문이라고 하며, 문명국론을 정체론과 타율성론으로 연계시켰다.[1] 장지연, 최남선,

---

1 盧大煥, 「1905~1910년 文明論의 展開와 새로운 文明觀 摸索」, 『유교사상문화연구』 39집, 2010, 347~386쪽; 권태억, 「1910년대 일제의 "문명화" 통치와 한국인들의 인식」, 『韓國文化』 61, 2013, 327~360쪽; 정상우, 「1910년대 일제의 지배논리와 지식인층의 인식 -"일선동조론"과 "문명화론"을 중심으로」, 서울대학교 국사학

이광수를 비롯한 많은 조선의 지식인들도 '문명'에 대해 열광하였으며 이는 일본에 대한 동경과 조선에 대한 열등감으로 표출되기도 했다. 이광수는 "오인(吾人)은 우리 것이라 할 만한 철학(哲學), 종교(宗教), 문학(文學), 예술을 가지지 못하였다"[2]고 했었고, 최남선에게 조선민족은 문명 상의 '고아(孤兒)'[3]로 불리기도 했다. 이런 분위기 속에서 조선 고유의 정형시에 대한 연구는 민족적이며 시대적인 사명이라 평가할 수 있다.

이광수, 이병기, 조윤제로 이어지는 시조의 율격에 대한 담론은 '자수고(字數攷)'로서 실제 시조 작품의 현실과는 맞지 않는다는 점 때문에 혹독한 비판의 대상이 되어왔다. 시조에 대한 연구가 문학 연구의 의미를 떠나 문화 민족으로서의 자존에 대한 긍정과 일제의 식민 논리에 대한 저항이라는 맥락에서 읽혀야 한다고 강변한다면, 그 역시 학술적 태도를 벗어나는 셈이니 자수론(음수율론)은 어떻게든 학문적인 지지를 받기는 어려운 형편이다.

음보율이 음수율론의 대안으로 제시된 이후, 이를 바탕으로 음수율과 음보율의 조합이 다양한 이론으로 제출되었다.[4] 음수율이 중국의

과, 『한국사론』 46권, 2001, 183~231쪽 참고.

2 이광수, 「復活의 瑞光」, 『青春』 12, 1918, 19쪽.

3 류시현, 「1910년대 최남선의 문명·문화론과 조선불교 인식」, 『韓國史硏究』 제155호, 2011, 124쪽. 각주 38번 참고(육당생, '문명상 植福', 『매일신보』, 1917년 1월 1일자.)

4 조윤제, 〈시조자수고〉, 『新興』 제4호, 1930년 11월 6일; 고정옥, 『朝鮮民謠研究』, 首善社, 1949; 정병욱, 『한국고전시가론』, 신구문화사, 1954; 金思燁, 『李朝時代의 歌謠研究 : 特히 初中期의 形式을 主로』, 大洋出版社, 1956; 이능우, 「자수고 대안」, 1958, 263~265쪽; 정광, 「韓國詩歌의 韻律研究試論」, 서울大學校 語學研究所, 『應用 言語學』 Vol.7 No.2, 1975, 151~165쪽; 예창해, 「韓國詩歌 韻律의 構造研究」, 成均館大學校 國語國文學科, 『成大文學』 Vol.19, 1976; 72~115쪽; 성기옥, 「한국 시가의 율격 체계 연구」, 서울대 석론, 1980; 김대행 편, 『운율』, 문학과 지성사, 1984; 조동일, 『한국민요의 전통과 시가 율격』, 지식산업사, 1996.

한시나 일본의 하이쿠에만 있는 자수율을 무리하게 가져다 쓴 것이라는 비판을 받았던 것처럼, 음보율 역시 서양의 음보(Foot) 개념을 끌어와 한국식으로 재정의했다는 점에서 그 한계가 있다. Foot가 강약률을 기반으로 그 단위가 정해지는 것에 비해 한국의 음보는 음절 기반인데, 그 음절의 수가 일정치 않고 시편과 읽는 사람에 따라 그 기준 음량이 달라진다는 것이다. 따라서 음보를 구분하는 것은 Foot의 경우에서처럼 명확하지 않고 가변적이며 수의적인 양상을 띤다.

이러한 율격 파악의 어려움 때문에 과학적인 방법으로 한국 노래문학의 운율을 파악하고자 하는 노력도 있었다.[5] 음수나 음보가 실제 시를 읽는 과정에서는 어떤 방식으로 구현되는가에 대해 음성분석기를 통해 구체적으로 고찰한 것이다. 그러나 율독에 참여한 실험자의 수가 매우 적고 율독의 양상을 객관화시키기보다는 기존의 음보, 음수율을 확인하는 작업의 성격이 강했다.

한국 노래문학의 운율론을 파악하는 데에 지속적으로 언급되어 왔던 점은 시(詩)와 가(歌)의 미분화 상태에서 연행되었던 텍스트인만큼 운율 형성에 음악이 일정 영향을 미쳤으리라는 추정이다. 그러나 이에 대한 논의는 답보상태다. 시조를 예로 든다면, 같은 텍스트가 시조창으로도 가곡창으로도 불렸으니 이는 문학 텍스트로 인식했을 때의 질서와 음악 텍스트로 인식했을 때의 질서가 달랐음을 증명하는 것이라 해석할 수 있다.

현재 한국 노래문학에 대한 운율 연구는 기존 이론에 대한 비판이나

---

5 김석연, 「시조 운율의 과학적 연구」, 『亞細亞研究』 11-4, 고려대학교 아세아문제연구소, 1968, 1~41쪽; 황희영, 『운율연구 : 韓國詩歌 韻律構成의 音韻論的 分析 研究』, 東西文化比較研究所, 1969.

옹호에서 더 진전되지 않고 있다. 그 이유 중 하나는 운율론이 너무나 현대 연구자들의 입장에서 논의된다는 점일 것이다. 연구자들은 성급하게 이론화하고 증명하려는 경향이 강하다. 노래문학이 어떻게 전승되어왔고 어떠한 운율 체계를 가지게 되었는지에 대한 '과정'에 대한 관심보다는 장르를 규명하고 설명할 수 있는 '결론'에 더 주목한다. 음수율론에 대해서 제출된 음수율 모형과 실제 작품들의 상황이 맞지 않는다고 비판하면서 새로 만들어 제출한 대안들은 비연구자들이 노래문학 텍스트를 율독할 때의 상황과 그다지 부합하지도 않고, 어떤 이론들은 너무나 복잡해서 이해조차 힘들 정도이며, 대안을 제출했던 연구자조차도 얼마 후 동일 텍스트에 대한 음보 분석을 수정하기도 한 바[6]도 있을 정도다. 모든 운율론이 결국은 시를 읽을 때에 구현되는 율동에 대한 설명을 지향한다고 했을 때, 시 낭송회에서의 율독은 운율론과 현실의 괴리를 가장 잘 보여주는 현장이다. 심지어 유명 시인이 자신의 시를 낭송할 때에도 율격론에서의 가장 큰 전제라고 할 수 있는 행말 휴지를 지키지 않고 행과 행을 붙여서 읽거나 비표준 발음으로 불필요한 경음화(硬音化)가 나타나는 경우가 있다.

이러한 상황에서 한국 노래문학의 운율론은 원점에서부터 다시 검토될 필요가 있다. 여기서 원점이라 함은 생산과 향유로부터 유리되어 있는 현대 연구자들의 입장을 배제하자는 뜻이다. 실제 노래문학을 생산하고 즐기고 전승하는 향유층의 입장에서 그들이 노래문학 텍스트에 담아놓은 양식적 틀이나 율동 장치를 찾아내고 전시대의 노래문학이 어떤 방식으로 전승되고 재창작되며 그 과정에서 운율적 요소들은 어떻게 전

---

6 이능우, 「자수고 대안」, 1958, 263~265쪽.

이되는가를 면밀하게 밝히고 결론으로 가는 발걸음을 늦추어서 한국 노래문학의 운율의 실상을 보다 진실하게 드러내야 한다고 생각한다.

본고에서는 기존의 운율 논의가 가진 한계점에 주목하고, 이에 대한 대안으로서 노래문학 텍스트가 어떻게 전승되어 왔는가를 연구할 것을 제안한다. 예컨대 18세기 시조 작가는 어떤 운율 의식, 언어·문학적 관습을 바탕으로 창작하고 있는가를 생각해보자는 것이다. 그 작가가 과연 음수율이나 음보율을 바탕으로 창작하였을까? 그런 운율의식이 없었는데도 어떻게 현대 연구자들이 보기에 일정한 음수율이나 음보율을 보이는 작품을 만들 수 있었을까? 이런 의문으로부터 본 연구는 시작한다.

2. 기왕의 노래문학 운율 논의의 한계와 보완 방향

한국 노래문학의 운율 파악은 논자들이 수집한 작품 분석을 바탕으로 이루어지기 시작했다. 이병기와 이광수가 제출한 평시조 율격 모형은 조윤제와 김사엽에 의해서 통계적으로 검증되었고 대상 작품 수를 늘려가며 초·중·종장 한 구(또는 음보)에 들어가는 음절수의 범위와 최빈값을 찾아내었다. 애초에 문학 작품의 운율을 문학이 아닌 수학적인 방법으로 분석하는 것에 대한 우려가 있었으나 초기 연구자들의 신중한 태도는 다음 세대 연구자들에게 큰 고려의 대상이 아니었고 전승되지도 않았다.

> 이와 같이 조선어(朝鮮語)의 각음(各音)의 음량(音量)은 중국(中國) 혹은 일본(日本)의 그것과 같이 일정(一定)ㅎ지 못해서 이로 표현(表現)되는 운문(韻文)은 운율(韻律)을 자수(字數)로 제한(制限)ㅎ기 어렵게

된다. …(중략)… 그러나 우리는 좀 더 나아가 일견(一見) 혼돈(混沌)하고 부정돈(不整頓)하여 보이는 시조(時調)에서 정확(正確)한 그 자수(字數)는 얻기 어렵다 하더라도 시조(時調) 자신(自身)이 가지고 있는 운율(韻律) 상(上) 방불(彷佛)한 이념(理念(Idea))이라고도 할만한 자수(字數)를 파악(把握)할 수 없을까. 만약 그렇게 할 수 있다면 그는 시조(時調) 형식론(形式論) 상(上) 빼지 못할 한 시험(試驗)일 줄 생각한다.[7]

이리하여 대강(大綱) 나의 불비(不備)한 통계(統計)를 기초(基礎)로 하고 종래(從來) 연구(研究) 제가(諸家)의 학설(學說)을 참작(參酌)하여 속단(速斷)을 내렸다. 그러나 이에 결론(結論)이라 얻은 344(3)4, 344(3)4, 3543(三四四(三)四, 三四四(三)四, 三五四三)은, 이를 실제(實際) 시조(時調)에 당(當)하여, 보면 너무 자여가(字餘歌), 자부족가(字不足歌)가 많아서 …(중략)… 거의 정형시(定型詩)라 인증(認證)할 수 없을만큼 극(極)히 추상적(抽象的)인 결론(結論)이 된다. …(중략)… 따라서 조선(朝鮮) 시가(詩歌)에 있어서, 자수(字數)의 일정(一定)을 기모(企謀)하는 것은, 한 망상(妄想)에 지나지 못할 것이다. 혹(惑)은 일시(一時)는 사람의 호기심(好奇心)을 끌어 유행(流行)이 될찌 모르나, 가까운 장래(將來)에 있어서는 역시(亦是) 저 언문풍월(諺文風月)의 운명(運命)과 동일(同一)한 궤도(軌道)를 밟지 않으면 아니될 것이다.[8]

조윤제는 우리 고시조가 한시와 일본 시와 다르게 음수로 파악하기 어렵다는 점을 분명히 인지하고 있었으며, 그럼에도 이상적인 모델을 시험적으로 만들어볼 필요가 있다고 조심스럽게 말했다. 또한 결론부에서는 자신이 얻은 통계치에 대해서 정형시라고 거의 인정할 수 없다

7 조윤제, 〈시조자수고〉, 『新興』 제4호, 1930년 11월 6일(『한국 시가의 연구』, 을유문화사, 1948, 134~135쪽 재수록).

8 조윤제, 위의 책, 172~173쪽.

는 학술적 판단을 보이고 글자수를 맞추어 시를 짓는 것은 언문풍월에 준하는 비문학적인 것으로서 결국 사라질 것이라고 보았다.

이런 견해는 이병기의 운율관을 계승한 것으로 보인다. 이병기는 〈율격과 시조(律格과 時調)〉(《동아일보》, 1928.11.28.~12.1일자)에서 음수율만을 내세우지 않았고 언문풍월식으로 형식만 맞춘 시에 대해서 비판적 입장을 분명히 했다. 음성율, 음위율, 음수율의 순서로 시조의 운율을 설명하면서 초·중·종장을 구 단위로 나누고 각 구에 들어갈 수 있는 음절수를 제시하였다. 그가 결론으로 제시한 것은 고시조는 고시조대로의 운율이 있고 현대 시조는 현대 시조대로의 운율이 있어야 한다는 것이다. 그가 제안한 조선적 운율은 우리말의 아름다움을 살린 시의 리듬을 말하는바, 결국 음수율만을 긍정한 것은 아니었다.

가람보다 한 달 먼저 발표된 춘원(春園)의 〈시조의 자연율〉과 〈시조의 의적 구성〉에서는 시의 내용(想)과 형식(調)의 일치가 시조의 자연율이라고 했다. 물론 기준형식(3444/3444/3543, 3장 45자 내외)을 정하고 변체(1번~5번)를 제시하여 시조 형식이 다기함을 보여주었지만, 결론부에서 강조한 것은 결국 내용과 형식의 일치였다.

> 그러나 시조(時調)의 조(調)는 물론(勿論) 음수(音數)로만 생기는 것이 아니니 음질(音質),단어(單語), 사의(詞意)도 크게 관계(關係)가 있는 것이다.[9]

가람은 음수율만이 아니라 음질, 단어, 내용을 모두 아울러 시조의 운율을 설명해야 한다고 생각했다. 그런데 내용보다는 형식 즉 음수율

9 李光洙, '時調의 自然律', 1928년 11월 8일자.

에 치우치기 시작한 것은 김사엽부터다. 김사엽은 박사논문을 통해 조선시대의 노래문학의 형식을 정리하면서 이를 모두 음수율로 분석하였다.[10] 기존의 논의들을 계승한 것이기는 하지만, 이전의 논자들이 형식과 내용의 조화나 일치를 언급했던 것과는 달리 노래문학에서의 음수율이 어떻게 전승되고 있는가에 초점을 두었다. 김사엽 이후의 음수율과 음보율 논의는 어떤 장르종의 형식문제를 다루면 다룰수록 내용과는 상당히 유리된 순수한 형식론과 운율론으로 흘러왔다.[11]

한편, 서양의 Foot개념이 도입되기 이전부터 한국 노래문학의 운율은 한국어의 특질에서 찾아야 한다는 주장이 지속적으로 반복되었는데, 음보율론의 발전은 한국어의 율격적 기저 자질이 무엇인가에 대한 관심과 실제로 낭송되었을 때에 어떤 기저 자질이 운율 형성에 관여하는가에 대한 관심으로 확장되기도 했다.

김석연, 황희영은 음성분석기를 이용하여 한국어에 나타나는 운율 현상을 구체적으로 연구했으나,[12] 제한된 분석대상으로 인해 그 한계를 드러내었다. 김석연은 시조 2수를 대상으로 남녀 2명이 녹음한 자료를 바탕으로 이능우의 율격론을 검증하는 차원에 머물렀고, 황희영은 이병기, 이광수의 언급처럼 음수만이 아닌 음성율과 음위율을 한국시 운율의 구성요소로 보고 텍스트 낭송 자료 분석을 통해 논증하였으

---

10 金思燁, 『李朝時代의 歌謠硏究 : 特히 初中期의 形式을 主로』, 大洋出版社, 1956.

11 이런 김사엽의 음수율론에 비판을 가한 것은 이능우였다. 그는 김사엽의 음수율 논의에 대해서 매우 부정적으로 평가하면서 그에 대한 대안으로 정병욱이 언급했던 시간적 등장성 개념(Foot 포함)을 도입하고 일본학자 土居光知의 『일본어의 모습』(1943)에서 주장한 2음이 일본어의 기본 리듬단위가 된다는 설을 비슷한 언어인 한국어에 끌어들여와 2음절을 하나의 氣力로 설정하고 음보율 기반의 운율론을 제시하였다.

12 김석연, 『시조 운율의 과학적 연구』, 1968; 황희영, 『운율연구』, 1969.

나 장르 형식론으로 확장시키지 않았고 음성분석은 고저율의 존재를 밝히는 것으로 제한했다.[13]

한국 노래문학의 운율 논의가 애초의 단순 통계 수준에서 벗어나 서양의 율격론을 대입시킨 복잡한 이론(foot, mora), 언어학과 음성분석으로 확대되었지만 여전히 남아있는 문제는 고시조의 경우에 그것을 전승했던 향유자들이 과연 그렇게 복잡하고 어려운 운율 의식이 있었는가 하는 점과 있었다면 그것은 향유자들 간에 합의된 '규칙'의 성격을 가지고 있었던 것인가 또 그런 점은 어떻게 증명될 수 있는 것인가, 설명할 수 있느냐는 것이다. 이에 대해 고전적인 대답은 이능우의 표현처럼 우리에게 이미 내재되어 있는 '문학 순수 생리·심리(文學 純粹 生理·心理)'[14] 덕분에 현대의 음보율·음수율·음성률이나 기준음절수(모라) 등과 같은 개념어는 없어도 관습적으로 전승되는 일정한 노래의 틀이 있었을 것이라고 답변하는 것이다.

그러나 '규칙'에 대한 강박관념을 버리고, 노래 향유자들이 어떻게 창작하고 전승하였는가를 살핀다면 이에 대한 대답은 달라질 수 있다.

---

13 시조의 형식에 대해서도 언급하였으나(126~127쪽) 이전 논의들을 정리한 정도였는데 이는 논문 자체가 어떤 장르의 운율을 규명하려는 것이 아니라 한국 시의 운율적 요소를 작품(고전시와 현대시 포함)과 낭송 자료를 통해 보이는 데에 목적이 있었기 때문이다.

황희영은 운율에 대한 이론적이며 과학적 분석이 문학적 내용과 관련 되어야 한다는 전제를 두었지만, 이는 낭송으로 구현되는 시의 율동이 기본율격과 달리 낭송자의 주관과 낭송 환경에 따라 다양하게 이루어질 수 있음을 논한 것에 머물렀다. 또한 "모든 운율적 현상은 언어의 테두리 안에서 일어나기 때문에 운율학은 전적으로 언어학의 범위 안에 고려되어야 한다"고 하며 운율 분석은 언어 분석과 일치할 수도 있다고 주장했다. 이는 사실 상 서양의 운율론을 그대로 따르고 있는 것으로서 노래문학의 운율을 언어학의 범주로 제한시킨 셈이다.

14 이능우, 앞의 책, 206쪽.

'음절과 음보의 계량적 제한'이라는 틀에서 벗어나 '관습과 전승'이라는 관점이 필요하다. 물론 기존의 운율론을 폐기하는 것은 아니며, 보완적 연구를 통해 전승 양상을 밝혀야 한다는 것이 본고의 의도다.

어떻게 전승의 양상을 설명할 것인가와 관련하여 몇 가지 선행되어야 할 전제들이 있다. 먼저 충분한 작품 수가 확보되어서 그 변이와 전승의 양상이 드러날 수 있는 노래문학이어야 한다. 둘째 충분한 시간적 스팩트럼을 가지고 있어서 전시대의 텍스트가 다음 세대에 어떤 표현으로 어떤 장르로 변이되고 있는지 살필 수 있어야 한다. 셋째, 노래 텍스트의 어떤 표현이 당대의 일상 언어 표현에 불과한 것인지 아니면 운율 의식에 의해 일상어의 관습을 파괴하고 시어로 바뀐 것인지 가늠할 수 노래문학 향유 당대 언어 자료가 충분히 확보되어 있어야 한다. 본고에서는 이런 조건들을 대체적으로 만족시키는 장르로 고시조를 정했다. 고시조의 경우 작품 수가 많고 오랜 기간 전승되었으며 현재에도 창작되고 있으므로, 그 창작과 전승의 면모를 살피기에 적절한 연구대상이라 생각된다.

이렇게 새롭게 설정한 운율 연구 방법을 실행하기 위해서는 먼저 해결해야 할 문제들이 있다. 첫째, 고시조 창작의 관습을 어떻게 파악할 것인지 구체적인 방법이 필요하다. 이광수, 조윤제가 주장했던 바처럼 형식과 내용을 일치시킬 수 있으면서, 고시조 창작자들이 이용했었다고 생각할 수 있는 어떤 틀을 찾아내야 한다. 그리고 시조가 다음 세대로 전승되면서 그 어떤 틀(음수율이나 음보율에 구애받지 않는)도 관습적으로 전승되었다고 가정하면 시조 텍스트 간의 전승 요소를 찾고, 이를 당대의 언어 습관과 당대 타 장르 노래문학과의 연관지어 연구해야 한다.

둘째 문제는 이전의 운율 연구와 같이 제한된 노래문학 텍스트로 운율을 파악하거나 개인의 주관이 반영될 수밖에 없는 개인 연구로 노래문학 전체의 전승 양상을 진행하는 것이다. 모든 노래문학 텍스트를 대상으로 각 시대별 언어 자료들을 망라하고 운율적 틀의 전승 양상을 공동 연구 방식으로 진행하여 연구의 객관성을 제고하는 것이 필요하다.

셋째, 도출되는 운율 요소의 전승 양상이 개인 연구자들에 의해 쉽게 검증될 수 있는 프로그램이 필요하다. 자료 통계나 데이터베이스 작업이 폐쇄적이고 일반 연구자들의 자료 접근이 용이하지 않으면, 도출된 연구 성과를 일방적으로 믿을 수밖에 없고, 자료에 어떤 결함이 있다고 하더라도 연구진 스스로 보완하지 않는 한 추후 개선될 여지가 없다. 연구진에 의해 가공된 자료라고 하더라도 전체를 공개하고 개인 연구자가 접근하여 검증할 수 있도록 함으로써 도출되는 결론을 보완할 수 있어야 한다.

3. 대안으로서의 노래문학 통합 연구 환경 마련

공동 연구의 방식으로 우리 노래문학 전반에 나타나는 전승의 양상을 언어관습과 문학적 관습과 연동하여 연구하려고 했을 때 당장 부딪히는 현실적인 문제들이 있다. 노래문학의 운율 전승 양상을 추적할 수 있는 통합 데이터베이스가 없다는 점, 중세와 근대의 어휘 변화를 반영하여 검색할 수 있는 검색시스템 미개발이 가장 큰 장애다. 즉 노래문학을 연구하면서 관련 DB들을 검색하여 데이터를 검색하는 과정에서 데이터 자체의 부족, DB간의 연동 불가[15], 자신의 코딩 자료와 연동이 되지 않는 문제와 부딪히게 된다. 특히 고전 노래문학 연구자가 운율 전승을 파악할 때에 가장 원천적인 장애는 언어적인 질서와 표현의 다양성 및 리듬을 파악하기 위한 문자열 검색에 있어서 옛한글의 자모검색이 불가능하다는 점이다. 관련되는 문제들을 그림으로 보이면 아래와 같다.

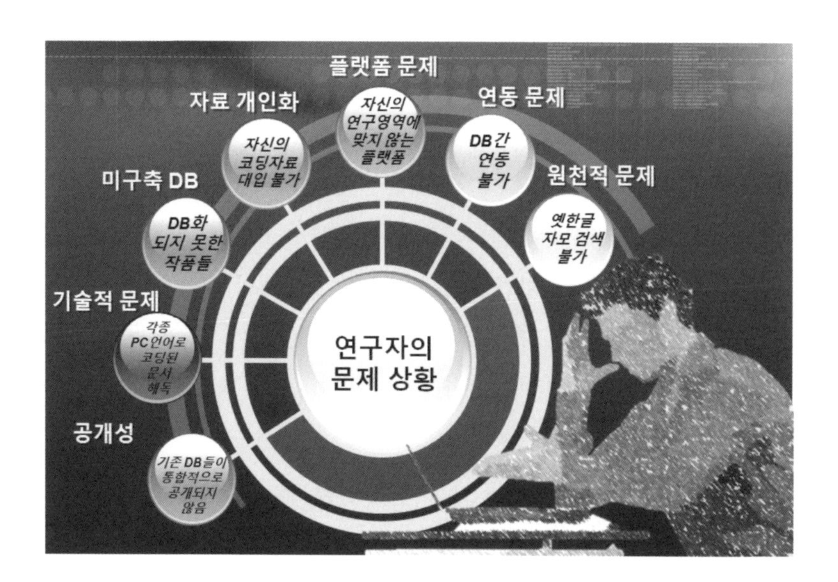

15 이제까지 데이터베이스를 활용한 운율론 논의는 크게 음성학분야와 시문학 분야에서 이루어졌으나, 음성학에서는 컴퓨터가 인간이 발화하는 자연스러운 발음을 할 수 있도록 음성합성 프로그램을 개발하는 것을 주목적으로 한 것이고, 시문학계의 연구는 시조 자체만을 DB화 하다보니 시조에 쓰인 표현이 어떤 관계 속에서 연관되지 못하고 계량적이며 통계적인 결과만 제시하는 한계가 있었다. 말하자면 시조 향유 당대의 언어적 상황과의 비교 연구가 결략되어서 도출된 통계 결과를 좀 더 의미 있게 해석하지 못하였다. 게다가 검색과 DB연동에 있어서의 한계는 지속적으로 지적되는 사항이다(안병학·정우봉·정출헌, 「한국 고전문헌 데이터베이스의 설계·구축 및 응용 방안 연구」, 『民族文化硏究』 34집, 고려대학교 민족문화연구원, 2001, 179~389쪽; 장정수, 「계몽기·근대시조 DB의 개선 및 콘텐츠화 방안 연구」, 『時調學論叢』 44집, 한국시조학회, 2016, 105~138쪽 참고).

1) 통합 DB 구축의 필요성

먼저 노래문학에 대한 통합적 DB가 필요한 이유에 대해서 생각해 본다. 노래문학은 장르 간 친연성이 강하기 때문에, 각각의 DB로 따로 운영하는 것보다는 통합적으로 운영하는 것이 효율적이다. 시조와 가사를 생각해 보아도 4음보 3·4조의 운율에 사대부들의 문학으로 시작되었다는 공통점이 있으며 표현을 공유하는 부분도 많다. 무엇보다도 노래문학의 핵심이라고 할 수 있는 운율 연구에 있어서 비슷한 언어적 패턴을 보이는 작품들과 말뭉치의 구어/문어 자료들에 대한 검색이 용이하지 않는 점에서 연구자 맞춤형 검색 플랫폼의 구축이 필요하다.

기존에 만들어진 노래문학 관련 DB들은 연구자들이 활용하는 데에 있어서 극복해야 할 장애요소가 많은 상태다. 검색 플랫폼이 필요한 구체적인 이유를 들면 다음과 같다.

첫째, 민요, 시조, 가사 등 우리 노래문학 텍스트들은 여러 번 단행본과 사전의 형태로 집대성된 바 있다. 그런데 장르 간 영향 관계나 시대별 추이를 비교 검색하기 위해서는 자료가 디지털화되어야 하는데 이를 개인적 작업으로 진행하기에는 한계가 있다. 비록 민요나 가사처럼 많은 텍스트들을 온라인으로 제공하는 서비스가 있다고 해도, 온라인의 자료는 원전을 옮겨 놓은 것에 불과하고 다른 DB와의 연동이 불가능하여 연구가 처음부터 막히는 경우가 많았다.

둘째, 고전 분야 노래문학 연구자들에게 장애가 되었던 옛한글의 자모 단위 검색이 가능하다. 말뭉치를 사용하면서 고전 노래문학 연구자들이 겪는 문제는, 세종21에서 제공하는 검색프로그램으로는 옛한글의 자모 단위 검색이 어렵다는 것이다. 예컨대 '누구를'의 이형태로는 '눌/누를/누을/누ᄅᆞᆯ/누구를/누구을/누구ᄅᆞᆯ/누굴/뉘를/누고ᄅᆞᆯ'가 있는

데, 어학적인 지식이 없이 '누구를'의 이형태를 모두 찾아내는 것은 쉽지 않다. 이때 필요한 것이 자모 단위 검색인데 아래아(·)나 반치음(△)과 같은 옛한글은 검색 자체가 안 되고 있다.

2) 문제 분석과 대안 마련

현재 노래문학 연구자들이 활용할 수 있는 DB는 다양한 기관에 산재되어 있으며 DB의 코딩 표준이나 공개 수준이 상이하다. 비록 인터넷이라는 공간에서 공존하지만 접근이나 연동에 있어서는 상당한 제약이 있다. 연구자의 자료를 반영하여 연동시킬 수 있는 DB는 전무하다.

노래문학은 역사적 산물이며 동시에 언어공동체의 언어적 습관이 반영되어 있다. 또한 음악, 문학과 긴밀한 문화적 유산이기도 하기 때문에 노래문학에 대한 연구는 언어학적, 문화적, 역사적, 음악 방면에서의 다양한 접근이 필요하다. 현재 인터넷 공간에서 접근할 수 있는 노래문학 관련 데이터베이스와 아카이브를 종류별로 살펴보면 다음과 같다.

연번	종류	DB 명칭	URL	검색 문자	비고
1	시가	아리랑아카이브	http://arirang.iha.go.kr/homepage	한글	음원, 영상, 이미지 제공
2	시가	한국 유성기음반	http://www.sparchive.co.kr/v2/	한글	음반, 노랫말 제공 (본문 검색은 불가)
3	시가	K-POP 아카이브	http://k-pop.or.kr/	한글	음원, 가수, 대중음악사 검색
4	시가	우리의 소리를 찾아서	http://www.urisori.co.kr/dokuwiki-home/doku.php	한글 원문	한국민요대전 음반사이트로서 음원, 노랫말 제공(본문 검색 가능)
5	시가	한국역대 가사문학집성	http://www.krpia.co.kr/product/main?plctId=PLCT00004832	한글 원문	작문 원문, 본문 검색 가능

6	시가	토대연구DB 계몽기 근대 시조의 XML 데이터베이스 문서화	http://ffr.krm.or.kr/base/td004/browse.html	한글 원문	작품 원문 검색, 키워드 검색 가능(자소검색 불가)

고전시가의 운율이나 어학적인 연구를 위해서는 문형 검색, 자소 검색이 필요한데 현재로서는 위 시가 DB를 비롯해 모든 DB에서 자소검색이 제대로 이루어지지 않고 있고, 옛한글 자소검색은 기술적으로 불가능한 상태다.

예를 들어 뎨국신문(帝國新聞) 1907-8-22일자에 실린 시조에는 "인ᄉᆡᆼ 만ᄉᆞ 뎌와 갓ᄒᆞᆫ 죠변셕ᄀᆡ가 되리로다"라고 하여 '인ᄉᆡᆼ 만ᄉᆞ'라는 단어가 나오는데 이를 '인생 만사'로 검색하면 전혀 다른 작품이 1건 검색된다. 띄어쓰기를 다르게 하여 검색하면 검색결과가 나타나지 않는다. 즉 '인ᄉᆡᆼ 만ᄉᆞ'의 다른 형태들에 대한 통합 검색이 되지 않아 어떤 단어에 대한 모든 자료를 검색했다고 확신하기 어렵다. 이런 문제는 자소검색을 하면 쉽게 해결된다. 'ㅇㅣㄴ+ㅅ?ㅇ+ㅁㅏㄴㅅ?'와 같이 다르게 표기될 수 있는 모음을 '?'(1개의 글자) 나 '*'(여러개의 글자)와 같은 연산자를 이용하면 이형태들을 한꺼번에 검색할 수 있다. 특히 어떤 표현이 특정 시기에 쓰였는가를 판단하기 위해서는 이런 자소검색 기능이 반드시 필요하며 이는 노래문학 연구자에게 필수적 기능이다.

현재 온라인으로 서비스를 제공하는 시가 DB는 민요, 근대시조, 가사, 유성기 음반 소재 노래로서 전체 노래문학에 비해 적은 장르만 DB화 되었고 일부는 원문검색이 불가능하다는 점이 문제다. 근·현대의 대중가요는 노랫말 검색이 되지 않고 있는 상태인데, 근대 대중가요는 토대사업으로 DB화가 진행 중이나 현대 대중가요 노랫말은 아직 DB화 되지 못했다.

최근 대중가요에 대한 연구자들의 관심이 커지며 학술성과가 많이 나오고 있다. 대중가요의 뿌리 역시 전통 노래문학에서 찾아야 하고, 모든 노래문학은 민요와 일정한 거리가 있다는 점을 생각할 때, 노래문학 DB들을 이렇게 분리시켜서는 연구의 효율성을 제고할 수 없다는 점이 자명하다.

연번	종류	DB 명칭	URL	검색 문자	비고
7	언어	CNC북한 어문학	http://language.yescnc.com	한글	북한 어학, 문학, 속담(PDF) 등 제공
8	언어	제주학아카이브	http://www.jst.re.kr/	한글	제주 언어, 문학 자료 (본문 검색 불가)
9	언어	한국 근대 신어의 성립과 변천에 대한 정보의 체계적 구축 (한국학 분야 토대 연구지원 결과물)	http://waks.aks.ac.kr/rsh/?rshID=AKS-2012-EAZ-3101	한글 원문	한국 근대시기(1876-1945년) 신어(번역어, 외래어, 유행어) 검색 서비스 (옛한글 자모검색 불가)

노래문학에는 방언, 속담을 비롯한 중세·근대의 역사적 어휘들이 많이 담겨 있으므로 어학적인 정보 검색이 이루어져야 한다. 이때 자소 검색은 단어의 이형태를 살피기 위한 필수 기능이나 현재는 불가능하다. 아직 방언 속담 등에 대한 한글원문 검색도 원활하지 못한 것은 시급히 해결해야 할 문제다.

연번	종류	DB 명칭	URL	검색 문자	비고
10	역사	국사편찬위원회 한국사 데이터베이스	http://db.history.go.kr/	번역문 /한문 원문	역사 관련 고문 DB, 본문 검색

11	역사	규장각 한국학연구원	http://kyujanggak.snu.ac.kr/home/index.do?idx=06&siteCd=KYU&topMenuId=206&targetId=379	번역문/한문 원문	고전번역물에 대한 상세검색 제공
12	역사	한국역사 정보통합시스템	http://www.koreanhistory.or.kr/	번역문/한문 원문	여러 개의 DB사이트를 통합 서비스
13	역사	한국고전종합 DB	http://db.itkc.or.kr/itkcdb/mainIndexIframe.jsp	번역문/한문 원문	고전적(역사, 문학 등)에 대한 번역문 검색 서비스
14	역사	왕실도서관 장서각 디지털 아카이브	http://yoksa.aks.ac.kr/main.jsp	한글 원문	한국구비문학대계(본문검색가능), 한국방언자료집(음원), 한국민요대관(본문검색가능-한중연제공)

국사편찬위원회의 '한국사 데이터베이스'는 역사학 관련 DB를 한 곳에서 통합적으로 검색할 수 있도록 했다는 점에서 본 연구와 관점이 일치하고 있다. 주로 한문과 번역문을 검색하는 것이므로 어휘의 변이 형태에 대한 문제가 발생하지 않는다. 왕실도서관 장서각 디지털 아카이브에는 구비문학대계와 민요대관이 있어서 본문 검색이 가능하다.

연번	종류	DB 명칭	URL	검색 문자	비고
15	음악	국악아카이브	http://archive.gugak.go.kr/ArchivePortal/index.jsp	한글	주로 공연되는 국악에 대한 동영상, 이미지 제공
16	음악	국악아카이브 연구회	http://www.gugakarchive.kr/	한글	음원 위주 서비스
17	음악	국악음반박물관	http://www.hearkorea.com/	한글	음원 위주 서비스
18	음악	예술박물관	http://www.artsmuseum.org/main.htm	한글	국악, 무용에 대한 동영상 자료 서비스
19	음악	이화음악 데이터베이스	http://emusicdb.info/index.php	한글	(1880~1945)의 음악 교육 원전 자료(악보, 음원, 서지정보) 제공

음악 DB는 노랫말 원문에 대한 검색은 없고 주로 음원과 관련 자료에 대해서 검색 서비스를 제공하고 있다.

연번	종류	DB 명칭	URL	검색 문자	비고
20	문화	한국예술 디지털아카이브	http://www.daarts.or.kr/	한글	예술인의 구술자료 PDF 제공
21	문화	한국향토문화 전자대전	http://www.grandculture.net/	한글	전국의 향토문화 자료를 디지털화(구비설화관련 지역 정보 제공 포함)
22	문화	조선시대 필사본 음식 조리서의 용어 색인 DB 구축 (한국학 분야 토대 연구 지원 결과물)	http://ffr.krm.or.kr/base/td003/browse_bible.html	한글 원문 / 대역문	음식 용어에 대한 대역문과 원문의 본문 검색 가능
23	문화	문화콘텐츠닷컴	http://www.culturecontent.com/main.do	한글 원문 / 번역문 등	한국콘텐츠진흥원에서 만든 다양한 아카이브를 제공(국악과 문학 포함)

20~23번 DB는 노랫말에 등장하는 음식이름, 지명, 춤, 악기 등 각종 문화와 관련된 콘텐츠를 담고 있다. 이중 음식 용어와 문화콘텐츠닷컴의 일부 아카이브는 한글원문 검색이 가능하다. 한국콘텐츠진흥원에서 '문화컨텐츠닷컴'을 통해 제공되는 아카이브 중 노래문학과 관련 있는 것은 다음과 같다.

악인/오케레코드와 조선 악극단/고려가요의 디지털콘텐츠화/정간보/한국근대의 음악원형/겨레의 노래 아리랑/백두대간의 전통음악 원형/음성원형 콘텐츠 웨어/ 국악장단 디지털콘텐츠/디지털 악학궤범/국악/ 종묘제례악/ 산조

주로 국악과 관련되는 것이 많고 고전시가로는 '고려가요의 디지털콘텐츠화'가 있지만, 이 역시 노랫말보다는 복원한 음악을 들려주는 서비스다.

연번	종류	DB 명칭	URL	검색 문자	비고
23	신문	국내외 근현대 신문 잡지 자료의 조사, 수집 해제 및 DB화 (한국학 분야 토대 연구지원 결과물)	http://ksps-pms.aks.ac.kr/otc_jsp/OtcSbjtBscInfo.jsp	해당 없음	서비스 준비 미비
24	신문	제국신문의 수집, 정리 및 DB자료화 (한국학 분야 토대 연구지원 결과물)	http://waks.aks.ac.kr/rsh/?rshID=AKS-2011-EBZ-3103	한글 원문	순한글본 신문인 제국신문의 본문 검색서비스 (옛한글 자모검색 불가)
25	신문	동아일보 아카이브	http://www.donga.com/pdf/archive/archive_help.html	한글 원문	1920-현재까지 신문검색(90년대 이후만 본문 검색 가능)
26	신문	조선일보 아카이브	http://srchdb1.chosun.com/pdf/i_archive/	한글 원문	1920-현재까지 신문검색(90년대 이후만 본문 검색 가능)

신문, 잡지 자료는 근·현대의 언어 상황을 가장 실시간으로 반영하고 있는 자료적 가치를 지닌다. 근·현대의 노래문학에 대한 어학적, 문화적 연구를 위해서는 신문 자료에 대한 접근이 필수적이다. 아직 근·현대 잡지에 대한 검색은 이루어지지 않고 있고, 신문 역시 본문 검색이 되는 것은 90년 이후의 신문기사이며(제국신문은 가능) 그 이전은 주제어나 제목으로만 검색이 가능하다. 신문에서 내용이 아니라 언어 표현의 시대별 변화를 살피기 위해서는 고신문에 대한 본문 검색이 필요한데 현재로서는 힘든 상황이다.

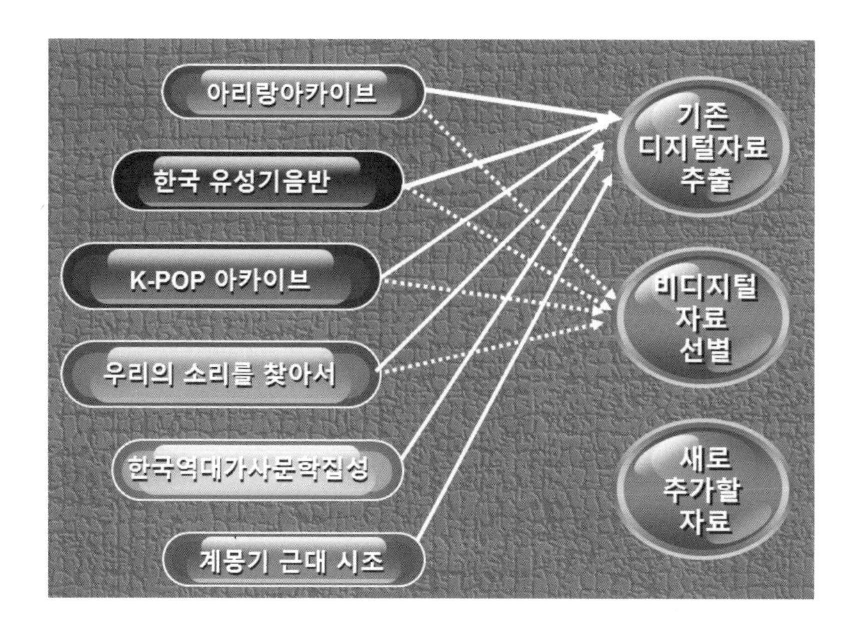

본고에서 대안으로 제안하고자 하는 노래문학 검색 DB는 역사학 분야의 '한국사 데이터베이스'와 같이 하나의 연구 분야에 필요한 모든 DB를 통합하는 것이다. 연구의 효율성을 높이기 위해서는 노래문학과 관련 있는 데이터들만 모아서 통합적으로 검색이 가능하고, 노래문학 영역의 특성에 맞게 노랫말 본문 검색은 물론이고 옛한글에 대한 자소 검색이 모두 가능한 플랫폼이 필요하다.

위의 문제 상황들을 반영한 대안은 아래와 같이 수립할 수 있다.

첫째, 기존 노래문학 관련 DB 간의 '연동'을 통해 연구자들이 개인적인 노력 낭비를 없애고 새로운 연구 방법을 제시하여 연구 성과를 제고할 수 있다. 시조, 가사를 비롯한 작품DB는 물론 세종21과 같은 거대말뭉치와 연동시키고 기타 문화·역사적 정보와 관련된 DB들을 하나의 플랫폼에 통합적 구현하는 것이다. 이 검색 플랫폼을 통해 여러 장르의 데이터를 통합적으로 비교 검색할 수 있을 것이다.

둘째, 노래문학의 전승 양상 파악을 위한 자모검색 문제는 기술적 해결이 가능하다. 현재까지 세종21 말뭉치에서 옛한글은 검색 자체가 안 되고 있다. 이런 문제에 봉착한 본 연구자는 세종21 말뭉치 중 원시말뭉치 자료(txt)를 대상으로 자모 단위의 검색이 가능하도록 PYTHON 3.4.2.를 이용하여 검색 프로그램을 만들어 오프라인 상태에서 전체 말뭉치 자료에 대한 자모 단위 검색은 물론 PYTHON RE(정규식)를 이용한 다양한 검색이 가능하게 하였다.[16] 옛한글의 자모 분석에 대한 핵심적인 기술을 바탕으로 향후 온라인으로 검색이 가능하도록 개발이 가능한 상태다.

하지만, 이 두 가지 대안만으로는 부족한 점이 많다. 먼저 노래문학 통합 DB가 만들어진다고 해도, 그것을 개인화시킬 수 있는 방법이 없다는 것이다. 예컨대 새로 발견된 작품 자료를 DB에 반영하여 통합적으로 연동시키고자 할 때 개인이 DB에 접근하기가 쉽지가 않고, 연구자 개인의 코딩 작업을 통합 DB와 연동할 수도 없다. 결국은 공동 연구와 공동 작업만이 허용될 뿐이고, 개인 연구자들의 관심사에 따른 연구는 쉽지 않다는 것이다. 이를 해결하기 위해서는 개인 연구자가 자료에 직접 접근할 수 있는 권한을 부여하여야 한다.

또한 말뭉치와 관련해서 빠진 시기가 있어서 추가 DB작업이 필요하다는 것도 문제다. 기존의 말뭉치에는 1920~1990년까지의 구어 관련 자료와 최근 구어적 문어자료가 부족하여 보강이 필요하다.

세종21 말뭉치는 역사말뭉치 11,957,820어절, 현대구어 805,646어

---

16 따라서 "(띄어쓰기)+(1~5개 문자)+'도'+(띄어쓰기)+(0~20개 문자 사이의 삽입문)+(아래아)+'ㄹ'+(띄어쓰기)+(1~5개 문자)+'ㄹ셰라'"와 같은 복잡한 검색식이 적용 가능하게 되었다.

절, 현대문어 36,879,143어절이며 고소설 〈춘향전〉(27,109어절)을 기준으로 보면 역사말뭉치는 〈춘향전〉의 441배, 현대구어는 30배, 현대문어는 1,360배 규모다. 수록된 자료를 정리하면 다음과 같다.

역사 말뭉치			현대구어 말뭉치		현대문어 말뭉치	
유형	권수	어절수	유형	어절수	매체	어절수
시가류	186	1,283,378	대화/일상	427,433	신문	8,693,212
소설류	271	4,253,199	연설/강의/강연	218,074	잡지	4,136,396
종교서류	71	1,007,854	즉흥적독백	125,811	TV	722,344
기술서류	31	186,909	토론/회의	21,003	라디오	56,362
역학서류	32	212,088	대화/전화	13,325	좌담기사	164,987
교민서류	118	717,817			책	20,610,114
산문기록류	20	950,702			전자적 출판	442,472
역사서류	1	13,789			기타 출판물	401,541
사서(辭書)류	3	123,645			기타 비출판물	1,651,715
운서(韻書)류	10	268,144				
기타	242	2,940,295				

역사 말뭉치 자료는 20세기 초까지 생산된 고전적을 대상으로 하는데 규모가 매우 크기는 하지만 속담집이나 민요집 등 구어 관련 자료들을 더 보충해야 노랫말에 반영된 구어(방언 포함)를 추적할 수 있다.

역사 말뭉치와 현대 구어/문어 말뭉치는 시기적으로 1910~80년대 자료가 상당 부분 누락되어 있다. 현대 말뭉치가 주로 1990대 이후 자료에 집중되어 있고, 역사 말뭉치는 20세기 이전 자료에 집중되어 있는 탓이다. 이는 근·현대 대중가요의 노랫말 연구에 있어서 비교 검색 대상이 부족하다는 문제로 이어진다.

한편, 현대구어 말뭉치에는 시낭송이나 동화구연 같은 구어자료가 빠져있다. 낭송은 노래의 운율과 직결되는 것이어서 노래문학 연구자에게는 매우 필요한 데이터이다.

현대문어 말뭉치 역시 1990~2000년 초의 출판 자료만 반영되어 있다. 최근에는 구어처럼 쓰는 블로그 글이나 SNS의 문자들을 수집할 수 있는데 세종 말뭉치는 이런 데이터가 없는 상황이다. 젊은 세대는 대체로 온라인 소통을 구어적으로 하는 성향을 보이는데, 이는 비대면 소통 방식인 SNS, 블로그 글쓰기가 본질적으로는 상대와의 대화라는 특수한 상황에 놓여있기 때문에 발생하는 것이다. 따라서 SNS, 블로그 글에는 구어적 표현과 언어유희를 위한 운율 이용도 많아 노래문학 연구자들에게도 관심의 대상이다. 이런 구어적 문어는 대중가요 연구와 매우 밀접한 관계에 있어서 자료 보완이 시급하다.

따라서 실용적이고 완벽한 DB구축을 위해서는 기존 말뭉치에서 결락된 속담, 민요, 시낭송, 동화구연, 구어적 문어(블로그 / SNS)는 물론이고 1910~80년대의 자료를 추가적으로 데이터베이스화하고 이를 세종21 말뭉치와 연동하여 노래문학 연구자들에게 유용한 검색 서비스를 제공할 필요가 있다.

통합 DB구축 시 파생되는 문제들을 고려하여 향후 연구자들과 학계의 공동 노력이 필요한 대안을 추가하여 보았다.(앞의 두 개의 대안과 이어지는 내용임)

셋째, 연구자 맞춤형 검색 플랫폼을 제공하여 DB구축이 실제적인 연구 성과와 연계될 수 있도록 해야 한다. 기존의 노래문학 DB들은 연구자가 원하는 심층검색이 불가능하다. 단순히 작품과 주석을 텍스트로 보여주는 수준이어서는 각 작품에 대한 기본 학술 정보의 수준이 낮다. 세종21 말뭉치의 경우에는 지나치게 어학적 플랫폼으로 구성되어 있어서 문학 연구자의 접근성이 낮다. 연구자들이 사용할 수 있는 학술용 검색 플랫폼을 따로 제작하여 작품의 기본적인 정보는 물론 해당 작품의 공시적·통시적 정보와 노래문학으로서의 운율 정보를 제공하고 말뭉치와 연동시키게 되면 노랫말의 어학적인 정보는 물론이고 문학적, 음악적, 역사적 정보까지 아울러 한눈에 파악할 수 있게 된다.

넷째, 연구자의 DB 데이터에 대한 접근성을 제고할 필요가 있다. 학문 간의 융·복합이 추진되는 시대이지만 인문학자가 IT기술을 습득하여 연구에 적용하는 것은 쉽지 않다. C언어로 코딩된 것은 고사하고 XML로 코딩된 것도 읽기가 어렵고, 그런 문서와 자신의 연구 데이터를 연동시키는 것은 불가능한 일이다. 인문학자가 다룰 수 있는 텍스트 문서를 기반으로 한 DB를 만든다면 인문학자들도 DB데이터의 확장에 기여할 수 있다. 본고에서 제안하는 향후 노래문학 DB는 텍스트(txt) 파일을 기반으로 하여 연구자들이 텍스트의 생성과 이해에 직접적으로 참여할 수 있도록 한 것이다. 텍스트의 문맥과 표현을 중시하는 노래문학 연구 영역에 있어서는 텍스트 기반의 DB가 매우 유용하다.

다섯째, 연구자의 개인 데이터와 연동시킬 수 있어야 한다. 텍스트 기반 DB의 장점은 인문학 연구자가 DB에 쉽게 접근한다는 점이다. 텍스트 기반의 자료확장형 DB를 만들게 되면, 기존의 닫힌 DB와 달리 연구자의 발굴 자료를 업로드할 수 있게 열린 구조로 설계할 수 있다. 작품 DB가 XML과 같은 코딩이 전혀 없이 텍스트(txt) 파일로 구성되기 때문에 인문학 연구자도 새로운 DB파일을 생산하는 것이 가능하다. 따라서 개인 연구자가 새로 발굴한 자료를 DB에 업로드시키고, 이를 기존의 작품들과의 연관 속에서 다양한 검색을 할 수 있게 된다.

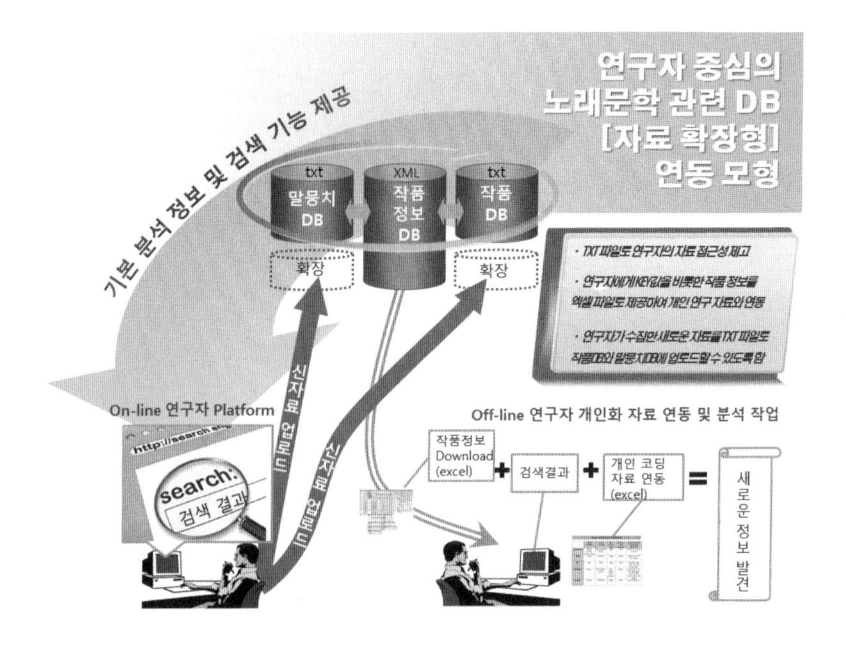

이러한 개인화가 가능한 자료확장형 DB의 장점은 새로운 연구 방법과 영역을 제시할 수 있다는 점이다. 노래문학 연구는 지금까지 큰 데이터를 다루는 연구가 많지 않았다. 대부분 개별 작품이나 한 두 작품군을 설정하여 연구를 진행하는데 이를 통해 도출된 결론들은 동일한 자료에 접근할 수 없는 독자로서는 검증할 수 없는 것이었다. 미시적으로 발견한 사실이 거시적으로 보면 일부의 현상에 불과할 수도 있다. 만약 연구 논문을 작성하는 연구자나 읽는 연구자가 모두 동일한 자료를 공유한다면 논문 가치의 검증은 물론이고 이제까지 진행하지 못했던 장르 간 연구, 중세와 근·현대를 아우르는 긴 스펙트럼의 연구가 가능하다.

4. 새로운 연구 방법론의 개발과 적용 가능성

1) 규범론에서 관습론으로의 관점 전환

한국의 노래문학은 노래와 시의 미분화를 전제로 한 개념이다. 『시경(詩經)』의 '시가일도론(詩歌一道論)'과 같이 옛노래들은 정밀한 시적 규범보다는 자연스러운 언어미를 그 특성으로 하고 있다. 그래서 옛노래일수록 구어적 관습이 텍스트에 많이 반영되어 있으며, 관습에 의해 시의 창작과 전승이 이루어졌을 것이라 추정할 수 있다. 만약 우리 노래문학이 문학의 범주에서 논의되어 왔었다면, 노래문학은 한시에서와 같은 문학적 규범이 요구되었을 것이다. 그러나 향가 이후의 고유어 노래문학이 우리 문학사에서 제대로 문학 대접을 받은 적은 없었다. 속요에 대한 조선조의 평어는 말할 것도 없이, 시조를 사랑했던 양반 사대부들도 시조를 문학의 반열에 놓는 것에 대해서는 매우 부정적이었다.

시조 30수를 창작한 상촌(象村) 신흠(申欽)도 〈방옹시여서(放翁詩餘序)〉에서 말하길, "우리나라의 노래라는 것은 다만 손님을 청한 자리에서 즐기는 것으로 족했다"고[17] 했고, 신위(申緯)도 『소악부(小樂府)』에서 우리 노래를 40여 수를 한역했지만, 우리말 노래에 대한 평가는 매우 낮았다(신위, 〈소악부서(小樂府序)〉, "塡詞度曲之法 亦可謂鄙野之極矣"). 이런 분위기는 19세기에도 지속적으로 이어진다. 김춘택(金春澤)은 〈장진주사발(將進酒辭跋)〉에서 송강의 장진주사가 우리말(俗諺)로 되어 있음을 한탄한다는[18] 당대 분위기를 전하고 있다. 우리 노래문학은 사대부들

---

17 申欽, 放翁詩餘序 : 中國之歌 備風雅而登諸籍 我國所謂歌者 只足以爲賓筵之娛 用風雅載籍則否焉 蓋語音殊也 中華之音 以言爲文 我國知音 待譯乃文(조규익, 『朝鮮朝 詩文集 序·跋의 研究』, 숭실대학교 출판부, 1988, 152~153쪽 참고).

에게 '문학'으로 인식되지 못했다. 애초에 노래문학이 진정한 문학의 범주에서 다루어지지 못했기 때문에 그 형식에 대한 관심이나 논의도 이루어지지 않았다.[19]

이렇게 문학의 범주에서 다루어지지 않았던 고시조에 대해서 1920년대 이후 '문학적 형식이나 규범'을 찾는 것은 고시조의 향유자들의 실상과는 맞지 않는 것이었다. 율격을 언어학적 규범의 일부로 생각하는 서양적 율격론을 우리 노래문학에 대입하는 것은, 1920년대라는 시대적 맥락에서는 그 의도를 충분히 이해할 수 있으나 해방 이후에도 어떤 문학적 규범을 찾으려는 집착이 지속되었다는 것은 문학의 실상보다는 이론 그 자체에 경도되었던 것으로 비판할 수 있다.

우리 노래문학이 어떤 문학 규범을 바탕으로 전승된 것이 아니라, 노래문학 자체가 가지고 있었던 문학적 관습이나 향유 당대의 언어적 관습으로부터 자연스럽게 배태된 것이라 보아야 한다. 고려속요를 예로 든다면 구어적 관습이 텍스트에 반영되어 있는데, 구어에서의 비규범적 표현, 맥락 의존적 생략, 말의 흐름을 조절하는 여음구·후렴구(주저음, 감탄음이 이에 해당), 속담의 변용, 방언과 토속어의 사용, 어휘의 중복 등이 고려속요를 전체적으로 구어화·통속화시키고 있다.[20] 또

---

18 金春澤, 將進酒辭跋 : 酒酣擊壺而唱其先祖松江公將進酒辭 然竊恨其爲俗諺 要余以文字翻之(조규익, 위의 책, 같은 곳).

19 향가는 신라 당대인들이 숭상하던 것으로서 중국의 시와 동등한 문학의 반열에 있었기 '三句六名'과 같은 형식론이 가능했으리라 생각된다.

20 입말의 특성과 관련해 고려속요에서의 예를 간단히 살펴보면, "동사 표현이 많고 구체적이고 체험적인 개념의 언어(대부분의 작품이 이에 해당)"로서 문학어보다는 생활어(빗/ᄃᆞ룻/봉당 자리/바ᄅᆞᆯ/실/膾ㅅ가시 등)를 많이 찾아볼 수 있으며 "어휘의 중복이 심하며 통사 규칙이 비교적 단순하고"(〈청산별곡〉, 〈유구곡〉), "의문문, 감탄문이 많으며"(〈정과정〉) "間投詞로 말의 흐름을 조절하는 경우가 많고"(〈동동〉, 〈서

한 속요 『만전춘』의 한 행이 시적 패턴[21]을 이루어서 이후의 노래문학에 전승되어 반복적으로 사용되고 있음도 확인할 수 있다.[22] 이런 현상을 우리 노래문학의 '문학적 관습'[23]이라고 한다면, 그 운율 현상도 '규범적'이라기보다는 '관습적'일 수밖에 없다. 본고는 문학 작품이 문예 관습의 산물이라는 입장[24]에서 운율론을 논의해야 한다고 본다.

경별곡〉) 주저음, 모방음, 감탄음(여음구, 후렴구가 이에 해당)이 많이 사용된다. 고려속요가 문자언어로서보다 구술언어의 특성을 더 많이 보이는 현상은 오랫동안 구전에 의해 전승되어 왔으며, 훈민정음 창제 이후 문자로 정착되었지만 실제로 고려속요를 문자로 향유하는 사람은 거의 없었으며 여전히 구술 예술로 전승·향유되었기 때문이다. 박경우, 「言語 慣習과 文學的 慣習이 韻律 層位 形成에 미친 影響에 대한 研究 : 高麗俗謠를 中心으로」, 국어국문학회, 『국어국문학』 171호, 2015 참고.

21 흔히 어학적 의미의 패턴(혹은 문형)은 '관용구', '고정구', '연어(collocation)' 등으로 쓰이며 패턴은 중심어와 그를 둘러싼 전치사, 부정사, 보문절 등의 문법적 환경 전체를 의미한다. 이런 문법적 구문은 언어 습득의 기제로도 사용되는데, 실제 언어 활동에서 많은 용례들을 통해 추출된다. 남길임, 「부표제어의 범위와 유형 : 속담·관용표현·연어·패턴·상투표현·자유표현의 기술」, 『한국사전학』 9, 한국사전학회, 2007, 144쪽, 각주 6)의 내용 참고함. Ronald Carter(1987)이 패턴에 대해 '반구조화된 구조(semi-preconstructed phrase)'라고 언급한 내용을 소개했는데, 본고에서 쓰는 패턴의 의미 역시 Ronald Carter와 같음.

22 박경우, 「말뭉치 검색 시스템을 활용한 고려속요의 관용적 패턴 연구 : 〈처용가〉와 〈만전춘〉을 중심으로」, 『한국문학과 예술』 16집, 숭실대학교 한국문예연구소, 2015, 5~39쪽.

23 문학적 관습은 문학 작품의 제목이나 후렴구, 가창 방식에 따른 생략, 전 시대 작품의 모방 등의 문학적 현상으로 구체화되기도 한다. 시에서의 문학적 관습에 대해서는 다음 논문 참고. 金禹昌, 「慣習詩論 - 그 構造와 背景」, 서울대학교논문집, 『人文社會科學』 제10권, 서울대학교, 1964, 77~106쪽; 成鎬周, 「韓國詩歌의 文學的 慣習에 관한 研究 : 그 慣習的 패턴의 持續과 變容 樣相에 대하여」, 『論文集』 11집, 1981; 박경우, 「별곡류 시가의 제명관습과 공간의식 연구」, 연세대 박사학위논문, 2005 참고.

24 이상섭(『문학연구방법』, 탐구당, 1973, 49~53쪽.)은 문학특유의 관습에 대해 "문학이 속한 문화의 변천과 문학 내부의 어떤 요소들의 변천이 언제나 일치하는 것은 아니"라고 전제하며 문학적 관습을 인정하는 견해(해리 르빈)를 따르고 있다. 문학적 관습이 작품의 창작과 감상 그리고 장르의 소멸과도 깊은 관련이 있음을 논하였다.

2) 시조에서의 관습적 전승 양상

우리 노래문학의 운율론을 관습이라는 관점에서 파악한다고 했을 때, 그 관습은 어떻게 형성되고 전승되는가를 설명할 수 있어야 한다. 구술문화에서는 문화 산물의 전승을 위해 기억이 용이한 짧은 격언이나 노랫말의 형태로 보존하는데[25] 이때 사용되는 것이 관용적 패턴이다. 노래문학 담당층이 노래를 전승하는 데에 문자를 본격적으로 사용한 것은 18세기에 이르러서다. 한글 창제가 이미 15세기에 이루어졌지만 양반들은 알아도 모른 척해야 하는 것이 한글이었고, 민중들은 한글을 쓸 수 있다고 해도 기록물로 남길 여력이 없었다. 그래서 우리 노래문학이 구술로 전승되는 시기는 근대시기까지(민요의 경우에는 현대에도) 이어졌다.

시조 역시 오랜 시간 텍스트의 전승이 구술에 의존했고, 창작은 이전 작품들의 관습적 패턴을 이어받는 식으로 이루어졌다. 아래 시조를 예로 들어 시조의 창작과 전승이 관습적으로 이루어졌음을 증명해 본다. 3장에서 제시했던 노래문학 DB와 말뭉치 DB의 연동과 옛한글에 대한 자모검색을 이용하면, 시조텍스트에 대해 전·후 작품들과의 유사성을 조사할 수 있다.

> #2961(『역대시조전서』)
> 촉천(蜀天) 볼근 달의 슬피 우는 져 두견(杜鵑)아
> 공산(空山)을 어듸 두고 객창(客窓)의 와 우니는다
> 불여귀불여귀(不如歸不如歸)ᄒᆞ는 정(情)이야 네오 ᄂᆡ오 다ᄅᆞ랴

우선 종장의 '--을 어듸 두고 --의 --는다'라는 표현이 낯설지 않

25 월터 J.옹, 『구술문화와 문자문화』, 문예출판사, 1995, 56~57쪽.

다. 이를 노래문학 작품 DB를 만들어 찾는다고 가정하면, 아래와 같이 검색이 될 것이다.

고려속요 〈만전춘〉	제4연	여흘란 어듸 두고 소해 자라 온다
시조『역대시조전서』 #1577	중장	생애(生涯)란 어ᄃᆡ 두고 낙ᄃᆡ만 잡앗ᄂᆞᆫ다
시조『역대시조전서』 #2961	중장	공산(空山)을 어ᄃᆡ 두고 객창(客窓)의 와 우니ᄂᆞᆫ다
시조『역대시조전서』 #3147	중장	벽해수(碧海水) 어듸 두고 반벽(半壁)에 와 걸녀ᄂᆞᆫ다
	… (중략) …	
가사 〈남정가(南征歌)〉		혜음 업ᄉᆞᆫ 뎌 병사(兵使)야 네 딘을 어ᄃᆡ 두고 달도(達島)로 드러 간다
가사 〈승가타령〉		비단당혜(緋緞唐鞋) 수운혜(繡雲鞋)는 어듸 두고 육총망혜(六總芒鞋) 신엇는고.
가사 〈송녀승가〉		비단당혜(緋緞唐鞋) 어ᄃᆡ 두고 육총망혜(六總芒鞋)를 시넌는고. 십이운발(十二雲髮) 어듸 두고 돌수박이 되엿는고. 옥패(玉佩) 금환(金環) 어ᄃᆡ 두고 백팔염주(百八念珠)를 거럿는고.
가사 〈장안걸식가〉		문무ᄇᆡᆨ요(文武百僚) 조관님ᄂᆡ 상낙아정(常樂我淨) 엇다 두고 ᄉᆡᆼ노병ᄉᆞ(生老病死) 실ᄎᆞ는가 청츈ᄇᆡᆨ면(青春白面) 호걸덜아 사션팔정(四禪叭定) 엇짜 두고 뇨뇨ᄉᆡᆼ사(遙遙生歷) 실ᄎᆞ는가(이하 생략)[26]

〈만전춘〉의 제 4연의 'A는 어디 두고 B에 C하는가'와 같은 패턴이 시조와 가사에 지속적으로 전승되고 있음을 볼 수 있다. 시조(『역대시조전서』 3,335수)에 한정해 이 패턴을 가진 작품들을 정리하면 다음과 같다.

연번	작품번호	이본수	추정 생성 연대	추정근거(작가 또는 출전)
1	2899	25	1549~1587	임제(林悌)
2	1961	9	임제(林悌)와 같은 시기	한우(寒雨)
3	1879	34	1570~1652	김상억(金尙憲)
4	1237	20	1626~1696	이화진(李華鎭)
5	1680	5	1640~1699	낭원군(朗原君)
6	3147	14	1688~1724	경종(景宗)
7	1230	1	1728	시가(박씨본)
8	1577	1	1764	고금가곡
9	2961	3	1764	고금가곡
10	2241	1	1782	손씨수견록
11	1253	1	1876	가곡원류(불란서본)
12	2481	1	미상	시조

이 장에서 연구 대상으로 삼은 #2961의 이전 시대 7~8편의 시조(이본 포함 109편)에서 'A는 어디 두고 B에 C하는가' 하는 패턴이 지속적으로 쓰였고 이는 다시 이후 시대에 전승되었다. 시조 텍스트의 생산이 관습적으로 일어나고 있다는 뜻이다. 이는 전 시대의 운율적 요소(① 패턴 자체가 지지하는 '4음보', ② 패턴이 반복 사용되면서 만들어지는 '운' ③ 패턴의 전후 맥락 구조인 "호출+질문+답변")를 담은 패턴이 다음 시대의 작품에 반복적으로 쓰이면서 일정한 운율 패턴을 형성할 수 있다는 의미이기도 하다.

26 총 17회 같은 패턴이 반복됨.

이 패턴이 산문을 비롯한 당대 언어 자료에서 어떻게 쓰였는지를 파악하기 위해서는 말뭉치를 검색하는 것이 유용하다. 세종21 말뭉치에서 위 패턴을 1900년대 이후 자료를 제외한 역사 말뭉치에서 검색한 결과, 모두 135건이 검출되었다. 산문에서 61건(고소설 9건, 판소리 또는 판소리계 소설 47건, 민속극 5건), 운문에서 74건(시조집 23건, 각종 가집이나 악서 51건)으로, 이 패턴이 산문보다는 운문에서 더 많이 사용되었으며 산문 쪽에서도 판소리나 판소리계 소설에서 이 패턴이 많이 사용되었다는 점을 볼 때 운문적 패턴이라고 추정할 수 있다. 산문 자료를 분석하면 판소리계 소설과 같이 운문성 강한 서사물에 이 패턴이 사용되었음을 알 수 있다.[27]

#2961 시조의 초장 역시 관습적인 전승에 의해 만들어진 것이다. '蜀天 블근 달의 슬피 우는 져 杜鵑아'는 [시간/장소+모습형용+호출]로 이루어져 있는 패턴인데, 이를 자소검색([------ㅔ(ㅢ/ㅚ)---ㄴ저--야])을 이용해 검색하면 35편(이본 포함 237편)에서 같은 패턴을 발견할 수 있다. 이 패턴이 만약 운문보다 산문에서 더 많이 쓰였던 일상적 표현인지를 확인하기 위해서는 다시 말뭉치를 통해 검증할 필요가 있다. 세종21 역사 말뭉치를 대상으로 "한정어(-ᄂᆞᆫ) + 명사 + 호격조사(야)"로 검색해 보면, 총 46건 중[28] 운문이 82.6%로 나타났으며 용언에 의한 단일 수식(74.1%)에서보다는 관형어('져')가 추가되는 이중 수식(94.7%)일 때에 더 운문의 비율이 높게 나타났다. 결과적으로 #2961의 초장은 이중 수식의 호격 구조로서 현실 언어보다는 문학 언어에 가깝고 운문적 표현이라고

27 이에 대한 자세한 논의는 박경우(2015)에서 하였음.

28 『예수셩교젼셔』와 같은 외국어 문장의 번역물은 제외함.

판단할 수 있다.

#2961의 종장(不如歸不如歸ᄒᆞᄂᆞᆫ 情이야 네오 ᄂᆡ오 다ᄅᆞ랴)은 이전 시조 텍스트의 영향을 받지 않고 순수한 창작물일까? [-------이야 네오 내오 다르랴]라는 패턴을 쓴 시조만 모두 9편(이본 포함 73편)이다. 이를 다른 운문이나 산문에 적용하여 말뭉치에서 검색한다면 더 많은 결과를 찾을 수 있을 것이다. #2961와 같이 대상을 부르고 묻고 대답하는 작품군을 소환형 시조라고 명명하고 그 패턴들을 조사해보면, 초·중·종장 각장이 대개 패턴화되어 전승되고 있는 것을 알 수 있다. 이를 그림으로 형상화하면 다음과 같다.

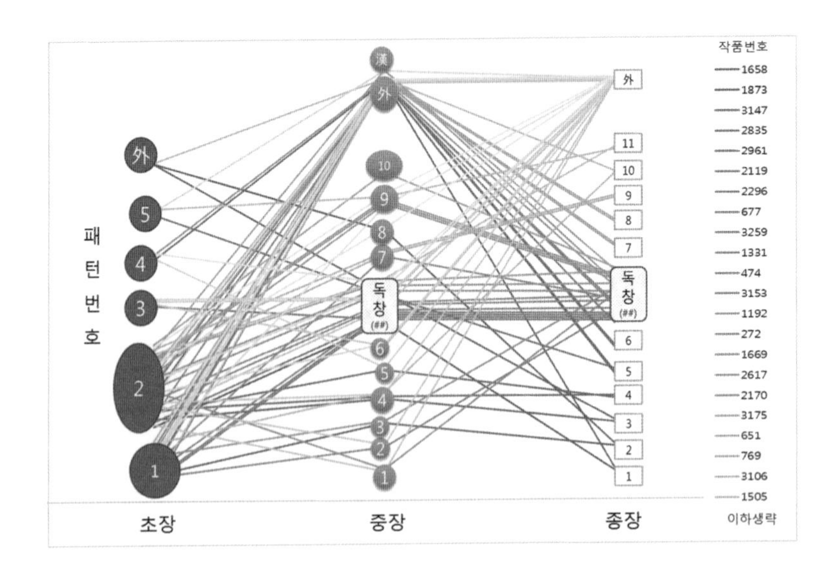

한 편의 시조에서 발견되는 창작과 전승의 원리는 음보나 음수율로 설명될 것 같지 않다. 그보다는 일군의 운문 패턴들이 구술문화적 관

습 속에서 전승되면서 일정한 틀로 수렴되는 양상을 보인다고 설명하는 것이 더 사실에 가까울 것이다.

3) 자생적 율격론의 가능성

이제까지의 한국 노래문학 운율론은 한시와 일본 시에서의 음수율론, 서양의 음보율론을 적용한 것이었다. 음성학을 이용한 운율 연구도 부분적으로 이루어졌지만 이런 일련의 연구 결과들을 실제 노래문학 생산자와 전승자들이 쉽게 수긍할 수 있을 것이라 기대하기 힘들다. 시간을 거슬러 옛 작가들을 만날 수 없다는 것이 도출된 운율론을 부정할 수도 긍정할 수도 없는 양날의 검처럼 작용한다. 우리의 노래문학 운율에 대해서 잘 모르겠다는 고백은 김억의 글에서 발견할 수 있다.

> 임의 서양과 중국의 한시의 시형과 운율의 대개를 말하엿스니, 이번에는 우리의 시형이란 엇더한것인가를 말하지 안을 수가 업습니다, 만은 …(중략)… 구즌 땀을 흘니면서도 조선의 시형은 말할 수가 업스니, 이에서 더 어려운 일은 업습니다. 정직하게 고백하면 필자의 지식으로는 알 수가 업서, 이것져것 되는대로 …(중략)… 그리하야 여러 선배에게 물어도 보앗스나 미안합니다, 만은 한분도 완전한 대답을 주지 못하엿습니다.[29]

이러한 불가지론의 극복이, 처음에는 통계치를 이용한 시조 시형의 연구였고 차츰 음수율과 음보율 등 외래 운율론을 들여와 서양의 foot 개념을 배우고야 우리 시의 운율을 이해할 수 있게 된다는 자가당착의 상황에까지 이르게 된 것이다. 초창기 노래문학 운율 연구자들의 태도

29 〈시작법 사〉, 《조선문단》, 1925.7.

는 매우 신중하면서도 진실했다. 한문학과 서양시에 해박했던 김억은 조선 시형을 잘 모르겠다고 했고, 조윤제는 본인이 작성한 시조의 장별 통계치를 제대로 된 것이 아니며 문학적인 것도 아니라고 분명히 말했다. 고시조가 아직 연행되고 창작되는 시대를 살았던 김억, 조윤제, 이광수 등의 초기 연구자들이 찾고자 했던 한국 노래문학의 운율론은 외래적인 것이 아니었을 것이다.

어떤 운율 이론으로 틀을 만들어 그것으로 우리 노래문학을 보려는 관점에서 벗어나, 우리 노래문학 자체가 가지고 있는 운율 요소들을 객관화하고 전승을 반복하며 축적되는 운율 요소들이 결국은 무엇을 지향하고 있는가를 면밀히 살펴 자생적인 운율론을 창출해 낼 필요가 있다.

5. 결론

본고에서는 노래문학의 운율을 노래문학 텍스트 상호 간의 전승 관계와 향유 당대의 언어적 관습을 통해 매우 거시적이며 동시에 미시적으로 살펴야 한다는 점을 주장했다. 전승은 일정한 패턴을 단위로 이루어진다는 가정 하에 노래문학 DB와 말뭉치를 활용하여 그 면모를 일부 예시로 보였다. 또한 이런 연구가 개인 연구자 차원을 넘어 공동연구 차원에서 이루어져야 하며 그를 위해서는 노래문학 관련 DB를 통합적으로 이용할 수 있는 노래문학 전용 플랫폼이 구축되어야 하며, 개별 연구자들이 자신의 자료와 연동시킬 수 있는 자료확장형 DB의 개념으로 설계되어야 함을 주장했다.

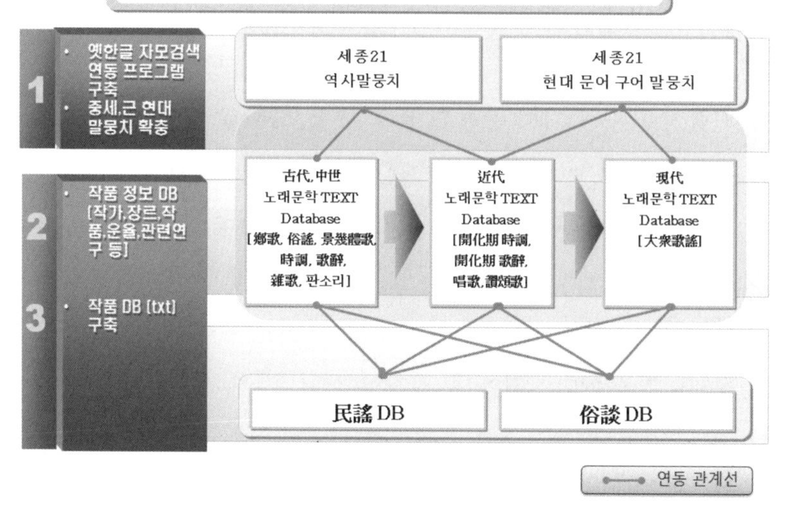

이러한 연구방법론은, 이제까지의 운율론이 전체 노래문학 텍스트를 대상으로 이루어지기보다는 연구자의 시각에 따라 그 대상을 제한했던 한계를 벗어나 전체 작품을 대상으로 누구나 반복해서 검증이 가능한 시스템을 만들어 보다 객관적인 운율 이론의 토대를 만들어야 한다는 의도가 반영된 것이다.

또한 한국 노래문학은 구술문화적 성격이 강하다는 점을 들어서 그 전승의 양상이 기억의 편이를 위한 패턴으로 이루어졌고, 이러한 운율 패턴들이 모여 각편을 이루게 됨을 시조 한 편의 분석을 통해 예시했다. 전승 과정에서 알 수 있는바, 시조 창작의 원리는 이전 시대 작품들의 패턴을 이용하는 것이었지 단순히 음수나 음보수를 맞추는 것은 아니었다.

본고에서 지향하는 운율론은 우리 노래문학의 실상에 바탕을 둔 자생적인 율격론이다. 이를 위해서는 거시적이며 집합적인 연구 설계가 필요하고, 밑받침할 수 있는 자료확장형 DB 시스템과 검색 프로그램 개발도 필요하다. 한편으로 이러한 연구 환경의 구축은 학제 간 연구를 진작시킬 수 있다는 장점도 있다. 본고에서 제안한 노래문학 플랫폼은 국어학, 국악, 문학 정보를 노래문학 작품에 집약시켜 작품에 대한 거시적인 안목을 끌어낸다. 국악 연구자들이 이 플랫폼을 통해 악곡과 노랫말의 관계에 대해 연구할 수 있고, 국어학자들은 거대말뭉치와 노래문학DB를 대상으로 언어 현상에 대한 검색을 할 수 있다. 물론 이제까지 힘들었던 중세 한글 자료에 대한 자모 검색도 가능하다. 또한 동일한 DB에 다른 영역의 학문에 필요한 새로운 플랫폼을 추가할 수 있어서 여러 학문에 이용될 수 있다. 그만큼 갈 길이 멀지만 기술적 진보가 시간과 노력을 단축시키고, 관점의 전환이 등잔 밑을 환하게 밝힐 수 있으리라 기대한다.

—이 글은 『동남어문학집』 42집, 동남어문학회, 2016에 실린 글을 수정·보완한 것임.

조(朝)·중(中)·일(日) 유서류(類書類)의 특성 비교 연구

－'물명고(物名考)'류, 『본초강목(本草綱目)』,
『왜한삼재도회(倭漢三才圖會)』를 중심으로－

◉

김형태

1. 머리말

'유서'는 내용을 사항별로 분류하여 편찬한 책으로, 일찍이 중국에서 기원하여 우리나라와 일본에 전해졌으며, 동양 고유의 서적 편찬 형식을 지니고 있다. 이는 동양의 경(經)·사(史)·자(子)·집(集)의 전 영역 또는 일정 영역에 걸친 많은 서적부터 시문(詩文)·인물(人物)·전고(典故)·천문(天文)·지리(地理)·전장(典章)·제도(制度)·비금(飛禽)·주수(走獸)·초목(草木)·충어(蟲魚) 및 기타 많은 사물 등과 관련된 문장을 뽑아 유별(類別)·운별(韻別)·자별(字別) 등으로 분류하여 편찬함으로써 검색에 편리하도록 한 일종의 공구서(工具書)이다.[1]

---

1 崔桓, 「한국 類書의 종합적 연구(Ⅰ)－중국 유서의 전입 및 유행」, 『中國語文學』

『시경』을 예로 들더라도 중국에서는 그 내용에 포함된 생물의 정체성에 대한 관심이 훈고학(訓詁學)을 중심으로 고조되어, 삼국시대 오(吳) 육기(陸璣, 261-303)의 『모시초목조수충어소(毛詩草木鳥獸蟲魚疏)』 2권(卷), 원(元)대 허겸(許謙)의 『시집전명물초(詩集傳名物鈔)』 8권, 명(明)대 풍부경(馮復京)의 『육가시명물소(六家詩名物疏)』 55권, 청(淸)대 서정(徐鼎)의 『모시명물도설(毛詩名物圖說)』 9권 등의 유서(類書)류가 편찬되었고, 근자에는 『시경』의 물명 관련 텍스트를 포함한 저술들이 『시경요적집성(詩經要籍集成)』 42책(冊)으로 묶여 편찬되었다. 이들이 집대성된 문헌이 명대 이시진(李時珍)의 『본초강목(本草綱目)』이다.

한편, 일본에서도 1731년(향보(享保) 16)에 강촌여규(江村如圭)가 『시경명물변해(詩經名物辨解)』 7권을 편찬하였고, 1778년(안영(安永) 7)에 연재관(淵在寬)이 육기의 저술을 일본어로 보충하고 그림을 곁들인 『육씨초목조수충어소도해(陸氏草木鳥獸蟲魚疏圖解)』 4권을 편찬하였으며, 1785년(천명(天明) 5)에 오카 겐포우(岡元鳳)가 그림을 곁들여 『모시품물도고(毛詩品物圖攷)』 7권을 편찬하였고, 1808년(문화(文化) 5년)에 오노 란잔(小野蘭山)이 중국 서정의 저술에 일본식 이름과 그림을 덧붙여 『모시명물도설』 9권을 편찬하였다. 이들이 집대성된 문헌이 데라시마 료안(寺島良安)의 『왜한삼재도회(倭漢三才圖會)』이다.[2]

우리나라의 유서 중 '물명고(物名考)'류에 속하는 저술들이 이상 중국과 일본의 저술에 필적할만한데, 이들이 다룬 물명은 사물 전반에 걸친 광범위한 것이다. 대표적 저술은 다음과 같다. 첫째, 유희(柳僖)의 『물명

第41輯, 영남중국어문학회, 2003, 367쪽.

2 김형태, 「시명다식(詩名多識)의 문헌적 특성과 가치 연구(1)」, 『韓國詩歌硏究』 第21輯, 韓國詩歌學會, 2006, 251~252쪽.

고(物名考)』(5권 2책). 둘째, 정약용(丁若鏞)의 『물명괄(物名括)』(1책). 셋째, 고종 16년인 1890년에 간행된 류우일(柳雨日)의 『물명찬(物名纂)』. 넷째, 이가환(李嘉煥)·이재위(李載威)의 『물보(物譜)』(1책) 등이 있다. 이외에도 규장각에 "물명고(物名考)"라는 제명의 작자 미상 저술 3종류가 더 있다.[3]

'물명고'류에 대한 연구는 다대(多大)한데, 가장 최근의 연구 성과로는 홍윤표, 장유승, 정승혜 등의 연구 성과에 주목할 만하다. 홍윤표[4]는 물명에 대한 저술을 정리하고, 유희의 『물명고』를 중심으로 물명 관련 유서의 공통적 특징을 규명하였다. 장유승[5]은 조선 후기 물명서의 편찬 동기를 당대적 관점에서 조명하고, 현전하는 물명서의 분류체계를 분석함으로써 물명서의 성격을 재검토하였다. 정승혜[6]는 '물명'에 대한 현전 유서의 종류와 현황을 정리하면서 물명 관련 유서의 특징과 시대적 변화에 대하여 고찰하였다.

본고에서는 이 가운데 『시명다식』과 유희의 『물명고』 등 우리나라의 '물명고'류에 수록된 내용을 중심으로 중국의 『본초강목』과 일본의 『왜한삼재도회』 등과의 비교를 시도함으로써 조·중·일 유서류의 특성을 규명하는 데에 목적이 있다.

---

3 '물명고'류 유서의 편자 및 서명 등에 대해서는 洪允杓의 「十八, 十九世紀의 한글 註釋本 類書에 대하여 – 특히 '物名考'類에 대하여」, 『周時經學報』 1, 周時經學會, 1988를 참조할 만하다.

4 홍윤표, 「『物名考』에 대한 고찰」, 『진단학보』 118, 진단학회, 2013.

5 장유승, 「조선후기 물명서의 편찬동기와 분류체계」, 『한국고전연구』 13, 한국고전연구학회, 2014.

6 정승혜, 「물명(物名)류 자료의 종합적 고찰」, 『국어사연구』 18, 국어사학회, 2014.

2. 편목(篇目) 구성의 독자성 추구

전체적인 구성을 보면, 『본초강목』은 '수(水)', '토(土)', '금(金)' 등 환경과 관련된 내용으로 시작하고 있고, 『왜한삼재도회』는 '지리(地理)'를 앞세우고 있다. 이는 인간의 삶을 구성하는 요소 중에서 얻을 수 있는 산물과 환경의 중요성을 강조한 데 기인한다고 할 수 있다. 이에 비해 『물명고』는 '조(鳥)', '수(獸)', '초(草)', '목(木)'의 순서를 따름으로써 그 기능을 생물 백과사전과 실용성에 맞추고 있다. 다음은 우리나라의 『시명다식』과 『물명고』 및 『본초강목』과 『왜한삼재도회』의 수록 내용을 도식화하여 정리한 것이다.

서명	분량	수록 내용 목록
『시명다식』 (1805)	4권 2책	1권 識草 78종, 識穀 20종 / 2권 識木 62종, 識菜 10종 3권 識鳥 44종, 識獸 63종 / 4권 識蟲 30종, 識魚 19종
『물명고』 (1824경)	5권 1책	1권 有情類 羽蟲 84종[7] / 獸族(毛蟲·嬴蟲) 44종, 水族(鱗蟲·介蟲) 73종 / 昆蟲 43종 2권 無情類 草 (上·下) 271종 3권 木 79종 4권 不動類 土 8종 / 石 34종 / 金 5종 5권 不靜類 火 12종 / 水 19종
『본초강목』 (1596)	52권 37책	1권 序, 凡例, 序例 上 / 2권 序例 下 / 3권 百病主治藥 上 / 4권 百病主治藥 下 / 5권 水部 / 6권 火部 / 7권 土部 / 8권 金石之一 / 9권 金石之二 / 10권 金石之三 / 11권 金石之四 / 12권 草之一 / 13권 草之二 / 14권 草之三 / 15권 草之四 / 16권 草之五 / 17권 草之六 / 18권 草之七 / 19권 草之八 / 20권 草之九 / 21권 草之十, 雜草 / 22권 穀之一 / 23권 穀之二 / 24권 穀之三 / 25권 穀之四 / 26권 菜之一 / 27권 菜之二 / 28권 菜之三 / 29권 果之一

7 도표에 제시한 『물명고』 수록 내용의 종류 수는 대항목이다. 한 항목 안에서 유사한 다른 물명에 대한 설명을 싣고 있는 경우가 대부분이기 때문에 실제 물명의 항목 수는 이보다 많다. 필자 주.

『본초강목』 (1596)	52권 37책	/ 30권 果之二 / 31권 果之三 / 32권 果之四 / 33권 果之五, 果之六 / 34권 木之一 / 35권 木之二 / 36권 木之三 / 37권 木之四, 木之五, 木之六 / 38권 服器部 / 39권 蟲之一 / 40권 蟲之二 / 41권 蟲之三 / 42권 蟲之四 / 43권 鱗之一, 鱗之二 / 44권 鱗之三, 鱗之四 / 45권 介之一 / 46권 介之二 / 47권 禽之一 / 48권 禽之二 / 49권 禽之三, 禽之四 / 50권 獸之一 / 51권 獸之二, 獸之三, 獸之四 / 52권 人部
『왜한삼재도회』 (1712)	105권 81책	1권 天部 / 2권 天文 / 3권 天象類 / 4권 時候類 / 5권 曆占類 / 6권 曆擇日神 / 7권 人倫類 / 8권 人倫親族 / 9권 官位部 / 10권 人倫之用 / 11권 經絡部 / 12권 支體部 / 13권 異國人物 / 14권 外夷人物 / 15권 藝器 / 16권 藝能 / 17권 嬉戯部 / 18권 樂器類 / 19권 神祭附佛供具 / 20권 兵器防備具 / 21권 兵器征伐具 / 22권 刑罰 / 23권 漁獵具 / 24권 百工具 / 25권 容飾具 / 26권 服玩具 / 27권 絹布類 / 28권 衣服類 / 29권 冠帽類 / 30권 履襪類 / 31권 庖廚具 / 32권 家飾類 / 33권 車駕類 / 34권 船橋類 / 35권 農具類 / 36권 女工具 / 37권 畜類 / 38권 獸類 / 39권 鼠類 / 40권 寓類·怪類 / 41권 水禽類 / 42권 原禽類 / 43권 林禽類 / 44권 山禽類 / 45권 龍蛇部 / 46권 介甲部 / 47권 介貝部 / 48권 魚類·河湖·有鱗魚 / 49권 魚類·江海·有鱗魚 / 50권 魚類·河湖·無鱗魚 / 51권 魚類·江海·無鱗魚 / 52권 卵生類 / 53권 化生類 / 54권 濕生類 / 55권 地部 / 56권 山類 / 57권 水類 / 58권 火類 / 59권 金類 / 60권 玉石類 / 61권 雜石類 / 62권 本 中華, 末 河南 / 63권 河西 / 64권 地理 大日本國 / 65권 地部 / 66권 上野 / 67권 武藏 / 68권 越後 / 69권 甲斐 / 70권 能登 / 71권 若狹 / 72권 山城 / 73권 大和 / 74권 攝津 / 75권 河內 / 76권 和泉 / 77권 丹波 / 78권 美作 / 79권 阿波 / 80권 豊前 / 81권 家宅類 / 82권 香木類 / 83권 喬木類 / 84권 灌木類 / 85권 寓木類 / 86권 五果類 / 87권 山果類 / 88권 夷果類 / 89권 味果類 / 90권 瓜果類 / 91권 水果類 / 92권 本 山草類 上卷, 末 山草類 下卷 / 93권 芳草類 / 94권 本 濕草類, 末 濕草類 / 95권 毒草類 / 96권 蔓草類 / 97권 水草·藻類·苔類 / 98권 石草類 / 99권 葷草類 / 100권 瓜菜類 / 101권 芝茸類 / 102권 柔滑菜 / 103권 穀類 / 104권 菽豆類 / 105권 造釀類

이상에서 도식화한 유서류 저술들은 약 백여 년을 터울로 동북아시아라는 공간을 배경으로 만들어졌고, 종적(縱的)인 영향 관계에 놓여 있다고 할 수 있다. 이들은 공통점과 차이점을 동시에 지니고 있기 때

문에 18·19세기 동북아시아 백과전서류의 특성을 살펴볼 수 있는 좋은 비교 대상들이다.

이와 같은 도식화를 통해서도 알 수 있듯이 이상의 조·중·일 유서류는 백과사전적인 구성을 지니고 있으며, 실용서로서의 지위를 획득하고 있다는 점이 공통점이다. 주로 동식물과 인간의 삶에 유용한 광물과 기물을 그 내용 목록으로 싣고 있다는 점이 이를 뒷받침한다. 이는 가장 먼저 완성된 『본초강목』에서 영향을 받은 바가 크다고 하겠는데, 실제로 조선과 일본의 저술들은 『본초강목』에 인용된 내용을 대부분 수용함으로써 그 실용성을 더욱 강화하고 있다.

이들 저술들 사이에는 차이점도 존재하는데, 바로 그 차이점이 각 유서의 특성을 잘 드러내고 있다. 그 차이점은 첫째, 『본초강목』은 의술(醫術)과 불가분의 관계에 있는 저술인 만큼 치료에 직접적으로 도움을 줄 수 있는 초목의 서술에 많은 부분을 할애하고 있다. 또한 세계를 구성하고 있는 수화(水火)와 광물을 앞부분에 배치하고, 마지막에 인간과 관련된 내용을 서술함으로써 삼재(三才)의 철학적 사상에 기반하고 있음을 확인할 수 있다. 둘째, 『왜한삼재도회』는 분량상으로 가장 방대한 유서인데, 식(食)과 관련된 문제뿐만 아니라, 의(衣)나 주(住)와 관련된 부분까지 인식의 지평을 확대함으로써 자연과 아울러 인간의 삶까지 그 내용에 포괄하고 있다고 할 수 있다. 아울러 이상의 목록을 통해 지리(地理)에 대한 큰 관심을 확인할 수 있는데, 이는 도서국(島嶼國)이라는 일본의 특성상 대륙에 대한 동경 내지는 주변 국가들에 대한 정보 및 정세 분석의 근거 자료를 확보하려는 노력의 일환으로 이해할 수 있다. 셋째, 『시명다식』이나 『물명고』 등 조선의 유서류는 축약본으로서의 성격을 지닌다. 즉, 다양한 서적을 참고하여 특정 텍스트나 항목에 국한시켜 필요한 내용만을 엄선하여 정리하고 있다는 특성을 지닌다. 이를 통해 중국이나 일본의 유서류와 차별되는 고유성을 획득하고 있다. 특히 『물명고』에 정리된 중세 우리말 물명이 이러한 고유성을 잘 방증하고 있으며, 우리말에 대한 당대의 관심이나 애정의 정도를 가늠할 수 있게 해주고 있다. 이처럼 조·중·일의 유서류는 실용성이라는 공통점을 담보하고 있으면서도 서로 대별되는 고유한 차이점들을 지님으로써 그 개별성을 획득하고 있다.

항목별 내용에 있어서도 『물명고』는 인용된 문헌과 순서에 예외도 있지만, 일반적으로 '남송(南宋)대 주희(朱熹)의 『시전(詩傳)』→ 육기의 『모시초목조수충어소』→ 명(明)대 이시진의 『본초강목』→『이아(爾雅)』, 진(晉) 곽박(郭璞)의 『이아주(爾雅注)』→ 본인 의견'의 순서를 따르고 있다. 아울러 각 항목의 구분은 백권(白圈)을 사용하였다. 이외에도 한(漢)대 양웅(揚雄)의 『방언(方言)』, 후한(後漢)대 허신(許愼)의 『설문해자(說文解字)』, 송(宋)대 라원(羅願)의 『이아익(爾雅翼)』과 엄찬(嚴粲)의 『시집(詩緝)』과 육전(陸佃)의 『비아(俾雅)』 등도 인용하였다. 그런데 이들 대부분은 원문의 일부가 『본초강목』에 인용되어 있기 때문에 유희는 주로 『본초강목』을 참고했던 것으로 보인다.

3. 표제어 관련 교화적 시각 반영

어렵더라도 인간이라면 누구나 갖추어야 할 덕목들이 있다. '믿음', '예(禮)', '절의(節義)', '지혜' 등이 그러하다. 다음은 '기러기(鴈)'와 관련하여 유서류에 수록된 설명이다. 이는 한영(韓永, 1285~1348)의 『한시외

전(韓詩外傳)』을 비롯하여 『본초강목』이나 『물명고』와 『왜한삼재도회』 등에 공통적으로 포함되어 있는 내용이다.

> '기러기'는 네 가지 덕을 지녔다. 추우면 북쪽으로부터 남쪽으로 내려오고, 더우면 남쪽으로부터 북쪽으로 올라가니 그것은 '신'이다. 날 때에 차례가 있고, 앞에서 울면 뒤에서 응하니 그것은 '예'이다. 짝을 잃으면 거듭 짝하지 않으니 그것은 '절'이다. 밤이면 무리는 자더라도 한 놈은 돌아다니며 경계하고, 낮이면 '로'(갈대)를 물고, 줄 맨 주살(오늬에 줄을 매어 쏘는 화살)을 피하니 그것은 '지'이다.[8]

이처럼 조·중·일 유서류에 드러난 교훈성의 강조는 우리가 실생활에서 쉽게 접할 수 있는 동물인 가축의 경우에 있어서도 마찬가지이다. 다음은 '닭(鷄)'과 관련된 설명이다.

> 『한시외전』에 말하였다. '닭'은 다섯 가지 덕을 지녔다. 머리에 갓을 이고 있음은 '문'이다. 발에 며느리발톱을 달고 있음은 '무'이다. 적이 앞에 있으면 용감하게 싸움은 '용'이다. 먹이를 보면 서로 부름은 '인'이다. 밤을 지키되 때를 놓치지 않고 욺은 '신'이다.[9]

이외에도 '물명고'류에서는 삼국시대 오나라 사람인 육운(陸雲)의 〈한선부(寒蟬賦)〉를 인용하여 '매미(蟬)'의 다섯 가지 덕을 설명하고 있다.

---

8 "雁有四德. 寒則自北而南 熱則自南而北 其信也. 飛則有序 而前鳴後和 其禮也. 失偶不再配 其節也. 夜則羣宿 而一奴巡警 晝則啣蘆 以避繒繳 其智也."『詩名多識』二, 奎章閣本, 8쪽.

9 "韓詩外傳曰 鷄有五德. 首戴冠 文也. 足搏拒 武也. 敵在前敢鬪 勇也. 見食相呼 仁也. 守夜不失時 信也."『詩名多識』二, 奎章閣本, 11쪽.

즉 "머리 위에 망건이 있음은 '문'이고, 공기를 머금고 이슬을 마심은 '청'이며, 곡식을 받아들이지 않음은 '렴'이고, 살되 보금자리를 두지 않음은 '검'이며, 늘 있되 절기에 응함은 '신'이라는 것"[10]이다. 또한 허신의 설명을 인용하여 '여우(狐)'에 대하여 "요사스러운 짐승이고, 귀신이 타는 것이며, 세 가지 덕이 있으니, 그 색깔은 '중화'이고, 앞은 작고 뒤가 크며, 죽을 때에는 '수구'하는데, 어떤 사람이 말하기를 '여우'는 백 년을 살고, 북두성에 절하면, 남자나 여자로 변하여 사람을 홀린다고 하였다[11]는 설명 등이 이와 같은 교훈성의 강화의 예시에 해당한다.

이러한 생물을 활용한 교훈성의 전달은 비단 동물에만 그치지 않는다. 다음은 명(明)대 위교(魏校)가 찬(撰)한 유서인 『육서정온』을 활용한 '측백나무(柏)'에 대한 설명이다.

> 많은 나무가 모두 햇빛을 향하지만, '측백나무'만 홀로 서녘을 향하니 대개 음목(산 북쪽의 나무 또는 산의 응달에 있는 나무)이지만, 곧은 덕이 있기 때문에 글자는 백(白)을 따른다. 백이라는 것은 서쪽이다.[12]

이와 같이 생물을 활용하여 인간적 덕목을 강조하면서 교훈성을 전달하려는 의도를 지니고 있기 때문에 우리나라의 유서류는 편목(篇目)의 구성에서 생물의 비중을 중시했으며, 생물이 앞부분에 자리한다는 점이 이를 반영다고 할 수 있다. 이는 중국의 『본초강목』이나 『왜한삼

---

10 "蟬有五德. 頭上有幘 文也. 含氣飮露 淸也. 黍稷不享 廉也. 處不巢居 儉也. 應候有常 信也." 『詩名多識』 二, 奎章閣本, 67쪽.

11 "妖獸 鬼所乘也. 其色中和 小前大後 死則首丘. 或云 狐至百歲 禮北斗 變爲男婦 以惑人." 『詩名多識』 二, 奎章閣本, 27쪽.

12 "六書精蘊云 萬木皆向陽 而柏獨西指 盖陰木 而有貞德者 故字從白. 白者 西方也." 『詩名多識』 一, 奎章閣本, 72쪽.

재도회』와 구별되는 『시명다식』이나 『물명고』만의 특성이라고 할 수 있다. 한편, 이러한 인간적 덕목의 강조는 개인적 차원의 문제에서 시작하여 공동체를 인식하고 그 안에서 인간이 지켜야할 규범으로까지 그 외연을 넓히는 인식의 확장을 시도하고 있다. 다음은 옛 이름이 '징경이'인 '물수리(雎鳩)'에 대한 설명이다.

> 암수가 서로 얻으면, 정이 지극하면서도 분별이 있어서, 어울리면 짝지어 날지만, 떨어지면 사는 곳이 다르다.[13]

이상의 인용문에서는 공동체적 삶의 기본 단위인 가정에서 지켜야 할 덕목 중 '부부유별(夫婦有別)'과 관련하여 '물수리'의 분별이 지극함을 통해 일정한 교훈성을 전달하고 있다. 또한 아래와 같이 생물의 흥미로운 습성을 활용하여 부부 사이의 화목과 협동을 설명하고 있는 대목도 찾아볼 수 있다.

> '소'나 '말'의 똥을 굴려 공 모양의 덩어리를 만들어서 수컷은 끌고 암컷은 밀어 구덩이 속에 두고, 며칠 동안 덮어두면, 작은 '강랑'이 나오는데, 대개 그 속에 품어서 깨는 것이지, 먹이로 삼는 것은 아니다. '말똥구리'이니, '길강', '추환(말똥구리·소똥구리)', '추차객(말똥구리·소똥구리)', '흑우아(말똥구리)', '철갑장군', '롱환(말똥구리 또는 여러 개의 공을 공중에 던졌다가 받는 놀이)', '천사'와 같다.[14]

---

13 "雄雌相得 摯而有別 交則雙翔 別則異處."『物名考』, 國立中央圖書館所藏本, 7쪽.

14 "轉牛馬屎成丸 雄曳雌推 置之坎中 覆之數日 有小蜣蜋出 盖孚乳于中也 非以爲食也. ᄆᆞᆯᄯᅩᆼ굴이 蛣蜣 推丸 推車客 黑牛兒 鐵甲將軍 弄丸 天社 仝."『物名考』, 國立中央圖書館所藏本, 66쪽.

이상은 쇠똥구리과의 곤충인 '말똥구리(蜣蜋)'에 대한 설명이다. 이와 같이 서술자의 관찰을 통한 생물의 습성을 활용하여 인간 공동체의 덕목을 강조하고 있음을 확인할 수 있다. 아울러 한자어에 해당하는 한글 물명을 제시하여 당대 통용되던 명확한 이름을 수록하고 있다는 점도 중국이나 일본의 유서와 대별되는 우리나라 '물명고'류의 주요한 특징의 하나라고 할 수 있다.

이와 함께 공동체의 삶에 필요한 인간적 덕목 중 동물에게 배울 수 있는 지혜를 강조하고 있다는 점도 간과할 수 없는 특징이다. 다음은 '사다새(鵜)'에 대한 설명이다.

> 턱 아래 늘어진 멱살 크기는 마치 몇 되는 담을 수 있는 주머니와 같다. 무리지어 날기를 좋아한다. 만약 작은 못 속에 물고기가 있다면, 무리가 함께 물을 퍼서 그 늘어진 멱살에 가득 채워서 버린다. 물을 다 없애서 물고기가 땅에 있으면 이에 함께 잡아먹기 때문에 '도하'(淘河)라 한다.[15]

이밖에도 '황새(鸛)'에 대한 설명에서는 "진흙으로 그 둥지의 한쪽 곁에 못을 만들고, 물을 머금어 그곳을 채워서, 물고기를 잡아 못 속에 조금씩 두었다가 그 새끼에게 먹인다. 만약 그 새끼를 죽이면, 한 마을이 가뭄의 재앙에 이른다."[16]고 하여 자애(慈愛)의 덕목과 함께 인간에게 자연의 소중함과 보존에 대한 경각심을 일깨우고 있다. 또한 '사슴

---

15 "頷下胡大如數升囊. 好群飛. 若小澤中有魚 便群共抒水 滿其胡而棄之. 令水竭盡 魚在陸地 乃共食之 故曰淘河."『詩名多識』二, 奎章閣本, 17쪽.

16 "泥其巢一傍爲池 含水滿之 取魚置池中稍稍 以食其雛. 若殺其子 則一村致旱灾."『詩名多識』二, 奎章閣本, 20~21쪽.

(鹿)'에 대해서는 "성질은 음란하여 수컷 한 마리가 늘 암컷 몇 마리와 사귀니, '취우'라 한다. '귀'(거북)를 즐겨 먹고, 좋은 풀을 구별할 수 있다. 먹을 때는 서로 부르고, 다닐 때는 서로 무리 짓는다. 멈추어 쉴 때에는 둥글게 에둘러서 뿔이 밖을 향하게 하여 해로운 것을 막고, 누워 잘 때에는 입이 꽁무니뼈를 향하여 독맥을 통하게 한다."[17]고 하여 절개와 협동 등의 인간적 미덕의 중요성을 전달하고 있다.

한편, 하나의 동아리를 이끌어 갈 수 있는 지도자의 덕목 중 가장 중요한 것은 '인(仁)'이라고 할 수 있다. 이는 인간적 덕목과 관련하여 지식인으로서 지녀야 할 기본 요건이라고도 할 수 있는데, '물명고'류에는 이러한 내용도 설명에 포함되어 있다.

> 울음소리는 쇠북의 음률에 알맞고, 행동은 법도에 알맞다. 노닐 때는 반드시 장소를 가리고, 자세히 살핀 뒤에 머물러 산다. 살아 있는 풀을 밟지 않고, 살아 있는 벌레도 밟지 않는다. 무리지어 살지 않고, 짝지어 다니지도 않는다. 함정에 빠지지 않고, 그물에 걸리지도 않는다. 임금이 지극히 어질면 나타난다.[18]

이상은 예로부터 상상 속의 신성한 짐승으로 알려진 '기린(麒麟)'에 대한 설명이다. '살아 있는 풀'과 '살아 있는 벌레'로 대변되는 민중을 어짊으로 대하는 '기린'의 비유를 통해 지도자가 갖추어야 할 덕목을 적실하게 제시하고 있다. 또한 '검은 무늬 흰 범'인 '추우(騶虞)'에 대해

17 "鹿性淫 一牡常交數牝 謂之聚麀. 喜食龜 能別良艸. 食則相呼 行則相旅. 居則環角外向以防害 臥則口朝尾閭 以通督脈."『詩名多識』二, 奎章閣本, 35쪽.

18 "音中鐘呂 行中規矩. 游必擇地 詳而後處. 不履生艸 不踐生虫. 不群居 不侶行. 不入陷阱 不罹羅網. 王者至仁 則出."『詩名多識』二, 奎章閣本, 33~34쪽.

서도 육기(陸機)의 말을 인용하여 "몸보다 꼬리가 길고, 살아있는 동물을 먹지 않으며, 살아 있는 풀도 밟지 않는다. 임금에게 덕이 있으면 나타나 덕에 응하니, 지극한 짐승이다."[19]라고 하였는데, 이 역시 '기린'의 예와 마찬가지로 지도자의 덕목 중 가장 중요한 것은 '인(仁)'임을 확실하게 밝히고 있다.

이상과 같이 우리나라의 유서 중 '물명고'류는 개인의 삶을 포괄함은 물론, 가족과 집안으로 대변되는 동아리의 소중함 인식시키기 위하여 생물을 중시하는 태도를 보임으로써 기본적 단위로부터 인간성의 실천을 강조하는 특성을 보이고 있다. 또한 비유를 통해 더불어 사는 공동체적 삶의 소중함을 제시함으로써 함께 어울려 살아가는 사회를 구현하려는 의지를 표출하고 있다. 아울러 '인(仁)'을 전제로 한 지도자의 덕목도 제시하여 인성의 중요성을 내포한다고 할 수 있다.

4. 화소(話素)를 통한 대중성 획득 모색

우리나라 '물명고'류의 또 다른 특징은 설화적 화소를 적극 활용하고 있다는 점이다. 물론 설화적 화소를 통한 설명은 『본초강목』과 『왜한삼재도회』 등의 일반적 특징이다. 다만 중국과 일본의 경우에는 지명이나 물명의 유래에 대한 설명이 두드러지는 한편, 다음과 같은 설명에서 우리 유서류만의 그 특성이 더욱 확연하게 변별된다.

---

19 "騶虞 尾長於軀 不食生物 不履生艸者. 帝王有德 則見應德 而至者也."『物名考』, 國立中央圖書館所藏本, 28쪽.

> '황새'와 비슷한데, 조금 작고 갈색이니, '왜가리'이다. '미괄(재두루미)', '괄록', '괄장', '맥계', '착락(재두루미)'과 같다. ○〈기창(奇鶬)〉은 머리가 아홉 개인 불길한 새이다. 목이 열 개인데 머리는 아홉 개이니, 목 하나에는 머리가 없다. 늘 핏방울을 떨구는데, 밤에 날면서 울다가 불을 보면 땅에 떨어뜨리니, 핏방울이 사람 사는 집에 떨어지면, 그 주인에게 곡(哭)이 있게 된다.[20]

이상은 '재두루미'인 '창괄(鶬鴰)'에 대한 설명이다. '기창'은 '귀거조(鬼車鳥)'인데, 전설상의 붉은 요조(妖鳥)로서 오리처럼 생겼고, 머리가 아홉 개라서 '구두조(九頭鳥)'라고도 하는 새이다. 이 새와 관련하여 '핏방울을 떨군다'는 것은 고대에 혈육 관계를 판별하던 방법으로서 혈육 간이면, 산 사람의 경우에는 두 사람의 핏방울을 물속에 떨어뜨렸을 때 서로 엉기고, 검시(檢屍)의 경우에는 산 사람의 피를 죽은 사람의 뼈에 떨어뜨리면 스며들어간다는 이야기가 있다. 이와 같이 '물명고'류는 전설과 관련된 이야기와 상사(喪事)에 지켜야 할 인간적 규범을 제시함으로써 보편적 대중성을 견지한다고 할 수 있다.

또한 우리나라 '물명고'류의 특징은 동양의학과 관련하여 대중성을 지향하는 점도 포함하고 있다. 이는 『본초강목』 등의 의학적 내용을 담고 있는 중국의 유서류와 공통된 점이며, 영향 받은 바가 크다고 할 수 있다. 다음은 '가마우지(鸕鷀)'에 대한 설명이다.

> '익(鷁)'과 비슷한데, 작고 검은색이며, 긴 부리는 조금 구부러졌으니,

---

20 "似鸛 而稍小褐色 왜갈이. 麋鴰 鴰鹿 鴰將 麥鷄 錯落 仝. ○奇鶬 九頭逆鳥也. 十脰九首 一脰無首. 常滴血 夜飛作鳴 見火則墮地 血滴人家 主有哭."『物名考』, 國立中央圖書館所藏本, 5쪽.

> ‘가마우지’이다. ‘금(鴿)’ 음은 의(意), ‘수로아’, ‘수관’, ‘의(鷧)’ 어(於)와 계(計)의 반절(反切)과 같다. 〈촉수화(蜀水花)〉는 가마우지의 똥이다.[21]

‘가마우지’의 다른 이름은 ‘오귀(烏鬼)’인데, 털빛이 검고 까마귀와 비슷하나 더 큰 새로서 잠수해 긴 부리로 물고기를 잘 잡으므로 어부들이 길러서 물고기 잡는 데 활용하는 새로 알려져 있다. 그런데 이를 명확하게 설명하기 위해 한자음과 관련된 반절법(反切法)을 활용하였고, 특히 동아시아 의학에서 중요한 약재로 사용하는 ‘촉수화’에 대한 언급을 곁들이고 있다. ‘촉수화’는 ‘가마우지’가 물가의 돌 위에 누는 똥인데, 자줏빛이고 꽃같이 생겼으며, 이것을 긁어서 돼지기름에 개어 바르면, 주근깨·김·사마귀·주사비(酒渣鼻·딸기코)와 얼굴에 생긴 흠집 및 탕화창흔(湯火瘡痕·불에 데서 생긴 흠집)을 없애고, 정창(疔瘡)을 낫게 한다. 또한 어린이의 감질(疳疾)과 거위가 있는 데 이것을 가루 내어 돼지 간에 묻혀 먹으면 효과가 있다는 증험(證驗)도 있다. 이는 다음과 같이 동북아시아의 동양의학적 치험례(治驗例)와 관련된 구체적 언급으로 승화되기도 한다.

> 사의(蛇醫)는 풀이 무성한 늪지대 사이에 살고, 모양은 ‘언정’을 닮았는데 길다. ‘뱀’은 상처를 입으면, 풀을 머금었다가 그것을 펴서 바르며, 물에 들어가서 물고기와 더불어 교미(交尾)하기도 한다.[22]

---

21 “鸕鷀 似鶂 而小色黑 長喙微曲 가마오리. 鴿 音意 水老鴉 水鸛 鷧 於計切 仝. 蜀水花 鸕鷀屎.”『物名考』, 國立中央圖書館所藏本, 7쪽.

22 “蛇醫 生草澤間 形類蝘蜓而長. 蛇有傷 則啣草敷之 入水與魚合.”『物名考』, 國立中央圖書館所藏本, 51쪽.

이상의 내용 중 '사의'는 '영원(蠑螈)' 즉 '도마뱀붙이'의 다른 이름이다. 또 '사사'는 '뱀'에 물린 환자를 전문적으로 치료하는 의사를 일컫는다. 아울러 여기에 얽힌 이야기가 그 유래와 관련하여 존재한다. 즉, '뱀'이 상처를 입으면, 풀을 머금었다가 그것을 펴서 바른다는 대목과 연관된 이야기이다. 이와 관련하여 옛날에 피부병 걸린 뱀이 있었는데, 어느 날 '소리쟁이' 옆에 가서 막 비비더니 피부병이 없어졌고, 따라서 인간도 이 풀이 피부병에 좋은 줄 알고 소리쟁이를 먹기 시작하였다는 민담(民譚)이 존재한다. 또한 산불이 나 상처를 입은 뱀이 소리쟁이에 몸을 비벼 치유하였다는 일화도 있다. 이때 '소리쟁이'는 마디풀과의 여러해살이풀로서 습지에서 주로 자라고, 어린잎은 나물로 먹으며, 뿌리는 약재로 사용하는 풀이다. 강력한 항균·항염증 작용을 하여 예로부터 부스럼·종기·습진 등의 피부질환이나 황달·토혈·타박상 등에 널리 사용되었고, 또한 뱀이나 동물에 물렸을 때 소염제로 쓰기 때문에 '뱀풀'이라고도 부른다.

이처럼 공통된 내용을 수록하고 있으면서도 물명의 유래에 천착하기보다는 의학이나 의술과 관련하여 대중성을 지향하는 내용을 수록하고 있다는 점도 동북아시아 유서 중에서 우리나라 '물명고'류가 지닌 특성의 하나이다. 이와 같은 내용은 아래에 제시한 내용과 같이 유인원(類人猿)과 관련된 여러 내용을 설명한 부분에서도 확인할 수 있다.

> ○'확(玃 : 큰 원숭이)'은 바로 이른바 '가확(원숭이과의 짐승)'이니, '후(猴)'와 비슷하지만 매우 크고, 사람들의 아내를 잘 훔쳐 빼앗는데, 자식을 낳으면 성(姓)을 '량(梁)'이라고 한다. 그러므로 촉중에는 '량' 성이 많다. ○〈성성(猩猩)〉은 '후(猴)'와 '돼지' 비슷한데, 사람의 얼굴과 발이며, 사람의 언어를 쓸 줄 안다. ○〈산도(山都)〉는 모습이 곤륜노와 같은데, 온몸

에 털이 나 있고, 사람을 만나면 눈을 감고 입을 벌린다. 깊은 산골짜기 시냇가에 머물러 살면서 돌을 뒤집어 '해(蟹 : 게)'를 찾아 구해 먹는다.[23]

이상에서 언급한 내용 중 '성성'은 유인원과에 속하며, 사람 모습을 한 지능이 높은 짐승인 '성성이'로서 흔히 '오랑우탄'을 가리킨다. 또한 '산도'는 '비비(狒狒)'의 일종으로 긴 주둥이를 지니고 있는 짐승이며, '곤륜노'는 한(漢)대 이후 남양(南洋)에서 건너온 흑인을 중국에서 이르는 말이다. 즉, 말레이 지역 출신의 피부 빛이 검은 노비를 가리키는데, 이들은 당(唐)대에 권문세가에서 노비로 생활하였던 계층이기도 하다. 이와 같이 우리나라 '물명고'류의 내용에는 설화적 요소가 풍부하게 포함되어 있고, 당시 주변 국가와의 인적 교류 및 교역과 연관된 내용도 수록되어 있다는 점이 특징적이다.

이러한 대중성은 명칭의 유래를 설명하는 부분에서도 명확하게 확인할 수 있다. 아래는 '두견(杜鵑)'에 대한 설명이다.

'백조'인데, 하지부터 울어서 동지에 그치기 때문에 '사지'라는 이름을 붙였다. ○〈계(鴂 : 자규·두견)〉는 '제계'인데, 봄과 가을이면 울기 때문에 '온갖 풀들이 향기를 잃는다.'고 하였다.[24]

이상의 내용 중 '사지'는 하지와 동지를 구별하는 일을 맡았던 고대 관원의 명칭이고, '온갖 풀들이 향기를 잃는다'는 것은 『초사(楚辭)』 중

---

23 "○ 玃 卽所謂 猳玃 似猴而極大 善盜人妻 生子 姓曰 梁. 故蜀中多梁姓. ○ 猩〃 似猴似猪 人面人足 作人言語. ○ 山都 形如崑崙奴 通身生毛 見人閉目張口. 在深澗中 飜石覓蟹噉之." 『物名考』, 國立中央圖書館所藏本, 32~33쪽.

24 "鵙 伯趙 夏至鳴 冬至止 故名曰 司至. ○ 鴂 鷤搗 春秋則鳴 故百草不芳." 『物名考』, 國立中央圖書館所藏本, 10쪽.

굴원(屈原)의 〈이소(離騷)〉에 "겁이 나네 두견이 먼저 울어 대어, 온갖 풀들 그 때문에 향기 잃게 될까 봐.(恐鵜鴂之先鳴兮 使夫百草爲之不芳.)" 라는 구절에서 비롯된 말이다. 여기에서 '두견'은 간신, '온갖 풀들'은 충신을 의미하며, 이를 따라 해명하기도 전에 참소가 먼저 들어가는 바람에 충직한 인사가 죄를 받는 것을 의미하는 '명결(鳴鴂)'이라는 어휘가 유래되기도 하였다. 이처럼 어휘의 유래 및 배경 설명은 중국이나 일본의 유서류와 공통적으로 지니고 있는 특성이기는 하다. 그러나 우리나라의 '물명고'류는 설화적 화소를 보다 적극 활용하여 보다 풍부한 대중성 획득이라는 목적을 충실하게 실현하기 위한 시도를 하고 있다는 점이 특징이다.

이외에도 한자어의 유래와 관련하여 계획한 일이 뜻대로 되지 않거나 바라던 일이 어그러진 상황과 관련하여 일반적으로 사용하는 '낭패'의 의미를 설명하는 부분도 흥미롭다.

> '패(狽)'는 앞다리가 짧고, '랑(狼)'은 뒷다리가 짧으며, '패'가 음식이 있는 곳을 알아서 '랑'이 '패'를 등에 업고 돌아다니는데, 혹시 서로 잃어버린다면, 실패함이 더 이상 심하기 이를 데 없다. 이것과 '궐토'의 일은 서로 비슷할 따름이다. ○〈궐토(蟨免)〉는 다른 이름으로 '궐서'인데, 거란의 땅에 산다. 앞발은 1치[寸] 남짓이고, 뒷발은 3자[尺]라서 원래 뛰게 되면 넘어질 듯하거나 땅에 엎어진다. 그러므로 늘 '공공거허'를 위해 '감초'를 물어뜯어 주고, 만약 사람들을 만나면, '공공거허'가 반드시 등에 업고 달아난다. 〈공공(蛩蛩)〉은 '말'과 비슷하다. 〈거허(駏驉)〉는 '당나귀'와 비슷하고, '공공'과 아울러 북쪽 지방에서 나온다.[25]

---

25 "狼狽 狽足前短 狼足後短 狽知食所在 狼負之而行 若或相失 則敗莫甚焉. 此與蟨免之事相類耳. ○ 蟨免 一名蟨鼠 生契丹地. 前足寸餘 後足三尺 旣跳則蹶然仆

'랑'과 '패'는 모두 전설상의 짐승인데, '랑'은 뒷다리가 매우 짧고, '패'는 앞다리가 매우 짧아서 다닐 때는 항상 '패'가 '랑'의 등에 업혀서 '랑'의 앞다리와 '패'의 뒷다리인 네 발로 다녀야 하기 때문에 둘이 서로 떨어져서는 움직일 수 없다. 이와 같이 동북아시아에 전통적으로 전해 내려오는 설화적 화소를 활용하고 있다는 점도 우리나라 유서류의 특징이며, 이 또한 대중성과 밀접한 연관을 맺는다.

이상에서 살펴본 바와 같이 우리나라의 '물명고'류는 중국이나 일본의 그것과 달리, 물명과 설화적 화소의 만남을 통한 흥미로운 내용을 제시함으로써 일정한 지식의 전수는 물론 대중성을 담보하고 있다. 또한 동양의학 등 항목별 주제어와 관련된 유용한 내용을 함께 설명함으로써 그 유래는 물론 어휘가 만들어지게 된 배경을 밝히고 있는데, 이는 그 실용성을 배가시키는 데 이바지하고 있다.

이와 같이 빈번하게 사용하는 용어의 유래를 설명하는 것 가운데 또 다른 예시를 들 수 있다. 즉, 망설이며 결정짓지 못하는 상태를 가리키는 '유예'에 대해서는 "유(猶 : 유호(猶猢)·원숭이의 일종)는 '확(玃)'의 일종인데, '고라니'와 같고, 나무에 잘 오르며, 그 천성(天性)됨은 의심이 많기 때문에 모든 일에 대해 결정하지 못하는 것을 '유예'라고 말한다."[26]고 하였는데, 이 역시 '낭패'와 그 가치의 궤를 함께한다.

地. 故常爲蛩〃駏驉 齧甘草 若見人 則蛩〃駏驉 必負以走. 蛩〃 似馬. 駏驉 似驢 並出北方."『物名考』, 國立中央圖書館所藏本, 30~31쪽.

26 "猶 玃屬 如麂 善登木 其爲性多疑 故凡事之不決曰 猶豫."『物名考』, 國立中央圖書館所藏本, 33쪽.

5. 필자의 종합적 견해 표명

조선의 '물명고'류 및 『본초강목』과 『왜한삼재도회』 등 동북아시아 유서류의 공통점 중 하나는 기존의 견해를 종합하여 제시하고 있다는 점이다. 그런데 중국이나 일본과 달리 우리나라의 유서류는 특히 그 서술자의 견해 표명이 매우 확실하다. 다음은 이중교배에 의해 탄생한 생물에 대한 설명이다.

> 거허(駏驉)는 '검은 소'가 아비이고, '말'인 어미가 낳은 것이니, '틔기' 이다. 그러나 '공공거허'의 주(註)에는 또 이것이 야지에서 저절로 나오는 것이라고 하였으니, 무엇을 따라야 할지 아직 모르겠다.[27]

이상의 인용문 중 '거허'는 '버새'이다. 즉 '노새' 비슷하게 생겼으며, 타고 다닐 수 있는 짐승을 일컫는다. '공공거허'는 전설상의 짐승 이름인데, '거공(駏蛩)' 또는 '거허(駏驉)'와 '공공(蛩蛩)'으로 나누어 설명되기도 하는 짐승이다. '공공'은 빛깔이 희고, 말과 비슷하게 생겼으며, 북해(北海)에 산다는 전설상의 짐승이다. 이들은 서로 비슷하고, 늘 함께 따라다니며, 공생(共生)한다는 짐승이기 때문에 인신하여 친밀한 관계를 의미한다.

여기에서는 특히 '틔이'라는 중세국어를 표기함으로써 당시 통용되던 우리말의 묘미를 십분 살리고 있다. 이는 다른 말로 '특이' 또는 '트기'라고도 하는데, 종(種)이 다른 두 동물 사이에서 난 새끼를 가리키는 말로써 '책맥(馲貊)'이라고 하며, 한편으로는 '수탕나귀'와 '암소' 사이

---

27 "駏驉 驪牛父馬母所生 틔이. 然蛩〃駏驉之註 又是野地自産者 未知何從."『物名考』, 國立中央圖書館所藏本, 23쪽.

에서 나는 동물을 가리키기도 하는 말이다.

하지만 사실 이들 짐승에 대한 정확한 구별은 어렵다. 따라서 서술자 역시 '무엇을 따라야 할지 아직 모르겠다'고 하면서 유보적 입장을 표명하고 있음을 확인할 수 있다. 이처럼 기존의 견해를 종합하되 알고 모르는 것에 따라 가감 없이 진술하게 그 견해 표명을 명확하게 하고 있다는 점도 우리나라 유서류의 특징 중 하나이다.

이와 같은 견해 표명은 생물의 생태를 세밀하게 관찰하고, 이를 인간의 삶과 결부시키고자 했던 필자의 태도와 깊은 연관을 맺는다고 할 수 있는데, 이를 잘 보여주는 예가 '수달(水獺)'과 연관된 아래의 설명이다.

> 수달(水獺)은 강과 호수에 있는데, 다리가 짧고, 몸은 좁으면서 납작하며, 색깔은 자백과 같다. 물고기를 잡아 제사를 지내니, '슈달피'이고, '수구(수달·물개)'와 같다.[28]

이상의 내용 가운데 '자백'은 전국시대 제나라에서 나던 자줏빛 비단이다. 이는 세상에서 귀하게 여기던 것이었으며, 본래 낡은 흰 비단을 염색해 만들었다. 관찰과 연관하여 주목할 부분은 '물고기를 잡아 제사를 지낸다'는 표현이다. 이는 수달이 물고기 등의 사냥감을 잡아다가 물가나 바위 위에 차례로 늘어놓는 습성에서 유래한 것이다. 사람의 눈에는 그것이 마치 제물을 차리고 제사를 지내는 것처럼 보였기 때문에 동양에서는 옛날부터 수달이 먹이를 잡으면 제사를 지내는 동

---

28 "水獺 江湖有 足短身褊 色若紫帛. 捕魚設祭 슈달피 水狗 仝. ○ 猵獺 形大 而頸如馬 身似蝙蝠."『物名考』, 國立中央圖書館所藏本, 33쪽.

물로 알려져 왔다. 특히, 24절기(二十四節氣) 중 입춘(立春) 후 15일 정도 지난 양력 2월 19일경이 우수(雨水)인데, 우리 조상들은 이때가 되면 수달이 물고기를 잡아 제사를 지낸다고 생각하였다. 여기서 유래한 표현이 '달제(獺祭)' 또는 '달제어(獺祭魚)'이다. 이는 수달이 잡은 물고기를 늘어놓아 제사지내는 것처럼 한다는 뜻으로, 인신하여 글을 쓰는 사람이 시문(詩文)을 지을 때에 많은 참고 서적과 자료들을 열람하느라고 좌우에 어수선하게 늘어놓고 있는 것을 비유한다.

이외에도 동북아시아의 유명 문인(文人) 관련 시구 인용 등을 통해 필자가 알고 있는 지식을 확장하는 태도 역시 서술자의 견해 표명과 관련된 특성과 그 궤를 함께 한다.

> '토육(土肉)'은 바다 속에 살고 검은색이며, 길이는 네댓 치[寸]이고, 배는 있지만 입이 없을 뿐이며, 작은 부스럼 같은 것이 몸통에 두루 퍼져 있어서 마치 '고과'와 같으니, '뮈'이고, '해삼', '해남자(해삼)', '흑충(해삼)'과 같다. '니(泥)'는 예로부터 지금에 이르기까지 대대로 이어 전하는 벌레 이름인 듯 보이니, 술을 마시면 취하기 때문에 이백의 시(詩)에 '취사니'라고 이른 바가 있는데, 우리나라 세속에서는 마침내 '해삼'에 해당되지만, 의거할 바는 없다.[29]

'토육'은 조개류의 연체동물 또는 진흙을 의미하는데, 여기에서는 '해삼'을 의미한다. '고과'는 쓴 맛을 지닌 '여주'나 쓴 '오이'를 가리킨다. 또한 '뮈'는 극피동물에 속하는 '해삼'을 가리킨다. 아울러 '니'는 남해(南

---

29 "土肉 生海中色黑 長四五寸 有腹無口耳 遍身癗 如苦瓜 뮈 海蔘 海男子 黑蟲仝. 泥 古來相傳似蟲名 得酒則醉 故李白詩有云 醉似泥 東俗遂以海蔘當之 無据."『物名考』, 國立中央圖書館所藏本, 48쪽.

海)에 산다는 전설상의 뼈 없는 벌레인데, 물속에 있을 때에는 활발히 움직이지만, 물이 없으면 진흙처럼 흐물흐물해진다고 하여 사람이 술에 몹시 취한 상태의 비유로 쓰기도 한다. 이와 연관하여 이백과 관련이 있는 '취사니' 고사를 사용한 것이 흥미롭다. 즉, '취사니'는 몸을 가누지 못할 정도로 몹시 취한 모양을 가리키는데, 이는 다음과 같은 이백의 시 〈양양가(襄陽歌)〉 중 6행의 일부 구절이다. "… 傍人借問笑何事(옆 사람이 무슨 일로 웃느냐고 물어보니) / 笑殺山公醉似泥(산간(山簡)이 곤죽으로 취함을 비웃는다네.) / 鸕鷀杓 鸚鵡杯(가마우지 모양의 구기! 앵무새 모양의 술잔!) / 百年三萬六千日(백년의 삼만 육천 일 동안) / 一日須傾三百杯(하루에 모름지기 삼백 잔을 기울여야 하리라.) …"

이외에도 기물(器物)과 관련하여 '초왕(楚王)'에 대하여 "속담에 이르기를 초(楚)나라 왕이 (물에 빠져 죽은) 굴원에게까지 다다른 그물이기 때문에 '조왕이'라고 한다."[30]라고 하여 당대 사용하던 기물에 대한 설명에 대한 정보를 담고 있다는 점도 간과할 수 없는 점이다. '조왕이'는 '조앙이'라고도 하는데, '좽이'의 옛말이고, 이는 '좽이그물'을 가리킨다. 이것은 물고기를 잡는 그물의 하나로서 원뿔 모양으로 위에 몇 발의 벼리가 있고, 아래에는 쇠나 납으로 된 추가 달려 있어서 벼리를 잡고 물에 던지면, 고깔 모양으로 넓게 쫙 퍼지면서 가라앉는 그물이다. 그물이 바닥에 닿은 후 천천히 벼리를 당겨서 그물 속에 든 물고기를 건져 올린다.

이와 같이 유명한 고전 작가 및 작품과 연관시켜 항목에 대한 구체적 설명을 곁들임으로써 서술자의 견해를 명확하게 피력하는 데 일조

30 "楚王 諺謂 楚王以極屈原之網 조왕이."『物名考』, 國立中央圖書館所藏本, 37쪽.

하고, 모르는 바에 대해서는 의거할 바가 없다고 하여 객관적인 태도를 견지하는 자세야말로 중국이나 일본과 구별되는 우리나라 '물명고'류의 특징이라고 할 수 있다.

6. 맺음말

이상에서 간략하나마 『시명다식』과 『물명고』 등 우리나라의 '물명고'류에 수록된 내용을 중심으로 중국의 『본초강목』과 일본의 『왜한삼재도회』 등과의 비교를 시도함으로써 조·중·일 유서류의 공통점과 차이점을 규명해 보았다. 이와 같은 물명 연구는 앞으로 우리 시가 문학에 있어서도 반드시 선행되어야만 하는 작업이다. 이 연구 분야는 가사(歌辭) 갈래 등 기존의 전통적 작품 해석 및 분석과 관련하여 바로잡거나 새로운 의미를 부여할 수 있는 기반을 조성하는 데 일익을 담당하고 있기 때문이다.

2장에서는 동북아시아 유서류가 『본초강목』에 영향을 받아 실용성을 공통점으로 담보하고 있다고 보았으며, 『본초강목』은 의술(醫術)에 기반한 저술이므로 주로 초목의 서술에 많은 부분을 할애하고 있고, 『왜한삼재도회』는 분량상 가장 방대한 유서인 만큼 자연과 아울러 지리 등 인간의 삶까지 그 내용에 포괄하고 있으며, 『시명다식』이나 『물명고』 등 조선의 유서류는 다양한 서적을 참고하여 특정 텍스트나 항목에 국한시켜 필요한 내용만을 엄선하여 정리한 축약본으로서의 성격을 지닌다고 보았다.

3장에서는 표제어와 관련하여 교화적 시각을 반영하고 있다는 점이

조·중·일 유서류에 드러난 공통점인데, 특히 조선의 유서류는 개인의 삶은 물론, 확장된 동아리 단위의 소중함을 인식시키기 위하여 생물을 중시하는 태도를 보임으로써 기본적 단위로부터 인간성의 실천을 강조하는 특성을 보임으로써 교훈성을 강조하고 있다고 파악하였다.

4장에서는 물명의 유래를 심도 있게 설명하는 점이 동북아시아 유서류의 공통점이지만, 조선의 유서류는 설화적 화소를 결부시켜 일정한 지식의 전수는 물론 대중성을 담보하고 있다는 점이 차이점이라고 보았다. 또한 동양의학 등 항목별 주제어와 관련된 유용한 내용을 함께 설명함으로써 그 유래는 물론 어휘가 만들어지게 된 배경을 자연스럽게 밝히고 있는데, 이는 그 실용성을 배가시키는 데 이바지한다고 할 수 있다.

5장에서는 유명한 고사(故事) 등과 연관시켜 표제어에 대한 구체적 설명을 함으로써 서술자의 견해를 명확하게 피력하는 데 일조함은 동북아시아 유서류의 공통점이지만, 모르는 바에 대해서는 의거할 바가 없다고 하여 객관적인 태도를 견지하는 자세를 보인다는 점이 중국이나 일본과 구별되는 우리나라 '물명고'류의 특성이라고 파악하였다.

—이 글은『한민족어문학』제73집, 한민족어문학회, 2016에 실린 글을 수정·보완한 것임.

참고문헌

장르론

【상고시가의 연구】 _ 金榮洙

『管子』.
『東史綱目』.
『白虎通義』 권7.
『史記正義』.
『三國史記』 권1.
『三國遺事』 권1, 2.
『史記』 권57.
『詩經集傳』 권2.
『新增東國輿地勝覽』 권29.
『增補文獻備考』 권90.
董仲舒, 『春秋繁露』 권44.

강명혜, 「황조가의 의미 및 기능 - 구지가, 공무도하가와의 연계성을 중심으로」, 『온지논총』, 온지학회, 2004.
高晶玉, 『조선민요연구』, 수선사, 1949.
과학원 언어문학연구소 문학연구실 편, 『조선문학통사』(상), 화다, 1989.
구사회, 「공무도하가의 가요적 성격과 디아스포라」, 『한민족문화연구』 31, 한민족어문학회, 2009.
具滋均, 「國文學史要」, 『한국평민문학사』, 민족문화사, 1982.
權相老, 『조선문학사』, 일반프린트사, 1947.
權寧徹, 「황조가 신연구」, 『국문학연구』 1, 효성여대, 1968.
金文泰, 『삼국유사의 시가와 서사문맥 연구』, 태학사, 1995.
김병국, 『고전시가의 미학 탐구』, 도서출판 월인, 2000.
金炳旭, 「한국 상대시가와 呪詞」, 『어문논지』 2, 충남대 국어국문학과, 1976.

金思燁, 『改稿 國文學史』, 정음사, 1953.

金成基, 「한국시가에 나타난 국가관 연구」, 『논문집』 9, 국민대, 1976.

金聖基, 「公無渡河歌의 해석」, 『한국문학사의 쟁점』, 집문당, 1986.

金星洙, 「史記를 통해 본 공무도하가의 작품배경 위치고」, 『대동문화연구』 60, 대동문화학회, 2007.

金性彦, 「구지가의 해석」,『한국문학사의 쟁점』, 집문당, 1986.

김수업, 『배달문학의 갈래와 흐름』, 현암사, 1992.

金承璨, 「황조가의 신연구」, 『국문학연구』 1, 효성여대, 1968.

_____, 「兜率歌 再論」, 『국어국문학』 12, 부산대 국어국문학회, 1975.

_____, 『한국상고문학론』, 새문사, 1987.

_____, 「史記·遺事 소재 가악의 성격」, 『한국전통문화연구』 3, 효성여대, 1987.

_____, 「도솔가」, 『고전시가의 이념과 표상』(임하최진원박사정년기념논총), 대한, 1991.

金烈圭, 「가락국기고 - 원시 연극의 형태에 관련하여」, 『국어국문학지』 3집, 부산대, 1961.

金烈圭 외, 『민담학개론』, 일조각, 1983.

김열규, 「구지가 재론」, 『한국고전시가작품론』 1, 집문당, 1992.

金榮洙, 「선초 악장의 문학적 성격」, 『한국고전시가사』, 집문당, 1997.

_____, 「公無渡河歌 新解釋」, 『한국시가연구』 3, 한국시가학회, 1998.

_____, 「龜旨歌의 신해석」, 『東洋學』 28, 단국대 동양학연구소, 1998.

_____, 「황조가 연구 재고 - 악부시 황조가의 해석을 원용하여」,『한국시가연구』 6, 한국시가학회, 2000.

_____, 『古代歌謠硏究』, 단국대학교 출판부, 2007.

金永琪, 「한국고대시가의 주제 - 敎化 戀君 自然의 사상」, 『현대문학』 142호, 현대문학사, 1966.

金鍾雨, 『향가문학연구』, 이우출판사, 1980.

金俊榮, 『한국고전문학사』, 금강출판사, 1971.

金昌龍, 『우리 옛문학론』, 새문사, 1991.

金昌龍, 「龜旨歌의 '검', '수' 논증」, 「龜旨歌의 '何', '也' 논변」, 『우리 옛문학론』, 1991.

金泰植, 『加耶聯盟史』, 일조각, 1993.

金宅圭, 「回顧와 展望」, 『신라시대의 언어와 문학』, 한국어문학회 편, 형설출판사, 1974.

金學成, 『한국고전시가의 연구』, 원광대출판국, 1980.

______, 「황조가의 작품성격」, 『한국고전시가작품론』 1, 집문당, 1992.

______, 『한국고시가의 거시적 탐구』, 집문당, 1997.

金興圭, 『한국문학의 이해』, 민음사, 1986.

남재철, 「공무도하가의 國籍」, 『한국시가연구』 24, 한국시가학회, 2008.

류종목, 「구지가의 성격과 해석의 문제」, 『한국고전시가사』, 집문당, 1997.

文璇奎, 『한국한문학사』, 정음사, 1961.

민긍기, 「원시가요 연구(2)」, 『사림어문연구』 8, 창원대, 1991.

______, 「원시가요 연구(3)」, 『열상고전연구』 4, 열상고전연구회, 1991.

민영대, 「황조가 연구」, 『숭전어문학』 5, 숭전대, 1976.

朴智弘, 「구지가연구」, 『국어국문학』 16, 국어국문학회, 1957.

朴鎭泰, 「구지가 신연구」, 『한국어문논집』 2, 한사대.

박충록, 『한국민중문학사』, 도서출판 열사람, 1988.

사라 알란(Sarah Allan), 『거북의 비밀』, 오만종 역, 예문서원, 2002.

徐首生, 『한국시가연구』, 형설출판사, 1970.

______, 「도솔가의 성격과 사뇌격」, 『국문학논문선 1(향가연구)』, 민중서관, 1977.

서일권·정판룡, 「중국에서의 조선 고전문학의 전파와 영향」, 『명지어문학』 19, 명지어문학회, 1990.

성기옥, 「구지가의 작품적 성격과 그 해석(1)」, 『울산어문논집』 3, 울산대, 1987.

______, 「구지가의 작품적 성격과 그 해석(2)」, 『배달말』 12, 배달말학회, 1987.

______, 「公無渡河歌 硏究」, 서울대 박사학위논문, 1988.

孫洛範, 『국문학개론』, 일성당, 1957.

宋在周, 「가락국기와 구지가에 대한 연구 서설」, 『국어교육연구』 3, 조선대, 1984.

梁柱東, 『增訂 古歌硏究』, 일조각, 1965.

呂基鉉, 『신라 音樂相과 사뇌가』, 도서출판 월인, 1999.

오태권, 「구지가 敍事의 封祭機能 연구」, 『열상고전연구』 26, 열상고전연구회, 2007.

劉文英, 『꿈의 철학』, 동문선, 1993.

柳鍾國, 『고시가양식론』, 계명문화사, 1990.

______, 「구지가 유형의 전승에 대한 재론」, 『송남이병기박사정년퇴임기념논총』, 보고사, 1999.

劉昌惇, 「上古문학에 나타난 巫覡思想 - 시가를 중심으로」, 『思想』 통권 4호, 사상사, 1952.

윤영옥, 『한국 고시가의 연구』, 형설출판사, 1995.
尹用植, 「도솔가(유리왕대)의 해석」, 『한국문학사의 쟁점』, 집문당, 1986.
윤혜신, 「북한문학사의 역사주의와 탈역사성 – 원시시대~중세초기를 대상으로」, 『민족문학사연구』 43, 2010.
尹浩鎭 編譯, 『임이여! 하수를 건너지 마오』, 보고사, 2005.
李家源, 『한국한문학사』, 민중서관, 1961.
李庚秀, 「황조가의 해석」, 『한국문학사의 쟁점』, 집문당, 1986.
李基白, 『한국사신론 : 개정판』, 일조각, 1976.
李杜鉉, 「「新羅古樂 再攷」 – 특히 兜率歌에 대하여」, 『신라가야문화』 1, 청구대 신라가야문화연구원, 1966.
李明九, 「도솔가의 역사적 성격」, 『논문집』 22(인문·사회계), 성균관대, 1976.
李明善, 『조선문학사』, 조선문학사, 1948.
______, 『조선문학사』, 범우사, 1990.
李秉岐, 『국문학전사』, 신구문화사, 1969.
이병도 역주, 『三國史記』 上 개정판, 을유문화사, 1996.
李成九, 『中國古代의 呪術的 思惟와 帝王統治』, 일조각, 1997.
李永泰, 『한국 고시가의 새로운 인식』, 경인문화사, 2003.
이영태, 「황조가 해석의 다양성과 가능성 – 삼국사기와 시경의 글자용례를 통해」, 『국어국문학』 151, 국어국문학회, 2009.
李鐘出, 『한국고시가 연구』, 태학사, 1989.
이해산, 「早期의 문헌자료로부터 본 공후인」, 『목원어문학』 13집, 1995.
李惠求, 『한국음악연구』, 국민음악연구회, 1957.
任東權, 『한국민요사』, 문창사, 1964.
임주탁·주문경, 「황조가의 새로운 해석 – 관련서사의 서술의도와 관련하여」, 『관악어문연구』 29, 서울대 국어국문학과, 2004.
張德順, 『國文學通論』, 신구문화사, 1973.
______, 『한국고전문학의 이해』, 일지사, 1973.
張鴻在, 「황조가의 연모대상」, 『국어국문학연구논문집』, 청구대학, 1963.
田寬秀, 「제의적 측면에서 본 황조가의 성격」, 『한국고전시가사』, 집문당, 1997.
鄭琦鎬, 「兜率歌攷」, 『青荷成耆兆先生華甲紀念論文集』, 신원문화사, 1993.
정무룡, 「황조가 연구」 1, 『강용권박사송수기념논총』, 1986.
______, 「황조가 연구」 2, 『국어국문학』 7, 동아대, 1986.
鄭炳昱, 「한국시가문학사」 上, 『한국문화사대계』 V–언어·문학사(下), 고려대 민족문화연구소, 1967.
鄭尚均, 『한국고대시문학사연구』, 한신문화사, 1984.

鄭夏英, 「공무도하가의 성격과 의미」, 『한국고전시가작품론 1』, 집문당, 1992.
鄭亨容, 『국문학사』, 우리어문학회 편, 신흥문화사, 1948.
정홍교, 「조선문학사 : 원시-9세기」, 한국문화사, 1991.
조규익, 『풀어읽는 우리 노래문학』, 논형, 2007.
_____, 『북한문학사와 고전시가』, 보고사, 2015.
조기영, 「공무도하가 연구에 있어서 열 가지 쟁점」, 『목원어문학』 14, 목원대 국어교육과, 1996.
_____, 「공무도하가의 주요쟁점과 관련기록의 검토」, 『강원인문논총』 12, 강원대 인문과학연구소, 2004.
조동일, 『한국문학통사 1』, 지식산업사, 1982.
조용호, 「황조가의 구애민요적 성격」, 『고전문학연구』 32, 고전문학연구회, 2007.
趙潤濟, 『한국문학사』, 동국문화사, 1963.
趙芝薰, 「新羅歌謠考」, 『고대국문학』 6, 고려대 국문학과, 1962.
池浚模, 「公無渡河 考正」, 『국어국문학』 62-63합집, 국어국문학회, 1973.
崔南善, 『朝鮮常識問答續編』, 삼성문화재단출판부, 1972.
_____, 『六堂崔南善全集』 제9 論說·論文 Ⅰ, 현암사, 1974.
崔東元, 「新羅歌樂攷」, 『논문집』 15, 부산대, 1973.
최선경, 『향가의 제의적 이해』, 한국학술정보(주), 2006.
최우영, 「공무도하가의 발생과 그 의미」, 『한국고전시가사』, 집문당, 1997.
崔信浩, 「箜篌引 異考」, 『東亞文化』 10, 서울대 동아문화연구소, 1971.
崔珍源, 「韓國神話 考釋(2) - 首露神話」, 『大東文化硏究』 24, 성균관대 대동문화연구원, 1990.
하경숙, 「고대가요의 후대적 전승과 변용 연구」 - 공무도하가·황조가·구지가를 중심으로, 선문대 박사학위논문, 2011.
허남춘, 「도솔가와 신라 초기의 가악」, 『국어국문학논총』(벽사이우성선생정년퇴직기념), 여강출판사, 1990.
_____, 「황조가 신고찰」, 『한국시가연구』 5, 한국시가학회, 1999.
허남춘, 「황조가 연구 현황 검토」, 『황조가에서 청산별곡 너머』, 보고사, 2010.
허문섭, 『조선고전문학사』, 중국 랴울링, 1985.
_____, 『한국민족문학사』, 세계, 1989.
현승환, 「황조가 배경설화의 문화배경적 의미」, 『인하어문연구』 4, 인하대 인하어문연구회, 1999.
현종호, 『조선국어고전시가사 연구』, 1984.

洪在烋, 「兜率歌攷 – 儒理王代의 不傳詩」, 『한국전통문화연구』 창간호, 효성여대 한국전통문화연구소, 1985.
황경숙, 「가락국기의 山上儀禮와 구지가의 성격에 대한 소고」, 『국어국문학』 31, 부산대 국어국문학과, 1994.
黃柄翊, 『고전시가 다시 읽기』, 새문사, 2006.
黃浿江, 「龜何歌攷」, 『국어국문학』 29호, 국어국문학회, 1965.
______, 『향가문학의 이론과 해석』, 일지사, 2001.

【향가 해독과 훈차자·음차자 교육에 대한 비판적 고찰】 _ 박재민

『均如傳』(역주 균여전, 최철·안대회 옮김, 새문사에 附錄된 影印本), 1986.
『大方廣佛華嚴經』 권51, 대구 동화사 影印本, 1990.
『三國遺事』(『교감 삼국유사』, 민족문화추진회 影印本), 1973.
『牛馬羊猪染疫病治療方』(홍문각, 影印本), 1982
『鄕藥救急方』(남풍현, 『借字表記法研究』, 단국대출판부 재인용), 1981.
『頤齋遺藁』 권25, 雜著, 華音方言字義解(한국문집총간 246권), 민족문화추진위원회.

김완진, 『향가해독법연구』, 서울대학교 출판부, 1980.
남풍현, 『借字表記法研究』, 단국대출판부, 1981.
박재민, 「삼국유사 소재 향가의 원전비평과 차자·어휘변증」, 서울대학교 박사학위논문, 2009.
서재극, 『신라향가의 어휘연구』, 계명대학교 출판부, 1975.
양주동, 『고가연구』, 일조각, 1965.
유창균, 『향가비해』, 형설출판사, 1994.
장윤희, 「고대국어 연결어미 '-遣'과 그 변화」, 『구결연구 14권』, 구결학회, 2005, 123~146쪽.
황선엽, 「향가에 나타나는 '遣'과 '古'에 대하여」, 『國語學』 39집, 국어학회, 2002, 3~25쪽.

〈교과서, 2011 교과부 검정 고등학교 국어(상·하)〉
김대행 외, 천재교육, 2011.
김병권 외, 더텍스트, 2011.

김종철 외, 천재교육, 2011.
문영진 외, 창비, 2011.
민현식 외, 좋은책신사고, 2011.
박갑수 외, 지학사, 2011.
박영목 외, 천재교육, 2011.
박호영 외, 유웨이중앙교육, 2011.
방민호 외, 지학사, 2011.
오세영 외, 해냄에듀, 2011.
우한용 외, 두산동아, 2011.
윤여탁 외, 미래엔, 2011.
윤희원 외, 금성출판사, 2011.
이삼형 외, 디딤돌, 2011.
조남현 외, 교학사, 2011.
한철우 외, 비상교육, 2011.

【여말선초 악장의 중세적 관습 및 변이 양상】 _ 조규익

『고려사』 http://krpia.co.kr.
『삼국사기』, http://krpia.co.kr.
『악학궤범』, 『원본영인 한국고전총서(복원판)Ⅱ - 시가류 樂學軌範』, 대제각, 1973.
『龍飛御天歌』, 아세아문화사, 1972.
『위키피디아』, www.wikipedia.org.
『조선왕조실록』, http://sillok.history.go.kr.
『漢文樂章資料集』, 도서출판 계명문화사, 1988.
『欽定四庫全書』,「經部 / 易類 / 周易集解」卷 十四,『文淵閣四庫全書電子版』, 迪志文化出版有限司.

김동욱, 『改訂 國文學概說』, 보성문화사, 1978.
송방송, 『한겨레음악대사전 상』, 보고사, 2012.
정구복, 『韓國中世史學史(Ⅰ)』, 집문당, 1999.
조규익, 『鮮初樂章文學研究』, 숭실대학교 출판부, 1990.
______, 『조선조 악장의 문예미학』, 집문당, 2005.

조규익, 「궁중정재의 선계 이미지, 그 지속과 변이의 양상」, 『한국문학과 예술(궁중정재 특집)』 창간호, 숭실대학교 한국문예연구소, 2008.
______, 「조선 지식인의 중국체험과 중세보편주의의 위기」, 『온지논총』 40, 사단법인 온지학회, 2014.
______, 『조선조 악장 연구』, 새문사, 2014.
조동일 외, 『국문학의 역사』, 한국방송통신대학교 출판부, 2012.
차주환, 『唐樂硏究』, 범학, 1979.
______ 역, 『고려사 악지』, 을유문화사, 1974.
최 철, 『한국고전시가사』, 집문당, 1997.
______, 『세종시대의 시가문학』, 세종대왕기념사업회, 1998.

【사대부 시조 문학의 일상성과 시가사적 의의】 _ 신연우

김혜숙, 「〈고산구곡가〉와 정신의 높이」, 『한국고전시가작품론2』, 백영정병욱선생10주기추모논문집 간행위원회, 집문당, 1992.
신연우, 『사대부시조와 유학적 일상성』, 이회, 2000.
이민홍, 『사림파문학의 연구』, 형설출판사, 1987.
최진원, 『한국고전시가의 형상성』, 성대출판부, 1988.
최 철, 『향가의 문학적 해석』, 연세대학교 출판부, 1990.
______, 『고려국어가요의 해석』, 연세대학교 출판부, 1996.
한형조, 「율곡사상의 유학적 해석」, 『율곡의 사상과 그 현대적 의미』, 한국정신문화연구원, 1995.

【시조의 정형률】 _ 김진희

김대행, 『韓國詩歌構造硏究』, 삼영사, 1976.
______, 『운율』, 문학과지성사, 1984.
______, 『시조유형론』, 이화여자대학교 출판부, 1986.
______, 『우리 詩의 틀』, 문학과비평사, 1989.
김석연, 「時調 韻律의 科學的 硏究」, 『아세아연구』 통권 제32호, 고려대학교 아세아문제연구소, 1968.
김수경, 「시조에 나타난 병렬법의 시학」, 『한국시가연구』 제13집, 한국시가학회, 2003.

김정화, 「韓國 詩 律格의 類型」, 『어문학』 82호, 한국어문학회, 2003.
김진희, 「시조 율격론의 난제」, 『한국시가연구』 제36권, 한국시가학회, 2014.
_____, 「현대시조의 율격 변이 양상과 그 의미 – 이호우 시조를 중심으로」, 『열상고전연구』 제39집, 열상고전연구회, 2014.
김흥규, 「평시조 종장의 律格·統辭的 定型과 그 기능」, 『어문론집』 19·20 합집, 고려대학교, 1977.
_____, 『한국문학의 이해』, 문학과지성사, 1984.
劉若愚, 『中國詩學』, 명문당, 1994.
서원섭, 「平時調의 形式 硏究」, 『어문학』 제36호, 한국어문학회, 1977.
성기옥, 『한국시가 율격의 이론』, 새문사, 1986.
성호경, 『한국시가의 형식』, 새문사, 1999, 49쪽.
송진우, 『중학생을 위한 국어 용어사전』, 신원문화사, 2007.
심재완 편, 『역대시조전서』, 세종문화사, 1972.
안 확, 『時調詩學』, 교문사, 1949.
예창해, 「한국시가율격의 구조 연구」, 『성대문학』 제19집, 성대국어국문학회, 1976.
오세영, 「한국시가 율격재론」, 『한국근대문학론과 근대시』, 민음사, 1996.
이능우, 「字數考 代案」, 『서울대논문집』 10집, 1958.
이병기, 「時調와 그 연구」, 『학생』, 1928.
이호우, 「이호우시조집」, 『삼불야』, 목언예원, 2012.
임종찬, 「現代時調 作品을 통해본 創作上의 문제점 연구」, 『시조학논총』 제12집, 한국시조학회, 1996.
정 광, 「韓國 詩歌의 韻律 硏究 試論」, 『응용언어학』 7권2호, 서울대 어학연구소, 1975.
정병욱, 「古詩歌 韻律論 序說」, 『최현배 선생 화갑기념 논문집』, 사상계사, 1954.
정혜원, 『한국 고전시가의 내면미학』, 신구문화사, 2001.
조동일, 「시조의 율격과 변형 규칙」, 『국어국문학연구』 제18집, 영남대 국어국문학과, 1978.
_____, 『한국시가의 전통과 율격』, 한길사, 1982.
_____, 『한국민요의 전통과 시가율격』, 지식산업사, 1996.
조윤제, 「時調字數考」, 『신흥』 제4호, 1930.
_____, 『朝鮮 詩歌의 硏究』, 을유문화사, 1948.
조창환, 『韓國現代詩의 韻律論的 硏究』, 일지사, 1986.
한수영, 「현대시의 운율 연구방법에 대한 검토」, 『한국시학연구』 제14호, 한국시학회, 2005.
홍재휴, 『韓國古詩律格硏究』, 태학사, 1983.
황희영, 『韻律硏究』, 동아문화비교연구소, 1969.

Gay Wilson Allen, *American Prosody*, New York : Octagon Books, 1978.
Jacqueline Flescher, "French", W. K. Wimsatt ed., *Versification : Major Language Types*, New York University Press, 1972.
John Lotz, "Elements of Versification", W. K. Wimsatt ed., *Versification : Major Language Types*, New York University Press, 1972.
Paul Fussell, "The Historical Dimension", Harvey Gross edit., *The Structure of Verse*, New York : The Ecco Press, 1979.
Roman Jakobson, "Grammatical Parallelism and its Russian Facet", *Selected Writings Ⅲ*, Mouton, 1971.
The New Princeton Encyclopedia of Poetry and Poetics, Princeton University Press, 1998.

『두산백과』, 〈http://www.doopedia.co.kr〉, (2013. 11. 25).

【가사집의 계통과 가사의 향유 양상】 _ 윤덕진

강전섭, 『한국고전문학연구』, 대왕사, 1982.
고순희, 「가사문학의 구비적 성격」, 『국문학의 구비성과 기록성』, 한국고전문학회, 1999.
사재동, 「한국음악관계 문헌의 희곡론적 고찰」, 『열상고전연구』 제16집, 열상고전연구회, 2002.
사진실, 『공연문화의 전통』, 태학사, 2002.
성무경, 「가사의 가창 전승과 '착간' 현상」, 『한국시가연구』 제8집, 한국시가학회, 2000.
______, 『가사의 시학과 장르 실현』, 보고사, 2000.
윤덕진, 「〈강촌별곡〉의 전승 과정 연구」, 『매지논총』 제8집, 연세대학교 매지학술연구소, 1991.
______, 「가사집 〈기사총록〉의 성격 규명」, 『열상고전연구』 제12집, 열상고전연구회,

1999.
윤덕진, 「노래로서 가사의 본모습 찾기」, 『열상고전연구』 제32집, 열상고전연구회, 2010.
______, 「여성가사집 〈가사〉의 문학사적 의미」, 『열상고전연구』제14집, 열상고전연구회, 2001.
______, 「19세기 가사집을 통해 본 가사 향유의 실상」, 『한국시가연구』 제13집, 2003.
______, 「가사집 〈잡가〉의 시가사상 위치」, 『열상고전연구』 제21집, 열상고전연구회, 2005.
이상주, 『담헌 이하곤 문학의 연구』, 이화문화출판사, 2003.
임재욱, 『가사 문학과 음악 : 노래로 부른 가사의 전통과 연원』, 보고사, 2013.
정재호, 『한국가사문학론』, 집문당, 1984.

【전통과 근대 그리고 잡가】 _ 박애경

『개벽』
『교방가요』
《대한매일신보》
《독립신문》
《동아일보》
『별건곤』
『삼천리』
『잡가전집』 1-4
『조광』
《황성신문》

강등학, 「19세기 이후 대중가요의 동향과 외래양식 이입의 문제」, 『인문과학』 31집, 성균관대학교 인문과학연구소, 2001, 241~263쪽.
강연진, 「한국근대대중가요 형성과정 연구」, 이화여자대학교 박사학위논문, 2002.
고미숙, 「20세기 초 잡가의 양식적 특질과 시대적 의미」, 『창작과 비평』 89호, 창작과 비평사, 1995.
권도희, 「20세기 전반기의 민속악계 형성에 관한 음악사회학적 연구」, 서울대학교 박사학위논문, 2003, 1~204쪽.

권도희, 「20세기 초 서울음악계의 성격과 대중음악 형성에 관한 연구」, 『서울학연구』 22집, 2004, 131~168쪽.
김기란, 「한국 근대 계몽기 신연극 형성 과정 연구 - 연극성을 중심으로」, 연세대학교 박사학위논문, 2004.
김문환 외, 『19세기 문화의 상품화와 물신화』, 서울대학교 출판부, 1998, 1~184쪽.
김창남, 「유행가의 성립과정과 그 문화적 성격」, 『삶의 문화 진실의 노래』, 한울, 1992.
박애경, 「19세기 도시유흥에 나타난 도시인의 삶과 욕망」, 『국제어문』 27집, 국제어문학회, 2003, 285~314쪽.
______, 「잡가의 개념과 범주의 문제」, 『한국시가연구』 13집, 한국시가학회, 2003, 285~310쪽.
박재환·김문겸, 『근대사회의 여가문화』, 서울대학교 출판부, 1996, 1~171쪽.
배연형·이정희·박수경 편, 『한국공연예술사 자료집』, 민속원, 2002.
사이먼 프리스 지음, 권영성·김공수 옮김, 『사운드의 힘』, 한나래, 1998, 19~344쪽.
손태도, 「1910-20년대 잡가에 대한 시각」, 『고전문학과 교육』, 2000, 173~208쪽.
유민영, 『한국근대극장변천사』, 태학사, 1998, 11~291쪽.
유선영, 「한국 대중문화의 근대적 구성과정에 관한 연구 - 조선 후기에서 일제시대까지를 중심으로」, 고려대학교 박사학위논문, 1992, 1~387쪽.
이노형, 「한국근대대중가요의 역사적 전개과정 연구」, 서울대학교 박사학위논문, 1992.
이영미, 「1920년대 대중화 논쟁에 관한 연구」, 고려대학교 석사학위논문, 1984.
______, 『한국대중가요사』, 시공사, 1998.
이우성·임형택 편역, 『이조한문단편집』, 일조각, 1993.
이정복, 「공동체의 관점에서 본 말과 구비문학」, 『구비문학연구』 19집, 구비문학회, 2004.
이창배, 『가요집성』, 홍인문화사, 1976.
______, 『한국가창대계』, 홍인문화사, 1976.
장유정, 「일제 강점기 한국 대중가요 연구」, 서울대학교 박사학위논문, 2004, 1~217쪽.
정재호·김흥규·전경욱 주해, 『악부』, 고려대학교 민족문화연구소, 1992.
정재호, 「잡가집의 특성과 문학사적 의의」, 『한국시가연구』 8집, 한구시가학회, 1999.
천정환, 『근대의 책읽기』, 푸른역사, 2003, 5~480쪽.
R. Middleton, "Studying Popular Music", Philadelpia : Open University Press, 1990.

【민요와 시가의 소통과 불통】 _ 손종흠

『三國史記』.
『三國遺事』.
『樂學軌範』.
『樂章歌詞』.
『時用鄕樂譜』.
국립국어원, 『표준국어대사전』, 어문각, 2001.

고정옥, 『조선민요연구』, 수선사, 1949.
성기옥, 「구지가의 작품적 성격과 그 해석(2)」, 『배달말』 제12호, 배달말학회, 1978.
성기옥·손종흠, 『고전시가론』, 방송대출판문화원, 2014.
손종흠, 『속요 형식론』, 박문사, 2011.
李慧淳, 「高麗前期 貴族文化와 漢詩」, 『韓國漢文學硏究』 15輯, 韓國漢文學會, 1992.
정병욱, 『한국고전시가론』, 신구문화사, 1977.
한국정신문화연구원, 『한국민족문화백과사전』, 한국정신문화연구원, 1991.

방법론

【고전시가 텍스트의 맥락과 현장의 맥락】 _ 손종흠

『高麗史』.
『三國史記』.
『三國遺事』.
『樂章歌詞』.
『樂學軌範』.
『莊子』.

국립국어원 편, 『표준국어대사전』, 어문각, 2008.
손종흠, 「견훤문학의 문예콘텐츠화에 대한 연구」, 『한국고시가 문화연구』 35집, 한국고시가문화학회, 2015.

손종흠, 『속요형식론』, 박문사, 2010.
에레즈 에이든, 장바티스트 미셸 지음, 김재중 옮김, 『빅데이터 인문학』, 사계절, 2015.
조동일, 『한국문학통사』, 지식산업사, 1988.

【일본의 향가 연구 동향과 과제】 _ 최정선

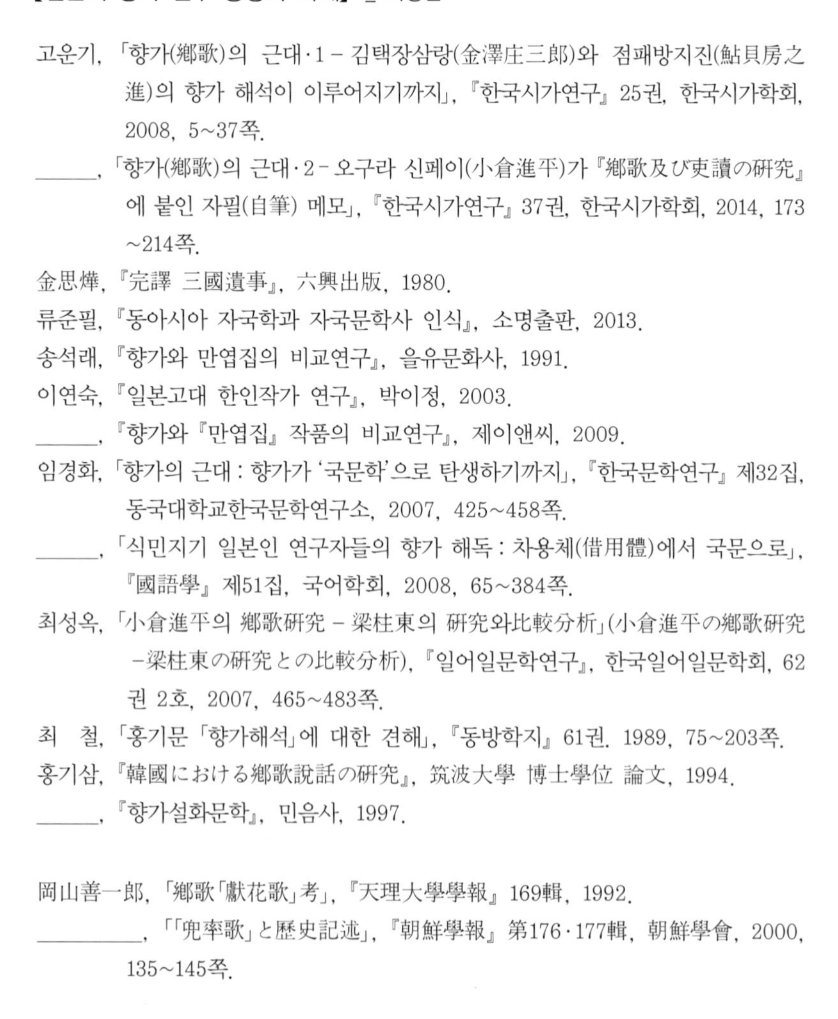

고운기, 「향가(鄕歌)의 근대·1 – 김택장삼랑(金澤庄三郞)와 점패방지진(鮎貝房之進)의 향가 해석이 이루어지기까지」, 『한국시가연구』 25권, 한국시가학회, 2008, 5~37쪽.
_____, 「향가(鄕歌)의 근대·2 – 오구라 신페이(小倉進平)가 『鄕歌及び吏讀の研究』에 붙인 자필(自筆) 메모」, 『한국시가연구』 37권, 한국시가학회, 2014, 173~214쪽.
金思燁, 『完譯 三國遺事』, 六興出版, 1980.
류준필, 『동아시아 자국학과 자국문학사 인식』, 소명출판, 2013.
송석래, 『향가와 만엽집의 비교연구』, 을유문화사, 1991.
이연숙, 『일본고대 한인작가 연구』, 박이정, 2003.
_____, 『향가와 『만엽집』 작품의 비교연구』, 제이앤씨, 2009.
임경화, 「향가의 근대 : 향가가 '국문학'으로 탄생하기까지」, 『한국문학연구』 제32집, 동국대학교한국문학연구소, 2007, 425~458쪽.
_____, 「식민지기 일본인 연구자들의 향가 해독 : 차용체(借用體)에서 국문으로」, 『國語學』 제51집, 국어학회, 2008, 65~384쪽.
최성옥, 「小倉進平의 鄕歌研究 – 梁柱東의 研究와比較分析」(小倉進平の鄕歌研究 –梁柱東の研究との比較分析), 『일어일문학연구』, 한국일어일문학회, 62권 2호, 2007, 465~483쪽.
최 철, 「홍기문 「향가해석」에 대한 견해」, 『동방학지』 61권. 1989, 75~203쪽.
홍기삼, 『韓國における鄕歌說話の研究』, 筑波大學 博士學位 論文, 1994.
_____, 『향가설화문학』, 민음사, 1997.

岡山善一郎, 「鄕歌「獻花歌」考」, 『天理大學學報』 169輯, 1992.
_________, 「「兜率歌」と歷史記述」, 『朝鮮學報』 第176·177輯, 朝鮮學會, 2000, 135~145쪽.

岡山善一郎, 「鄕歌と天人相關思想」, 『大谷森繁博士古稀記念朝鮮文學論叢』, 白帝社, 2002, 16~29쪽.
_________, 「鄕歌「彗星歌」と歷史記述」, 『朝鮮學報』 第187輯, 朝鮮學會, 2003, 91~112쪽.
_________, 「신라가요에 나타난 일본」, 『우리문학연구』 제17집, 2004, 29~41쪽.
_________, 「日本에서의 한국고전문학 연구현황과 전망」, 『동아시아고대학』 제35집, 동아시아고대학회, 2014, 279~297쪽.
大谷森繁, 『大谷森繁博士還曆記念朝鮮文學論叢』, 杉山書店, 1992, 1~204쪽.
金澤庄三郎, 「吏讀の研究」, 『朝鮮彙報』 4, 1929.
西條勉, 이권희, 『일본학연구』 통권 제16집, 단국대학교 일본연구소, 2005, 7~27쪽.
小倉進平, 『鄕歌及び吏讀の研究』, 『小倉進平著作集一』, 京都大學國文學會, 1924.
________, 「鄕歌及び吏讀の研究」, 『京城帝國大學法文學部紀要 1』, 1929.
岸正尙, 『万葉集と上代歌謠』, 菁柿堂, 2007.
梶川信行, 『万葉集と新羅』, 翰林書房刊, 2009.
畑山康幸, 「북조선에 있어서 향가연구」(『北朝鮮における鄕歌研究』), 『일본학』 8·9권, 동국대학교 일본학연구소, 1989, 109~137쪽.
中嶋弘美, 「鄕歌와 『萬葉集』의 표기법 비교를 통한 鄕歌 解讀 研究」, 『어문연구』 제117권, 한국어문교육연구회, 2003, 31~55쪽.
中西進, 『万葉集の比較文學的研究』, 櫻楓社, 1963.
______, 『万葉と海彼』, 角川書店, 1990.
______, 辰巳正明(編集), 『鄕歌 - 注解と研究』, 新典社選書, 2008.
土田杏村, 『上代の歌謠』, 『土田杏村全集』 第十三卷, 第一書房, 1928.

【고전시가의 현대적 계승과 변용】 _ 윤성현

『시 바라춤』(신석초 문학전집 1), 융성출판, 1985.
신석초, 「시문학 잡고」, 『시 바라춤 - 신석초문학전집 1』, 융성출판, 1985.
______, 「나의 시의 정신과 방법」, 『현대문학』 1964년 9월호.
______, 『바라춤』, 통문관, 1959.
______, 『처용은 말한다』, 조광출판사, 1974.
______, 『수유동운』, 조광출판사, 1974.
『신석초 윤곤강 외』(한국시문학대계 10), 지식산업사, 1984.
「우리 고시가의 현대적 수용 - 2. 고려가요 편)」, 『현대시학』 1995년 5월호.

「우리 고시가의 현대적 수용 - 3. 고시조 편)」, 『현대시학』 1995년 8월호.

공광규, 「현대시의 삼국유사 설화 수용 방법」, 계간 『너머』, 2007 가을.
박노준, 「향가, 그 현대시로의 변용(Ⅰ)·(Ⅱ)」, 『향가여요의 정서와 변용』, 태학사, 2001.
______, 「속요, 그 현대시로의 변용」, 『향가여요의 정서와 변용』, 태학사, 2001.
박철희, 「서동 전승의 시적 수용」, 『현대시와 전통의식』, 문학예술, 1991.
송정란, 「박제천, 고전의 육화와 현대적 의미 변용」, 박제천 시전집 5 『방산담론』, 문학아카데미, 2005.
______, 「현대시의 삼국유사 수용 연구」, (http://cafe.daum.net/poetsongjungran).
신석초·김후란 대담 「감성의 우주를 방황하는 나그네」, 『심상』 1973년 11월호, 『시바라춤 - 신석초문학전집 1』 재수록, 융성출판, 1985.
윤석산, 「즈믄 가람을 비추는 달」, 『고전적 상상력』, 민족문화사, 1983.
이창민, 「전통의 분기 - 처용가 관련 현대시의 유형과 의미」, 2002. (http://www.koreanculture.re.kr/vol2/articles/arti07.pdf)
임기중, 「동동과 십이월상사」, 『고전시가의 실증적 연구』, 동국대 출판부, 1992.
장백일, 「메저키즘적 사랑과 반항」, 『현대시와 전통의식』, 문학예술, 1991.
조용훈, 『신석초 연구』, 역락, 2001.
최미정, 「처용의 문학전승적 본질」, 『관악어문연구』 5집, 1980.
홍경표, 「처용 모티프의 시적 변용」, 『문학의 비평과 인식』, 새미, 2003.
홍희표, 「신석초 연구」, 동국대 석사논문, 1979.

【고전시가의 문화콘텐츠 소재로의 활용 사례 분석】 _ 최선경·길태숙

『국역 고려사』, 경인문화사, 2008.
『고려사절요』, 한국고전종합 DB.
안정복, 『동사강목』, 한국고전종합 DB.

김기덕, 「팩션 영화의 유형과 대중적 몰입의 문제」, 『역사문화연구』 제34집, 한국외국어대학교, 2009, 455~494쪽.
김영수, 「삼장·사룡 연구 재고」, 『국문학논집』 17, 단국대학교 국어국문학회, 2000, 131~154쪽.

김정선·민영, 「동성애에 대한 한국 영화의 시각적 프레임 : 〈왕의 남자〉, 〈쌍화점〉, 〈서양골동 양과자점 앤티크〉를 중심으로」, 『미디어, 젠더 & 문화 24』, 한국여성커뮤니케이션학회, 2012, 89~117쪽.

김진택, 「에로티즘과 시선의 존재론속의 쌍화점」, 인하대BK한국학과 신진연구인력팀, 『쌍화점, 다섯 개의 시선』, 다인아트, 2010, 149~188쪽.

김유경, 「쌍화점 연구」, 『열상고전연구』 10, 열상고전연구회, 1997, 5~37쪽.

안시환, 「섹스에 압도당한 역사의 관능」, 『씨네21』, 2009년 1월 22일자.

양희찬, 「〈쌍화점〉의 구조에 대한 재고」, 『국어국문학』 33, 국어국문학회, 1999, 283~302쪽.

여증동, 「〈쌍화점〉 고구(기 삼) - 대본 해석을 중심으로」, 『국어국문학』 53, 국어국문학회, 1971, 323~349쪽.

윤성현, 『속요의 아름다움』, 태학사, 2007.

李用柱, 「공민왕대의 자제위 연구」, 『교육논총』 4, 동국대학교 교육대학원, 1984, 73~136쪽.

이정선, 「〈쌍화점〉의 구조를 통해 본 성적 욕망과 그 의미」, 『대동문화연구』 71집, 성균관대학교 대동문화연구원, 2010, 113~141쪽.

임주탁, 「〈삼장〉, 〈사룡〉의 생성 문맥과 함의」, 『한국시가연구』 16집, 한국시가학회, 2004, 121~152쪽.

정병욱, 『한국고전시가론』, 신구문화사, 2008.

정운채, 「〈쌍화점〉의 주제」, 『한국국어교육연구회논문집』 49, 1993, 21~45쪽.

______, 「『악장가사』의 〈쌍화점〉과 『시용향악보』의 〈쌍화곡〉과의 관계 및 그 문학사적 의미」, 『인문과학논총』 26집, 건국대학교 인문과학연구소, 1994, 55~78쪽.

정하제, 「유하 감독의 〈쌍화점〉 : 몸의 욕망을 통한 인간관계의 얽힘」, 『공연과 리뷰』 64, 현대미학사, 2009, 215~219쪽.

최　철, 『고려국어가요의 해석』, 연세대학교 출판부, 1996.

하경숙, 「고려가요 〈쌍화점〉의 후대전승과 현대적 변용」, 『온지논총』 31집, 온지학회, 2012, 315~346쪽.

함복희, 「고전문학의 문화콘텐츠화」, 『어문논집』 46, 중앙어문학회, 2011, 91~120쪽.

황보관, 「〈쌍화점〉의 시상구조와 소재의 의미」, 『한국고전연구』 19집, 한국고전연구학회, 2009, 301~326쪽.

영화진흥위원회, 연도별 박스오피스,
http://www.kobis.or.kr/kobis/business/stat/offc/findYearlyBoxOfficeList.do

?loadEnd=0&searchType=search&sSearchYearFrom=2009&sMultiMovieYn=&sRepNationCd=
「처음으로 사극 선보인 유하 감독 인터뷰, "이야기의 끝까지 가보고 싶었다."」, 『씨네21』, 2009년, 1월 1일자.

【삼국유사와 SNS 이야기의 원형성】 _ 고운기

一然, 《三國遺事》.
김신영, '오지 찾던 학자들… 이젠 트위터·페이스북 본다', 《조선일보》, 2011.11.1.
______, '요즘 지도자들, SNS 눈치보기 급급… 이젠 포퓰러리즘 시대', 《조선일보》, 2012.6.26.
김창완, '"긴급상황 발생! 어머니가 쓰러지셨어요" 슬리퍼가 문자를 보냈다', 《조선일보》, 2011.7.18.
박한신, '소설가 이문열 "SNS는 허구도 진실로 포장… 여론 왜곡 심각', 《한국경제》, 2012.4.22.
______, '소설가 성석제 "SNS 언어는 문장 아닌 말… 소설과는 다르죠', 《한국경제》, 2012.4.14.
한현우, '웬만해선 문자하는 사람들… 전화통화의 종말 오나', 《조선일보》, 2011.9.17.

강재철, 『한국 설화문학의 탐구』, 단국대학교출판부, 2009.
고운기, 『우리가 정말 알아야 할 삼국유사』(개정판), 현암사, 2006.
______, 「문화원형의 의의와 삼국유사」, 『한문학보』 24, 우리한문학회, 2011.
김응교, 「트위터러처, SNS시대의 문학」, 『작가들』 41, 작가들, 2012.
김형렬, 「중학생들의 '외계어' 사용 실태 연구」, 『인문과학연구』 제29집, 대구대 인문과학연구소, 2004.
류현주, 「디지털 스토리텔링 시대의 내러티브」, 『현대문학이론연구』, 현대문학이론학회, 2005.
박정희·김민, 「청소년의 변형문법(외계어) 현상에 관한 연구」, 『청소년복지연구』 제9권 제1호, 한국청소년복지학회, 2007.
이원태·차미영·양해륜, 「소셜미디어 유력자의 네트워크 특성」, 『언론정보연구』 48, 서울대학교 언론정보연구소, 2011.

이인화, 「디지털 스토리텔링의 원리」, 『디지털 콘텐츠』, 한국디지털스토리텔링학회, 2003.

Matthew Fraser·Soumitra Dutta, *Throwing Sheep in the Boardroom*, 최경은 옮김, 『소셜 네트워크 e혁명』, 행간, 2010.
パトリス·フリッシー, 江下雅之(譯), 『メデ'ィアの近代史』, 水聲社, 2005.
中村 功, 「携帯メールのコミュニケーション內容と若者の孤獨恐怖」, 橋元良明(編), 『メディア』, ひつじ書房, 2005.
諸井克英, 「情報通信の病理 : 親和コミュニケーションの彷徨」, 廣井脩·船津衛(編), 『情報通信と社會心理』, 北樹出版.
佐竹秀雄, 「メール文体とそれを支えるもの」, 橋元良明(編), 『メディア』, ひつじ書房, 2005.

【한국 노래문학 운율론 연구의 새로운 방법론 모색】 _ 박경우

21세기세종계획 말뭉치.

고정옥, 『朝鮮民謠硏究』, 首善社, 1949.
권태억, 「1910년대 일제의 "문명화" 통치와 한국인들의 인식」, 『韓國文化』 61, 2013, 327~360쪽.
金禹昌, 「慣習詩論 - 그 構造와 背景」, 서울대학교논문집 『人文社會科學』 제10권, 서울대학교, 1964, 77~106쪽.
김대행 편, 『운율』, 문학과 지성사, 1984.
金思燁, 『李朝時代의 歌謠硏究 : 特히 初中期의 形式을 主로』, 大洋出版社, 1956.
김석연, 「시조 운율의 과학적 연구」, 『亞細亞硏究』 11-4, 고려대학교 아세아문제연구소, 1968, 1~41쪽.
김 억, 〈詩作法 四〉, 《조선문단》, 1925.
남길임, 「부표제어의 범위와 유형 : 속담·관용표현·연어·패턴·상투표현·자유표현의 기술」, 『한국사전학』 9, 한국사전학회, 2007, 144쪽.
노대규, 『한국어의 입말과 글말』, 국학자료원, 1996.
盧大煥, 「1905~1910년 文明論의 展開와 새로운 文明觀 摸索」, 『유교사상문화연구』 39집, 2010, 347~386쪽.

류시현, 「1910년대 최남선의 문명·문화론과 조선불교 인식」, 『韓國史研究』 제155호, 2011, 124쪽.

박경우, 「별곡류 시가의 제명관습과 공간의식 연구」, 연세대 박사학위논문, 2005.

_____, 「言語 慣習과 文學的 慣習이 韻律 層位 形成에 미친 影響에 대한 研究 : 高麗俗謠를 中心으로」, 『국어국문학』 171호, 국어국문학회, 2015.

_____, 「말뭉치 검색 시스템을 활용한 고려속요의 관용적 패턴 연구 : 〈처용가〉와 〈만전춘〉을 중심으로」, 『한국문학과 예술』 16집, 숭실대학교 한국문예연구소, 2015, 5~39쪽.

_____, 「시조 종장 첫구의 율격적 지향에 대한 통계적 고찰」, 『국어국문학』 171호, 국어국문학회, 2015, 77~114쪽.

_____, 「시조에서의 패턴 전승과 운율 형성에 대한 고찰 : 소환형 시조를 중심으로」, 『열상고전연구』 제52집, 열상고전연구회, 2016.

성기옥, 「한국시가의 율격 체계 연구」, 서울대 석사학위논문, 1980.

成鎬周, 「韓國詩歌의 文學的 慣習에 관한 研究 : 그 慣習的 패턴의 持續과 變容 樣相에 대하여」, 『論文集』 11집, 신라대학교, 1981.

심재완, 『歷代時調全書』, 세종문화사, 1972.

안병학·정우봉·정출헌, 「한국 고전문헌 데이터베이스의 설계·구축 및 응용 방안 연구」, 『民族文化研究』 34집, 고려대학교 민족문화연구원, 2001, 179~389쪽.

예창해, 「韓國詩歌 韻律의 構造研究」, 成均館大學校 國語國文學科, 『成大文學』 Vol.19, 1976, 72~115쪽.

오세영, 「한국 시가 율격 재론」, 『冠嶽語文研究』 Vol.18 No.1, 서울대학교 국어국문학과, 1993, 1~20쪽.

원용문, 「고전 시가의 율격 문제」, 『청람어문교육』 Vol.27, 청람어문교육학회, 2003, 1~45쪽.

월터 J.옹, 『구술문화와 문자문화』, 문예출판사, 1995.

육당생, '문명상 植福', 《매일신보》, 1917.1.1.

이광수, '復活의 瑞光', 《青春》 12, 1918.3.

_____, '時調의 意的 構成', 1928년 11월 9일자.

_____, '時調의 自然律', 1928년 11월 2~8일자.

이능우, 「자수고 대안」, 1958, 263~265쪽.

이병기, '律格과 時調' 1~4, 《동아일보》, 1928년 11월 28일~12월 1일자.

이상섭, 『문학연구방법』, 탐구당, 1973.

장정수, 「계몽기·근대시조 DB의 개선 및 콘텐츠화 방안 연구」, 『時調學論叢』 44집,

한국시조학회, 2016, 105~138쪽.
정 광, 「韓國詩歌의 韻律硏究試論」, 『應用 言語學』 Vol.7, No.2, 서울大學校 語學硏究所, 1975, 151~165쪽.
정병욱, 『한국고전시가론』, 신구문화사, 1954.
정상우, 「1910 년대 일제의 지배논리와 지식인층의 인식 – “일선동조론”과 “문명화론”을 중심으로」, 『한국사론』 46권, 서울대학교 국사학과, 2001, 183~231쪽.
조규익, 『朝鮮朝 詩文集 序·跋의 硏究』, 숭실대학교 출판부, 1988.
조동일, 『한국민요의 전통과 시가 율격』, 지식산업사, 1996.
조윤제, 〈시조자수고〉, 『新興』 제4호, 1930년 11월 6일자.
______, 『한국 시가의 연구』, 을유문화사, 1948.
土居光知, 『日本語の姿』, 東京 : [發行者不明], 1943.
황희영, 『운율연구 : 韓國詩歌 韻律構成의 音韻論的 分析硏究』, 東西文化比較硏究所, 1969.

Carter, Ronald, Long, Michael N, *The Web of words : exploring literature through language*, New York : Cambridge University Press, 1987.

【조(朝)·중(中)·일(日) 유서류(類書類)의 특성 비교 연구】 _ 김형태

國立中央圖書館所藏本 『物名考』.
東京大學校 小倉文庫本 『詩名多識』.
서울대학교 奎章閣本 『詩名多識』.
松亭 金赫濟 校閱, 『論語集註』, 1997.
李成茂·崔珍玉·金喜福 編, 『朝鮮時代雜科合格者總覽 – 雜科榜目의 電算化』, 韓國精神文化硏究院, 1990.
張同君 編, 第2版 校点本 『本草綱目』, 北京: 人民衛生出版社, 2004.
中華漢語工具書書庫編輯委員會, 『中華漢語工具書書庫』 一冊–七十三冊, 安徽教育出版社, 2002.
中國詩經學會, 『詩經要籍集成』 一冊–四十二冊, 北京 : 學苑出版社, 2002.

김형태, 「시명다식(詩名多識)의 문헌적 특성과 가치 연구(1)」, 『韓國詩歌硏究』 第21輯, 韓國詩歌學會, 2006.

金興圭 著, 『朝鮮後期의 詩經論과 詩意識』, 高麗大學校 民族文化研究所, 1982.
서 정 지음, 매지고전강독회 옮김, 『毛詩名物圖說』, 소명출판, 2012.
이혜순 외 편, 『한국 한문학 연구의 새 지평』, 소명출판, 2005.
장유승, 「조선후기 물명서의 편찬동기와 분류체계」, 『한국고전연구』 13, 한국고전연구학회, 2014.
정승혜, 「물명(物名)류 자료의 종합적 고찰」, 『국어사연구』 18, 국어사학회, 2014.
______, 「물명(物名)류의 특징과 자료적 가치」, 『국어사연구』 22, 국어사학회, 2016.
정학유 지음, 허경진·김형태 옮김, 『詩名多識』, 한길사, 2007.
주대박 지음, 정명수·장동우 옮김, 『훈고학의 이해』, 동과서, 1997.
千惠鳳, 『韓國 書誌學』, 민음사, 1991.
崔 桓, 「한국 類書의 종합적 연구(Ⅰ) – 중국 유서의 전입 및 유행」, 『中國語文學』 第41輯, 영남중국어문학회, 2003.
洪允杓, 「十八, 十九世紀의 한글 註釋本 類書에 대하여 – 특히 '物名考'類에 대하여」, 『周時經學報』 1, 周時經學會, 1988.
홍윤표, 「『物名考』에 대한 고찰」, 『진단학보』 118, 진단학회, 2013.

찾아보기

ㅇ

저자소개(원고 수록순)

김영수
단국대학교 국어국문학과 교수

박재민
숙명여자대학교 한국어문학부 교수

조규익
숭실대학교 국어국문학과 교수

신연우
서울과학기술대학교 문예창작학과 교수

김진희
아주대학교 다산학부대학 교수

윤덕진
연세대학교 국어국문학과 교수

박애경
연세대학교 국어국문학과 교수

손종흠
한국방송통신대학교 국어국문학과 교수

최정선
동덕여자대학교 교양학부 교수

윤성현
연세대학교 국어국문학과 강사

최선경
가톨릭대학교 학부대학 교수

길태숙
상명대학교 역사콘텐츠학과 교수

고운기
한양대학교 문화콘텐츠학과 교수

박경우
연세대학교 언어정보연구원 연구원

김형태
경남대학교 국어국문학과 교수

고가연구총서5

한국시가 연구사의 성과와 전망

2016년 12월 23일 초판 1쇄 펴냄

지은이 고가연구회
펴낸이 김흥국
펴낸곳 도서출판 보고사

책임편집 이순민
표지디자인 오동준

등록 1990년 12월 13일 제6-0429호
주소 경기도 파주시 회동길 337-15 보고사 2층
전화 031-955-9797(대표)
02-922-5120~1(편집), 02-922-2246(영업)
팩스 02-922-6990
메일 kanapub3@naver.com / bogosabooks@naver.com
http://www.bogosabooks.co.kr

ISBN 979-11-5516-614-7 93810

정가 30,000원

이 도서의 국립중앙도서관 출판예정도서목록(CIP)은 서지정보유통지원시스템 홈페이지(http://seoji.nl.go.kr)와 국가자료공동목록시스템(http://www.nl.go.kr/kolisnet)에서 이용하실 수 있습니다.(CIP제어번호 : CIP2016029358)